Jeder hat so seine Geheimnisse – vor allem aber die Reichen und Schönen:

Vom Go-go-Girl zum Glamour-Model – jetzt ist Jasmine mit dem heißesten Fußballstar überhaupt verlobt. Mit dieser Traumhochzeit erhofft sie sich auch die Chance, ihre dunkle Vergangenheit endgültig hinter sich zu lassen.

Und Lila, die ehemalige TV-Serien-Beauty, hat für die Ehe mit einem der größten Hollywood-Stars alles aufgegeben. Aber ist er ihrer Liebe wirklich wert?

Das Luxus-Girl Maxine war dreimal verheiratet und wurde dreimal geschieden – jetzt ist sie mit dem Spanier Carlos zusammen. Und das Einzige, was sie wirklich will, ist wieder geheiratet zu werden. Aber wie kann sie ihn dazu bringen, ihr den Ring anzustecken?

Grace, eine Londoner Journalistin, ist plötzlich mitten drin in der Glamour-Welt, als sie für ein Interview nach Marbella reist. Immer auf der Jagd nach der besten Story, erkennt sie schnell, dass nicht alles Gold ist, was glänzt.

Katie Agnew wurde in Edinburgh geboren und verbrachte ihre Kindheit in Schottland. Sie arbeitete viele Jahre als Journalistin, unter anderem für Marie Claire, Cosmopolitan und The Daily Mail. Katie Agnew lebt mit ihrer Familie in Bath, England.

Weitere Informationen, auch zu E-Book-Ausgaben, finden Sie bei www.fischerverlage.de

KATIE AGNEW

BLING
BLING

ROMAN

Aus dem Englischen von
Catrin Lucht

Fischer
Taschenbuch
Verlag

MIX
Papier aus verantwor-
tungsvollen Quellen
FSC
www.fsc.org   FSC® C014496

Veröffentlicht im Fischer Taschenbuch Verlag,
einem Unternehmen der S. Fischer Verlag GmbH,
Frankfurt am Main, Oktober 2011

Die Originalausgabe erschien 2009 unter dem Titel ›Wives v. Girlfriends‹
im Verlag The Orion Publishing Group Ltd, London
Copyright © Katie Agnew 2009
© S. Fischer Verlag GmbH, Frankfurt am Main 2011
Satz: Pinkuin Satz und Datentechnik, Berlin
Druck und Bindung: GGP Media, Pößneck
Printed in Germany
ISBN 978-3-596-18187-2

Für meine Freundinnen

1 *Das Mädchen zieht die nackten Beine an ihre Brust. Sie sitzt mit dem Rücken an die kalte, feuchte Wand gelehnt und vergräbt ihr tränenüberströmtes Gesicht in ihrem zerschrammten und blutenden Fleisch. Sie zittert in ihrem Sommerkleid. Der Raum ist beinahe pechschwarz, aber vorhin, als sich ihre Augen für kurze Zeit an die Dunkelheit gewöhnen konnten, hatte sie die Formen von teuflisch aussehenden Metallwerkzeugen erkannt – Messer, Äxte, eine Art scharfgezahnter Falle. Und dann hatte sie die schwerfällige Figur eines Mannes wahrgenommen, der sich zu ihr heruntergebeugt hatte. Das Weiße in seinen Augen hatte in der Dunkelheit geleuchtet und sein Atem nach Whiskey und Tabak gerochen.*

Sie hat keine Ahnung, wo sie ist. Er hatte ihr die Augen verbunden, gleich als er sie in das Auto gestoßen hatte. Aber sie weiß, dass das Gebäude kalt ist – viel kälter als der Sommertag, den sie draußengelassen hat – und sie eine steile Treppe hinuntergegangen und gestolpert war, als er sie geschubst hatte, und anschließend ihren Kopf gegen etwas geknallt hatte, das eine Steinmauer gewesen sein musste. Die Wände waren rau und feucht. Die Hände ihres Entführers waren ebenfalls rau. Wie Sandpapier auf ihrer zarten Haut.

Jetzt ist sie allein. Ihr Entführer hat sie allein gelassen, aber sie weiß, dass er zurückkommt. Er hat versprochen, zurückzukommen. Als er die schwere Metalltür hinter sich zugeschlagen hatte, hörte sie das Klicken, das Klicken eines Schlosses und dann das eines weiteren Schlosses. In dem Raum gibt es keine Fenster. Nur durch einen kleinen Spalt um den Türrahmen herum dringt ein bisschen Licht hinein. Sie macht sich so klein, wie sie nur kann, zieht die Beine so nah an ihren Oberkörper wie nur eben möglich, wippt vor und zurück und weint mit der wenigen Kraft, die sie noch übrig hat. »Charlie«, hört sie sich schluchzen. »Wo bist du, Charlie? Hilf mir!«

2 »Du musst in dreißig Minuten in Marbella sein.«

»Was?« Grace Melrose murmelte in ihr Telefon, während sie sich aus ihrem Liegestuhl hochrappelte, die Sonnenbrille und den iPod weglegte, um nach ihrer Uhr zu suchen.

Autsch. Das Sonnenlicht brannte ihr in den Augen, als sie versuchte, etwas zu erkennen. Es war Viertel nach elf in Andalusien, und Grace hatte genau eine Stunde ihres Urlaubs genossen – ihr erster richtiger Urlaub seit drei Jahren.

»Ich habe gesagt, dass du mittags in Marbella sein musst«, bellte die Stimme am anderen Ende. »Du hörst dich total verschlafen an.«

Himmel! Sie hatte geschlafen. Sie hatte ihr Haus in Highgate um fünf Uhr heute Morgen verlassen, um ihren Flug in Gatwick zu kriegen, und in der Nacht hatte sie noch bis Mitternacht gearbeitet. Sie war auf der hübschen Finca in den Bergen gerade mal lange genug, um ihren Koffer abzustellen, nach ihrem Bikini zu wühlen und auf der Sonnenliege am Pool zusammenzubrechen, wo sie sofort eingeschlafen war. Und jetzt war der verdammte Miles am Telefon. Sie hatte einen Anruf von ihm ja irgendwann in dieser Woche erwartet, aber noch nicht jetzt. Das war lächerlich. Grace setzte sich wieder und atmete einmal tief durch.

»Genau, Miles. Was genau willst du von mir?«

Natürlich würde sie es machen, was immer es auch war. Es hatte gar keinen Sinn zu diskutieren. Mit Miles Blackwood zu diskutieren, war die reinste Zeitverschwendung.

Miles klang leicht gereizt. »Ich wiederhole, du musst so schnell wie möglich in Marbella sein. Irgendeine geschmacklose Villa in Puerto Banus, vermute ich. Ich maile dir die Adresse und worum es geht.«

Kein Bitte. Kein Danke. Das gab es nie. Miles hatte die soziale Kompetenz eines Fünfjährigen mit ADHS. Es schien keine Rolle zu spielen, wie viele Auszeichnungen sie schon bekommen hatte, ihr Bestes war niemals gut genug. Grace schwankte ihrem Arbeitgeber gegenüber zwischen leidenschaftlichem Hass und Ehrfurcht vor dessen Talent. In diesem Moment, als sie sehnsüchtig auf den türkisen Pool und die atemberaubenden Berge dahinter blickte, hasste sie ihn zweifellos.

»Ich bin eine Stunde von Marbella entfernt«, gab sie zu Bedenken.

Miles seufzte, so als sei sie diejenige, die unvernünftig war. »Ich halte sie hin. Du hast fünfundvierzig Minuten. Höchstens. Ruf mich an, wenn der Job erledigt ist.«

Er war schon im Begriff aufzulegen, als Grace einwarf: »Miles, noch eine Frage.«

»Was?«, bellte er.

»Wer ist es dieses Mal?«

»Ach ja, das. Es sind Jimmy Jones und Jasmine Watts.«

Verdammt! Grace hatte gehofft, dass, wenn ihre Ferien schon so brutal unterbrochen wurden, es wenigsten für etwas war, das den Aufwand lohnte. Sie hatte überhaupt nichts dagegen, Prominenteninterviews zu machen. Sie wusste, dass sie Prominente dazu bewegen konnte, aus dem Nähkästchen zu plaudern, und dass diese Gabe ihr die Karriere von der lokalen Klatschpresse zu den schwergewichtigen Hochformaten ermöglicht hatte. Und jetzt war sie der Liebling der Boulevardblätter. Aber Jimmy Jones, Fußballer, und Jasmine Watts, Glamourgirl?

Jimmy Jones war, was den Umgang mit der Presse anging, so herrlich einfach, und seine Verlobte Jasmine Watts war das ›It-Girl‹ der Prolls. Jimmy hatte wenigstens Talent, aber Jasmine Watts war nichts weiter als eine schnatternde, lebendige Gummipuppe mit Brüsten wie Melonen, Beinen bis unter die Achseln, einem Fußballer im Bett und hirnlosem Unsinn in ihrem ach so schönen Kopf. Die beiden waren es absolut nicht wert, einen Tag Urlaub zu opfern, oder? Nicht dass Grace sie schon einmal getroffen hätte. Aber diese Mädchen waren alle gleich. Geschaffen für und durch den wachsenden Appetit des Publikums auf neue Prominente. Sie hatten kein besonderes Talent. Sie waren in nichts wirklich gut – außer im Shoppen und vermutlich im Bett. Mädchen wie Jasmine Watts straften den Journalismus Hohn. Jasmine würde nichts Interessantes zu sagen haben; Grace machte den Job schon lange genug, um das zu wissen.

Sie lehnte nicht von vornherein alle Prominenten ab. Grace hatte über die Jahre unzählige faszinierende, geheimnisvolle und intelligente Stars kennengelernt, aber Glamourgirls und Fußballstars? Sie hatte für angesehene Zeitungen gearbeitet. Sie hatte Premierminister, Präsidenten und Terroristen interviewt. Die Tatsache, dass sie vom Geld der Boulevardblätter geködert worden war, hieß noch lange nicht, dass ihr Gehirn sich in Luft aufgelöst hatte. Grace nahm sich vor, mit Miles darüber zu sprechen, wie weit sie bereit war, im Niveau nach unten zu gehen. Nicht dass er zuhören würde …

Grace starrte auf den Inhalt ihres Mulberry-Koffers und seufzte niedergeschlagen. Sie war normalerweise immer perfekt gestylt, aber sie hatte einfach keine Zeit zum Bügeln gehabt. Ihr weißes Sommerkleid war das am wenigsten zerknitterte Kleidungsstück in ihrem Koffer, es musste also herhalten, und mit den goldenen Jimmy-Choo-Sandalen und ihrer neuen De-Beers-Diamant-Halskette (ein Versöhnungsgeschenk von ihrem Freund McKenzie) kombiniert, sah es gar nicht so schlecht aus. Sie bürstete ihren seidig glänzenden, blonden Bob, legte ein wenig Lipgloss auf und war fertig.

Grace checkte Miles' Instruktionen auf ihrem BlackBerry. Casa Amoura. Ja, das passte genau. Zumindest würde es nicht sehr lange dauern, Mr Jones und seine Verlobte zu befragen. In ihren Köpfen konnte nicht so wahnsinnig viel vor sich gehen. Grace bezweifelte, dass sie überhaupt einen Schulabschluss hatten. Wenn Grace Glück hatte, würde sie früh genug zurück am Pool sein, um die letzten Strahlen der Nachmittagssonne zu genießen. Sie sprang in ihren Mietwagen und machte sich auf den Weg nach Marbella, während die Klimaanlage lief und aus der Musikanlage die White Stripes dröhnten.

Jasmine Watts wollte gerade in die Dusche steigen, als sich die Badezimmertür öffnete und ihr Verlobter im Türrahmen stand.

»Ich dachte, du würdest noch schlafen, Baby«, sagte sie lächelnd.

Er sah noch ganz verschlafen aus, seine blonden Haare waren zerzaust und fielen ihm in diese sexy grünen Augen. Aber er schüttelte den Kopf.

»Ich bin hellwach und brauche dich im Bett«, grinste er.

Er war nackt, seine Haut gebräunt und sein Körper so muskulös und geschmeidig wie die Statue des griechischen Adonis. Jasmine konnte sehen, dass zumindest ein Teil seiner Anatomie schon richtig wach war. Er nahm ihre Hand und versuchte, sie von der Dusche weg zur Tür zu ziehen, aber sie gab nicht nach.

»Jimmy«, kicherte sie. »Es ist schon spät, und wir haben heute noch eine Menge zu tun. Wir sollten lieber zusehen, dass wir fertig werden.«

Er schüttelte schelmisch den Kopf und zog an ihrem Arm.

»Jimmy!« Jasmine lachte. »Hör auf damit.«

Aber eigentlich wollte sie gar nicht, dass er aufhörte. Er war so verdammt sexy. Allein die Berührung seiner Hand auf ihrem Arm genügte.

»Komm her, Prinzessin«, sagte er und zog sie zu sich heran.

Er küsste ihren Nacken genau unter ihrem Ohr, und sie zitterte vor Vergnügen. Mit seinen Händen streichelte er ihren Rücken und ihren Po. Dann legte er seine Hände um ihre Taille und hob sie mühelos auf die Marmorplatte neben dem Waschbecken.

»Jimmy, wir haben wirklich keine Zeit für so was«, protestierte sie, aber er küsste sie sanft, und die Art seiner Küsse jagte einen Schauer über ihren ganzen Körper.

Was Jimmy betraf, war Jasmine nicht sehr standhaft. Sie schmolz unter seinen Berührungen nur so dahin, als seine Küsse hinunterwanderten über ihr Schlüsselbein zu ihren erregten Brustwarzen, ihrem Bauchnabel und – ahh, welch Wonne! – noch tiefer. Sie stöhnte in ekstatischer Erwartung dessen, was kommen würde. Jimmy machte Liebe, so wie er Fußball spielte – instinktiv, schön, perfekt. Er drückte ihre Oberschenkel auseinander und fing an, die sanfte Haut mit seiner Zunge zu streicheln und näherte sich der Stelle, die sich wahrhaft nach ihm verzehrte, ohne sie richtig zu berühren. Sie schnappte nach Luft.

»O Gott, Jimmy«, flehte sie ihn an. »Küss mich da. O ja, Baby, genau da.«

Als er ihre Klitoris fand, wölbte sie den Rücken, legte ihre Hände auf seinen Hinterkopf, streichelte über sein Haar und schob seine Zunge noch tiefer in sich hinein.

»Das ist es«, keuchte sie. »Das ist es. O! Mein! Gott! Ich komme, Jimmy. Ich komme …«

Sie warf die Arme hoch, und eine Flasche Parfüm zerschellte auf dem gekachelten Boden in tausend kleine Teilchen. Die Luft war erfüllt von dem Duft nach Vanille und Rosen, als sie den erlösenden Höhepunkt erreichte.

Jimmy sah zu ihr auf und lachte. »Keine Sorge, Liebling. Ich kaufe dir ein Neues.«

»Das Parfüm ist mir so was von egal«, keuchte sie. »Ich will dich jetzt in mir spüren.«

Und dann hob er sie hoch und trug sie ins Schlafzimmer, warf sie auf das Himmelbett und drang sanft in sie ein. Er streichelte ihre Brüste mit seinen zärtlichen Händen und sah ihr genau in die Augen, als er tiefer und tiefer in sie glitt. Sie schlang ihre Oberschenkel um seinen Rücken und gab sich ihm ganz und gar hin, wobei sie in seinem Blick badete und völlig überwältigt war von der Liebe und dem Verlangen nach diesem schönen Mann. Und dann bewegten sie sich in harmonischem Einklang, schneller, fester, verzweifelter. Ihre Münder suchten einander hungrig. Es fühlte sich an, als würde ihr Körper mit seinem verschmelzen.

Und dann wurde sie von einer Welle mitgerissen, einer herrlichen krachenden Welle und sie kam ein zweites Mal, o mein Gott, und es war so perfekt, sie hörte sich stöhnen, viel zu laut, und sie grub ihre Fingernägel in seinen Rücken und presste ihre Oberschenkel noch fester an ihn, und dann spürte sie, dass Jimmy auch kam, so tief, tief, tief in ihrem Innersten und o …

Wenn sie sich liebten, wusste Jasmine, dass sie das Richtige tat, wenn sie Jimmy heiratete. Die Harmonie zwischen ihnen war unglaublich. Sie hatte bei noch keinem Mann vor ihm so empfunden, und als Jimmy sie jetzt ansah, so offensichtlich voller Liebe, war sie sich sicher, dass sie gemeinsam die Welt erobern würden.

Danach schaute Jasmine voller Bewunderung auf den schönen schlafenden Jungen neben sich. Jimmy schlief nach dem Sex immer ein, Jasmine nicht, sie war hellwach. Hellwach und erfüllt von der reinen Freude, lebendig, jung und verliebt zu sein. Verliebt in Jimmy Jones. Und was das Beste war, er war auch verliebt in sie. Wie glücklich sie sich doch schätzen konnte. Die kleine, dumme Jasmine Watts aus Dagenham, jetzt war sie hier und mit dem großartigsten und talentiertesten Fußballer seiner Generation verlobt. Und nicht nur Jasmine dachte so. Sie hatte es auch irgendwo gelesen. Ja, genau in der *Sun* oder vielleicht war es im *Mirror*. »Der talentierteste Fußballer seiner Generation«, stand da. »Die Reinkarnation von George Best für das neue Jahrtausend.«

Manchmal wollte Jasmine sich kneifen, um sich davon zu überzeugen, dass sie nicht träumte. Manchmal wollte sie *ihn* kneifen, nur um sicherzugehen, dass er echt ist. Aber das würde er wahrscheinlich nicht mögen. Jimmy konnte Schmerzen nicht gut ertragen. Sie erinnerte sich noch an das Theater, das er gemacht hatte, als er sich in der letzten Saison den Mittelfußknochen gebrochen hatte. Du lieber Himmel! Aber da war er noch ein Kind, gerade einundzwanzig, drei Jahre jünger als sie. Anstatt ihn zu kneifen, streichelte Jasmine ihm zärtlich über die glatte, braungebrannte Brust und sah ihn weiter an, bis sie unruhig wurde und mit ihren Fingern weiter nach unten wanderte. Das weckte ihn, und im nächsten Moment lag er wieder auf ihr …

»Verdammte Scheiße, Baby«, sagte Jimmy, als es vorbei war. Er war schweißgebadet, auch wenn die Klimaanlage auf höchster Stufe lief. »Du schaffst mich mehr als der Boss.«

Er hatte so eine sexy Stimme. Auch wenn er mit dreizehn entdeckt worden und in den Süden gezogen war, hatte Jimmy seinen Glasgower Dialekt nicht verloren. Komplimente aus

Jimmys vollen Lippen klangen so viel besser als bei all den Essex-Jungen, mit denen sie aufgewachsen war. Und er machte ihr ständig Komplimente. Sie war so glücklich, einen Verlobten zu haben, der sie so respektierte. Jasmine wusste nur zu gut, dass nicht alle Männer ihre Frauen respektvoll behandelten.

Jasmine lächelte und strich ihm das feuchte blonde Haar aus dem Gesicht. Er hatte es das ganze Jahr über wachsen lassen, und es stand ihm gut. Es ließ ihn ein bisschen wie einen Rockstar aussehen. Auch die Sponsoren mochten Jimmys neuen Look. Tatsächlich war es ein Dreimillionen-Pfund-Vertrag für eine Designer-Sonnenbrillen-Kampagne, der das Geld eingebracht hatte, von dem sie sich dieses neue Haus in Puerto Banus gekauft hatten.

»Ich sorge nur dafür, dass du für die nächste Saison auch fit bleibst, Liebling.«

Jasmine schmiegte sich noch ein letztes Mal an ihn, bevor sie ihre nackten Beine widerwillig von seinen löste. Sie wollte eigentlich nicht aufstehen, aber sie hatten noch einiges vor heute. Sie stand auf, streckte sich und ging in Richtung Badezimmer. Ihr langes Haar war feucht und durcheinander und sie befürchtete, dass sie nicht mehr genug Zeit hatte, es zu waschen und zu fönen. Ihre superlange Mähne war so eine Art Markenzeichen, aber ihre Pflege nahm eine Menge Zeit in Anspruch. Sie war jetzt länger als jemals zuvor, und Jasmine spürte, wie die Haare ihren nackten Po streiften.

»Wo gehst du hin?«, fragte Jimmy.

»In die Dusche, erinnerst du dich? Wir bekommen doch jetzt Besuch von dieser Journalistin, und so kann ich ihr ja wohl definitiv nicht entgegentreten!«

Jimmy verzog das Gesicht. »O Mann, müssen wir wirklich?«, jammerte er.

»Ja, müssen wir. Das ist unser Job, Jimmy.«

Man konnte über Jasmine Watts sagen, was man wollte – und das taten die Leute oft –, aber sie war stolz auf die Tatsache, dass sie ihre Vergangenheit hinter sich gelassen hatte. Jasmine vergaß niemals, wo sie herkam und wie glücklich sie darüber war, da zu sein, wo sie heute war. Wenn sie an das Pole-dancing in diesem miesen Club in Dagenham dachte, konnte sie nicht glauben, dass das erst drei Jahre her war. Jetzt schmückte sie die Titelseiten der Männermagazine und wurde von preisgekrönten Journalisten für überregionale Zeitungen interviewt.

Es klopfte an der Tür, und Blaine, ihr Manager, rief: »Zehn Minuten noch, Leute.«

»Bin fertig in fünf«, versprach Jasmine. Und das schaffte sie auch.

Jasmine hatte gerade ihren prallen Busen in einen winzigen String-Bikini mit Zebramuster gepackt, als sie hörte, wie draußen auf dem Schotter ein Auto vorfuhr. Jimmy, der gerade erst aufgestanden war, trat auf den Balkon und versuchte, einen Blick auf den Besucher zu werfen, ohne selber gesehen zu werden.

»Wie sieht sie aus?«, fragte Jasmine, die Angst vor Journalisten hatte, besonders vor weiblichen. Sie konnten so gehässig sein!

»Eigentlich ganz cool«, antwortete Jimmy. »Aber alt, irgendwie. So um die dreißig. Allerdings kann man das heutzutage gar nicht mehr so sagen, nicht wahr? Sie könnte sogar noch älter sein. Aber, ja, sie ist eine ziemlich scharfe Braut, würde ich sagen.«

»Ich meinte, ob sie *nett* aussieht«, sagte Jasmine.

Jimmy ging wieder rein und zuckte mit den Schultern. »Ja. Ein kleines blondes Ding. Eindeutig nicht deine Liga, Schätzchen. Ich meine, sie hat so gut wie keine Titten …«

Er legte von hinten seine Arme um Jasmine und drückte

spielerisch ihre erstklassigen Brüste. Dann fügte er frech hinzu: »Aber wahrscheinlich könnte man das mit einer anständigen OP beheben.«

Jasmine schlug ihm leicht mit dem Handtuch auf den Kopf. Sie war kein eifersüchtiger Typ und hatte nichts dagegen, dass Jimmy ein Auge auf attraktive Frauen warf. Sie war in ihrem Leben schon mit vielen Männern zusammen gewesen und wusste, dass alle es taten. Aber er hatte ihre Frage nicht beantwortet.

»Ich meinte, ob sie wie eine nette Person aussieht?«

Jimmy sah sie verwirrt an. »Das weiß ich nicht. Man kann doch nicht sagen, ob jemand nett ist, wenn man ihn nur sieht.«

»Natürlich kann man das«, sagte Jasmine, während sie in ihre zehn Zentimeter hohen Pantoletten schlüpfte. »Es ist ihnen ins Gesicht geschrieben.«

3 Charlie »The Char« Palmer lächelte sein Spiegelbild an, während er seine frisch rasierten Wangen mit Aftershave benetzte. Er hatte sich über die Jahre ziemlich gut gehalten, war auch mit zweiundvierzig noch ein attraktiver Kerl und sich dessen sehr wohl bewusst. Olivfarbene Haut mit eckigem Kinn, Adlernase und einem schelmischen Funkeln in seinen blass-blauen Augen. Er hatte ein schönes Gesicht. Ein freundliches Gesicht. Ein gerechtes Gesicht. Hatte seine Mutter ihm das nicht immer wieder gesagt, auch wenn andere das bezweifelten? Und sie hatte immer recht gehabt, Gott hab sie selig. Seine dunklen Haare hatten sich langsam gelichtet, aber gestern hatte er sie sich ganz abschneiden lassen, und das stand ihm viel besser. Charlie Palmer konnte locker für fünfunddreißig durchgehen. Ja, er hatte immer noch das gewisse Etwas. Er war immer noch ein Player, da war er ganz sicher.

Er nahm einen dunkelgrauen Armani-Anzug aus seinem begehbaren Kleiderschrank, ein enges weißes T-Shirt und schwarze Prada-Slipper. Vor seinem Flug hatte er noch etwas Geschäftliches zu erledigen, und Charlie fühlte sich immer besser – mächtiger –, wenn er angemessen gekleidet war.

Das schöne Mädchen in seinem Bett regte sich, als er seine Leder-Reisetasche und seinen Aktenkoffer nahm.

»Wo gehst du hin, Liebling?«, murmelte sie verschlafen.

»Arbeiten, Süße«, antwortete er und streichelte über ihre weichen blonden Haare und atmete ein letztes Mal ihren Duft ein. Das war noch nicht einmal gelogen.

Er würde Nadia vermissen. Sie war echt 'ne Süße. Sie machte den besten Blow-Job, den er jemals erlebt hatte *und* sie mixte einen erstklassigen Martini. Außerdem war sie stinkreich – die Tochter eines russischen Oligarchen. Sie besaß ihr eigenes Penthouse in Mayfair, aber seit dem Frühjahr lebte sie permanent in seinem Appartement in Butler's-Wharf. Doch Charlie reiste gerne mit wenig Gepäck, und Nadia, so entzückend sie auch war, bedeutete zu viel Ballast. Abgesehen davon hatte ihr Vater letzte Nacht ein ›ruhiges Wort‹ mit Charlie gewechselt, und es stellte sich heraus, dass Mr Dimitrov von den Bettgeschichten seiner Tochter nicht sehr begeistert war. Und Mr Dimitrov konnte ein sehr aufdringlicher Mann sein.

Nadia kuschelte sich wieder unter die Decke.

»Bis später, Liebling«, schnurrte sie.

»Ja, Baby«, antwortete Charlie. »Bis später.«

Und ohne einen Blick zurückzuwerfen auf den Ort, den er für die letzten fünf Jahre sein Zuhause genannt hatte und auf die Frau, die er für die letzten drei Monate »Baby« genannt hatte, schloss Charlie Palmer die Tür hinter sich, stieg in den Aufzug, fuhr hinunter und trat hinaus auf die Straße. In London war es heiß. Zu heiß. Es roch nach dem abgestandenen Wasser der Themse. Der Himmel war eher grau als blau, es war schwül und stickig. Ein Gewitter lag in der Luft. Der Tag war so gut wie jeder andere, um hier herauszukommen.

Gary wartete wie besprochen in dem schwarzen Range Rover.

»Alles klar, Boss?«

Gary war der Sohn eines Pub-Besitzers, den Charlie aus seinen alten Tagen in Chingford kannte. Er war siebzehn und hatte ein bisschen Ärger mit der Polizei, also dachte sein alter Herr, Charlie könnte das wieder in Ordnung bringen. Diesen Ruf hatte er in seiner Heimat, und es gefiel ihm. Es machte ihn stolz, denn als er in Garys Alter war, hatte er selbst einmal Ärger mit der Polizei gehabt und niemand hatte ihm zugetraut, dass er es einmal zu etwas bringen würde. Wenn sie ihn jetzt nur sehen könnten! Zweiundvierzig und auf dem besten Wege, sich als sehr reicher Mann zur Ruhe zu setzen.

Charlie hatte, was Gary betraf, zuerst so seine Zweifel gehabt. Der Junge sah aus wie ein kompletter Trottel, mit einer ausgebeulten Jeans, die weit unter seinen Boxershorts hing, und einer Baseballkappe, die er verkehrt herum trug. Er war ein dünner Rotschopf mit Sommersprossen, der in einem schönen Haus in Chigwell aufgewachsen war, hielt sich aber offensichtlich für einen der coolen schwarzen Kerle aus der Bronx. Zu Charlies Überraschung hatte sich der Junge allerdings sehr gut entwickelt. Er war intelligent und respektvoll und tat, was man ihm sagte. Er stellte keine Fragen. Charlie mochte Gary. Vielleicht würde er an dem neuen Ort einen Job für ihn finden. Charlie musste abwarten und schauen, wie sich die Dinge entwickelten.

»Nach Heathrow, oder, Boss?«, fragte Gary.

Charlie nickte. »Aber wir müssen in Hammersmith noch mal kurz anhalten, das liegt auf dem Weg.«

»Kein Problem, Boss.«

Nadia Dimitrova beobachtete aus einem Fenster im dritten Stock wie ihr Lover wegfuhr und seufzte. Als der Range Rover außer Sichtweite war, zog sie Charlies flauschigen Bademantel an und atmete den Moschusduft seines Aftershaves ein. Sie würde Charlie vermissen. Wirklich. Dummer Junge. Er glaubte, sie wüsste nicht, dass er sie verlassen hatte, aber sie war nicht blöd. Warum glaubten Männer immer, sie würde nicht merken, was um sie herum passierte? Ihr Vater war genauso. Aber Nadia wusste mehr, als sich die beiden Männer vorstellen konnten. Sie war nicht das unschuldige, kleine Mädchen, für das sie sie hielten.

Sie wischte sich eine einsame Träne von der Wange und ging vom Fenster weg. Was soll's. Es war eine herrliche Affäre gewesen, ein richtiges Vergnügen, und Charlie war echt ein attraktiver Mann ... aber er war nicht der einzige attraktive Mann in London.

Nadia warf sich aufs Bett und griff nach ihrem Telefon. Sie scrollte durch ihre ›Kontakte‹ und kam zu dem Namen, den sie suchte. Ah, ja! Das klang gut. Nichts, was ihr Vater gutheißen würde, natürlich nicht, aber das machte fast den größten Reiz aus. Mit einem frechen Grinsen drückte sie die Anruftaste.

Charlie und Gary saßen schweigend nebeneinander, während der Range Rover durch den morgendlichen Londoner Verkehr kroch. Freitags war es immer am schlimmsten. Charlie würde die Menschenmassen nicht vermissen. Nicht im Geringsten. Er konzentrierte sich auf den Job, der vor ihm lag. Er war ihn in Gedanken schon hundertmal durchgegangen und wusste ganz genau, was zu tun war.

Gary fuhr in eine ruhige Einbahnstraße und hielt an.

»Fünf Minuten«, sagte Charlie und nahm seinen Aktenkoffer.

Gary nickte und schaltete das Radio an. Er würde im Auto bleiben, Musik hören und warten. Fünf Minuten oder fünf Stunden, der Junge wartete. Er stellte keine Fragen. Ja, er verdiente an dem neuen Ort ganz sicher einen Job.

Die Baustelle lag direkt um die Ecke. Am Flussufer entstanden auf einem ehemaligen Fabrikgelände Luxusappartements zu horrenden Preisen. Das war Teil irgendeines Sanierungsprojekts. Aber Gerüchten zufolge war der Bauunternehmer jedoch in Schwierigkeiten – ein weiteres Opfer der Immobilienkrise –, und die Bauarbeiten waren unterbrochen worden.

So war das Gelände, sehr zu Charlies Erleichterung, menschenleer. McGregor hatte es zwar versprochen, aber man konnte nie wissen. Der Ort erinnerte an eine Geisterstadt – Werkzeuge lagen überall herum und auf der halbfertigen Mauer stand ein Becher Tee, der noch darauf wartete, dass sein Besitzer zurückkam. Es sah so aus, als wäre die Baustelle ziemlich überstürzt verlassen worden.

Charlie sah Donohue am Flussufer. Er telefonierte mit seinem Handy und trug trotz der dunklen Wolken, die sich über seinem Kopf unheilvoll zusammenzogen, eine Sonnenbrille. Er trug einen schlecht sitzenden Anzug, eine billige Imitation von Charlies eigenem. Das war ein Teil von Donohues Problem. Er hielt sich für einen von ihnen – ein Player –, aber er war nur ein billiges, charakterloses, kleines Stück Scheiße. Ein winziger Fisch in einem Becken voller Haie. Und das war alles eine Nummer zu groß für ihn.

»Chaz, Mann!« Donohue klappte sein Handy zu und steckte es in die Jackentasche.

Charlie zuckte zusammen. Niemand nannte ihn Chaz. Was glaubte dieser kleine Wichser eigentlich, wer er war?

»Schön, dich zu sehen, Kumpel. McGregor hat mir gesagt, dass du etwas für mich hast.«

Charlie rang sich ein Lächeln ab und schüttelte Donohues kleine Hand gerade fest genug, um ihm zu zeigen, wer hier der Boss war. Donohues Hand war feucht, und Charlie fragte sich, ob der kleine Mann nervös war oder ob er nur in seinem Nylonanzug schwitzte.

Inspektor Dave Donohue war siebenunddreißig Jahre alt, klein, dünn und kahlköpfig.

»Nimm die Sonnenbrille ab«, sagte Charlie.

»Warum?«

»Weil ich deine Augen sehen will, wenn ich Geschäfte mit dir mache.«

Charlies Gesichtsmuskeln schmerzten von dem falschen Lächeln.

Donohue setzte die Sonnenbrille auf den Kopf. Seine grauen Augen waren schmal und durchtrieben. Sie huschten ständig hin und her und warteten darauf, dass etwas passierte. Jetzt sah er überall hin, nur nicht in Charlies Augen. War das Scham? Zu viel Koks? Oder nur ein Mangel an Respekt? Charlie war sich nicht sicher, aber er fand den Mann zum Kotzen. Er war alles, was Charlie verabscheute – ein mittelmäßiger Bulle, der die Zuhälter und Dealer, die er festnahm, schikanierte, während er sich als so eine Art Sonderzulage ihr Kokain reinzog und ihre Mädchen fickte. Charlie rührte Drogen nicht an, das hatte er nie getan, und er zahlte auch nicht für Sex. Er hatte viel zu viel Respekt vor sich selber *und* dem anderen Geschlecht, um so etwas zu tun. Sicher war Donohue nicht der Einzige beim Sittendezernat, der seine Macht missbrauchte, aber letztens war er zu weit gegangen, und jetzt hatte McGregor die Nase voll.

»Ja, ich habe etwas für dich.«

Charlie hockte sich hin und stellte seinen Aktenkoffer vorsichtig auf den staubigen Boden. Er öffnete ihn langsam, sehr langsam und stand dann auf. Die Pistole lag schwer und kalt in seiner Hand, aber sie fühlte sich für ihn genauso angenehm an wie ein Hammer für einen Zimmermann. Die Pistole war einfach *das* Werkzeug seiner Branche. Es war so ein vertrautes Gefühl – kaltes Metall auf warmer Haut –, und Charlie fragte sich, ob er das vermissen würde.

Charlie war fast einen Kopf größer als Donohue, deshalb befand sich die Waffe, als Charlie sie ihm entgegenstreckte, genau in Augenhöhe des kleineren Mannes.

»O Gott, verdammte Scheiße!!!! Charlie, was machst du da, Mann?«

Donohues durchtriebene Augen weiteten sich wie Scheinwerfer. Er sprang zurück, stellte aber fest, dass der Fluss nur wenige Zentimeter entfernt war und es keine Möglichkeit gab, zu entkommen. Er riss den Mund auf und zu, auf und zu, aber es kamen keine Worte mehr heraus, nur sinnloses, wirres Gestammel. Die Bestürzung in seinen Augen verwandelte sich in Schock und dann in reinen Horror, als der Ernst der Lage in sein von Drogen benebeltes kleines Gehirn durchsickerte.

Charlie lächelte immer noch, sagte aber nichts. Je länger er schwieg, umso mehr konnte Donohue darüber nachdenken, warum er hier war.

»Was … was … was soll das, Charlie?«, stammelte er. »Ich habe nichts falsch gemacht. Ich verstehe das nicht.«

Charlie starrte Donohue weiter an, als ob er sich in seine Seele bohren wollte, wenn er so etwas überhaupt besaß. Er wollte, dass er sich irgendwie selber offenbarte. Sag einfach die Wahrheit, Mann, dachte er. Sprich es einfach aus. Doch Donohue war ein Typ, der gutes Zureden brauchte. Er konnte Charlie immer noch nicht in die Augen sehen.

»Ich, ich, ich habe wirklich nicht die geringste Ahnung, warum du so … so … so …«, Dave schaute auf die Waffe und dann schnell wieder weg. »So stinksauer auf mich bist, Charlie. Wirklich nicht.« Er schüttelte wie wahnsinnig den Kopf. »Echt. Ich habe wirklich nichts gemacht. Überhaupt nichts.«

Schließlich redete Charlie.

»Was glaubst du denn, worum es hier gehen könnte?«, fragte er ruhig. »Welche schmutzigen kleinen Geheimnisse könnten mir wohl zu Ohren gekommen sein?«

Donohue zuckte fast bockig die Schultern und schaute auf seine Füße. Charlie drückte die Waffe auf die Stirn des kleineren Mannes, zwang ihn, den Kopf zu heben und trat einen Schritt näher. Er konnte sehen, wie ihm der Schweiß ausbrach und roch die Angst in seinem Atem.

»Ich gebe dir einen Tipp«, fuhr Charlie fort. »Ihr Name war Clara.«

»Oh, Scheiße. Oh, Scheiße«, stammelte Donohue. »Die … die … die … das.«

Dann schien er zu schrumpfen, in sich zusammenzufallen, so als wäre die schlimmste aller Möglichkeiten eingetreten. Und das war auch so.

»Was hast du mit ihr gemacht?«, fragte Charlie.

»Wir hatten so eine Art … so eine Art Auseinandersetzung …«, nuschelte Donohue.

»Ach, eine Auseinandersetzung? So nennst du das also? Du und Clara, ihr hattet eine Auseinandersetzung, und irgendwie endete die für Clara tödlich!?«

Donohue zuckte mit den Schultern.

»Ich wollte sie nicht umbringen«, sagte er. »Ich schwöre. Es ist alles außer Kontrolle geraten.«

Charlie drückte Donohue die Waffe fester auf die Stirn. Sein falsches Lächeln gefror, und er spuckte Donohue die Worte regelrecht ins Gesicht, als er fragte: »Erzähl mir genau, was passiert ist, du miese kleine Ratte.«

Donohue schloss die Augen. Er zitterte.

»Sie hat versucht, wegzulaufen. Sie hatte meinen Ausweis geklaut, verdammt nochmal. Ich habe sie nur geschlagen, um sie am Weglaufen zu hindern. Das sollte nicht so heftig sein. Ich wollte nicht, dass sie stirbt. Mein Gott, Palmer, du hast das auch mal gemacht.«

Charlie konnte nicht glauben, was er da hörte. Wie konnte dieses Stück Scheiße es wagen, zu behaupten, dass Charlie ein armes junges Mädchen getötet hatte. Charlie hatte in seinem ganzen Leben noch keiner Frau etwas zuleide getan, geschweige denn einem Kind.

Er drehte die Waffe, so dass der Lauf sich tiefer in Donohues Stirn grub. Blut rann, mischte sich mit dem Schweiß, der dem Mann das Gesicht hinunterlief, und tropfte auf den billigen Nylonanzug.

»Wie alt war Clara?«, fragte Charlie.

»Ich weiß es nicht. Ziemlich jung.«

»Dreizehn«, sagte Charlie wütend. »Sie war dreizehn, Donohue. Sie war von zu Hause weggelaufen. Ihre arme Mutter wartete darauf, dass sie nach Hause kommt. Du hättest sie beschützen müssen, du Arschloch. Du hättest sie nach Hause bringen müssen.«

»Scheiße, ich wusste echt nicht, dass sie dreizehn war«, murmelte Donohue. »Ehrlich nicht.«

»Und was hast du mit Clara gemacht?«, fuhr Charlie fort. »Was hast du gemacht, als du mit ihr in irgendeiner Gasse in Dalston alleine warst, Donohue? Erklär mir das.«

»Ich habe sie verhaftet, weil sie sich auf der Straße angeboten hat.«

»Versuch's noch mal«, brüllte Charlie. Er wurde langsam ungeduldig. Er kannte die Wahrheit, aber er wollte sie von Donohue hören. »Was hast du mit Clara gemacht?«

»Wir hatten Sex«, flüsterte Donohue so leise, dass Charlie kaum ein Wort verstehen konnte.

»Lauter, Dave. Ich habe nicht genau verstanden.«

»Wir hatten Sex«, wiederholte Donohue diesmal deutlich.

»Nein, das hattet ihr nicht«, fauchte Charlie. »Du hast sie vergewaltigt. Sex beruht auf gegenseitiger Zustimmung.«

Schließlich trafen Donohue Augen Charlies Blick, und in seinen Augen lag Verzweiflung.

»Bitte, Charlie, mach das nicht. Es war ein Unfall. Ich wollte ihr nicht weh tun.« Er flehte Charlie jetzt an. »Was ist mit meiner Frau? Und mit meinen Töchtern?«

»Deine Frau ist ohne dich besser dran. Und deine Töchter? Deine Töchter sind nur ein paar Jahre jünger als das Mädchen, das du umgebracht hast.«

»Sie war nur eine kleine Hure. Die gibt es da draußen wie Sand am Meer. Das weißt du doch.«

»Sie war ein Kind. Das Kind von jemandem. Und du weißt, was das aus dir macht, Kumpel.«

Charlie spuckte das Wort ›Kumpel‹ mit Verachtung aus.

»Das macht aus dir einen Pädophilen. Und wir alle wissen, was mit Pädophilen passiert, nicht wahr?«

Der üble Gestank von Urin stieg Charlie in die Nase, als auch schon ein großer nasser Fleck auf Donohues Hose auftauchte. Eklige kleine Ratte. Er entsicherte die Waffe mit einem lauten Klicken.

»Bitte, Palmer, ich flehe dich an. Mach das nicht. Ich bin ein Bulle. Du kannst nicht einfach herumlaufen, Bullen abknallen und glauben, dass du davonkommst. Was ist mit McGregor? Er wird dich niemals laufen lassen, wenn er das erfährt.«

Das war typisch für Donohue, sich hinter seinem Dienstabzeichen zu verstecken. Charlie erinnerte sich, was McGregor ihm erzählt hatte, und ließ seine Waffe langsam sinken.

»Du hast recht, Donohue. Ich muss an McGregor denken.«

Donohue seufzte erleichtert und fiel vor Charlies Füßen auf die Knie. Mit einem Blick voller Dankbarkeit sah er zu Charlie auf. »O verdammte Scheiße, da hast du es mir aber gegeben, Kumpel. Ich habe echt geglaubt, dass ich sterben muss. Mensch, die Sache mit dem Mädchen tut mir wirklich leid. Das wird nicht wieder vorkommen. McGregor weiß nicht …«

Charlie unterbrach ihn. »McGregor weiß davon. Was glaubst du wohl, warum ich hier bin?«

Donohue schaute ihn irritiert an, und dann lag wieder das blanke Entsetzen in seinem Blick. Charlie hob ganz in Ruhe die Waffe und schoss Inspektor Dave Donohue in die Leiste. Blut und Hautfetzen spritzten über den staubigen Boden.

Donohue brach zusammen und fiel auf die Knie. Mit seinen grauen Augen starrte er Charlie verständnislos an. Charlie beobachtete einen Moment lang völlig emotionslos, wie sich das Gesicht des kleinen Mannes vor Schmerzen verzog, und dann wollte er es nur noch hinter sich bringen, hielt Donohue die Waffe an den Kopf und drückte ab. Peng. Das ekelhafte kleine Stück Scheiße lebte nicht mehr.

Charlie ließ die Waffe in seinen Aktenkoffer fallen und machte ihn zu. Ohne sich umzudrehen, ging er auf die Baustelle zu und schleuderte den Aktenkoffer und seinen Inhalt in das noch feuchte Betonfundament. Er beobachtete, wie der Beweis für immer und ewig verschluckt wurde. Sehr gründlich. Sehr sauber. Genauso, wie er es mochte. Und da, wo er hinging, brauchte er ohnehin keine Waffe.

Dann rief er McGregor an.

»Oberinspektor McGregor«, meldete sich eine schroffe Stimme.

»Der Job ist erledigt.«

»Gut. Ich bin dir etwas schuldig. Der kleine Bonus, über den wir gesprochen haben, geht Anfang nächster Woche in die Buchhaltung.«

»Danke, Chef.«

»Bist du jetzt weg?«

Charlie sah auf die Uhr.

»Das Flugzeug geht um eins.«

»Na, dann gute Reise. Ach, und Charlie … Meine Frau und ich kommen im August zu dir raus. Wenn du Lust hast, spielen wir dann eine Runde Golf.«

»Freu mich schon drauf.«

Und das war's. Die Arbeit war getan. McGregor würde jemanden in Zivil dorthin schicken, um die Leiche zu ›finden‹, und Inspektor Dave Donohue wäre als Held gestorben, der im Dienst erschossen worden war. Seine Frau bekäme eine angemessene Abfindung und Donohue erhielt eine posthume Tapferkeitsmedaille. Der Mord würde irgendeinem degenerierten Dreckskerl in die Schuhe geschoben, den die Polizei loswerden wollte, und der Job würde sich überall als gute Tat herumsprechen. Niemand würde jemals erfahren, dass sein Tod von seinem eigenen Chef arrangiert worden war, um einen Skandal bei der Polizei zu verhindern. Niemand, außer Charlie. Und Charlie wäre nicht Charlie, wenn er diese Information nicht für sich behielte.

Es war schon eine Weile her, dass er sich die Hände schmutzig gemacht hatte. Am Anfang seiner Karriere hatte er seinen Beitrag geleistet, und das kam ihm jetzt zugute. Er war in dem Geschäft sehr angesehen, und die meisten Leute gingen ihm aus dem Weg. Wenn du nett bist zu Charlie Palmer, dann ist Charlie Palmer auch nett zu dir. Im Laufe der Jahre hatte er herausgefunden, dass er von seinem guten Ruf profitierte. Normalerweise genügte eine Drohung von Charlie, damit jemand seinen Job machte – er war gar nicht gezwungen, auf etwas Härteres zurückzugreifen. Und das war gut so. Charlie brachte nicht gerne Leute um. Das war eine schmutzige Arbeit. Aber einige Drecksäcke mussten gut und gründlich aussortiert werden, und leider war Donohue einer von ihnen gewesen. Und jetzt musste Charlie wegen dieser kleinen Ratte abhauen.

»Das ging aber schnell«, sagte Gary, als Charlie sich auf den Beifahrersitz des Range Rovers setzte.

»Stimmt. Aber war auch nichts Wichtiges.«

»Also, auf direktem Weg nach Heathrow?«

»Genau«, bestätigte Charlie.

Ja, London war jetzt zu heiß für Charlie. Es wurde Zeit, dass er verschwand.

4 »Also, das schaffe ich«, sagte Maxine de la Fallaise laut
zu sich selbst, während sie in das Kochbuch schaute, das
aufgeschlagen auf der Granitarbeitsplatte lag. Mit der Hand
fuhr sie sich durch ihre blonde Lockenpracht und wischte sich
die Hände an der Schürze ab. Dann las sie sich das Rezept
noch einmal durch.

12–18 Scheiben Schinken

3 Knoblauchzehen, geschält

1 gute Handvoll getrockneter Porcini – hä?

»Isabel!«, rief Maxine. »Isabel! Was ist ein Porcini? Ich habe
keinen Porcini!«

Maxines Hausmädchen kam von der Terrasse in die Küche geschlendert. Sie trug einen hochgeschlossenen Einteiler
und hielt eine Ausgabe von *Hola!* in der Hand. Sie lehnte sich
mit geneigtem Kopf und einem ›Das-habe-ich-Ihnen-doch-
gesagt‹-Blick im Gesicht gegen den Mittelblock in der Küche. Maxine hatte Isabel für ein paar Stunden frei gegeben,
während sie ein spezielles Mittagessen für Carlos zubereiten
wollte. Isabel war für die freie Zeit dankbar, aber skeptisch,
was Maxines Fähigkeiten in der Küche anging.

»Haben Sie eigentlich jemals eine Mahlzeit gekocht, Miss
Maxine?«, fragte sie in ihrem erstaunlich guten Englisch.

»Natürlich habe ich das«, sagte Maxine verächtlich, wobei
sie sich an einen katastrophalen Zwischenfall mit einem Brat-
hähnchen im Hauswirtschaftsunterricht im Internat erinnerte.
Die örtliche Feuerwehr war damals zwar ziemlich sauer gewe-

sen, aber die anderen Mädchen waren froh gewesen, dass der Nachmittagsunterricht ausgefallen war. »Ich bin nur ein bisschen aus der Übung, das ist alles.«

Konnte es denn so schwer sein, eine Göttin des Haushalts zu werden? Es war ganz offensichtlich, dass ihre Hausangestellten davon überzeugt waren. Ihr Langzeit-Liebhaber Carlos hatte Tränen gelacht, als sie ihm angeboten hatte, für ihn zu kochen.

»Chica! Chica!«, hatte er laut lachend gerufen. »Du hast viele, viele besondere Begabungen, aber du bist keine Fernsehköchin. Und es hat einen Grund, warum es in der Stadt so viele Top-Restaurants gibt. Und der ist, dass Frauen wie du viel zu sehr damit beschäftigt sind, schön zu sein, als dass sie sich ums Kochen kümmern könnten, nicht? Und außerdem haben wir Isabel. Isabel ist eine wunderbare Köchin. Sie kommt aus Sevilla. Frauen aus Sevilla sind alle wunderbare Köchinnen.«

Manchmal hatte Maxine das Gefühl, dass Carlos und die Hausangestellten sich gegen sie verbündeten, weil sie die einzige Nicht-Spanierin im Haus war. Okay, sie war in New York geboren, in L. A. aufgewachsen, in England zur Schule gegangen, und London war so etwas wie ihre ›offizielle‹ Heimat, aber sie hatte die letzten zwei Jahre überwiegend hier verbracht, und sie war gerne hier. Sahen sie nicht, dass sie eine ehrenhafte *Señorita* war? Manchmal hatte sie das Gefühl, dass sie sich gegen sie verbündeten. Sie lachten ständig über sie. Nun, liebevoll, das wusste sie. Aber manchmal störte es sie. Warum nahm niemand sie ernst? Sie war doch kein Kind mehr. Sie war eine reife Frau, die schon weit herumgekommen war.

Okay, sie wusste nicht, wie man die Dunstabzugshaube anschaltete, aber mein Gott. So etwas konnte man doch lernen. Sie war wild entschlossen, Carlos zu beweisen, dass sie das Zeug zur Ehefrau hatte.

Während einer ihrer zahlreichen Diskussionen über seine Ehefrau Esther war sie auf die Idee gekommen, für ihn zu kochen. Carlos und Esther waren fast dreißig Jahre verheiratet, gingen aber seit fünfzehn Jahren völlig getrennte Wege. Während Esther in ihrer Villa in Beverly Hills wohnte, lebte Carlos mit Maxine hier an der Costa del Sol. Die Russos waren nur auf dem Papier verheiratet. Das war eine reine Formsache. Weil Esther eine gläubige Katholikin war, hatte sie sich geweigert, in die Scheidung einzuwilligen, und Carlos sah keinen Grund, das Thema wieder anzusprechen. Maxine schon. Sie war jetzt schon eine Ewigkeit mit Carlos zusammen und liebte ihn leidenschaftlich. Sie wollte Mrs Russo werden.

»Liebling, du bist wirklich nicht die typische Ehefrau.« Carlos hatte geduldig gelächelt, als Maxine wieder mit diesem Thema anfing.

»Doch, das bin ich«, beteuerte Maxi wütend. »Ich war schon dreimal verheiratet!«

Darüber hatte Carlos laut gelacht. »Und wie lange haben diese Ehen noch mal genau gehalten?«

»Fast ein Jahr, zumindest die eine«, hatte Maxine ernst geantwortet.

»Genau, Chica!«, hatte Carlos gesagt und lachte immer noch. »Du bist eben keine typische Ehefrau!«

»Und was ist dann eine typische Ehefrau?«, hatte Maxine ihn angeblafft. Genauso eine Frau wollte sie sein.

Carlos hatte mit den Schultern gezuckt. »Eine Frau, die kochen kann. Eine Frau, die es ertragen kann, lange genug dick zu werden, um ein Kind zu bekommen. Eine Frau, die das Haus verlassen kann, ohne sich vorher drei Stunden lang zurechtzumachen.«

Das Haus ohne Make-up verlassen? Nun, das würde niemals passieren. Und Schwangerschaft? Der Gedanke daran erschreckte sie immer noch zu Tode (obwohl sie sich in der letzten Zeit mit dieser Vorstellung anfreundete). Aber Kochen? Vielleicht würde sie das hinkriegen. Also überraschte Maxine ihn heute mit einem … sie schaute wieder ins Kochbuch. Mit geschmortem Rindfleischfilet an Kräutern und Porcini, umhüllt von Schinken. Aber er würde in einer Stunde vom Golfen zurück sein und das Fleisch war noch nicht einmal im Ofen. Schlimmer noch – was verdammt nochmal war Porcini, falls sie ihn überhaupt im Haus hatten?

»Miss Maxine«, sagte Isabel geduldig. »Ich habe Ihnen doch schon gesagt. Ich habe gestern alle Zutaten gekauft.« Sie zog eine Schublade auf und gab Maxine eine Tüte mit getrockneten Porcini.

»Ach, Pilze«, sagte Maxine erleichtert. »Warum schreiben sie es verdammt nochmal nicht in ihrem Buch?«

Isabel grinste. »Soll ich Ihnen helfen?«, fragte sie.

»Nein, nein, nein.« Maxine bestand darauf, dass Isabel wieder auf die Terrasse ging. »Es geht schon. Ich muss das hier ganz alleine machen.«

Maxine tat, was Jamie Oliver sagte. Sie weichte die Porcini in Wasser ein und briet sie dann mit Knoblauch an. Sie war sich nicht ganz sicher, was ›reduzieren‹ bedeutete, trotzdem machte sie einfach weiter. Die Mischung klebte an der Pfanne und sah am Ende ein bisschen zermatscht aus. Sie löffelte diese lumpige graue Mixtur auf die Schinkenscheiben. Das sah im Moment nicht sehr appetitlich aus, aber es würde schon werden, wenn es erst einmal im Ofen war, da war sie ganz sicher. Sie bedeckte das Fleisch, das Isabel auf dem Markt gekauft hatte, mit den Kräutern und versuchte dann den Schinken mit der Pilzmischung um die Filets zu wickeln. Desaster. Wie sehr sie es auch versuchte, es sah noch nicht einmal annähernd so aus wie die netten kleinen Päckchen auf dem Foto. Ach, scheiß drauf. Maxine durchsuchte die ihr unbekannten Küchenschubladen, bis sie so etwas wie ein Band fand. Das würde gehen. Sie wickelte das Band um die Rinderfilets und schob sie dann in den Backofen. Die Uhr an der Ofentür zeigte 12.30. O Scheiße! Carlos würde schon in einer halben Stunde nach Hause kommen, und im Kochbuch stand, dass das Fleisch vierzig Minuten brauchte. Sie drehte den Knopf von 200 auf 300 Grad. So würde es schneller gehen. Ta da! Fertig. Diese ganze Kocherei war gar nicht so schwer, wie es schien.

Maxine schaute in den Spiegel. Überall im Haus gab es Spiegel. Aber nicht, weil Maxine eitel war, im Gegenteil. Eben weil sie das nicht war, brauchte sie die Spiegel. Maxine wusste, dass sie ungestylt lausig aussah, und nutzte die Spiegel, um zu kontrollieren, ob ihre Frisur und ihr Make-up noch richtig saßen, damit nicht der hässliche Kopf der ›echten‹ Maxine de Fallaise zum Vorschein kam. O Gott! Wie schafften es diese Fernsehköche nur, in der Küche so gepflegt auszusehen? Maxine war knallrot im Gesicht, unter den Achseln völlig verschwitzt, und um ihre Augen war der Mascara verschmiert.

Mist! Ihre schönen, luftig fallenden Locken hatten sich in ein krauses Durcheinander verwandelt. Und, o mein Gott, was waren denn das für graue Stellen unter dem Wasserstoffblond? Sie nahm sich vor, noch heute Nachmittag zum Friseur zu gehen. Es war ein Notfall. Sie rannte ins nächstgelegene Badezimmer, um sich wieder in Ordnung zu bringen, nahm die Schürze ab (sie trug darunter nichts weiter als einen goldenen String-Bikini) und ging zu Isabel auf die Terrasse. Sie hatte noch zwanzig Minuten Zeit.

»Alles in Ordnung?«, fragte Isabel skeptisch.

»Alles wunderbar!«, verkündete Maxine selbstbewusst, nahm sich eine Ausgabe der OK! und machte sich auf die Suche nach Fotos von sich selbst und ihren zahlreichen Promi-Freunden. Ach, da! Da stand sie direkt neben Liz Hurley. Hmm, diese weiße Jeans war nichts für ihre Oberschenkel. Sie nahm sich vor, sie nicht mehr anzuziehen.

Ungefähr eine Viertelstunde später bemerkte Isabel den verbrannten Geruch.

»O mein Gott!«, rief Maxine, während sie durch den Qualm hindurch in den Ofen schaute. »Müssen die so schwarz sein?«

»Nein, Miss Maxine, ich glaube nicht«, sagte Isabel ruhig, »ich mache Señor Carlos was anderes.«

»Mist!«, stellte Maxine fest. »Da siehst du es, Isabel! Ich bin wirklich zu gar nichts zu gebrauchen.«

Isabel lächelte ihre Chefin freundlich an. »Sie sind viel zu hart gegen sich selbst«, sagte sie freundlich. »Das stimmt nicht. Sie sind eine erfolgreiche Geschäftsfrau. Jetzt besitzen Sie sogar einen Nachtclub, schon vergessen? Und Sie sind die netteste Arbeitgeberin, die ich je hatte.«

Als Carlos vom Golfclub zurückkam, hatte Isabel ihm eine herrliche Frittata gemacht und Maxines Shih-Tzu-Hündin Britney war begeistert über ein Stück verkohltes Fleisch hergefallen. Maxine saß unschuldig auf einem Barhocker, feilte ihre Fingernägel und blätterte in einer Zeitschrift.

»Hi mein Schöner«, sagte sie gutgelaunt, sprang vom Stuhl und drückte einen saftigen Kuss auf die Wange ihres Lovers.

Und war er nicht schön? Einsfünfundachtzig, charmant, breite Schultern, rabenschwarzes Haar (da hatte der Frisör allerdings ein wenig nachgeholfen), Carlos konnte gut als Doppelgänger von Cary Grant durchgehen. Sein hellblaues Golfshirt brachte seinen gebräunten Teint und seine schokoladenbraunen Augen sehr gut zur Geltung. Sie hatte schon für Carlos Russo geschwärmt, als seine melodischen Balladen in den Achtzigern die Charts stürmten. Und sie schwärmte immer noch für ihn. Mit dem kleinen Unterschied, dass sie heute mit ihm zusammenlebte. Ja, Maxine war echt ein Glückspilz.

»Warum riecht es denn hier so verbrannt?«, fragte Carlos und schnupperte vorsichtig. »Hat es hier gebrannt?«

»Seien Sie nicht albern, Señor«, sagte Isabel verächtlich. »Mir ist nur die Frittata ein bisschen angebrannt.«

»Dir?«, fragte Carlos misstrauisch.

»Ja, mir«, log Isabel.

Maxine warf ihr einen dankbaren Blick zu.

»O mein Gott«, rief Carlos plötzlich. »Was ist denn mit Britney los?«

Alle drehten sich zu dem winzigen Hund um, der in der Ecke dramatisch würgte und nach Luft schnappte.

»Tu doch etwas!«, schrie Maxine, als sie sah, wie sich ihr kleines ›Baby‹ vor Schmerzen krümmte. »Carlos, rette sie.«

Maxine brach in Tränen aus und legte die Hände vors Gesicht.

»Ich kann gar nicht hinsehen«, jammerte sie.

Beherzt schnappte Carlos sich den kleinen Hund, drückte ihm die Schnauze auf und fing an, nach der Ursache für das Problem zu suchen.

»Was um alles in der Welt ist das?«, fragte er erstaunt und zog ein verbranntes Stück Schnur aus dem Hunderachen.

Maxine nahm ihren geliebten Hund, der nach dieser Tortur am ganzen Körper zitterte, auf den Arm, drückte ihn an ihre Brust und küsste immer wieder seinen flauschigen Kopf.

»Arme kleine Britney! Ich hätte dich beinahe umgebracht«, sagte sie zu dem Hund.

»Du?«, fragte Carlos verwirrt.

»Ich wollte für dich kochen«, erklärte Maxine kleinlaut. »Es ist schiefgegangen. Britney hat gerade das Beweisstück aufgefressen.«

Ein amüsiertes Lächeln breitete sich auf Carlos' attraktivem Gesicht aus. »Na ja, es ist ja noch einmal gutgegangen.« Er lachte herzlich, gab Maxine einen spielerischen Klaps auf den Po und setzte sich hin, um seine Frittata zu essen.

Maxine wich zurück. Sie hasste es, wenn Carlos sich ihr gegenüber so herablassend verhielt und sie behandelte wie ein kleines dummes Kind. Verdammt! Maxine wollte gewinnen. Das wollte sie schon immer. Bloß weil sie in der Küche versagte, hieß das noch lange nicht, dass sie eine Niete war. Sie mochte diesen Kampf verloren haben, aber sie würde niemals den ganzen Krieg verlieren. Von jetzt an würde sie das häusliche Königreich Isabel überlassen. Aber sie würde einen anderen Weg finden, um Carlos von ihren ehelichen Tugenden zu überzeugen. Maxine war wild entschlossen zu gewinnen, und wenn sie sich etwas in den Kopf gesetzt hatte, würde sie es auch bekommen. Es war an der Zeit, mit Plan B zu beginnen.

Während Gary durch den Verkehr im Londoner Westen kroch, zog Charlie sich um. Er zog seinen Anzug, das T-Shirt und die Slipper aus und stopfte alles in eine leere Sporttasche. Gary verzog keine Miene, als sein Boss sich bis auf den Calvin-Klein-Slip auszog. Er hatte das alles schon einmal mitgemacht. Ein paar todschicken Mädchen in einem offenen Audi TT fiel Charlies muskulöser, nackter Körper auf, und sie quietschten und schrien, als sie an der Ausfahrt auf der M4 an ihnen vorbeifuhren. Charlie winkte ihnen. Dann nahm er eine ordentlich gefaltete blaue Leinenshorts und ein weißes Leinenshirt aus seiner Reisetasche und schlüpfte hinein. Er hielt seine braunen Mui-Mui-Ledersandalen hoch, die er am Tag zuvor gemeinsam mit Nadia gekauft hatte.

»Sind die nicht ein bisschen schwul?«, fragte er Gary.

»Nein, Boss. Die sind echt edel. Beckham-Style, oder?«

Charlie nickte zufrieden und zog sie an. Er warf die Sporttasche auf den Rücksitz.

»Sieh zu, dass du die loswirst, wenn du mich abgesetzt hast.«

Gary nickte. Er würde sie verbrennen, wenn es dunkel war.

Als Charlie am Flughafen aus dem Range Rover stieg, warf er Gary einen Schlüsselbund zu.

»Für meine Wohnung«, sagte er. »Fühl dich wie zu Hause. Ich werde für 'ne ganze Weile weg sein.«

»Hä?« Gary war verblüfft.

»Vergiss mich nicht, sieh zu, dass du nicht in Schwierigkeiten kommst, und halt deine Weste sauber. Wir bleiben in Verbindung.«

Gary kratzte sich am Kopf und brachte seine Baseballkappe in eine noch seltsamere Position.

»Und ruf mich nicht an, es sei denn, es handelt sich um einen verdammten Notfall, okay?«

»Okay, Boss«, sagte er unsicher.

»Schick Nadia nach Hause zu ihrem Dad«, fuhr Charlie fort. »Ach, und sag ihr, dass es mir leidtut. Sie soll es nicht persönlich nehmen. Besorg ihr auf dem Nachhauseweg ein paar Blumen. Erstklassige. Nicht von der Tankstelle, verstanden? Hier.«

Charlie warf ein dickes Bündel Fünfzig-Pfund-Noten auf den Beifahrersitz. »Das müsste reichen. Behalt den Rest. Danke, Gary. Du bist ein guter Junge. Wir sehen uns.«

Gary starrte noch immer mit offenem Mund auf den riesigen Haufen Geld, als Charlie durch die Drehtüren ging und in der Abflughalle verschwand.

5 »Was heißt das, du kommst nicht? Du wirst in diesem verdammten Flugzeug erwartet. Sie haben extra den Flug für dich aufgehalten!«

Lila Rose merkte zu spät, dass sie schrie. Sie nahm das Grinsen und die Rippenstöße der versammelten Gruppe, ihrer sogenannten treu ergebenen Belegschaft, aus den Augenwinkeln wahr. Sie waren Aasgeier. Sie gaben vor, sie zu mögen, aber sie wurden dafür bezahlt. Sie wusste, dass sie alle nur auf ihren Teil der Beute warteten. Und wenn sie den erst einmal bekommen hätten, würden sie ihn an die Boulevardblätter verkaufen … oder bei eBay für fünfzig Pfund. Sie drehte sich um, senkte ihre Stimme und fuhr fort.

»Das verstehe ich nicht, Brett? Du *musst* kommen. *Du* hast es versprochen.«

Die Stimme ihres Mannes, der sich auf der anderen Seite des Atlantiks aufhielt, knackte in der Leitung.

»Ich weiß, Liebling, aber darauf habe ich keinen Einfluss. Das ist ein wirklich wichtiges Meeting wegen einer ganz, *ganz* großen Rolle. Der Regisseur fängt am Montag an, in Montreal zu drehen, also geht es nur an diesem Wochenende.«

Lila seufzte und fuhr sich mit der Hand durch ihr glänzendes braunes Haar. Brett log natürlich. Brett verbrachte sein ganzes Leben damit, zu lügen. Er war schon so lange Schauspieler, dass er die Fähigkeit, die Wahrheit zu sagen, vollkommen verloren hatte. Bei drei Oscar-Nominierungen hieß es, dass ihr Mann einer der größten Filmstars seiner Generation war, aber seine Frau durchschaute ihn immer noch. Tatsache war, dass jeder Regisseur Himmel und Hölle in Bewegung setzen würde, um Brett Rose für eine Hauptrolle zu gewinnen. Dieses Meeting – wenn überhaupt eins stattfand – hätte locker warten können, bis Brett aus Europa zurück gewesen wäre.

»Du bist ein Stück Scheiße, Brett. Ein verdammtes riesiges Stück Scheiße. Was soll ich meinen Eltern erzählen? Wie soll ich das den Kindern beibringen? Sie freuen sich schon seit Monaten auf dieses Wochenende.«

Und ich freue mich schon seit Monaten auf dieses Wochenende! Lila spürte, wie ihre Wangen heiß wurden und ihr die Tränen in die Augen stiegen.

»Ach, komm schon, Süße. Sei nicht böse. Ich bin auch enttäuscht, aber du weißt doch, wie das hier drüben ist. Deine Familie wird es verstehen, und ich werde es bei den Kindern schon wiedergutmachen. Hey, ich komme ja, es wird nur ein paar Tage später, das ist alles.«

»Mein Vater hat aber am Sonntag Geburtstag«, erinnerte Lila ihn kühl.

»Hallo? Die Verbindung ist furchtbar schlecht, Süße.«

Es war tatsächlich eine schlechte Verbindung, aber Lila konnte schwören, dass Brett sich irgendwo aufhielt, wo es laut war. Es war vier Uhr morgens in L. A., und wie immer machte ihr Mann Party, als wäre er noch der Single, der er war, als sie sich kennengelernt hatten.

»Wie auch immer, Liebling, ich gehe jetzt besser. Es tut mir leid, ja? Ich ruf dich morgen an und erzähl dir alles. Ich muss jetzt ins Bett.«

Lila legte auf, ohne sich zu verabschieden. Der arme Kleine musste ins Bett. Die Frage war nur, mit wem? Lindsay Lohan? Paris Hilton? Ohne Zweifel jung und sexy und nur halb so alt wie Lila.

Sie entschuldigte sich, ging in die Damentoilette, schloss sich ein und brach in Tränen aus. Warum wunderte sie sich? Er ließ sie immer hängen. Aber sie hatte verzweifelt gehofft, dass sie ihre Ehe in ebendieser Woche wieder in Ordnung hätte bringen können. Ihr Vater gab anlässlich seines fünfundsechzigsten Geburtstags eine Party, und die ganze Familie würde da sein. Lila hatte sich so sehr darauf gefreut, all ihre Lieben um sich zu haben – ihre Eltern, ihre Kinder und vor allen Dingen ihren Ehemann. Nach Jahren der Einsamkeit war der Gedanke, die ganze Familie um sich zu haben, zu schön, um wahr zu sein.

Lila atmete tief durch und öffnete die Tür. Entsetzt schaute sie in den Spiegel. Selbst mit Liebeskummer hatte sie in ihrer Jugend umwerfend ausgesehen – zu ihren riesigen wasserblauen Augen und ihren bebenden vollen Lippen hatte er gut gepasst –, aber jetzt war alles, was Lila im Spiegel sah, eine bedauernswerte, gebrochene Frau, die farblos auf das mittlere Alter zuging. Die Verzweiflung fühlte sich ganz sicher genauso an wie mit achtzehn, aber sie sah mit sechsunddreißig wesentlich schlimmer dabei aus. Mutter Natur war eine Zicke – und in der letzten Zeit hatte Lila auch nicht viel zu lachen gehabt. Ihr Gesicht war tränenüberströmt, und die geplatzten Äderchen auf ihren Wangen waren deutlich zu sehen. Vielleicht war es höchste Zeit für ein chemisches Peeling. Oder vielleicht sogar etwas Radikaleres. Lila war immer gegen Schönheitsoperationen gewesen und hatte das auch ein paarmal öffentlich gesagt, aber das war, bevor sie Falten bekommen hatte. Die Ironie war, dass die Frauenzeitschriften sie als berühmte britische Schönheit feierten. Wenn sie sie nur jetzt sehen könnten! Talentierte Visagisten und großartige Fotografen waren es, die zwischen Lilas bewunderndem Publikum und der grausigen Wahrheit standen. Und die Wahrheit war, zumindest in Lilas Augen, dass ihr berühmtes gutes Aussehen nichts war als eine welkende Erinnerung. Alles wie weggeblasen, genau wie ihre Schauspielkarriere. Lila sehnte sich danach, wieder zu arbeiten, gerade jetzt wo die Kinder älter wurden, aber wer würde ihr schon eine Rolle geben? Sie war zu alt, um die Rolle der jugendlichen Liebhaberin zu spielen und zu jung, um als Charakterschauspielerin zu gelten.

Außerdem war von ihrem Selbstbewusstsein nicht mehr viel übrig. Sie war ein Nichts. Ein absolutes Nichts.

Es klopfte leise an der Tür.

»Bist du okay, meine Liebe?«

Es war Peter, Lilas persönlicher Assistent und der einzige Mann, außer ihrem Vater, dem sie wirklich trauen konnte. Er war keiner von den Aasgeiern. Natürlich war er schwul. Peter war viel zu sensibel und mitfühlend, um heterosexuell zu sein. Außerdem war er gepflegt, geistreich und einfühlsam. Er war all das, was ihr Ehemann nicht war, und viel mehr als nur ein persönlicher Assistent. In den letzten zehn Jahren war Peter Lilas Felsen in der Brandung, ihr PR-Manager, ihr Stilberater, ihr Vertrauter, die Schulter, an der sie sich ausheulen konnte, der Patenonkel ihres Sohnes und vor allem ihr bester Freund. Er schaute in Lilas verheultes Gesicht mit dem verschmierten Mascara und nahm sie in den Arm. Sie vergrub ihr Gesicht in seinem Kashmirpullover und schluchzte. Peter wiegte sie wie ein kleines Kind, und es schien, als wäre es ihm vollkommen egal, dass Lilas Mascara auf sein blassblaues Oberteil lief.

»Brett, der Arsch, streikt also wieder?«, murmelte er mehr zu sich selbst als zu Lila.

Lila nickte, war aber zu erregt, um etwas sagen zu können.

Peter streichelte ihr zärtlich über das dunkle Haar und küsste sie auf den Kopf. Dann, als die Tränen getrocknet waren, frischte er vorsichtig ihr Make-up wieder auf.

»So«, sagte er, als er fertig war. »Umwerfend.«

Lila schaute in den Spiegel. Selbst sie musste zugeben, dass sie mit einem anständigen Make-up immer noch recht passabel aussah. Aber das war nur eine Maske: schimmerndes Make-up, um ihre Haut frisch erscheinen zu lassen, glänzender Lidschatten, um ihre Augen strahlen zu lassen, Lippenstift, um ihren Schmollmund zu betonen, und rosa Rouge, um einen Hauch von Jugendlichkeit auf ihre Wangen zu zaubern. Nichts davon war echt.

»Es fehlt noch etwas«, sagte Peter.

»Was denn?«

»Ein Lächeln.«

Lila nickte, atmete einmal tief durch und legte ihr berühmtes gewinnbringendes Lächeln auf. Die Maske war komplett. Sie war bereit, ihrem Publikum entgegenzutreten. Es faszinierte Lila immer, wie alle auf diese Täuschung hereinfielen und an der Vorstellung von der perfekten Promi-Ehe der Roses festhielten. Peter kannte die Wahrheit natürlich. Und ihre Mutter, Eve. Eve durchschaute das aufgesetzte Lächeln und das makellose Make-up und erkannte das gebrochene kleine Mädchen darunter. Aber nur eine einzige andere Person hatte hinter diese Maske geblickt, eine Journalistin mit dem Namen Grace Melrose, die sie im letzten Monat interviewt hatte.

Was hatte sie noch mal geschrieben? Ach ja. Das war es. *Die märchenhafte Romanze der Roses ist der Stoff, aus dem Hollywood-Träume gemacht sind. Zehn Jahre glückseliger Zweisamkeit sind praktisch beispiellos bei der hohen Scheidungsrate im La-La-Land. Aber leider vermute ich, dass das alles ist — nur ein Traum. Im Hause der Roses ist ganz offensichtlich nicht alles in Ordnung. In der Tat hat sich Lilas Schmerz in jede Falte ihres schönen Gesichts eingebrannt.*

Bretts PR-Leute waren total ausgeflippt, als der Artikel abgedruckt worden war. Sie hatten gedroht, zu klagen und angekündigt, dass sie der Presse nie wieder Zugang zu dem Haus der Roses gewähren würden. Und, ja, ein Teil von Lila hasste

Grace Melrose auch – erstens, weil sie ihr Seelenleben offengelegt hatte, aber mehr noch, weil ihr die Falten aufgefallen waren! Für das eigene Ego war es nicht einfach, mit einem Hollywood-Superstar verheiratet zu sein. Brett war genauso alt wie Lila, aber während ein Mann mit Mitte dreißig immer noch ein junger Mann war, galt man als Frau in diesem Alter schon als alt, zumindest in Hollywood. Trotz ihrer schonungslosen Worte respektierte ein Teil von Lila Grace Melrose, weil sie durch die Maske in ihre Augen geschaut hatte. Es war das erste Mal seit langer Zeit, dass jemand sich bemüht hatte, sie als einen lebenden, atmenden, fühlenden Menschen zu sehen und nicht nur als die Frau eines Filmstars. Lila vermutete, dass eine Frau wie Grace Melrose eine richtig gute Freundin sein könnte, wenn sie in der wirklichen Welt leben würde. Aber Freundinnen waren ein Luxus, den Lila sich nicht leisten konnte. Aus bitterer Erfahrung wusste sie, dass die eigenen Geschlechtsgenossinnen die Ersten waren, die ihr in den Rücken fielen. Und heterosexuelle Männer waren nicht viel besser. Deshalb hatte sie Peter.

»Wie spät ist es?«, flüsterte sie Peter zu, als sie neben ihm her in die VIP-Abflug-Lounge ging.

»Fast zwei.«

»Gott! Das Flugzeug sollte doch schon vor einer Stunde abfliegen.«

»Ach, keine Sorge«, sagte Peter. »Sie warten auf dich.«

»Ich weiß, aber die anderen Passagiere werden mich für die reinste Diva halten.«

»Ach was, sei nicht albern. Sie werden hin und weg sein. Mit Lila Rose in einer Maschine zu sitzen, macht ihre Ferien perfekt.«

Lila seufzte. Brett Rose an Bord zu haben, war das Einzige, was ihre Ferien perfekt gemacht hätte.

Charlie wurde langsam nervös. Das Flugzeug stand jetzt schon viel zu lange auf der Startbahn. Er war kein großer Freund von Alkohol, aber er hatte schon zwei kostenlose Jack Daniels getrunken, während er in seinem bequemen Ledersitz am Fenster saß. Normalerweise flog Charlie gerne, besonders jetzt, wo er es sich leisten konnte, in der ersten Klasse zu fliegen. Es begeisterte ihn, dass er, Charlie Palmer, etwas Besseres war als die ›gewöhnlichen‹ Leute, die in der Economy Class zusammengepfercht saßen wie Legehennen. Wenn der Vorhang zwischen ihm und der Masse zugezogen wurde, dann war das, als würde ein Strich unter seine Vergangenheit gezogen. Keine zankenden Familien und schreienden Kinder auf seiner Reise, Gott sei Dank. Wohlgemerkt konnten solche Kinder sich glücklich schätzen, überhaupt ins Ausland zu kommen, er war in diesem Alter nicht weiter gekommen als nach Margate. Draußen regnete es jetzt in Strömen, vielleicht wurden sie durch das Wetter aufgehalten. Aber warum ging die Saftschubse dann ständig zum Telefon und redete leise auf jemanden ein? Und warum hatten sie die Tür noch nicht geschlossen? Charlie war ein exzellenter Beobachter. Das brachte sein Job mit sich. Das Kabinenpersonal warf sich vielsagende Blicke zu, und es war offensichtlich, dass sie wegen etwas aufgeregt waren. Im Flugzeug machte sich eine Atmosphäre von gespannter Erwartung breit. Etwas Wichtiges schien jeden Augenblick zu passieren, und Charlie fing an, sich Sorgen zu machen, dass es mit ihm zu tun haben könnte. Er sah zu der offenen Kabinentür und erwartete fast eine bewaffnete Polizeirazzia. Konnte man McGregor trauen? Er glaubte schon. Eigentlich war er sich sicher. Aber je länger Charlie hier saß, umso weniger war er davon überzeugt.

Und dann passierte es. Umgeben von einer Gefolgschaft an Begleitern in Designerklamotten, rauschte Lila Rose in das Flugzeug und setzte sich auf den leeren Platz genau vor

Charlie. Er war ihr so nah, dass er ihr Parfüm riechen konnte. Charlie grinste erleichtert in sich hinein. Und dann grinste er noch einmal, weil er sein Glück nicht fassen konnte. Lila Rose, die Luxusbraut. Schön, talentiert und gewandt, wie sie war, entsprach sie genau Charlies Idealvorstellung von einer Frau. Sie war klein, oder zumindest klein im Vergleich zu Charlie, aber Charlie war schließlich einsfünfundneunzig. Und sie hatte tolle Kurven, viel weiblicher als die meisten Schauspielerinnen heutzutage. Charlie mochte Frauen mit ein bisschen Fleisch auf den Rippen. Nicht dick. Ganz normal, anstatt halb zu Tode gehungert. Ihr Haar war schwarz und glänzend wie in einer Shampoo-Werbung und ihr Gesicht … nun, Charlie fand schon immer, dass sie das Gesicht eines Engels hatte.

Er fand auch, dass sie eine beeindruckende Schauspielerin war. Er hatte doch tatsächlich geweint, als die Frau, die sie in dieser albernen Soap gespielt hatte, bei der Geburt ihres Kindes gestorben war. Nicht dass er das irgendjemandem gegenüber jemals zugegeben hätte. Ach ja, und dann hatte er sie in diesem Frauenfilm gesehen. Seine damalige Freundin hatte ihn dazu überredet. Der Film war überhaupt nicht sein Ding – kein Sex, keine Gewalt! Eigentlich war es einer von diesen schnulzigen Schmachtfetzen. Aber Lila Rose auf der Leinwand zu sehen, ihr schneeweißes Dekolleté betont durch ein enges Korsett, ihre riesigen blauen Augen, die über irgendeine unerwiderte Liebe weinten, und ihre feuchten und zitternden Lippen … das war das reinste cineastische Viagra gewesen. O ja, sie war schon eine tolle Frau. Er konnte sich beim besten Willen nicht daran erinnern, mit welchem Mädchen er damals zusammen war, aber diese Bilder von Lila Rose hatte er nicht vergessen. Und hier saß sie, direkt vor ihm. Wenn er seine Hand ausstreckte, könnte er ihr glänzendes schwarzes Haar berühren.

Charlie seufzte. Schade! Sie war mit dem attraktivsten

Mann auf diesem Planeten verheiratet. Charlie kannte seine guten Seiten, aber er kannte auch seinen Platz im Leben und wusste, dass er niemals näher an das Königreich Hollywood herankommen würde als jetzt, wo er für zwei Stunden hinter Lila Rose sitzen durfte.

Innerhalb weniger Minuten schlossen sich die Kabinentüren, die Triebwerke wurden eingeschaltet, und das Flugzeug rollte die Startbahn entlang. Als sie erst einmal in der Luft waren, erklang durch den Lautsprecher die Stimme des Kapitäns, der die Passagiere an Bord der Maschine begrüßte.

» ... die Temperatur in Malaga beträgt angenehme 28 Grad, der Himmel über Spanien ist klar, und wir haben keine weiteren Verzögerungen zu befürchten, also lehnen Sie sich zurück, und genießen Sie den Flug mit uns.«

Oh, das werde ich, dachte Charlie, während er auf den Hinterkopf von Lila Rose starrte, das werde ich.

6 Grace las sich noch einmal schnell Miles' E-Mail auf ihrem BlackBerry durch, als sie in dem kleinen Pavillon mit Blick auf den Pool saß und auf Jimmy Jones and Jasmine Watts wartete. Sie musste über die Nachricht schmunzeln. *Jimmy Jones, guter Fußballer, aber ein IQ wie eine Amöbe. Hochzeit nächste Woche — Scoop! hat die Exklusivrechte, aber sieh zu, was du kriegen kannst. Details über die Hochzeitstorte? Brautjungfern der Spielerfrau? Ein Thron wie bei den Beckhams? Ist sie schwanger? Jasmines Vergangenheit (exklusives Zeug) — stammt aus Dagenham, hat pole dancing im Exotica gemacht, Familie stammt aus sehr einfachen Verhältnissen, die Mutter war früher Prostituierte, der Bruder sitzt immer mal wieder im Knast, die jüngere Schwester hat mit fünfzehn ein Kind bekommen. Der Vater ist tot. Jasmine behauptet, dass sie adoptiert ist (das würde ich auch sagen). Und das Wichtigste: Sind ihre Titten echt? Ich muss schon sagen, sie sind der Hammer.*

»Worüber lachst du, Grace?«

Grace blickte auf die bullige Person in dem kanariengelben Hawaiihemd, die auf sie zukam. Und dann lachte sie wieder, aber diesmal resigniert. Blaine Edwards. Sie hätte wissen müssen, dass er auch hinter dieser Story her war.

»Blaine, du Flittchen, ich hätte mir ja denken können, dass du hier irgendwo herumschnüffelst.«

»Herumschnüffeln?« Blaine tat so, als sei er gekränkt. »Ich muss dir sagen, dass das JimJazz-Markenzeichen die neueste Errungenschaft der Edwards-Dynastie ist. Du bist nur hier, weil *ich* gesagt habe, dass es okay ist.«

Grace seufzte innerlich. Das war die letzte Person, der sie in ihren Ferien über den Weg laufen wollte. Blaine Edwards, PR-Guru, war ein übergewichtiger, eingebildeter Australier, der sich kleidete, als käme er gerade aus Miami Vice, und der sich benahm wie ein geifernder, rolliger Bernardiner. Irgendwie hatte er es innerhalb der letzten fünf Jahre geschafft, sich vom Paparazzi-Fotografen zum Meister der Promiberater hochzuarbeiten. Heute hatte Edwards die Hälfte der mittelmäßigen Popbands, der Glamourgirls und der Reality-TV-Stars unter Vertrag, und jeder Boulevardjournalist wusste, dass er ein Mann war, den man bei Laune halten musste.

Er war widerwärtig, versteht sich, litt an maßloser Selbstüberschätzung und war bekannt für die himmelschreiendsten Wutanfälle. Er war viel mehr Diva als all die Mädchen, die er unter Vertrag hatte. Es war ganz offensichtlich, zumindest für Grace, dass er nur im Geschäft war, um Sex zu haben. Ein Mann, der so unattraktiv war wie Blaine, hätte im wirklichen Leben beim anderen Geschlecht nicht die geringste Chance gehabt, aber mit dem Versprechen des Ruhmes auf den Lippen schaffte er es immer, mit irgendeiner achtzehnjährigen Möchtegern-Berühmtheit auf dem roten Teppich aufzutauchen. Grace drehte sich der Magen um, aber im Sinne ihrer Karriere tat sie so, als würde sie ihn mögen.

Grace stand auf und Blaine küsste sie auf beide Wangen. Würg! Wie immer kam er ihr zu nahe und platzierte seine feuchten Lippen zu nah an ihrem Mund. Er schwitzte und roch nach Sonnenöl und Zigaretten.

»Du siehst wie immer glänzend aus, Grace.«

Blaine warf sich auf eine Holzliege neben ihr, verschränkte seine fetten Arme hinter dem Kopf und grinste sie an. Die Liege knarrte unter seinem Gewicht.

»Du siehst, ähm, irgendwie anders aus«, stellte Grace fest.

»Ach, du meinst meine Haare? Gefallen sie dir?« Er ließ sie

gar nicht zu Wort kommen. »Klasse, nicht wahr? Du kennst mich ja, der Mode-Meute immer einen Schritt voraus.«

Blaines Haare waren blau gefärbt, und er trug einen Irokesenschnitt. Es erübrigt sich zu sagen, dass er lächerlich aussah.

»Wie auch immer, viel wichtiger: Was machst *du* hier? Ich war ein bisschen überrascht, als Miles mir sagte, dass du auch in der Nähe bist. Ich dachte, Marbella wäre nicht ganz deine Szene. Ich hätte dich eher den Kultur-Aasgeiern zugeordnet. Ich meine, du bist viel zu gebildet für Spanien, oder nicht?«

»Eigentlich, Blaine, liebe ich Spanien, aber du hast recht, Marbella ist tatsächlich nicht mein Schauplatz. Ich habe mir ein kleines Häuschen weiter oben in den Bergen gemietet. Ich mache eigentlich Urlaub. Nicht, dass Miles das begriffen hätte. Ich wollte eigentlich vor dem ganzen Promizirkus fliehen und ein paar Tage ausspannen.«

»Ach, du bist mit irgendeinem Typen da oben, nicht wahr?«

Autsch! Grace zuckte zusammen. Blaine hatte den Nagel auf den Kopf getroffen.

»Nein, Blaine. Ich bin allein und genieße es.«

»Alleine! Gott, das ist ja gruselig. Ich kann mir nichts Schlimmeres vorstellen, als sieben Tage nur in meiner Gesellschaft zu verbringen.«

Ich kann mir auch nichts Schlimmeres vorstellen, als sieben Tage in deiner Gesellschaft zu verbringen, Blaine!

Aber Grace biss sich auf die Zunge und sagte lässig: »Nicht alle können so ein Partylöwe sein wie du, Blaine.«

Die Wahrheit war, dass Grace die Ferien eigentlich mit McKenzie verbringen wollte – McKenzie Munroe, Geschäftsführer von Global Media Incorporated. McKenzie gehörte nicht nur die Zeitung, für die Grace arbeitete, sondern die Hälfte aller Zeitungen, Magazine und TV-Sender in der westlichen Welt. Sie hatte mit ihm jetzt schon seit zwei Jahren eine Affäre, und kein Mensch wusste davon. Was besonders für McKenzies Frau galt. Und doch hatte die Frau irgendwie telepathische Fähigkeiten. Jedes Mal, wenn Grace und McKenzie etwas zusammen planten, hatte seine Frau irgendeine Krise. Normalerweise war es eine Migräne, wenn sie vorhatten, gemeinsam essen zu gehen. Dieses Mal war es schlimmer. McKenzie hatte sie gestern Nachmittag in ihrem Büro angerufen.

»Wir haben ein Problem«, sagte er mit einem unheilvollen Unterton.

»Was ist es diesmal?«, hatte Grace gefragt. »Jean mal wieder?«

»Ja, sie hatte einen Autounfall.«

»Mein Gott! Das ist ja furchtbar. Ist sie okay?«

»Ja, ja, es geht ihr gut. Sie hat ein gebrochenes Schlüsselbein und eine leichte Gehirnerschütterung. Es ist nichts Lebensbedrohliches, aber es sieht so aus, als müsste ich unseren Trip absagen …«

»So sieht es wohl aus«, antwortete Grace in scharfem Ton.

Eine Stunde später war die De-Beers-Halskette durch einen Boten gekommen, mit einer Nachricht, die lautete: *Entschuldige, Liebling. Nächstes Mal, xxx.* Es war die Handschrift seiner Assistentin. Und deshalb musste Grace die Woche in den Bergen allein verbringen, während McKenzie am Krankenbett den pflichtbewussten Ehemann mimte. Blaine redete immer noch. »Wie auch immer, Grace, ich kann es gar nicht erwarten, dass du Jasmine kennenlernst. Du. Wirst. Sie. Mögen!«

Grace zog skeptisch eine Augenbraue hoch. Das letzte Sternchen, von dem Blaine behauptet hatte, dass sie es mögen würde, stellte sich als einsilbiger Hohlkopf heraus.

»Ach, komm schon, Grace, gib ihr eine Chance. Sie ist

wirklich ein reizendes Mädchen. Und geh behutsam mit ihr um. Sie ist ein Hündchen, und du bist ein ausgewachsener Rottweiler. Ich habe Miles schon gewarnt – nichts von deinem rufschädigenden Unsinn, okay?«

»Ich schreibe, was ich bekomme, das ist alles.« Grace lächelte süß.

»Ja, ich habe den Artikel gesehen, den du über Lila Rose geschrieben hast.« Blaine hielt den Atem an. »Ich wette, das ist bei ihren Leuten nicht sehr gut angekommen.«

Grace zuckte mit den Schultern. »Ich mache meinen Job eben, so gut ich kann. Wenn die Leute keine Klatschspalten füllen wollen, dann sollten sie sich nicht ins Rampenlicht drängen.«

»Das sehe ich genauso«, Blaine nickte begeistert. »Und wenn es nicht um diese Klatschspalten ginge, wären wir beide unseren Job los, was?«

Er schnipste mit seinen fetten Fingern in Richtung der Haushälterin.

»Señorita! Drinks! Für mich Piña Colada und …« Er drehte sich zu Grace herum.

»Ein Mineralwasser mit Kohlensäure, bitte.«

Blaine kräuselte angewidert die Oberlippe und imitierte Graces geschliffenen Akzent. »Ein Mineralwasser mit Kohlensäure, bitte. Verdammte Scheiße, Mädchen. Du musst dich entspannen. Wir sind hier an der Costa del Sol. Mach dich locker.«

»Vielleicht später«, antwortete Grace. »Wenn ich meinen Job hier gemacht habe.«

Grace träumte gerade von dem Glas eiskalten Rosé, das sie trinken würde, sobald sie ihren Artikel geschrieben hätte, als sie Jasmine erblickte. Sie kam ungeheuer vorsichtig die breiten Marmorstufen vor dem Haus herunter, in einem Nichts von Bikini und lächerlich hohen Pumps, und hatte ein winziges Hündchen auf dem Arm. Sie war groß, fast amazonenhaft, und wesentlich sportlicher als die dünnen kleinen Wesen, die Grace normalerweise interviewen musste. Ihr langes, langes Haar war fast schwarz und fiel in kleinen feuchten Löckchen über ihre gebräunten Schultern und bis zu ihrer schmalen Taille hinunter. Selbst aus der Entfernung war Jasmine Watts unglaublich schön – und Grace hatte eine Menge Zeit in der Gesellschaft der Schönen (und der Verdammten) verbracht; sie erkannte Schönheit, wenn sie sie sah. Und da war sie und kam auf sie zu. Grace fiel auf, dass Jasmine nicht britisch aussah. Sie war zu braun und fühlte sich zu wohl in ihrem Bikini. Sie war eines dieser perfekten Geschöpfe, die man gelegentlich am Strand sieht und wegen denen man sich dann am liebsten die ganzen Ferien unter einer weiten Tunika versteckt.

Grace war eigentlich ganz gut in der Lage, Leute auf den ersten Blick einzuschätzen, aber dieses Mädchen irritierte sie. Ihre braunen, mandelförmigen Augen schauten zögernd, fast ängstlich, so wie ein Reh im Angesicht der Waffe des Jägers, und trotzdem hatte sie den Mut, einem völlig fremden Menschen in nichts weiter als einem knappen Bikini entgegenzutreten. Die meisten Frauen, auch die großartigsten, fühlten sich sicherlich am verletzlichsten, wenn sie nackt waren. Graces Gehirn arbeitete auf Hochtouren, als Jasmine näher kam. Sie versuchte, ihre Beute zu durchschauen. *Ihr gutes Aussehen ist ihre Waffe, und ihr wunderbarer Körper ist ihr Schutzschild, aber sie ist nicht sehr selbstbewusst. Sie versucht mich mit ihrer nackten Haut einzuschüchtern, bevor ich sie mit meinen Fragen verunsichere. Und es funktioniert. Mir fällt keine Frage ein, mit der ich anfangen könnte, weil ich geblendet bin von ihrer Schönheit und von Neid. Was für ein genetisches Los hatte dieses Mädchen gezogen. Warum sehe verdammt nochmal ich nicht so aus?*

Blaines Gesicht verzerrte sich zu einem Grinsen, und er riss die Augen so weit auf, dass er vergaß zu blinzeln. Was für ein Lustmolch, dachte Grace.

»Verdammt nochmal, kommt sie von einem anderen Stern, oder was?!«, sagte er, ohne die Augen von Jasmine abzuwenden.

Ausnahmsweise waren Grace und Blaine einer Meinung.

»Hi«, sprudelte es aus Jasmine heraus. »Sie müssen Grace Melrose sein, ich freue mich sehr, Sie kennenzulernen.«

Jasmines Blicke waren pures Hollywood, aber ihr Akzent war immer noch durch und durch Dagenham, und sie hatte die Ausstrahlung von jemandem, der die Stationen seines Lebens kannte – ein Mädchen aus der Unterschicht, das vor den Älteren und Höhergestellten Respekt hatte. Als Grace aufstand und ihr die Hand schüttelte, hätte sie schwören können, dass Jasmine einen Knicks andeutete. Jasmine erinnerte Grace an jemanden, aber sie konnte nicht genau sagen, an wen.

»Ich habe alle Artikel von Ihnen gelesen und finde, dass Sie einfach brillant sind«, sagte Jasmine begeistert. »Sie kennen sicher viele interessante Leute, und Blaine sagt, Sie hätten auch schon Bücher geschrieben. Das ist großartig. Ich könnte das nicht. All die Wörter! Möchten Sie einen Drink oder irgendwas anderes? Haben Sie Hunger?«

Grace war verblüfft. Sie war es nicht gewohnt, dass Promis sie wie einen Gast behandelten. Sie schüttelte den Kopf und zeigte auf das Glas Wasser, das das Hausmädchen ihr gerade gebracht hatte.

»Ich habe aber ein bisschen Hunger. Maria, meinen Sie, ich könnte eine Tasse Tee und einen Muffin oder so was haben, bitte? Ach, und ein Bier für Jimmy, danke.«

Das Hausmädchen verschwand in Richtung des Hauses.

»Wo ist Jimmy?«, fragte Blaine und schaute ungeduldig zum Haus. »Miss Melrose hier möchte mit euch beiden sprechen, erinnerst du dich?«

Grace sah, dass Jasmine errötete. »Es tut mir wirklich leid, Miss Melrose. Jimmy wird jeden Moment hier sein, das verspreche ich Ihnen.«

Grace zuckte die Schultern. »Schon okay, ich habe es nicht eilig. Ach, und nennen Sie mich bitte Grace, bei Miss Melrose fühle ich mich immer wie eine Lehrerin.«

Grace sah genau, dass Jasmine scheu lächelte und dann unbehaglich auf ihrem Platz hin und her rutschte. Ab und zu küsste das Hündchen – eine kleine dreckige braune Promenadenmischung – sein Frauchen voller Verehrung auf die Lippen.

»Und wer ist das?«, fragte Grace, streckte die Hand aus und streichelte das Hündchen.

Auf Jasmines Gesicht machte sich ein Lächeln breit. »Oh, das ist Annie. Ich habe sie in der Altstadt gefunden. Sie war ein Streuner. Wir waren in einem Restaurant zum Abendessen, und die Kellner haben immer wieder nach ihr getreten. Ich musste sie einfach retten.«

»Jasmine würde hier ein Tierheim eröffnen, wenn Jimmy ihr das erlaubte«, sagte Blaine und rollte mit den Augen. »Sie hat eine Schwäche für Heimatlose und Streuner, nicht wahr, Jazz?«

Jasmine nickte. »Finden Sie nicht auch, dass Tiere die besseren Menschen sind?«, fragte sie Grace, wobei sie mit ihrem Kopf ganz leicht in Blaines Richtung nickte und schelmisch lächelte.

Grace musste ein Lachen unterdrücken. »Ja«, stimmte sie zu. »Ich habe viele Menschen getroffen, die ich am liebsten notgeschlachtet hätte, aber keine Hunde. Und als ich klein war, hatte ich immer Hunde. Labradore. Tolle Tiere.«

»Ich mag Ihren Akzent«, sagte Jasmine und wurde wieder rot. »Ich meine, sie sprechen wirklich kultiviert. Das ist schön. Oder nicht, Blaine? Ihre Stimme ist angenehm.«

»O ja«, sagte er mit ausdruckslosem Gesicht. »Ihre Stimme ist schön, aber ihre Schreibe ist gemein.«

Grace runzelte die Stirn in Blaines Richtung. »Ignorieren Sie ihn einfach«, sagte sie zu Jasmine. »Ich bin harmlos.«

»Wohnen Sie hier irgendwo in Marbella?«, fragte Jasmine, während sie Annie auf den Boden setzte.

Grace lachte. »Leider nicht. Ich mache hier zufällig gerade in den Bergen Urlaub.«

»Oh, wie schön«, schwärmte Jasmine. »Ich habe Jimmy letzte Woche dazu überredet, mit mir nach Ronda zu fahren.«

»Tatsächlich?«, Grace konnte die Ungläubigkeit in ihrer Stimme nicht verbergen, als sie sich Jasmine Watts auf einem Tagesausflug in den andalusischen Bergen vorstellte.

»Es ist großartig, wenn man mal ein bisschen rauskommt, nicht wahr?«, fuhr Jasmine fort. »Ich liebe Spanien. Es klingt vielleicht ein bisschen komisch, aber ich fühle mich hier wirklich zu Hause. Selbst wenn das Wetter schlecht ist. Letzte Woche hat es geregnet, und alle anderen haben sich beschwert, aber selbst da habe ich Spanien gemocht. Sogar im Regen.«

Und an dieser Stelle hatte Grace es. Als sie die Worte ›Spanien‹ und ›Regen‹ mit dieser East-End-Betonung aussprach – the rain in Spain feels mainly on the plain – klang Jasmine genau wie Audrey Hepburn in *My Fair Lady*, bevor sie gelernt hatte, ›anständig‹ zu sprechen. Audrey Hepburn mit Brüsten. Jetzt hatte sie einen Aufhänger für ihre Story.

»Ach«, sagte Jasmine. »Da ist Jimmy endlich.«

Sie drehten sich alle um. Jimmy Jones war so attraktiv wie ein männliches Model, mit einem ausgeprägten Kinn, hohen Wangenknochen und stechenden türkisgrünen Augen. Er trug ein aufgeknöpftes dünnes weißes Hemd, khakifarbene Shorts und grüne Havaiana-Flip-Flops. Seine glatte, gebräunte Haut glänzte vom Sonnenöl, und die Muskeln seines Waschbrettbauchs bewegten sich, als er auf sie zukam. Grace fiel auf, dass er in natura genauso gut aussah wie auf den Plakatwänden in den U-Bahn-Stationen von London. Vielleicht ein bisschen kleiner, als sie erwartet hatte, aber ziemlich perfekt. Alles, was fehlte, war das Megawatt-Lächeln, das man von den Werbeprospekten kannte. Jetzt lächelte Jimmy nämlich nicht. Viel mehr blickte er sie unter seinem Pony hervor ziemlich finster an. Der Kerl nahm sich offensichtlich sehr wichtig, und Grace musste ein Lachen unterdrücken, als er sich näherte.

Sehr zu Charlies Enttäuschung durften Lila Rose und ihr Gefolge vor allen anderen aus dem Flugzeug aussteigen. Er hatte auf einen letzten verstohlenen Blick gehofft, vielleicht sogar auf einen Blickkontakt, bevor sie wegging. Aber es sollte nicht sein. Was soll's! Für Charlie gab es immer noch genug, über das er sich freuen konnte. Heute war der erste Tag vom Rest seines Lebens. Und von jetzt an würde es nicht mehr so turbulent zugehen. Zumindest hoffte er das.

Als er aus dem Flugzeug stieg, spürte er die mediterrane Sonne auf seiner Haut und den Meeresduft in der Luft. Er ging zielstrebig durch den Zoll, hinaus in die Ankunftshalle und seinem neuen Leben entgegen. In London war er dafür bekannt gewesen, dass er hinter allen den Dreck weggefegt hatte. Aber hier, in Spanien würde alles anders werden, »The Char« hatte sich zur Ruhe gesetzt. Und Charlie würde nicht mehr hinter allen herräumen.

Natürlich kannte er hier drüben Leute. Die Costa del Sol war über die Jahre zum Essex am Mittelmeer geworden, und heute hatte die halbe Bevölkerung von Chingford ihren zweiten Wohnsitz in Südspanien. Die meisten von ihnen wohnten in Marbella. Dahin wollte er auch. Aber wohin zuerst? Seine Patentochter war in der Stadt, und er konnte es nicht erwarten, die Süße zu sehen, aber er wollte zuerst eine Bleibe für sich suchen. So sehr er sie auch liebte, heute Nacht wollte er sich nicht bei ihr einquartieren. Charlie brauchte seine eigenen vier Wände.

Und dann musste er dem guten alten Frank ziemlich schnell einen Besuch abstatten. Er hatte Frankie jahrelang nicht gesehen, aber er wusste, dass Charlie kam – Frank hatte es sich zur Aufgabe gemacht, über die Schritte eines jeden Bekannten Bescheid zu wissen –, und er erwartete zumindest einen Höflichkeitsanruf. Sonst wäre er beleidigt. Und man durfte Frankie nicht vor den Kopf stoßen.

Aber jetzt noch nicht. Charlie sprang in ein Taxi und ließ sich zum Marbella Club Hotel fahren. Zuerst würde er lange duschen, sich einen kühlen Drink genehmigen und an den Strand gehen. Ja, bei einem Spaziergang am Strand würde er einen klaren Kopf bekommen.

7 *Sie hat eine Ewigkeit in der Dunkelheit gewartet. Darauf gewartet, dass etwas passiert. Aber als sie seine Schritte und das Klicken des Schlosses hört, sehnt sie sich wieder nach der Stille. Als sich die Tür öffnet, blendet sie das Licht, und sie sieht nicht mehr als einen schwarzen Schatten, der drohend auf sie zukommt.*

»Hallo Liebling«, sagt er.

Seine Stimme ist ihr so vertraut und doch so unheimlich irreal. Jetzt weiß sie, warum sie ihn nie gemocht, sich immer von ihm ferngehalten hat. Versteht, warum sie sich unbehaglich gefühlt hat, wenn er ihr zu nahe gekommen ist und ihr schlecht wurde, wenn er sie zur Begrüßung geküsst hat. Die Alarmglocken hatten geläutet. Im Nachhinein. Aber das hier? Selbst in ihren schlimmsten Albträumen hätte sie sich das nicht ausgemalt.

Das Licht strömt herein, sein Schatten erhebt sich und wird zu einem Mann, aber da ist keine Farbe. Alles ist schwarz und weiß. Sie weigert sich, in sein Gesicht zu sehen, sie kann ihm nicht in die Augen schauen. Und jetzt streichelt er ihre Wange und ihren nackten Arm und ihren Körper durch das dünne Sommerkleid. Ihre Augen sind fest geschlossen, heiße Tränen laufen ihr übers Gesicht, und er begrapscht sie immer noch. Mach, dass er verschwindet, Charlie! Mach, dass er verschwindet.

8 Lila sah die Fotografen vor dem Haus ihrer Eltern schon
von der Straße aus.

»Was, um alles in der Welt, machen die denn hier?«, rief sie
angewidert. »Woher wussten sie, dass ich komme? Und wie
haben sie überhaupt erfahren, dass meine Eltern hier leben?
O Gott, Peter, das ist furchtbar. Meine arme Mum, mein armer Dad.«

Peter zuckte mit den Schultern und war offensichtlich genauso erstaunt wie sie. Lila war es gewohnt, dass ihre Publicity durch ihr Team sorgfältig kontrolliert wurde. Die Roses
waren einflussreiche Leute, und sie leisteten sich den allerbes-
ten PR-Apparat. In der Regel konnte Lila sich darauf verlassen, dass alles wie am Schnürchen lief. Sie wurde nur dann fotografiert, wenn es notwendig war – auf Filmpremieren oder
Preisverleihungen. Sie war kein Star, der ungeschminkt beim
Milchholen von Paparazzi fotografiert wurde. Und überhaupt
kannte noch nicht einmal ihr Team die genaue Adresse. Sie
hatte für alle, außer für Peter und den Fahrer, ein Hotel in der
Altstadt gebucht.

Peter rief schnell im Haus an, also öffneten sich die Tore, als
der Wagen sich näherte. Die Fenster des Mercedes waren ab-
gedunkelt, aber Lila beugte sich nach vorn und schirmte vor-
sichtshalber ihren Kopf ab.

»Das ist seltsam«, sagte Peter, als der Wagen um die Ecke
schoss und abrupt zum Stehen kam.

»Was?«, Lila setzte sich wieder gerade hin.

»Sie haben sich überhaupt nicht für uns interessiert«, erklärte Peter. »Sie scheinen das Haus nebenan zu beobachten.«

»Ach«, sagte Lila. »Komisch.«

Aber Lila hatte keine Zeit, sich darüber Gedanken zu machen. In dem Moment, in dem sie die Tür aufmachte, kamen zwei kleine Personen auf sie zugerannt und riefen: »Mummy! Mummy!« Und dann hatte sie ihre Kinder im Arm, und ihr Gesicht war ganz nass von ihren Küssen, und ein Gefühl von reiner glückseliger Liebe überkam sie.

Sebastian, sieben Jahre alt, und Louisa, gerade fünf, waren bei ihren Großeltern gewesen, seit die Schule letzte Woche aufgehört hatte, und Lila hatte sie furchtbar vermisst. Sie waren richtig braun geworden und sahen gesund aus, und Sebbys blondes Haar war von der Sonne fast weiß geworden. Dann begrüßten die Kinder ihren heißgeliebten Peter, und Lila umarmte ihre Eltern.

»Hallo mein Augenstern«, sagte ihr Dad und umarmte sie fest. »Wie war dein Flug?«

»Gut, gut«, antwortete sie. »Wir wurden kurz aufgehalten, aber wir sind gut angekommen. Hi Mum.«

Lila küsste ihre Mutter herzlich und drückte ihre Hand. »Du siehst blendend aus«, sagte sie, und das meinte sie auch so. Sie waren um Jahre jünger geworden, seit sie sich im letzten Jahr in Spanien zur Ruhe gesetzt hatten. Zuerst war Lila schockiert gewesen über ihren Entschluss, nach Marbella zu ziehen. *Ausgerechnet Marbella. Wie schrecklich neureich!* Sie hatte ihnen angeboten, ein Haus zu kaufen, wo immer auf der Welt sie wollten. Und sie hatten sich ausgerechnet Marbella ausgesucht. Würg! Aber Tatsache war, dass die Hälfte ihrer Freunde vom Cheshire Golf Club nach Südspanien gegangen war, und die andere Hälfte hatte Teilzeit-Wohnrechte in der Gegend, also hatte Lila es widerwillig akzeptiert. Man musste an Dads Arthritis denken, und das Klima schien ihm wirklich gut zu bekommen. Er spielte wieder jeden Tag Golf, und ihre Mutter erlebte so etwas wie den zweiten Frühling, ging in den Designer-Boutiquen der Stadt begeistert shoppen und bei jeder Gelegenheit zur Pediküre und zur Maniküre. Sie war stolz, sagen zu können, dass sie und ›die Mädchen‹ (alle über sechzig) jetzt ›Damen waren, die sich zum Mittagessen trafen‹.

Und die Villa selbst war großartig – Lila hatte sie persönlich ausgesucht. Sie lag in einer der exklusivsten Straßen in der Stadt, war von einem großartigen Architekten entworfen worden und hatte einen privaten Strand. Lila freute sich, dass ihre Eltern ihr neues Leben genossen. Sie hatten über die Jahre weiß Gott hart genug gearbeitet, ihr Dad als Steuerberater und ihre Mutter als Krankenschwester. Sie verdienten es. Und was noch besser war, war die Tatsache, dass sie hier nicht Lila Roses Eltern waren. Nicht so, wie sie es zu Hause gewesen waren, als alle Lilas Aufstieg vom britischen Soap-Star zur Hollywood-Ehefrau verfolgt haben. In Marbella waren sie einfach Eve und Brian Brown aus Knutsford, und das gefiel ihnen. Lila würde sich während ihres Besuchs völlig unauffällig verhalten. Sie wollte nicht, dass die Tarnung ihrer Eltern aufflog.

Eve reckte ihren Hals in Richtung Mercedes, so als wartete sie darauf, dass noch jemand ausstieg.

»Brett kommt nicht, Mum«, erklärte Lila ruhig. »Jetzt jedenfalls noch nicht. Er ist aufgehalten worden.«

»Wo ist Daddy?«, fragte Louisa. »Du hast gesagt, Daddy kommt mit, Mummy.«

Sebby runzelte die Stirn. »Daddy kommt nicht, Lulu.«

»Aber er hat es versprochen!«, Louisa brach in Tränen aus. »Er hat es gesagt!«

»Was macht das schon für einen Unterschied?«, erwiderte Sebby, ein wenig zu altklug für einen Siebenjährigen.

»Ach, macht doch nichts«, sagte ihr Großvater ein wenig zu vergnügt. »Lasst uns reingehen und Mummy und Peter ein wenig entspannen. Dann können wir ihnen alle Neuigkeiten erzählen, okay?«

Als die Kinder im Haus verschwanden, drückte Eve die Hand ihrer Tochter und lächelte sie traurig an. Ihre Blicke trafen sich für einen Augenblick, und Lila wusste, dass ihre Mutter wusste, dass ihr Herz gebrochen worden war – wieder einmal.

»Sollen wir ihnen jetzt unsere größte Neuigkeit erzählen?«, fragte Brian und blieb mit einem Glitzern in den Augen an der Eingangstür stehen.

»Na los«, sagte Lila und erwartete den Bericht über ein gewonnenes gemischtes Doppel im Club.

»Wir haben neue Nachbarn.« Er deutete mit dem Kopf in Richtung der drei Meter hohen Hecke hinter dem Haus.

»Ja?«, fragte Lila und versuchte angemessen gespannt zu sein. »Was ist mit dem Typen aus Deutschland? Ich dachte, ihr wärt gut mit ihm ausgekommen.«

»Oh, das sind wir auch«, schwärmte Eve. »Dieter war so ein netter Kerl.«

»Aber er hat sich abgesetzt«, erklärte Brian.

»Abgesetzt?«, fragte Peter.

»An die Algarve«, erklärte Brian. »Er sagt, das Klima sei dort besser – nicht so heiß im August!«

»Wie auch immer«, fuhr Eve aufgeregt fort. »Das ist nicht *die* Neuigkeit. Die Neuigkeit ist, *wer* Dieters Haus gekauft hat.«

»Das errätst du nie«, stichelte Brian.

Eve und Brian grinsten sich gegenseitig an und warfen sich einen verschwörerischen Blick zu. Lila hätte schwören können, dass ihre Mutter vor Aufregung fast platzte.

»Wer?«, fragte Peter und klatschte in die Hände, um sich für das Spiel aufzuwärmen.

»Ach, komm schon, Mum«, sagte Lila. »Du platzt noch, wenn du es nicht ausspuckst.«

»Jimmy Jones und Jasmine Watts!«, erklärte Eve. »Ist das nicht wunderbar?«

Lila war sprachlos. Ihre Eltern hatten einige der besten Schauspieler auf der Welt kennengelernt. Ihr Schwiegersohn war ein Oscar-Preisträger, und trotzdem gerieten sie so aus dem Häuschen, weil nebenan irgendein Fußballer mit seiner Glamour-Freundin eingezogen war. Sie schaute zu Peter in der Hoffnung, einen entnervten Blick nach dem Motto Wie sind meine Eltern bloß drauf? mit ihm zu teilen, und war entsetzt, als sie sah, dass ihr Freund auch ganz begeistert war.

»Nein! Das gibt's doch gar nicht!«, rief er. »Wie cool! Das ist noch besser, als neben den Beckhams zu wohnen.«

Na gut, dachte Lila, wenigstens erklärt das die Paparazzi da draußen. Solange sie sich unauffällig verhielt, gab es keinen Grund, um die Privatsphäre ihrer Eltern zu fürchten.

Jasmine war im Laufe des Interviews lockerer geworden und redete jetzt wie ein Wasserfall: wie das Paar sich kennengelernt hatte (im Exotica, dem ›vornehmen‹ Square Club in Leicester, in dem sie getanzt hatte), über ihr erstes Date (eine Fußballerhochzeit in einem französischen Schloss), den Antrag (Champagner, Diamanten und ein Feuerwerk an einem privaten Strand auf den Malediven) und ihr erstes gemeinsames Zuhause (ein Herrenhaus mit sechzehn Schlafzimmern in Herfordshire – mit einem echten Burggraben!).

Grace dankte Gott, dass sie sich nicht auf ihr Steno verlassen hatte, um das alles mitzuschreiben, und betete, dass die Batterien ihres Diktiergeräts nicht den Geist aufgaben. Das war ziemlich guter Stoff, und es sah nicht so aus, als würde Jasmine in absehbarer Zeit aufhören. Wohingegen Jimmy kaum ein Wort sagte. Er starrte die meiste Zeit Löcher in die Luft und schien sowohl an Graces Fragen als auch an Jasmines engagierten Antworten nicht im Geringsten interessiert zu sein. Gelegentlich murmelte er etwas wie ›Ja, richtig, Jazz‹ oder ›kann mich nicht erinnern, Baby‹, wenn er von seiner Verlobten direkt angesprochen wurde. Widerwillig beantwortete er ein paar spezielle Fußballfragen mit einsilbigen Jas und Neins, aber im Großen und Ganzen blieb der Fußballer stumm.

Das heißt, bis Grace das Thema auf Jasmines Karriere brachte.

»Und, wie soll es nach der Heirat mit Ihrer Karriere weitergehen?«, fragte Grace.

Jasmine öffnete den Mund, um etwas zu sagen, aber bevor sie antworten konnte, fuhr Jimmy dazwischen.

»Sie braucht sich für niemanden mehr ausziehen, wenn sie erst einmal Mrs Jones ist«, verkündete er, während er besitzergreifend über Jasmines nackte Schenkel streichelte.

Jasmine wirkte ein wenig irritiert.

»Nun ja, ich werde natürlich noch als Model arbeiten«, sagte sie.

»Aber keine nackten Titten«, sagte Jimmy barsch.

»Also, wir haben darüber noch nicht wirklich gesprochen, oder, Baby?« Jasmine schien wie vor den Kopf gestoßen.

»Was gibt es da zu reden?«, fragte Jimmy, nahm seine Hand von ihrem Schenkel und verschränkte die Arme. »Eine verheiratete Frau sollte ihre Titten nicht auspacken. Das ist einfach nicht richtig, oder? Ich habe keine Lust darauf, dass die Typen in der Umkleidekabine meine Frau begaffen, geschweige denn die ganzen Fans!«

Grace bemerkte, wie Blaine dem ›JimJazz-Gespann‹ einen strafenden Blick zuwarf, und lächelte in sich hinein. Jetzt wurde es interessant. Dicke Luft im Anzug.

»Aber genau das ist mein Job, Jimmy. Ich bin ein Glamourmodel. Was soll ich denn sonst machen?«

Jimmy zuckte mit den Schultern. »Was machen denn die anderen?«

Grace vermutete, dass er mit den anderen die anderen Spielerfrauen meinte.

»Sie gehen einkaufen und Mittag essen und lassen sich die Nägel machen«, antwortete Jasmine. »Ich würde mich zu Tode langweilen. Ich bin es gewohnt, zu arbeiten.«

Jasmine lächelte ihren Verlobten süß an, aber ihr Ton war trotzig.

Grace beobachtete den Wortwechsel mit der Begeisterung eines Wimbledon-Zuschauers auf dem Centre Court.

»Dann schreib ein Buch über Design oder Klamotten; mach, was Colleen macht«, schlug Jimmy vor. »Aber du wirst deine Titten nicht mehr auspacken, verstanden?«

»Kommt schon, Leute«, Blaine lachte nervös und tat so, als wäre dieser ganze Wortwechsel nur ein Scherz. »Lasst uns mit dem Interview weitermachen.«

Aber Grace ließ sich von Blaine nicht den besten Teil kaputtmachen. Sie hatte sich ihren Ruf als hartnäckigste Interviewerin der Fleet Street nicht damit verdient, schwierigen Fragen aus dem Weg zu gehen. Sie richtete ihren Blick auf Jimmy.

»Ist das nicht Jasmines Entscheidung? Es ist doch ihre Karriere. Sollte sie nicht entscheiden, was sie gerne machen möchte und was nicht?«

Jimmys Augen blitzten wütend auf. »Ich glaube nicht, dass Sie das etwas angeht«, schnauzte er. »Das ist eine Sache zwischen mir und meiner Verlobten.«

Grace zuckte mit den Schultern und wandte sich dann an Jasmine. Jasmine lächelte sie leicht an und sagte: »Wir sprechen später darüber, Jim.« Aber als sich die Blicke der beiden Frauen trafen, war klar, dass Jasmine für die Unterstützung dankbar war.

»Mir reicht es aber jetzt«, sagte Jimmy und stand plötzlich auf. »Es ist zu heiß. Ich muss mich abkühlen. Ich gehe schwimmen.«

»Gute Idee!«, rief Blaine, als Jimmy seine Speedos abstreifte, zum Swimmingpool rannte und mit einem sportlichen Kopfsprung im türkisfarbenen Wasser verschwand.

»Entschuldigen Sie«, sagte Jasmine. »Er ist einfach schüchtern. Er ist eigentlich gar nicht so …«

»Abweisend?«, schlug Grace vor.

Blaine warf Grace einen warnenden Blick zu. Sie lächelte ihn mit gespielter Unschuld an.

»Pass auf, Grace«, ermahnte Blaine. Grace kannte Blaine gut genug, um zu wissen, dass er das Interview abbrechen würde, wenn er es für angebracht hielt, also wechselte sie das Thema und kam zurück auf Jasmines Kindheit.

9 Frank Angelis lebte im vornehmsten Teil von Puerto Banus. Als Charlie langsam die von Palmen gesäumte Allee entlangfuhr, kam es ihm so vor, als würde er in eine Postkarte hineinfahren. Der Himmel war wolkenlos blau, und auf beiden Seiten der Straße befanden sich strahlend weiße Mauern mit unglaublich pinkfarbenen Bougainvilleas, die darüber wuchsen. Eine Villa war raffinierter als die andere – ein marokkanischer Palast, eine mexikanische Hazienda, ein Art-Nouveau-Haus in Form eines Ozeanriesen, eine Pagode im chinesischen Stil und sogar eine Pyramide, o Mann! Am Ende der Straße entdeckte Charlie ›The Gables‹, ein riesiges Herrenhaus im georgianischen Stil, mit einer imposanten Auffahrt mit grünem Rollrasen, in Form gestutzten Hecken und einem großen Springbrunnen vor dem Haus. Es sah aus wie ein aufgemotztes Puppenhaus. Hier lebte Frankie.

Als er das Sicherheitstor passiert hatte, fuhr Charlie die Auffahrt hinauf und parkte den Wagen am Fuße einer breiten Treppe. Am Ende der Treppe, die auf eine steinerne Terrasse hinaufführte, stand Frank Angelis auf seiner Veranda zwischen gigantischen Säulen. Er trug einen dunkelroten Seidenanzug und schwarze Lederslipper. Eine leichte Meeresbrise brachte sein weißes Haar durcheinander und enthüllte eine große kahle Stelle. Wie immer paffte Frankie selbstbewusst eine übergroße Zigarre. Der alte Mann wurde auf beiden Seiten von zwei kurvigen Blondinen in Bikinis eingerahmt. Die Mädels hielten sich an Frankies Ellbogen fest und lächelten ihren

Herrn gekünstelt und unterwürfig an. Charlie musste ein Lachen unterdrücken, als er aus dem Jeep stieg. Er hatte schon gehört, dass Frankie sich in Marbellas Antwort auf Hugh Hefner verwandelt hatte, aber es mit eigenen Augen zu sehen war doch noch etwas anderes.

»Charlie, mein Junge!«, rief Frankie von seiner erhabenen Position als Herrscher des Palastes hinunter. »Du bist älter geworden.«

Charlie grinste. »Ja Frank, das geht uns allen so, fürchte ich. Trotzdem siehst du gut aus.«

Charlie nahm zwei Stufen auf einmal, als er die Treppe hinauflief und Frankie eine Hand entgegenstreckte. Aber Frankie schüttelte die Mädels ab und umarmte Charlie stattdessen. Der alte Mann fühlte sich kräftiger an, als er aussah. Er war mit den Jahren ein bisschen kleiner geworden, aber er war immer noch ein Schrank unter seinem seidenen Anzug. Eine eiserne Faust in einem Samthandschuh, erinnerte sich Charlie. So hatte sein alter Herr Frank Angelis vor vielen Jahren beschrieben, als er Charlie ermahnt hatte, ihn niemals zu verärgern.

Frank Angelis – oder ›Der Engel‹, wie er in Geschäftskreisen genannt wurde – war ein Gangster alter Schule. Er hatte in den sechziger Jahren ein großes Imperium in London aufgebaut, besaß und leitete Nachtclubs, Bars und Bordelle, und während seiner Kindheit in East End schien es Charlie so, als würde jeder, den er kannte, in irgendeiner Art und Weise für ihn arbeiten – auch sein alter Herr. ›Der Engel‹ war als fairer Boss bekannt, wenn man tat, was er befahl, und Loyalität wurde von ihm großzügig belohnt.

Sein Vater war ihm treu ergeben gewesen – er war sogar einmal für ihn in den Knast gegangen. Charlie hatte gehört, wie seine Eltern sich deswegen stritten. Seine Mutter konnte nicht verstehen, wieso sein Vater den Kopf für Frankie hinhalten musste. Aber sein Vater hatte nur gesagt, dass es eben so sei. Charlie sah seinen alten Herrn noch vor sich, wie er in seinem besten Anzug zu seiner Verhandlung ging. Seine Mutter trug ihren pinkfarbenen Lieblingshut. Angelis hatte ein Taxi geschickt, und als sie in ihrer ganzen Pracht einstiegen, sah es so aus, als würden sie zu einer Gartenparty im Buckingham Palace fahren. Danach hatte Charlie seinen Vater drei Jahre lang nicht gesehen.

Charlie erinnerte sich noch daran, wie sehr er sich geschämt hatte, einen Vater zu haben, der im Gefängnis saß. Die Lehrer warfen ihm mitleidige Blicke zu, und die Eltern der ›anständigen‹ Kinder ließen ihn nicht mit ihren Söhnen spielen. Seine Mutter war jeden Dienstag mit dem Bus nach Wormwood Scrubs gefahren. Sie hatte gesagt, dass Charlie zu jung sei, um mitzufahren. Als sein Vater schließlich rauskam, wartete ein neues Haus auf die Palmers in einem der besseren Vororte von Essex. Es hatte drei Schlafzimmer, eine nagelneue Küche und einen hübschen kleinen Garten. Das war ein Dankeschön vom ›Engel‹. Es schlug ihre miefige kleine Wohnung in Bethnal Green um Längen. »Na, siehst du?«, hatte sein Vater zu seiner Mutter gesagt. »Frankie kümmert sich immer um seine Leute.«

»Hm«, hatte seine Mutter nur erwidert. Sie war noch nie ein Fan von Frank Angelis gewesen.

Dann, als er mit sechzehn von der Schule abgegangen war, hatte Charlie auch angefangen, für Frankie zu arbeiten. Das war 1982, und auch wenn die Innenstadt von London voller Yuppies gewesen war, die ihr Geld verjubelten, hatte der Rest von London – das wahre London – in der Rezession gesteckt. Die Arbeitslosigkeit war auf einem Höchststand. Für jemanden wie Charlie gab es keine Arbeit. Aber Frankie Angelis bot ihm einen Job als Laufbursche an. Charlie fuhr Frankie herum, arbeitete als Türsteher in seinen Clubs und sorgte dafür, dass sich Unruhestifter fernhielten. Charlie fand, dass er seinen Job gut machte. Er hatte sich zu einem wichtigen Mann entwickelt, und die Leute hatten Angst vor ihm. Frank gab ihm immer mehr Verantwortung und bezahlte ihn gut. Es dauerte nicht lange, bis Charlie schicke Klamotten, einen flotten kleinen Golf GTI und eine Wohnung in den Docklands hatte. Aber diese Dinge hatten ihren Preis. Als Charlie das erste Mal jemanden umgebracht hatte, hatten seine Hände so sehr gezittert, dass er kaum abdrücken konnte. Das Opfer – ein Chinese, der Frankie Geld gestohlen hatte – war klein, und Charlie fand das unfair. Doch Frankie hatte hinter ihm gestanden und ihm befohlen, es zu tun, also hatte er keine andere Wahl. Anschließend hatte Charlie fürchterlich gekotzt. Er hatte tagelang nicht geschlafen. Doch nach diesem ersten Mal wurde es einfacher.

Charlie war rechtzeitig abgesprungen, hatte sich auf eigene Füße gestellt und in seine eigenen Clubs und Restaurants investiert. Er besaß sogar ein paar Windhunde unten in Walthamstow. Aber bis Angelis sich vor ungefähr zehn Jahren in Spanien zur Ruhe gesetzt hatte (kurz nach dem mysteriösen Tod eines jungen Marquis in einem seiner Clubs), hatte Charlie immer noch hin und wieder für ihn gearbeitet. Es fiel ihm jedes Mal schwer, dem ›Engel‹ gegenüber nein zu sagen.

Es ging das Gerücht, dass Frankie immer noch ein paar kleine Bordelle in Soho leitete, aber er war längst nicht mehr so einflussreich wie damals. Jeder wusste, dass Frankie Angelis nie mehr auch nur einen Fuß auf britischen Boden setzen konnte, also hatte sein Einfluss Grenzen. Er war jetzt ein alter Mann. Eine aussterbende Art. Trotzdem musste Charlie immer noch kommen und dem ›Engel‹ seinen Respekt zollen. Und wenn auch nur um der alten Zeiten willen.

Natürlich wusste Charlie, dass Angelis nichts Engelhaftes an sich hatte. Das einzig Engelhafte an ihm war, dass sein Gesicht das Letzte war, das man sah, bevor man das Zeitliche segnete, wenn man ihm unrecht getan hatte. Aber die Palmers hatten Frankie niemals unrecht getan, und deshalb wurde Charlie wie der verlorene Sohn begrüßt. Frankie hielt Charlie eine Armlänge von sich entfernt und sah ihn von oben bis unten an.

»Du hast die Figur deines Vaters, aber du siehst genauso aus wie deine Mutter, mein Junge. Und das ist dein Glück, lass dir das sagen, weil dein alter Herr nicht gerade eine Schönheit war.« Frankie lachte und keuchte gleichzeitig und blies Charlie dabei Zigarrenqualm ins Gesicht. »Wie er überhaupt jemals bei deiner Mutter landen konnte, verstehe ich bis heute nicht. So ein schönes Mädchen, deine Ma, ich war völlig fertig, als ich von ihrem Tod erfahren habe. Echt. Ich wäre zur Beerdigung rübergekommen, aber du weißt ja, wie es ist, mein Junge. Ich bin hier im Exil.« Er ließ Charlies Arm los und fuchtelte mit der Hand dramatisch in der Luft herum. Ein riesiger goldener Ring glänzte im Sonnenlicht. »Das, mein Junge, ist mein Gefängnis, und es wird meine letzte Ruhestätte sein. Es bricht mir das Herz, dass ich die grünen Weiden Englands nie mehr wiedersehen werde.«

»Nun, es schlägt Wormwood Scrub natürlich um Längen«, kicherte Charlie und schmunzelte über Frankies Villa.

»Ja, du hast recht, kleiner Charlie. Du hast recht. Jetzt komm rein. Wir haben eine Menge nachzuholen.«

Charlie folgte Frankie und seinen Mädchen durch eine riesige Halle mit Marmorboden. Antike Schwerter und Pistolen und sogar eine riesige goldene Machete hingen an den Wänden. Sie gingen durch ein imposantes Treppenhaus im ›Vom-Winde-verweht‹-Stil und kamen in ein riesiges Wohnzimmer mit schweren Mahagonimöbeln, orientalischen Teppichen und einem reich verzierten Kamin. Über dem Kamin hing ein lebensgroßes Porträt von Frankie in voller Fuchsjagdmontur. Charlie starrte ungläubig auf das Gemälde. Frank Angelis war noch nie in seinem Leben auf einer Fuchsjagd gewesen!

Glastüren führten auf eine weitere riesige Terrasse mit einem herrlichen Blick aufs Meer. Neben der Terrasse befand sich ein wunderschöner Pool, der wie ein echter Teich aussah. Das Wasser schwappte über die Ränder der Holzeinfassung, und es gab mehrere hölzerne Stege, die aus dem Wasser hinausragten. Wo Charlie auch hinschaute, sah er kurvige Blondinen, die sich sonnten, plauderten oder auf dem Rücken schwammen und ihre nackten Brüste in die Luft streckten.

»Wow! Was für ein Pool«, sagte Charlie und war sich nicht ganz sicher, wie er auf den Anblick reagieren sollte.

»Ja, ich wollte gerne, dass er aussieht wie der größte Teich in Hampstead Heath. In meiner Jugend habe ich dort viele glückliche Tage verbracht, bevor die Scheiß-Schwuchteln ihn in Beschlag genommen haben.«

»Und so viele ... ähm, Mädchen!«, stotterte Charlie. Er konnte die Tatsache, dass mindestens ein Dutzend junger Frauen den Garten in Beschlag nahmen, nicht ignorieren, war sich aber nicht ganz sicher, was er sagen sollte.

Frankie lachte wieder keuchend und grinste wie ein Irrer. »Ja, sie sind reizend, nicht wahr? Wer hat noch mal gesagt, dass man sich mit Geld kein Glück kaufen kann? Verdammter Idiot, wer auch immer es war. Diese großartigen Geschöpfe sind meine Angestellten. Sie kochen, putzen, baden und verwöhnen mich. Die Klugen verwalten sogar meine Konten. Sie sprechen nicht sehr gut Englisch, es sind Osteuropäerinnen, verstehst du? Lange nicht so aufmüpfig wie die englischen Mädchen, finde ich. Und außerdem billiger. Meine Freunde sind alle tot oder liegen im Sterben, und ich brauche junges Blut um mich herum. Hier drin bin ich immer noch achtzehn.«

Frankie klopfte auf sein Herz und klatschte anschließend

laut in die Hände. Alle Mädchen drehten sich um und schauten zu ihrem Chef.

»Sagt Hallo zu meinem Freund Charlie, Mädels«, befahl er ihnen.

»Hallo Charlie!«, begrüßten sie ihn begeistert mit breiten Akzenten.

Charlie traute seinen Augen nicht. Die Mädchen sahen alle gleich aus − blond, lange Haare, blaue Augen, braungebrannt, langbeinig und mit großen nackten Brüsten. Nicht eine sah auch nur einen Tag älter aus als fünfundzwanzig. Einige von ihnen sahen nicht einmal älter aus als fünfzehn. Ein Mädchen saß in einer Ecke des Pools und cremte sich ihre nackten Brüste hingebungsvoll mit Sonnenöl ein. Sie starrte Charlie dabei mit offenem Mund an, während sie mit ihrer Zunge über ihre Vorderzähne fuhr. Charlie merkte, dass er rot wurde, und schaute weg, um im nächsten Augenblick vor einem splitternackten Mädchen zu stehen, die gerade tropfnass vor seiner Nase aus dem Wasser stieg. »Uups«, kicherte sie, beugte sich nach vorne und ermöglichte Charlie einen Blick auf ihren nackten Po. Sie griff nach einem winzigen Bikinihöschen, das neben dem Pool lag, und zog es sich langsam wieder an.

Es war ganz klar, dass sie Frankies Sex-Sklavinnen waren − sein Harem −, und trotzdem schienen sie mit ihrer Situation absolut zufrieden zu sein. Charlie vermutete, dass das die Glücklichen waren. Er wusste, dass Frankies Beteiligung an den Bordellen in seiner Heimat bedeutete, dass er eine gewisse Kontrolle über den Import von Mädchen aus Osteuropa hatte. Charlie betrachtete die schönen Wesen mit ihren perfekten Figuren und ihrem zarten slawischen Knochenbau und nahm an, dass diese Mädchen für den Boss abkommandiert worden waren. Ihre weniger schönen Freundinnen und Schwestern wurden wahrscheinlich in irgendeinem schäbigen

Loch von Bordell in London gefangen gehalten. Bei diesem Gedanken drehte sich Charlie der Magen um. Ach, er hatte das alles gesehen – Mord, Folter, Erpressung –, aber was er noch nie ertragen konnte, war Mädchenhandel. Junge Mädchen, die für Sex gekauft und verscherbelt wurden? Nein, das war nicht richtig.

Hinter dem Pool befand sich eine große Holzhütte, weiß angestrichen und mit einem Taubenschlag auf dem Dach. Frankie führte Charlie um den Pool herum und in dieses kleine Haus. Darin befanden sich eine gut bestückte Bar und einige altmodische Gartenmöbel.

»Getränke bitte, Yana«, bestellte Frankie. »Pimms würde ich sagen.«

Charlie war überrascht über Frankies Anwesen hier an der Costa del Sol. Es kam ihm vor wie ein Themenpark in Florida, der so gestylt war, dass er wie ›England‹ aussah. Aber nicht das England, das Charlie kannte. Himmel nein. Oder das England, dem Frankie angehört hatte. Sie waren Stadtmenschen, die gelernt hatten, hart zu sein und ihre Fäuste zu benutzen, nicht auf der Dorfwiese Kricket zu spielen. Sie waren Bus, U-Bahn und mit schwarzen Taxis gefahren und nicht auf Pferderücken durch die Felder geritten. Von Camden Town bis Camberwell kannten sie jeden Hinterausgang, aber keiner von ihnen hatte jemals einen Fuß in ein wirklich stattliches Haus gesetzt. Das bisschen England hier war etwas, das Frankies Phantasie entsprungen war. Er hatte sich offensichtlich seine ganz eigene Welt geschaffen, die er zu Hause in England irgendwie vermisst hatte.

»Also, Charlie«, sagte Frankie, nachdem Yana den Männern ihre Drinks gereicht und ein anderes Mädchen, Ekaterina, Frankies Zigarre mit einem goldenen Feuerzeug angezündet hatte. »Was genau führt dich nach Marbella?«

Charlie zuckte mit den Schultern. »London hat sich verändert, Frank, aber das weißt du ja. Bewaffnete Polizisten patrouillieren in der U-Bahn. Die Russen machen sich in Belgravia breit. Kinder gehen bewaffnet zur Schule. Gangs haben die Stadt südlich des Flusses eingenommen, und es dreht sich alles nur um Drogen. Ich habe mich noch nie für Drogen interessiert, Frank, das weißt du. Ich fühle mich in London einfach nicht mehr zu Hause. Es sind kaum noch Londoner da.«

»Was ist mit Essex? Deine Mutter und dein Vater haben hart dafür gearbeitet, dass du dort leben kannst.«

Charlie wusste, dass der alte Mann Dankbarkeit erwartete und war vorsichtig, um ihm nicht auf den Schlips zu treten.

»Ich weiß, Frank. Und ich rechne dir deine Hilfe auch hoch an. Mum and Dad waren viel glücklicher, als sie aus dem East End raus waren. Aber für mich ist das nichts. Vielleicht würde ich mich irgendwo niederlassen, wenn ich Frau und Kinder hätte. Aber ich muss mich um niemanden kümmern, und irgendwie war der letzte Job, den ich dort gemacht habe, ähm, ein bisschen schwierig. Ich dachte, es wäre das Beste, da ganz zu verschwinden, wenn du verstehst, was ich meine.«

Frankie nickte ernst und zog an seiner Zigarre. »Also, was jetzt, mein Junge?«

Charlie zuckte mit den Schultern, erhob sein Glas und sagte: »Sonne, Meer und ein bisschen von dem anderen, wenn ich Glück habe.«

Er blickte aufs Meer hinaus und stellte sich vor, dass er jeden Morgen mit einer solchen Aussicht aufwachen würde. Er konnte es kaum erwarten, eine Bleibe zu finden. Das strahlend blaue Mittelmeer war schon etwas anderes, als jeden Tag die stinkende Themse zu ertragen.

»Du spielst aber nicht mit dem Gedanken, dich zur Ruhe zu setzen?«, fragte Frankie. Es klang mehr nach einer Drohung als nach einer Frage, und trotz der glühenden Hitze lief es Charlie eiskalt den Rücken hinunter.

»Du bist zu jung, um aufzuhören, Charlie. Du musst am Ball bleiben. Ein Mann muss im Leben eine Aufgabe haben.«

Charlie schaute sich den alten Mann an, der von seinen Edelnutten umgeben war, und fragte sich, was inzwischen Frankies Aufgabe im Leben war. Er hatte keine Familie. Keine Frau, mit der er seine Villa teilen konnte, keine Kinder, denen er sein Vermögen vererben konnte, und keine Enkelkinder zum Verwöhnen. Und von seiner Karriere war auch nicht viel übriggeblieben. Er war kein großer Spieler mehr. Zu Hause in England war er für alle nichts weiter als ein Dinosaurier. Gut, er hatte seine Finger noch in dem einen oder anderen Spiel, aber das hatte er den wirklich mächtigen Spielern zu verdanken, die ihm das aus einem gewissen Respekt vor seinem Alter und seinem Ansehen von damals erlaubten. Um ehrlich zu sein, war Frankie so etwas wie eine Witzfigur. Frankie Angelis und seinesgleichen waren genau der Grund, warum Charlie aussteigen wollte. So wollte er seine alten Tage nicht verbringen. Er wollte einen klaren Schnitt. Er wollte ein nettes Mädchen kennenlernen, sesshaft werden, Kinder haben und vielleicht sogar mal einen anständigen Job machen. Aber Charlie wusste, dass Frankie das nicht verstehen würde.

»Ich weiß nicht, was in Zukunft passieren wird, Frankie«, sagte Charlie gedankenverloren. »Aber im Moment brauche ich einfach eine Auszeit.«

Frankie zog kräftig an seiner Zigarre, so dass sich die gebräunte Haut über seiner Oberlippe in Falten legte, wie altes Leder. Mit seiner linken Hand strich Frankie sich über den Hals, wo Charlie ein großes Feuermal in Herzform auffiel. Frankie starrte Charlie mit feuchten grauen Augen an und sagte ernst: »Das ist eine Schande. Ich wollte dich um einen Gefallen bitten.«

»O nein«, dachte Charlie, sein Herz rutschte ihm in die Hose. Frankie wollte ihm einen Job anbieten. Und er wusste, was das bedeutete. Charlie hatte sich sein Leben lang auf seinen Instinkt verlassen, und der sagte ihm jetzt, dass er lieber abhauen sollte. Aber natürlich ging das nicht.

»Ich arbeite nicht, Frankie«, sagte Charlie und bemühte sich, dem alten Mann gegenüber höflich zu bleiben, aber trotzdem nicht nachzugeben.

»Ach, das ist nur eine kleine Sache, Charlie, mein Junge«, beharrte Frankie. »Das dauert nicht lange. Ich sorge auch dafür, dass da was für dich rausspringt. Ich könnte dir hier irgendwo in der Nähe eine nette Bude besorgen, wenn du willst.«

Das haute Charlie um. Eine Bleibe hier kostete ein paar Millionen, das war ganz sicher keine kleine Sache. Aber selbst die Aussicht auf eine Luxusvilla konnte ihn nicht umstimmen. Er hatte sein eigenes Geld. Er würde sich ein schönes Appartement kaufen.

»Nein, ehrlich, Frankie. Ich bin nicht auf irgendwelche Jobs aus, auch auf keine kleinen.«

»Komm schon, Charlie. Du willst mich doch wohl jetzt nicht hängenlassen, oder? Was würde dein armer toter Vater dazu sagen?«

Er würde sagen: ›Sei vorsichtig, mein Junge. Eiserne Faust im Samthandschuh, vergiss das nicht.‹ Charlie verfluchte es, überhaupt hierhergekommen zu sein. Was würde jetzt wohl passieren?

»Nein, wirklich Frank. Es tut mir leid. Aber ich habe kein Interesse.«

Frankies Augen ruhten noch einen Augenblick fest auf Charlie. Er trat unbehaglich von einem Fuß auf den anderen und nahm einen Schluck von seinem Drink. Dann schien Frankie sich endlich zu entspannen.

»Na ja, macht nichts«, sagte er munter. »Ich habe Zeit genug, dich zu bearbeiten. Das wird dir schon früh genug auf die Nerven gehen.«

Und dann lachte er sein keuchendes Lachen, klopfte Charlie auf den Rücken und grinste. Ein goldener Zahn blinkte in dem Sonnenstrahl auf, der durch die Fenster hineinschien. Charlie war erleichtert, aber er wusste, dass die Sache nicht erledigt war. Dieses Problem würde bald wieder auftauchen, und beim nächsten Mal musste Charlie vorbereitet sein.

»Also, was hast du denn für Pläne, Charlie?«, fragte Frankie.

»Nun, jetzt treffe ich erst mal meine Patentochter …«

»Ach, ja. Wie ich sehe, lässt sie es sich hier so richtig gutgehen«, sagte Frankie mit einem Funkeln in den Augen. »Ein reizendes Mädchen, nicht wahr?«

Charlie nickte, fühlte sich aber ziemlich unbehaglich bei dem Gedanken, dass Angelis seine Patentochter anhimmelte.

»Sie hat mich nie gemocht, wohlgemerkt«, fuhr Frank fort. »Ihr Vater hat sie schon in jungen Jahren gegen mich aufgehetzt.«

Charlie lächelte, während er an seinen besten Freund und seine hohen moralischen Ansprüche dachte. »Na ja, Kenny war immer ein guter Junge gewesen, Frankie. Er hat nicht viel von uns Gangstern gehalten.«

»Ich habe nie verstanden, warum du deine Zeit an ihn verschwendet hast, Charlie. Dass ein so talentierter Junge wie du mit so einem feigen Weichei herumgegangen hast.«

»Er war so etwas wie ein großer Bruder für mich«, erklärte Charlie. »Er hat schon auf mich aufgepasst, als ich noch Windeln trug.«

»Aber jammerschade, was mit ihm passiert ist, was?«, fuhr Frankie fort, wobei er nicht im Geringsten so aussah, als würde es ihm leidtun. »Hatte er nicht Krebs?«

Charlie nickte. Es widerstrebte ihm, sich mit Frank Angelis über den Tod seines besten Freundes zu unterhalten. Es tat immer noch weh, wenn er daran dachte.

»Und was zum Teufel war noch mal mit seiner Schwester?«, fragte Frankie und wurde munter. »Sie war ein richtiger kleiner Knaller, und dann hat sie den Verstand verloren, wenn ich mich richtig erinnere.«

Charlie zuckte mit den Schultern. »Ihr geht es gut«, sagte er leise. »Wie auch immer, Frank …« Charlie stand auf und leerte sein Glas. »Ich muss los.«

»Schon?«, fragte Frankie. Er sah richtig enttäuscht aus, und Charlie fragte sich, ob er viel Besuch bekam, abgesehen von seinen Mädchen natürlich.

Als Charlie von Angelis' Tollhaus wegfuhr, blickte er in den Rückspiegel. Frankie Angelis stand auf den Stufen und winkte herrschaftlich, Yana auf der einen und Ekaterina auf der anderen Seite. Das war ein Anblick, den Charlie nie wieder sehen wollte …

10 Jasmine war jetzt so richtig in Fahrt. Sie schien dankbar für Graces Unterstützung, als Jimmy sich darüber aufgeregt hatte, dass sie sich auszog. Und seit Jimmy weg war, hatte Jasmine mehr und mehr Bereitschaft gezeigt, ihre bohrenden Fragen zu beantworten. Und was noch besser war, Blaine war auch davongeeilt, um einen ›sehr wichtigen Anruf zu tätigen‹, und hatte die beiden Frauen allein gelassen.

»Wahrscheinlich geht es um Big Brother«, erklärte Jasmine und rollte mit den Augen. »Er versucht, die Kandidaten unter Vertrag zu nehmen, wenn sie aus dem Haus herauskommen. Das ist eine richtige Goldgrube, wenn er es schafft.«

»Bestimmt«, vermutete Grace. Dann versuchte sie, das Gespräch wieder auf das Leben des Glamourgirls zu lenken.

»Also, Jasmine, stimmt es, dass Ihre Mutter eine Prostituierte war?«

Jasmine nickte leicht verlegen und errötete unter ihrer Bräune. »Nun ja, es ist kein Geheimnis, oder?«, antwortete sie leise. »Es stand in allen Zeitungen, dass meine Mum auf den Strich gegangen ist.«

»Und sie hatte Drogenprobleme?«

Jasmine kaute auf ihrer Unterlippe und starrte über Graces Kopf hinweg. Ihre Mimik war unbewegt, aber ihre Augen waren feucht, und Grace merkte, dass das Thema Jasmine mitnahm.

»Ja, sie hatte eine Zeitlang ein paar Drogenprobleme. Heroin und Crack. Aber das war nicht wirklich ihre Schuld –

die Zuhälter machen ihre Mädchen süchtig, damit sie sie besser unter Kontrolle haben. Aber wie auch immer, jetzt ist sie clean. Wir haben sie in eine Klinik geschickt«, sagte Jasmine und schaute Grace an. »Jimmy hat das bezahlt. Er ist ein lieber Junge. Ein Familienmensch.«

»Das muss ziemlich hart für Sie gewesen sein, unter solchen Umständen aufzuwachsen ...«

»Na ja ...«, stimmte Jasmine unsicher zu. »Wir hatten kein Geld, und ich nehme an, dass wir die ärmste Familie im ganzen Haus waren ... Die Kinder in der Schule sagten immer, dass ich stinke. Und das stimmte wahrscheinlich auch, weil meine Mutter uns niemals gebadet hatte oder so. Erst als ich älter wurde – vielleicht zwölf –, bin ich deswegen richtig paranoid geworden.«

Jasmine beugte sich vor und flüsterte: »Ich bin wirklich nicht stolz darauf, aber ich habe in der Drogerie auf der Hauptstraße Deo geklaut; damit ich besser rieche. Ich rieche immer noch gerne gut.«

Jasmine hielt ihr graziles Handgelenk unter Graces Nase. »Gefällt es Ihnen?«, fragte sie ernst.

Grace nickte. Witzigerweise roch Jasmine nach Jasmin.

»Übrigens, das habe ich nicht gestohlen.« Sie grinste. »Ich kann es mir jetzt kaufen.«

»Aber wie sind Sie aus diesen Verhältnissen herausgekommen? Das war sicher nicht einfach?«, fuhr Grace fort.

»Nun, der einzige Pluspunkt, den ich hatte – und das soll jetzt nicht eingebildet klingen –, aber das Einzige, was ich hatte, war mein Aussehen. Männer sind immer auf mich abgefahren, verstehen Sie? Ich hatte keine Wahl. Irgendwie war klar, dass ich wie meine Mutter auf den Strich gehen würde, und als mein Stiefvater vorschlug, zu strippen, dachte ich, warum eigentlich nicht?«

»Ihr Stiefvater?«, unterbrach Grace bestürzt. Ihr eigener Vater war tief enttäuscht gewesen, als sie sich gegen ein Jurastudium entschieden hatte. Er war der Meinung, dass Boulevardjournalismus anrüchig war, ganz zu schweigen von Striptease!

Jasmine nickte. »Ja ... nun, nein. Er ist eigentlich gar nicht mein Stiefvater, weil er meine Mutter ja nie geheiratet hat, aber sie waren jahrelang zusammen, und er hat immer bei uns gewohnt. Mum hat das dem Sozialamt natürlich nie erzählt ... Wenn die gewusst hätten, dass Terry bei uns wohnt, hätten wir die Wohnung verloren.«

Grace hatte recherchiert und wusste, dass das ein neuer Aspekt war. Jasmine hatte noch nie über ihre Familienverhältnisse gesprochen. Und Terry hatte sie auch noch nie erwähnt. Was war das für ein Typ, der ein Schulmädchen zum Strippen motivierte? Es wurde Zeit, dass sie nachhakte.

»Fanden Sie das nicht ein bisschen seltsam?«, fragte Grace vorsichtig. »Die meisten Väter versuchen ihre Töchter davon abzuhalten, sich auszuziehen.«

Jasmine war kurz abgelenkt. Das kleine Hündchen war auf ihren Schoß gesprungen und leckte ihr überschwänglich übers Gesicht.

»Verschwinde, Annie!«, sagte sie halb quietschend, halb lachend. »Entschuldigen Sie Grace, was haben Sie gerade gesagt?«

»Der Freund Ihrer Mutter«, fuhr Grace fort. »Terry. Er scheint eine recht unkonventionelle Vaterfigur zu sein ...«

»Annie!«, stieß Jasmine zwischen den Hundeküssen hervor. »Ich möchte mit Grace sprechen. Entschuldigen Sie, Grace, ähm, ja, Terry. Nicht gerade konventionell, nein. Es ist ganz und gar nichts Konventionelles an Terry Hilma –«

Plötzlich war Jasmine still. Sie riss die Augen weit auf und biss sich auf die Unterlippe. Es war ganz offensichtlich, dass sie zu viel gesagt hatte. Das Wort hing schwer in der Luft. Hillman. Das hatte sie gesagt. Terry Hillman. Graces' Herz klopfte bis zum Hals. Das war unbezahlbar. Jasmines ›Stiefvater‹ war der verdammte Terry Hillman!

»Terry Hillman, der von Sean and Terry Hillman?«, fragte Grace, wobei sie versuchte, ihre Erregung zu verbergen. »Einer der Hillman-Brüder?«

Jasmine setzte das Hündchen wieder auf den Boden und starrte auf ihre Füße.

»Ja, nicht unbedingt etwas, worauf ich stolz bin«, murmelte sie.

O. Mein. Gott!, dachte Grace. Die berüchtigten Hillman-Brüder waren als Essex-Gangster durch die Presse gegangen, als Grace gerade bei einer Londoner Zeitung als Reporterin angefangen hatte. Sie hatten für eine Menge Schlagzeilen gesorgt – besonders, als Sean vor zehn Jahren ermordet worden war. Selbst die überregionalen Blätter hatten das gebracht. Grace versuchte, sich an die Details zu erinnern – der Körper, mit einer einzigen Kugel in der Brust, war im Epping Forest gefunden worden, und bis heute war niemand für den Vorfall verantwortlich gemacht worden. Seitdem war es um Terry Hillman auch ruhiger geworden. Das war eine Riesenstory. Warum hatte bis jetzt niemand die Verbindung zwischen Jasmine Watts und den Hillmans aufgedeckt? Grace hatte die Headline für die Titelseite schon vor Augen – was für ein Knüller!

»Mir wär's ehrlich gesagt lieber, wenn Sie das nicht veröffentlichen würden«, sagte Jasmine und schaute Grace flehend an.

Grace nickte, aber ihr Herz raste immer noch. Das war so ein großartiger Aspekt. Grace konnte ihn nicht einfach so fallenlassen.

»Terry ist tatsächlich kein sehr netter Mann«, fügte Jasmine ruhig hinzu. »Er hat meine Mum wirklich schlecht behandelt und wollte nichts von mir wissen.«

»Weil Sie nicht seine biologische Tochter waren?«, fragte Grace.

Jasmin zuckte mit den Schultern. »Vielleicht. Auf der anderen Seite bin ich ja mit keinem von beiden verwandt. Ich bin adoptiert worden. Mein Dad konnte keine Kinder zeugen, aber weil er Kinder über alles liebte, hat er sich verzweifelt ein Baby gewünscht. Meiner Mutter war das nicht so wichtig, aber weil die Behörden immer den Leuten mit Kindern die besten Wohnungen gaben, hat sie einer Adoption zugestimmt. Dann, als ich noch ganz klein war, hat meine Mutter angefangen, sich mit Terry zu treffen und meinen armen Vater rausgeschmissen.«

»Wie alt waren Sie da?«, fragte Grace sanft.

Jasmine zuckte mit den Schultern. »Ungefähr zwei, glaube ich. Ich kann mich nicht so richtig erinnern. Und dann bekamen Terry und meine Mutter eigene Kinder – Bradley, er ist einundzwanzig, Jason ist neunzehn und Alisha sechzehn. Aber Alisha ist nicht von Terry, weil Alisha dunkelhäutig ist. Es kann sein, dass Junior ihr Vater ist, Mums alter Zuhälter, aber Mum ist sich nicht ganz sicher. Wie ich schon sagte, meine Mum und Terry haben eine ziemlich lockere Beziehung. Terry hat einen Haufen Kinder mit anderen Frauen.«

Jasmine trank einen Schluck von ihrem Tee und schaute Grace in die Augen.

»Ich wette, Ihre Familie ist ein bisschen kultivierter als meine, was?«

Grace grinste: »Ja, Mum und Dad, ich, mein großer Bruder, Hunde und Ponys. Das Leben ist hart auf den schäbigen Straßen von Godalming! Ziemlich peinliche Mittelklasse, fürchte ich.«

Auch Jasmine musste jetzt lächeln. »Nein, das finde ich gut. Das wünsche ich mir für meine Kinder. Ich meine, sehen Sie sich meine kleine Schwester an. Alisha ist selber noch fast ein

Kind und hat schon ein Baby. Ein kleines Mädchen. Sie heißt Ebony. Sie ist ein reizendes kleines Ding, aber es ist nicht richtig, oder? Welche Chancen hat sie denn?«

»Vielleicht gibt Ihr Erfolg Alisha einen Schub.«

»Vielleicht. Ich meine, ich habe meiner Mutter ein Haus gekauft, weit entfernt von der Siedlung. Aber Alishas Freunde sind alle dort, also geht sie gerade wieder zurück. Jetzt sagt sie, dass sie ein Model werden will, aber ich bin mir nicht ganz sicher, ob sie gut genug aussieht.«

Jasmine seufzte: »Wie auch immer, wir sind auf jeden Fall eine bunte Mischung.«

Grace nickte. Sie dachte wieder an ihre eigene behütete und wohlhabende Kindheit – Internat, Wintersport und Ponys –, und sie hatte plötzlich ein schlechtes Gewissen.

»Und Terry Hillman hat Sie, ähm, zum Strippen gebracht?«

»Ja, und ich vermute, dass er mir damit einen Gefallen getan hat. Als ich sechzehn war, bekam ich einen Job in dem Club, der seinem Boss gehörte. Im Nachhinein ein ziemlich runtergekommener Laden, aber jeder fängt mal klein an.«

»Und dann haben Sie eine steile Karriere gemacht?«

»Ja, ich bin von einem Agenten des Exoticas entdeckt worden, das ist ein richtig nobler Laden, da arbeiten nur die besten Mädchen, und eine Menge Promis gehen dorthin.«

»Ach, wer denn zum Beispiel?«, fragte Grace.

Jasmine kicherte unanständig. »Na ja, offensichtlich die Fußballer, so habe ich Jimmy kennengelernt. Aber auch Hollywood-Schauspieler – ich habe einmal für Brett Rose höchstpersönlich getanzt, kein Scherz!«

»Wirklich? Kann ich das schreiben?«, fragte Grace und überlegte, was Lila Rose wohl davon halten würde.

»Ich denke schon«, sagte Jasmine. »Das ist keine große Sache, oder? Nur ein Mann, der den Anblick einer Frau genießt. Das tun sie doch alle.«

»Tun sie das?«, fragte Grace, während sie an McKenzie dachte, und versuchte, sich ihn in einer Stripbar vorzustellen. Sicher nicht.

»Na gut, sie gehen vielleicht nicht alle in Lokale wie das Exotica, aber Männer haben immer und überall ein Auge für Frauen. Beobachten Sie sie mal, wenn Sie das nächste Mal am Strand sind. Wenn ein heißes Mädchen in einem knappen Bikini vorbeikommt, werden sich alle Männer auf der Stelle nach ihr umdrehen. Das liegt in der menschlichen Natur.«

»Also glauben Sie nicht an die wahre Liebe?«, fragte Grace. »Ich würde einen Mann nur dann heiraten, wenn er nur Augen für mich hat.«

»Ach, bitte«, sagte Jasmine verächtlich. »Wahre Liebe, ja, aber kein Mann wird aufhören, auf andere Frauen scharf zu sein.«

Grace lachte. Jasmine war wirklich realistisch. Überhaupt nicht das Häschen, das sie erwartet hatte.

»Auch Jimmy?«, fragte Grace neugierig.

»Auch Jimmy. Er hat Sie ganz schön abgecheckt, als sie angekommen sind.«

»Hat er das?«, Grace merkte, wie sie heiße Wangen bekam, fühlte sich jedoch auch ziemlich geschmeichelt. Jimmy war ein Idiot – aber ein ziemlich gutaussehender. Sie versuchte, ihre Fassung wiederzuerlangen.

»Aber Sie werden praktisch von allen Männern im Land begehrt. Das gibt Ihnen doch sicher ein gewisses Vertrauen, dass alle Frauen, auf die Jimmy ein Auge wirft, im Vergleich zu Ihnen ziemlich verblassen.«

Jasmine errötete und zuckte mit den Schultern. »Ich weiß nicht. Es gibt hier einen Haufen schöner Frauen. So besonders bin ich nicht. Und außerdem, gutes Aussehen ist ja nicht immer von Vorteil. Das kann einen auch ganz schön in Schwierigkeiten bringen. Wenn man an den falschen Typ Mann gerät, verstehen Sie? Natürlich verstehen Sie das, Sie sind ja auch nicht gerade hässlich, nicht wahr?«

Grace dachte an McKenzie. Ja, sie hatte das Wahnsinnstalent, falsche Männer anzuziehen – verheiratete Männer.

»Sind Sie verheiratet?«, fragte Jasmine Grace plötzlich, so als hätte sie ihre Gedanken gelesen.

Grace schüttelte den Kopf.

»Noch nicht den richtigen Mann getroffen?«

Grace grinste. »Ach, das ist es nicht. Ich habe schon ein paarmal den richtigen Mann getroffen, es ist nur so, dass sie immer schon mit einer anderen verheiratet sind.«

Darüber musste Jasmine lachen.

»Entschuldigen Sie, ich sollte nicht lachen, oder?«, fragte sie. »Es muss furchtbar sein, immer die Geliebte und niemals die Braut zu sein.«

»Nein!«, beeilte sich Grace zu sagen. »Manchmal ist es sogar richtig gut. Ich kriege doch die Highlights – die romantischen Abendessen, die Wochenenden in Paris und großartigen Sex. Die Ehefrau bekommt die schmutzige Wäsche, die Steuererklärung und die schlechte Laune. Und außerdem, wenn er nur ein Liebhaber ist, kann man sich immer noch gegen ihn entscheiden. Wenn man erst mal verheiratet ist, ist es gar nicht so einfach, ihn wieder loszuwerden.«

»Ich werde meinen Jimmy niemals loswerden wollen«, behauptete Jasmine.

»Woher wollen Sie das wissen? Wie können Sie so sicher sein, dass er der Richtige ist?«

Jasmine zog die Nase kraus. »Das weiß ich einfach. Er ist alles, wovon ich immer geträumt habe. Wie auch immer, wenn ich ihn nicht heirate, schnappt ihn mir irgendeine andere weg. Wenn ich eines in meinem Leben gelernt habe, dann ist es das: Du musst zusehen, dass du diesen Ring an den Finger bekommst. Als Freundin wirst du nicht richtig ernst genommen, aber als Ehefrau. Als Ehefrau hast du Macht.«

»Glauben Sie das wirklich?«, fragte Grace. »Aber Sie haben Ihr eigenes Geld und Ihre eigene Karriere. Gibt Ihnen das nicht Macht?«

Jasmine zuckte mit den Schultern. »Ein bisschen, würde ich sagen. Aber all das habe ich Jimmy zu verdanken. Ich bin nur berühmt geworden, weil ich die Freundin von Jimmy Jones bin. Ich würde immer noch im Exotica strippen, wenn ich ihn nicht kennengelernt hätte. Ohne ihn wäre ich gar nichts.«

»Das glaube ich nicht«, sagte Grace. »Ich glaube, dass Sie sich unter Wert verkaufen.«

»Ehrlich?« Jasmine sah überrascht aus.

»Ja, ehrlich. Und ich meine das als Kompliment von einer berufstätigen Frau zur anderen, aber Sie sind wirklich eine sympathische, interessante – mir fällt kein besseres Wort ein – nette junge Frau«, sagte Grace. »Ich bin sicher, dass Sie in allem, was Sie gerne machen würden, gut wären, ganz egal, wer Ihr Partner ist. Ein netter Typ sollte nur ein Bonus im Leben sein.«

Jasmine lächelte und errötete zugleich. »Danke, Grace«, sagte sie. »So etwas hat noch nie jemand zu mir gesagt.« Dann lachte sie wieder und fügte hinzu: »Aber ich werde Jimmy trotzdem heiraten.«

»Na ja, er ist wirklich ziemlich süß«, gab Grace zu.

»Und auch wenn Sie sagen, dass es nicht das ist, was Sie wollen, wünsche ich Ihnen, dass Sie eines Tages den richtigen Mann treffen. Ihren perfekten unverheirateten Mann. Jedes Mädchen verdient es, eine Braut zu sein.«

Grace grinste. »Das werde ich mir merken«, sagte sie, meinte das ganz und gar nicht so und fuhr mit dem Interview fort.

Blaine kam zurück. Er sah noch aufgeblasener und selbstzufriedener aus als sonst und setzte sich wieder zu den Frauen.

»Nun, Jasmine, was hätten Sie wohl gemacht, wenn Sie kein Glamourgirl geworden wären?«, fragte Grace mit echtem Interesse.

»Ach, mit meiner Herkunft hätte ich nicht so wahnsinnig viele Möglichkeiten gehabt«, sagte sie fast verächtlich. »Ich war gar nicht so schlecht in der Schule, aber meine Mum hat mich sobald es ging runtergenommen, damit ich Geld verdienen konnte. Wir brauchten was zu essen, und seien wir ehrlich, dass ich niemals an diese verdammte Oxford-Uni gehen würde, war sowieso klar, oder?«

Bei dem Gedanken musste sie lachen. Grace hingegen war nach Oxford gegangen, und sie hatte dort eine Menge Mädchen kennengelernt, die wesentlich weniger auf dem Kasten hatten als Jasmine Watts.

Jasmine fing an zu lachen, als ihr etwas einfiel. »Als ich klein war, hat mein Vater immer gesagt, dass ich auf die Bühne gehöre. Ich glaube allerdings nicht, dass er meinte, mit einer Stange zwischen den Beinen! Er wäre entsetzt gewesen, wenn er gesehen hätte, was aus mir geworden ist.«

»Ich wette, das wäre er nicht«, sagte Grace. »Ich wette, er wäre sehr stolz auf Sie gewesen.«

Auf Jasmines schönes Gesicht legte sich ein Lächeln. »Ja, vielleicht. Mein Vater war ein absoluter Star, wissen Sie. Ein richtiger Gentleman. Nicht so wie die meisten Typen, die man trifft. Einer unter Tausenden. Das ist immer so, oder nicht? Die Guten sterben zu früh und so weiter. Ich war einfach glücklich, ihn zu haben, wenn auch nicht lange.«

Grace hatte ein schlechtes Gewissen, weil sie sich vorher über Jasmine lustig gemacht hatte. Sie hatte noch nie jemanden mit einer derartigen Kindheit kennengelernt, der so fröhlich, herzlich und optimistisch war.

»Wie ist er gestorben?«, fragte sie.

»An Krebs. Gott sei Dank ging es ganz schnell. Es war im

Sommer festgestellt worden, und Weihnachten war er tot. So was passiert eben. Ich war dreizehn. Das war das schlimmste Weihnachtsfest meines Lebens.«

»Das kann ich mir vorstellen«, sagte Grace sanft. »Sie haben gesagt, dass Sie Ihrer Mutter nicht besonders nahegestanden haben, also muss es wirklich hart gewesen sein, den Vater zu verlieren.«

»Oh, ich war völlig fertig. Das waren wir alle. Besonders meine Tante Juju. Sie ist die Schwester meines Vaters. Sie heißt eigentlich Julie, aber wir nennen sie Juju. Sie ist ein bisschen ...«

Jasmine verzog das Gesicht.

»Ein bisschen was?«, fragte Grace vorsichtig nach und witterte noch eine Story.

»Ach nichts. Sie hat einfach schwache Nerven, das ist alles. Mein Vater hat sich immer um sie gekümmert, sie war also ganz allein, nachdem mein Vater gestorben war. Er war ihr großer Bruder. Sie sagt, sie war glücklich, ihn gehabt zu haben. Sie sagt sogar, dass er sich immer noch um sie kümmert. Sie spricht mit ihm und so.«

Jasmine lachte, aber ihre Augen sahen traurig aus.

»Haben Sie ein gutes Verhältnis zu Ihren Geschwistern?«, fragte Grace.

»Meine Brüder sind absolut schrecklich. Sie stecken immer in irgendwelchen Schwierigkeiten, aber ich glaube schon, dass ich sie liebe«, fuhr Jasmine fort. »Und meine Schwester – die ist ein richtiges Früchtchen. Alisha zieht sich öfter aus als ich und wird dafür noch nicht einmal bezahlt! Ich mache mir wirklich Sorgen, dass meine Familie sich auf der Hochzeit danebenbenimmt. Schließlich kommen Victoria und David, und ich möchte nicht, dass Bradley und Jason die beiden blöd anquatschen.«

Sie verdrehte ihre exotischen Augen und grinste verschmitzt. »Ich habe schon daran gedacht, sie gar nicht einzuladen, aber stellen Sie sich mal vor, was sie sagen würden, wenn sie die Bilder in der Zeitung sehen!«

Jasmine lachte und fügte schnell hinzu: »Aber schreiben Sie das nicht. Ich möchte ihre Gefühle nicht verletzen. Und außerdem würden sie mich grün und blau schlagen!«

Grace bezweifelte das nicht eine Sekunde.

»Wer führt Sie denn zum Altar«, fragte Grace. »Terry?«

»Um Gottes willen, nein!«, antwortete Jasmine verächtlich. »Ich habe ihn noch nicht mal eingeladen. Nein, Charlie. Mein Patenonkel. Er war der beste Freund von meinem Dad, und er hat sich wirklich um mich gekümmert, nachdem mein Dad gestorben war. Er ist außerdem ein richtig erfolgreicher Geschäftsmann. Und total attraktiv. Er wird mir auf der Hochzeit alle Ehre machen.«

»Also, welche Pläne haben Sie denn für Ihre Hochzeit?«, ging Grace ins Detail.

»Nun, ich kann darüber wirklich nichts sagen, weil wir doch einen Exklusivvertrag unterschrieben haben, aber eins verspreche ich Ihnen: Sie wird größer und schöner und glamouröser und strahlender als jemals eine Hochzeit zuvor. Eine richtige Märchenhochzeit.«

Dann strahlte Jasmine Grace freundlich an. »Kommen Sie doch auch!«

»Ich?«, antwortete Grace völlig perplex.

»Sie?«, stotterte Blaine und verschluckte sich an seinem Cocktail.

Grace ignorierte ihn. »Aber ich dachte, das Magazin hat die Exklusivrechte.«

»Nein, ich meine nicht als Journalistin«, sagte Jasmine. »Ich meine als Gast. Sie können Ihr Diktiergerät zu Hause lassen.«

»Verdammt richtig, das kann sie«, murmelte Blaine.

Wie aufs Stichwort tauchte Prince Charming wieder auf, noch ganz nass von seinem Bad im Pool.

»Sind wir fertig?«

Es war mehr eine Feststellung als eine Frage. Und als Blaine nickte, wusste Grace, dass ihre Zeit abgelaufen war. Sie schaltete ihr Diktiergerät ab. Das reichte auch, Jasmine hatte ihr viel erzählt, und auch wenn Jimmy nicht viel gesagt hatte, hatte sein Verhalten ihr mehr Munition geliefert, als er es sich vorstellen konnte.

»Ich gehe auch mal 'ne Runde schwimmen«, sagte Blaine. »Entschuldigt mich, meine Damen.«

Blaine schlurfte zum Haus, und Jimmy tauchte wieder im Pool ab.

Grace beobachtete den Jungen im Pool. Er musste sicher noch ein ganzes Stück erwachsener werden.

»Wollen Sie sofort Kinder?«, fragte sie Jasmine.

Jasmine öffnete ihren Mund, um zu antworten, wurde aber von lautem Geschrei und dem Geräusch von nackten Füßen auf nassen Fliesen unterbrochen. Blaine Edwards kam in einem grellen pinkfarbenen Tanga angerannt, über dem sein Bierbauch schwabbelte, und als er in den Pool sprang, spritzte er die Mädchen nass.

»Hey, du Fettsack! Was soll das?«, schrie Jimmy, während er sich auf ihn stürzte und ihn unter Wasser tauchte.

»Entschuldigen Sie, was haben Sie gesagt?«, fragte Jasmine.

»Kinder. Wollen Sie schon Kinder haben?«

Jasmine schaute zu den erwachsenen Männern, die im Pool herumtobten, und schüttelte den Kopf. »Nein, noch lange nicht. Ich denke, dass ich im Augenblick genug Kinder um mich habe.«

Als sie ihre Sachen zusammenpackte, um zu gehen, sagte Jasmine leise zu Grace: »Es gibt etwas, das ich gerne machen würde.«

»Ach, was denn?«

»Ich liebe es, zu singen«, flüsterte Jasmine. »Und eines Tages möchte ich eine berühmte Sängerin werden. Aber ich möchte nicht, dass Blaine das erfährt. Ich singe gerne klassisches Zeug. Billie Holliday. Eva Cassidy. Solche Sachen. Nicht den poppigen Unsinn, den er mag. Aber schreiben Sie das nicht. Bitte. Vorläufig ist das Singen nur mein Ding. Ich singe nur, wenn ich allein bin und auf meine Art. Ich will einfach nur, dass Sie wissen, dass ich mehr bin als ein Paar Titten.«

»Das weiß ich schon«, sagte Grace, und als sie sich nach vorne beugte, um der gekrönten Prinzessin von Marbella zum Abschied einen Wangenkuss zu geben, hoffte sie, dass Jasmines Träume wahr werden würden.

»Wir sehen uns auf der Hochzeit!«, rief Jasmine, als Grace ins Auto stieg.

Wow. Also hatte Jasmine es ernst gemeint. Grace würde zu der Hochzeit des Jahres gehen! Sie konnte sich nicht helfen, aber sie freute sich richtig darauf.

Als Grace darauf wartete, dass sich die elektrischen Tore von Jimmy Jones' Villa öffneten und sie herausfahren konnte, bemerkte sie eine kleine Gruppe Paparazzi auf dem gegenüberliegenden Bürgersteig. Den Tipp hatten sie zweifellos von Blaine höchstpersönlich bekommen. Sie hatte plötzlich Mitleid mit Jasmine Watts. Wie furchtbar, sein Leben in einem Goldfischglas zu leben und seine Geheimnisse vor Journalisten auszubreiten und sich pausenlos fotografieren zu lassen. Grace verdiente ihren Lebensunterhalt damit, die Geheimnisse anderer Leute zu lüften, hielt ihre eigenen aber sicher unter Verschluss.

Als sie die Villa Amoura verließ, sah sie einen schwarzen Jeep, der darauf wartete, hereingelassen zu werden. Das Dach war heruntergelassen und der Fahrer – ein Mann, der so Ende dreißig sein musste – war deutlich zu erkennen. Er war ein großer Mann mit sehr kurzem schwarzem Haar, gutgebaut, breite Schultern und attraktiv, wahnsinnig attraktiv, in einer altmodischen Charlton-Heston-Art. Er war eigentlich überhaupt nicht Graces Typ. Normalerweise fuhr sie auf charismatische Medienmänner ab, die eher dünn und intellektuell waren (ganz zu schweigen von verheiratet). Und dieser Typ war der reinste Muskelprotz. Aber Grace konnte die Augen nicht von ihm lassen, und als die Tore sich endlich öffneten, fuhr sie nur zögernd hinaus.

11 Frank Angelis saß an seinem Schreibtisch und starrte auf die Zahlen vor sich. So genau er auch hinsah, es ging einfach nicht auf. Er brauchte Geld, und zwar sofort. Der Russe würde nicht länger warten. Yana betrat das Arbeitszimmer mit dem Whiskey, den er bestellt hatte. Sie stellte das Kristallglas auf den Schreibtisch und fing an, Frankies Schultern mit ihren langen flinken Fingern zu massieren. Er schüttelte sie ab.

»Verpiss dich, Yana«, knurrte er. »Ich bin nicht in der Stimmung. Verschwinde und lass mich in Ruhe.«

Yana zog eine Schnute, wie ein kleines Mädchen, das von ihrem geliebten Großvater weggeschickt worden war, verschwand aber direkt und schloss die Tür hinter sich.

Frankie war mit seinem Problem alleine. Und es war ein verdammt großes Problem. Wenn Charlie den Job nicht machte, war er erledigt. Er musste Charlie weiter bearbeiten. Er war sicher, dass er es schaffte, ihn zu überzeugen. Mit den Palmers hatte er schon immer ein leichtes Spiel gehabt. Viel zu nett für dieses Geschäft, das war ihr Problem.

Und wenn Charlie es nicht machte? Na ja, es gab immer Wege, schnell an Geld zu kommen. Frankie hatte noch niemals aufgegeben. Und auch dieses Mal würde er sich nicht kampflos geschlagen geben.

»Da ist ein Mr Palmer vor dem Tor«, sagte Maria unsicher. »Er sagt, dass er zur Familie gehört.«

»Das gibt's doch gar nicht! Das ist ja großartig! Es ist Charlie!«, rief Jasmine und rannte zur Auffahrt. Wenn es einen Menschen auf der Welt gab, bei dem Jasmine sich wirklich *immer* freute, ihn zu sehen, dann war das ihr Patenonkel.

Er war kaum aus dem Wagen gestiegen, als sie schon ihre Arme um seinen Nacken warf und ihm einen feuchten Kuss auf die glatte Wange gab. Sein Körper fühlte sich genauso stark, warm und tröstlich an wie früher, als sie noch ein kleines Mädchen war.

»Was für eine herrliche Überraschung. Ich kann gar nicht glauben, dass du hier bist. Gott, es tut so verdammt gut, dich zu sehen, Charlie.«

Jasmine schaute sich aufgeregt nach Jimmy um. Er saß am Pool.

»Jimmy! Jimmy! Schau mal, wer hier ist. Charlie. Ist das nicht wunderbar?«

»Wunderbar«, sagte Jimmy, sah aber nicht besonders begeistert aus. Jasmine runzelte die Stirn. Jimmy hatte heute komische Laune. Erst war er während des Interviews pampig zu ihr gewesen, und jetzt verhielt er sich Charlie gegenüber völlig reserviert. Was war los mit ihm? Jimmy ging langsam auf Charlie und Jasmine zu. Jasmine umarmte Charlie noch einmal. Sie fühlte sich immer so sicher, wenn er da war.

»Beruhig dich, Jazz«, ermahnte Jimmy sie. »Lass den Mann doch erst mal Luft holen.«

»Alles klar, Jimmy, mein Junge?«, fragte Charlie freundlich und hielt ihm seine große Hand hin. Wenn er Jimmys Reserviertheit bemerkt hatte, dann zeigte er es nicht.

»Es könnte nicht besser sein«, sagte Jimmy. »Was führt dich denn aus London raus?«

»Ich spiele mit dem Gedanken, mich hier zur Ruhe zu setzen.«

»Wirklich?« Jimmy sah ihn erstaunt an.

»Echt?«, fragte Jasmine. »Wow. Das ist ja klasse. Dann können wir dich immer sehen, wenn wir hier sind, und wir werden den ganzen Sommer hier sein ... abgesehen von der Hochzeit und natürlich den Flitterwochen und ... Gott ist das großartig. Willst du bei uns wohnen?«, fragte Jasmine und hoffte, dass er ja sagen würde.

»Nein, Schätzchen, ich habe mich übergangsweise im Marbella Club eingemietet«, erklärte Charlie. »Ich denke, ihr zwei Turteltauben braucht vor dem großen Tag eure Ruhe. Ich werde mich wohl morgen mal nach etwas Passendem umsehen, was ich mieten kann. Ich wollte nur mal kurz vorbeischauen, um zu sehen, wie es meinem Lieblingsmädchen geht.«

»Mir geht es großartig«, grinste Jasmine. »Komm schon, Charlie. Ich zeig dir alles. Jimmy, kannst du Charlie bitte einen Drink holen?«

»Einen Martini, bitte, Jim«, sagte Charlie.

Als er ging, hörte Jasmine Jimmy murmeln: »Was glaubt er eigentlich, wer er ist? James Bond?«, und hoffte, dass Charlie es nicht gehört hatte. Sie musste mit Jimmy später mal ein ernstes Wörtchen wechseln. Irgendwas beschäftigte ihn heute offensichtlich.

»Tolles Haus«, sagte Charlie begeistert. »Du hast es sehr weit gebracht, Schätzchen. Ich bin stolz auf dich.«

Jasmine spürte, wie ihr ganz warm ums Herz wurde. Es bedeutete ihr eine Menge, dass Charlie stolz auf sie war. Über die Jahre war er für sie so eine Art Vaterersatz geworden. Ihr eigener Vater, Kenny, war der liebevollste und gütigste Mann auf der Welt gewesen, und als er starb, war Charlie sofort in seine Fußstapfen getreten und hatte sich um Jasmine gekümmert, wenn die Zeiten hart waren. Charlie war ein ganzer Kerl. Der wurde mit allem fertig.

»Komm Charlie, du musst Blaine kennenlernen. Er ist unser neuer Manager.« Jasmine nahm Charlie an die Hand und führte ihn auf die Mahagoniterrasse, die sich auf der Rückseite der Villa befand. Blaine lag faul auf einem Liegestuhl und hatte das Cocktailglas auf seinem fetten behaarten Bauch abgestellt.

Die Männer schüttelten sich kameradschaftlich die Hände und waren sich einig, dass die Aussicht phantastisch war. Jasmine blickte über die Terrasse hinweg auf das glitzernde blaue Meer und grinste in sich hinein. Manchmal konnte sie ihr Glück kaum fassen.

»Danke, Baby«, sagte Jasmine, als Jimmy mit den Drinks auftauchte. »Bist du okay?«

»Ich?«, erwiderte Jimmy ein bisschen unterkühlt. »Ja, alles in Ordnung.«

Aber es war Jasmine ziemlich klar, dass das nicht stimmte. Was war nur passiert, dass seine Stimmung so krass umgeschlagen war? Hatte er wieder einen von diesen Anrufen bekommen? In der letzten Zeit führte er öfters geheime Gespräche über sein Handy. Es war immer dasselbe: Er ging irgendwohin, und sie hörte nur gedämpfte kleine Fetzen der Unterhaltung. Hinterher war Jimmy jedes Mal nervös und distanziert, aber wenn Jasmine fragte, mit wem er gesprochen hat, sagte er bloß: »Nur was Geschäftliches«, und ging weg. Aber was für Geschäfte konnten das sein? Sein Vertrag lief noch die nächsten zwei Saisons.

»Also, Jasmine, erzähl mal«, sagte Charlie. »Wer war das denn da draußen gerade?«

Jasmine konzentrierte sich wieder auf den Augenblick. »Ach, das war Grace Melrose. Eine Journalistin.«

»Sie ist ein richtig eingebildetes, kleines Biest«, erwiderte Jimmy scharf.

»Ach was, sie war sehr nett«, sagte Jasmine. »Du magst nur keine Journalisten.«

Jimmy blickte finster drein.

»Ich mag auch keine Journalisten«, erklärte Charlie. »Die sind viel zu neugierig. Sie verstehen nichts von der Kunst, ein Geheimnis für sich zu behalten.«

»Also, Charlie«, sagte Jasmine und wechselte schnell das Thema. »Hast du Lust auf eine Party?«

Charlie zuckte mit den Schultern. »Was ist denn angesagt?«

»Ein paar Freunde von uns kommen vorbei, und dann gehen wir zu der Eröffnung eines neuen Clubs. Auf einem Schiff im Yachthafen. Maxine de la Fallaise hat uns eingeladen!«

»Ach wirklich?«, Charlie sah interessiert aus. »Ich hab sie in der Zeitung gesehen. Kennst du sie?«

Jasmine nickte stolz. »Ich hab sie ein paarmal auf Partys getroffen. Sie ist unglaublich witzig. Es wird bestimmt ein cooler Abend.«

»Klar, warum nicht?«

In diesem Moment klingelte Charlies Handy. Beim Blick auf die Nummer runzelte er die Stirn und sagte: »Entschuldige, da muss ich wohl drangehen.« Er verließ den Tisch.

Jasmine sah ihn am Pool stehen, und sie hätte schwören können, dass es schlechte Nachrichten waren. Sie hatte das ungute Gefühl, dass Charlie heute Abend doch nicht mit ihnen ausgehen würde.

»Ist irgendwas?«, fragte sie, als Charlie zum Tisch zurückkam.

Er nickte. »Entschuldige, Süße, aber ich muss noch ein paar Anrufe erledigen. Ein nicht ganz abgeschlossenes Geschäft in London. Ich fahre jetzt besser ins Hotel zurück und kümmere mich darum. Ich rufe dich morgen Vormittag an. Vielleicht können wir ja zusammen Mittagessen gehen.«

»Das wäre wunderbar«, sagte Jasmine und versuchte, sich ihre Enttäuschung darüber, dass Charlie so schnell wieder ging, nicht anmerken zu lassen. So ist es immer schon gewesen. Er kam, munterte sie auf, und dann nahm irgendeine Krise ihn ihr wieder weg. Einmal war er für ganze zwei Jahre verschwunden. Er hatte ihr erzählt, dass er einige supergeheime Dinge in Amerika erledigt hatte, aber rückblickend hatte er wahrscheinlich nur im Gefängnis gesessen. Sie wusste eigentlich nie genau, womit Charlie sein Geld verdiente, aber sie hatte den Verdacht, dass es nicht ganz legal war. Nicht, dass sie das stören würde. Jasmine wusste, dass Charlie ein durch und durch guter Kerl war, ganz egal, was das Gesetz dazu sagte.

Scheiße! Scheiße! Scheiße! Charlie konnte keinen klaren Gedanken fassen. Seine ersten paar Stunden in Südspanien liefen nicht gerade nach Plan. Erst hatte Frank Angelis ihn angemacht, und jetzt hatte Gary angerufen und gesagt, dass Nadia verschwunden ist. Verschwunden? Wie um alles in der Welt konnte sie seit der Mittagszeit verschwunden sein? Das wollte er von Gary wissen.

»Ich, ich, ich weiß nicht, Boss«, hatte Gary gestammelt. Er war offensichtlich noch ganz mitgenommen von den Ereignissen. »Als ich zurückkam, ist sie gerade weggegangen. Ich konnte ihr noch nicht einmal sagen, dass Sie das verdammte Land verlassen haben! Sie hat nur ›Ciao!‹ gerufen und ist in ein Taxi gestiegen.«

Und an diesem Punkt war Charlie richtig nervös geworden. Nadia nahm keine Taxis. Sie hatte ihren eigenen Wagen mit Fahrer. Ihr Vater bestand darauf.

»War jemand bei ihr?«, hatte Charlie Gary verzweifelt gefragt.

»Da saß schon ein Typ im Taxi. Ich konnte sein Gesicht aber nicht sehen. Nur seinen Hinterkopf. Er hatte schwarze Haare. Das ist alles, was ich gesehen habe.«

»Hat sie einen verstörten Eindruck gemacht?« Charlie bemühte sich fieberhaft, etwas herauszubekommen, was Nadias Verschwinden erklären könnte.

»Nein, Boss. Sie war ziemlich fröhlich und wie immer perfekt gestylt. Ich habe mir wirklich nichts dabei gedacht, aber dann, ein paar Stunden später, sind zwei krasse russische Typen auf mich losgegangen. Sie haben mich grün und blau geschlagen, Charlie. Ich hatte eine Scheißangst. Sie haben immer wieder gefragt, wo Nadia ist und wo Sie sind und was wir mit ihr gemacht haben. Sie haben gesagt, dass sie nicht ans Telefon geht. Und dass Mr Dimitrov kein glücklicher Mann ist. Ich habe Angst, Charlie. Ich habe wirklich verdammte Angst. Mit diesen Russen ist nicht zu spaßen, Boss. Sie glauben, dass wir Nadia etwas angetan haben. Wir sollten uns nicht mit ihnen anlegen.«

»Das machen wir auch nicht, Gary«, versuchte Charlie den Jungen zu beruhigen. »Das ist alles nur ein Riesenmissverständnis. Ich klär das.«

Charlie hatte Gary nach Hause zu seiner Mutter geschickt. Er war noch ein Kind, und das alles war nicht sein Problem. Andererseits war es auch nicht Charlies Problem. Nadia hatte nicht einmal gewusst, dass er vorgehabt hatte, das Land zu verlassen. Aber ihr Vater würde es mittlerweile wissen, und was machte das für einen Eindruck? Seine Tochter verschwindet, und Charlie nimmt ein Flugzeug nach Spanien. Wie, zum Teufel, hatte das passieren können?

Charlie stand auf seinem Balkon und lauschte den Wellen. Es war Wind aufgekommen, und das Meer war unruhiger als zuvor. Es war jetzt fast dunkel, und der Strand war menschenleer. Er dachte an Nadias freches Lächeln und ihre vertrauensvollen großen Augen und betete zu Gott, dass ihr nichts zugestoßen war. Aber Mr Dimitrov war ein ziemlich reicher Mann, und der Kopf seiner Tochter war in bestimmten Kreisen einiges wert. Charlie würde ihr niemals weh tun, aber es gab genug, die das machen würden.

Charlies Verstand lief auf Hochtouren. Wie konnte er das

wieder in Ordnung bringen? Wie konnte er Gary schützen? Wie sollte er Mr Dimitrov erklären, dass er nichts damit zu tun hatte? Wie konnte er helfen, Nadia zu finden?

Scheiße! Er schlug mit der Faust auf die Balkonbrüstung. Warum war das Leben nur so verdammt kompliziert? Charlie starrte in das schwache Licht der Abenddämmerung. Die Wellen brachen sich am Strand und verschluckten die Fußspuren des Tages. Charlie beobachtete ehrfürchtig die Kraft des Meeres. Er würde das in Ordnung bringen. Irgendwie. Er wusste noch nicht genau wie, aber irgendwie würde er das alles klären. Das war schließlich sein Job.

Er atmete einmal tief durch und rief McGregor an. Das war etwas, das er nicht gerne machte. Er bat andere nicht gerne um Hilfe, aber McGregor wusste immer, was in London los war. Vielleicht hatte er etwas von Nadia gehört.

»McGregor«, sagte Charlie, als der Oberinspektor ans Telefon ging. »Ich bin's, Charlie.«

»Ah, ja richtig«, sagte McGregor und klang skeptisch.

»Hör zu, McGregor, ich brauche deine Hilfe. Jemand ist verschwunden und …«

Noch bevor er den Satz zu Ende gesprochen hatte, unterbrach ihn McGregor.

»Ist grad kein guter Zeitpunkt«, erwiderte er barsch. »Ich kann jetzt nicht mit dir sprechen.«

Dann war die Leitung tot. Einfach so. Charlie starrte ungläubig auf sein Telefon. Das war der Mann, für den er gerade jemanden umgebracht hatte. »Wichser«, murmelte er. Es war nicht das erste Mal, dass er auf sich alleine gestellt war, wenn er in der Scheiße saß.

Und so sitzt die schöne Prinzessin Jasmine in ihrem strahlenden Palast über dem Mittelmeer und wartet darauf, die gekrönte Königin der Spielerfrauen zu werden. Und dies ist wirklich ein richtiges Märchen

mit einem sehr bösen Stiefvater. Lesen Sie heute exklusiv: Jasmine
Watts' Mutter Cynthia Watts ist die Lebensgefährtin von Terry Hill-
man, dem berüchtigten Essex-Gangster …

Grace saß auf der Terrasse ihrer Villa in den Bergen und genoss ein großes Glas Rosé in der untergehenden Nachmittagssonne, während sie noch ein letztes Mal den Artikel überflog,
bevor sie ihn an Miles abschicken würde.

Grace starrte auf die Wörter und erinnerte sich daran, was
sie Jasmine versprochen hatte. Normalerweise hatte sie keine
Skrupel, das zu drucken, was ein Prominenter gesagt hatte.
Warum hatte sie plötzlich ein schlechtes Gewissen? Ihr Finger
schwebte über der ›Senden‹-Taste, aber sie schaffte es nicht,
sie zu drücken.

»Ach, scheiß drauf«, sagte sie zu sich selbst, und dann mar-
kierte sie den Absatz über Terry Hillman und löschte ihn. Was
würde schon passieren, wenn sie dieses Detail nicht veröffentlichen würde? Niemand würde je erfahren, dass sie gerade
die beste Exklusivmeldung ihrer Karriere ignorierte. Sie hielt
einfach ein Versprechen, das sie einem jungen Mädchen gegeben hatte. Ein Mädchen, das einen Traum hatte, das so nett
war, sie auf ihre Hochzeit einzuladen. Und auf diese Hochzeit wollte sie gerne gehen. Wenn sie das über Hillman schreiben würde, käme wohl keine goldgeprägte Einladung bei ihr
an. Außerdem war diese Hochzeit eine gute Gelegenheit,
ihre Kontakte auszubauen. Sie dachte eben an ihren Job. Es
war nicht so, dass sie ihren Biss verloren hatte. Grace Melrose
würde nicht zahm werden.

12 Lila war schon immer eine gute Schwimmerin gewesen. Als Kind hatten ihre Eltern sie immer ihre ›Kleine Meerjungfrau‹ genannt, weil sie sich mehr im Schwimmbad aufhielt als zu Hause. Jetzt, in London, hatte sie natürlich ihren eigenen Pool, aber Lila schwamm viel lieber im Meer. Das war das, was sie an dem Strandhaus in Malibu am meisten vermisste, die Lage am Meer. Also ging sie, sobald sie ausgepackt hatte, die Stufen hinunter an den privaten Strand ihrer Eltern und warf sich in das glitzernde, türkisfarbene Meer. Das kalte Wasser nahm ihr zunächst den Atem, aber die Wellen beruhigten sie schnell wieder.

Lila genoss weder die Aussicht, noch ließ sie sich faul auf dem Rücken treiben. Stattdessen fing sie an, kraftvoll zu kraulen. Wenn sie schwamm, fühlte sie sich stark und lebendig. Ihr Herz klopfte, als sie ihre Arme durch das Wasser zog, und ihr Kopf war voll von Gedanken über ihren Mann. Je länger sie schwamm, umso zuversichtlicher wurde sie. Vielleicht sagte er ja die Wahrheit. Vielleicht war er ja wirklich in einem wichtigen Meeting. Lila wusste, dass es nicht einfach war, Brett Rose, der Superstar zu sein. Jeder wollte etwas von ihm, und es war schwer, ihnen allen gerecht zu werden. Okay, vielleicht nahm er sie als selbstverständlich hin, und es hatte manchmal den Anschein, als würde er sie hinten anstellen. Aber, was sagte das schon aus? Man kann einige Leute ab und zu zufriedenstellen, aber nicht ständig alle. Etwas blieb immer auf der Strecke. Brett wusste, dass Lila und die Kinder immer für ihn da waren, weil sie ihn liebten. Also ließ er sie warten. Regisseure und Produzenten liebten ihn nur wegen der guten Einspielergebnisse, also musste er sie bei Laune halten und dafür sorgen, dass er die nächste Hauptrolle bekam. Es gab genug junge heiße Schauspieler, die ihm dicht auf den Fersen waren.

Und es war schwierig, aus L. A. wegzukommen. Es heißt, eine Woche ist eine lange Zeit in der Politik, aber in Hollywood ist es ein ganzes Leben. Vielleicht war es einfach zu viel verlangt, alles stehen und liegen zu lassen, um nach Spanien zum Geburtstag ihres Vaters zu kommen. Und eigentlich war es ja nicht seine Schuld, dass sie sich so wenig sahen. Sie hatte darauf bestanden, L. A. zu verlassen, sie war diejenige, die dachte, ihre Kinder müssten ›normal‹ und ›britisch‹ aufwachsen und so weit entfernt wie möglich vom verrückten Hollywood. Es war Lilas eigene Schuld, dass sie die meiste Zeit alleine in London war, nicht Bretts. Und er war ja auch nicht herzlos. Er sagte immer noch die süßesten Dinge am Telefon. Erst kürzlich hatte er gesagt, dass Lila sein Fels in der Brandung war – immer für ihn da. Sie gab ihm Halt, während die Welt vorbeizog. Lila würde ihm diesmal verzeihen. So wie sie es immer tat. Als sie eine Pause machte, um Luft zu holen, drehte sie sich um und schaute auf den Strand. Die Villa ihrer Eltern schien entsetzlich weit weg zu sein.

Nachdem sie ein ausgiebiges Bad genommen und ausgiebig mit ihren Kindern auf dem Bett gekuschelt hatte, war Lila entspannt und glücklich. Sie traf ihre Familie im Patio. Auf dem Tisch standen Brot, Oliven und eine Karaffe Rotwein, und ihre Mutter kam gerade mit einer riesigen Pfanne dampfender Paella aus der Küche.

»Ich habe mich hier richtig gut eingelebt«, erklärte Eve stolz. »Aber wo ist Peter?«

Lila schaute sich um und entdeckte Peter in einer Hängematte unter einer Palme im Garten. Er sprach angeregt mit
jemandem an seinem Handy und rauchte eine Zigarette. Sie
wünschte sich, dass er diese dumme Angewohnheit aufgäbe,
besonders vor den Kindern. Lila winkte ihm zu und zeigte auf
das Essen auf dem Tisch.

»Rate mal, wer gehört hat, dass du in der Stadt bist«, sagte
er und setzte sich neben Lila.

»Wer?«, fragte Lila.

»Maxi«, antwortete er mit einem begeisterten Grinsen. »Sie
gibt heute Nacht eine Party im Hafen und würde sich tierisch
freuen, wenn du kommen würdest. Du musst sie unbedingt
zurückrufen.«

Lila seufzte. »Ach, Peter, du weißt doch, dass ich Partys
hasse.«

Peter schmollte. »Ach, komm«, quengelte er. »Bitte, Lila.
Das wird lustig.«

»Aber ich möchte nicht, dass jemand erfährt, dass ich hier
bin«, sagte Lila und war sich ihrer jammernden Stimme nur
allzu deutlich bewusst.

»Aber Maxine ist doch eine alte Freundin, oder, meine
Liebe?«, fragte Eve. »Es wäre doch schön, sie zu treffen.«

Lila zuckte mit den Schultern. Maxi war eine alte Freundin.
Mehr oder weniger. Oder zumindest war sie das, was einer alten Freundin am nächsten kam. Sie war nett und immer loyal
zu Lila gewesen. Sie hatten sich in den Neunzigern bei einem
Fotoshooting für eine Zeitschrift kennengelernt, als Lila noch
eine Soap-Darstellerin war und Maxi verheiratet mit … Lila
musste kurz überlegen. Wer war es damals noch mal? Ach,
ja, Riley O'Grady, der Indie-Sänger. Oder war sie zu diesem
Zeitpunkt einfach nur mit ihm zusammen gewesen? Ja, das
war es. Maxi war nur als ›die Freundin‹ da, und trotzdem hatte
sie es irgendwie geschafft, sich auf das Foto zu mogeln. Maxi

schaffte es immer wieder, sich in den Vordergrund zu drängen, auch wenn eigentlich jemand anderes im Mittelpunkt stehen sollte. Lila lächelte, als sie sich an ihren ersten Eindruck von Maxi erinnerte – dickes Haar, große Brüste, breites Lächeln, starke Persönlichkeit, großes Herz.

Lila war ziemlich neu in der ganzen Mode-Magazin-Szene und fand das Shooting ziemlich einschüchternd, aber Maxi hatte Lila unter ihre Fittiche genommen, und so wurde es doch noch ganz lustig. Sie hatte sich sogar besondere Mühe gegeben, Lila in das lächerlich enge Kleid zu helfen, das die Stylistin für sie ausgesucht hatte. Und auch wenn Riley sie an diesem Tag fürchterlich behandelt hatte (er hatte die ganze Zeit mit einem Supermodel geflirtet), war Maxi fröhlich und freundlich geblieben.

Natürlich hatte sich Riley O'Grady als der absolute Trottel herausgestellt. Aber damals hatte Maxi ein Händchen für nutzlose Männer gehabt. Ihre drei Ex-Männer ließen Brett wie den perfekten Ehemann dastehen. Und was machte sie jetzt? Sie lebte mit einem verheirateten Mann zusammen, der alt genug war, ihr Vater zu sein!

Lila und Maxine waren für eine Zeitlang eng befreundet gewesen. Sehr eng. Und Lila hatte den wildesten Teil ihrer Jugend mit Maxine verbracht. Maxine hatte einen ziemlich schlechten Einfluss auf sie gehabt. Aber einen lustigen. Lila erinnerte sich plötzlich an Glastonbury 1997. Sie und Maxi hatten den ganzen Tag Bier getrunken (etwas, das Lila sonst nie tat!), und als Maxi ihr einen Joint angeboten hatte, schien das eine gute Idee zu sein (was anderes hatte sie nie genommen!). Lila war am Ende so zugedröhnt, dass sie in den nächsten Bus im VIP-Bereich gekrabbelt und dort eingeschlafen war. Als sie am nächsten Morgen aufgewacht war, hatte sie sich in einem Tourbus mit den Jungs von Oasis wiedergefunden. Sie waren sehr nett gewesen, und wenn sie sich richtig erinnerte, hatte Noel Gallagher ihr sogar einen Kaffee gemacht. Sie kicherte in sich hinein.

»Was?«, fragte Peter.

»Nichts«, erwiderte Lila. Und es war auch nichts. Ein kurzer verrückter Moment ihrer Jugend. Das war alles.

Als Lila nach L. A. zog und Brett traf, änderte sich alles. Zuerst war es einfach überwältigend. Brett hatte sie umgehauen, sie mit Diamanten überhäuft und sie den ganzen Hollywood-Legenden vorgestellt. Wenn sie etwas wollte – egal was –, bekam sie es. Sie brauchte es nur zu sagen. Ein neues Auto? Kein Problem. Wie wäre es mit einem Aston Martin? Ein Haus am Strand? Na klar. In Malibu vielleicht? Aber dann, als sich die Beziehung festigte, wurde sie von Bretts Publicityapparat überrollt. Plötzlich hatte sie eine ganze Armee von Leuten, die Dinge für sie erledigten. Ein Mädchen machte ihr das Make-up, eine Stylistin suchte ihre Klamotten aus, und ein PR-Manager sagte ihr, mit wem sie sich abgeben durfte und mit wem nicht. Maxine de la Fallaise war für den Umgang mit der zukünftigen Mrs Rose auf die D-Liste verbannt worden. Maxi war in England ziemlich bekannt, aber in L. A. kannte sie niemand. Lila erinnerte sich daran, dass sie eine Liste für ihre Geburtstagsparty gemacht hatte (es muss ihr sechsundzwanzigster gewesen sein) und mit dem Partyplaner einen riesigen Streit hatte, weil er sich geweigert hatte, Maxi einzuladen. Lila hatte versucht, ihm zu erklären, dass Maxi ihre Freundin war, aber der Partyplaner hatte nur gesagt: »Mädchen, das ist L. A. Du wirst dir ein paar neue Freunde suchen müssen, Punkt.« Also hatte Lila sich, sehr zu ihrer Schande, ein paar neue Freunde gesucht und Maxine seitdem kaum gesehen.

Nun, die Frauen hatten über die Jahre sporadischen Kontakt. Maxi rief regelmäßig an oder mailte, aber meistens hielt Lila sie auf Distanz. Letztes Jahr war sie mit Carlos zu ihrer Silvesterparty in L. A. gekommen (jetzt, wo sie mit Carlos Russo zusammenlebte, war sie auf die B-Liste aufgestiegen und in Begleitung ihres Liebhabers willkommen). Aber Maxine hatte viel zu viel Champagner getrunken und war Salma Hayek mit ihrem spitzen Absatz auf den nackten Fuß getreten. Salma hatte auf den Zwischenfall ganz locker reagiert, aber Lila hatte sich in Grund und Boden geschämt. Maxi war ein Party-Girl, die immer wieder in die Schlagzeilen geriet, weil sie lächerlich kurze Röcke trug oder völlig betrunken aus irgendeinem Nachtclub herenstorkelte. Es war großartig, dass Maxi jetzt ihren eigenen Nachtclub hatte. Sie war echt clever, und Lila war sicher, dass sie Erfolg haben würde. Aber Lila durfte nicht in ihrer Begleitung gesehen werden. Oder zumindest nicht zu oft. Und nicht heute Abend.

»Ich habe irgendwie keine Lust, mich aufzustylen und unter Leute zu gehen«, erklärte sie Peter und ihrer Familie. »Außerdem bin ich doch hier, um mit euch zusammmen zu sein.«

»Du hast eine ganze Woche Zeit für uns«, sagte Brian. »Und die Kinder gehen sowieso bald ins Bett, nicht wahr, ihr Süßen?«

Sebastian nickte, und Louisa schüttelte den Kopf.

»Ach komm schon, Lila«, versuchte Peter, sie zu überreden. »Wir haben Urlaub. Wenn Brett hier wäre, würde er hingehen.«

Das stimmte. Brett ging immer gerne auf Partys. Und außerdem mochte Brett Maxi. Er fand sie witzig und nannte Lila ›verklemmt‹, wenn ihr das unmögliche Benehmen von Maxi peinlich war. Aber Brett war nicht hier, oder?

»Ach, ich weiß nicht«, sagte Lila.

»Du könntest das tolle Kleid anziehen, dass Chanel dir geschickt hat«, sagte Peter. »Und diese Louboutin-Schuhe. Die goldenen.«

Lila dachte an das weiße Etuikleid, das sich immer noch

im Karton befand. Es war bezaubernd, und sie hatte bis jetzt keine Gelegenheit gehabt, es anzuziehen. Vielleicht könnten sie für eine Stunde hingehen.

»Ich denke, es wird dir guttun, herauszukommen«, sagte Eve.

»Ich möchte gern auf eine Party gehen«, sagte Louisa hoffnungsvoll.

»Am Samstag machen wir eine Party für Opa, Süße«, erklärte Eve. »Diese Party ist etwas für Erwachsene. Mami soll sich amüsieren.«

»Okay, okay«, gab Lila nach. »Wir gehen kurz hin. Aber wenn ich genug habe, gehen wir sofort nach Hause, Peter. Abgemacht?«

»Abgemacht«, grinste Peter und gab Lila das Telefon. »Jetzt ruf Maxi an, bevor du es dir wieder anders überlegst.«

Kaum hörte Lila Maxis Stimme, wusste sie, dass sie die richtige Entscheidung getroffen hatte.

»O mein Gott, Lila!«, kreischte Maxi. »Ist das schön, deine Stimme zu hören. Das ist *viel* zu lange her, Baby. Jetzt hör zu, du kommst doch heute Abend, oder? Ich meine, ein Nein würde ich sowieso nicht akzeptieren.«

Lila versuchte, ja zu sagen, aber sie kam gar nicht zu Wort. Mit Maxi zu telefonieren war immer eine einsilbige Sache.

Maxi fuhr fort: »Das ist heute ein großer Abend für mich, weil Carlos mir diesen Club gekauft hat, und das ist die Einweihungsparty. Die ganze Presse wird da sein, und die Fußballer und die Marbella-Beautys und die spanische Hautvolee und … Gott, ich bin ganz neben mir vor lauter Aufregung und es ist so, so, sooooo viel besser, wenn du bei mir bist. Und außerdem wird die Presse ganz scharf auf dich sein, wenn du auftauchst, also brauche ich dich schon für das Foto …«

Maxi kicherte, um klarzumachen, dass das ein Witz war und sagte dann ruhig: »Ich meine, ich habe dich wirklich vermisst, Süße. Ich habe schon gedacht, dass du nicht mehr meine Freundin sein willst.«

»Sei nicht albern, Maxi«, versicherte Lila ihr. »Wir sehen uns später. Dann holen wir alles nach.«

Nach dem Abendessen badete Lila die Kinder und brachte sie ins Bett.

»Kommst du noch mal, wenn du fertig bist?«, fragte Sebastian. »Du siehst immer so schön aus, wenn du dich schick gemacht hast. Wir haben dich schon ewig nicht mehr so gesehen.«

»O ja, bitte, Mummy«, sagte Louisa. »Ich möchte, dass du dich so schön machst wie eine Königin.«

Lila musste lächeln. Sie gefiel sich am besten, wenn sie sich in den Augen ihrer Kinder widerspiegelte.

Sich nackt in dem Ganzkörperspiegel im Schlafzimmer zu sehen, war ein anderes Thema. Sie starrte auf das Spiegelbild, das ihr fremd war. In London strahlte ihre Alabasterhaut, aber hier, im spanischen Licht, erschien sie blass und ungesund. Sie fuhr mit ihren Fingern über die Dehnungsstreifen an ihren Hüften und strich dann über den Rettungsring um ihre Taille. Durch das Kinderkriegen hatte sich ihr Körper endgültig verändert. Sie hatte zwei perfekte Kinder zur Welt gebracht, damit aber ihre eigene Perfektion eingebüßt. Sie stellte sich seitlich vor den Spiegel und seufzte über das, was einmal ein strammer Hintern gewesen war. Er war jetzt flach und breiter als früher. Lila hatte den Körper einer Mutter. Ihre Brüste sahen leer aus. Sie hatte beide Kinder ein Jahr lang gestillt, und als sie die Schwangerschaftspfunde wieder runter hatte, blieb schlaffe Haut übrig. Ihre Brustwarzen waren rot und standen ständig aufrecht wie überreife Himbeeren. Lila legte ihre Hände um ihre Brüste und kreiste mit den Fingern um ihre ausgelaugten Brustwarzen. Sie seufzte vor Verlangen nach Zärtlichkeit. Sie hatte keinen perfekten Körper mehr, aber es war immer noch ein Körper, der sich danach sehnte, berührt zu werden. Was war falsch daran? Das Bedürfnis, begehrt zu werden, war mit den Jahren nicht verschwunden. Sie wünschte, Brett wäre hier, um sie festzuhalten und zu berühren und ihr das Gefühl zu geben, dass sie wieder eine schöne Frau war. Aber sie war allein, wie immer, und es gab niemanden, der ihre Bedürfnisse befriedigte.

Wenigstens war das Chanelkleid traumhaft, und als sie es erst einmal anhatte, fühlte Lila sich einigermaßen attraktiv. Als sie sich im Spiegel anschaute, glaubte sie, einen schwachen Schimmer von dem Mädchen zu erwischen, das sie einmal gewesen war – das schöne Mädchen, das sein ganzes Leben noch vor sich hatte, das Cheshire für London und seine strahlenden Lichter verlassen hatte. Lila hatte das Kleid aufgehoben, um es für Brett zu tragen. Es war ziemlich kurz – es ging bis zur Mitte der Oberschenkel –, und er hatte ihre Beine immer gemocht. Sie hatte seit Jahren keinen kurzen Rock mehr getragen. Für die Veranstaltungen auf dem Roten Teppich bevorzugte sie inzwischen Kleider in Bodenlänge und in ihrer Freizeit schicke Designerjeans, also wusste sie, dass es ihm gefallen hätte. Er ermutigte sie immer wieder dazu, sich ein wenig aufregender anzuziehen. Aber Brett war nicht hier, und Lila hatte fast ein schlechtes Gewissen, in seiner Abwesenheit ihre Beine zu zeigen.

Die Kinder waren schon fast eingeschlafen, als sie bei ihnen hineinschaute, um gute Nacht zu sagen.

»Du siehst wunderschön aus, Mummy«, sagte Louisa begeistert. »Wie ein junges Mädchen.«

Das war tatsächlich ein Lob von ihrer Tochter.

»Du bist die schönste Mummy der Welt«, bestätigte Sebastian. »Daddy würde sich freuen, dich so zu sehen.«

Sie waren natürlich voreingenommen, aber Lila freute sich

über ihre Komplimente und ging mit einem Schwung aus dem Haus, den sie seit Monaten nicht mehr gehabt hatte.

Peter lehnte mit einer Zigarette in der Hand am Wagen. Er war ganz in Schwarz gekleidet und sah unglaublich verwegen aus.

»Wow, Baby, da könnte man ja glatt schwach werden!«, verkündete er, während er Lila von oben bis unten ansah. »Sehr sexy. Komm. Lass uns gehen!«

»Ich will nur noch schnell Brett anrufen«, sagte Lila und suchte in ihrer Handtasche nach ihrem Handy. »Ich habe vorhin einfach aufgelegt und will mich entschuldigen. Ich glaube, dass ich ein bisschen schroff zu ihm war.«

Peter verdrehte die Augen. »Gut, wenn es sein muss«, meinte er. »Aber vergiss nicht, ihm zu erzählen, dass du auf eine Party gehst. Sag ihm, dass es eine Party ist, auf der es von attraktiven jungen Männern nur so wimmelt, die dir alle an die Wäsche wollen. Und sag ihm, dass du gar keine Wäsche anhast. Bring ihn zur Abwechslung mal ins Schwitzen.«

Lila lachte. Was würde sie nur ohne Peter machen, der sie immer wieder aufheiterte?

Shanna Lloyd lächelte zufrieden in sich hinein, als sie ihre nackten Beine unter dem kühlen Baumwollbetttuch ausstreckte. Ihre Schenkel fühlten sich an wie nach einem Workout im Fitnessstudio, aber diesmal hatte sie gerade die nackte Hüfte von Brett Rose losgelassen. Einfach großartig! Das war besser gewesen als jede Stunde mit ihrem Personal-Trainer. Brett Rose war ganz offiziell der attraktivste Mann auf dem ganzen Planeten – die Leserinnen der *Cosmopolitan* hatten ihm diesen Titel erst letzten Monat wieder verliehen! Er war älter als die meisten der Typen, mit denen Shanna zusammen gewesen war, aber er hatte den muskulösesten Körper und die schönsten grünen Augen, die sie jemals gesehen hatte. Außerdem war er der Mann, mit dem jede Schauspielerin in L. A. am liebsten ins Bett gehen würde, und Shanna hatte es geschafft.

Shanna liebte es, zu gewinnen. Und genau das hatte sie seit Monaten geplant. Sie hatte eine ziemlich kleine Rolle in dem Film und nur ein paar Szenen zusammen mit Brett, aber sie hatte immer versucht, im Cateringzelt am Nachbartisch zu sitzen oder in der Hotelbar auf dem Barhocker neben ihm. Sie hatte sich vor den Dreharbeiten schon einmal vorsorglich die Brüste machen lassen und sich an den Oberschenkeln eine Extraportion Fett absaugen lassen. Was hatte Brett gerade gesagt? Ach ja, diese herrlichen Schenkel! Wahnsinn, das war vielleicht ein Kompliment. Das musste sie unbedingt ihrem Chirurgen sagen, wenn sie ihn das nächste Mal sah. Ihr Haar war noch nie länger oder blonder gewesen (Gott, wer auch immer die Haarverlängerung erfunden hatte, sie betete ihn an), und endlich hatte sie es irgendwie geschafft, sich in diese Designerjeans in Größe zwei hineinzuzwängen (Null, wir kommen!). Alles in allem hatte sich Shanna noch nie attraktiver gefühlt. Und sie war schon immer eine heiße Nummer gewesen. Sie war erst einundzwanzig, und sie hatte gute kalifornische Gene, aber in dieser Stadt musste jeder ein bisschen nachhelfen. Das natürliche Aussehen war nur etwas für Verlierer, und Shanna war nie eine verdammte Verliererin gewesen. Nie im Leben. Sie hatte gewusst, dass sie ihn letzten Endes bekommen würde. Gut, es waren schon einige Flaschen Champagner und einige Gramm Koks nötig gewesen, um ihn herumzukriegen, aber jetzt lag sie siegessicher in Brett Roses Bett!

Sie starrte auf das Foto von Lila Rose auf dem Nachttisch. Was machte Brett immer noch mit ihr? Sie war wahrscheinlich schön gewesen, als sie jung war, vermutete Shanna widerwillig. Vor allem, wenn man auf diese elegante, brünette, englische Art stand. Aber jetzt? Würg! Sie sah aus wie vierzig oder so! Shanna dachte einen Moment nach und rechnete – nicht gerade ihre starke Seite in der Schule – und stellte nach und nach fest, dass Lila Rose wahrscheinlich vierzig war. Na ja, sie sah nicht aus wie die Vierzigjährigen in L. A., bei all den Möglichkeiten, die sie hatten. Lila Rose sah aus, wie die Vierzigjährigen früher ausgesehen haben. Vor Botox. Wirklich, dafür gab es keine Entschuldigung. Kein Wunder, dass Brett fremdging, Moment, was hatte er gesagt? Ach ja, ›knackiges junges Fleisch‹. Hör dir das an, Lila Rose. Knackiges junges Fleisch. Hör dir das an und weine, Verliererin.

Als Brett mit zwei Gläsern Granatapfelsaft aus der Küche zurückkam, telefonierte er mit seinem Handy.

»Was ich mache?«, fragte er gerade, aber seine Augen ruhten auf Shannas nackten Brüsten. »Ich hole mir gerade einen Saft, dann gehe ich unter die Dusche, und dann buche ich mir einen Flug zu dir, Baby.«

Er stellte seinen Saft ab. Während er das Telefon noch zwischen dem Ohr und der Schulter eingeklemmt hatte, setzte er sich auf Shanna und streichelte ihre Brüste. Das weiße Handtuch, das er um seine Hüften geschlungen hatte, lockerte sich, und die Spitze seines erigierten Penis ragte heraus und kitzelte sanft ihren nackten Bauchnabel. Sie stöhnte unfreiwillig, als er seinen Penis zu ihrer Klitoris hinunterschob. Gott, sie wollte ihn, sie wollte ihn genau jetzt wieder in sich spüren, aber er spielte nur mit ihr. Er legte seinen Finger auf ihre Lippen, psst, und mit der anderen Hand ließ er seinen Penis vor ihrer feuchten Muschi herumkreisen. Er telefonierte immer noch mit seiner Frau.

»Ja, Liebling«, sagte er ruhig. »Ich habe Geschenke für die Kinder.«

Gott, er war ein fabelhafter Schauspieler. Er war scharf wie sonst was, aber seine Stimme war total ruhig. Shanna konnte seine Spielerei fast nicht mehr aushalten. Er rieb jetzt stärker und stärker an ihr, und sie war kurz davor, sich zu vergessen, sie konnte nicht länger warten. Sie wollte ihn in sich spüren, brauchte ihn jetzt, aber es war beinahe schon zu spät. Sie biss ihm in den Finger, um nicht laut aufzuschreien, krümmte ihren Rücken und kam langsam, wieder und wieder in Wellen der Ekstase.

»Einen Moment, Baby, da ist jemand an der Tür«, sagte Brett zu Lila.

Er legte das Telefon unters Kopfkissen, öffnete Shannas Beine und drang tief in sie hinein, während seine Augen auf ihren Brüsten ruhten. Er nahm sie für weniger als eine Minute heftig und schnell, bevor er so tief in ihr kam, dass es fast weh tat. Dann rollte er sich von ihr hinunter, zog das Telefon unter dem Kissen hervor und unterhielt sich weiter mit seiner Frau.

Bei Shanna dauerte es einen Moment, bis sie wieder Luft bekam. Sie lag keuchend da und versuchte einen klaren Gedanken zu fassen. Brett hatte ihr jetzt den Rücken zugedreht und unterhielt sich angeregt.

»Wow, Baby. Dann ist es heißer als hier. Ich packe besser noch meine Sonnencreme ein«, sagte er.

Shanna zog das Betttuch über ihren nackten Körper und fühlte sich plötzlich verletzlich und allein und vielleicht sogar ein bisschen albern.

»Du gehst aus, Liebling? Das ist großartig. Bestell Maxi liebe Grüße. Amüsier dich gut, aber nicht *zu* gut, okay?«

Er lachte über irgendeinen Kommentar vom anderen Ende der Welt.

»Du trägst was? Himmel, ich bin schon ganz scharf darauf, dich zu sehen, dich zu berühren, du sexy kleine Hexe«, schnurrte Brett in den Hörer. »Ich liebe dich, Baby, das weißt du. Du bist mein Mädchen. Immer meine Nummer eins.«

Langsam dämmerte es Shanna, dass sie möglicherweise benutzt worden war. Sie schaute noch einmal auf das Foto von Bretts Frau. Sie bemerkte ein feines Grinsen auf Lilas Lippen, das ihr vorher nicht aufgefallen war. Plötzlich fühlte Shanna sich überhaupt nicht mehr wie eine Gewinnerin.

13 »Pass auf, dass du deine Nägel nicht berührst!«, ermahnte Sandrine, die französische Stylistin, Maxine,
als sie gerade deren Zehennägel lackierte. »Sie sind perfekt.
Wenn du sie jetzt verschmierst, bringe ich dich um. So, fertig. Schöne Zehen.«

»Sehr schön«, sagte Maxine und bewunderte ihre Fuß-
nägel, die jetzt zu ihren scharlachroten Fingernägeln passten.
»Danke.«

»Was ziehst du denn an?«, fragte Sandrine neugierig.

Sandrine war eine beeindruckende Frau Ende vierzig, mit
wasserstoffblonden Haaren und einem riesigen Busen, der für
ihre schmale Figur viel zu schwer aussah. Sie trug die Haare
immer fest zu einem Zopf zusammengebunden, roten Lippenstift, Stilettos und einen engen weißen Kittel über ihrem
Bleistiftrock. Sie nahm ihren Job sehr ernst (»Schönheit ist
eine Wissenschaft für sich, Maxine!«), und nach acht Jahren
hatte Maxine gelernt, sie mit Respekt zu behandeln.

»Ich dachte an Dolce und Gabbana«, grübelte Maxine. »Das
Minikleid mit Leopardendruck.«

Sandrine kräuselte die Oberlippe. »Das ist ein bisschen zu
auffällig, denke ich, Maxine. Warum nicht etwas Französi-
sches? Ein klassisches Chanelkleid ist doch sehr elegant.«

Maxine lachte. »Stimmt, Sandrine. Aber ich gehöre wohl
nicht zu der eleganten Sorte von Frauen, oder?«

Maxine sah unter ihren schweren falschen Wimpern zu ihrer Stylistin auf. Sandrine warf ihr einen kritischen Blick zu,

während Maxine in einem schwarzen Spitzentanga und einem passenden Balconette-BH auf ihrer knallpinken Samt-Chaiselongue herumlümmelte.

»Nein, Schätzchen. Das bist du nicht.«

Maxine war nicht beleidigt. Sie kannte ihre starken Seiten – Kochen und Eleganz gehörten nicht dazu. Maxi war ihr ganzes Leben eine Glamourmieze gewesen, und ihre freizügigen Kleider waren genauso ein Markenzeichen wie ihre dicken blonden Haare und ihre neunzig Zentimeter langen Beine.

»Lila wird wahrscheinlich Chanel tragen«, überlegte Sandrine, als sie ihre Lotionen und Flüssigkeiten zusammenpackte. »So eine elegante Frau. So ausgeglichen …«

»Lila trägt *immer* Chanel«, erinnerte Maxi Sandrine.

Gott, sie konnte es kaum erwarten, Lila zu treffen. Sie hatte ihre Freundin jetzt seit Monaten nicht gesehen, seit der Silvesterparty bei den Roses in L. A. Sie kannten sich schon seit Jahren, und Maxine bewunderte Lila, auch wenn die beiden Frauen so unterschiedlich waren wie Tag und Nacht. Wie Sandrine schon gesagt hatte, war Lila elegant und gebildet, während Maxine laut, frech und provokativ war. Lila war klein, gepflegt und ruhig. Maxi war groß, kurvenreich und angriffslustig. Auch ihre Herkunft war absolut gegensätzlich: Lila war in der braven Mittelklasse von Cheshire aufgewachsen, während Maxine eine verrückte, beschissene Jet-Set-Kindheit gehabt hatte, umgeben von abgefahrenen Rockstars und Drogenpartys. Lilas Vater war Steuerberater gewesen – seriöser geht es gar nicht! –, während Maxines Vater ein Rennfahrer in der französischen Formel-1 gewesen war und eine Schwäche für schöne Frauen und schnelle Autos hatte. Lilas Mutter war Krankenschwester gewesen. Maxis eine amerikanische Erbin.

Als Teenager hatte Lila hart für ihr Abitur gelernt, Maxi war vom Internat geflogen, weil sie Jungs mit in ihr Schlafzimmer genommen hatte. Mit sechzehn war sie bereits von drei Schulen geflogen. Zu der Zeit, als Lila einen Platz in der Schauspielschule bekam, wurde Maxi von der Boulevardpresse als ›wildes Mädchen‹ tituliert und tanzte entweder oben ohne auf einem Tisch in Annabels Nachtclub, oder lag betrunken darunter.

Mit achtzehn heiratete Maxine den zwanzigjährigen Popstar Davie Donovan, der, wie sich schnell herausstellte, keine Eier in der Hose hatte. Die Ehe dauerte drei Monate und endete damit, dass Maxine ihm auf einem Poloturnier einen Liegestuhl an den Kopf knallte. Sie wollte ihn nur aufwecken, nachdem er völlig betrunken im Veuve-Clicquot-Zelt zusammengebrochen war, aber er nahm das zu persönlich. Er zog zwar die Anklage wegen Körperverletzung zurück, aber er reichte wegen dieser Aktion die Scheidung ein.

Dem zweiten Ehemann war es nur ein bisschen besser ergangen. Alberto war ein Europäer von niederem Adel, der nur geheiratet hatte, um die permanenten Spekulationen der Presse zu unterbinden, dass er schwul sei. Leider hatte Maxine ihn sechs Monate nach der Hochzeit mit seinem Tennistrainer im Bett erwischt und musste sich eingestehen, dass sie wohl niemals Albertos große Liebe werden würde. »Es tut mir leid, Maxine«, rief er ihr hinterher, als sie aus dem Palast flüchtete. »Wenn du ein Mann wärst, dann wärst du die perfekte Frau für mich!«

Als sie mit Ehemann Nummer drei, dem Indie-Rockidol Riley O'Grady, zusammen war, hatte sie Lila auf einem Foto-Shooting für die Vogue kennengelernt. Das war 1997, und das Magazin feierte gerade Cool Britannia. Riley und Lila waren beide nominiert worden. Lila war gerade bei einer sehr erfolgreichen Soap ausgestiegen und steuerte eine Karriere in Hollywood an. Maxi war nur als Anhang da. »Ich bin mit der Band zusammen hier«, hatte sie wahrscheinlich gesagt, denn das tat sie zu dieser Zeit öfter. Riley war an diesem Tag besonders unausstehlich gewesen und hatte die ganze Zeit das Supermodel Amy Dury angebaggert.

Wie auch immer, Lila war vor ihrer Zeit in Hollywood viel kurviger, und das Kleid in Mustergröße, das die Stylistin für sie ausgesucht hatte, ging am Rücken nicht zu. Maxine hatte angeboten, sich während des Shootings hinter sie zu hocken und ihr Kleid zusammenzuhalten. Und so hatte sie vier Stunden auf den Knien verbracht, sich hinter Lilas Rücken versteckt und dafür gesorgt, dass der Busen des Starlets nicht herausfiel. Lila war das alles ziemlich peinlich gewesen, und sie hatte Maxine immer wieder ›Vielen Dank‹ zugeflüstert. Irgendwann hatte Lila das Gleichgewicht verloren und war auf Maxine gefallen. Als die beiden Frauen wieder aufgestanden waren, hielt Maxine immer noch Lilas Kleid. Sie konnten sich nicht halten vor Lachen, warfen ihre Köpfe zurück, ihre Haare flogen durch die Luft, und ihre Augen glänzten vor lauter jugendlicher Ausgelassenheit. Diesen Moment ließ sich der geistesgegenwärtige Fotograf nicht entgehen. Und genau dieses Foto wurde für die Zeitschrift ausgesucht. Maxi hatte gar nicht erwartet, auf dem Bild zu sein, allerdings festigte die Reportage ihr Image als Mitglied der Partyszene, und es dauerte nicht lange, bis Modeljobs und kleinere TV-Auftritte folgten.

Lila war so süß und wohlerzogen, dass Maxine sich auf der Stelle in sie verliebte. Sie hatte gerade erfahren, dass Lila ein großer Star werden würde. In diesem Sommer waren die allgemeinen Erwartungen an sie ziemlich hoch, genau wie an Kate Winslet und Catherine Zeta-Jones. Es war eine Schande, dass es für Lila nicht so lief wie bei den anderen beiden. Sie war eine großartige Schauspielerin; es war Wahnsinn, dass sie in diesem Jahrtausend noch in keinem Film mitgespielt hatte. Andererseits war es ihr ja nicht gerade schlecht ergangen. Brett Rose war es schon wert, auf abertausende Academy-Award-Nominierungen zu verzichten.

Von dem Tag an waren die beiden dicke Freundinnen. Ein paar Monate später war Lila Brautjungfer bei Maxines und Rileys Hochzeit, und ein Jahr später war sie wieder für sie da, als Maxine erfahren hatte, dass Amy Dury von Riley schwanger war. Offensichtlich hatten sie sich seit dem Cool-Britannia-Shooting regelmäßig getroffen. Maxi konnte es immer noch nicht so richtig glauben, dass Riley und Amy jetzt mit ihren vier Kindern und einer Herde biologischer Milchkühe auf einem Bauernhof lebten.

Maxine war zwar eine Partymaus, aber sie hatte schnell gemerkt, dass Lila auch nicht so unschuldig war, wie sie aussah. Klar, sie war immer perfekt gestylt, aber sie konnte auch ganz gut abfeiern und hatte ein richtig gutes Girlie-Lachen. Die beiden waren für ein, zwei Jahre ein Herz und eine Seele – Arm in Arm, mit strahlenden Augen und auf hohen Hacken stolzierten sie von einer Promiparty auf die nächste und erschienen gemeinsam auf den Doppelseiten der Zeitschriften. Lila zählte immer zu den ›bestangezogenen‹ Frauen, und Maxine erschien eher in der ›am-schlechtesten-angezogen‹-Kategorie. Das störte sie nicht. Maxine war keine stolze Frau. Irgendetwas an Lilas Andersartigkeit füllte eine Lücke in Maxine. Lila war das passende Yin für Maxis Yang.

Maxi wusste nicht, was sie damals ohne Lila getan hätte. Gott, vor wie vielen Peinlichkeiten hatte Lila sie schon bewahrt! Als sie zum Beispiel während eines Filmfestivals auf einer Yacht in Cannes gewesen waren und Maxine mit einem sehr berühmten Schauspieler im Bett gelandet war. Lila hatte gesehen, wie seine ebenso berühmte Ehefrau überraschend mit einem Schnellboot vom Festland kam. Lila hatte an die Tür geklopft, Maxi gesagt, dass sie sich verstecken soll, und war gerade wieder rechtzeitig an Deck erschienen, um der Frau zu sagen, dass ihr Mann mit einem Magen-Darm-Virus im Bett lag. Es war zwar in den folgenden drei Stunden etwas unbequem unter dem Bett gewesen, aber das war immer noch besser, als von der Ehefrau erwischt zu werden.

Und auch in schlechten Zeiten war es Lila, die Maxine beigestanden hatte. Maxi hatte jahrelang ›weiche‹ Drogen genommen, aber einmal wäre sie beinahe kokainabhängig geworden. Lila hatte sie in letzter Sekunde vom Abgrund weggezogen. Lila hatte sie um vier Uhr morgens aus einem Club herausgezerrt und sie in eine Entzugsklinik gebracht. Die meisten ihrer anderen sogenannten Freunde hatten ihre Abhängigkeit noch gefördert, indem sie ihr immer mehr Drogen gegeben hatten, aber Lila war bei ihr gewesen, als sie den Drogenentzug durchmachte und danach, als sie sich langsam besser fühlte, hatte sie sie mit nach Italien genommen. Sie gingen in Rom shoppen, besuchten die Galerien in Florenz und verbrachten anschließend eine herrliche Woche in der Toskana, wo sie viel schliefen, Bücher lasen und am Strand lagen. Lila hatte immer einen guten Einfluss auf Maxine gehabt.

Aber dann heiratete Lila Brett, und alles veränderte sich. Lila stieg schnell in die oberen Ränge der Hollywood-Society auf. Brett hatte seine eigenen Freunde, und die waren *richtig* berühmt. Es war, als wäre eine Tür zwischen den beiden Mädchen zugeschlagen worden, und im Laufe der Jahre drifteten ihre Leben auseinander. Lila wurde Mutter und wie Maxine immer vermutet hatte, eine anständige Erwachsene. Maxis Beziehungen hingegen gingen immer wieder in die Brüche, also machte sie weiter Party. Sie hatte keine Verpflichtungen, keine eigenen Kinder und keine anderen Aufgaben im Leben, und während Lila Rose sich in eine mondäne Hollywood-Gattin verwandelte, blieb Maxi ein Londoner Partygirl. Albern, vielleicht, und mit Sicherheit frivol, aber sie hatte immer eine Menge Spaß. Und jetzt war sie mit Carlos hier in Spanien. Und dank Esther immer noch *nur* die Freundin. Nicht verheiratet. Nicht Mutter. Und keine Hochzeit in Sicht.

Hmm! Maxine litt darunter, dass Lila sich nicht öfter bei ihr meldete, aber sie war es gewohnt, vernachlässigt zu werden. Ihre Eltern hatten das immer getan, sie hatten sie sogar mit ihrem Kindermädchen allein gelassen, als sie erst eine Woche alt war, um nach Monte Carlo zu fahren. Sie war immer so froh, wenn sie wieder zurückkamen, dass sie ihnen nicht böse sein konnte und ihnen immer sofort wieder vergab. Und genauso fühlte sie sich als Erwachsene – unglaublich dankbar für das kleinste bisschen Aufmerksamkeit, das man ihr schenkte. Vielleicht musste sie deshalb ständig Leute um sich haben. Als sie ein kleines Mädchen gewesen war, hatte sie die Freunde immer genauso schnell wieder verloren, wie sie sie gewonnen hatte. Es war ein ständiges Hin und Her, und sie wechselte oft die Schule. Und dann, als sie älter und wilder geworden war, gab es die Freunde, deren Eltern ihren Töchtern verboten, sich mit Maxine zu treffen.

Maxine wurde immer ein schlechter Einfluss nachgesagt, aber sie wusste, dass sie kein schlechter Mensch war. Sie trug das Herz am rechten Fleck. Sie war keine Zicke, und sie war ihren Freunden gegenüber immer loyal. Wenn Lila sie nur wieder an sich heranließe, würde sie ihr beweisen, was für eine gute Freundin sie sein konnte. Dass sie Lila überredet hatte, zu der Party zu kommen, war schon ein voller Erfolg. Und allein die Tatsache, dass sie beide zur gleichen Zeit in Marbella waren, war schon ein kleines Wunder. Heute Abend würde es sein wie in alten Zeiten. Sie begann, einen alten Carly-Simon-Song zu singen: »Two hot girls on a hot summer night, they were looking for love …«

»Schätzchen, deine Stimme ist nicht gerade deine starke Seite«, schimpfte Sandrine. »Sei bitte still, sonst bekomme ich Kopfschmerzen!«

In dem Moment kam Carlos ins Zimmer. »Chica, du musst dich anziehen«, er wirkte beunruhigt, weil Maxine noch halbnackt war. »Die Gäste werden in …«, er schaute auf seine Rolex, »… einer halben Stunde da sein. Du bist die Gastgeberin. Du darfst auf keinen Fall zu spät kommen.«

»Hey, entspann dich, Daddy-Bär«, beruhigte Maxine ihn. »Ich bin in zwei Sekunden fertig.«

Carlos spielte sich ihr gegenüber gerne als Vaterfigur auf. Er war schließlich dreiundfünfzig und was das Alter betraf viel näher an ihrem Vater als an ihr. Aber anders als ihr Vater war Carlos liebevoll, verantwortungsvoll und ein verlässlicher Partner. Und wenn seine Ehefrau nicht wäre, wäre er geradezu perfekt!

Bei dem Gedanken daran, dass Carlos' Poster an der Wand ihres Schlafraums im Internat gehangen hatte, musste Maxine lachen. Sie musste so um die zwölf gewesen sein, und während die anderen Mädchen Bilder von Ponys an den Wänden hatten, küsste Maxi Carlos jeden Abend bevor sie ins Bett ging und schwor sich: ›Eines Tages werde ich ihn heiraten.‹ Okay, noch hatte sie den Ring nicht am Finger, aber sie arbeitete daran.

Carlos war in den Achtzigern ein richtiger Superstar gewesen – dieser großartige, spanische Adonis von Sänger, bei dessen leichtem Akzent man nur so dahinschmolz, wenn er seine Liebeslieder sang. Na ja, im Nachhinein war das alles ein bisschen kitschig gewesen, aber es waren schließlich die Achtziger gewesen. Carlos füllte immer noch Stadien. Überwiegend mit Frauen im mittleren Alter, aber er bekam immer noch Slips auf die Bühne geworfen.

Theoretisch lebten Carlos und seine Frau Esther in L. A., und für Maxine war immer noch London ihr Zuhause. Aber Carlos hatte seine Muttersprache vermisst, und in der letzten Zeit hielten sie sich als Paar immer öfter hier auf, in ihrem abgeschiedenen Strandhaus an der Küste, mehrere Kilometer östlich von Marbella. Jetzt hatte Carlos Maxine ein

Boot im Yachthafen gekauft und es in einen Nachtclub umbauen lassen.

»Du bist eine grandiose Gastgeberin, Chica«, hatte er ihr erklärt. »Ich dachte, du würdest dich über einen eigenen Nachtclub freuen.«

Maxine betrachtete sich ein letztes Mal im Spiegel, legte noch eine Schicht knallroten Lippenstift auf und griff nach der Pille. Sie wollte gerade eine einnehmen, als ihr plötzlich Plan B in den Sinn kam. »Das ist es!« Ohne einen weiteren Gedanken daran zu verschwenden (Maxine war schon immer impulsiv gewesen), ließ sie die Pille ins Waschbecken fallen, drehte den Wasserhahn auf und sah zu, wie sie im Abfluss verschwand. Sie winkte sich im Spiegel zu. »Bye, bye Esther Russo, hallo Maxine Russo!«, sagte sie mit einem schelmischen Grinsen zu sich selbst.

»Tada!«, sagte Maxine, als sie in ihrem winzig kleinen Leopardendruckkleid und den zehn Zentimeter hohen diamantbesetzten Pumps aus ihrem Ankleidezimmer trat.

»Umwerfend, Chica!«, erklärte Carlos stolz.

»Tss, tss«, murmelte Sandrine. »Wie oft soll ich dir noch sagen, dass zu viel Bein und ein zu großes Dekolleté vulgär sind, Maxine.«

»Sandrine«, schimpfte Carlos. »Meine Maxi ist niemals vulgär. Sie ist ein Prachtweib. Sie ist die geborene Venus!«

Sandrine zog eine perfekt gezupfte Augenbraue nach oben, sah Maxine an und flüsterte ihr ins Ohr: »Ich wette, dass er dich immer noch nicht ohne Make-up gesehen hat.«

14 *Als sie ihre Augen öffnet, weiß sie nicht, wo sie ist. Sie liegt rücklings auf einer harten, glatten Fläche, und über ihrem Kopf flackert und brummt eine Neonröhre. Schmeißfliegen und Motten fliegen gegen das Licht und verbrennen. Als sie allmählich zu sich kommt, fährt der Schmerz durch ihren Körper, und der Albtraum des Geschehenen geht ihr durch den Kopf. Und dann ist er wieder da und grinst sie an.*

Sie hat ihn nie gemocht, immer Angst vor ihm gehabt. Aber das? Nein, das hat sie nicht für möglich gehalten.

»Hallo Schätzchen.« Er schaut sie anzüglich an. »Geht's dir besser, nachdem du dich ausgeruht hast? Du hast ausgesehen wie Dornröschen.«

Sie nimmt all ihre Kraft zusammen und fängt an, mit den Fäusten auf seine Brust zu trommeln.

»Lass mich gehen!«, schreit sie. »Lass mich gehen!«

Er lacht. Er packt ihre zarten Handgelenke und drückt sie herunter.

»Sei nicht albern«, sagt er und klingt belustigt. »Wir haben uns doch noch gar nicht so richtig amüsiert, oder?«

Das Mädchen hat keine Ahnung, wie viel Zeit vergangen ist. Stunden? Tage? Und wo ist sie verdammt nochmal? Das ist nicht derselbe Raum, in dem sie vorher eingesperrt war. Sie hebt ihren Kopf ein wenig. Es fällt ihr schwer, sich zu bewegen. Ihr ganzer Körper tut weh. Es sieht aus, als sei sie in einer Art leerstehender Fabrik oder Lagerhalle. Der Boden ist aus Beton und dreckig. Die Wände sind mit diesen altmodischen Steinfliesen bedeckt, die man aus öffentlichen

Toiletten kennt. Sie müssen einmal weiß gewesen sein, aber jetzt sind sie grau und besudelt mit … was ist das? Es sieht aus wie Blut.

Der große Raum ist fast leer, abgesehen von ein paar Metallregalen, von denen riesige Metallhaken herunterhängen. Sie liegt auf einer Art Tisch mit Holzplatte. Und es liegen noch mehr von den furchterregenden Werkzeugen herum, die sie schon in dem kleineren Raum gesehen hat. Bei genauerer Betrachtung sehen sie eher wie Waffen aus. In dem Raum riecht es schal und ekelhaft, und es dreht sich ihr der Magen um, aber sie kann nicht genau sagen, wonach es stinkt.

»Das hier ist eine alte Metzgerei«, sagt der Mann und grinst. »Und wir sind im Schlachthaus.«

Ein Schauer des Entsetzens durchfährt das Mädchen, als ihr klar wird, dass der Gestank von Blut und rohem Fleisch herrührt. Der Geruch des Todes. Wie passend. Wird sie auch hier sterben? Nein! Sie wird nicht sterben. Sie ist zu jung. Es gibt viel zu viel, für das es sich zu leben lohnt.

»Ich habe dich extra schick gemacht«, sagt der Mann. »Wir feiern eine Party.«

»W-Was?« Das Mädchen fasst sich an ihr Gesicht und fühlt eine dicke Schicht Make-up, die vorher noch nicht da war. Sie merkt, dass auf ihren Lippen Lippenstift ist, und ihre Haare, die vorher offen waren, sind zu einem Pferdeschwanz zusammengebunden. Was hat er gemacht, als sie bewusstlos war? Hat er mit ihr gespielt wie mit einer Puppe? Ihr kommt die Galle hoch. Sie stellt fest, dass sie andere Kleidung trägt. Aus irgendeinem abscheulichen Grund trägt sie die Uniform eines Schulmädchens. Der Rock ist lächerlich kurz, und die Bluse ist bis unter ihren Brustansatz aufgeknöpft. Er hat ihre Brüste in einen hässlichen roten Push-up-BH gestopft, der viel zu klein ist. Als sie versucht, sich aufzurichten, spürt sie, wie der Bügeldraht sich in ihre gebrochenen Rippen bohrt. Plötzlich fängt sie an, zu würgen und übergibt sich auf den schmutzigen Boden.

»Versau dir nicht deine schönen Klamotten«, schimpft der Mann.

Sie schafft es irgendwie, von dem Tisch hinunterzurutschen –

offensichtlich ein Metzgereiblock – und sich auf wacklige Füße zu stellen. Der Raum verschwimmt vor ihren Augen, und in ihrem Kopf pocht es.

»Lass mich gehen«, bettelt sie noch einmal und schaut sich verzweifelt nach einer Fluchtmöglichkeit um. Es gibt keine. Die einzige Tür ist abgeschlossen.

»Was? Damit du direkt zu den Bullen laufen kannst? Nein, Schätzchen«, lacht der Mann.

»Lass mich gehen, und ich werde es niemandem erzählen«, verspricht sie mit zitternder Stimme. »Ich bitte dich. Lass mich gehen.«

»Sei nicht albern«, sagt er. »Ich hab's dir doch gesagt. Wir machen eine Party.«

Das Bild ist verschwommen, das Gesicht des Mannes verzerrt, schemenhaft erkennt sie eine Waffe vor ihrem Gesicht. Und dann sinkt sie hinunter, hinunter, hinunter, und ihr Kopf knallt auf den Boden, aber sie spürt nichts als den kalten Boden auf ihrer tränenüberströmten Wange. Dann ist alles still.

15 Über die Jahre hatte sich Charlie angewöhnt, seine Augen immer überall zu haben. Er wurde selten von jemandem überrascht, und er hatte eigentlich gedacht, dass er hier draußen, an dem einsamen Strand, einige tausend Kilometer von zu Hause entfernt, sicher wäre. Er hatte nicht aufgepasst. Und erst jetzt, viel zu spät, war ihm klar geworden, was für ein Fehler das gewesen war.

Nachdem er alleine in seinem Zimmer zu Abend gegessen hatte, hatte Charlie sich zu einem Strandspaziergang entschlossen, um sich die Ereignisse des Tages noch einmal durch den Kopf gehen zu lassen. Er schlenderte zum Wasser hinunter und setzte sich in den Sand, wo die Wellen auf den Strand plätscherten. Er zog seine neuen Sandalen aus und spürte den kalten, feuchten Sand zwischen den Zehen.

Es war ein klarer Abend, und die Sterne leuchteten am dunklen Himmel. Er schaute hinüber zum Yachthafen, der ungefähr einen Kilometer westlich lag, und bemerkte ein Schiff, das dort vor Anker lag. Das Schiff war über und über mit Lichterketten geschmückt, und es leuchtete im Hafen wie eine Million Sterne. Er nahm an, dass dort später die Party stattfinden sollte. Aber Charlie war nicht mehr in Partystimmung. Garys Anruf hatte ihn aus der Fassung gebracht. Charlie war so in Gedanken über Nadia, und was wohl verdammt nochmal mit ihr passiert war, versunken, dass er gar nicht bemerkte, dass er Gesellschaft bekommen hatte, bis der Sand direkt hinter ihm knirschte.

»Ein schöner Abend«, sagte eine vertraute, krächzende Stimme.

Charlie atmete einmal tief durch und sammelte sich. Was zum Teufel tat der hier?

»Guten Abend, Frank«, sagte Charlie. Seine Stimme war ruhig, aber sein Herz klopfte wie verrückt, und sein Kopf schwirrte. »Woher wusstest du, dass ich hier bin?«

Frank ließ seinen alten Körper neben Charlie in den Sand sinken und klopfte ihm auf den Rücken.

»Du hast gesagt, du würdest im Club wohnen, dein Auto ist auf dem Parkplatz, und ich dachte mir, dass du nicht weit weg sein kannst. Dann hab ich einen einsamen Typen am Strand gesehen und dachte mir, na also. Da ist Charlie.«

Charlie lachte halbherzig, aber er war alles andere als erfreut. Die Tatsache, dass Frankie Angelis seine Playboy-Villa verlassen hatte, konnte nur eins bedeuten: Arbeit.

»Ich hatte den Eindruck, dass wir unsere Unterhaltung heute Nachmittag ein bisschen voreilig beendet haben, Charlie«, fuhr Frank fort. Sein Ton war freundlich, aber allein die Tatsache, dass er direkt in Charlies Ohr sprach, wobei Charlie den heißen Zigarenatem auf seiner Haut spüren konnte, machte ihm klar, dass das kein reiner Freundschaftsbesuch war.

»Findest du?«, fragte Charlie und starrte aufs Meer hinaus.

»Ich bin nicht ganz sicher, ob ich mich, was den erwähnten Job betrifft, klar genug ausgedrückt habe«, sagte Frank leise.

Charlie schloss für einen Augenblick die Augen. Er hatte einen trockenen Mund, und seine Stimme klang heiser und schwach, als er antwortete: »Ich bin nicht interessiert, Frankie. Nimm's nicht persönlich. Es ist einfach nicht die richtige Zeit.« Herrgott, er fühlte sich schwach. Frank Angelis schaffte es, dass Charlie sich augenblicklich wieder so vorkam wie ein sechzehnjähriger Junge.

Frankie lehnte sich zurück und stützte sich auf seine Hände. »Charlie, Charlie, Charlie«, schimpfte er. »Ich habe dich noch niemals um einen Gefallen gebeten, aber diesmal brauche ich deine Hilfe. Ich hatte gehofft, dass bei allem, was ich in all den Jahren für dich und deine Familie getan habe … Du verstehst schon … Ich denke, du bist mir etwas schuldig, Charlie.«

Das war eine versteckte Drohung, und Charlie wusste das. Vielleicht ist es ja nur ein kleiner Job, dann wäre es gut, ihn zu machen, um den alten Mann loszuwerden.

»Worum geht es denn?«, fragte Charlie mutlos.

»Du sollst dir jemanden vorknöpfen. Jemanden, der mir quergekommen ist«, sagte Frank.

»Wo?«

»London.«

Charlie schüttelte den Kopf. »Nein, Frank. Ich werde nicht zurückgehen. Ich bin gerade erst gekommen. Im Augenblick bin ich in London nicht sicher.«

»Ach, Charlie, du müsstest mich eigentlich besser kennen. Wenn du dir wegen der Sache mit Donohue Sorgen machst …«

»Verdammt nochmal!«, rief Charlie aus und haute mit der Faust auf den Sand. »Weißt du eigentlich alles, Frankie?«

Er sah, wie die weißen Zähne des alten Mannes im Mondschein glänzten, als er grinste. »Natürlich weiß ich das, mein Junge, und das solltest du nicht vergessen. McGregor, Donohue, die kleine Clara, es ist mein Job, zu wissen, was so läuft. Wie auch immer, mach dir darüber jetzt keine Sorgen. Ich kann dich in null Komma nichts nach London und wieder raus bringen. Niemand wird erfahren, dass du dort bist. Ich habe einen Kumpel, der fliegt in ein paar Tagen zum City Airport. Private Maschine. Keine Fragen. Du wirst nur für ein paar Stunden dort sein, höchstens.«

Charlie nahm eine Handvoll Sand und ließ ihn langsam durch die Finger rieseln. Frankie konnte ihm Schwierigkeiten machen, wenn er von Donohue wusste.

»Warum ausgerechnet ich?«, fragte Charlie. »Es muss doch in London ein halbes Dutzend Typen geben, die dir helfen könnten.«

Frankie atmete tief ein. »Das ist kompliziert, Charlie. Die Geschäfte waren ein bisschen ...« Die Augen des alten Mannes verengten sich, und er sah nachdenklich aus. »Sagen wir so, ich bin nicht ganz sicher, wem ich noch trauen kann. Deshalb brauche ich dich für diesen Job. Wir haben eine gemeinsame Geschichte, Charlie. Ich weiß, dass du mich nicht hängenlässt.«

In Charlies Kopf fing es an zu pochen. Er wollte keinen Job machen. Nicht für Frankie. Und für niemanden sonst. Er wollte nur seine Ruhe haben.

»Wer ist es?«

»Keine Namen«, flüsterte Frank und sah sich um, überzeugte sich davon, dass niemand sonst am Strand war.

Charlie seufzte. »Ich brauche einen Namen, Frankie. Ich brauche einen Namen, bevor ich zustimme.«

»Also machst du es?«, fragte Frankie. Es war eigentlich keine Frage.

»Vielleicht – aber sag mir erst, wer es ist.«

»In Ordnung, in Ordnung, es ist ein Russe. Sein Name ist Dimitrov.«

Charlie spürte, wie alle Farbe aus seinem Gesicht verschwand, und auch wenn es ein milder Abend war, zitterte er in seinem dünnen T-Shirt. War das nur Einbildung, oder schrumpfte die Welt in erschreckendem Tempo?

»Das kann ich nicht tun, Frank«, sagte er entschlossen. »Auf keinen Fall.«

»Warum nicht?«, schrie Frankie jetzt und blickte sich dann

noch einmal um. Er senkte die Stimme und wiederholte. »Warum nicht, verdammt nochmal?«

»Weil Dimitrov ein dicker Fisch ist, Frankie. Er ist nicht irgendein kleiner Gangster, er ist ein verfluchter Milliardär mit legalen Geschäften. Er hat einflussreiche Freunde, Frankie. Und er ist ein verdammter Russe. Ich möchte nicht an einer beschissenen Strahlenvergiftung sterben, wirklich nicht. Abgesehen davon habe ich noch andere Gründe …«

»Was für andere Gründe?«, fragte Frank wütend.

»Nun, in erster Linie, weil ich seine Tochter das ganze Jahr über gefickt habe. Das ist zu persönlich, Frankie. Ich kann Dimitrov nicht anrühren. Auf gar keinen Fall.«

»Und das ist dein letztes Wort?«, fragte Frankie. Er schrie jetzt, und es schien ihm inzwischen egal zu sein, ob ihn jemand hörte.

»Ja, Frankie«, sagte Charlie entschlossen. »Das ist definitiv mein letztes Wort. Ich werde Dimitrov nicht anrühren. Ende aus.«

Frank rappelte sich atemlos auf. »Das Thema ist noch nicht vom Tisch, mein Sohn«, warnte er Charlie. »Jetzt weißt du zu viel. Du stehst in meiner verdammten Schuld.«

»Frank, Frank!« Charlie sprang auf und versuchte, seine Hand beschwichtigend auf den Unterarm des alten Mannes zu legen. Aber Frankie zog seinen Arm weg. »Hör zu, Frank«, fuhr Charlie so ruhig fort, wie er nur konnte. »Du kannst mir vertrauen, okay? Ich werde niemandem auch nur ein Sterbenswörtchen sagen, du hast mein Wort.«

»Oh, ich habe dein Wort, habe ich das, Charlie?«, fauchte Frankie. »Und was zum Teufel ist dein Wort wert, hä? Nach allem, was ich für dich getan habe, mein Junge, ist das der Dank dafür?«

»Frank, ich will nicht undankbar sein«, beharrte Charlie. »Ich kann nur diesen einen Job nicht machen.«

»Ich will nichts mehr davon hören«, brummte Frankie und ging. »Merk dir meine Worte, Junge. Niemand schlägt Frankie Angelis etwas ab, hörst du? Niemand.«

Charlie hörte, wie die Schritte des alten Mannes auf dem Sand immer leiser und leiser wurden, bis nur noch das Geräusch der Wellen zu hören war. Er saß eine Weile da, verfluchte seine beschissene Existenz und wünschte sich, das Schicksal hätte ihm einen anderen Weg vorgegeben. Seine Gedanken schweiften ab, zu einem Traumort, wo es ein ruhiges Leben gab, eine schöne Frau und süße, unschuldige Kinder, die das, was er durchgemacht hatte, niemals erleben mussten. Aber so ein Leben würde es für ihn niemals geben, dessen war er sich sicher. Und dann kehrte er in die Realität zurück, stand auf und lief langsam hinunter zum Wasser, um seine Sandalen zu suchen. Schließlich fand er sie, sie trieben im Wasser der ansteigenden Flut. »Scheiße!«, sagte er zu dem menschenleeren Strand. »Die haben mich dreihundert Pfund gekostet!« Aber die klitschnassen Designersandalen waren nun Charlies geringstes Problem.

Er ging zum Hotel zurück, und in seinem Kopf drehte sich alles, als das Handy klingelte. Auf dem Display sah er, dass es ein ›unbekannter Teilnehmer‹ war. Was jetzt, verdammt? Am liebsten wäre er nicht drangegangen, aber wenn es Gary war, der seine Hilfe brauchte? Oder gar Nadia? Also hob er ab.

»Hallo?«

»Ah, Charlie Palmer«, sagte eine tiefe Stimme mit einem schweren Akzent. »Hier ist Vladimir Dimitrov. Gar nicht so einfach, Sie zu erreichen.«

Charlie hörte sein Herz bis zum Hals schlagen und fragte sich, ob Dimitrov das auch hören konnte.

»Mr Dimitrov«, sagte er so ruhig er konnte. »Ich habe gehört, dass Nadia verschwunden ist. Sie wollen mir hoffentlich sagen, dass Sie sie gefunden haben.«

»Ha, ha, ha.« Ein kälteres Lachen hatte Charlie noch nie gehört. »Sie wissen, dass ich nicht habe gefunden meine Nadia. Sie meine Nadia haben. Was Sie wollen? Mein Geld?«

»Mr Dimitrov, Nadia ist nicht bei mir«, sagte Charlie so bestimmt, wie er konnte. »Ich habe sie seit heute Morgen nicht gesehen. Als ich gegangen bin, ging es ihr gut. Das müssen Sie mir glauben.«

»Warum?«, bellte Dimitrov. »Warum ich Ihnen glauben muss? Nadia bei Ihnen lebt. Sie liebt Sie. Sie macht, was Sie ihr sagen. Sie sind nicht in London. Was Sie mit ihr machen, hä?«

Dimitrov klang unheimlich ruhig. Keine Spur von Panik in seiner tiefen Stimme mit dem breiten Akzent. Er sprach ganz klar. Entschlossen. Und in jedem Wort steckte eine Drohung.

Charlie versuchte so aufrichtig wie möglich zu klingen.

»Mr Dimitrov«, sagte er. »Ich schwöre bei der Ehre meiner Mutter, dass ich nicht weiß, wo Nadia ist. Ich habe ihr nichts angetan, und ich will auch Ihr Geld nicht. Ich möchte Ihnen allerdings helfen, sie zu finden, wenn es also etwas gibt, das ich tun kann …«

»Du genug tust, Charlie Palmer«, fauchte Dimitrov. »Du schon genug gemacht.« Dann legte Dimitrov auf.

»SCHEISSE!!!!«, brüllte Charlie über den menschenleeren Strand.

Er ließ sich auf die Knie fallen und legte den Kopf in seine Hände. Es gab keine Antworten. Nur Fragen. So viele verdammte Fragen. Er hatte London verlassen, um seine Schwierigkeiten hinter sich zu lassen, aber es sah so aus, als wären sie ihm gefolgt und hätten sich auf der Reise noch vermehrt.

16 Die Casa Amoura war von Lichterketten hell erleuchtet, und Jasmines Lieblings-Salsa-Musik schallte aus der Musikanlage. Sie trug ihr neues, mit silbernen Pailletten besetztes Pradakleid – ein Geschenk von Jimmy –, trank einen Mojito und wartete auf ihre Freunde. Die Villa sah großartig aus, fast magisch, und sie konnte es gar nicht abwarten, dass alle sie sahen. Heute Abend zeigten sie das Haus zum ersten Mal öffentlich, und Jasmine lief vor lauter Aufregung hin und her.

»Beruhig dich, Süße«, sagte Jimmy und küsste sie auf die nackte Schulter. »Es kommen doch nur ein paar Freunde vorbei, bevor wir zur Party gehen.«

»Ich weiß«, erwiderte Jasmine. »Aber ich bin wirklich stolz auf diese Villa. Und ich bin richtig stolz auf dich, weil du sie dir leisten kannst!«

Sie legte die Arme um seinen Hals und küsste ihn auf den Mund. »Und es tut mir leid, wenn ich dich vorhin verärgert habe. Während des Interviews.«

Jimmy schüttelte sie ab. »Das lag nicht an dir«, sagte er. »Ich hasse diese Medienaffen einfach. Ich bin Fußballer. Warum müssen sie unbedingt wissen, was meine Lieblingsfarbe ist oder was ich zum verfluchten Frühstück esse. Das nervt mich einfach, das ist alles.«

»Ich weiß, Baby«, beruhigte Jasmine ihn. »Aber das gehört nun mal dazu. Das ist der Gegner. Du musst einfach wissen, wie du ihn zu nehmen hast, das ist alles. Genau wie auf dem Platz.«

»Du hörst dich an wie Alex Ferguson«, lachte Jimmy.

Jasmine grinste. »Also, ist alles wieder gut, ja?«

Jimmy nickte. »Alles wieder gut, Liebling«, sagte er und drückte ihre Hand. »Und … Jasmine?«

»Ja?«

»Ich liebe dich. Das weißt du, oder?«

Sie nickte dankbar. Sie wusste es. Und sie wusste auch, dass sie Glück hatte.

»O mein Gott, da kommen sie!«, rief sie.

Sie wusste schon, dass jemand kam, noch bevor er die Tore passiert hatte, weil die Kameras auf der gegenüberliegenden Straßenseite plötzlich anfingen zu blitzen. Die Paparazzi arbeiteten heute Abend offensichtlich wie die Irren, denn die Straße war so hell erleuchtet wie ein Feuerwerk. Die Presse wusste, dass die halbe erste Liga und ihre glamourösen ›besseren Hälften‹ diese Woche in der Stadt waren. Die Fußballsaison war gerade zu Ende gegangen, und viele der Topspieler besaßen Häuser in Marbella. Sie wurden von der Costa del Sol angezogen wie Motten vom Licht. Vielleicht hatten die Paparazzi geahnt, dass sich die anderen Spieler heute Abend die neue Bude von Jimmy und Jasmine ansehen würden. Vielleicht hatte aber auch Blaine ihnen einen Tipp gegeben …

Die Tore öffneten sich langsam, und ein schwarzer Mercedes fuhr in die Einfahrt, gefolgt von einem roten BMW und einem silbernen Porsche. Jasmine hörte, wie die Journalisten die Namen der Gäste von der gegenüberliegenden Straßenseite riefen. Sie verbrachten so viel Zeit damit, die Fußballer zu belagern, dass sie sie schon an ihren Autos erkannten.

»Schön, euch alle zu sehen«, kreischte Jasmine, als ihre Freunde aus ihren Autos stiegen.

Crystal (richtiger Name Christine) war Jasmines beste Freundin, und die zwei umarmten sich leidenschaftlich und drückten sich anständige Lipgloss-Küsschen auf beide Wangen.

»Du siehst bezaubernd aus, Chrissie«, rief Jasmine begeistert, während sie sich das mehrfarbige Pucci-Maxikleid ihrer Freundin ansah. »Dieses Kleid ist großartig.«

»Ich weiß«, kicherte Crystal und drehte sich um. »Ich habe jetzt eine Stylistin. Sie ist echt brillant. Ich hätte mir schon vor Jahren eine besorgen sollen. Das ist klassisch. Original Siebziger. Es ist älter als ich.«

»Wow«, sagte Jasmine. »Das ist total cool, und es passt super zu deiner Bräune und deinem Haar. Und, oh, mein Gott, deine neuen Brüste! Sie sind traumhaft, Chrissie!«

Crystal war kürzlich blond geworden und trug einen dicken, todschicken Pony über ihren strahlend blauen Augen. Sie hatte auch wieder abgenommen. Aber die größte Veränderung waren die 75-D-Brüste, die Calvin ihr zum Geburtstag gekauft hatte. Sie saßen direkt unter dem Schlüsselbein, waren so perfekt geformt wie sevillianische Orangen und wurden heute Abend zum ersten Mal der Öffentlichkeit präsentiert. Ja, dachte Jasmine, sie sieht mittlerweile richtig gut aus.

Mit 21 war Crystal die Jüngste unter den Spielerfrauen, aber sie bewegte sich schon in dieser Szene, seit sie ein Teenager war. Sie und Calvin Brown waren seit der Schulzeit zusammen und gemeinsam zu Boulevardstars aufgestiegen. Die Blätter waren über die Jahre ziemlich grausam mit Crystal umgegangen, hatten sich über ihre roten Haare lustig gemacht und ihr schwankendes Gewicht immer wieder kommentiert. In der Öffentlichkeit hatte sie immer darüber gelacht, aber wenn die Kolumnisten das Messer wieder einmal zu tief in die Wunde gesteckt hatten, hatte Jasmine ihr die Tränen getrocknet. »Ich habe nie behauptet, ein strahlendes Supermodel zu sein«, hatte sie geschluchzt. »Ich bin nur Calvins Freundin.

Woher nehmen sie das Recht, mich in der Luft zu zerreißen, nur weil mein Freund einen Ball ins Netz schießen kann?«

Für Jasmine waren sie das bodenständigste Paar in der Gruppe – sie zogen sich zwar großartig an, fuhren protzige Autos und lebten in einem riesigen Haus, aber irgendwie sind Calvin und Crystal ihren Wurzeln treu geblieben. Sie hatten absolut keine Starallüren. Jasmine hatte das Gefühl, dass sie mit Chrissie genauso gut in einem Trainingsanzug herumgammeln, Popcorn essen und sich einen Film anschauen konnte, wie sie in den teuersten Läden shoppen und Jimmys und Calvins Vermögen ausgeben konnte. Sie hatte Crystal gefragt, ob sie nächste Woche ihre Brautjungfer sein wollte, und sie wusste, dass niemand sie auf dem Weg zum Altar besser beruhigen konnte. Sie starrte auf die Reinkarnation ihrer Freundin als Vollweib und lächelte stolz. Was würde die Presse sagen, wenn sie sie heute Abend sehen würde? Und dann kam ihr ein beunruhigender Gedanke.

»Chrissie, Liebes?«

»Ja, Jazz?«

»Wie viele Körbchengrößen hast du jetzt mehr?«

»Drei«, antwortete sie stolz. »Ich war so flach wie ein verdammter Billardtisch.«

»Es ist nur … Ich glaube wir müssen dein Brautjungfernkleid ändern lassen«, kicherte Jasmine. »Und zwar total.«

»Oh, Scheiße, daran habe ich ja überhaupt nicht gedacht!«, kreischte Crystal. »Das tut mir leid, Jazz.«

»Kein Problem, Süße. Wir werden den Designer bitten, es am Montag zu dir bringen zu lassen.«

»Ähm, Jasmine«, sagte Cookie McClean, Jasmines zweitbeste Freundin. »Ich glaube, wir müssen mein Kleid auch ändern lassen.«

»Warum?«, fragte Jasmine. Cookie hatte sich schon lange vor der Anprobe die Brüste machen lassen.

Cookie trat zurück und strich das Gucci-Hängerchen über ihrem Bauch glatt. Cookie war ein kleines schmächtiges Ding, knapp einsfünfundfünfzig groß und zierlich. Aber als sie ihre Silhouette unter dem bauschenden Kleid zeigte, kam ein kleiner runder Bauch zum Vorschein.

»O mein Gott, du bist doch nicht … oder?«, fragte Jasmine überrascht.

»Sie ist«, nickte ihr Ehemann Paul voller Stolz. »Im vierten Monat. Kannst du das glauben? Wir bekommen ein Baby!«

»Na super, Kumpel«, lachte Jimmy. »Jetzt musst du deinen Porsche gegen einen Minivan eintauschen.«

Dann jubelten alle vor Begeisterung, umarmten die zukünftigen Eltern, beglückwünschten sie und riefen nach Champagner, um auf die Neuigkeit anzustoßen. Jasmine freute sich für Cookie, sie freute sich wirklich. Cookie hatte aus ihrer Liebe zu Kindern nie ein Geheimnis gemacht, und schließlich hatte sie, bis sie Paul kennengelernt und geheiratet hatte, als Kinderkrankenschwester gearbeitet. Cookie würde eine wunderbare Mutter werden. Aber würde Paul auch so ein großartiger Vater werden? Jasmine erinnerte sich daran, dass er regelmäßig im Exotica gewesen war – immer der Geilste unter den Fußballern, der in die Slips der Mädchen Fünfzigpfundnoten gesteckt und sie gebeten hatte, einen privaten Striptease für ihn zu machen. Er hatte auch für andere ›Extras‹ draufgezahlt. Das war zwar gegen die Regeln, passierte aber in den exklusiven Hotels regelmäßig, wenn die Clubs zumachten. Das wäre ja alles kein Problem, wenn Paul seine Angewohnheiten geändert hätte. Aber Jasmine wusste von ihrer Freundin Roxy, die noch im Club arbeitete, dass Paul immer noch ein regelmäßiger Gast im Exotica war, und dass er ein ›besonderes Verhältnis‹ mit einem der neuen Mädchen, Pamela, pflegte. Seit Wochen fragte sie sich jetzt schon, was sie mit dieser Information anfangen sollte. Sollte sie es Cookie erzählen? Sollte sie erst mit Crystal darüber reden? Bis jetzt hatte sie niemandem etwas gesagt. Noch nicht einmal Jimmy. Obwohl sie annahm, dass Jimmy bestimmt über die flotte Pammy Bescheid wusste. Jungs neigten dazu, solche Dinge vor ihren Kumpels herauszuposaunen. Jasmine beobachtete, wie Paul Cookies Bäuchlein beschützend streichelte. Cookie schien völlig entrückt. Jetzt konnte sie jedenfalls nichts sagen. Nicht heute Abend.

Jasmine spürte, wie sich kurz ein Schatten auf ihr Herz legte, als sie ihre glückliche schwangere Freundin ansah. Ob dieses Baby wohl mit Mutter und Vater zusammen aufwuchs? Oder würden die Affären ihres Vaters auf den Titelseiten breitgetreten werden? Würde dann die Familie dieses Kindes auseinandergerissen, bevor es aus den Windeln heraus wäre? Jasmine glaubte manchmal, dass die Leute Kinder bekamen, ohne sich über die Konsequenzen im Klaren zu sein. Warum hatte ihre leibliche Mutter sie überhaupt haben wollen, wenn sie nicht die Absicht hatte, sie auch großzuziehen? Jasmine war nur herumgereicht worden und hatte niemals wirklich das Gefühl gehabt, irgendwohin zu gehören. Das wollte sie ihren Kindern niemals antun. Und das war auch der Grund, warum sie noch nicht bereit war, Kinder zu bekommen. Sie wollte warten, bis sie sich an einem Ort richtig niedergelassen hatte und Jimmy ein bisschen erwachsener geworden wäre, dann erst wollte sie Kinder bekommen. Und dann wollte sie ihnen all das geben, was sie nie gehabt hatte – Liebe, Sicherheit, Geld. O ja, wenn es so weit wäre, wäre Jasmine die beste Mutter, die jemals gelebt hatte, dessen war sie sich sicher.

Plötzlich herrschte Stille, und die Gruppe drehte sich in Richtung Auffahrt. Jasmine fuhr herum und sah Madeleine und Luke Parks Arm in Arm auf die Terrasse zusteuern. Die Parks waren die unangefochtenen Könige des britischen Fußballs. Luke lächelte selbstgefällig und nickte mit dem Kopf, als wollte er sagen »Ich weiß, ich weiß, ihr seid wirklich glücklich, dass wir euch mit unserer Anwesenheit beehren«. Würg! Jasmine fand ihn widerlich. Sie war noch nie in ihrem Leben einem so schmierigen, egozentrischen Arschloch begegnet – und das wollte etwas heißen, wenn man bedachte, welche Männer sie so kennengelernt hatte! Okay, er war zweifellos der beste Fußballer des Landes (obwohl es auch Stimmen gab, die prophezeiten, dass Jimmy ihm in ein oder zwei Saisons den Rang ablaufen würde), und er war attraktiv auf eine gestylte Katalog-Model-Art. Er war der Kapitän, der King, der älteste und am meisten respektierte Spieler im Team. Die Kerle glaubten alle, er wäre ein Halbgott, aber Jasmine hatte das nie so empfunden. Die Wahrheit war, dass Luke Parks die Ausstrahlung eines Steines hatte. Jasmine hatte schon mehrfach versucht, eine Unterhaltung mit ihm anzufangen, aber er sprach ausschließlich über sich selbst. Für sie hatte er sich nicht im Geringsten interessiert. Er beugte sich hinunter und küsste Jasmine auf beide Wangen, so als würde er ihr damit einen Gefallen tun.

Aber es war Madeleine Parks, die sie wirklich wahnsinnig machte. Die Frau war einfach nur grässlich. Sie war die älteste, größte, dünnste, am teuersten gekleidete und am meisten fotografierte unter ihnen. Madeleine war der Kopf der Spielerfrauen, das war klar, und keines der Mädchen wagte es, sich mit ihr anzulegen. Sie lächelte nie, lachte nie und machte sich niemals lächerlich. Sie war die absolute Königin – unumstritten schön, mit ihren blonden Haaren, ihrer makellosen Alabasterhaut, ihren strahlend blauen Augen und einem permanenten spöttischen Lächeln der Überlegenheit. Jasmine hatte Angst vor ihr. Madeleine war ein ›echtes‹ Model, kein Glamourmodel wie Jasmine, und sie hatte vor der Presse unmissverständlich klargemacht, dass sie Leute wie Jordan, Jodie und Jasmine ablehnte. Wie hatte sie sie noch mal genannt? Ach ja, das war's, ›billige Flittchen‹. Madeleine hielt Jasmine für ein billiges Flittchen. Deshalb wäre sie am liebsten im Boden versunken, als sie sah, was Madeleine anhatte. Sie und Madeleine trugen genau dasselbe paillettenbesetzte Pradakleid.

»O Gott, Madeleine, das tut mir so leid«, entschuldigte sich Jasmine, als sie an Madeleines messerscharfen Wangenknochen vorbei in die Luft küsste. »Ich hatte keine Ahnung, dass du dieses Kleid hast.«

Madeleine schaute langsam an Jasmine herunter, aber ihr Gesicht zeigte keine Emotion. Das tat es nie. »Zu viel Botox«, hatte Crystal einmal erklärt. »Ihre Muskeln sind permanent betäubt.«

Schließlich sprach Madeleine. »Ich habe gar nicht gesehen, dass es dasselbe Kleid ist. Und um ehrlich zu sein, sieht es in der größeren Größe ganz anders aus. Aber macht nichts. Du kannst dich ja umziehen. Es steht dir sowieso nicht so gut.«

»Es steht mir nicht?«, Madeleine hätte Jasmine nicht stärker treffen können, wenn sie ihr eine geknallt hätte. Sie hatte eigentlich gedacht, sie würde in dem funkelnden Kleid ziemlich gut aussehen. Jimmy hatte es höchstpersönlich ausgesucht, und sie fand es toll.

»Nein, es steht dir nicht«, bestätigte Madeleine. »Es ist für eine viel schmalere Figur geschnitten als deine. Und es ist auch nicht die richtige Farbe für dich. Dafür muss man blond sein. An deiner Stelle würde ich mich auf jeden Fall umziehen.«

Jasmine schluckte den Kloß in ihrem Hals herunter, hielt die Tränen zurück und versuchte, ihre Fassung wiederzuerlangen.

»Klar, Madeleine, mach ich. Ich hole dir vorher nur schnell einen Drink.«

Jasmine zwang sich, Madeleine anzulächeln, so als wäre sie ihr für den modischen Hinweis dankbar, aber am liebsten hätte sie ihr die Augen ausgekratzt. Sie wollte gerade zur Bar auf der Terrasse gehen, aber Madeleine stellte ihr einen stilettotragenden Fuß in den Weg.

»Nein, Jasmine«, sagte sie kalt. »Zieh dich sofort um, bevor es jemandem auffällt.«

Madeleine lächelte nicht – sie lächelte nie, das schien eins ihrer Prinzipien zu sein –, aber ihre Augen funkelten unheilvoll und ihre Mundwinkel zuckten, so als unterdrückte sie ein Lachen. Sie amüsierte sich.

Jasmine schaute zu Crystal und suchte Unterstützung, aber Chrissie alberte mit Calvin, Blaine und Jimmy herum und hatte gar nicht mitbekommen, was hier gerade abgelaufen war.

Jasmine hätte am liebsten laut geschrien: »Verpiss dich, du arrogante, alte Kuh! Ich ziehe mich um, wann es mir passt!«, aber natürlich tat sie das nicht.

»Okay, Madeleine«, sagte sie höflich. »Ich bin in einer Minute zurück. Maria bringt dir einen Drink, und auf der Terrasse stehen Canapés.«

Als Jasmine sich zum Gehen wandte, fügte Madeleine hinzu, »Und Jasmine ...«

»Ja?« Jasmine drehte sich um und sah die ältere Frau an. Madeleine starrte sie mit unverhohlener Geringschätzung an, während sie ihre schimmernden platinblonden Haare über ihre knochigen Schultern warf.

»Ich gebe dir noch einen guten Rat. Glaub nicht, dass ein Designerschildchen eine stilvolle Frau aus dir macht. Stil ist etwas, das man nicht kaufen kann. Es ist etwas, mit dem man auf die Welt kommt.«

Jasmine spürte, wie ihr die Tränen die Wangen hinunterliefen, als sie sich umdrehte, auf die Villa zulief und in ihrem Schlafzimmer Schutz suchte. Sie hatte ihr ganzes Leben damit verbracht, aus dem sozialen Sumpf herauszukommen, aber eine Unterhaltung mit Madeleine Parks brachte sie direkt wieder dorthin zurück. Hier saß sie in ihrem Drei-Millionen-Pfund-Traumhaus in Marbella und fühlte sich immer noch wie das kleine Mädchen, das Parfüm klaute, um den Geruch der Armut zu überdecken.

Jasmine bespritzte ihr Gesicht mit kaltem Wasser und frischte dann ihr Make-up auf. Sie bemühte sich sehr, nicht nuttig auszusehen. Sie trug nicht viel Make-up – nur ein wenig Mascara und Lipgloss. Sie warf ihr Pradakleid aufs Bett und durchwühlte ihren Kleiderschrank auf der Suche nach etwas Elegantem.

»Ach, hier bist du, Jazz.« Jimmy stürmte in den Raum. »Alle fragen sich, wo du bist.«

Er starrte verwirrt auf ihren nackten Körper und fragte: »Was machst du, Baby?«

»Ich muss mich umziehen«, erklärte sie. »Ich hatte dasselbe Kleid an wie Madeleine.«

»Na und?« Jimmy schien das Problem nicht zu verstehen. »Ich trage dieselbe Jeans wie Paul, aber das interessiert uns nicht. Wo ist das Problem? Hast du etwa deswegen geweint? Gott, ich werde Frauen nie verstehen.«

»Ich bin okay, Jim, ich kann nur nicht in demselben Kleid fotografiert werden wie Madeleine, das ist alles«, erklärte Jasmine. Sie wollte nicht, dass ihr Verlobter sah, wie aufgewühlt sie war.

»Gut, dann beeil dich«, sagte er. Und dann sah er sie sonderbar an. »Du hast geweint, Jazz. Ich bin doch nicht blöd. Was ist los?«

Jasmine schüttelte den Kopf. »Es ist nichts, wirklich. Madeleine war nur ein bisschen gemein zu mir, das ist alles. Sie hat gesagt, dass das Kleid mir nicht steht.«

»Ach, die ist doch nur eifersüchtig«, sagte Jimmy verächtlich. »Beachte sie gar nicht. Du würdest sogar in einem schwarzen Müllbeutel super aussehen, und das weiß sie. Sie ist doch nur eine Bohnenstange mit Titten – und dazu noch mit unechten. Die Frau braucht mal ein ausgiebiges Frühstück. Hier, zieh das pinkfarbene an. Darin siehst du super aus.«

Jasmine folgte Jimmys Rat und zog ihr heißes, pinkfarbenes Matthew-Williamson-Kleid an.

»Kannst du bitte den Reißverschluss hochziehen?«, fragte sie.

»Och, muss ich?«, erwiderte er, schob die Hand unter den Stoff und tastete nach ihren Brüsten. »Das Kleid steht dir super, aber ohne siehst du noch besser aus.«

Jasmine lachte höflich und nahm seine Hand weg. »Komm schon, Jim, mach es einfach zu, ja?«

Er streifte die Spaghettiträger von ihren Schultern, schob seine Hand wieder unter ihr Kleid und befummelte sie grob. »Ach, komm schon, Baby. Nur ein Quickie. Du warst vorhin ganz scharf drauf.«

»Jimmy«, sagte Jasmine leicht entnervt. »Unsere Freunde warten auf uns. Lass uns wieder runtergehen, ja?«

»Was?« Jimmy sah erstaunt aus. »Stehst du etwa nicht mehr auf mich?«

»Ach, halt den Mund, Jimmy«, sagte Jasmine und merkte, wie sie vor lauter Empörung rot wurde. »Du weißt, dass ich es nicht mag, wenn du so redest.«

»Oh, ich weiß, dass du mich willst, Baby. Du bist immer scharf drauf.«

»Das stimmt nicht.« Jasmine wurde jetzt langsam wütend.

»Doch, du liebst es, Jazz. Du liebst es verdammt. Blas mir schnell einen, und dann höre ich auf, dir auf die Nerven zu gehen.«

»Verpiss dich«, antwortete sie und versuchte, den Reißverschluss selber hochzuziehen.

»Was?« Jimmy sah verstimmt aus. »Gott, du bist wirklich stinksauer, oder?«

»Ja«, erwiderte Jasmine. »Ich fühle mich billig, wenn du solche Sachen zu mir sagst, und das bin ich nicht, okay?«

»Okay, Liebling«, sagte er verärgert. »Mal halblang. Ich weiß nicht, warum du dich so aufregst, du bist doch nicht die verdammte Mutter Teresa. Ich sage doch nur, dass du eine richtig geile kleine Braut bist. Das ist doch keine Beleidigung.«

»Okay.« Jasmine gab nach. »Lass uns aufhören und zu unseren Freunden zurückgehen, in Ordnung?«

Aber dann, als sie aus dem Schlafzimmer hinausgingen, machte Jimmy alles kaputt. Er murmelte: »Obwohl du schon ein ziemlich leichtes Mädchen bist, oder?«

Das war's. Er musste immer das letzte Wort haben, und er ging immer zu weit. Jasmine spürte wieder das Brennen der Tränen. Wie konnte Jimmy es wagen, ihr dieses Gefühl zu geben? Sie war nicht billig, und sie war kein leichtes Mädchen. Ja, sie genoss es, mit dem Mann zu schlafen, den sie über alles liebte, aber Sex war eine große Sache für sie. Sie hatte vor Jimmy nur zwei Freunde gehabt, und sie war immer absolut monogam gewesen. Die Tatsache, dass sie sich beruflich auszog, hieß ja nicht, dass sie ihren Körper verschenkte. Sie war kein Stück Fleisch, über das man herfallen und das man befummeln konnte. Ihr Körper gehörte ihr, ihr ganz allein. Sie allein konnte entscheiden, ob und wann sie ihn teilen wollte, und Jimmy hatte nicht das Recht, ihn sich zu nehmen, wenn er Lust darauf hatte. Wenn Jimmy nur wüsste, was sie alles gesehen hatte. Dann würde er nicht so schnell Witze darüber machen, dass sie leicht zu haben war.

»Jimmy«, sagte sie so ruhig, wie sie nur konnte. »Am besten gehst du jetzt kalt duschen und denkst darüber nach, was du gerade zu mir gesagt hast, okay? Stell dir vor, wie du dich fühlen würdest, wenn das jemand zu deiner Schwester gesagt hätte.«

»Aber«, fing er an.

»Kein Aber, Jim«, sagte sie ernst. »Lass mich einfach eine Weile allein, verstanden? Ich bin grad wirklich stinksauer auf dich.«

Jimmy ging nicht kalt duschen. Er ging zu seinen Freunden und trank Bier mit ihnen, und als Jasmine sah, wie er auf der Terrasse lachte und Witze machte, schien es so, als hätte ihn das, was sie gesagt hatte, überhaupt nicht berührt. Er hatte es nicht verstanden. Wie sollte er auch?

»Und, seid ihr bereit für nächstes Wochenende?«, fragte Cookie. »Du wirst die schönste Braut sein. Das hört sich alles so perfekt an.«

Jasmine konzentrierte sich wieder auf den Augenblick und dachte über ihre bevorstehende Hochzeit nach. Ja, es würde perfekt werden. Sie hatte ihr ganzes Leben lang auf diesen Tag gewartet, und nichts und niemand würde ihn ruinieren. Ganz sicher nicht Jimmy.

Sie sprach eine Weile mit Cookie und Crystal darüber, wer wo sitzen sollte.

»Wer wird denn das Pech haben, neben der bösen Hexe des Westens zu sitzen?«, fragte Chrissie und deutete mit dem Kopf in Madeleines Richtung.

»Ich gebe dir fünfzig Riesen, damit du mich in die entgegengesetzte Ecke des Raumes setzt«, bot Cookie grinsend an.

»Ich habe daran gedacht, meine Brüder neben sie zu setzen«, kicherte Jasmine. »Sie können sie mit ihren Geschichten aus dem Knast unterhalten!«

»O ja«, sagte Crystal begeistert. »Dann wird sie ein noch grimmigeres Gesicht machen als sonst.«

Genau in dem Moment erschien jemand auf den Stufen, die vom Strand hinaufführten. Sie hatten dort ein Stück privaten Strand, und eigentlich konnte von dort unten niemand in ihren Garten kommen.

»Wer ist das?«, fragte sich Jasmine laut und blickte zu dem Mann, der sich näherte.

Er war groß und schlank und leicht zerzaust. Seine langen schwarzen Haare fielen ihm in die Augen. Er hielt eine Flasche in der rechten Hand und trug eine Kuriertasche über der Schulter.

»Ach, das ist Louis«, grinste Chrissie. »Er möchte gerne hereinkommen, oder?«

Die anderen fanden Louis' Auftauchen irgendwie unpassend, doch Jasmine freute sich, ihn zu sehen. Sie bewunderte ihn. Er schlenderte locker auf sie zu und grinste schief.

»Jasmine«, er küsste sie zärtlich auf beide Wangen und drückte liebevoll ihren Arm. »Du hast hoffentlich nichts dagegen, dass ich hier auftauche. Ich bin vom Hotel aus den Strand entlanggegangen. Der Hund von nebenan hätte mir fast den Hintern abgebissen!«

Jasmine lachte. »Nein, Louis, das ist eine wunderbare Überraschung. Ich habe nicht mit dir gerechnet.«

»Keiner von uns hat das«, murmelte Jimmy, als er auf dem Weg zur Bar an ihnen vorbeikam. Er blieb nicht stehen, um den neuen Gast zu begrüßen.

Jimmy war von Louis nicht gerade begeistert. Er war ein bisschen anders als die anderen Jungs. Er war Portugiese und, wie sollte Jasmine es ausdrücken, viel gefühlvoller als die anderen. Er hielt sich aus ihren draufgängerischen Spielchen raus. Er fuhr keinen Sportwagen, und darüber hinaus schien er gar keinen eigenen Wagen zu besitzen. Er betrank sich nie so sehr, dass er aus einem Club hinausgeworfen wurde, er war von Paparazzi noch nie dabei fotografiert worden, wie er mit der Freundin eines anderen herumknutschte, und er ging nicht ins Exotica. Er zog sich auch nicht wie die anderen an. Die Fußballer hatten eine inoffizielle Uniform, die aus Designerjeans, einem offenen Hemd, um die Muskeln zu zeigen, schicken Jacketts, Goldketten, Diamantohrringen und einem derben Tattoo, um das Image ein wenig aufzupolieren, bestand. Und die Krönung waren ihre Frisuren – ob Irokesenschnitt, kahlrasiert, Strubbellook oder nur ein einfacher Kurzhaarschnitt –, sie wurden immer mit diversen Stylingprodukten bearbeitet und bis zur Perfektion gepflegt. Es war Jasmine durchaus schleierhaft, wie sie es schafften, bei einem Fußballspiel immer pünktlich auf dem Platz zu sein. Jimmy brauchte mehr Zeit, seine Haare zu stylen als sie, obwohl seine bestimmt sechzig Zentimeter kürzer waren.

Aber Louis war ein Typ für sich. Jasmine vermutete, dass er so ein bisschen ein Freak war, mit seinen zerrissenen Jeans, seinen ausgetretenen Turnschuhen und seinen zerknitterten T-Shirts. Ein kleines silbernes Kreuz um den Hals war der einzige Schmuck, den er trug. Seine Haare waren lang, dunkelbraun und lockig, und er hatte eine Brille mit einem schwarzen Rand. Trotz all seiner Millionen sah er immer ein bisschen ungepflegt aus. Was nicht hieß, dass er ein unattraktiver Mann war. Im Gegenteil. Louis Ricardo war groß, hatte einen dunklen Teint und war im wahrsten Sinne des Wortes schön. Und wenn Jasmine ganz ehrlich war, stand sie ein bisschen auf ihn. Manchmal wollte sie einfach die Hand ausstrecken, um seine makellose braune Haut zu berühren. Sie sah so glatt und einladend aus. Und sie hatte sogar in der letzten Nacht von ihm geträumt; einen Traum, der so unanständig war, dass sie Jimmy am nächsten Morgen kaum in die Augen schauen konnte. Aber nein! Was dachte sie da bloß? Sie würde bald eine verheiratete Frau sein.

»Sieh dir diese Muskeln an«, flüsterte Cookie, als Louis Chrissie zur Begrüßung küsste.

Jasmine bemühte sich, ihn nicht anzustarren. Heute Abend trug Louis seine alte Lieblingsjeans und ein weißes Muskelshirt. An diesem Abend gab es jede Menge perfekt gebräunte

Haut zu sehen, und das beschränkte sich nicht nur auf die Mädchen. Alle Jungs hatten eine gute Figur – es gehörte ja zu ihrem Job, fit zu bleiben. Aber während die anderen so aussahen, als würden sie Stunden in Fitnessräumen verbringen (was sie natürlich auch taten), schien Louis einfach von Natur aus gutgebaut zu sein. Er musste sich überhaupt keine Mühe geben. Er hatte es nicht nötig, sich aufwendig zu stylen oder zur Schau zu stellen. Er hatte keine Ahnung, wie attraktiv er war, und das machte ihn nur noch anziehender. Der Mann hatte einfach gute Gene. So einfach war das.

»Jasmine«, sagte er ein wenig außer Atem. »Ich habe etwas für dich …«

Er fing an, in seiner Ledertasche herumzukramen.

Jasmine beobachtete ihn aufmerksam. Seine Brille war ihm ein wenig von der Nase gerutscht, und ihr fiel auf, dass er unglaublich lange Wimpern hatte. Mann! Was war nur mit ihr los? Sie musste etwas gegen diese alberne Schwärmerei unternehmen. Er würde noch mitbekommen, dass sie ihn anstarrte, wenn sie es nicht seinließ. Louis war ein kluger Typ und war sogar auf der Uni gewesen. Jimmy hatte ihr eines Tages erzählt, dass Louis seinen ersten Länderspieleinsatz vermasselt hatte, weil er sein Examen ablegen musste. Jimmy fand das ziemlich dumm von ihm, aber Jasmine bewunderte ihn dafür umso mehr. Und jetzt war er beim Fußball mit derselben Leidenschaft dabei. Die anderen Spieler beschwerten sich immer über die Diskussionen, die Louis mit dem Trainer über Taktik und Aufstellung anzettelte.

»Er glaubt, er ist der verdammte José Mourinho«, hörte sie Luke Parks einmal schimpfen. »Er schielt nach dem Managerposten.«

Jasmine war die Einzige, die seinen Namen richtig aussprach, auf portugiesische Art. »Man spricht es so aus«, hatte er ihr erklärt und seine vollen Lippen gespitzt. »Loo-esh. Looesh.«

Jimmy hasste es, dass Jasmine Louis mochte. Er verstand nicht, was sie an ihm fand. Eigentlich tolerierte er die Situation nur, weil er (und die anderen auch) davon überzeugt waren, dass Louis schwul war. Aber Jasmine wusste es besser. Ja, Louis war intelligent. Ja, er war verständnisvoll. Ja, er war sanft, und ja, er war wirklich nett. Aber, nein, dieser Mann war definitiv nicht schwul. Sie hatte nicht studiert, aber wenn es etwas gab, mit dem Jasmine sich absolut auskannte, dann war es mit Männern. Louis Ricardo war genauso ein Mann wie der Rest von ihnen. Dessen war sie sich sicher. Jimmy hatte sie das natürlich nicht gesagt …

Louis kramte immer noch in seiner Ledertasche herum.

»Hui, Louis!«, rief Jimmy über die ganze Terrasse. »Ist das etwa eine Handtasche?«

Die anderen fingen an, schallend zu lachen, und Jasmine schaute ihren Verlobten vorwurfsvoll an. Jimmy konnte manchmal so kindisch sein. Konnte er keine Mulberry erkennen?

Aber Louis lächelte seine Teamkollegen nur an und zuckte mit den Schultern. Dann suchte er weiter nach dem, was er Jasmine geben wollte.

»Ah, hier«, sagte er und reichte ihr ein Buch. »Ein Reiseführer von Andalusien. Er ist sehr gut, finde ich. Es gibt ein ausführliches Kapitel über die Geschichte und Geographie der Region.«

Er errötete leicht. »Ich dachte, du würdest dich darüber freuen. Du hast mal erwähnt, dass du …«, er suchte nach den richtigen englischen Worten. »… die Umgebung kennenlernen möchtest.«

»Louis, das ist aber lieb von dir«, sagte Jasmine wirklich dankbar. Als sie ihn zum Dank auf seine glattrasierte Wange küsste, bemerkte sie Jimmys entsetzten Blick. Sie beobachtete, wie Jimmy etwas zu seinen Kumpels sagte und dann alle drei Louis anstarrten und grausam lachten. Es war klar, dass die Fußballer genauso zickig waren wie ihre Frauen und Freundinnen.

»Zeit zu gehen«, verkündete Jimmy, klatschte in die Hände und führte alle zu der Stretchlimousine, die er gemietet hatte und die jetzt draußen in der Einfahrt stand. Die Mädels schnappten sich die Designerhandtaschen und die halbvollen Champagnerflaschen, und alle stiegen ein. Als die Limousine auf die Straße bog, ging das Blitzlichtgewitter wieder los, und die Fotografen riefen ihre Namen. Jasmine kam sich vor, als würde sie sich in einem besonders durchgeknallten Trance-Track-Video befinden, und Cookie zuckte zusammen, als die Blitzlichter losgingen.

»Gott, ich bekomme davon solche Kopfschmerzen«, beschwerte sie sich.

Jimmy ließ das Fenster herunter, und er und Paul machten den Paparazzi gegenüber das Victory-Zeichen, als sie davonfuhren.

»Sehr erwachsen«, brummte Jasmine.

Vor dem Club warteten noch mehr Fotografen, mindestens fünfzig. Jasmine war klar, dass sie auf Maxis Veranstaltung ein hohes Promiaufkommen erwarteten.

»Wow, das ist ja echt geil hier!«, rief Blaine und schaute sich das beleuchtete Schiff genauer an. »Cruise«, las er auf dem blauen Neonschild an Deck. »Guter Name. Gute alte Maxi, was?«

Jasmine sah, wie die Jungs ausstiegen und dann auf dem Bürgersteig warteten, während Madeleine, Cookie und Chrissie anmutig von ihren Ledersitzen rutschten und aufpassten, dass man ihre Slips nicht sah. Jasmine stieg als Letzte aus. Sie atmete einmal tief durch, strich ihr Kleid glatt und glitt aus dem Auto, hinein in das Blitzlichtgewitter. Sie war wie geblendet von dem Licht, und wie immer klopfte ihr das Herz vor lauter Aufregung bis zum Hals. Sah sie gut aus? Hatte sie etwas von den Canapés zwischen den Zähnen? War ihr Mascara zerlaufen? Und dann hörte sie, wie ihr Name immer und immer wieder gerufen wurde, in ihrem Kopf legte sich ein Schalter um, und sie wusste, was sie zu tun hatte.

»Jasmine!«, riefen die Paparazzi von der anderen Straßenseite, wo sie von einer Sperre zurückgehalten wurden. »Madeleine! Crystal! Cookie!«

Wie immer machten die Mädchen ihre Show für die Kameras. Madeleine schmollte launisch, und Cookie lächelte süß. Aber Jasmine gab für ihren Auftritt alles. Die anderen beschwerten sich immer über den ganzen Rummel, aber Jasmine war dankbar, dass sie da waren. Sie wusste, dass sie ohne die Presse ein Niemand war, und sie mochte es, ihnen eine gute Show zu bieten. Sie ließ ihre Augen funkeln und lächelte, wobei sie ihre Zunge fest hinter ihre Vorderzähne drückte: ein Tipp, den sie in einem Interview mit Katie Price gelesen hatte. Sie stellte ihren rechten Fuß vor den linken, beugte ihr Knie und drehte ihre nackte Schulter in die Kamera, eine Hand in der Hüfte. Das war die schmeichelhafteste Pose, die sie gefunden hatte. Und dann beugte sie sich leicht nach vorne, um ihnen einen Blick auf ihr Dekolleté zu gestatten, auf den sie schon gewartet hatten. Jimmy tolerierte die Fotografen, weil er wusste, dass ihm nichts anderes übrigblieb, hatte aber schnell die Nase voll. »Komm schon, Mutter Teresa«, brummte er schlechtgelaunt. »Ich denke, du hast ihnen genug gezeigt, oder?«

17 Eigentlich ging Grace nicht gerne alleine auf Partys, aber heute Abend hatte sie ziemlich viel Spaß. Blaine hatte ihr aber nahegelegt, doch zu kommen, und er hatte recht, für einen Boulevardjournalisten gab es hier eine Menge zu sehen und zu berichten. Das Schiff war lächerlich überladen mit Millionen von Lichterketten. Eine ganze Armee von Paparazzi belagerte die andere Straßenseite, und Hunderte von Touristen standen mit hochgehaltenen Handys an den Absperrseilen und versuchten verzweifelt, Fotos von den ankommenden Promis zu schießen.

Die Wände im Inneren des Schiffs waren pink und mit handgemalten schwarzen Orchideen verziert, an der Decke hingen erlesene Glaskronleuchter, die mehr glitzerten, als sie hell waren, und die Sitzgelegenheiten bestanden aus Samt-Chaiselongues in Juwelenform und Louis-V-Sesseln mit Animalprint. Die Bar war ein goldener Halbkreis. Es war ziemlich dunkel im Club, aber nicht ungemütlich, sondern kuschelig.

Die Leute vom Personal (die alle wie Models aussahen) trugen traditionelle schwarz-weiße Uniformen, allerdings mit Pepp. Die Mädchen hatten ein bisschen was von Zimmermädchen mit ihren sehr kurzen, sexy Röcken, weißen Blusen und schwarzen Pumps. Die Jungs in schwarzen Designerjeans trugen ihre Kragen und Fliegen offen. Es herrschte eine Stimmung entspannter Dekadenz, stellte Grace fest, während sie an ihrem Gratis-Champagner nippte. Die Gäste waren sexy.

Teuer gekleidet *und* sexy. So wie Maxine de la Fallaise selbst, vermutete Grace.

Sie hatte Maxine in der Vergangenheit oft getroffen, und für eine Prominente (und noch dazu eine von der B-Liste) mochte sie sie sehr. Abgesehen von ihrem Ruf als Partygirl fand Grace Maxine unglaublich medientauglich. Sie gab immer Interviews, wenn sie etwas publik machen wollte, und erzählte dann ein paar interessante kleine persönliche Details, gerade so viel, um das Interesse des Lesers zu wecken, ohne wirklich viel von sich preiszugeben. Ja, Maxine war clever, und Grace bewunderte das. Und jetzt hatte sie diesen coolen Nachtclub eröffnet. Grace war beeindruckt. Die Partyprinzessin hatte sich zur Königin der Clubs entwickelt. Da, Grace hatte ihren Aufhänger für die Story bereits gefunden.

Sie lehnte sich in ihrem Samtsessel zurück und beobachtete, wie die VIPs hereinströmten – spanische Soapstars, niedere europäische Adelige, eine Handvoll britischer Stars, die gerade in Marbella Urlaub machten, die, die immer hier lebten, ah, und jetzt die Fußballer und ihre lustigen kleinen Spielerfrauen. Grace musste lachen. Sie erinnerten sie an kleine Mädchen auf ihrem Weg zu einem fünften Geburtstag, alle in ihren Prinzessinnenkleidern, händchenhaltend, kichernd und ganz aufgeregt. Sie musste zugeben, dass sie irgendwie niedlich waren. Außer Madeleine Parks natürlich, an der war absolut nichts Niedliches. Selbst Grace fühlte sich von ihr eingeschüchtert.

Maxi bewachte die Tür wie eine Löwin, warf ihre goldene Mähne zurück, während sie jeden Gast küsste, ihm Komplimente machte und mit ihm für die Fotos posierte, die von den offiziellen Fotografen geschossen wurden. Gott, sie war wirklich gut. Unterdessen plauderte Carlos Russo angeregt mit den Gästen, schaute ab und zu zu seiner Freundin hinüber und lächelte ihr ermunternd zu, während sie ihren ganzen Charme spielen ließ. Er sah mehr wie ein stolzer Vater als wie ihr Liebhaber aus.

Grace beobachtete, wie sich die Fußballer durch die Menge hindurchschlängelten und zielstrebig auf den hinteren Teil des Raumes zugingen. Jasmine entdeckte sie, als sie vorbeiging, und winkte begeistert, während Jimmy finster dreinblickte. Wo gingen sie hin? Grace folgte ihnen in sicherer Entfernung und wusste, dass sie zu irgendeinem geheimen Bereich gingen, der nur für die berühmtesten Gäste reserviert war. Sie verschwanden auf einer Treppe, die nach unten führte. Grace folgte ihnen. Als sie unten ankam, sah sich Jasmine um und entdeckte Grace.

»Kommen Sie«, rief sie und bedeutete ihr, sich zu ihnen zu gesellen. »Das ist der VIP-Bereich.«

Grace ging die Stufen hinunter, aber als sie gerade versuchte, den Raum zu betreten, stellte sich ihr ein riesiger schwarzer Typ in Designerjeans in den Weg.

»Gehen Sie wieder hinauf, meine Liebe«, sagte er in freundlichem, aber bestimmtem Ton. »Dieser Bereich ist privat.«

»Sie gehört zu uns«, erklärte Jasmine, während sie ihm ihr süßestes Lächeln zuwarf.

Der Türsteher zuckte mit den Schultern und ließ Grace durch.

Wahnsinn! Im Inneren des Allerheiligsten. Das Paradies für einen Journalisten. Im selben Raum mit den Prominenten, die die Klatschspalten füllten. Grace trat ein und schaute sich nach der passenden Beute um. Ihre Augen gewöhnten sich schnell an das Dämmerlicht und blieben an einer Frau in Weiß hängen. Es war Lila Rose, die anständig auf einer Couch saß. Grace blieb wie angewurzelt stehen. Scheiße. Sie konnte dieser Frau nicht gegenübertreten. Nicht nach dem, was sie über sie geschrieben hatte. Sie entschuldigte sich schnell bei der erstaunten Jasmine und schlich sich wieder nach oben, während sie sich fragte, warum sie in der letzten Zeit ihr Gewissen immer wieder plagte.

Lila war mit einem Schnellboot zur Rückseite des Schiffes gefahren und hatte es so vermieden, von der Presse gesehen zu werden. Es war sehr nett von Maxine, für diesen speziellen Geheimeingang zu sorgen, und Lila war ganz gerührt von dieser Geste. In der Tat war es viel schöner, Maxine wiederzusehen, als sie erwartet hatte. Als Lila ankam, schwebte Maxi gerade über das Deck, perfekt gestylt in ihrem knappen Leopardenkleid, mit der goldenen Mähne, die im Wind wehte, und einem Megawatt-Lächeln auf ihren knallroten Lippen. Sie umarmte Lila fest und erklärte ihr, dass sie sie soooo sehr vermisst hatte! Als Maxi Lila an ihren großen Busen drückte, überkam sie eine Welle der Zuneigung für ihre alte Freundin. Sie fühlte sich sicher in Maxis Armen. Es war ein warmes, behagliches Gefühl, so als wenn man nach langer Abwesenheit nach Hause kam. Ja, es war gut, Maxi wiederzusehen.

Jetzt saßen Lila und Peter auf dem Ledersofa in dem VIP-Bereich, tranken ihre Cocktails, hörten sich die Livemusik an (eine mittelmäßige Band aus London, von der Lila noch nie etwas gehört hatte) und beobachteten die Leute.

»O Gott, da ist *diese* Frau«, sagte Lila und war entsetzt, als sie Grace Melrose sah.

»Was um alles in der Welt macht die denn hier?«, fauchte Peter angewidert. »Soll ich sehen, dass wir sie loswerden?«

Aber gerade als Peter aufstehen wollte, drehte Grace Melrose sich um und verschwand.

»Die ist wohl hinausgeworfen worden«, sagte Peter.

»Gut«, antwortete Lila. »Was glaubt sie eigentlich, wer sie ist, hier einfach aufzutauchen?«

Alle Gäste heute Abend hatten Rang und Namen, aber der Bereich im unteren Deck war für die wahre Elite abgesperrt.

Jetzt konzentrierten sie sich auf die Ankunft der Fußballer und ihrer Frauen. Maxine hatte erklärt, dass es im Vorfeld Diskussionen darüber gegeben hatte, ob diese Gruppe wichtig genug war, Zugang zu dem VIP-Bereich zu erhalten. Luke und Madeleine Parks standen ganz klar auf der A-Liste, und Jimmy Jones und Jasmine Watts waren nah dran. Die anderen aber waren wirklich unbedeutend, aber schließlich hatte ein Anruf von Blaine Edwards genügt, die Sache zu klären. Das und die Tatsache, dass Maxine Angst hatte, Madeleine zu beleidigen. »Sie ist eine absolute Hexe«, hatte Maxi erklärt. »Und wenn ich sie nicht hineinlasse, macht sie aus mir wahrscheinlich eine Voodoo-Puppe und steckt mir Botoxnadeln in die Augen.«

Peter starrte mit offenem Mund auf den Anblick vor ihm. »Die da, Prinzessin Stirnrunzel …«

»Madeleine Parks«, unterbrach ihn Lila.

»Ja, genau. Sie trägt das Vermögen eines Ölstaates um ihren dünnen Hals.«

»Ja, das ist wirklich eine Menge«, stimmte Lila zu.

»Ich glaube«, flüsterte er, »zusammengenommen haben wir hier mehrere Millionen Pfund schwere Diamanten, drei Meter Haarverlängerung, vierzig falsche Nägel, fünfzig Flaschen Selbstbräuner und mindestens acht Silikonimplantate.«

Lila kicherte. »Peter, sei nicht so fies!«, schimpfte sie, aber er hatte recht. Diese Mädchen waren sicher nicht das, was die Natur für sie vorgesehen hatte, außer vielleicht Jasmine Watts, die Nachbarin ihrer Eltern. Lila musste zugeben, dass sie wirklich eine Naturschönheit war.

»Was glaubst du, welche von ihnen ihre eigenen Brüste hat?«, fragte Lila.

»Oh, Jasmine ganz sicher«, antwortete Peter. »Sieh mal, ihre sind nicht so rund wie die anderen und ein bisschen tiefer. Gott hat die Frau nicht so erschaffen, dass sie ihre Brüste auf dem Schlüsselbein trägt! Ich weiß nicht, ob derjenige, der die Operationen gemacht hat, überhaupt jemals Anatomie studiert hat. Aber sieh nur, die von Jasmine schaukeln sogar ein bisschen …«

»Für einen schwulen Mann kennst du dich mit Brüsten ziemlich gut aus«, sagte Lila amüsiert.

»Oh, aber sie ist reizend, nicht wahr?«, seufzte Peter. »Wenn ich als Frau wiedergeboren werden könnte, würde ich gerne als Jasmine Watts zurückkommen.« Und dann, zu spät, fügte er hinzu: »Oder als du, Schätzchen. Ist doch klar.«

Doch Lila wusste, dass Peter recht hatte. Wer würde nicht gerne wie Jasmine Watts aussehen? Jasmine war jung und perfekt, ihre dunkle Haut war so glatt wie die eines Babys, und sie hatte diese Rundungen an Po und Taille, die Lila schon vor Jahren verloren hatte. Es bereitete ihr fast körperlichen Schmerz, sich eine solche Jugendlichkeit und Perfektion anzusehen. Sie fühlte sich wie die böse Stiefmutter sich gefühlt haben muss, als der Spiegel ihr erzählt hat, dass Schneewittchen so viel schöner war als sie.

»Und wer, zum Teufel, ist dieses wunderschöne Geschöpf?«, fragte Peter plötzlich und verschluckte sich an seinem Cocktail.

Lila folgte Peters Blick zu einem schlanken, dunkelhaarigen Jungen mit Brille. Er stand allein, ein wenig abseits von der Fußballergruppe, und starrte vor sich hin.

Lila zuckte mit den Schultern. »Er ist bestimmt auch ein Fußballer, aber du kennst mich ja, Peter, ich würde einen Spieler der Bundesliga selbst dann nicht erkennen, wenn er in meinem Gazpacho auftauchen würde.«

»Nein, ich auch nicht«, sagte Peter und stand auf. »Aber ich denke, es wird Zeit, dass ich meinen Horizont erweitere. Entschuldige, Schätzchen, aber ich habe das Gefühl, dass da eine Saisonkarte in Sicht ist.«

Lila grinste in sich hinein, als sie beobachtete, wie Peter erhobenen Hauptes auf die Fußballer zuging und sich vorstellte. Sie stand auf und sah sich nach Maxi um. Sie suchte ihre Freundin überall, aber die Gastgeberin war nirgendwo zu finden. Schließlich kam ein Barmann auf sie zu und bat sie, ihm zur Herrentoilette zu folgen, wo Maxi sich über einen bewusstlosen jungen Mann in Lederhosen beugte. Es sah so aus, als schüttete sie ihm eine Tasse Kaffee ins Gesicht.

»Ach, Lila, Gott sei Dank«, sagte Maxi panisch. »Du bist gut in solchen Sachen.«

»Was für Sachen?«, fragte Lila irritiert.

»Leute auszunüchtern«, antwortete Maxi. »JJ hier ist der Sänger der Band. Sie haben erst ihr halbes Programm gespielt, und der ist so betrunken oder bekifft oder was, dass ich es nicht schaffe, den Mistkerl wachzukriegen!«

Maxi trat ihn jetzt mit ihren Absätzen und schrie: »Komm schon, JJ, du bist in einer Minute wieder auf den Beinen!«

»Lass mich mal versuchen«, sagte Lila, stieg über den Sänger und hockte sich auf den Boden. Sie schlug auf die stoppelige Wange des Sängers und pustete ihm ins Gesicht.

»JJ«, sagte sie sanft. »Es ist jetzt Zeit, aufzuwachen. Komm schon, Baby. Wach auf.«

Sie schlug ihm noch ein paarmal auf die Wangen und dann, plötzlich, klatsch!, schlug sie ihm so fest ins Gesicht, dass Maxi aufsprang.

»Äh? Was zum Teufel?« JJ öffnete seine blutunterlaufenen Augen und starrte Lila verständnislos an.

»Lila Rose«, stotterte er ungläubig. »Bin ich tot? Ist das der Himmel?«

Maxine und Lila lachten sich noch zehn Minuten später tot, während der verblüffte JJ wieder sicher auf der Bühne stand.

»Ich fasse es nicht, dass du ihn so fest geschlagen hast«, sagte Maxine. »Er hat einen hellroten Handabdruck im Gesicht.«

»Ich weiß«, kicherte Lila. »Es tut mir auch fast ein bisschen leid.«

»Nein, das muss dir nicht leidtun«, sagte Maxi. »Du hast meine Party gerettet. Der DJ ist noch nicht da. Ich hätte hinaufgehen und singen müssen, und wie du weißt, ist Karaoke nicht gerade meine starke Seite!«

Die zwei Frauen saßen zusammen und ihre nackten Knie berührten sich. Maxi strahlte ihre Freundin über das ganze Gesicht an und erklärte: »Du kannst dir gar nicht vorstellen, wie sehr ich mich freue, dich zu sehen.«

Lila grinste zurück. Vielleicht war es ein Fehler, Maxine so lange links liegengelassen zu haben. Peter war wunderbar, aber manchmal braucht eine Frau nun mal ein anderes Mädchen um sich herum. Einfach nur hier zu sein mit ihr, erinnerte Lila an den Spaß, den sie immer miteinander gehabt hatten, und zum ersten Mal seit Jahren fühlte Lila sich überhaupt nicht allein. Oder alt. Oder jenseits von Gut und Böse. Vielmehr raste ihr Herz vor Freude, und das alberne Grinsen verschwand einfach nicht aus ihrem Gesicht.

»Ich habe eine Idee«, sagte Lila. »Weil ich ganz genauso empfinde, Maxi. Es tut mir leid, dass wir uns so lange nicht …«

»Lass uns einfach versuchen, uns von jetzt an wieder öfter zu sehen«, schlug Maxine hoffnungsvoll vor.

»Ja, das machen wir!«, stimmte Lila zu. Und sie meinte es auch so. Wirklich.

»Ich mische mich besser mal wieder unter die Leute«, sagte Maxi und stand widerwillig auf. »Aber wir reden später wieder, okay?«

»Ja, das machen wir«, bestätigte Lila. »Ich gehe jetzt besser und rette Peter vor sich selbst. Er nervt die Fußballer.«

»Lila, Lila!«, rief Peter, als er sah, dass sie in seine Richtung kam. »Komm, du musst meine neuen Freunde kennenlernen. Das ist Jasmine, und Crystal – toller Name, nicht wahr? – und

Cookie und ihr Bäuchlein. Sie erwartet ein Baby. Ist das nicht großartig?«

»Großartig«, sagte Lila abwesend und nickte den süßen kleinen Spielerfrauen, die um Peter herumsprangen wie aufgeregte kleine Hunde, freundlich zu.

»Jasmine hier hat mir gerade die Abseits-Regel erklärt. Und jetzt hab ich's verstanden! Beeindruckend, nicht wahr? Ich hätte nicht gedacht, dass ich jemals die Abseits-Regel verstehen würde. Jasmine, du musst sie Lila auch erklären! Dann kann sie vor Brett damit angeben … wenn der jemals auftaucht.«

Lila warf Peter einen strafenden Blick zu und lächelte dann geduldig das duftende junge Glamourgirl an. Jasmine errötete, ganz offensichtlich verlegen.

»Ach, Mrs Rose interessiert sich sicher nicht für meine albernen Geschichten«, wiegelte Jasmine ab. »Es tut mir leid, wollen Sie, dass Peter und ich Sie in Ruhe lassen? Sie müssen doch die Nase voll haben von Leuten wie uns, die Sie ständig belagern.«

»Nein, nein, schon in Ordnung«, sagte Lila, die von Jasmines Bescheidenheit gerührt war. »Ich würde die Abseits-Regel gerne verstehen. Mein Vater wird begeistert sein.«

Sie lächelte Jasmine ermunternd an.

»Also los«, drängte Peter.

»Okay«, begann Jasmine. »Du bist in einem Schuhgeschäft die Zweite in der Schlange an der Kasse. Hinter der Verkäuferin an der Kasse steht ein Paar Schuhe, das du gesehen hast und unbedingt haben *musst*. Die Frau vor dir in der Schlange hat sie auch gesehen und schaut sie sich sehnsüchtig an. Ihr beide habt eure Portemonnaies vergessen. Es wäre unhöflich, sich vor die erste Frau zu drängeln, wenn du kein Geld hast, um die Schuhe zu bezahlen. Die Verkäuferin bleibt an der Kasse und wartet. Deine Freundin probiert gerade im hinteren Teil des Ladens ein Paar Schuhe an und bemerkt dein

Dilemma. Sie will dir ihr Portemonnaie zuwerfen. Denn wenn sie das macht, kannst du es auffangen, um die andere Kundin herumgehen und die Schuhe kaufen! Zur Not kann sie das Portemonnaie auch vor die andere Kundin werfen, und während es fliegt, kannst du um die andere Kundin herumlaufen, das Portemonnaie auffangen und die Schuhe kaufen! ABER, du musst immer daran denken, dass es bis zu dem Moment, in dem das Portemonnaie ›tatsächlich geworfen wird‹, völlig falsch wäre, vor der anderen Kundin zu stehen, denn dann wärst du im ABSEITS!«

Peter bekam einen leicht hysterischen Anfall. »Ist das nicht eine phantastische Geschichte?«, fragte er aufgeregt.

Lila lachte. »Ja, das war ziemlich gut, Jasmine. Wie bist du denn darauf gekommen?«

»Ach, das habe ich mal im Internet gelesen.« Jasmine wurde schon wieder rot.

Plötzlich tauchte Maxine auf und zog einen der offiziellen Fotografen am Arm. »Davon müssen wir unbedingt ein Foto machen«, kündigte sie an. »Großbritanniens beliebteste Pin-up-Girls zusammen. Neue beste Freundinnen!«

Sie schob Lila und Jasmine zusammen und lehnte sich von hinten zwischen die beiden. Alle drei mussten automatisch lachen, als der Blitz aufblitzte, und entwirrten schnell ihre Arme. Lila und Jasmine traten einen Schritt auseinander und lächelten sich zurückhaltend an, wie die Fremden, die sie praktisch auch waren.

Dann rauschte Maxine wieder davon. »Wir treffen uns in fünf Minuten an Deck«, rief sie Lila zu. »Ich könnte eine Pause gebrauchen.«

Lila bemerkte den dicken herzförmigen Ring an Jasmines Verlobungsfinger.

»Toller Ring«, sagte sie höflich, auch wenn er für Lilas Geschmack ein wenig zu protzig war. »Ist bald die Hochzeit?«

Jasmine nickte: »Nächste Woche.«

»Und wo wird gefeiert?«, fragte Lila, die die Kunst des Smalltalks perfekt beherrschte.

»Tillydochrie Castle«, antwortete Jasmine. »Das ist in den Highlands.«

»Oh, wow, da ist es wunderbar«, sagte Lila begeistert. »Ich war dort einmal für einen Dreh. Das ist so eine bezaubernde Kulisse. Ich bin sicher, dass Ihr großer Tag wunderschön wird.«

»Warum kommen Sie nicht?«, platzte es aus Jasmine heraus.

Lila war etwas irritiert. Sie hatte Jasmine gerade erst kennengelernt.

»Nun ja, ich bin mir nicht ganz sicher, was für Pläne wir haben … Brett ist noch in L. A. und ich weiß nicht, wann er kommt …«

»Och, wir würden gerne kommen!«, unterbrach Peter sie, obwohl Lila gar nicht mitgekriegt hatte, dass er auch eingeladen war. »Nicht wahr, Lila?«

Jasmine lächelte hoffnungsvoll. »Ich würd mich wirklich freuen, wenn Sie kommen würden«, drängte sie. »Und Brett natürlich auch.«

»Mal sehen«, sagte Lila, auch wenn sie sich nicht ganz sicher war, was sie davon halten sollte. Tillydochrie Castle war wirklich ein ganz besonderer Ort, und sie hatte immer gehofft, noch einmal dorthin zu kommen, aber auf eine Fußballer-Hochzeit? Hmm. Darüber müsste sie noch einmal nachdenken.

Lila wartete auf einer Bank und schaute auf das Meer, als die Tür aufflog und Maxine an Deck taumelte.

»Hi Süße!«, sprudelte es aus ihr heraus, während sie sich neben Lila auf die Bank fallen ließ. »Puh! Diese Gastgeberinnennummer macht mich fertig, und meine Füße bringen mich um.«

Sie zog die zehn Zentimeter hohen Pumps aus und fing an, ihre Fußsohlen zu massieren.

»Wo ist Carlos eigentlich?«, fragte Lila, der plötzlich einfiel, dass sie Maxines Liebhaber den ganzen Abend noch nicht gesehen hatte.

»Er ist schon nach Hause gegangen«, kicherte Maxi. »Das ist nichts mehr für sein Alter.«

Sie sah auf ihre Uhr. »Er wird jetzt in seinem Morgenmantel vor dem Fernseher sitzen und sich die Golfhighlights anschauen.«

»Stört dich das nicht? Also ich meine den Altersunterschied?«, fragte Lila und war sich sicher, dass es so war.

Maxine schüttelte den Kopf. »Nein. Ich liebe Carlos. Er ist mein Seelenverwandter. Es würde auch keine Rolle spielen, wenn er hundert wäre, er wäre immer noch mein Traummann.«

»Wirklich?«, Lila konnte das kaum glauben.

»Wirklich.« Maxine nickte. »Das Einzige, was mich an Carlos stört, ist seine Exfrau. Sie ist ein Albtraum!«

»Sie will sich also immer noch nicht scheiden lassen?«, fragte Lila. Sie hatten sich Neujahr über das Ehefrau-Problem unterhalten, bevor Maxine so betrunken war, dass sie kein anständiges Wort mehr herausbekam.

»Nein. Ich meine, es ist lächerlich, oder nicht? Jeder weiß, dass Carlos und ich ein Paar sind, aber Esther weigert sich, ihn gehen zu lassen.«

Das stimmte. Selbst die Presse sprach über Maxine als die Frau an Carlos Russos Seite.

»Die Ehe ist schon vor mehr als fünfzehn Jahren gescheitert!«, fuhr Maxine fort. »Die ganze Sache ist absurd. Hast du ihr Haus in Beverly Hills gesehen?«

Lila schüttelte den Kopf.

»Das ist verrückt! Sie haben den Besitz weitestgehend geteilt. Sie haben getrennte Eingänge und getrenntes Personal, aber sie haben immer noch dieselbe Adresse – es scheint also so, als wären sie noch zusammen! Esther ist total verrückt. Ich kann es nicht ertragen, mich in derselben Stadt aufzuhalten wie einer meiner Exmänner, geschweige denn unter einem Dach.«

»Warum macht Carlos das mit?«, fragte Lila.

»Weil Esther eine gläubige spanische Katholikin ist und Carlos ihre Gefühle nicht verletzen will.« Lila rollte mit den Augen, um zu zeigen, dass sie das für Unsinn hielt.

»Aber macht es ihr gar nichts aus, dass ihr Mann in aller Öffentlichkeit untreu ist?«, fragte Lila, wobei sie an Brett und die Albträume dachte, die sie wegen seiner jungen Co-Stars hatte.

»Nein. Es ist ja nicht so, dass ich die Erste bin«, erklärte Maxine. »Carlos hatte vor mir eine Menge Freundinnen. Ich denke, dass sie ihren Glauben vorschiebt, um ihn an sich zu binden.«

»Aber sie hat doch nicht mehr die geringste Bindung zu ihm? Er lebt doch die meiste Zeit mit dir zusammen.«

»Ja, genau. Ich habe den Mann, aber Esther ist immer noch Mrs Carlos Russo. Mit dem Namen ist sie verheiratet, nicht mit dem Mann selber. Es ist der Ruhm, der damit verbunden ist, einen berühmten Ehemann zu haben. Du weißt, was in L. A. abgeht, Lila. Du hast dort lange genug gelebt. Der Prominentenstatus gibt dir in dieser Stadt eine Menge Macht. Esther ist nicht bereit, das kampflos aufzugeben. Aber ich sag dir was, ich bin bereit für diesen Kampf. Wirklich.«

»Du willst ihn also heiraten?«, fragte Lila. Sie war ein wenig überrascht, dass Maxine nicht die Nase voll hatte vom Heiraten.

»O ja. Sicher.« Maxine nickte begeistert. »Wie schon gesagt. Carlos ist der Richtige. Esther weiß auch, dass ich ihn heiraten möchte, und ist nicht glücklich darüber.«

»Wirklich?«, Lila war fasziniert von dem bewegten Liebesleben ihrer Freundin. »Hast du sie mal getroffen?«

»O ja«, kicherte Maxine. »Mehrfach in L. A. Wir waren sogar zusammen, als ich das letzte Mal drüben war – wie eine große, glückliche Familie. Carlos, Esther, die beiden jüngsten Kinder und ich. Es war sehr gemütlich, sag ich dir.«

»Kann ich mir vorstellen.« Lila schauderte. »Hat sie dich anständig behandelt?«

»O ja, zumindest, solange Carlos und die Kinder dabei waren. ›Hättest du gerne noch etwas Wein, Maxine?‹ und ›Würdest du mir bitte die Sahne geben, Maxine?‹, aber als die Kinder spielen gegangen waren und Carlos verschwunden war, um zu telefonieren, verwandelte sie sich wieder in die Verrückte, die ich kannte.«

»Echt? Was ist passiert?«

»Sie sagte: ›Du bedeutest ihm nichts, du Hure! Du wirst meinen Carlos nur über meine Leiche heiraten!‹«

Lila musste über Maxines schlechten spanischen Akzent lachen.

»Dann kam Carlos wieder, und sie war wieder ganz brav. Die Sache ist die«, fuhr Maxine fröhlich fort. »Ich würde sie ja umbringen, wenn ich ungestraft davonkäme. Ich meine, ich kann doch nicht warten bis sie stirbt, um diesen Ring zu bekommen. Ich muss einen Weg finden, um diese verrückte Frau zu besiegen.«

»Immer noch die gute alte Maxi«, grinste Lila. »Du musst immer noch gewinnen.«

»Verdammt richtig!«, stimmte Maxi ihr zu.

»Und du bist ganz sicher, dass es Carlos ist, den du willst?«, fragte Lila.

»Natürlich ist er es«, beharrte Maxi. »Wie meinst du das?«

»Nun, manchmal, wenn man nur darauf aus ist, zu gewinnen, verliert man den Preis aus den Augen«, antwortete Lila.

Maxi schüttelte den Kopf. »Nein, Carlos ist ein guter Fang. Ich bin glücklich, dass ich ihn habe. Ich hätte ihn lieber zwanzig Jahre früher gehabt, aber, hey, auch ich kann nicht alles haben, oder?«

Lila grinste ihre Freundin an und erinnerte sich dann an etwas, das sie schon vor einer Ewigkeit ansprechen wollte.

»Maxi, ich muss noch ein ernstes Wörtchen mit dir reden.«

»Ja?« Maxine sah leicht betroffen aus. »Was habe ich jetzt schon wieder angestellt?«

»Ich habe in einer Zeitschrift gelesen, dass du neulich deinen dreißigsten Geburtstag gefeiert hast.«

Maxi grinste schelmisch, sie wusste, was jetzt kam.

»Und ich finde, das ist ein bisschen seltsam, wenn man bedenkt, dass du nur zwei Jahre jünger bist als ich, und auch wenn wir uns aus den Augen verloren haben, bin ich bei meinem letzten Geburtstag sechsunddreißig geworden, du blöde Kuh!«

»Ich weiß, ich weiß, aber alle machen das, oder nicht?«

»Ich nicht«, gab Lila zurück.

»Okay, dann schmeiß deinen verdammten Agenten raus, Mädchen«, stichelte Maxine, drückte ihre Freundin aber liebevoll.

»Was hältst du von Jasmine Watts?«, fragte Maxine plötzlich.

Lila zuckte mit den Schultern. »Sie scheint sehr nett zu sein. Süßes Mädchen. Sieht natürlich viel zu gut aus für uns alte Schachteln, aber daraus können wir ihr wohl keinen Vorwurf machen …«

»Hey, jetzt werde mal nicht eifersüchtig auf die jungen Dinger«, stichelte Maxine. »Du bist doch von *GQ* zur ›attraktivsten Frau der Welt‹ gewählt worden!«

Lila lächelte und gab zu: »Ich glaube ja schon, dass ich mich für eine Frau in meinem Alter ganz gut gehalten habe. Aber das war 2005. Ich habe das Gefühl, dass ich dieses Mal hinter der duftenden Jasmine landen werde.«

»Vielleicht.« Maxine zuckte mit den Schultern. »Aber ich würde mich nicht beschweren, wenn ich eines Morgens in deinem Körper aufwachen würde! Wie dem auch sei, der Grund, warum ich frage, Blaine Edwards – du weißt schon, dieser australische Wichser, ihr Manager ...«

Lila nickte grimmig. Sie kannte Blaine Ewards. Oder zumindest hatte sie von ihm gehört.

»... er hat mich gebeten, dich und Brett zu überreden, nächste Woche auf Jasmines Hochzeit zu gehen. Sie können anscheinend noch ein paar Promis gebrauchen.«

»Oh, was ist das denn?«, fragte Lila und verdrehte die Augen. »Rent a Promi?«

Maxine nickte. »So was in der Art. Die Beckhams gehen hin. Es wird wahrscheinlich eine ziemlich gute Party.«

Lila zuckte mit den Achseln. »Ich weiß nicht«, sagte sie. »Mal sehen, was Brett davon hält.«

Als sie lange nach Mitternacht endlich nach Hause kamen, war es im Haus still. Es war so ein schöner Abend, und Lila wollte nicht, dass er schon zu Ende ging. Also entschieden Peter und sie, noch ein letztes Glas Wein unter dem Sternenhimmel zu trinken. Sie saßen auf einer Holzschaukel nebeneinander und schwangen langsam vor und zurück, während sie dem Zirpen der Grillen und dem Plätschern der Wellen lauschten. Lila hatte sich heute Abend über sich selbst gewundert. Sie hatte sich tatsächlich sehr amüsiert, und es war großartig gewesen,

Maxine wiederzusehen. Kaum zu glauben, dass sie nicht einen Gedanken an Brett verschwendet hatte.

»Das war eine richtig gute Party, oder?«, sagte sie zu Peter.

»Allerdings«, stimmte Peter ihr zu. »Eine Schande, dass ich nicht die Liebe meines Lebens getroffen habe, aber das tue ich ja nie, oder? Ich bin immer nur die Brautjungfer …«

»Du bist also bei diesem Fußballer nicht sehr weit gekommen?«, fragte Lila.

Peter schüttelte den Kopf. »Mein Schwulenradar muss wohl spinnen«, sagte er. »Der war so was von Hetero. Leider. Was für eine Verschwendung. Er hatte so schöne Hände. Genau wie der Pianist, den ich mal in Wien kennengelernt habe …«

»Ach, Peter, du hast doch nicht etwa einen heterosexuellen Fußballer angemacht?«, fragte Lila ein wenig besorgt. »Sind das nicht Neandertaler? Ich wundere mich, dass er dich nicht aufs Deck geschleift und über Bord geworfen hat.«

Genau in diesem Moment wurde die nächtliche Ruhe durch Gebrüll von der anderen Seite der Hecke gestört.

»Was ist denn da los?«, fragte Lila.

Peter zuckte mit den Schultern.

Mehr Gebrüll drang über die Hecke herüber, aber es war zu weit entfernt, also konnten Lila und Peter nichts verstehen.

»Meinst du, sie sind okay?«, fragte Lila.

»Keine Ahnung«, antwortete Peter. »Soll ich mal nachsehen?«

Er schob Lila vorsichtig von der Schaukel, stellte sich darauf und streckte sich, um über die Hecke sehen zu können. »Ich. Kann. Kaum. Etwas. Erkennen«, beschwerte er sich und stellte sich auf die Zehenspitzen.

Lila kicherte. »Pass auf, dass du nicht fällst«, warnte sie ihn noch, kurz bevor er nach vorne kippte und mit dem Kopf zuerst in die Hecke fiel.

»Scheiße!«, erklang Peters Stimme aus den Blättern. »Ich glaube, ich habe ein Auge verloren!«

»Sch«, sagte Lila, während sie ihren Freund aus der Hecke zog. »Sonst hören sie uns noch.«

Sie strich die Blätter und Zweige von Peters Gesicht und sah es sich im Mondschein so gut es ging an.

»Du bist okay«, sagte sie sanft. »Nur ein kleiner Kratzer am Augenlid.«

»O nein«, schrie Peter. »Meinst du, ich werde eine Narbe bekommen?«

»Ich bin sicher, dass du morgen früh schon wieder so hübsch bist wie immer, und jetzt los! Lass uns ins Bett gehen, bevor wir Mums und Dads Garten völlig verwüsten.«

Als sie gerade zum Haus gehen wollten, hörten sie erneutes Gebrüll. Dieses Mal lauter.

»Jasmine, du kommst jetzt hierher, du kleine Schlampe!«, brüllte eine wütende Stimme mit schottischem Akzent. »Ich meine es todernst, Jazz. Du hast dich heute Abend ziemlich danebenbenommen! Wo bist du? Komm jetzt her!«

»Mensch, das hört sich ziemlich übel an«, sagte Lila leise, die sich plötzlich Sorgen machte.

»Ich fürchte, es ist nicht alles gut im Spielerfrauenland«, frotzelte Peter melodramatisch, als er über die Wiese auf das Haus zutänzelte.

»Nein, Peter, das glaube ich auch«, stimmte Lila ihm zu. »Müssen wir nicht etwas tun?«

Peter schüttelte den Kopf. »Ich bin sicher, dass es ihnen gutgeht. Jeder streitet sich mal, oder nicht?«

»Ja, du hast wahrscheinlich recht ...«, meinte Lila. »Aber er hörte sich schon sehr wütend an.«

»Komm schon«, drängte Peter. »Das ist ihre Sache. Nicht unsere.«

18 Jasmines Rücken war an die Wand gedrückt und Jimmys wütendes Gesicht nur Zentimeter entfernt. Seine Züge waren verzerrt, in seinem Blick lag Verbitterung, und plötzlich sah Jimmy gar nicht mehr so attraktiv aus. Sein Atem stank nach Bier. Jimmy hatte seine Trinkerei nicht im Griff. Jasmine wusste das. Zu viel Gratis-Bier verwandelte Dr. Jekyll in Mr Hyde, und wer weiß, wie viel spanisches Bier er heute Abend getrunken hatte. Jasmine hatte Angst. Es war nicht das erste Mal, dass er sauer auf sie war, wenn er getrunken hatte. Herrgott nochmal! Jimmy hätte sich auch mit einer Steinmauer streiten können, wenn er zu viel getrunken hatte. Aber heute Nacht war es anders. Als sie in seine Augen blickte, hätte sie schwören können, dass sie Hass sehen konnte.

Er spuckte die Worte förmlich aus. »Du hast dich heute Abend benommen wie eine verdammte kleine Nutte, Jasmine.«

»Ich weiß nicht, wovon du redest, Jimmy«, sagte Jasmine und versuchte, ruhig zu bleiben. »Ich habe dich den ganzen Abend kaum gesehen. Ich habe keine Ahnung, was ich getan habe, dass du dich so aufregst.«

»Ach, du hast keine verdammte Ahnung? Spielen wir jetzt die Unschuldige?«, lallte er. »Lieb mich! Lieb mich! Ich habe keine Ahnung!« Er imitierte ihre Stimme. »Ich bin nur ein verfluchtes, dummes, kleines Flittchen, ich weiß nicht, was ich getan habe. Ist es das, Jazz? Zu dumm, um zu wissen, was du getan hast?«

Tränen liefen Jasmine übers Gesicht. Sie wusste nicht, ob sie wegen seiner Worte weinte oder wegen seiner Art oder weil der Junge, den sie liebte, sich gerade in warme spanische Luft auflöste.

»Es tut mir leid, wenn ich dich verärgert habe, Baby«, schluchzte sie. »Aber ich weiß wirklich nicht, was dich so wütend macht.«

»Ich bin wütend, weil du dich lächerlich gemacht hast und mich mit!«, sagte er voller Empörung.

»Wie denn das?«, fragte Jasmine verzweifelt. Immer noch irritiert von Jimmys Wut.

»Ich habe dich mit Louis gesehen. Du hast ihn geküsst und dich an ihm gerieben. Kleine Schlampe! Er ist noch nicht einmal an dir interessiert, Jasmine. Der Typ ist verdammt schwul! Was hat er dir eigentlich heute geschenkt, dass du so scharf darauf bist, deine Muschi an ihm zu reiben?«

Jetzt wurde Jasmine sauer. Daher wehte der Wind. Sie hatte immer an Gerechtigkeit geglaubt, und das hier war einfach nicht fair.

»Er hat mir ein Buch gegeben, du betrunkener Wichser!«, rief sie. »Nur ein Buch. Einen Reiseführer über Spanien, weil er dachte, ich würde es gerne lesen.«

»Ah, dann ist er also genauso blöd wie du. Jeder weiß, dass dumme kleine Stripperinnen nicht lesen können!«

Es gab nichts, was Jasmine mehr hasste, als dumm genannt zu werden. Okay, auch wenn sie keine Intellektuelle war, sie war noch lange kein Idiot. Wie konnte er es wagen? Jasmine versuchte, Jimmys Arm wegzuschieben, aber er packte ihre Handgelenke. Er drückte so fest, dass ihr das Blut aus den Fingern wich. Sie hatte das so satt. Er redete wirres Zeug und warf ihr wilde Anschuldigungen an den Kopf, an die er sich am nächsten Morgen nicht erinnerte. Aber sie würde sich erinnern. Und sie wollte sie nicht hören. Sie heirateten nächste

Woche, und sie würde es nicht zulassen, dass Jimmy alles kaputtmachte.

»Lass mich los, Jimmy«, warnte Jasmine. »Ich meine es ernst. Lass mich einfach ins Bett gehen. Du kannst im Gästezimmer schlafen. Wir reden morgen darüber, wenn du wieder nüchtern bist.«

»Du gehst nirgendwohin, Schätzchen«, sagte Jimmy durch zusammengebissene Zähne. »Wenn ich dich heirate, musst du ein oder zwei Dinge darüber lernen, wie man sich als verdammte Ehefrau benimmt, klar? Zum Beispiel mit Respekt dem Ehemann gegenüber. Die ganze Sache mit der Journalistenzicke heute morgen. Was sollte das denn? Zu sagen, dass du dich weiter ausziehen willst. Von wegen!«

»Ach, halt den Mund, Jimmy. Das ist lächerlich! Das ist meine Karriere, und ich entscheide, was ich will und was nicht.«

Jasmine versuchte, sich aus seinem Griff zu befreien. Sie war ziemlich stark, aber Jimmy war stärker.

»Und das ganze verdammte Zurschaustellen der Titten vor den Fotografen. Ich habe nicht gewusst, dass du so eine Schlampe bist, Jasmine. Ich hätte keinen zweiten Blick auf dich verschwendet, wenn ich das gewusst hätte.«

»Du hast mich in einem verfluchten Striplokal kennengelernt, Jimmy! Das Einzige, was du wirklich über mich gewusst hast, war, dass ich mich für Männer ausziehe. Das scheint dich nicht abgeschreckt zu haben, oder?«

Er schaute sie von oben bis unten an und kräuselte angeekelt die Oberlippe. »Ich wollte dich nur ficken, Liebling. Ich wollte dich nicht heiraten. Das war alles deine Idee: Ich hab nur zugestimmt, damit ich meine Ruhe habe.«

Das war's. Jasmine hatte große Lust, das Arschloch umzubringen. Mit all ihrer Kraft zog sie die Hand aus seinem Griff und kämpfte dann mit ihm, damit er auch das andere Handgelenk losließ.

»Lass mich los, du Arschloch!«, schrie sie. »Lass mich los!«

Endlich schaffte sie es, ihre Hand zu befreien, und rannte so schnell sie konnte weg. Sie hörte, wie er auf den Fliesen hinter ihr herstampfte, und hörte seinen keuchenden Atem näher kommen. Sie rannte gerade den Pool entlang, als er sie einholte. Seine Hand legte sich wie ein schweres Gewicht auf ihre Schulter, als er sie packte und umdrehte, um ihr ins Gesicht zu sehen. Für einen Moment lang starrten sie sich an. Jasmine wusste, was als Nächstes kommen würde. Als Kind war sie oft genug geschlagen worden, um den Blick im Gesicht eines brutalen Menschen zu erkennen, und Jimmy hatte genau diesen Ausdruck im Gesicht.

»Tu das nicht, Jimmy«, warnte sie ihn ruhig. »Wenn du mich schlägst, ist es aus. Dann gibt es kein Zurück mehr.«

Sein Blick bohrte sich in ihre Augen. Sie fühlte ihr Herz bis zum Hals klopfen. Sie hatte Angst, wirklich eine Scheißangst. Angst, verletzt zu werden, und Angst, dass Jimmy dieses Mal zu weit gehen würde. Wenn er sie schlüge, müsste sie ihn verlassen. Dann hätte sie keine andere Wahl. Und dann hob er seinen Arm langsam über seinen Kopf. Er zögerte einen Augenblick, so als müsse er entscheiden, was er machen sollte, und schubste sie dann fest, so dass sie nach hinten trat auf den Rand des Pools, das Gleichgewicht verlor und mit einem lauten Platschen ins kalte Wasser fiel. Als Jasmine hustend und prustend wieder auftauchte, war Jimmy verschwunden. Und als sie ihren erschöpften Körper aus dem Wasser zog, hörte sie, wie der Motor des Autos aufheulte. Jimmy machte eine Spritztour in seinem Sportwagen. Er war so betrunken, dass er ihn wahrscheinlich vor den nächsten Baum setzte. Und genau in diesem Moment wünschte sich ein Teil von Jasmine, dass er es täte.

Blaine beobachtete das alles von seinem Schlafzimmerfenster aus. Dummes kleines Arschloch, dieser Jimmy Jones. So schnell würde er keine Mieze wie Jasmine Watts mehr finden. Da würde eine weitere Promi-Ehe auf dem Schrotthaufen landen. Blaine hatte genug Scheidungen unter den Prominenten der A-Liste gesehen, um sich dessen sicher zu sein. Was soll's, er würde dafür sorgen, dass die beiden nächste Woche vor den Altar traten. Er hatte viel zu viel Geld auf dieses Ereignis gesetzt, um irgendetwas schiefgehen zu lassen. Und dann, wenn die ganze Sache in die Brüche ginge? Nun ja, dann wäre der gute alte Blaine da, um sich der Sache anzunehmen ... und um die Exklusivinterviews an den Höchstbietenden zu verkaufen. Blaine gähnte und streckte sich. Er war müde. Er schaute noch einmal zu Jasmine, die tropfnass am Rande des Pools saß, nahm einen letzten Schluck von seinem Whiskey und ging ins Bett. Blaine Edwards würde heute Nacht wie ein Baby schlafen. Das tat er immer.

Als Jasmine am nächsten Morgen aufwachte, dauerte es einen Augenblick, bis die schrecklichen Ereignisse der letzten Nacht ihr wieder ins Bewusstsein kamen. Aber dann spürte sie das Brennen in den Augen und den nassen Fleck auf ihrem Kopfkissen, und ihr fiel wieder ein, dass sie sich in den Schlaf geweint hatte. Sie wollte Jimmy hassen, aber ihre erste Sorge war, ob er nach der Spritztour in seinem Zustand heil nach Hause gekommen war. Sie rannte hinunter ins Wohnzimmer und war erleichtert, ihn dort zu finden. Er war auf dem Sofa eingeschlafen und trug immer noch die Klamotten von gestern Abend. Er sah unheimlich gut aus. Schlief friedlich mit dem Gesicht eines Engels.

Jetzt sah er wieder aus wie der richtige Jimmy. Jasmines Jimmy. Der großartige Mann, den sie nächste Woche heiratete. Sie wusste nicht, ob sie ihn zärtlich auf die Wange küssen sollte oder ihn mit dem Kopfkissen ersticken. Sie liebte diesen Jimmy, aber was war mit dem Jimmy, dem sie letzte

Nacht begegnet war? Der betrunkene Jimmy war ein Monster, das sein hässliches Gesicht von Zeit zu Zeit zeigte. Sie hatte gedacht, sie würde damit fertig werden. Sie war sicherlich schon mit Schlimmerem fertig geworden. Und es war ja nicht so, dass er sie geschlagen hatte oder so. Er hatte ihr nur ein paar betrunkene Beleidigungen an den Kopf geworfen und sie dann in den Pool geschubst. Jasmine wusste, was echte körperliche Misshandlung war, und das war es nicht. Aber er hatte ihr Angst gemacht. Und er hatte ganz klar eine Grenze überschritten. Darüber würde sie später mit ihm reden und ihm erklären, dass sich etwas ändern müsste. Vielleicht könnten sie einen Kompromiss schließen – sie würde aufhören, sich auszuziehen, wenn er aufhörte, zu trinken.

Auf dem Boden lag ein riesiger Strauß weißer Lilien. Sie nahm ihn hoch und trottete in die Küche, um sich einen Kaffee zu machen und das Friedensangebot ins Wasser zu stellen. Es wäre schon ein bisschen mehr nötig als nur ein paar vertrocknete Blumen, um sich für letzte Nacht zu entschuldigen. Kein Zweifel, dass es Jimmy unendlich leidtäte, wenn er aufwachte. Natürlich wusste Jasmine bereits, dass sie seine Entschuldigung annehmen würde. Aber sie würde ihn ein wenig schmoren lassen. Das war das Mindeste, was er verdient hatte.

Sie öffnete die Glastür und wurde von einem perfekten mediterranen Morgen begrüßt. Es war noch keine sieben Uhr, und die Luft war noch kühl. Jasmine atmete den Duft von taufrischem Gras ein und lächelte in sich hinein. Es war ein wunderschöner Tag.

Sie setzte sich auf einen Stuhl an der Frühstücksbar, trank ihren Kaffee, aß ihren Honigtoast und scrollte durch die E-Mails auf ihrem Laptop. Es war schon ein paar Tage her, dass sie sie gecheckt hatte, und deshalb war der Posteingang voll. Unter anderem war dort eine E-Mail von Alisha, mit süßen Fotos von ihrem Baby Ebony und eine andere von ihrer alten Freundin Roxy, die sie über das Kommen und Gehen im Exotica auf dem Laufenden hielt. Ein paar Designer hatten sich gemeldet, um ihr Gratisklamotten für ihre Hochzeit anzubieten. Sie wussten natürlich von dem Zeitschriftendeal, und ihr Angebot war eher der Versuch, kostenlose Werbung zu bekommen, als eine großzügige Geste der Braut gegenüber. Sie hatte ungefähr zwanzig E-Mails von ihrer Hochzeitsplanerin, Camilla Knight-Saunders, die sie mit Fragen über die letzten Entscheidungen über den Blumenschmuck bombardierte und sie fragte, welche Farbe die Bänder am Hochzeitsauto haben sollten. Ach, und das Hotel auf den Seychellen, wo sie ihre Flitterwochen verbringen würden, hatte noch einige Informationen geschickt. Sie würden ihr eigenes kleines Ferienhäuschen am Strand bekommen mit einem Wasserfall, einem Tauchbecken und einem Himmelbett sowohl drinnen als auch draußen. Das hörte sich super an.

Dann kam Jasmine zu einer E-Mail von jemandem, dessen Adresse sie nicht kannte. Sie war schon drauf und dran, sie unter Spam abzuhaken, aber der Titel ›Lies mich‹ machte sie neugierig. Also öffnete sie sie.

Siehe Anhang. 70 000 Euro in bar in einer Plastiktüte in der Telefonzelle gegenüber des Aquariums am Samstag um zwölf Uhr mittags. Oder das kommt an die Öffentlichkeit.

Jasmine musste die E-Mail mehrere Male lesen, bevor es für sie irgendeinen Sinn ergab. Und auch dann machte das alles keinen Sinn. Wollte sie da jemand erpressen? Sie schaute stirnrunzelnd auf den Bildschirm und überlegte, ob sie die E-Mail als üblen Scherz löschen oder den Anhang öffnen sollte, um zu schauen, was dahintersteckte. Je länger sie auf den Bildschirm starrte, umso nervöser wurde sie, und in dem Moment, in dem sie den Anhang anklickte, zitterten ihre Hände. Auf den Schock, den sie dann bekam, war sie nicht vorbereitet.

Ein unscharfes Video lief vor ihr ab. Es war schwarz-weiß

und ein wenig zitterig, und es dauerte eine Weile, bis Jasmine erkennen konnte, was da ablief. Und dann allmählich stieg ein mulmiges Gefühl in ihr auf, als sie den Raum erkannte und das Mädchen in dem Video, und mit Entsetzen stellte sie fest, dass sie selbst das Mädchen war. Ach du Scheiße! Es zeigte Ereignisse, die Jasmine schon seit Jahren verzweifelt zu vergessen versuchte. »Nein!«, schrie sie mit Blick auf den Bildschirm und drückte immer wieder auf die Escape-Taste. »Nein!« Endlich wurde der Bildschirm schwarz, aber diese schrecklichen Szenen würden nicht so schnell wieder aus ihrem Kopf verschwinden. Jetzt wollte jemand sie an die Öffentlichkeit bringen.

Das durfte niemals geschehen. Wenn das passierte, wäre sie ruiniert. Jasmine versuchte, tief durchzuatmen, aber sie konnte nicht. Sie rannte nach draußen an die frische Luft, doch ihr Herz schlug ihr immer noch bis zum Hals Bum – Bum – Bum. Und dann füllte sich ihr Mund mit Galle, und Jasmine musste sich heftig übergeben, schrecklich und schmerzhaft auf die taufrische Wiese.

Es dauerte eine Weile, bis Jasmine wieder klar denken konnte, aber als ihre Finger wieder über der Tastatur schwebten, wusste sie, was sie zu tun hatte. Sie musste dieser Situation so schnell wie möglich ein Ende bereiten.

Ich werde tun, was du verlangst, aber nur unter einer Bedingung. Ich gebe dir das Geld. Aber nur wenn du mir das Filmmaterial gibst, jede einzelne Kopie, und lösch alles von deinem Computer. Das ist eine einmalige Zahlung für dieses Band. Verstanden?

Die Antwort kam fast im selben Moment. Da stand nur: *Abgemacht.*

Die Wahrheit war, dass Jasmine ziemlich genau wusste, wer ihr das gemailt hatte. Es gab nur einen Mann, dem dieser Film in die Hände geraten sein konnte. Sie konnte sich lebhaft vorstellen, wie er gegrinst hatte, als er das schrieb. Oh, er muss es genossen haben. Es hat ihm immer schon gefallen, Macht über diejenigen zu haben, die weniger erfolgreich waren als er selbst. Jasmine hatte überlegt, ob sie zu ihm gehen sollte, vor seiner Tür auftauchen und die Sache von Angesicht zu Angesicht zu klären. Aber das war zu riskant. Er war ein gefährlicher Mann. Er würde so oder so bekommen, was er wollte, und auf diese Weise würde sie ihn wenigstens nicht sehen müssen.

Jasmine war sich nicht ganz sicher, ob sie heil in der Stadt ankäme, so selten wie sie Auto fuhr, aber irgendwie schaffte sie es und wartete vor der Bank, bis diese um zehn Uhr öffnete. Sie wusste immer noch nicht, ob sie das Richtige tat. Aber was war unter diesen Umständen schon das Richtige? Jasmine war stolz darauf, dass sie clever war, aber das hier war etwas anderes. Das war entsetzlich. Sie hatte Jimmys Wagen genommen – er hatte ihren zugeparkt – und ihm eine Nachricht hinterlassen, dass sie kurz wegmüsse. Er würde wahrscheinlich sowieso noch schlafen, wenn sie zurückkäme. Über dieses schmutzige Geschäft brauchte er auch nichts zu erfahren. Als sie das Gebäude mit zitternden Knien betrat, versteckte sie ihre Tränen hinter einer Sonnenbrille. Das meiste Geld war auf ihrem gemeinsamen Konto, aber sie hatte auch etwas auf einem eigenen Konto zur Seite gelegt. Es war das Geld, das sie bei einer Werbekampagne für Bademoden Anfang des Jahres verdient hatte. Geld, das sie für Notfälle sparen wollte. Und wenn das kein Notfall war, dann wusste sie es auch nicht.

Die junge Bankangestellte verzog keine Miene, als Jasmine eine so große Summe abheben wollte. Das war Marbella. Alle hier hatten Geld, und nicht alle Geschäfte in dieser Gegend waren legal. Bargeld war in manchen Kreisen immer noch König. Aber das Mädchen schien misstrauisch. Jasmine konnte sehen, dass ihre Hände zitterten, als sie nach dem Geld griff. Sie steckte den braunen Umschlag voller Hundert-Euro-Scheine schnell in ihre Balenciaga-Tasche und rannte mit zittrigen Knien zum Wagen zurück.

Was jetzt? Sie musste bis zur Übergabe noch zwei Stunden totschlagen. Sie hatte ernsthaft überlegt, Charlie anzurufen, um ihn um Rat zu bitten. In seiner Begleitung hätte sie sich viel sicherer gefühlt. Aber dann hätte sie ihm auch von dem schrecklichen Video erzählen müssen und von der fürchterlichen Sache, in die sie verwickelt war. Und sie war sich nicht ganz sicher, ob sie den Schmerz in seinen Augen ertragen hätte, wenn ihm klargeworden wäre, dass sie nicht das unschuldige kleine Mädchen war, für das er sie gehalten hatte. Und auf gar keinen Fall konnte sie Jimmy einweihen. Er würde völlig ausrasten! Jimmy glaubte, er wäre cool und hätte den Durchblick, aber er war nur ein Baby. Er hatte nicht die geringste Ahnung, was Jasmine in ihrer Vergangenheit schon alles gesehen hatte. Nein, sie hatte keine andere Wahl. Jasmine musste mit dieser Sache alleine fertig werden.

Jasmines Hand zitterte so sehr, dass sie den Kaffee über den ganzen Tisch verschüttete, als sie ihn zum Mund führte. Sie schlug in einem Café die Zeit tot, schaute auf den Yachthafen, hielt einen Milchkaffee in ihrer zitternden Hand, verbarg ihre blutunterlaufenen Augen hinter einer riesigen Sonnenbrille und wich den Blicken der neugierigen britischen Touristen aus, die sie aus den Zeitungen kannten. Jasmine wurde klar, dass ihr Elend deutlich sichtbar sein musste, denn anders als an jedem anderen Tag kam niemand auf sie zu, um sie nach einem Autogramm zu fragen. Und dann, um genau drei Minuten vor zwölf ging sie so ruhig sie konnte zu der Telefonzelle gegenüber dem Aquarium. Sie hatte das Gefühl, dass ihre Beine unter ihr nachgaben. Ihr Kopf drohte zu platzen, und sie bekam kaum Luft. Sie war nahe dran, zu hyperventilieren, und musste sich gegen die Telefonzelle lehnen, damit die Welt aufhörte, sich zu drehen, bevor sie die Tüte mit dem Geld auf den Boden stellen konnte. Mittlerweile war ihr das Geld egal. Geld bedeutete ihr nichts. Nicht, wenn sie an die Alternativen dachte.

Jasmine wusste, dass es das Vernünftigste wäre, zum Auto zurückzurennen, für eine Weile zu verschwinden und wegen des Tapes wiederzukommen, wenn die Luft rein war. Aber was, wenn jemand anderes es zuerst fände? Nein, sie musste in der Nähe bleiben, damit sie sich das Päckchen sofort schnappen konnte. Niemand sonst durfte das Filmmaterial in die Finger bekommen.

Es gab nur eine Person, die ihr das antun würde. Nur ein Mann kannte die Wahrheit. Aber warum jetzt? Wo alles andere so glatt lief? Sie hatte sich einen Namen gemacht, einen Mann gefunden und hatte vor, zu heiraten. Warum tat er ihr das jetzt an? Er war nie ganz aus ihrem Leben verschwunden. Er lungerte immer irgendwo im Hintergrund herum und erinnerte sie daran, dass er da war und sie beobachtete. Er schickte jedes Jahr eine Weihnachtskarte mit herzlichen Grüßen. Was hatte er noch im letzten Jahr geschrieben? Ach ja, genau. ›Ich wünsche dir ein erfolgreiches und sicheres neues Jahr.‹ Wer wünschte jemandem ein ›sicheres‹ neues Jahr? Er unterschrieb jedes Mal mit ›Alles Liebe, Onkel …‹ Und dann die Karte zur Hauseinweihung, die an dem Tag vor der Haustür lag, an dem Jimmy die Schlüssel für die Casa Amoura bekommen hatte. Er hatte sie selber vor die Tür gelegt.

Aber jetzt wollte sie ihn sehen. Ihn zur Rede stellen. Ihn fragen, warum er das tat. Sie hatte Angst, aber sie brauchte eine Antwort. Jasmine hockte sich zwischen zwei parkende Autos und wartete. Sie konnte die Telefonzelle von ihrem Versteck aus ziemlich deutlich sehen, und ihr Herz klopfte bis zum Hals, während sie unbequem zwischen den Autos hockte. Und dann sah sie sie. Eine große blonde Frau mit einem hauchdünnen schwarzen Hängerchen und Hotpants tauchte aus dem Nichts auf und schlenderte auf die Telefonzelle zu. Sie stellte eine rote Segeltuchtasche auf den Boden, nahm die Plastiktüte und ging dann schnell auf den Eingang des Aquariums zu. Jasmine war irritiert. Wer war dieses Mädchen? Und wie ist sie an das Band gekommen? Sie *sah* nicht beängstigend aus. Sie war jung, vielleicht sogar jünger als Jasmine, und sie hatte ein hübsches ansprechendes Gesicht. Jasmine beobachtete, wie die junge Frau das Aquarium betrat und verschwand. Nein, sie kannte sie nicht. Sie war nicht jemand aus der Vergangenheit oder ein Mädchen, das sie aus London kannte. Wer zum Teufel war das? Und warum war sie gerade mit 70 000 Euro von Jasmines schwer verdientem Geld abgehauen?

Auf dem Nachhauseweg stellte Jasmine den Wagen in einer Parkbucht auf der Klippe ab und ging den steilen Weg hinunter zum Strand. Sie warf das Videoband in den nassen Sand und trampelte so fest sie konnte immer wieder darauf herum, bis das Plastik in tausend kleine Teilchen zersprang. Sie zog das Band meterweise heraus und zerriss es verzweifelt, während sie Tränen der Wut und der Angst vergoss. Und dann warf sie alles ins Meer und beobachtete geduldig, wie es für immer unter den Wellen verschwand. Wenn man Erinnerungen doch auch so leicht versenken könnte.

19 Jimmy kam langsam zu sich. Es dauerte eine ganze Weile, bis ihm klarwurde, wo er war. Seine Wange klebte an einem Lederkissen voller Speichel und Schweiß, er musste es von seiner Haut abziehen. Er hatte einen fauligen Geschmack im Mund, und seine Klamotten stanken nach Schweiß und abgestandenem Bier. Jimmys Kopf fühlte sich an, als wäre er zu klein für sein Gehirn, und verdammt, als er sich düster an einzelne Szenen von gestern Abend erinnerte, wurde ihm klar, dass von Gehirn nicht die Rede sein konnte. Das Sonnenlicht fiel durch die wandhohen Fenster. Er blinzelte und schaute sich um. Er war im Wohnzimmer. Warum lag er auf der Couch? Warum war es so still? Wo war Jasmine?

Jimmy stand auf, aber die abrupte Bewegung war schon zu viel. In seinem Kopf drehte sich alles, weißes Licht blitzte vor seinen Augen auf, und er fiel sofort wieder auf die Couch zurück. Autsch! Der Kater war schlimmer, als er zunächst dachte. Er zog ein Kissen vor seine Augen, um sie vor der Sonne zu schützen, und suchte sein Gehirn nach klaren Erinnerungen an gestern Nacht ab. Und dann fiel ihm alles in allen Einzelheiten wieder ein. Ach du Scheiße! Er erschauderte bei dem Gedanken daran, wie er Jasmine angeschrien hatte. Verfluchte Scheiße! Er zuckte zusammen, als ihm einfiel, wie sie ihn angesehen hatte, als sie in den Pool gefallen war.

»Du bist so ein Riesenarschloch«, sagte er zu sich selbst, während er sich wieder auf dem Sofa zusammenrollte. »Genau wie dein verdammter Vater.«

Er hatte plötzlich seine Mutter vor Augen, wie sie in einer Ecke im Wohnzimmer kauerte, die Hände vor das Gesicht hielt und vergeblich versuchte, sich vor den Schlägen des betrunkenen Monsters zu schützen. Sie schrie und flehte Jimmy unter Tränen an: »Lauf, Jimmy. Lauf einfach. Er darf dich nicht anfassen.« Und wie Jimmy gerannt war. Er war immer schon ein Feigling gewesen. Immer wieder hatte er seine arme Mutter im Stich gelassen, während sein Vater grundlos auf sie eingeschlagen hatte, und hatte im Park Schutz gesucht und diesen Fußball getreten, wobei er sich vorgestellt hatte, es sei der Kopf seines Vaters. Er wusste, dass das die Fahrkarte war, die ihn hier rausbrachte. Er träumte von einem besseren Leben und schwor sich, niemals so zu werden wie sein Vater.

»Jazz?«, rief er zögernd. »Bist du da, Baby?«

Stille.

»Jasmine?«

Nichts.

»Schätzchen?«

Null.

Jimmy spürte, wie seine Unterlippe anfing zu zittern. Was, wenn er zu weit gegangen war? Was, wenn sie für immer weggegangen war? Er nahm das klebrige Lederkissen in den Arm und lauschte nach Anzeichen von Leben im Haus. Es gab keine. Jimmy war allein. Allein mit seiner Schuld, seiner Reue und seinem Selbstmitleid.

Er war jahrelang davongelaufen, aber irgendwie war ihm das Monster gefolgt.

»Du bist genau wie ich, mein Sohn«, hatte sein Vater immer gesagt, wenn Jimmy einen Pokal vom Club nach Hause gebracht hatte. »Ganz der Vater, wie?« Und egal, wie sehr er diesen Mann hasste, irgendwo tief in seinem Inneren hatte er immer geglaubt, dass das stimmte. Eines Tages würde Jimmy genauso sein wie sein Vater.

Und jetzt war das Monster in ihm gewachsen, gefüttert von Erfolg und Ausschweifungen, aufgeweckt von Unsicherheit und Angst. Das war natürlich Jasmines Schuld. Sie war zu schön. Zu perfekt. Zu gut für Jimmy Jones, das war klar. Wenn ihn die Angst packte und die dunklen Wolken aufzogen, hatte er sich nicht mehr unter Kontrolle. Und das war es, wonach sich Jimmy am meisten sehnte: Kontrolle. Er wollte den völligen Besitz. Aber irgendwie wusste er auch, dass er so etwas Wunderbares wie Jasmine niemals besitzen konnte. Er kaufte ihr Diamantringe, Designerklamotten, Villen in der Sonne, aber ihre Seele konnte er nicht kaufen. Sie sagte, dass sie ihn liebte, sie war auf dem besten Wege, ihn zu heiraten, zum Teufel nochmal! Aber irgendwie war das manchmal nicht genug.

Er beobachtete sie mit anderen Männern, die Art, wie sie ihren Kopf zurückwarf, wenn sie über ihre Witze lachte, die Art, wie ihre Augen funkelten und ihre Zunge hinter diesen perfekten weißen Zähnen hervorschnellte, wenn sie sprach. Wenn sie die Hand des Mannes berührte oder zufällig seinen Arm mit ihren Brüsten streifte, spürte Jimmy, wie die Luft aus dem Raum entwich, sein Kopf zu platzen drohte und seine Fingernägel sich in seine Handfläche gruben. Jasmine hatte keine Ahnung, welche Wirkung sie auf Männer hatte, aber Jimmy wusste es. Selbst auf seine besten Freunde. Er war sich sehr wohl im Klaren darüber, dass sie alle ihr Schussbein für eine Nacht mit Jasmine hergeben würden.

Jimmy wünschte, er könnte sie wie einen exotischen Vogel in einen Käfig sperren. Er würde sie sicher verwahren. Sie wäre nur für ihn da. Nicht für die Öffentlichkeit. Aber natürlich war das albern. Er konnte sie nicht gefangen halten. Er konnte sie verdammt nochmal noch nicht einmal daran hindern, in den Frauenmagazinen ihre Brüste zu zeigen. Manchmal hatte Jimmy das Gefühl, er könnte in die Zukunft blicken.

Und er wusste schon, dass er Jasmine nicht halten konnte. Eines Tages würde ein mächtigerer Mann als Jimmy ihr zeigen, wo es langging.

Irgendwo knarrte eine Tür. Schritte kamen näher. Jimmy setzte sich gerade hin.

»Jasmine?«, rief er hoffnungsvoll.

Die Tür flog auf, und Blaines dicke Erscheinung warf einen Schatten auf die Couch. Er war nackt, abgesehen von seinem Lieblingstanga.

»Entschuldige, Kumpel, ich bin's nur«, grinste Blaine, hob sein dickes Bein und furzte Jimmy laut ins Gesicht. »Entschuldige.« Er lachte schallend.

Jimmy drehte den Kopf weg und schluckte die Galle hinunter, die sich in seinem Mund gesammelt hatte. Blaine war wirklich widerlich. Verdammt gut in seinem Job, aber sonst einfach nur widerlich.

»Ich weiß nicht, wo die Prinzessin ist«, fuhr Blaine munter fort. »Sie war nicht hier, als ich aufgestanden bin. Wahrscheinlich einkaufen. Sie missbraucht bestimmt gerade deine Kreditkarte zur Strafe für gestern Nacht.«

»Gestern Nacht?«, Jimmy sah Blaine mit verengten Augen an. Der australische Idiot hatte ihren Streit also mit angehört. Scheiße! Jimmy hasste das. Es reichte doch wohl, dass der Typ ihr öffentliches Leben managte, musste er auch noch in ihrem Privatleben rumschnüffeln?

»Ja, ein ziemlich heftiger Streit, den ihr beide da hattet, was?« Blaine warf sich neben Jimmy auf die Couch. »Aaach, aber ist sie nicht süß, wenn sie wütend ist ...«

»Halt den Mund«, schnauzte Jimmy.

»Was ist los? Kater?«, fuhr Blaine fort und tätschelte Jimmy spielerisch die Wange. »Wir haben wohl heute Morgen ein wenig Kopfschmerzen ... was ...?« Er schaute auf seine Rolex. »... heute Nachmittag sollte ich wohl besser sagen.«

»Nachmittag?«, wiederholte Jimmy, seine Gedanken wanderten wieder ab. »Dann ist sie wohl schon eine ganze Weile weg?«

Blaine zuckte mit den Schultern. »Sieht so aus.«

»Was macht sie wohl?«, überlegte Jimmy.

»Wie schon gesagt, sie bestraft dich, Kumpel«, antwortete Blaine. »Sie trinkt wahrscheinlich gerade in diesem Moment einen Mojito und heult sich bei Cookie und Crystal über dich aus. Sie wird schon zurückkommen, mit Einkaufstüten beladen. Denk an meine Worte. Wenn jemand die komplizierte Welt des weiblichen Gehirns versteht, dann ist es der Master Blaine.«

»Glaubst du?«, sagte Jimmy. »Na ja, du hast mehr Erfahrung als ich. Ich habe keine Ahnung von Weibern.«

Jasmine und Charlie saßen schweigend nebeneinander, ihre nackten Schultern berührten sich fast. Beide starrten auf das Meer hinaus, und beide waren in ihre eigenen Gedanken versunken. Ein Kellner nahm ihre Teller mit. Jasmine hatte ihren Salat kaum angerührt.

»Kann ich Ihnen noch etwas zu trinken bringen, Señorita? Señor?«

»Hmm?« Charlie starrte den Kellner an und konzentrierte sich wieder auf den Moment, das Restaurant am Strand und seine Verabredung zum Mittagessen mit Jasmine.

»Ach ja, bitte«, sagte er schließlich. »Noch ein San Miguel.«

Jasmine starrte weiter in die Luft, sie hatte den Kellner gar nicht wahrgenommen.

»Jasmine«, sagte Charlie vorsichtig. »Möchtest du noch etwas trinken?«

»Bitte?« Jasmine wirkte heute irgendwie abwesend. Sie war sehr still. Ungewöhnlich still. So ganz ohne ihren gewohnten Glanz.

»Noch einen Drink?«, wiederholte Charlie.

Sie schüttelte den Kopf. »Nein, danke, Charlie. Ich glaube, ich fahre jetzt lieber nach Hause.«

Sie stand auf, nahm ihre Tasche vom Tisch und gab ihm einen Kuss auf den Kopf.

»Bist du sicher, dass alles in Ordnung ist?«, fragte er noch einmal, legte den Arm um ihre Taille und umarmte sie. »Du bist heute ein bisschen still.«

Jasmine lächelte schwach. »Mir geht einfach zu viel durch den Kopf. Hochzeitsplanung. Es gibt noch ganz schön viel zu tun.«

Charlie nickte. »Nun, ich war ja heute auch nicht gerade sehr gesprächig, nicht wahr?«, sagte er. »Ich bin auch ein bisschen abgelenkt.«

»Kann ich dir irgendwie helfen?«, fragte Jasmine.

Charlie schüttelte den Kopf. »Einfach viel Arbeit, Kleines. Nichts, worüber du dir Sorgen machen müsstest.«

»Danke für das Mittagessen, Charlie. Es ist wirklich immer sehr schön mit dir.«

»Danke, gleichfalls«, antwortete er.

Er drückte ihre Hand und ließ sie dann gehen. Zurück zu Jimmy. Machte er sie glücklich? Charlie beobachtete, wie Jasmine durch das Restaurant auf die Straße zuging. Mit gesenktem Kopf und hängenden Schultern. Hatte Charlie etwas Wichtiges verpasst? Er war viel zu sehr mit seinen eigenen Problemen beschäftigt, um ihr genügend Aufmerksamkeit zu schenken. Aber eines wusste er: Wenn Jimmy diesem Mädchen weh tat, würde Charlie Palmer ihm sein dünnes kleines Genick brechen.

Als Jasmine wieder nach Hause kam, hatte sie den Streit mit Jimmy fast vergessen. Sie hatte jetzt andere Sorgen. Hatte sie genug Geld bezahlt? Würde der Erpresser aufhören? War die

Aufnahme, die sie zerstört hatte, die einzige gewesen? Sie wollte so gerne glauben, dass es vorbei war, aber eine Stimme in ihrem Inneren sagte ihr, dass ihre Probleme gerade erst angefangen hatten.

Ihre Hochzeit stand bevor, und sie wollte nicht, dass etwas ihren großen Tag trübte. Das war mehr als eine Hochzeit für sie: Es war das Ende eines Albtraums und der Anfang eines Traumes. Ein neuer Mann, ein neuer Name, ein neues Leben! Jasmine glaubte fest daran, dass sich in dem Moment, in dem sie ›Ja, ich will‹ sagen würde, etwas Grundsätzliches ändern würde. Sie würde das Grauen und die Schmerzen der Vergangenheit in eine Kiste packen und sie tief im hintersten Winkel ihres Bewusstseins verbergen, und wenn sie als Mrs Jones aus der Kirche in das Licht treten würde, ginge sie in eine Zukunft voller Glück und Sonnenschein. Ihre Zeit war gekommen, und nichts, nicht einmal diese Erpressung, würde ihr diesen Moment versauen.

Als sie an den Paparazzi vorbeifuhr und in die Auffahrt abbog, schlossen sich die Tore wie immer automatisch hinter ihr. Jasmine stellte den Motor ab und seufzte erleichtert. Der beste Ort auf der Welt. Zu Hause bei ihrem Jimmy, der ihr, abgesehen von seinen betrunkenen Ausrastern, das Gefühl gab, geliebt zu werden. Sie hatte den Erpresser bezahlt und den Beweis vernichtet. Sie war ihre Vergangenheit los. Jetzt war es an der Zeit, sich auf die Zukunft zu konzentrieren. Sie würde sich mit Jimmy wieder versöhnen. Es war Zeit für einen Neuanfang.

Er wartete schon auf sie, drückte sich verlegen an der Tür herum, trat von einem nackten Fuß auf den anderen und sah sie unter seinem blonden Pony hervor schüchtern an. Ein Blick auf ihren Verlobten sagte ihr, dass ihm sein Verhalten unendlich leidtat und dass er heute schwer zu Kreuze kriechen würde. Über diesen Anblick musste sie lächeln. Es gab keinen Grund mehr, ihm böse zu sein. Sie war den ganzen Morgen und den halben Nachmittag weg gewesen und hatte seine Anrufe ignoriert. Sie hatte ihn genug bestraft. Er war kein schlechter Mann. Herrgott, nicht im Vergleich zu anderen! Sie dachte an den Erpresser und seinen verdorbenen Charakter und erinnerte sich an die Männer, die ihr in der Vergangenheit weh getan hatten. Nein, Jimmy war nicht wie sie.

Er lächelte sie schwach an, als sie näher kam, und zuckte mit ausgestreckten Armen die Achseln. Er sah verletzlich und unheimlich jung aus. Er hatte Fehler, wie alle Menschen, aber er war kein Monster. Dessen war Jasmine sich sicher.

»Was soll ich sagen, Baby?«, fragte Jimmy unsicher. »Es tut mir so leid. Das wird nie wieder vorkommen. Ich liebe dich mehr als …«

»Ach, halt die Klappe, du Dussel«, grinste Jasmine, als sie sich in seine offenen Arme warf und ihm einen innigen Kuss auf die Lippen gab.

»Nimm mich mit rein und besorg es mir ordentlich«, flüsterte sie ihm ins Ohr.

Jimmy sah sie irritiert an.

»Jetzt«, befahl Jasmine. »Ich meine es ernst. Geh mit mir ins Bett, oder du verlierst mich für immer.«

Und dann ging sie mit Jimmy die Treppe hinauf, packte seinen Arm und lachte über den Ausdruck der Erleichterung auf seinem schönen Gesicht, streifte ihre Schuhe ab und steuerte mit Jimmy das Schlafzimmer an, so als hätte sie überhaupt keine anderen Sorgen.

20 Lila hatte Schmetterlinge im Bauch. Das war absurd. Sie war jetzt schon so lange mit diesem Mann verheiratet, er war dabei gewesen, als sie Kinder geboren hatte – zweimal! –, also warum war sie so aufgeregt, ihn am Flughafen zu treffen? Na ja, zum Teil, weil sie sich nach dem Vorfall letzte Woche Sorgen machte, ob er überhaupt kommen würde. Okay, sie hatte noch mit ihm gesprochen, zwei Minuten, bevor er ins Flugzeug gestiegen war, aber in Bretts Welt änderten die Dinge sich oft schnell. Es hätte in diesen letzten 120 Sekunden noch alles Mögliche passieren können. Solange sie ihn nicht mit eigenen Augen vor sich sah, glaubte sie es also nicht.

Aber dann machte ihr der Gedanke, ihn zu sehen, oder noch schlimmer die Vorstellung, dass er *sie* sah, auch ein bisschen Angst. Sie wusste bereits, dass sie in seinem Gesicht nach Spuren der Enttäuschung suchen würde. Würde er wohl genauso schockiert sein von der über dreißigjährigen Frau, die ihn begrüßte, wie sie es war, wenn sie diese Frau jeden Morgen im Spiegel sah? Er war so daran gewöhnt, eng mit sehr jungen Schauspielerinnen zusammenzuarbeiten, dass der Anblick seiner Ehefrau zurzeit wohl eine Enttäuschung für ihn sein musste.

Aber darüber hinaus hatte sie auch noch andere Bedenken. Was würden sie zueinander sagen? Würden sie überhaupt noch miteinander reden können? Es war jetzt fast drei Monate her, seit sie sich kurz in Paris getroffen hatten (sechsunddreißig Stunden), während er auf einer Blitz-Promotiontour in Frankreich war, und auch wenn sie fast täglich telefonierten, sprachen sie doch hauptsächlich über die Kinder. Brett kam ihr langsam vor wie eine Art Außenseiter. Er war so etwas wie ein Schatten-Ehemann geworden, der zwar Lilas Träume besetzte, aber selten in ihrer Realität auftauchte. Sie kannte ihn kaum noch. Sie hatte absolut keine Ahnung, was er machte, wenn sie nicht da war. Sie hasste es, darüber nachzudenken, aber ihr Mann war ihr irgendwie fremd geworden. Und Fremde konnten gefährlich werden. Sie beschloss, während seines Besuchs cool zu bleiben. Wenn sie ihn auf Distanz hielt, konnte er ihr nicht weh tun.

Die Kinder sprangen vor Aufregung in ihren Sitzen auf und ab. Sie versuchten, landende Flugzeuge zu sehen, und rieten, in welchem Daddy wohl saß. Peter machte dieses Spielchen nicht mit. Stattdessen zappte er sich mit einem leicht gelangweilten Ausdruck im Gesicht durch die Sender im eingebauten TV. Lila lächelte in sich hinein. Sie genoss es, dass Peter in dem stillen kleinen Rose-gegen-Rose-Krieg, der (zumindest in ihrem Kopf) geführt wurde, absolut auf ihrer Seite stand. Peter war nie ein großer Fan von Brett gewesen, aber in letzter Zeit sprach er immer offener über dieses Thema. Er sagte Lila ständig, dass sie ohne Brett besser dran wäre. »Und du bekommst im Fall der Scheidung eine ordentliche Summe«, hatte er hinzugefügt. »Kluges Mädchen, dass du dich geweigert hast, den Ehevertrag zu unterschreiben.«

Lila hatte sich geweigert, den Ehevertrag, auf den Bretts Rechtsanwälte so scharf gewesen waren, zu unterschreiben, aber nicht aus finanziellen Gründen. Als sie Brett geheiratet hatte, war sie sich hundertprozentig sicher, dass es für immer halten würde. Der Ehevertrag erschien ihr also völlig überflüssig. Unromantisch. Falsch. Und Brett hatte zugestimmt. »Was immer du willst, Liebling«, hatte er damals locker gesagt. »Das ist nicht wichtig.« Aber hielt ihre Ehe auch für immer? Lila war sich nicht mehr so sicher. Sie wünschte sich das von ganzem Herzen. Sie betete, dass das nur eine vorübergehende Phase war, ein dunkler Fleck, über den sie in ein paar Jahren würden lachen können. Sicher lohnte es sich, ihre Ehe zu retten. Und sie mussten auch an die Kinder denken. Lila wollte ihren Kindern keine Eltern mit zerrütteter Ehe zumuten. Ihr Leben war schon außergewöhnlich genug. Wie viele Kinder mussten damit klarkommen, von der Presse belästigt zu werden? Und ihr Vater verbrachte die meiste Zeit auf einem anderen Kontinent, in einer anderen Welt. Nein, sie wollte eine gewisse Normalität für Louisa und Sebastian. Und trotzdem ... Lila starrte aus dem Fenster. Und trotzdem wurden die nagenden Zweifel größer und größer. Sie liebte ihren Mann immer noch. Was sie nicht wusste, war, ob er sie auch noch liebte.

Lila sah, dass sich die Leute in jedem Wagen, an dem sie vorbeifuhren, nach der schwarzen Limousine umdrehten, die Richtung Flughafen fuhr. Sie bemühten sich, zu erkennen, wer in dem Wagen saß, aber durch die abgedunkelten Scheiben konnten sie nichts erkennen. Gott, sie hasste diese lächerliche Limousine, aber Brett erwartete es, stilvoll abgeholt zu werden und wollte etwas Auffälliges. So war er. Anders als Lila genoss er die Aufmerksamkeit, die das Berühmtsein mit sich brachte. Brett würde sich niemals durch die Hintertür davonschleichen. Er bevorzugte jedes Mal den Haupteingang und die Fanmassen.

Die Limousine hielt in einem abgesperrten Bereich außerhalb der Ankunftshalle, und die Tür wurde von einem unterwürfigen Mitarbeiter der Flugsicherheit geöffnet, der sich vor Lila verbeugte, als sie ausstieg. Sie strich ihr klassisches rotes Diane-von-Furstenberg-Wickelkleid glatt, schüttelte ihr glänzendes Haar und setzte ihre überdimensionale Chanel-Sonnenbrille auf. Okay, also los, dachte sie.

»Kommt an die Hand«, sagte sie bestimmt zu den Kindern. »Und lasst nicht los. Komm Peter. Wir müssen uns beeilen!«

Touristen blieben stehen, als sie Lila Rose und ihre Begleitung entdeckten. Wie immer lächelte sie, aber eine Stimme in ihrem Inneren flehte, sie in Ruhe zu lassen. Handys wurden hochgehalten, und es dauerte nicht lange, bis sich ein paar professionelle Fotografen unter die Menge mischten. Sie waren jung, gierig und ehrgeizig. Während der Sommermonate lebten sie förmlich auf dem Flughafen von Malaga und warteten auf Tage wie diesen, an dem eine flüchtige Begegnung mit einem Promi ihr Ansehen und ihren Kontostand aufpolierte. Lilas Herz stockte. Ihre Tarnung war aufgeflogen. Von jetzt an würde ihr Spanienaufenthalt ein reines Katz-und-Maus-Spiel mit der Presse sein. Peter hatte lange Arme, und er umschloss Lila und die Kinder in einer beschützenden Umarmung und hielt die Touristen und Paparazzi auf Abstand.

Lila wusste, wie es laufen würde. Es war jedes Mal dasselbe. Brett würde durch das Gate kommen, während alle anderen Passagiere am Gepäckband warten müssten oder vielleicht sogar im Flugzeug. Mittlerweile war Brett wohl aus dem Flugzeug geführt worden und durch geheime Gänge geeilt, die für VIPs reserviert waren. Er hatte einem dankbaren Beamten schnell seinen Ausweis gezeigt und war von ein oder zwei kräftigen Bodyguards zum Gate begleitet worden. Er hatte der in der Schlange wartenden Menschenmenge von früheren Flügen, die noch darauf warteten, den Sicherheitscheck zu passieren, möglicherweise ein Lächeln zugeworfen. Wenn sie Glück hatten.

Die automatischen Türen öffneten sich. Die zwei Fotografen sprangen vor Lila und begannen zu fotografieren, bevor sie ihren Ehemann überhaupt gesehen hatte. Sie waren so verdammt brutal! Es mag ihr Job sein, aber das war ihr Leben.

»Entschuldigen Sie«, sagte sie barsch, als Peter die Fotogra-

fen zur Seite schob. Dann kam er – Brett Rose –, er schritt auf
sie zu und grinste von einem Ohr zum anderen, die Sonnenbrille auf der Nase. Er trug verwaschene Jeans, ein weißes T-
Shirt und seine handgefertigten Lieblings-Cowboystiefel aus
Krokodilleder. Lila konnte das Tattoo einer Meerjungfrau mit
rabenschwarzem Haar auf seinem linken muskulösen Bizeps
sehen. Das war ihr Hochzeitsgeschenk für ihn gewesen. Ihre
Hand ging automatisch zu ihrer linken Pobacke. Unter ihrem
Slip bäumte sich ein wilder Hengst auf. Das war sein Hochzeitsgeschenk für sie gewesen. Bretts hellbraunes Haar war
unter seiner L. A.-Lakers-Baseballkappe perfekt zerzaust, und
seine Haut hatte von der kalifornischen Sonne einen bronze-
nen Glanz. Lila spürte einen Stich in der Magengegend. Brett
war so ein gutaussehender Mistkerl. Wie sollte sie kämpfen,
wenn der Feind *so* aussah?

Die Kinder rannten schreiend in die Arme ihres Vaters, als
der seine lederne Reisetasche abgestellt hatte. Er hob sie mit
seinen starken Armen hoch und bedeckte ihre Wangen mit
stoppeligen Küssen. Und die ganze Zeit blitzten die Kameras
der Paparazzi auf und hielten diese private Szene fest, damit
alle Welt sie sich morgen zum Frühstück einverleiben konnte.
Lila hielt sich ein wenig im Hintergrund und beobachtete den
Blick von reiner, kindlicher Bewunderung auf Louisas Gesicht, als sie zu ihrem Vater aufschaute. Dann ließ Brett die
Kinder vorsichtig wieder hinunter, schob die Sonnenbrille
nach oben auf seine Kappe und richtete seine sexy grünen
Augen direkt auf Lila.

»Hallo Mrs Rose«, sagte er gedehnt, während er seine
Kappe abnahm. »Du siehst ziemlich gut aus, wenn ich das so
sagen darf.«

»Würde mir bitte jemand eine Kotztüte geben«, flüsterte
Peter in Lilas Ohr.

Aber sie ignorierte ihn. Brett lächelte sie schief an, seine

Augen funkelten, und ihr Entschluss, cool zu bleiben, schmolz schneller dahin, als ein Eiswürfel in der mediterranen Sonne. Und dann rannte sie auf ihn zu, fiel ihm in die Arme, küsste seinen warmen Mund, spürte seine rauen Wangen und seine feste Hand, die ihren Hinterkopf hielt. Er zog sie zu sich heran, bis ihre Nase voll von seinem männlichen Duft und ihr Herz voller Sehnsucht und Freude war und voller Verlangen, das so stark war, dass ihr die Knie zitterten. Lila gehörte zu Brett. Egal, wie schlecht er sich benommen hatte, er hatte sie in der Hand.

»So, Leute, was habt ihr denn jetzt mit mir vor?«, fragte Brett, als er in die Limousine stieg und seine unglaublich langen Beine ausstreckte. Er drückte Lilas Hand liebevoll.

»Sandburgen«, piepste Louisa.

»Und Paragliding«, schrie Seb.

»Und Tretboot und Angeln und Flamenco tanzen. Ich bin eine ziemlich gute Flamencotänzerin …«, erzählte Louisa aufgeregt. »Oma und ich haben gestern auf Opas Geburtstagsfeier geübt …«

»Und eine Hochzeit in Schottland«, fügte Peter barsch hinzu. »Wenn du bis Samstag bleibst.«

»Schottland, au weia«, sagte Brett schleppend. »Das hört sich ja fürchterlich an. Wer heiratet denn?«

»Wir werden nicht hingehen«, wandte Lila schnell ein.

»Doch«, protestierte Peter. »Ich habe gestern zugesagt.«

»Aber ich habe mich doch noch gar nicht entschieden«, protestierte Lila.

Peter zuckte mit den Schultern. »Gut, dann musst du mich feuern, denn ich werde die Hochzeit von Jimmy Jones und Jasmine Watts für niemanden sausen lassen, auch nicht für dich, königliche Hoheit.«

Lila schlug ihm mit gespielter Empörung eine Ausgabe von *Grazia* auf den Kopf.

»Wer ist denn das glückliche Paar?«, fragte Brett. »Jemand, den ich kenne?«

Peter schlug die Zeitschrift auf und zeigte Brett ein Bild von Jimmy und Jasmine am Strand.

»Hmm, das Mädchen kommt mir bekannt vor«, grübelte Brett. »Ich glaube, die ist mir irgendwo schon mal begegnet.«

»Wahrscheinlich«, antwortete Peter. »Sie war eine Stripperin.«

Brett ignorierte die Spitze. »Und wer ist der Typ?«

»Ein Fußballer, Liebling«, erklärte Lila. »Du hast wahrscheinlich noch nichts von ihm gehört.«

Brett grinste begeistert. »Fußball! Mensch, ich liebe Fußball. Das ist meine neue Leidenschaft«, sagte er. »Ich war ein paar Mal bei Galaxy. Und ich habe doch tatsächlich David Beckham und seine reizende Frau am Samstag auf einer Party kennengelernt. Fußball ist da drüben im Moment richtig in und …«

»Samstag?«, sagte Lila plötzlich. »Aber bist du am Samstag nicht in Montreal gewesen?«

Brett war um eine Antwort nicht verlegen. »Ach ja, du hast recht. Dann muss es Freitag gewesen sein, schätze ich«, er zuckte die Achseln. »Das liegt am Jetlag, Liebling. Ich bin ein bisschen neben der Spur.«

»Sicher«, sagte Lila.

Sie ließ seine Hand los. Aber er schien das gar nicht zu bemerken.

»Also, meint ihr, David kommt zu dieser Hochzeit? Ich hätte nichts dagegen, ihn noch einmal zu treffen.«

»Ich glaube schon«, grübelte Peter. »Das wird *die* Hochzeit des Jahres, und die wird er sich nicht entgehen lassen.«

Jasmine merkte schnell, dass sie ihre Probleme am besten ausblenden konnte, indem sie sich in die Hochzeitsvorbereitungen stürzte. Nein, das war nicht einfach *ihre* Hochzeit. Es war *die* Hochzeit. Die Hochzeit des Jahres. Zumindest nannte Scoop! sie so, und mit diesem Druck auf ihren Schultern hatte die Braut wenig Zeit, sich mit einer so kleinen Erpressungsgeschichte zu beschäftigen.

Auch wenn eine ganze Armee von Leuten damit beschäftigt war, dieses monumentale Ereignis vorzubereiten, gab es doch noch eine ganze Menge zu tun. Jasmine schwirrte der Kopf vor lauter Entscheidungen, die sie ständig treffen musste. Es waren nur noch ein paar Tage bis zu dem großen Tag, und Jasmine hatte ein dringendes Meeting mit ihrer Hochzeitsplanerin Camilla Knight-Saunders.

Von Hollywood bis Bollywood über Mexiko und Mauritius hatte Camilla einige der exquisitesten Promi-Hochzeiten organisiert. Jasmine hatte in den letzten Tagen so viel Zeit mit Camilla verbracht, dass sie das Gefühl hatte, sie besser zu kennen als ihre eigene Mutter. Ach, wenn Camilla doch nur ihre Mutter wäre!

Jetzt hüpfte sie in hochhackigen Pumps und mit perfekt lackierten Fingernägeln auf Jasmines Dachterrasse herum. Sie war superschlank und hatte kurzes, glänzend silbernes Haar. Sie trug immer schwarze Klamotten – heute ein schickes maßgeschneidertes Etuikleid – und roten Lippenstift. Sie hatte etwas von einer alternden Ballerina – ihr Hals war unglaublich lang, und ihre Füße waren immer leicht nach außen gedreht. Camilla war eine Frau mit Stil. Sie nannte sich selbst eine aussterbende Gattung. Sie hatte Jasmine (oft) erzählt, dass sie aus besseren Kreisen stammte (»eine gute Erziehung kann man sich nicht kaufen, Schätzchen«) und das beste Schweizer Mädcheninternat besucht hatte. Dann war sie in dem Jahr, in dem sie ›herausgekommen‹ war, die schönste Debütantin weit und breit gewesen. Dann hatte sie eine gute Partie gemacht (»natürlich, Schätzchen«) und die nächsten dreißig Jahre als die perfekte Ehefrau verbracht – sie hatte drei stramme Jungs und Erben geboren, immer hinreißend ausgesehen und die besten Empfänge, Abendessen und Wohltätigkeitsbälle in den Grafschaften nahe London organisiert.

Und dann war ihr Mann gestorben. Einfach so. (»Er ist in der Bar des britischen Oberhauses nach einem Herzinfarkt tot zusammengebrochen, Schätzchen.«) Camilla war schockiert und todunglücklich, eine Witwe in den besten Jahren zu sein (»ich war erst einundfünfzig, Schätzchen«), aber noch schockierter war sie über die Tatsache, dass sie bankrott war. Es stellte sich heraus, dass ihr Mann besser darin gewesen war, das Familienvermögen durchzubringen, als welches zu verdienen, und nach den Kosten für die aufwendige Beerdigung (»Ich hätte den armen Monty doch nicht in der letzten Kiste hinunterlassen können, Schätzchen«) stand Camilla mit nichts da. Also hat sie das Familiensilber verkauft, das meiste des (beträchtlichen) Gewinns ihren drei Söhnen gegeben und sich mit dem Rest ihre eigene Existenz aufgebaut. (»Ich hatte ja nie gearbeitet, Schätzchen. Das machte man einfach nicht. Aber ich wusste, was ich konnte. Ich war die perfekte Gastgeberin.«) Sie hatte klein angefangen und lokale Jagdbälle und ähnliche Feiern organisiert, aber dann kam ihr großer Durchbruch: Ein Freund hatte sie gebeten, die Hochzeit seiner Tochter zu planen. Die Tochter war zu dieser Zeit zufällig das beliebteste ›Nobelweib‹ der Boulevardblätter, und diese Hochzeit erregte nationales Aufsehen. Die Ehe hielt nur ein paar Monate, aber Camillas Ruf war besiegelt. Und heute war kaum eine Hochzeit, über die *Hello!* berichtete, nicht von Camilla organisiert worden.

»Es gibt ein Riesenproblem mit den Eisskulpturen«, verkündete Camilla melodramatisch.

»Unser Bildhauer ist der beste in ganz Großbritannien, aber er lebt natürlich in London, und sein Terminplan erlaubt es ihm einfach nicht, nach Schottland zu reisen. Er braucht drei

Tage für die Skulpturen, und wir hatten geplant, sie am Samstagmorgen nach Inverness fliegen zu lassen. Jetzt haben wir festgestellt, dass der Frachtraum für die Statue der Boadicea zu klein ist.«

»Kann sie nicht auf der Seite liegen?«, fragte Jasmine.

»Nein, nein, nein«, Camilla schüttelte den Kopf. »Sie ist viel zu zerbrechlich, Schätzchen. Ich habe Richard angerufen ...«

»Richard?«

»Branson, Schätzchen. Ein alter Freund der Familie. Er versucht, ein Flugzeug mit einem größeren Frachtraum für uns zu bekommen.«

»Oh«, sagte Jasmine. »Gut.«

Sie war immer wieder fasziniert von Camillas Beziehungen.

»Und die Kleider der Brautjungfern sind eine Katastrophe.« Camilla ging weiter auf und ab. »Crystals Brustvergrößerung hat alles völlig durcheinandergebracht. Warum ist es heutzutage nur so wichtig, etwas Großes in der Bluse zu haben?«

Jasmine verschränkte die Arme schützend vor ihrer Brust.

»Zu meiner Zeit waren wir davon überzeugt, dass der perfekte Busen in ein Champagnerglas passt«, verkündete Camilla.

»Aber ...?!« Jasmine starrte entsetzt auf das Champagnerglas auf dem Tisch. Es war kaum groß genug für eine Brustwarze!

»Sei nicht albern, Schätzchen«, spottete Camilla. »Das ist eine *Sektflöte*. Ich spreche von einem Champagnerglas.« Sie machte eine hohle Hand, um die Proportionen zu zeigen. »Wie auch immer, Brüste sind das kleinere Problem, wenn man an Cookies Bauch denkt. Was für ein ungünstiger Zeitpunkt, eine Familie zu gründen! Genau zu deiner Hochzeit, Schätzchen. Manche Leute sind wirklich egoistisch. Na ja, wenigstens wird deine Schwester göttlich aussehen. Sie hat so eine perfekte Figur. Keine Beulen und Bäuche, die im Weg sind. Solange sie den Mund nicht aufmacht, wird Lisa dir alle Ehre machen.«

»Alisha«, sagte Jasmine. »Sie heißt Alisha.«

»Alisha? A-liii-sha? Wirklich? Wie seltsam. Ich nenne sie Lisa. Alisha habe ich ja noch nie gehört«, lachte Camilla. »Na gut, für jeden Topf den richtigen Deckel, und so weiter, Schätzchen.«

Jasmine nickte, obwohl sie eigentlich keine Ahnung hatte, worüber Camilla sich so amüsierte. Sie hatte sich nie Gedanken über den Namen ihrer jüngeren Schwester gemacht. Alishas Benehmen jedoch … nun, Jasmine würde auf ihrer Hochzeit ein Auge darauf haben müssen. Alisha mochte erst siebzehn sein, aber sie war eine Femme fatale. Ihre kleine Schwester war ganz aus dem Häuschen gewesen, als Jasmine sie gefragt hatte, ob sie Brautjungfer werden will.

»Bist du sicher, Jazz? Ich? Du möchtest, dass ich Brautjungfer werde? Und in allen Zeitschriften auftauche und berühmt werde und, o mein Gott, das wird der Beginn meiner Glamourkarriere und … und … und …«

Jasmine war nicht sicher, was sie davon halten sollte, dass Alisha ein Glamourmodel werden wollte. Aber Alisha schien wild entschlossen, sie weigerte sich sogar, die kleine Ebony zu stillen, denn dadurch könnten ihre kessen kleinen Brüste absacken.

»Nein, das ist doch unnatürlich, oder nicht?«, rief sie aus, als Jasmine ihr riet, wenigstens für ein paar Wochen zu stillen.

»Ihr seid alle nicht gestillt worden, und das hat euch auch nicht geschadet«, hatte sich ihre Mum eingemischt. »Allerdings nehme ich an, dass du gestillt worden bist, Jazz. Bevor ich dich bekommen habe. Vielleicht hast du ja deshalb so große Titten …«

Jasmine verzweifelte an ihrer Familie. Ihre Mutter war ein hoffnungsloser Fall, und ihr Bruder war das Letzte, aber

Alisha ... Alisha? Vielleicht gab es für Alisha noch einen Hoffnungsschimmer. Wenn sie nur nicht so versessen darauf wäre, in Jasmines Fußstapfen zu treten. Es war nicht so, dass Jasmine sich für ihren Job schämen würde, sie wusste nur, dass sie gerne noch andere Dinge machen würde, um Geld zu verdienen – Singen zum Beispiel. Aber für Alisha war eine Karriere als Glamourmodel das ultimative Ziel. Das war alles, was sie wollte. Das und einen berühmten Freund. Okay, sie war schön genug. Sie war schlank und hatte schöne lange Beine, aber wenn sie erfolgreich sein wollte, würde sie ihre A-Cup-Brüste operieren lassen müssen. Und, so offen Alisha war, konnte Jasmine sich mit der Idee, dass ihre Schwester sich unters Messer legte, nicht wirklich anfreunden.

»Hörst du mir zu, Schätzchen?«, fragte Camilla.

»Ich muss die Musikabfolge bestätigen. Wir haben die königliche Highland Pipe Band, die euch von der Kirche bis zum Schloss begleitet. The Proclaimers werden mit ›Let's Get Married‹ anfangen, wie James vorgeschlagen hat ...«

Camilla nannte Jimmy immer James. Darüber musste Jasmine lachen.

»Und dann kommt KT Tunstall an die Reihe und am Ende möglicherweise Carlos Russo, ich frage mich allerdings, ob er für euch junge Leute nicht ein bisschen altmodisch ist.«

»Nein, das ist alles perfekt.« Jasmine war begeistert.

Genau genommen liefen die Vorbereitungen ziemlich gut. Die Kleider der Brautjungfern waren in Rekordzeit geändert worden, der Florist hatte die Liste für die verschiedenen Blumenbouquets, den Kirchenschmuck und den Tischschmuck, und selbst die Sitzordnung war endlich fertig, mein Gott, was hatte die Jasmine schlaflose Nächte bereitet. Und ihr Kleid ... ah, das Kleid ... übertraf ihre wildesten Träume.

21 Maxine starrte auf das Päckchen vor ihr. Es war eine rosa Box mit einem schwarzen Samtband. Auf der beigefügten Karte stand: »Für meine Venus. Viel Spaß! Mit all meiner Liebe, Carlos xxx.« Sie hatten sich vor ein paar Tagen gestritten, und sie ignorierte ihn seitdem. Sie war wütend und wollte ihm eine Lektion erteilen.

Das Problem war, dass Maxine immer unruhiger geworden war. Sie spürte ein Kribbeln, das befriedigt werden wollte. Sie war unruhig. Total. Schon seit einiger Zeit hatte sie das Gefühl, dass sie etwas tun müsste – etwas Größeres und Bedeutenderes als bisher. Cruise zu gründen hatte sie für eine Weile beschäftigt, aber jetzt war die Eröffnungsparty vorbei – ein wahnsinniger Erfolg, selbst an ihren hohen Ansprüchen gemessen –, und der Club machte sie nicht mehr nervös. Cruise würde laufen. Maxi hatte dafür gesorgt, dass ihr ›Baby‹ das beste Personal bekommen hatte, die beste Resonanz in der Presse und eine so beeindruckende Gästeliste wie nur möglich. Solange sie sich ab und zu mal zeigte und sich an den Wochenenden als Gastgeberin blicken ließ, machte sie sich keine Sorgen. Nein, sie hatte sich entschieden. Maxine brauchte ein neues Projekt im Leben, und dieses Mal hatte sie ihr Herz an ein *richtiges* Baby verloren.

Das einzige Problem an diesem Plan war Carlos – der widerwillige zukünftige Vater. Er war nie besonders scharf gewesen und mochte die gute alte Romantik mehr als stürmischen Sex, nach dem Maxi sich aber sehnte. Bis jetzt hatte sie wegen seines Alters und seiner schwindenden Libido Zugeständnisse gemacht, aber wenn sie schwanger werden wollte, musste Carlos seine sexuellen Pflichten ernster nehmen als bisher. Und außerdem, wenn sie ehrlich war, war Maxine langsam sexuell frustriert. Also hatte sie das Wochenende damit verbracht, ihn zu bearbeiten.

Als sie am Freitag aus dem Club nach Hause gekommen war, hatte er friedlich in seinem karierten Pyjama geschlafen, mit einer leeren Kakaotasse und einer Autobiographie von Seve Ballesteros auf dem Nachttisch. Maxi hatte tief seufzen müssen. Für sie war es keine große Herausforderung, Männer zu verführen, aber bei Carlos war es wirklich harte Arbeit. Sie zog sich bis auf ihre rote Spitzenunterwäsche aus, kroch unter die Bettwäsche und machte sich an die Arbeit, fuhr mit ihren Händen unter seinen Pyjama und fing an, seinen Körper zu streicheln. Nichts. Carlos schlummerte friedlich. Also versuchte Maxi es stärker. Sie drehte ihn auf den Rücken, setzte sich auf seinen schlafenden Körper, knöpfte sein Oberteil auf und küsste seine Brust, seinen Bauch, seinen …

»Carlos«, flüsterte sie atemlos. »Carlos, Baby. Ich bin scharf wie sonst was, du musst unbedingt aufwachen.«

Carlos schnarchte laut und drehte sich wieder auf die Seite, wobei er Maxine in einem uneleganten Bogen aus dem Bett auf den Teppich warf.

»Verdammt, Carlos!«, hatte Maxine dann vor lauter Enttäuschung geflucht.

Schließlich hatte sie aufgegeben. Mit Carlos war nichts anzufangen. Maxine war in die Küche gegangen, hatte sich einen Martini eingeschenkt und sich den Sonnenaufgang über den Bergen angesehen, bevor sie sich im Gästezimmer schlafen gelegt hatte.

»Morgen«, hatte sie entschieden. »Morgen wird es schon klappen.«

Am Samstag hatte Maxine ein paarmal versucht, ihn in Stimmung zu bringen, indem sie sich mit nichts als ihrem Slip bekleidet auf seinen Schoß gesetzt hatte. Aber er hatte den Wink mit dem Zaunpfahl nicht verstanden, und sie war zu müde und zu verkatert, um weiterzumachen.

Am Sonntag hatten Maxine und Carlos einen faulen Tag am Pool verbracht. Es war Isabels freier Tag, und sie hatten die Villa für sich ganz alleine. Abgesehen von einem winzigen silbernen Tanga war Maxine nackt.

»Carlos, Liebling«, fragte sie mit ihrer verführerischsten Stimme. »Kannst du mich bitte mit Sonnenöl eincremen?«

Carlos sah sie über seine Brille hinweg an, zuckte mit den Schultern und legte seine Zeitung ein wenig widerwillig auf den Boden. Maxi lag mit geschlossenen Augen auf dem Rücken auf der Liege, genoss die Sonnenstrahlen auf ihrer nackten Haut und zitterte vor Erwartung dessen, was auf sie zukam. Mittlerweile war sie schon richtig heiß. Sie hatte jetzt seit Tagen an nichts anderes als an Sex denken können, und sie spürte, wie ihre Muschi vor Aufregung kribbelte. Wenn Carlos nicht bald mit ihr schlafen würde, würde sie ganz sicher explodieren.

»O Gott, Baby, das ist so gut«, flüsterte sie, als Carlos ihre nackten Brüste mit dem Sonnenöl einrieb. »O Gott, Carlos, das ist göttlich«, schnurrte sie, als er mit seinen Händen weiter nach unten wanderte und über ihren Bauch und ihre Hüften glitt. Dann massierte er ihre Schenkel, seine Fingerspitzen berührten ihren Tanga und quälten sie mit jeder Berührung. Maxine hielt die Augen geschlossen. Sie öffnete ihre Beine so weit sie konnte und verzehrte sich danach, dass Carlos sie dort berührte oder einfach in sie eintauchte. Verdammt, sie konnte jetzt kein längeres Vorspiel gebrauchen. Maxi konnte es kaum erwarten. Carlos reizte sie weiter, indem er an ihren Beinen hinunterfuhr, ihre Waden und sogar ihre Füße einrieb.

»Fertig«, sagte er sachlich.

»Ich glaube, du hast etwas vergessen, Baby«, sagte Maxine atemlos. »Hier.« Sie berührte sich da, wo es kribbelte. Ihr Tanga war schon ganz feucht. Ihre Augen waren immer noch geschlossen. Sie war sicher, dass Carlos über ihr stand, genauso angeturnt wie sie selbst, und bereit war, wunderschönen Sex in der Sonne zu haben.

Aber Carlos reagierte nicht. Maxine öffnete die Augen gerade rechtzeitig, um zu sehen, wie er in den Pool sprang.

»Verdammt nochmal!«

Maxine saß kerzengerade. Carlos schwamm ein paar Bahnen im Pool und hatte von dem brennenden Verlangen seiner Freundin überhaupt nichts mitbekommen.

»Du hast keine Chance da jetzt herauszukommen, Daddio!«, sagte Maxine mehr zu sich selbst als zu Carlos, dessen Kopf unter Wasser war.

Sie stand auf und sprang ohne zu Zögern in den Pool (auch wenn das gegen ihre Prinzipien war. Normalerweise vermied Maxine es, ihren Kopf unterzutauchen, weil das ihre Frisur und ihr Make-up ruinierte). Aber Maxine war eine frustrierte Frau. Sie schwamm direkt auf Carlos zu und schlang ihre Arme um seinen Körper, während er kraulte.

Carlos strampelte, verschwand für einen Augenblick unter Wasser und kam dann hustend und prustend wieder hinauf.

»Was zum Teufel machst du da, Maxine?«, fragte er beinahe wütend. »Ich hätte ertrinken können!«

»O Gott, das tut mir leid, Liebling«, besänftigte Maxine ihn und klopfte ihm auf den Rücken, um sicherzugehen, dass er das Wasser aus der Lunge hustete. »Es ist nur, ich brauche dich, Baby.«

»Du brauchst mich?«, Carlos sah verwirrt aus. »Ich bin doch da, Chica.«

»Ich weiß, Carlos«, erklärte Maxine geduldig. »Aber als du

mich mit dem Sonnenöl eingerieben hast, hat sich das gut angefühlt.«

»Gut?«, sagte Carlos, während er wieder zu Atem kam.

»Ja, richtig *gut*.« Maxine tat ihr Bestes, in diesem einen Wort auszudrücken, wie scharf sie auf ihn war.

»Gut?« Carlos begriff offensichtlich immer noch nicht.

Maxines sexuelle Frustration hatte sich in eine ganz allgemeine Frustration verwandelt.

»Ich bin heiß, Carlos!«, schnauzte sie. »Ich möchte ficken, verdammt nochmal! Es ist Wochen her. Ich habe Bedürfnisse, wie du weißt.«

»Ah, ich verstehe«, nickte Carlos und sah auf einmal ernst aus. Er zog sich aus dem Pool, setzte sich auf den Rand und fuhr sich mit der Hand durch das nasse Haar. Er schaute wohlwollend zu ihr hinunter, wie ein Schulleiter, der einen eifrigen, aber frechen Schüler mustert.

»Maxine, mein Liebling. Du bist eine sehr schöne Frau. Du bist jung. Ich habe geahnt, dass das ein Problem werden könnte«, sagte er ruhig.

»Was? Du willst mich nicht?«, fragte Maxine. »Findest du mich nicht attraktiv?«

Das war ein völlig neues Gefühl für Maxine. Sie war schon mehrere Male in ihrem Leben verletzt und gekränkt worden, aber in sexueller Hinsicht war sie noch niemals abgewiesen worden. Tränen vermischten sich mit Chlor und brannten ihr in den Augen.

»Maxine, Maxine«, Carlos versuchte sie zu beruhigen. »Du weißt, dass du für mich die schönste Frau auf der Welt bist. Du bist meine Venus. Das sage ich dir doch jeden Tag, aber …«

»Aber was?«, schrie Maxine. »Aber du willst mich nur anschauen, wie ein schönes Gemälde?«

»Auf gewisse Weise ja«, sagte Carlos vorsichtig. »Ich genieße es, mit dir Liebe zu machen, aber ein-, zweimal im Monat reicht mir. Ich war auch einmal jung, Maxine. Ich verstehe das. Aber das bin ich nicht mehr. Ich bin jetzt ruhiger. Mein Geist ist wacher als jemals zuvor, aber mein …«, er zeigte auf seinen Penis, »… ist es nicht. Das liegt nicht an dir, Chica. Das ist mein Problem. Es tut mir leid.«

Maxine spürte, wie ihr heiße Tränen über die Wangen liefen.

»Aber ich will Sex«, erklärte sie. »Ich brauche es, begehrt zu werden.«

»Ich begehre dich ja, Liebling. Das musst du mir glauben. Aber ich begehre dein Lächeln und deine Fröhlichkeit und auch dein gutes Herz. Nicht nur deinen Körper. Als ich fünfundzwanzig war, wäre ich wahrscheinlich scharf auf dich gewesen, aber ich hätte dich nicht geliebt. Nicht wirklich. Jetzt liebe ich alles an Maxine. Ich begehre dich als Ganzes. Das ist doch besser, oder nicht? Das ist doch viel besser für dich?«

»Ich weiß es nicht, Carlos«, hatte Maxine geantwortet. »Ich weiß es wirklich nicht.«

Und jetzt, während sie vor dem Geschenk saß, war sie immer noch durcheinander. Sie liebte Carlos, betete ihn an. Sie wollte seine Frau werden und ein Baby von ihm, aber erste Zweifel waren gesät worden, und sie wusste nicht, wie groß diese Zweifel noch werden würden. Konnte sie ohne Begierde leben? Maxine war sich nicht sicher, ob sie bereit war, dieses Opfer zu bringen. Jetzt jedenfalls noch nicht. Sie war noch zu jung.

Aber, Herrgott nochmal. Maxi bekam gerne Geschenke, und wenn Carlos sich schuldig genug fühlte, ihr ein kleines Geschenk ans Bett zu stellen, konnte sie es ja schlecht ignorieren. Er war im Golfclub. Isabel war zum Supermarkt gegangen. Maxi war allein. Sie wickelte das schwarze Band ab und öffnete das Päckchen. Das Geschenk war in rosa Seidenpapier eingewickelt. Was war das? Die Box war nicht größer als ein

Schuhkarton. Ein Paar Louboutins? Eine Halskette? Diamanten? Sie griff in das Geschenkpapier wie eine Fünfjährige zu Weihnachten.

»Was zum …?«

Maxi nahm das Geschenk heraus und sah es sich von allen Seiten an. Es war ungefähr zwölf Zentimeter lang und hatte einen Durchmesser von etwa fünf Zentimetern. Es war rosa, glatt und fest. Es fühlte sich kalt an, wie feines Porzellan, auch wenn Maxine annahm, dass es aus Plastik war. Und zwölf perfekte kleine Diamanten waren in die Spitze eingelassen. Es war auf seine Art und Weise schön. Sie drückte auf den ›On‹-Knopf. Es fing an zu summen. Das Ding hatte so viel Leben in sich, dass Maxi es beinahe auf den Boden fallen gelassen hätte.

Ein Vibrator. Carlos hatte ihr einen Vibrator gekauft. Er war sehr schön und teuer, aber trotzdem ein Vibrator. Maxine wusste nicht, ob sie beleidigt oder erfreut sein sollte. Sie machte ihn aus und starrte ihn eine Weile an. Was sollte sie damit? Maxine war noch niemals alleine geflogen, sozusagen. Es hatte immer jemanden in ihrer Nähe gegeben, der bereit war, ihre Bedürfnisse zu befriedigen, wann immer ihr danach war. Aber jetzt? Carlos befriedigte sie nicht und bot ihr eine Alternative. Maxi stand auf und ging ins Schlafzimmer. Sie schloss die Tür ab, ging zum Bett zurück und nahm ihr Geschenk. Sie machte es wieder an und sah eine Weile zu, wie es vibrierte. Langsam zog Maxine ihren Slip aus und legte sich auf ihr Bett. Dieses Geschenk würde ihr nicht das Baby bescheren, das sie sich wünschte, das war klar, aber ihr neues Geschenk würde dafür sorgen, dass das Kribbeln aufhörte. Maxine schloss die Augen und ließ das Gefühl durch ihren Körper strömen. Eine unglaubliche Befreiung.

Als Carlos vom Golfclub nach Hause kam, war Maxine in euphorischer Stimmung.

»Gefällt dir dein Geschenk?«, fragte er schüchtern.

»Ich *liebe* es«, sagte Maxine und zwinkerte ihm kess zu.

»Echt, ich habe den ganzen Nachmittag damit gespielt.«

»Wirklich?«, fragte Carlos.

»Ja«, bestätigte Maxine. »Ich konnte mich kaum losreißen.«

»Ach wie schön. Ich freue mich, dass es dir gefällt. Eigentlich dachte ich, dass ich dir später dabei zusehen kann, wie du mit meinem Geschenk spielst.«

»Sicher, Baby. Ich zeige dir gern, wie sehr ich mein neues Spielzeug mag.«

»Und dann kann ich vielleicht auch mein neues Spielzeug ausprobieren …« Carlos steckte die Hand in die Hosentasche und zog ein kleines Röhrchen Tabletten heraus.

Maxine schaute auf das Etikett und las: »Viagra. Viagra?! Aber du hast doch gesagt, dass du es niemals nehmen würdest. Du hast gesagt, das sei etwas für schmutzige alte Männer.«

Carlos legte die Arme um Maxis Taille und zog sie an sich. »Darling, wenn es darum geht, meine Venus glücklich zu machen, bin ich bereit, alles zu versuchen.«

»Danke«, sagte Maxine erleichtert. Viagra bedeutete Sex und Sex bedeutete Babys und Babys bedeuteten Eheringe und Eheringe bedeuteten: glücklich für immer und ewig …

22 Charlie war unruhig. Er packte seine Reisetasche dreimal ein und aus und legte zwei verschiedene Garnitu-
ren seiner Reiseklamotten aufs Bett. Seine Hände zitterten
leicht, als er seine Jeans auf dem Bett glatt strich. Er hatte ganz
schön Schiss.

Es war nicht die Hochzeit am Nachmittag, die ihn nervös
machte. Jasmines Hochzeitsplanerin hatte Savile-Row-Cuts
für alle Männer auf der Hochzeit organisiert und Charlie hatte
drei Outfits zur Auswahl. Nein, sein Hochzeitsanzug war perfekt. Er freute sich darauf, Jasmine zum Altar zu führen. Und
seine Rede war geschrieben, sie steckte ordentlich in seiner
Brieftasche, und er hatte sie Wort für Wort auswendig gelernt.
Der Gedanke daran, vor all diesen berühmten Leuten zu sprechen, machte ihn leicht nervös, aber er würde es schon hinkriegen, solange er während der Rede nicht Katie Price oder
Sir Alex Ferguson in die Augen sähe. Er würde nur zu Jasmine
sprechen. Er würde ihr in die Augen schauen und ihr klarma-
chen, dass er jedes einzelne Wort so meinte, wie er es sagte –
wie stolz er auf sie war, und wie erfreut ihr alter Herr wäre,
wenn er sehen würde, dass sie heiratete. Er war davon überzeugt, dass die Hochzeit schön werden würde.

Es war auch nicht die Reise, die ihn nervös machte. Okay,
vielleicht war er ein wenig eingeschüchtert von der Vorstellung, mit den Hollywood-Größen zu reisen, aber das war
nichts, womit er nicht fertig werden würde, und um ehrlich
zu sein, freute er sich richtig darauf. Jazz hatte es so arrangiert,

dass er mit Lila und Brett Rose zusammenflog. Kein Scherz. Wie abgehoben war das denn? Charlie Palmer flog von Malaga nach Inverness in einem privaten Jet, den Mr Hollywood-Megastar und seine Frau, die zufällig und ohne Einschränkung die schönste Frau der Welt war, gechartert hatten. Erst vor einer Woche hatte er auf seinem Flug nach Spanien hinter Lila Rose gesessen, und jetzt war er ihr Gast. Er würde auf Augenhöhe mit ihr reden können. Und außerdem flogen Maxine de la Fallaise und Carlos Russo auch mit. Maxine hatte Charlie schon immer gefallen, wenn er sie in der Zeitung gesehen hatte. Sie hatte so ein freundliches, aufgeschlossenes Gesicht. Ein Körper, für den man morden würde, aber ein Gesicht wie ein Mädchen von nebenan. Und trotzdem kein Vergleich zu Lila Rose.

Nein, auch der Flug machte ihm keine Angst. Was Charlie wirklich nervös machte, war die Tatsache, dass er wieder einen Fuß auf britischen Boden setzte. Wenn es nicht für Jasmines Hochzeit wäre, wäre er zum Verrecken nicht mehr dorthin gefahren, für Jahre nicht. McGregor hatte nach dem Donohue-Job keinen Hehl daraus gemacht. Er musste weg und musste weg bleiben. Dort war er nicht sicher. Und das bereits, bevor Nadia verschwunden war.

Meine Güte, Charlie atmete tief ein, er hoffte, dass sie okay war. Es gab keine Neuigkeiten von Gary. Der Junge hatte sich umgehört, so gut er konnte, aber niemand schien irgendetwas zu wissen. Nicht, dass sie reden würden, selbst wenn sie etwas wüssten. Jeder in London hatte eine Scheißangst vor den Russen, und Dimitrov war der Gefürchtetste von ihnen. Charlie war froh, dass Nadias alter Herr sich nicht wieder mit ihm in Verbindung gesetzt hatte und dass seine Jungs Gary in Ruhe gelassen hatten. Und er hoffte, dass sie wussten, dass er nichts mit ihrem Verschwinden zu tun hatte. Er wünschte, er hätte den Nerv gehabt, sie mit nach Spanien zu nehmen. Zumindest hätte er dann dafür sorgen können, dass sie in Sicherheit war.

Sicher? Wer zum Teufel war schon sicher? Charlies Herz klopfte bis zum Hals. War Marbella sicher? Würde Tillydochrie Castle sicher sein? War es weit genug von London entfernt? Charlie atmete tief ein und setzte sich aufs Bett. Vielleicht sollte er Jasmine anrufen, um sicherzugehen, dass in Schottland alles okay war. Sie war wahrscheinlich mit ihren Freundinnen zusammen und ließ sich die Nägel machen oder so etwas. Er sollte sie jetzt nicht stören. Aber …

Jasmine lag in einem gestreiften pinkfarbenen Slip und einem violetten Mieder ausgestreckt auf ihrem großzügigen antiken Himmelbett und begutachtete ihre frisch lackierten Fingernägel, als es an der Tür klopfte.

»Ich denke, es ist Zeit für …« Chrissie öffnete die Tür in ihrem Morgenmantel und ließ einen schicken jungen Kellner herein. »Schampus!«

»O super«, sagte Jasmine. »Champagner. Danke, Schätzchen«, sie zwinkerte dem Kellner zu, der errötete und aus dem Zimmer eilte.

»Nicht irgendein alter Champagner«, erklärte Chrissie. »Das ist Cristal.«

»Na klar«, sagte Jasmine.

»Für mich nicht«, sagte Cookie und strich vorsichtig über ihren Babybauch. »Von diesem Zeug muss ich kotzen!«

»Und du bist, glaube ich, noch nicht alt genug dafür, Alisha«, Crystal zog Jasmines kleine Schwester auf.

»Verpiss dich«, schrie Alisha. »Ich bin alt genug, um ein Baby zu haben. Ich werde schon einen Schluck Schampus vertragen!«

Sie nahm ein Glas von Chrissie und nahm einen großen Schluck.

»Stopp!«, schrie Chrissie. »Das Zeug kostet ein Vermögen. Kleine Schlückchen bitte, Alisha. Das ist kein Alcopop! Wie auch immer, ich werde einen Toast ausbringen.«

Die Mädchen, alle nackt oder halbnackt, standen auf, und Chrissie verkündete: »Auf Jasmine. Die schönste Braut der Welt. Mögen alle deine Träume wahr werden!«

»Auf Jasmine!«, riefen die anderen, und dann stießen sie an und kicherten.

»Ist das dein Telefon, Jazz?«, fragte Alisha und schaute sich um. »Geh besser dran. Es könnten Jimmy und die Jungs sein, die dich sehen möchten.«

»Nein, wir werden uns heute Abend nicht sehen, Lish«, sagte Jasmine, hob einige Kissen hoch und suchte auf dem Bett nach ihrem Telefon. »Das bringt Unglück.«

»Wir könnten uns doch kurz zu ihrem Hotel rüberschleichen. Seht mal, es ist direkt da drüben.« Sie zeigte aus dem Fenster zu dem Hotel in der Schlossanlage, das ungefähr eine halbe Meile entfernt war. »Alle Fußballer sind da, Jazz. Ich könnte schon mal ein paar Talente für morgen Abend aufstellen, oder nicht?«

»Nein, heute machen wir einen Frauenabend, Lish«, sagte Jasmine ruhig und fand ihr Telefon schließlich in ihrer Handtasche. »Oh, das ist Charlie. Hi Charlie!«

»Wie meinst du das, ist alles okay?«, lachte sie ins Telefon. »Natürlich ist alles okay. Wir trinken Champagner!«

»Mach keinen Stress. Du bist nicht unser Dad, Onkel Charlie!«, rief Alisha laut.

Jasmine ging auf den Balkon und schloss die Glastüren hinter sich. Sie konnte keinen klaren Gedanken fassen, wenn die Mädchen da drinnen quietschten. Die Abenddämmerung brach herein, und ein seltsamer Nebel zog über den See vor ihr. Das historische Haus, in dem Jimmy untergebracht war, lag auf der anderen Seite des Sees. Es ist früher das Pförtnerhaus des Schlosses gewesen und kürzlich in ein kleines Luxushotel umgebaut worden – ein netter Nebenverdienst, den der Gutsherr mit den Promihochzeiten machte, die er beherbergte. Das Interieur des Hotels war kühl und zeitgemäß genug, um in *Elle Decoration* vorgestellt zu werden, aber vom Balkon aus sah es im Halbdunkeln alt, gruselig und gespenstisch aus.

»Charlie?«, sagte Jasmine. »Hier ist es besser, ich kann dich jetzt hören. Ja, mir geht es gut. Ja, das Schloss ist reizend, schön, es ist perfekt …«

»Sicherheitsvorkehrungen? Ja, die besten, Charlie. Die Zeitung wird niemanden hineinlassen, sonst verlieren sie ihre Exklusivrechte, und Camilla lauert wie ein verdammter Rottweiler, für den Fall, dass irgendwelche unerwünschten Gäste auftauchen …«

»Nein, wirklich Charlie, ich bin ganz glücklich mit diesem Arrangement. Hmm, die Sicherheitsleute sind alle große Typen. Jetzt hör auf, dir um mich Sorgen zu machen, und lass mich zurück zu meinem Schampus …«

»Also, wir sehen uns dann morgen. Ja, ich liebe dich auch, Charlie. Schlaf schön.«

Jasmine atmete tief ein, die Luft war süß und feucht, und es roch nach frisch geschnittenem Gras. Kein Zweifel, auch der Boden hatte eine Maniküre erhalten und war auf die Hochzeit morgen vorbereitet. Camilla würde schon dafür gesorgt haben. Sie wollte gerade wieder reingehen, als sie eine Person entdeckte, die ungefähr fünfzehn Meter entfernt lässig am See entlangschlenderte. Sie schaute angestrengt durch den Nebel und versuchte zu erkennen, wer es war. Die Art wie er lief, kam ihr bekannt vor. Es war ganz klar ein Mann. Zu groß für Jimmy. Zu schlank für den Gutsherrn. (Jasmine war ihm vorgestellt worden, als sie ankam. Er war sehr freundlich und fröhlich, aber er war kein schlanker Mann.) Jetzt drehte der

Mann Jasmine den Rücken zu. Er warf Steine ins Wasser, und als Jasmines Augen sich an das Licht gewöhnt hatten, konnte sie die Kieselsteine auf dem Wasser tanzen sehen, eins-, zwei-, drei-, vier-, fünfmal über die Oberfläche des ruhigen Wassers. Er drehte sich zur Seite und fuhr sich mit den Fingern durch sein langes schwarzes Haar. Sofort erkannte Jasmine sein Profil. Es war Louis. Er hatte seine Brille nicht auf.

Sie wollte ihn rufen, aber etwas hielt sie davon ab. Sie wollte ihn lieber noch eine Weile heimlich beobachten. Sie fand Louis faszinierend, er war so anders als die anderen, und es war schön, ihn so genau zu betrachten. Louis setzte sich auf einen Stein am Ufer und schaute sich um. Jasmines Augen folgten seinem Blick, und sie sah, dass er einen Falken beobachtete, der über den Bäumen in der Luft schwebte. Dann stand er auf und sah sich das Schloss an. Jasmine duckte sich hinter das Balkongitter und spähte durch die Ritzen. Sie fühlte sich wie ein Spion. Sie war ein Spion. Sie wusste nicht, warum sie das tat, und sie wollte nicht erwischt werden. Wie peinlich wäre das!

Louis näherte sich dem Schloss, schaute an dem prachtvollen Gebäude hoch und bewunderte zweifellos die Architektur. Jasmine fragte sich kurz, warum er nicht mit den anderen im Hotel war. Hoffentlich waren sie nicht wieder gemein zu ihm gewesen. Dann hörte sie eine scharfe weibliche Stimme rufen: »Wer ist da?«

Jasmines Herz klopfte, als Camilla direkt unter ihrem Balkon auftauchte. Das ganze Gelände war von der Polizei abgesperrt worden – das Schloss, seine Anlagen, das Hotel –, und an beiden Eingängen waren Sicherheitsleute postiert. Bei dem Gedanken, ihre Sicherheitsvorkehrungen könnten durchbrochen werden, würde Camilla verrückt werden.

»Wer sind Sie?«, fragte sie. »Das ist Privatbesitz. Was machen Sie hier? Wie sind Sie hereingekommen?«

Louis trat mit ausgestreckter Hand nach vorne.

»Ich bin Louis Ricardo«, stellte er sich mit einem höflichen Kopfnicken vor. »Ich bin mit Jimmy zusammen im Hotel.«

»Ach ja, richtig, ich verstehe«, sprudelte es aus Camilla heraus. »Ich bin Camilla Knight-Saunders, die Hochzeitsplanerin.«

Von ihrem Versteck aus konnte Jasmine förmlich sehen, wie Camilla beim Anblick des schönen jungen Eindringlings in Verzückung geriet.

»Das ist aber ganz schön viel Arbeit, eine so große Hochzeit zu planen«, sagte Louis mit seinem portugiesischen Akzent.

»Ja, ja, das ist es«, bestätigte Camilla. »Und es gibt immer noch eine ganze Menge zu tun, also sollten Sie vor morgen eigentlich nicht hier sein.« Ihre Stimme war jetzt nicht mehr so ernst. »Aber ich nehme an, dass Sie keinen Schaden anrichten.«

»Nein, ich habe mich nur ein wenig umgesehen. Das Schloss, ist es nicht wunderschön?«

»Prachtvoll«, stimmte Camilla ihm zu. »Machen die jungen Männer heute Abend keine Party im Hotel?«

Louis nickte. »Doch, aber das ist nicht mein Ding.« Er zuckte die Achseln. »Sie sind alle, wie sagt man? Betrunken.«

»Sie trinken nicht?«, fragte Camilla.

»O nein, nein. Ich trinke gerne zum Essen ein Glas Wein, aber ich mag dieses, dieses Geschrei und dieses, wie sagt man? Imponiergehabe nicht.«

»Nein, ich bin auch nicht gerade ein Fan von dem ganzen Unsinn, Louis.« Jasmine fiel auf, dass Camilla seinen Namen richtig aussprach. Portugiesisch.

»Sind Sie ein Freund von James?«, fragte sie.

Louis zuckte mit den Schultern. »Ein bisschen«, sagte er. »Wir spielen Fußball zusammen, aber Jimmy ist eigentlich kein Freund. Ich würde eher sagen, dass ich ein Freund von Jasmine bin.«

»Ja, Jasmine ist wirklich eine reizende Person.«

Jasmine musste lächeln.

»Mr Jones kann sich glücklich schätzen«, fügte Camilla hinzu.

»Ich glaube manchmal, dass Jimmy sie gar nicht zu schätzen weiß«, fügte Louis gerade laut genug hinzu, dass Jasmine es hören konnte.

Jasmine spürte, wie ihre Wangen brannten. Nicht vor Empörung über das, was Louis über ihren Verlobten gesagt hatte, sondern vor Stolz darüber, dass er sie so sehr schätzte.

»Nun, gute Nacht, Louis Ricardo«, sagte Camilla. »Ich freue mich schon darauf, Sie morgen wiederzusehen.«

Louis neigte den Kopf und trat zurück. »Auf Wiedersehen«, rief er höflich über die Schulter, schlenderte zurück zum See und machte sich auf den Weg zum Hotel. Es sah nicht so aus, als ob er es eilig hätte.

Jasmine hörte, wie Camilla die Tür zum Schloss hinter sich zumachte und sich wieder ihren Tischdekorationen und Namensschildern zuwandte.

»Bye Louis«, flüsterte Jasmine in die Nacht hinein. Und dann stand sie auf, atmete tief ein und öffnete die Glastüren.

»Jasmine!«, rief Chrissie. »Das ist deine letzte Nacht in Freiheit. Hier, trink noch ein Glas Champagner.«

Louis blickte zurück zum Schloss. In einem Zimmer im ersten Stock brannte Licht, und obwohl er seine Brille nicht aufhatte, konnte er erkennen, dass dort mehrere Personen herumliefen. Das konnten nur Jasmine und ihre Freundinnen sein. Er war eigentlich kein neugieriger Mensch, aber Louis suchte in seiner Tasche nach seiner Brille und setzte sie sich auf die Nase. Die Silhouette eines Frauenkörpers mit perfekten Kurven zeichnete sich vor dem Fenster ab. Sie tanzte langsam und aufreizend, wobei ihre lange Mähne hin und her schwang. Louis war wie gelähmt. Er seufzte, ein wenig traurig, und wandte seinen Blick ab. Jasmine. Schöne, perfekte Jasmine …

Und dann fühlte er sich augenblicklich schuldig. Erst letzte Woche hatte er seiner Jugendfreundin Maria einen Antrag gemacht. Sie war ein schlaues und attraktives Mädchen, und sie war gutherzig und loyal. Seine Eltern verehrten sie, und Louis bewunderte sie sehr. Aber liebte er sie auch? Louis war nicht sicher. Er hatte ganz bestimmt keine leidenschaftlichen Gefühle für sie. Er schaute schuldbewusst noch einmal hinauf zum Fenster und spürte das vertraute Kribbeln in der Leistengegend, das ihn immer überkam, wenn er Jasmine sah. Maria erregte ihn nicht so. Keine Frau schaffte das.

Er ging zögernd zurück zum Hotel. Seine Teamkollegen hatten sich wie die Tiere benommen, als er gegangen war. Sie hatten sich alle Kokain reingezogen. Die Fußballsaison war vorbei, und es würde über Monate keine Drogentests geben.

Jimmys Freund Paul hatte für den Abend ein paar Mädchen organisiert – hauptsächlich Groupies, Möchtegern-Promis und Klammeräffchen. Er hatte sie extra für den Junggesellenabschied einfliegen lassen. Für Louis sahen sie alle gleich aus mit ihren blond gefärbten Haaren, ihren kurzen Röcken und hohen Hacken. Er hatte sie alle früher schon gesehen, oder zumindest Tausende von Mädchen, die genauso aussahen und vor dem Fußballclub rumhingen und in den angesagtesten Nachtclubs der Fußballer ihre Körper zur Schau stellten. Sie waren leicht zu erkennen. Leicht zu finden. Leicht zu verführen. In Louis' Augen waren sie einfach nur leicht zu haben. Er fragte sich, wie Pauls Frau Cookie das wohl fände, wenn sie es wüsste.

Er hatte gesehen, wie seine Teamkollegen auf Toiletten, in Limousinen, in Hauseingängen und sogar ein- oder zweimal in öffentlichen Bars Sex mit solchen Mädchen hatten. Für die

Fußballer, die zigtausend Pfund in der Woche verdienten, waren diese Mädchen so austauschbar wie schmutzige Socken. Und auch billiger zu ersetzen. Sie sprachen noch nicht einmal mit den Mädchen. Sie steckten einfach ihre Zungen in deren Hälse und ihre Hände unter deren Tops. Aber die Mädchen beschwerten sich nicht. Dieses Schauspiel brachte Louis zur Verzweiflung. Wo waren all die intelligenten Mädchen geblieben? Alles, was diese Mädchen wollten, war, mit einem Fußballer zu schlafen. Um ihre Geschichte dann an die Zeitungen zu verkaufen. Um berühmt zu werden. Warum? Louis würde das nie verstehen.

Einige der Ehefrauen waren nicht besser, dachte Louis. In der Tat waren sie schöner, reicher und erfolgreicher als die Groupies. Okay, die meisten von ihnen kamen aus Popgruppen oder hatten eine Modelkarriere hinter sich, aber sie waren trotzdem so eine Art Groupie. Sie rannten hinter dem Ehering her, wie Jagdhunde hinter dem Fuchs. Sie glaubten, dass sie es geschafft hätten, wenn sie ihren Fußballer erst einmal vor dem Altar hatten. Aber der Ehering bedeutete ihren Ehemännern gar nichts. Dessen war sich Louis sicher.

Paul hatte auch professionelle Mädchen für die Abendunterhaltung besorgt – Stripperinnen und teure ›Begleitungen‹. Eine von ihnen war ein Mädchen mit dem Namen Pamela aus ihrer Lieblings-Stripbar in London. Sie hatte gerade einen Striptease für Jimmy gemacht, als Louis gegangen war. Selbst der normalerweise treue Calvin hatte versucht, eine Gruppe von Mädchen zu beeindrucken, indem er Fünfzig-Pfund-Noten anzündete.

Louis wusste, dass ein Mädchen wie Jasmine für einen Idioten wie Jimmy viel zu schade war. Jasmine war nicht sehr gebildet, aber sie war clever. Louis war von ihrem Geist genauso angetan wie von ihrem Körper. Obwohl, Mann, war das ein Körper …

Jasmine fand ihren Junggesellinnenabschied klasse. Die vier Mädchen hatten ein paar Sexgeheimnisse ausgetauscht, sich Shopping-Tipps gegeben und drei Flaschen Champagner gekillt. Jasmine wusste, dass sie bald aufhören musste. In ihrem Kopf drehte sich alles, und sie wollte an ihrem Hochzeitstag keinen Kater haben. Aber sie hatte so einen Spaß in diesem märchenhaften Schloss mit dem Himmelbett und den antiken Möbeln und natürlich mit ihren zwei Freundinnen und ihrer kleinen Schwester. Jetzt zeigte sie Cookie und Crystal, wie man strippt. (Gott, sie mussste ganz schön betrunken sein.)

»Weiter! Weiter! Mach uns einen Striptease!« Chrissie klatschte fröhlich in die Hände, als sie sich Jasmines Vorstellung anschaute.

Cookie versuchte, es nachzumachen, fiel aber mit einem urkomischen Satz rückwärts auf das Bett.

»Das ist das Baby«, lachte sie. »Es bringt mich aus dem Gleichgewicht. Normalerweise gebe ich eine erstklassige Stripperin ab, ehrlich.«

Jasmine tanzte rüber zum Bett und half ihrer schwangeren Freundin wieder auf die Beine.

»Meine Mutter hat erzählt, dass ich mit sieben aus dem Ballettunterricht rausgeflogen bin, weil ich so wenig Haltung und Anmut hatte«, kicherte Crystal und taumelte, als sie versuchte, so herumzuwirbeln wie Jasmine. Ihre Wangen waren gerötet, und sie war ganz außer Atem.

»Na ja, nicht gerade Darcy Barnell, oder, Baby?«, stimmte Cookie zu.

»Du siehst genauso anmutig aus wie eine Ballerina, Jazz«, sagte Crystal, die plötzlich stehen blieb und ihre Freundin voller Bewunderung ansah. »Du siehst … Du siehst …«, sie strich sich ihre Haare aus dem Gesicht. »Du siehst so scharf aus, dass ich dir am liebsten die Augen auskratzen würde, wenn du nicht meine beste Freundin wärst!«

»Ich kann das auch«, klinkte Alisha sich in die Unterhaltung ein, stellte sich vor Jasmine und wackelte wie ihre Schwester mit ihrem kleinen Hintern.

Jasmine trat einen Schritt zur Seite und überließ Alisha die Tanzfläche. Das Mädchen hatte zweifellos Rhythmusgefühl. Sie konnte sich sicherlich bewegen, aber es war alles zu offensichtlich, zu provokativ. Jasmine fand, dass Alisha sich zu sehr anstrengte, aber sie wusste, dass ihre Schwester keine konstruktive Kritik hören wollte, sondern Lob und Anerkennung. Das war etwas, das ihrer Mutter nicht oft über die Lippen kam.

»Das ist klasse, Lish«, sagte Jasmine begeistert. »Du bist ein echtes Naturtalent, Süße.«

Aber Cookie und Crystal hatten das Interesse an der Stripshow verloren und kicherten auf dem Bett.

»Sollen wir?«, fragte Cookie.

»Och, ich weiß nicht«, antwortete Crystal. »Sie sollte wirklich bis morgen warten.«

Alisha hörte auf zu tanzen. Jasmine merkte, dass sie von dem lauwarmen Zuspruch enttäuscht war.

»Du warst großartig, Lish«, sagte sie.

»Ja, aber nicht so großartig wie du, oder?«, schnauzte sie. »Ich bin noch niemals in irgendwas so gut gewesen wie du, nicht wahr?«

»Alisha!«, sagte Jasmine, die über den Ausbruch ihrer Schwester bestürzt war. »Sei nicht so empfindlich. Ich bin ja auch älter. Ich hatte jahrelang Zeit, das zu üben.«

»Ja, aber es geht ja nicht nur ums Tanzen. Es geht um alles. Sieh dich an. Denk an das, was morgen passieren wird. Dieser Ort«, Alisha ließ ihre Arme durch den prachtvollen Raum schwingen. »So was erleben keine normalen Leute.«

»Ich habe einfach Glück gehabt«, Jasmine drückte liebevoll den Arm ihrer kleinen Schwester. »Für dich werden auch noch gute Zeiten kommen.«

»Nee.« Alisha schüttelte den Kopf. »Du bist was Besonderes, Jasmine. Das bist du immer schon gewesen, und manchmal ist es schwer, in deinem Schatten zu stehen.«

»Für mich war es auch nicht immer einfach, Lish«, erinnerte Jasmine sie. »Ich bin immer die Außenseiterin gewesen, vergiss das nicht. Ich war niemals Mums kleines Baby, so wie du.«

Alisha zog skeptisch die Augenbraue hoch. »Ach was? Und eine gemeinsame DNA mit Mum zu haben ist eine gute Sache, was?«

»Nuuun …« Jasmine musste zugeben, dass Alisha in diesem Punkt recht hatte. Ein strahlendes Vorbild war Cynthia nicht.

Alisha war jetzt so richtig in Fahrt. »Ich sage dir was, Schwesterherz, du kannst soooo froh sein, dass du nicht mit uns verwandt bist. Sieh dir den Rest von uns doch an – ein Haufen zwielichtiger Gestalten. Ich weiß nicht, woher du kommst, aber aus besseren Verhältnissen als ich, das ist doch wohl klar.«

Jasmine schaute zu Cookie und Crystal hinüber. Sie taten so, als wären sie tief in ihre Unterhaltung versunken, aber an ihren Gesichtsausdrücken konnte sie erkennen, dass sie zuhörten.

Jasmine senkte ihre Stimme.

»Hör zu, Alisha«, sagte sie, legte eine Hand auf jede Wange des Mädchens und sah ihr direkt in die Augen. »Es mag sein, dass wir keine Blutsverwandten sind, aber du bist die einzige Schwester, die ich habe. Ich liebe dich. Vergiss das niemals.«

Alisha wurde rot und zog ihr Gesicht aus Jasmines Händen. »Verflixt nochmal, Jazz. Wie viel Champagner hast du gehabt? Jetzt werd nicht sentimental, Mädchen. Vergiss, dass ich meine große Klappe aufgemacht habe. Es ist ja nicht deine Schuld, dass du so verdammt perfekt bist, nicht wahr? Also, ich gehe eine rauchen.« Sie schüttelte ihr Haar trotzig, aber Jasmine sah den Anflug eines Lächelns auf Alishas Lippen, als sie durch die Glastüren auf dem Balkon verschwand.

»Na, kleine Reibereien unter Geschwistern?«, fragte Crystal.

Jasmine zuckte mit den Schultern. »Ganz normaler Familienkram.«

»Hey, sollen wir ihr das Geschenk jetzt geben?«, fragte Cookie aufgeregt.

»Na ja, sie sollte eigentlich bis nach der Hochzeit warten …«, stichelte Crystal.

»Aber dann wird sie es morgen nicht ausführen können, oder?«, gab Cookie zu Bedenken.

»Das stimmt …«, grübelte Crystal.

Cookie ließ provokativ eine schwarze Tüte um ihren Finger kreisen. Sie ließ Jasmine einen Blick von dem weißen Logo erhaschen. Die ineinandergreifenden Cs waren ein todsicherer Hinweis.

Jasmine schnappte nach Luft. »Ihr habt mir etwas bei Chanel gekauft?« Jasmine besaß noch nichts von Chanel. Sie hatte immer das Gefühl gehabt, dass das Label zu erwachsen und zu elegant für sie war.

»Na ja, du wirst morgen eine alte verheiratete Frau sein, also erschien es uns passend«, grinste Crystal.

»O Gott. Ihr habt doch wohl kein Vermögen für mich ausgegeben, oder?«

Cookie und Crystal sahen sich an und fingen an zu lachen. »Natürlich haben wir ein Vermögen für dich ausgegeben«, sagte Cookie. »Aber es ist das Vermögen der Jungs, also würde ich mir darüber nicht allzu viele Gedanken machen. Sie können es sich leisten.«

Das stimmte wohl, dachte Jasmine.

»Also, dann kommt schon, und hört auf, mich auf die Folter zu spannen. Ihr müsst es mir jetzt geben.«

»Müssen wir?« Cookie versteckte die Tüte hinter ihrem Rücken.

»Nun mach schon«, sagte Crystal schließlich. »Gib es ihr.«

Jasmine löste das schwarze Seidenband vom oberen Ende der Tüte und öffnete sie langsam. Darin befand sich eine weiße Box. Sie nahm den Deckel ab und sah ihre Freundinnen an. Sie kicherten vor Aufregung. Der Inhalt war in Seidenpapier eingewickelt. Jasmines Herz klopfte vor freudiger Erwartung. Vorsichtig entfernte sie die Schichten von Papier, und zum Vorschein kam die exquisiteste, butterweichste Ledertasche, die sie jemals gesehen hatte. Es war ein klassisches, gestepptes Chanel-Modell mit Goldketten als Riemen und einem diamantenbesetzten Griff. Jasmine schnappte nach Luft, nahm die Tasche vorsichtig aus der Box und zog sie an ihre Brust.

»Das ist die schönste Tasche, die ich jemals gesehen habe«, rief sie.

»Schau mal rein«, drängte Crystal. »Sieh dir die Verarbeitung an.«

Die Tasche war mit dunkelrotem Leder gefüttert.

»Man nennt sie 2.55«, erklärte Cookie. »Und sie ist von Coco Chanel 1955 höchstpersönlich entworfen worden. Von dieser riesigen Chloe Paddington, die du mit dir herumschleppst, kriegst du noch eine Sehnenscheidenentzündung. Und sieh mal, hier ist sogar ein Geheimfach für deine Liebesbriefe!«

Jasmine öffnete den Reißverschluss zu einem Fach in einer zweiten Innentasche und fand eine Karte.

»Für die beste Freundin, die man haben kann. Einen schönen Hochzeitstag! Von deinen größten Fans, Cookie und Crystal xxxxxxx«, stand darauf.

Jasmine liefen die Tränen die Wangen hinunter, als sie ihre Freundinnen umarmte und sie auf die Wangen küsste. Nicht auf diese gekünstelte Art unter Promis, sondern ehrlich und herzlich, so wie sich beste Freundinnen in den Schlafzimmern auf der ganzen Welt umarmten.

»Aber das Beste ist«, sagte Crystal, »dass dieses Schmuckstück mit Griffen aus neunkarätigem Gold und echten Diamanten an der Schnalle eine limitierte Ausführung ist. Es gibt eine Warteschlange so lang wie die Bond Street, und rate mal, wer ganz oben auf dieser Liste steht?«

»Wer?«, fragte Jasmine mit weitaufgerissenen Augen. »Sagt nicht Victoria. Ich möchte Victoria nicht verärgern.«

»Nein, nicht Mrs Beckham, du Dummchen, viel besser.«

»Madeleine!«, riefen alle drei Mädchen gleichzeitig, und dann brachen sie vor lauter Lachen auf dem Bett zusammen.

»Habe ich was verpasst?«, fragte Alisha, als sie vom Balkon wieder hereinkam.

Aber die anderen konnten ihr vor lauter Lachen nicht antworten.

23 Charlies ›Schwachkopf‹-Antennen summten laut. Nachdem er jetzt jahrzehntelang Kontakt zu den zwielichtigsten Londoner Geschäftemachern gehabt hatte, war sein integrierter Bullshit-Radar ein fein abgestimmter Bestandteil seiner Ausrüstung. Charlie hatte keine fünf Minuten gebraucht, um herauszufinden, dass Brett ein Wichser erster Güte war. Der Hollywood-Megastar war für Charlie eine Riesenenttäuschung. Okay, er sah wie einer aus, mit seinen perfekt zerknitterten Designerklamotten, seiner gebräunten Haut und seinem Megawatt-Lächeln, aber seine ›übersprühende‹ Persönlichkeit war an diesem frühen Samstagmorgen einfach zu viel für Charlie. So traurig es auch war, Charlie hatte sich wirklich darauf gefreut, mit Leuten der A-Liste zusammenzukommen. Und es hatte ihn nervös gemacht. Er hatte geglaubt, er würde sich minderwertig und unbehaglich fühlen. Aber nein, es gab keinen Grund, sich Brett gegenüber minderwertig zu fühlen. Der Typ war ein Idiot. So einfach war das.

Brett hörte sich gerne reden. Er hatte in einer Tour gesprochen, seit sich die Gruppe in der VIP-Lounge am Flughafen in Malaga getroffen hatte. Während Lila und Maxine sich leise miteinander unterhielten und Carlos Russo in seine Zeitung vertieft war, redete Brett mit, ach nein, nicht mit, sondern auf Charlie ein. Und er redete und redete und redete – über sich selbst, seinen letzten Film, seinen neuen Film, sein Sportprogramm, seine Diätvorschriften, seine Autos, seine Häuser, seine sexy Co-Stars, seine Kusstechniken, seine Nacktheitsklauseln. Jetzt saß er seit einer Stunde im Flugzeug neben Charlie und redete immer noch. Er hatte Charlie nicht eine einzige Frage gestellt. Nicht, dass Charlie besonders gerne über sich sprach, aber ein »Wie geht's?« wäre einfach nur höflich gewesen.

Brett senkte die Stimme zu einem konspirativen Flüstern und blickte über die Schulter, um sicherzugehen, dass seine Frau, die zwei Reihen hinter ihm saß, nichts hörte.

»Und wissen Sie was, Charlie, einige der jungen Schauspielerinnen haben phantastische Körper«, sagte er und grinste schelmisch. »Warum sollte ich mich in den Nacktszenen doubeln lassen, Mann? Mein Gott, ich bekomme Millionen dafür, mich an der feinsten weiblichen Haut der Welt zu reiben. Und wenn die Kameras nicht mehr laufen, genehmige ich mir ein paar ernsthafte Aktionen, wenn Sie verstehen.«

Charlie ›verstand‹ ihn. Er hielt den Mann für ein komplettes Arschloch, weil er mit seinen außerehelichen Eroberungen prahlte, während er mit der schönsten Frau der Welt verheiratet war, aber Charlie hatte ganz klar verstanden.

Brett leckte sich die Lippen und setzte seinen Monolog fort. »Die Leute fragen sich, wie meine Ehe die große räumliche Distanz übersteht, aber ich sage Ihnen was, Mann, fünftausend Meilen weit weg ist die beste Entfernung, die ich mir vorstellen kann. Meine Frau ist so weit weg von L. A., dass sie nicht den Hauch einer Ahnung hat, was dort abgeht. Ich meine, Lila ist eine tolle Frau, aber sie ist heute kein junger Hüpfer mehr, und ein Mann hat so seine Bedürfnisse, nicht wahr?«

Charlie zuckte mit den Schultern. »Nehmen Sie es mir nicht übel, aber ich finde, dass sie eine großartige Frau haben.«

Brett grinste. »Herrgott, Charlie, ich liebe meine Frau. Das ist klar. Sie ist gutherzig, klug, und sie macht einen richtig guten Job, indem sie die Kinder erzieht. Und ich denke, dass sie für ihr Alter immer noch richtig gut aussieht. Aber sie ist halt

eine richtige Frau, sie hat zwei Kinder, sie hat Schwanger-
schaftsstreifen!«

Bei diesem Gedanken schien Brett zusammenzuzucken. Er
kräuselte die Oberlippe und schauderte ein wenig.

Ja, weil sie deine Kinder zur Welt gebracht hat, du Blödmann,
dachte Charlie, auch wenn er nichts sagte.

»Um ehrlich zu sein, Mann, Frauen bringen es bei mir
nicht. Ich stehe immer noch auf Mädchen, wenn Sie wissen,
was ich meine?« Brett seufzte und schien plötzlich in der ein
oder anderen schäbigen Erinnerung versunken zu sein.

Charlie wusste, was er meinte. Viele junge Mädchen waren schön, das war klar. Und in Hollywood waren die meisten jungen Mädchen schön. Aber Charlie fand jüngere Frauen
ein wenig lästig. Sie redeten zu viel über frivole Dinge, hatten einen schlechten Musikgeschmack, kicherten, waren unsicher, was ihre Körper anging, und waren permanent mit
ihrem Aussehen beschäftigt. Er dachte kurz an Nadia, sieben-
undzwanzig, und für Charlie noch viel zu jung. Er hoffte, dass
sie in Sicherheit war. Das hätte zwischen ihnen niemals gehalten, aber er war verliebt in sie, und der Gedanke, dass sie in
Gefahr sein könnte, machte ihn krank.

Nein, Charlie bevorzugte Frauen über dreißig. Er fand sie
attraktiver und faszinierender. Er drehte sich um zu Lila. Sie
hatte ihren Kopf zu Maxine hinübergeneigt und hörte ihrer
Freundin aufmerksam zu. Ihre glänzenden Haare wippten auf
und ab, als sie einer Bemerkung zustimmte. Sie schaute einen Augenblick lang auf und merkte, dass Charlie sie ansah.
Sie errötete und schaute zu Brett. Himmel, wenn er nur eine
Frau wie diese hätte …

»Die jungen Dinger sind noch so grün hinter den Ohren.«
Brett redete immer noch. »Unerfahren und leicht zu beeinflussen. Sie machen alles, was ich mir von ihnen wünsche, und
ich meine *alles*, Mann.«

Brett lehnte sich in seinem Sitz zurück, legte die Hände hinter den Kopf und grinste. Er war so verdammt selbstzufrieden. Charlie hatte Lust, ihm genau in dieses widerliche Grinsen eine reinzuhauen, aber natürlich tat er das nicht. Stattdessen wechselte er ganz bewusst das Thema.

»Woher kennen Sie eigentlich Jasmine?«, fragte Charlie.

»Wen?«, fragte Brett desinteressiert.

»Jasmine«, wiederholte Charlie ungläubig. »Meine Patentochter. Wir sind auf dem Weg zu ihrer Hochzeit.«

»Ach Gott, ja, das Mäuschen, dass den Fußballspieler heiratet«, Brett lachte ganz und gar nicht verlegen. »Mann, ich sitze in so vielen Flugzeugen, dass ich nie ganz sicher bin, wohin ich fliege. Brandy, mein Assistent da, kümmert sich um so was.«

Er deutete mit dem Kopf in den hinteren Teil des Flugzeugs, wo zwei persönliche Assistenten (einer gehörte zu Brett, der andere zu Carlos), ein Friseur (Maxines) und ein riesiger schwarzer Typ, von dem Charlie annahm, dass er ein Bodyguard (auch Bretts) war, saßen.

»Nein, ich hatte noch nicht das Vergnügen, die Braut kennenzulernen«, fuhr Brett fort. »Aber ich habe Bilder von ihr gesehen, und sie sieht wirklich heiß aus. Sie sind ihr Patenonkel, nicht wahr?«

Charlie nickte.

»Kein Blutsverwandter?«

Charlie schüttelte den Kopf.

»Also, hast du sie gehabt?«, fragte Brett mit großen Augen.

Charlie schüttelte den Kopf und schaute aus dem Fenster. Er spürte, wie eine Ader in seiner rechten Wange pulsierte. Das passierte immer, wenn er so richtig wütend war. Das war etwas, das er nicht kontrollieren konnte. Das Flugzeug befand sich irgendwo über Frankreich, und Inverness schien sehr, sehr weit weg zu sein.

Jasmine fühlte sich wie Aschenputtel in dem Disney-Film, als die Vögel und Tiere ihr ein Kleid für den Ball machen. Ihr wurde ganz schwindelig von all den Leuten, die um sie herumschwirrten. Der Friseur gab ihrer Frisur den letzten Schliff, während die Kosmetikerin Lipgloss auftrug. Mit dem nackten Fuß auf Jasmines Rücken hatte die Stylistin versucht, das Mieder enger und enger zu schnüren, und entschied jetzt, Jasmine mit ein paar Stichen in das Kleid einzunähen. Jasmine fand das verrückt – sie würde das Kleid nur für die Zeremonie und die ersten Fotos tragen, dann würde sie sich für den Empfang umziehen (ein Vivienne-Westwood-Modell im Schottenmuster), und später würde sie ihr Reiseoutfit tragen (ein Robert-Cavalli-Maxikleid mit einem heißen exotischen Druck schien passend für die Reise auf die Seychellen). Der Assistent des Fotografen hielt das Beleuchtungsgerät vor ihr Gesicht und löste einen Blitz aus, der einem die Tränen in die Augen trieb. Jasmine war das alles gewohnt. Mit so etwas verdiente sie ihr Geld (aber normalerweise trug sie dabei weniger Klamotten).

Die Frauen von *Scoop!* flitzten wie die Ameisen, flatterten herum, hantierten mit Klemmbrettern und Handys und stolperten bei dem Versuch, alles rechtzeitig perfekt vorzubereiten, über ihre hohen Hacken. Camilla, die Art-Direktorin der Zeitschrift und der Promifotograf führten eine erhitzte Debatte darüber, aus welchem Blickwinkel man das Kleid in seiner ganzen Pracht am besten fotografieren konnte. Jasmine hörte, wie ihre Schwester darüber jammerte, dass ihr pinkfarbenes Minikleid zu lang war, und Cookie beschwerte sich darüber, dass sie mit ihrem Babybauch total fett aussah. Sie hatte kaum die Gelegenheit, aus dem Fenster zu schauen, aber alle behaupteten, dass es ein perfekter, sonniger Tag war. Crystal kam herüber und gab Jasmine ein Glas Champagner.

»Du siehst klasse aus«, rief Jasmine und strich über das trägerlose, blassrosa Brautjungfernkleid. »Die Farbe steht dir super, Süße.«

Crystal lächelte. »Danke, Liebes, aber neben dir werden wir heute wohl alle erblassen. Du siehst ...«

Crystal trat einen Schritt zurück und betrachtete Jasmine. »Du siehst einfach nur bezaubernd aus.«

»Echt?«, fragte Jasmine. Sie war nervös. Sie konnte sich nicht sehen. Ihr Kleid, ihr Make-up, ihr Haar, alles lag in den Händen der Profis, und die ließen sie nicht in die Nähe eines Spiegels, solange sie nicht komplett fertig waren.

Crystal stand mit offenem Mund da und nickte. »Einfach toll, Jazz«, bestätigte sie. »Besser geht's nicht. Mir fehlen die Worte. Du bist so total ...«

»Kannst du bitte aus dem Bild gehen, Brautjungfer?«, rief der Fotograf ungeduldig. »Ich möchte nur Jasmine.«

Camilla scheuchte Chrissie weg.

»Sind wir hier bald fertig?«, fragte Camilla den Friseur, die Kosmetikerin, die Stylistin und den Fotografen. »Jasmine könnte jetzt vielleicht ein paar Minuten Ruhe gebrauchen. Das hier ist schließlich eine Hochzeit und nicht einfach ein Shooting für eine Zeitschrift.«

Jasmine war Camilla sehr dankbar. Der Vormittag war so hektisch gewesen, dass sie nicht eine Minute Zeit gehabt hatte, darüber nachzudenken, was sie da gleich machen würde.

»Ist Charlie hier?«, fragte sie Camilla und machte sich plötzlich Sorgen darüber, dass sein Flugzeug möglicherweise Verspätung haben könnte. Solange sie Charlie an ihrer Seite hatte, war alles in Ordnung.

»Natürlich, Charles ist hier, Schätzchen«, sagte Camilla. »Er wartet in der Bibliothek auf dich. Er ist ein charmanter Mann, und er sieht tierisch gut aus in seinem Cut. Man würde niemals auf die Idee kommen, dass er aus Essex stammt.«

Camilla klatschte laut in die Hände und rief: »So, ihr Lieben, Zeit zu gehen. Husch! Husch!«

Sie schob die versammelte Meute in Richtung Tür.

»Die Brautjungfern warten unten mit dem Patenonkel der Braut. Du …« Sie zeigte auf einen Fotografen. »Du wartest vor den Türen zum Salon. Wie besprochen, gehen wir von dort aus los. Alle anderen … gehen zur Kirche. Los jetzt!«

Plötzlich war es im Zimmer sehr still. Zum ersten Mal wurde Jasmine so richtig nervös und bekam weiche Knie. Sie war im Begriff zu heiraten. Das kam ihr völlig irreal vor. So als würde es jemand anderem passieren.

»Bist du bereit, dich anzuschauen?«, fragte Camilla. Sie lächelte warm, nahm Jasmine beim Ellbogen und führte sie zu dem Ganzkörperspiegel in der Ecke des Zimmers. Jasmines Beine gehorchten ihr nicht so recht, als sie versuchte, mit der schweren Schleppe durch den Raum zu gehen. Wie sollte sie es nur bis in die Kirche und vor den Altar schaffen?

Und dann sah sie sich – das Mädchen im Spiegel. Das Mädchen, das sie anstarrte, war nicht die Stripperin aus Dagenham, sondern eine Prinzessin aus einer anderen Welt. Sie kämpfte mit den Tränen.

Jasmine liebte das Kleid. Es war ein Traum. Es war von Elie Saab höchstpersönlich entworfen worden und bestand aus der feinsten elfenbeinfarbenen Seide. Das Oberteil war schulterfrei, figurbetont und mit 25 000 handgenähten pinkfarbenen Diamanten und 18 000 pinkfarbenen Perlen besetzt. Selbst die Träger, die sich auf ihrem Rücken kreuzten, waren mit echten pinkfarbenen Perlen versehen. Der Rock war so bauschig, dass dreißig Meter Stoff nötig gewesen waren, um ihn zu nähen. Um den Hals trug sie eine unbezahlbare Platinkette mit pinkfarbenen Diamanten, die Camilla von DeBeers geliehen hatte, und eine passende Krone saß auf ihrem Kopf. Ihre Haare waren seitlich hochgesteckt und kleine Strähnchen hingen lose herunter. Der Rest fiel offen und lang in weichen Locken über den Rücken. Unter ihrem Rock schauten ihre extra angefertigten Jimmy-Choo-Pumps hervor – silberne Riemchensandalen, die mit weiteren 200 Diamanten pro Schuh besetzt waren.

»Bist du glücklich?«, fragte Camilla.

Jasmine nickte, aber sie bekam kein einziges Wort heraus. Sie war noch mehr als glücklich. Sie lebte einen Traum.

»Nicht weinen«, warnte Camilla. »Denk an die Nahaufnahmen, und spar dir deine Tränen, bis wir eine Kosmetikerin in der Nähe haben! Es wäre eine Schande, dein Augen-Make-up jetzt zu verschmieren.«

Charlie ging in der großen Bibliothek auf und ab und schaute abwechselnd auf seine Armbanduhr und zur Tür. Jasmine war schon fünf Minuten zu spät, und die Warterei bescherte ihm feuchte Handflächen.

»Sie wird in einer Minute hier sein«, sagte Crystal. »Bräute sind immer zu spät. Das ist ein Gesetz.«

Und dann kam endlich die vornehme alte Tussi herein, die die ganze Hochzeit organisiert hatte.

»Darf ich die Braut vorstellen?«, kündigte sie ziemlich förmlich an.

Und dann stand diese hinreißende junge Frau in dem schicksten Kleid, das er jemals gesehen hatte, vor ihm, und er konnte es nicht fassen, dass es Jasmine war, seine süße kleine Jasmine. Irgendwie hatte er über die Jahre, während alle Welt zugesehen hatte, wie sie sich in eine atemberaubende Schönheit verwandelte, immer nur die Tochter seines besten Freundes in ihr gesehen. Süß, große Augen, immer ein Lächeln auf den Lippen, aber eben Jasmine. Und selbst jetzt, als sie in all ihrer Pracht vor ihm stand, sah Charlie das süße kleine fünfjährige Mädchen, das vom Schoß ihres Vaters springt und ihm mit einem herzerweichenden Lächeln mit ausgestreckten Armen entgegenläuft. Wenn ihr Vater sie jetzt nur sehen könnte. Charlie merkte, wie er sentimental wurde.

»Reiß dich zusammen, Mann«, befahl er sich ernst.

»Sehe ich okay aus?«, fragte Jasmine vorsichtig.

Charlie ging auf sie zu, nahm ihre Hand und küsste ihren Handrücken. »Du siehst sensationell aus, Jasmine«, sagte er. »Es ist mir eine Ehre und ein Privileg, dich zum Altar zu führen.«

Er hätte nicht stolzer sein können, wenn er ihr Vater gewesen wäre.

Als sie Arm in Arm nach draußen traten, konnte Charlie die Presse-Hubschrauber über ihnen kreisen hören. Sie waren den ganzen Morgen über dem Schloss herumgekreist und hatten verzweifelt versucht, Fotos von der Hochzeit zu machen, aber Camilla hatte das vereitelt. Die Hochzeitsparty fand außerhalb des Schlosses statt. Durch die Glastüren im Salon ging man direkt in einen Tunnel aus roten und weißen Blumen, der sich über den ganzen Weg zur Kirche, etwa zweihundert Meter entfernt, erstreckte. Dieser Gang war extra für diese Gelegenheit aufgebaut worden und schützte sie alle komplett vor der Presse.

Charlie drückte Jasmines Arm leicht, als er sie den Weg entlangführte. Hinter ihnen folgten Crystal, Cookie und Alisha, die immer wieder stehen blieben, um die Schleppe zu glätten. Vor ihnen spielte eine Dudelsack-Band und geleitete sie in voller Highland-Montur zur Kirche. Zwischen ihnen wuselte der offizielle Fotograf herum. Er tänzelte zurück, blieb stehen und reckte sich, um jeden Augenblick für die Zeitung festzuhalten. Und dann kamen sie bei der Kirche an. Der Fotograf machte noch ein paar Fotos und verschwand dann im Inneren. Charlie blieb vor der schweren Holztür zur Kirche stehen und drehte sich zu Jasmine um.

»Bist du bereit?«, fragte er.

»Bist du bereit?«

Charlies Worte schwirrten Jasmine im Kopf herum.

Bin ich bereit?, fragte sie sich. Oh, verdammt, bin ich wirklich bereit? Das ist für immer. Bin ich dazu bereit?

Sie schluckte schwer. Sie wusste, dass sie Jimmy liebte. Sie wusste, dass sie immer von diesem Tag geträumt hatte. Warum hatte sie dann so große Angst davor, durch diese Tür zu gehen?

Charlie sah sie leicht besorgt an.

»Jasmine«, sagte er. »Alles in Ordnung?«

»Komm schon, Jazz«, quengelte Alisha. »Meine Füße bringen mich um in diesen Schuhen. Ich muss mich setzen.«

Jasmine schloss die Augen und atmete tief durch. Sie zählte bis zehn und wartete darauf, dass ihr Herz aufhörte, ihr bis zum Hals zu klopfen. Sie hatte keine andere Wahl. Das war nur der Bammel in letzter Minute.

»Also«, sagte sie endlich. »Los!«

»Gott sei Dank, verdammt«, murmelte Alisha, als sie die Kirche betraten. »Ich dachte schon, du würdest …«

Und dann trat die Braut ihren Gang zum Altar an, und Alishas Worte wurden von dem tiefen Einatmen der Gäste verschluckt.

Jasmine spürte, wie sich Hunderte von Augen in sie hineinbohrten, hörte gedämpfte Stimmen, die ihren Nachbarn etwas zuflüsterten, und den Gospelchor, der ›O Happy Day‹ sang. Die Gemeinde war eine Ansammlung von verschwommenen Gesichtern, sie konnte niemanden erkennen – weder ihre Familie noch die Freunde oder berühmte Gäste. Ihr Kopf fühlte sich seltsam an, irgendwie leicht, so als würde er sich jeden Moment von ihren Schultern lösen und durch eins der bunten Kirchenfenster in den hellblauen Himmel über ihnen fliegen. Auch wenn sie auf den Altar zuging, war sie sich nicht sicher, wie sie das schaffte, denn sie hatte absolut kein Gefühl in den Beinen. Gott sei Dank war Charlie da. Er hielt ihren Arm ganz fest und hielt sie aufrecht.

Und dann entdeckte sie Jimmy, er saß in der ersten Kirchenreihe rechts, sah sich zu ihr um und grinste wie ein Kind zu Weihnachten. Er sah so glücklich aus. Er wirkte glücklicher, als sie sich fühlte. Warum? Aber was ihr am meisten auffiel, war, dass er wie ein kleiner Junge aussah. Ein kleiner Junge, der sich den Anzug seines Vaters ausgeliehen hatte. O Gott, machte sie das Richtige?

Jasmines Herz klopfte ihr wieder bis zum Hals, und die undeutlichen Gesichter verschwammen vor ihren Augen. Konzentrier dich! Konzentrier dich!, befahl sie sich und hatte Angst, dass sich die Panik in ihrer Brust auf ihrem Gesicht widerspiegelte. Konzentrier dich auf irgendwas, befahl sie sich. Sie war jetzt fast am Ende des Ganges und kam Jimmy, dem Pfarrer und den Worten ›Ja, ich will‹ immer näher. Jasmine zwang sich, sich auf das nächste Gesicht zu konzentrieren. Dunkles Haar und feine Züge verschwammen vor ihren Augen, und dann erkannte sie Louis, der freundlich lächelte und »viel Glück« zu ihr sagte.

Lila konnte ihre Augen nicht von der Braut abwenden. Ja, Jasmine sah unverschämt gut aus (wenn auch ein wenig prinzessinnenhaft) in ihrem Traum von einem Kleid, aber das war es nicht. Nein, es war der Ausdruck von blankem Entsetzen in den großen braunen Augen des Mädchens, der Lila fesselte. Sie hörte sich selbst seufzen, bereute es direkt und hoffte, dass es niemand sonst gehört hatte. Hochzeiten waren nicht der richtige Ort für reumütige Seufzer. Aber die Braut sah so verstört aus!

Lila schaute zum Altar auf den Bräutigam, der im Gegensatz zu seiner Zukünftigen begeistert war. Lila dachte, dass Jimmy in seinem Bräutigamsanzug ganz falsch aussah. Das passte überhaupt nicht zu ihm. Er hatte gegeltes, zurückgekämmtes Haar, seine silbergraue Krawatte und sein Hemd waren aus derselben Seide, und seine Zähne waren viel zu weiß für seine gebräunte Haut. Er war süß, aber er hatte keine Ausstrahlung. Und es fiel Lila auf, dass er mehr ein Junge war als ein Mann. Das beschäftigte sie. Sie hatte einen solchen Mann damals selbst geheiratet, und jetzt, zehn Jahre später weigerte er sich immer noch, erwachsen zu werden. Sie schaute kurz zu ihrem Mann hinüber, der neben ihr saß, und zuckte zusammen. Amerikaner wussten nie, wie man sich in britischen Kirchen benahm. Brett räkelte sich mit gespreizten Beinen in der Bank herum und nahm viel mehr Platz ein als nötig. Er klopfte mit seinen Händen auf die Schenkel, während der Chor ›O Happy Day‹ sang. Außerdem kaute er geräuschvoll Kaugummi, und was Lila noch viel schlimmer fand, er trug immer noch seine Sonnenbrille! Sie wusste nicht, wo seine Augen hinwanderten, vermutete aber, dass sie auf dem Dekolleté der Braut ruhten, das das Kleid zu sprengen drohte, als sie vorbeiging.

Lila war schon mit einem schlechten Gefühl Brett gegenüber aufgewacht. Nicht, dass Brett etwas getan hätte. Eigentlich war er so aufmerksam, charmant und sexy wie immer, seit er in Spanien war. Sie hatten gekuschelt, geplaudert und sich geliebt. Er spielte mit den Kindern, unterhielt sich mit ihrem Vater über Golf und half ihrer Mutter sogar beim Kochen. Aber sie hatte letzte Nacht wieder einen ihrer Träume gehabt, und deshalb hatte sie ihm gegenüber am Morgen eine gewisse Distanz empfunden.

Lila hatte diese Träume schon, solange sie denken konnte. Nicht immer denselben Traum: verschiedene Orte, wechselnde Szenarios veränderte Zeitrahmen. Die einzige konstante Größe in diesem Traum war ein Mann (er war ein Junge gewesen, als sie jung war, aber er ist mit ihr erwachsen geworden). Während des Traums wusste sie immer genau, wie er aussah, und sein Gesicht war ihr so vertraut wie ihr eigenes. Aber wenn sie aufwachte, konnte sie sich beim besten Willen nicht mehr an sein Gesicht erinnern. Im Traum war dieser Mann ihr Partner. Nein, mehr als das, ihr Seelenverwandter. Was auch immer sie in der Traumwelt zusammen erlebten, sie waren ein Team. So einfach war das. Er war der Mann, bei dem sie sich zu Hause fühlte. Die andere Hälfte ihres Puzzles. All diese kitschigen Klischees.

Lila schlief mit diesem Mann. Allerdings hatte sie schon mit ihm geschlafen, als er noch ein Junge und sie ein Mädchen waren, lange bevor sie es im wirklichen Leben getan hatte. Sex war immer sehr schön, aber das war nicht der Kern ihrer Beziehung. Das Wichtigste an ihm war, dass sie sich bei ihm fühlte wie … ja wie? Wie sollte sie es beschreiben? Ja, das war es. Bei ihm fühlte sie sich wie Lila. Wie Lila sich fühlen sollte. Zufrieden in ihrer eigenen Haut, wirklich geliebt und verehrt als die Person, die sie war, gewesen ist und werden würde.

Wenn sie aufwachte und ihr klarwurde, dass er nicht da war und niemals da sein würde, fühlte Lila sich jedes Mal beraubt. Tatsache war, dass sie ihn vermisste. Sie fühlte sich alleine und fror, wenn er in der wirklichen Welt nicht da war. Als sie also heute Morgen wach wurde, ihre Augen öffnete und Brett neben sich liegen sah, empfand sie das als eine große Enttäuschung. Brett war ein großartiger, charismatischer und talentierter Mann, aber er war nicht Lilas Traummann. Er war ihr Ehemann. Er war echt. Und wie alle echten Menschen hatte er Fehler. Sie wusste, dass es unlogisch war, auf Brett sauer zu sein, weil er bei dem Vergleich mit dem Mann aus ihren Träumen den Kürzeren zog, aber sie war es trotzdem. Wenn sie mit dem Heiraten länger gewartet hätte, hätte sie vielleicht die andere Hälfte ihres Puzzles getroffen. Vielleicht war sie einfach zu jung gewesen.

Lila konzentrierte sich wieder auf den Moment. Jasmine

und Jimmy drehten Lila den Rücken zu, als der Pfarrer von Liebe, Hingabe und Ehe sprach. Sie kannte Jasmine kaum, geschweige denn Jimmy, aber sie bezweifelte, dass das eine glückliche Ehe werden würde. Sie hatte es in Jasmines Augen gesehen. Die Braut hatte jetzt schon Zweifel. Lila seufzte wieder. Dieses Mal laut. Maxine drehte sich in ihrer Bank um und flüsterte: »Kopf hoch. Das ist keine Beerdigung!« Lila lächelte ihre Freundin an, aber sie war nicht glücklich. Hochzeiten sollten aus reiner, perfekter Liebe stattfinden. Aber wo man auch hinsah, gab es diese Beziehungen voller Kompromisse. Man musste sich nur Maxine und Carlos ansehen. Es war Maxis vierte ernsthafte Beziehung, und sie musste sich noch immer mit ›fast am Ziel‹ statt mit ›glücklich bis an ihr Lebensende‹ begnügen. Sie fragte sich, ob überhaupt jemand den Mann seiner Träume fand.

Als der Pfarrer die Gemeinde fragte, ob jemand der Anwesenden einen Grund wüsste, aus dem Jimmy und Jasmine nicht in den heiligen Bund der Ehe eintreten sollten, war Lila ernsthaft versucht, aufzustehen und zu rufen: »Er ist nicht der Mann deiner Träume, nicht wahr, Jasmine? Du bist jung. Du hast noch Zeit. Mach dich auf die Suche nach deinem Traum, Jasmine.« Aber natürlich sagte sie nichts. Und als das Paar erst einmal zu Mann und Frau erklärt worden war, und Jimmy Jasmine viel zu lange geküsst hatte, klatschte Lila mit allen anderen in ihrer Rolle als Gast in dieser berühmten großen Farce von der Hochzeit des Jahres.

24 Grace Melrose war völlig aus dem Häuschen. Sie kannte nicht viele der Gäste auf der Hochzeit, und die, die sie kannte, waren ausschließlich Leute, die sie irgendwann einmal interviewt hatte. Die Leute, die mit ihr am Tisch saßen, waren alle mit Partner da, aber Grace war allein (der Nachteil davon, eine ewige Geliebte zu sein). Nach der ersten, höflichen Konversation hatten sich alle wieder auf ihre eigenen Beziehungen konzentriert und die einsame Frau an ihrem Tisch ganz vergessen, die still an ihrem Champagner nippte. Viele Frauen hätten sich in ihrer Situation unwohl gefühlt, aber Grace genoss es. Es gab niemanden, der ihre Gedanken unterbrach, sie konnte jede kleinste Kleinigkeit von Jimmys und Jasmines Hochzeit aufnehmen und speicherte sie, um sie später zu verwenden. Mensch, hier war was los!

Der erste Tisch bot einen urkomischen, unvergesslichen Anblick. Jasmine und Jimmys Outfits waren aufeinander abgestimmt. Er trug einen Kilt – er war Schotte –, und Jasmine trug ein passendes, grün kariertes Kleid. Es sah sehr nach Vivienne Westwood aus (und es war wahrscheinlich auch einer ihrer Entwürfe) mit einem aufsehenerregenden Oberteil mit riesigem Ausschnitt und einem knielangen Rock mit einer Turnüre auf der Rückseite. Dazu trug sie die heißesten grünen Satin-Plateau-Peeptoe-Pumps, die Grace jemals gesehen hatte. Das sah sexy und sehr modern aus, aber es war nicht gerade ein bequemes Outfit für ein Fünf-Gänge-Gourmet-Menü. Doch selbst Grace musste zugeben, dass beide, die Braut wie auch der Bräutigam, positive Erregung ausstrahlten. Jimmy hielt Jasmines Hand und küsste sie auf den Nacken, woraufhin Jasmine kicherte und ihn spielerisch wegschubste. Sie schienen wirklich absolut glücklich zu sein. Irgendetwas tief in Graces Herz rührte sich, als sie die Frischvermählten beobachtete. Was war es? Hoffnung? Die Hoffnung, dass wahre Liebe wirklich existierte? Die Hoffnung, dass Grace auch eines Tages ›den Einen‹ finden würde? Nein! Die zynische Stimme der Vernunft gewann die Oberhand. Das war keine wahre Liebe. Jasmine und Jimmy Jones würden nicht zusammenbleiben. Wie viele Promiehen hielten heutzutage noch? Und was Grace betraf, *sie* und die wahre Liebe finden? Pah! Wer brauchte schon Liebe? Das war immer eine chaotische Angelegenheit. Grace wandte den Blick von dem glücklichen Paar ab.

Jimmys Vater stellte sich als ein ziemlich zorniger Mann mit einem Alkoholproblem heraus. Er hatte die geröteten Wangen und die großporige Nase eines chronischen Alkoholikers, und er genehmigte sich gerade sein fünftes Glas Whiskey (Grace hatte mitgezählt). Mr Jones senior saß neben der Mutter der Braut. Aber bei ihr gab es keinen lavendelfarbigen Bleistiftrock mit passender Jacke und Hut. Nein, nein, nein. Cynthia Watts hatte für die Hochzeit ihrer Tochter roten Satin und Leopardendruck ausgewählt. Das war also die Braut des Essex-Gangsters, dachte Grace, die ja ganz genau wusste, wer Cynthias Freund war. Keine Spur von Terry Hillman, was Grace sowohl mit Erleichterung als auch mit Enttäuschung feststellte. Nicht dass er jemand wäre, den Grace gerne kennengelernt hätte, aber sie war sich sehr wohl bewusst, dass es eine große Geschichte war, die nur darauf wartete, ans Licht zu kommen. Sie fragte sich, ob Blaine ihn von der Hochzeit ausgeschlossen hatte, um Jasmines Ruf zu schützen. Oder vielleicht war es ja auch Jasmine selbst gewesen, die ihm gesagt hatte, dass er nicht kommen sollte.

Cynthia hatte die Ausstrahlung einer Frau, die einmal attraktiv gewesen war, aber ihr mädchenhaftes Aussehen war durch Jahre der Armut, Not, Drogenabhängigkeit und der vierzig Zigaretten am Tag schon lange verblichen. Sie war dünn, sah verbraucht aus, und ihr Gesicht war für ihr Alter viel zu faltig. Wie alt mochte sie sein? Höchstens fünfundvierzig, entschied Grace. Ihr Haar war zu lang und zu blond gefärbt für eine Frau ihres Alters. Sie sah krank aus. Erschöpft. So, als hätte das Leben sie verschluckt, eine Weile auf ihr herumgekaut und sie mit einem lauten ›Igitt‹ wieder ausgespuckt. Grace hätte Mitleid mit dieser Frau haben können, wäre da nicht dieser grausame Zug um die Lippen und das eifersüchtige Flackern in den Augen gewesen, wann immer sie zu ihrer Tochter schaute.

Jimmys Mutter dagegen war eine richtig nette Frau mit rosa Wangen und einem schüchternen Lächeln. Sie hatte mindestens zwölf Kilo Übergewicht und trug ein entsetzlich unvorteilhaftes pfirsichfarbenes Kleid mit Jacke. Sie schien von der Gesellschaft, in der sie sich plötzlich befand, zu Tode erschreckt, aber sie hatte das Glück, neben Jasmines Patenonkel zu sitzen. Charlie Palmer stellte sich als der attraktive Mann heraus, den Grace in der Auffahrt zur Casa Amoura gesehen hatte, als sie neulich dort weggefahren war, und von ihrem Platz aus konnte Grace sehen, dass er sich um Mrs Jones kümmerte – er schenkte ihr Champagner nach und lachte über alles, was sie sagte. Netter Kerl, dachte Grace.

Mit am ersten Tisch saßen auch die Haupt-Brautjungfer Crystal und ihr Mann Calvin, der Trauzeuge. Beide machten sich einen Spaß daraus, Madeleine Parks, die unter ihnen am ›zweiten Tisch‹ saß, Muscheln an den Kopf zu werfen. Ihr Benehmen war kindisch und unangemessen, trotzdem musste Grace unwillkürlich lachen, als sie das sah. Schließlich war Madeleine Parks wirklich ätzend. Grace hatte sie ein paarmal interviewt und fand sie eitel, selbstgefällig und unhöflich. Der Gedanke, dass sie durch den Saal schwebte und nach Fisch stank, war urkomisch.

Genau genommen, dachte Grace, als sie sich den zweiten Tisch anschaute, konnte Madeleine Parks sich nicht besonders wohl fühlen. Sie saß zwischen Jasmines Brüdern – Jason und Bradley, die billig glänzende Anzüge trugen und mit Tattoos, Narben und Glatzen geschmückt waren. Die beiden beugten sich von beiden Seiten zu ihr hinüber und redeten viel zu nah an ihrem Gesicht. Madeleine sah ernsthaft beunruhigt aus und versuchte über den Tisch hinweg verzweifelt, Blickkontakt mit ihrem Mann Luke herzustellen. Aber Luke Parks plauderte fröhlich mit einem anderen Mitglied der Familie der Braut – mit der jüngsten Schwester, Alisha –, und er schien die Not seiner Frau gar nicht mitzubekommen. Alisha hatte ihren Stuhl zu Luke gedreht, ihr sowieso schon ziemlich kurzes Brautjungfernkleid noch ein wenig höher gezogen und saß ihm nun gegenüber. Grace konnte von ihrem Platz aus nicht erkennen, ob Alisha Unterwäsche trug, war sich aber sicher, dass Luke es auf die eine oder andere Art und Weise erfahren würde.

Am zweiten Tisch befanden sich noch ein paar andere Fußballer (einschließlich des herzzerreißend schönen Louis Ricardo), eines von Jasmines befreundeten Glamourgirls und ein freier Platz, auf dem Jasmines Tante nur ganz kurz gesessen hatte, bevor sie in Tränen ausgebrochen war und den Raum noch vor der Vorspeise verlassen hatte. Grace nahm sich vor, später herauszufinden, was mit ihr los war. Jasmine hatte erwähnt, dass ihre Tante ein wenig ›seltsam‹ war, und Grace hatte schon eine Story gewittert.

Der nächste Tisch war der mit den meisten Promis im ganzen Saal: mit Brett und Lila Rose (Grace vermied es immer noch, Blickkontakt mit ihr aufzunehmen), Maxine de la Fallaise und Carlos Russo, den Beckhams, Elton John und David Furniss, die alle in Designerklamotten zusammensaßen. Grace war enttäuscht, wenn auch nicht überrascht, dass sie sich alle unfehlbar verhielten. Das war die A-Liste. Die machten so gut wie keine Fehler.

Von da an verloren die Tische immer mehr an Bedeutung. Katie Price und Peter Andre saßen an Tisch vier mit Jimmys Fußballmanager. Peter Stringfellow hatte es geschafft, an Tisch fünf mit Blaine Edwards und Peter Morgan zu sitzen. Tisch sechs war voller Geschäftsleute – Richard Branson, der Präsident des Fußballclubs, ein russischer Oligarch und McKenzie. Ja, *Graces* McKenzie. Natürlich durften sie nicht zusammen in der Öffentlichkeit gesehen werden, und sie hatte Verständnis, dass er sie bei solchen Gelegenheiten ignorierte. Aber musste er deshalb so interessiert darauf reagieren, was das Wetter-Mädchen zu seiner Linken zu sagen hatte? Grace seufzte. Konnte er nicht mal kurz zu ihrem Tisch herüberkommen, Hallo sagen und ihr ein Kompliment machen? Nein, wohl nicht. Sie hatte kein Recht, das zu erwarten. Sie hatte von Anfang an gewusst, worauf sie sich da einließ.

Grace selbst saß an einem Tisch, der dem Ausgang am nächsten gelegen und am weitesten entfernt von Braut und Bräutigam war, zwischen einer lesbischen Stripperin mit dem Namen Bunty und Jasmines Steuerberater Clive. Aber sie beschwerte sich nicht. Sie war froh, hier zu sein.

»Zeit für mehr Fotos«, flüsterte Camilla Jasmine ins Ohr. Jasmine schaute mit Bedauern auf ihr unberührtes Fruchtmousse und entschuldigte sich. Sie musste arbeiten. Jimmy folgte ihr. Camilla führte sie durch einen Tunnel in einen kleineren Saal. Der Raum war eingerichtet wie ein Fotostudio, mit weißem Hintergrund, strategisch platzierten Hochzeitsblumen und zwei goldenen Thronen.

»Setzt euch«, sagte Camilla zu Mr und Mrs Jones.

»Ist das nicht ein bisschen …«, fing Jasmine an, während sie auf ihren Thron stieg.

»Was?«, fragte eine der Frauen von der Zeitschrift.

»Kitschig?«, mutmaßte Jasmine.

Jimmy grinste und nickte.

»Natürlich ist das kitschig«, antwortete die Frau ungeduldig. »Aber das wollen die Leser.«

»Natürlich«, erwiderte Jasmine. Sie wusste, dass sie machen mussten, was man ihnen sagte. Sie hatten ihren großen Tag für mehrere hunderttausend Pfund verkauft, und jetzt hatten sie keine andere Wahl. Aber sie fühlte sich wie eine preisgekrönte Zitrone, als sie auf diesem albernen Thron saß und für die Fotografen fröhlich lächelte, während die Frau von der Zeitschrift, die in ihrem schwarzen Kleid wie eine furchterregende Hexe aussah, Befehle austeilte.

»Okay«, sagte die Hexe. »Lassen Sie uns jetzt ein paar Fotos mit Ihnen und Ihren Freunden machen.«

Jasmine drehte sich um, in der Erwartung, Chrissie, Cookie und Co. zu sehen, aber stattdessen kam Camilla mit Maxine de la Fallaise, Victoria Beckham und einer ziemlich unwillig aussehenden Lila Rose in den Saal. Jasmine spürte, wie ihre Wangen vor Empörung glühten. Sie kannte diese Frauen kaum, und jetzt sollte sie Freundschaft mit ihnen mimen, nur damit ein Promi-Klatschmagazin ein paar Ausgaben mehr verkaufte. Das war ihr Hochzeitstag. Sie hatte sich wie eine Prinzessin fühlen wollen, aber stattdessen fühlte sie sich wie eine billige Betrügerin. Sie verkaufte ihren großen Tag für ein paar Pfund. Und die traurige Wahrheit war, dass sie das Geld brauchte. Oder zumindest ihren Anteil davon. Sie hatte dem Erpresser all ihre Ersparnisse gegeben, und auch wenn sie jetzt verheiratet waren, konnte sie nicht ausschließlich von Jimmys Geld leben. Als sie zwischen Lila und Victoria eingequetscht war, spürte Jasmine, wie ihr die Scham den Nacken hoch-kroch. Ein Kloß bildete sich in ihrem Hals, und ihre Augen füllten sich mit Tränen. Es fühlte sich nichts mehr real an. Es *war* nichts mehr real.

Immer wieder stöckelte die junge blonde Assistentin von der Zeitschrift auf ihren Highheels aus dem Studio und kam mit einem anderen berühmten Gast zurück. Als Nächstes fand sich Jasmine auf den Knien von Elton John wieder, als dieser König des Throns wurde. Danach lag Jasmine auf der Seite und wurde von acht Fußballern (fünf von ihnen hatte sie noch nie gesehen) aus der ersten Liga hochgehalten. Jimmy durfte an diesem Punkt wieder zu der Party zurückkehren, Jasmine aber nicht. Nein, Jasmine musste weiterarbeiten.

Als sie und Katie Price sich zuprosteten, wobei sich ihre gro-ßen Brüste beinahe berührten, ging draußen ein Tumult los.

»Was ist da los?«, fragte Jasmine. Sie konnte erregte Stim-men hören und sah, wie ein kräftiger Sicherheitsbeamter den Eingang blockierte.

»Ich bin ihre verdammte Mutter!«

Es war Cynthia. Jasmines Herz sank noch tiefer. Jetzt gab es Schwierigkeiten.

»Ihr wollt mich wohl nicht in eurem verdammten edlen Magazin?«, schrie Cynthia, trat dem Sicherheitsbeamten auf die Füße und kämpfte sich in den Saal durch.

Jasmine war schon immer begeistert gewesen von der phy-sischen Stärke ihrer Mutter. Sie war kaum einsfünfzig groß, aber sie konnte schon immer Leute herumschubsen.

»Jazz, sag denen ...«, befahl sie und zog die Träger von ih-rem roten Satinkleid hoch, so dass ihre faltigen alten Brüste nicht mehr zu sehen waren. »Sag denen, wer ich bin. Sag, dass ich deine verdammte Mutter bin!«

Die Hexe von der Zeitschrift starrte mit offenem Mund von Jasmine zu Cynthia und wieder zurück, als die alte Frau Katie Price zur Seite schob und ihren Arm um Jasmines Taille legte.

Jasmine merkte, dass Cynthia betrunken war. Und wenn Cynthia betrunken war, hatte es überhaupt keinen Sinn, mit ihr zu diskutieren.

»Wir machen ein paar schöne Familienfotos, oder nicht, meine Liebe?« Sie grinste Jasmine an und zeigte ihre gelben Zähne und ihr zurückgehendes Zahnfleisch. »Jungs, Alisha!«, rief Cynthia. »Schlagt dem verflixten Affen die Zähne raus, wenn er euch nicht reinlässt.«

»Das ist okay«, sagte Jasmine zu dem Sicherheitsbeamten, der versuchte, Bradley, Jason und Alisha am Eintreten zu hindern.

»Das ist meine Familie.«

Ich wünschte, dass sie es nicht wären.

Alisha schlenderte in den Raum, mit ihrem Baby Ebony auf der linken Hüfte und einer Zigarette in der rechten Hand. Hinter ihr kamen ihre Brüder, die aussahen, als wären sie gerade aus einer psychiatrischen Anstalt ausgebrochen. Bradley hatte ein blaues Auge, und Jason stellte eine neue Narbe im Gesicht zur Schau, die noch rot war. Sie hatten beide den irren Blick von Drogenabhängigen, und Jasmine fragte sich, ob sie auf der Toilette einen Joint geraucht hatten. Sie war entsetzt.

»Jetzt mach ein paar nette Fotos von der Familie, oder ich schiebe dir die Kamera in den Hintern!«, rief Cynthia dem Fotografen zu. Jasmine bemerkte, dass er richtig blass wurde. Er war ein ziemlich bekannter Promifotograf. Er war es offensichtlich nicht gewohnt, mit Leuten wie Cynthia Watts und ihrer Brut zu tun zu haben. Sie wurden normalerweise eher vor Gericht fotografiert. Er blickte kurz zu der Frau von der Zeitschrift hinüber, die nickte und dann den Raum verließ. Wahrscheinlich, dachte Jasmine, um einen lauten Schrei loszulassen. Ach, sie wünschte, sie könnte sie begleiten.

Jasmine hörte Musik aus dem großen Saal und fragte sich, wie die Hochzeitsfeier ohne sie verlief. Es schien ihr, als wären seit dem Essen und den Reden Stunden vergangen. Sie war müde und ernüchtert. Cynthia, Alisha und die Jungs waren schließlich aus dem Studio geworfen worden, und der Fotograf sah so aus, als wäre er im Begriff einzupacken.

»Sie haben noch kein Foto mit mir und meinem Patenonkel oder meiner Tante gemacht«, sagte Jasmine vorsichtig.

Sie hatte so viele Fotos gemacht, aber nur wenige, die ihr wirklich etwas bedeuteten. Sie wollte ein Foto mit Charlie und Tante Juju. Dann wäre sie fertig.

»Ach, ich glaube nicht, dass das notwendig ist«, sagte die Hexe von der Zeitschrift.

Jasmine holte tief Luft. Sie wusste, dass ihre ganze Hochzeit von Scoop! gekauft und bezahlt worden war und dass sie nur die Bilder veröffentlichten, die sie wollten, aber sie wusste, dass sie diese Chance nie wieder bekommen würde. Sie wollte ein nettes Foto mit Charlie und Julie. Das war eins der wenigen Fotos, die sie gerne in einen Rahmen stecken und auf den Kaminsims zu Hause stellen wollte.

»Nein«, sagte sie so entschlossen sie konnte. »Ich möchte einfach ein oder zwei Fotos mit meinen engsten Familienmitgliedern. Das dauert nur eine Minute.«

Der Fotograf verdrehte die Augen. Die Hexe von der Zeitschrift zuckte mit den Schultern, und dann warfen sie sich einen Blick zu, der so viel hieß wie »Diva!«. Jasmine war es ganz egal, was sie von ihr hielten.

Endlich hastete der kleine Assistent davon und kam ein paar Minuten später mit Charlie zurück.

»Hier versteckst du dich also«, lächelte Charlie. »Du verpasst ja alles.«

»Fast fertig«, sagte Jasmine und umarmte Charlie. »Dann

zeig ich auf der Tanzfläche, was ich kann, versprochen.« Jasmine schaute zur Tür. »Wo ist Juju?«, fragte sie.

»Ach«, sagte Charlie.

»Ach was?«

»Nun, wir hatten ein kleines Problem mit Julie«, erklärte Charlie. »Ihr ging es nicht besonders gut, deshalb musste sie gehen.«

Jasmine fühlte sich noch ernüchterter. »Hatte sie einen ihrer seltsamen Anfälle?«

Charlie nickte. »Ich bin nicht ganz sicher, was sie dieses Mal aufgeregt hat. In der Kirche ging es ihr noch gut, und als sie in den Festsaal kam, schien sie am Anfang auch ganz munter zu sein. Das Nächste, was ich weiß, ist, dass sie ausgesehen hat, als hätte sie ein Gespenst gesehen. Die Arme ist in Tränen ausgebrochen und hat wie verrückt angefangen zu zittern. Aber mach dir um sie keine Sorgen. Ich habe dafür gesorgt, dass sie sicher nach Hause kommt.«

»Ach Gott. Die arme Juju«, seufzte Jasmine. »Ich habe noch nicht einmal die Gelegenheit gehabt, mit ihr zu sprechen.«

»Ich weiß, Liebes«, sagte Charlie. »Aber du weißt ja, wie sie ist. Sie ist nicht gerne unter Leuten. Sie ist wahrscheinlich zusammengebrochen, als ihr das Ausmaß der ganzen Sache klarwurde.«

»Ich weiß«, sagte Jasmine. »Aber es ist eine Schande. Es ist eine echte Schande.«

Und so posierten Charlie und Jasmine zu zweit für das letzte Foto.

25 Charlie inspizierte die Tanzfläche von seinem Platz am ersten Tisch. Die Ader an seiner Wange fing wieder an zu pulsieren, und das hatte nichts mit der höflichen Konversation zu tun, die er mit Jimmys Mutter Maureen führte. Sie war eine süße Frau, schüchtern und konservativ, die sich während des Essens an Charlie geklammert hatte und jetzt keine Lust zu haben schien, mit jemand anderem zu reden.

»Ich habe immer schon gewusst, dass mein Jimmy etwas Besonderes ist«, sagte sie. »So ein hübscher, talentierter, kleiner Junge. Schon mit drei Jahren konnte er einen Ball dribbeln wie Kenny Dalglish. Und er ist wirklich gut zu mir gewesen … Er hat mir ein Haus in Newton Mearns gekauft …«

Charlie hörte gar nicht richtig zu. Er nickte hin und wieder mit dem Kopf und fügte ab und zu ein höfliches »Ja« und »Ach, tatsächlich. Das ist interessant« hinzu, während seine Augen auf den hinteren Teil des Saales gerichtet waren.

Charlie hatte ihn auf dem Weg zum Altar zum ersten Mal entdeckt, er saß in seinem schwarzen Anzug, die silbernen Haare glatt nach hinten gestrichen und mit einem Zug höhnischer Überlegenheit im Gesicht, am Ende einer Reihe. Was zum Teufel er hier tat, wusste Charlie nicht, aber seine Anwesenheit veränderte alles – ruinierte alles. In diesem Moment erschien es ihm, als wäre eine schwarze Wolke am Himmel aufgezogen und hätte dem Tag alles Licht genommen.

Charlie versuchte, das alles zu verstehen. Jetzt sprach er an der Rückseite des Raumes nahe der Tür mit Jimmy. Er baute sich mit einem berühmten russischen Supermodel am Arm und zwei kräftigen Bodyguards an seiner Seite vor dem Fußballer auf. Es schien, als würde Jimmy sich unbehaglich fühlen. Unbehaglich, aber ehrfürchtig. Was machte er hier? Woher kannte Jimmy ihn? Was ging hier vor? Nicht im Traum hätte Charlie auch nur die Idee in Betracht gezogen, dass Dimitrov ein Gast auf Jasmines Hochzeit sein könnte.

Ihm schwirrte der Kopf. Das konnte kein Zufall sein, und Charlie glaubte auch nicht an Zufälle. Er war jetzt alt genug, um zu wissen, dass alles einen Grund und jeder Mensch verborgene Motive hatte. Was hatte er verpasst? Hatte Frankie gewusst, dass er hier sein würde? Hatte er Charlie deswegen darum gebeten, den Job zu machen? Er war es nicht gewohnt, sich zu fühlen, als stünde er im Abseits. Charlie war immer am Ball gewesen. Nein, er war sogar besser als das gewesen. Er hatte das Spiel geleitet. Nur deshalb war er in all den Jahren am Leben geblieben. Aber jetzt war er irritiert. Und, wenn er ganz ehrlich war, hatte er Angst. Dimitrov blickte kurz zum ersten Tisch hinüber und hob sein Glas, während er Charlie mit einem unterkühlten, höhnischen Grinsen ansah. Charlie gefror das Blut in den Adern.

Für einen kurzen Augenblick bedauerte Charlie es, seine Waffe weggeworfen zu haben. Jahrelang war sie sein treuer Begleiter gewesen. Jetzt war sie irgendwo im Westen Londons unter drei Metern Beton begraben, und Charlie fühlte sich schutzlos. Vielleicht hätte er doch auf Frankies Angebot eingehen sollen. Auf diese Weise hätte er jetzt wenigstens eine Waffe gehabt. Hier wäre er Dimitrov leicht losgeworden. Am Flughafen in Inverness wartete ein Flugzeug, das ihn heute Nacht noch nach Malaga zurückbrachte. Es gab einen See auf dem Gelände. Ein Körper könnte hier für eine ganze Weile verschwinden. Auf jeden Fall lange genug, dass Charlie fliehen konnte.

Charlie schüttelte den Kopf und versuchte, klar zu denken. Nein, das waren verrückte Gedanken. Das war Jasmines Hochzeit. Abgesehen davon, hatte Dimitrov seine schwergewichtigen Typen dabei, und Charlie hatte keine Ahnung, wie er an diesen Riesen vorbeikommen sollte. Sie sahen aus wie ehemalige Hammerwerfer aus dem Olympiateam der UdSSR von 1982. Und wenn er ganz ehrlich war, musste Charlie zugeben, dass Dimitrov auch eine Nummer zu groß für ihn war. Ihm waren Gerüchte über Verbindungen zur russischen Mafia, Uranschmuggel und Waffenhandel zu Ohren gekommen. Er hatte davon gehört, dass Dimitrov angeblich einen guten Draht zum Kreml hatte. Charlie wusste, was mit Typen passierte, die Männer dieser Sorte verärgerten. Marbella war nicht weit genug entfernt, um ihren Klauen zu entkommen. Himmel, selbst der Mond war noch zu nah.

Abgesehen davon war dieser Mann, so böse er auch war, Nadias Vater. Wie konnte er auch nur mit dem Gedanken spielen, Nadias alten Herrn umzubringen? Er hatte Nadia gern, und sie war ganz Daddys Mädchen. Nadia wäre am Boden zerstört, wenn ihrem Vater etwas passieren würde, und Charlie würde nicht damit leben können, ihn auf dem Gewissen zu haben. Er seufzte und ließ unter der Tischdecke seine Fingerknöchel knacken. Er machte sich immer noch Sorgen um Nadia. Letztendlich führte alles immer wieder zurück zu Nadia. Wenn sie nicht verschwunden wäre, hätte Charlie mit Dimitrov kein Problem. Aber Nadia war verschwunden, und ihr Vater war davon überzeugt, dass Charlie etwas damit zu tun hatte.

Er entschuldigte sich und ließ Maureen mit Paul allein. Die Fußballer waren nicht gerade der hellste Haufen, den Charlie jemals kennengelernt hatte, aber sie hatten Respekt vor ihren Müttern. Maureen war also in guten Händen. Er schlängelte sich durch die tanzenden Leute und packte Jimmy am Arm.

Jimmy drehte sich um und sah ihn wegen der plötzlichen Unterbrechung überrascht an.

»Vorsicht, Charlie«, sagte er und rieb sich den Arm. »Du weißt gar nicht, wie stark du bist.«

»Entschuldige«, sagte Charlie und bemühte sich, nicht nervös zu klingen. »Ich muss dich nur etwas fragen.«

»Was?«

»Der Kerl. Dimitrov. Der Russe. Was macht der hier?« Charlie versuchte, locker zu klingen.

Jimmy sah ihn erstaunt an. »Er ist ein Geschäftsmann. Ein Milliardär oder so. Mein Präsident hat gesagt, ich soll ihn einladen. Warum? Was geht dich das an?«

»Eigentlich nichts, Jimboy. Ich kenne ihn nur flüchtig aus London, das ist alles.«

»Ah, richtig.« Jimmy senkte die Stimme und flüsterte Charlie verschwörerisch ins Ohr: »Erzähl niemandem, dass ich das gesagt habe, aber ich habe gehört, dass er darüber nachdenkt, den Fußballclub zu kaufen. Eine aggressive Übernahme oder wie auch immer man das nennt. Riesenskandal. Du bist der Erste, der hier davon erfährt.«

Jimmy klopfte sich auf den Nasenflügel und verschwand dann wieder in der Menge.

Charlies Schultern entspannten sich, und er merkte, wie die Ader in seiner Wange sich beruhigte. Also war Dimitrov nicht seinetwegen hier. Vielleicht *war* es ein Zufall. Noch einer. In der letzten Zeit schien es einige gegeben zu haben. Charlie lächelte in sich hinein. Es war schon lustig, wenn man darüber nachdachte. Er war für nichts und wieder nichts auf die Palme gegangen. Trotzdem würde er Dimitrov heute besser aus dem Weg gehen. Wo Nadia immer noch vermisst wurde, war das wahrscheinlich das Beste, was er machen konnte.

Jasmine erschien an seiner Seite.

»Hast du Jimmy gesehen?«, fragte sie. »Ich habe bis jetzt noch gar nicht mit ihm getanzt.«

»Vor einer Sekunde war er noch hier, Liebes. Ich weiß nicht, wo er hin ist.«

Jasmine verzog das Gesicht, als sie sich umsah, und versuchte, ihren neuen Ehemann in der Menge zu entdecken.

»Würdest du auch mit mir vorliebnehmen? Ich habe Lust zu tanzen.«

Das war eine Lüge. Charlie tanzte nicht gerne. Aber er hasste es, Jasmine unglücklich zu sehen. Besonders heute, an ihrem großen Tag.

Lila schlürfte ihren Champagner und beobachtete die Szene vor sich. Sie saß ruhig neben Carlos und machte gelegentlich leichte und höfliche Konversation, während ihre jeweiligen Partner zusammen auf der Tanzfläche verschwanden – eine moderne Version von John Travolta und Olivia Newton-John. Brett und Maxine standen beide gerne im Rampenlicht, und sie waren hervorragende Tänzer. Brett hatte kürzlich bei einem Film mitgespielt, der in New Yorks berühmt-berüchtigtem Nachtclub Studio 54 in der Blütezeit der siebziger Jahre spielte, und die Kritik hatte seine hüftschwingende Vorstellung als Discokönig gelobt. Kein Zweifel, ihr Mann machte in seinem heißen schwarzen Smoking auf der Tanzfläche eine gute Figur. Er hatte sein Jackett und seine Krawatte abgelegt und ein paar Knöpfe an seinem Hemd geöffnet. Seine Haare fingen in der Hitze an, sich zu kringeln, so wie immer.

Und Maxi, nun, das Mädchen wusste einfach, wie man sich bewegte. Sie war Sex auf zwei Beinen, 90 cm langen, braungebrannten, festen, wohlgeformten Beinen. Es erübrigt sich wohl zu sagen, dass ihr blaues Versace-Kleid unanständig kurz war, und als Brett sie herumwirbelte, flog es hoch und zeigte den Schaulustigen ein passendes blaues Höschen. Ihre wilde goldene Mähne flog nur so um ihr Gesicht, als sie tanzte, herumwirbelte und sich in Bretts Arme warf. Bei jedem anderen, der so mit Brett getanzt hätte, wäre Lila grün vor Neid geworden. Aber das war Maxine, und in diesen letzten paar Tagen war Lila bewusst geworden, was für eine treue Freundin sie doch war. Lila wusste, dass Maxine trotz ihrer lauten, frechen, aufreizenden Art aufrichtig und loyal war. Sie war glücklich, eine so treue Freundin zu haben.

»Ach, sie ist wunderschön, nicht wahr?«, sagte Carlos plötzlich.

»O ja«, stimmte Lila ihm zu. »Sie ist atemberaubend.«

Lila drehte den Kopf, um zu beobachten, wie Carlos Maxine voller Bewunderung anstarrte. Er schien sie wirklich zu lieben. Vielleicht hatte Lila die Beziehung der beiden doch zu hart beurteilt.

»Du musst mich für einen verrückten alten Narren halten, dass ich mich in eine so junge Frau verliebt habe«, vermutete der Spanier.

»Natürlich nicht«, sagte Lila, obwohl sie genau das schon oft gedacht hatte. »Ihr macht einen so glücklichen Eindruck. Und das ist es doch, was zählt, oder nicht?«

Carlos drehte sich zu Lila um. Es war, stellte Lila fest, das erste Mal, dass sie Blickkontakt mit ihm hatte. Bei all seinem Vermögen und Erfolg war er ein schüchterner, fast zurückgezogener Mann, der immer höflich und charmant war, aber nicht besonders herzlich oder entgegenkommend. Jetzt trafen sich ihre Blicke, und für einen Moment hatte sie das Gefühl, sie würde ihm mitten in die Seele blicken. Es waren seine Augen. Solche schönen, tiefen, schokoladenbraunen Augen. Die Augen, die in ihrer Blütezeit Tausende von Liebesliedern gesungen und Millionen von Frauenherzen gebrochen hatten. Als sie in diese Augen schaute, nahm Lila die tiefen Lachfalten oder die lederne Haut um sie herum nicht mehr wahr, und plötzlich verstand sie, was Maxine in Carlos sah.

»Du weißt, Lila, dass ich mich niemals von meiner Frau scheiden lassen werde«, sagte er, wobei er ihrem Blick standhielt.

Die Bemerkung überraschte Lila. Das ging sie nichts an.

»Ähm, oh, okay«, murmelte sie und entzog sich seinem Blick. »Nun, das ist eine Sache zwischen dir und Maxine. Damit habe ich nichts zu tun.«

»Ich erzähle dir das, weil ich nicht sicher bin, ob Maxine mir zuhört, wenn ich es sage. Und ich sage es. Oft. Sie hört die Worte, aber sie will es nicht wahrhaben, glaube ich.«

»Ich bin nicht sicher, ob du mir das erzählen solltest, Carlos«, erlaubte sich Lila zu sagen. Die Richtung, die diese Unterhaltung nahm, machte sie nervös. »Maxi ist eine meiner ältesten Freundinnen.«

»Genau deshalb erzähle ich es dir.« Carlos starrte Lila immer noch an und schaffte es irgendwie, dass sie ihm wieder in die Augen schaute. Sorge und Offenheit lagen in seinem Blick. »Ich liebe Maxine. Ich möchte für immer mit ihr zusammen sein. Aber ich bin, wie soll ich sagen? Ich bin in meinen Gewohnheiten gefangen. Ich kann mich jetzt nicht, nach all den Jahren, von Esther scheiden lassen.«

»Warum nicht?«, fragte Lila. »Wenn es Maxi doch glücklich machen würde? Du und Esther, ihr seid Geschichte, oder nicht?«

Carlos schüttelte den Kopf. »Meine Frau und ich werden niemals Geschichte sein. Wir sind katholisch. Wir haben Kinder.«

»Aber ich dachte, deine Kinder sind erwachsen«, erwiderte Lila. Das hörte sich für sie nach einer Ausrede an. Brett hatte ihr gesagt, eine Scheidung wäre für Carlos zu teuer. Dass er deshalb verheiratet blieb. Vielleicht hatte er recht.

»O ja, das sind sie. Aber ich bin es Esther schuldig, sie nicht in Ungnade zu bringen. Und eine Scheidung wäre für sie eine Schmach. Sie stammt aus einer anderen Generation als du und Maxine. Wenn ich mich von ihr scheiden lasse, ist sie ruiniert. Sie ist keine schlechte Frau. Sie hat das nicht verdient.«

Lila zuckte mit den Schultern. »Und was hat Maxi verdient? Verdient sie nicht Hingabe?«

»Sie hat meine Hingabe.« Carlos nickte bestimmt. »Sie hat alles von mir.«

»Aber keinen Ring.« Lila verstand.

»Nein, keinen Ring«, bestätigte Carlos.

»Carlos, warum erzählst du mir das?«, fragte Lila, immer noch ein wenig irritiert.

Carlos lächelte herzlich, und um seine Augen bildeten sich Falten. »Weil ich dich mag, Lila. Du bist eine einfühlsame Frau. Ganz anders als Maxines andere Freundinnen. Und ich hoffe, wenn ihr zusammen sprecht … Ich weiß, wie Mädchen miteinander reden … dass es Maxine helfen würde, wenn du das hier weißt.«

Aha. Carlos bat sie um Unterstützung. Maxi hörte ihm nicht zu, vielleicht würde Lila ja zu ihr vordringen. Na ja, vielleicht machte es ja Sinn. Maxi war keine gute Zuhörerin. Sie neigte dazu, nur das zu hören, was sie wollte, und den Rest zu ignorieren. Aber wollte Lila überhaupt die Vermittlerrolle spielen? Ganz und gar nicht! Sie fühlte sich unbehaglich und mitschuldig an Carlos' Versuch, auf allen Hochzeiten gleichzeitig zu tanzen. War es nicht das, was er tat? Mit Esther verheiratet bleiben, aber mit Maxine als offizielle Frau an seiner Seite zusammenleben? Das erschien Lila einfach nur gierig.

»Nun ja, Carlos, ich werde das im Hinterkopf behalten, wenn Maxine anfängt, von eurer Beziehung zu erzählen, aber ich werde nicht als dein Sprachrohr fungieren. Ich bin nicht der Meinung, dass du mit Esther verheiratet bleiben solltest.

Nicht, wenn du Maxine wirklich liebst. Ich glaube, dass Maxine das ganze Paket verdient hat. Sie verdient all das hier.« Lila zeigte auf all die Hochzeitspracht um sie herum.

Carlos lachte und tätschelte Lilas Hand mit fast väterlicher Zuneigung. »Sie hat das schon dreimal gehabt, erinnere dich. Das macht sie nicht glücklich. Das macht niemanden glücklich. Das ist einfach nur eine öffentliche Zurschaustellung von Zuneigung. Das hat mit Liebe nichts zu tun.«

Er lehnte sich auf seinem Stuhl zurück, wandte den Blick von Lila ab und blickte wieder auf die Tanzfläche. Er sah sehr weise aus. Lila schrumpfte auf ihrem Platz zusammen. Carlos hatte es geschafft, dass sie sich naiv, unsicher und dumm vorkam. Zum ersten Mal seit langer Zeit fühlte sie sich jung. Aber nicht im positiven Sinne. Lila beobachtete Brett, wie er allen Frauen im Raum zeigte, was er konnte. Himmel, was wusste sie schon von Liebe? Was gab ihr das Recht, über die Vorzüge einer glücklichen Ehe zu predigen?

»Hey, ihr zwei seht so kuschelig aus!«, lachte Maxi, wirbelte zu ihnen und warf sich auf Carlos' Schoß. »Ist das nicht ein Riesenspaß hier?«

»Es ist super«, sagte Lila, obwohl Maxine bemerkte, dass ihre Freundin nicht besonders fröhlich aussah.

Aber Maxine amüsierte sich prächtig. Sie hatte so viele interessante Leute kennengelernt und fand die Braut und all ihre Freunde phantastisch. Sie waren so klein und süß und wunderschön gekleidet. Sie erinnerten Maxine an lebendige Barbiepuppen. Maxi mochte sie. Wenn sie Gästekarten für das Cruise haben wollten, wären sie jederzeit willkommen.

Und was die Fußballer betraf ... die waren wirklich unglaublich süß. Natürlich nicht in derselben Liga wie ihr geliebter Carlos, aber sie waren nett anzusehen und aus der Distanz heraus zu bewundern. Und das Tanzen mit Brett war der Knüller gewesen. Wow! Was für ein Tänzer Mr Rose doch war. Carlos tanzte nicht gerne. Na ja, nur langsame Tänze zu schnulzigem, altmodischem Zeug, und das war überhaupt nicht Maxines Ding. Es war großartig, dass sie auf der Tanzfläche mit einem so hüftschwingenden Kerl wie Brett einmal richtig abtanzen konnte.

Puh! Maxi war heiß. Heiß und schwindelig. Warum war ihr schwindelig? Sie war nicht betrunken. Sie war mit dem Champagner vorsichtig gewesen für den Fall, dass ihr kleiner Plan schon funktioniert hat. Bei ihr und Carlos ging es ganz schön zur Sache, seit er Viagra nahm, und wer weiß, vielleicht war sie ja schon schwanger. Das wäre super! Sie würden ein Baby haben, sie würden heiraten … Vielleicht würde sie schon bald an Jasmines Stelle sein. Ach, sie hoffte es so sehr. In ihrem Kopf hatte sie schon alles geplant. Sie würden im Alhambra-Palast in Granada heiraten, nicht zu weit von ihrem Zuhause in Spanien entfernt, und Maxine würde ein weißes Kleid im Flamenco-Stil mit roten Rosen im Haar tragen. Das Baby würde das niedlichste kleine Mini-Flamenco-Kleid tragen, wenn es ein Mädchen, und einen hellblauen Anzug, wenn es ein Junge wäre. Ja, Maxine hatte alles schon geplant.

»Möchtest du tanzen, Liebling?«, fragte Brett Lila.

Lila schüttelte den Kopf und entschuldigte sich, um auf die Toilette zu gehen.

»Ich tanze!«, verkündete Maxine.

Brett grinste. »Cool«, sagte er.

»Du hast doch nichts dagegen, oder, Carlos?«, fragte sie ihren Liebhaber.

Carlos lächelte, wobei seine braunen Augen funkelten. »Du tanzt, Maxine. Ich schaue zu. Ich bin glücklich.«

Sie küsste ihn auf die braungebrannte Stirn, nahm Bretts Hand und sprang wieder zurück auf die Tanzfläche. Nein, sie hatte wirklich keine Ahnung, warum ihr so schwindelig war. Vielleicht war sie tatsächlich schon schwanger.

Charlie hatte endlich angefangen, sich zu amüsieren. Er hatte eine ganze Weile mit Jasmine getanzt, dann hatten sie mit Brett Rose und Maxine die Partner getauscht, und jetzt tanzte er mit einem berühmten It-Girl. Das war verrückt! Maxine war genauso freundlich und gesprächig, wie Charlie sie sich vorgestellt hatte, und außerdem war sie eine tolle Tänzerin. Seit er sich nach dem ganzen Dimitrov-Problem wieder beruhigt hatte, hatte er sich einige Gläser Schampus genehmigt, und die waren ihm direkt in den Kopf gestiegen. Herrgott! Maxine hatte ihn dazu gebracht, mit den Hüften zu wackeln und mit nach oben gestreckten Armen in die Hände zu klatschen wie ein echter Depp. Aber es machte Spaß. Charlie amüsierte sich tatsächlich.

Er schaute genau in dem Moment zu der Stelle hinüber, wo Jasmine mit Brett Rose tanzte, als Alisha sich vordrängelte und sich mit ihrem kleinen Körper genau vor Bretts Gesicht schlängelte. Jasmine schien überhaupt nicht beunruhigt zu sein. Sie ging weg, wobei sie zweifellos immer noch nach Jimmy Ausschau hielt, und überließ den Hollywoodschauspieler ihrer kleinen Schwester. Alisha hätte auch nicht glücklicher aussehen können, wenn Brad Pitt nackt auf ihren Schoß gefallen wäre. Und wenn man es genau betrachtete, sah Brett auch nicht gerade verstimmt aus.

Carlos tippte Charlie höflich auf die Schulter und fragte, ob er kurz stören dürfte. Maxine küsste ihn auf beide Wangen und sagte mit einem anzüglichen Zwinkern: »Danke für den Tanz, schöner Mann.« Charlies Wangen glühten immer noch, als er sich durch die Menschenmenge hindurch auf den Weg zur Toilette machte.

Grace Melrose hatte von der Unterhaltung mit dem schrecklich langweiligen Steuerberater Clive genug. Er laberte immer noch über vorteilhafte Steuervergünstigungen, aber Grace hatte schon lange aufgehört, ihm zuzuhören, und beobachtete die Leute. Sie wollte eines Tages ein Buch über das skurrile Benehmen der Promis schreiben. Diese Hochzeit lieferte bestes Futter für dieses Buch.

Die Hochzeit hatte ihren Wendepunkt erreicht, an dem die höfliche Konversation in lautes schlechtes Benehmen umschlug und die schönsten Kleider und schicksten Anzüge anfingen, zerknittert und verschwitzt auszusehen. Ja, selbst hier, wo die meisten Gäste Rang und Namen hatten, waren die Jacketts verschwunden, die Pumps verbannt worden, und die Tanzfläche hatte sich gefüllt. Grace erwartete fast, dass sich jeden Augenblick eine Polonaise bilden würde.

Die Proclaimers sangen jetzt ›Five Hundred Miles‹ und hüpften so begeistert herum, dass man das Gefühl hatte, der Festsaal würde jeden Augenblick abheben. Leicht bekleidete Spielerfrauen klammerten sich aneinander und kicherten, während ihre Brüste fast aus den tiefen Dekolletés hüpften. Fußballer in Kilts stellten stolz ihre muskulösen Schenkel zur Schau (hin und wieder auch ihre Kronjuwelen). Selbst Jimmys Mutter war jetzt da und hüpfte mit den jungen Leuten herum. Jasmines Brüder gestikulierten wütend und sahen so aus, als würden sie jeden Moment aneinandergeraten. In der Zwischenzeit leckte Jasmines Mutter aus nur ihr bekannten Gründen an der nackten Eisskulptur des Adonis herum. Grace stellte fest, dass Blaine Edwards seinen fetten Arm um den Hals des jüngsten Mitglieds einer berühmten Girlband gelegt hatte. Das Mädchen sah aus, als würde sie sich jeden Augenblick übergeben, aber ob das daran lag, dass sie zu viel getrunken oder zu viel von Blaine abbekommen hatte, konnte man nur mutmaßen.

Und dann sah Grace die Braut, die gerade ihren neuen Ehemann entdeckt hatte und zu ihm hinüberrannte. Die Frischvermählten warfen sich gegenseitig die Arme um den Hals und küssten sich leidenschaftlich, bevor Jimmys Mannschaftskameraden sie auseinanderschoben und Jasmine in die Mitte der Tanzfläche zogen. Selbst Grace fand die Szene ziemlich rührend. Die Gruppe bildete einen Kreis um Jasmine, und sie tanzten abwechselnd mit ihr, während Jasmine verlegen kicherte.

Grace wollte sich nur ein bisschen umsehen, vielleicht entdeckte sie irgendeine verbotene Knutscherei oder könnte irgendeine vertrauliche Promiunterhaltung belauschen. Sie entfernte sich so höflich wie möglich von Clive und ging in Richtung Damentoilette. Sie machte die Tür auf und stand Lila Rose gegenüber. Grace bemerkte, wie ihr Mund ein unfreiwilliges »Oh« ausstieß.

Lilas Augen weiteten sich, als sie Grace erkannte, und es schien, als bräuchte sie einen Moment, bis sie wusste, wie sie reagieren sollte.

»Hallo«, sagte sie schließlich. Ihr Ton war nicht freundlich, aber er war auch nicht gehässig. »Grace, oder? Sie sind Journalistin. Wir kennen uns.«

Grace nickte. »Hallo Lila«, sagte sie.

Und dann wusste sie nicht mehr, was sie sagen sollte. Normalerweise kam sie nicht in die Situation, Interviewpartner wieder zu treffen. Nicht die, gegen die sie gegiftet hatte. Sie neigten dazu, ihr keine Interviews mehr zu geben, und das war es dann. Ihre Wege kreuzten sich nie mehr wieder, und Grace machte sich auf die Suche nach dem nächsten Opfer. Aber hier stand Lila Rose, fünfzig Zentimeter von ihrer Nase entfernt und sah so ernst und elegant aus wie an dem Tag, an dem sie sich im Covent Garden Hotel getroffen hatten.

Die beiden Frauen schlossen für einen Moment die Augen, und Grace sah sich gezwungen, etwas zu dem Artikel zu sagen, den sie geschrieben hatte.

»Es tut mir leid, wenn ich Sie mit meinem Artikel verärgert habe«, platzte es aus ihr heraus, und sie bereute es sofort.

Lila starrte sie emotionslos an und zuckte die Schultern, so als hätte sie keine Ahnung, wovon Grace sprach.

»Warum sollte ich verärgert sein? Ich lese meine eigene Presse nicht, egal ob gut *oder* schlecht«, antwortete Lila. »Peter, mein persönlicher Assistent, erwähnte etwas davon, dass sie ein wenig gehässig waren.« Lila machte eine wegwerfende Bewegung mit der Hand und sah an Grace vorbei in den Festsaal. »Aber diese kleinen Geschichten interessieren mich wirklich nicht. Jetzt müssen Sie mich entschuldigen.«

Grace trat zurück und ließ Lila Rose vorbei. Was für eine super Vorstellung. Natürlich war das eine Lüge. Sie hatte den Artikel ganz sicher gelesen. Promis waren Boulevard-Junkies. Sie profitierten von den Klatschspalten. Aber Grace bewunderte Lilas Stil, und sie war zweifellos eine gute Schauspielerin. Eine Schande, dass ihre Karriere nicht mehr der Rede wert war.

Aber Grace hatte keine Zeit, sich mit Lila Rose aufzuhalten, denn als sie die Damentoilette betrat, erwartete sie eine verblüffende Szene. Madeleine Parks drückte die schwangere Cookie McLean an die gekachelte Wand. Sie war so aufgebracht, dass sie noch nicht einmal bemerkte, dass Grace hereingekommen war. Grace wägte die Situation schnell ab und entschied, dass Cookie nicht in ernster Gefahr war, schlich sich schnell in eine Kabine und schloss ab. Was war hier los? Sie lauschte aufmerksam.

»Diese Tasche war für mich bestimmt, du kleines Miststück«, hörte sie Madeleine fauchen. »Chrissie und du wusstet, dass sie für mich reserviert war. Was habt ihr euch, verdammt nochmal, dabei gedacht, sie für Jasmine zu kaufen?«

Cookie hörte sich ängstlich an. »Es ist ihre Hochzeit, Madeleine. Wir wollten ihr etwas Besonderes schenken.«

»Aber es war meine!«, schrie Madeleine. »Das haben sie mir versprochen.«

»Du bist die Nächste auf der Liste, Madeleine. Wir haben ihnen gesagt, dass du nichts dagegen hast, weil sie für Jazz ist.«

»Ich kann mich doch jetzt nicht mehr mit dieser Tasche blicken lassen!«, fauchte Madeleine. »Ich werde doch nicht als Jasmine Watts' elende Kopie herumlaufen. Was glaubst du, wer ich bin? Ich gehöre zu denen, die Trends setzen, und nicht zu denen, die ihnen hinterherrennen. Für mich ist die Tasche jetzt gestorben. Ich kann nie wieder Chanel-Taschen tragen.«

»Jones«, sagte Cookie mit schwacher, zitternder Stimme. »Sie heißt jetzt Jasmine Jones.«

»Wie auch immer«, schniefte Madeleine, die den Tränen nahe war. »Ich kann nicht glauben, dass ihr mir das antut, nach allem, was ich für euch getan habe. Ich hätte euch das Leben im Team zur Hölle machen können, aber ich habe es nicht getan. Ich habe euch albernen kleinen Kühe ertragen. Ich habe euch mit zum Shoppen genommen. Ich habe mich sogar mit euch fotografieren lassen.«

»Ich weiß, Madeleine«, erwiderte Cookie. »Und wir sind dir auch wirklich dankbar, aber es ist nur eine Tasche.«

»Aber ich wollte diese eine!«, schrie Madeleine. »Was meinst du, wie ich mich jetzt jedes Mal fühle, wenn ich sehe, wie Jasmine *meine* Tasche trägt. Ich bin fertig, Cookie, völlig fertig.«

Grace traute ihren Ohren nicht. Diese Frauen stritten sich über eine Designerhandtasche. Sie wusste ja, dass sie oberflächlich waren, aber das? Das war einfach nur lächerlich.

»Es tut mir leid«, flüsterte Cookie, die immer noch ängstlich klang. »Es wird nie wieder vorkommen.«

»Es wäre besser überhaupt nicht vorgekommen«, fauchte Madeleine. »Und jetzt hör mir zu. Nächsten Monat kommt eine neue Balenciaga heraus, und das ist meine, verstanden?

Wenn eine von euch kleinen Miststücken mit ihr auftaucht, werde ich höchstpersönlich dafür sorgen, dass ihr nie wieder einen Fuß ins Chinawhite setzt, okay?«

»Okay«, sagte Coockie.

»Denn ich habe Einfluss, Cookie. Vergiss das nicht. Wenn du willst, dass dein hässliches kleines Gesicht weiter in den Magazinen auftaucht, stellst du dich besser gut mit mir.«

»Ich weiß, Madeleine.«

»Und diese Beule da«, fuhr Madeleine fort. »Was wird das Balg wert sein, wenn es auf der Welt ist? Du bekommst gutes Geld für die Babyfotos. Ich kann dir das ruinieren.«

»Bitte nicht, Madeleine«, bettelte Cookie. »Hör auf. Ich hab verstanden. Ich werde dich nie wieder übergehen, das verspreche ich.«

»Gut«, schnauzte Madeleine drohend. »Und denk dran. Halte dich nächsten Monat von der Balenciaga fern.«

Grace hörte Absätze auf dem Marmorboden und dann, wie eine Tür auf und zu schwang. Sie zog ab und trat aus der Kabine. Cookie McLean stand vor dem Spiegel und versuchte gerade, sich verschmierten Mascara unter den Augen abzuwischen. Ihre Schultern zitterten immer noch ein wenig von der ganzen Tortur.

»Sind Sie okay?«, fragte Grace.

Cookie nickte, ohne Grace anzusehen, und dann stöckelte sie auch aus der Damentoilette.

Was für eine verrückte Welt, dachte Grace.

Sie wusch sich gerade die Hände, als sich die Spiegelwand vor ihr plötzlich bewegte. Der dumpfe Schlag, der damit einherging, ließ Grace zurückspringen. Was war das? Dann gab es einen ohrenbetäubenden Knall, und dann noch einen. Ihr war so, als würde sie eine tiefe Stimme hören, die vor Schmerzen aufschrie. Sie fand das alles höchst sonderbar.

Charlie hatte es nicht kommen sehen. Was für ein Idiot er doch war. Er hatte nicht aufgepasst, sich entspannt und amüsiert. Was hatte er sich nur dabei gedacht? Jetzt schlugen die russischen Hammerwerfer auf ihn ein. Sie schlugen ihm in die Rippen, boxten ihm in die Leistengegend, ließen aber sein Gesicht aus. Sie würden von ihrem Besuch keine äußeren Spuren bei ihm zurücklassen. Sie waren Profis. Dimitrov stand in der Tür und schaute zu, wie seine Handlanger Charlie windelweich prügelten, während er sich die Finger nicht schmutzig machte.

»Wo ist sie, Charlie?«, fragte er ruhig. »Wo ist meine Nadia?«

»Ich … weiß … es … nicht«, stieß Charlie zwischen den Schlägen hervor. »Ich sage … au! … o Gott! … die Wahrheit.«

»Also weißt du nicht, wo sie ist?«

»Nein!«, schrie Charlie und rollte sich zusammen, um seine bereits gebrochenen Rippen zu schützen. »Sie war da, im Bett, in meiner Wohnung, als ich gegangen bin. Es ging ihr gut.«

Dimitrov ging auf Charlie zu, beugte sich über ihn und starrte ihm direkt ins Gesicht. »Was ist passiert?«

»Mein Assistent, der Junge, den du verprügelt hast …«

Die Hammerwerfer grinsten sich gegenseitig an, als sie sich mit Freude daran erinnerten, was sie mit dem armen Jungen angestellt hatten.

»Er sah, wie Nadia in einem schwarzen Taxi davonfuhr«, erklärte Charlie.

»Tss!«, machte Dimitrov. »Macht weiter, Jungs. Meine Nadia nicht nimmt Taxi. Sie nie nimmt Taxi.«

Wum! Peng! Die Stiefel trafen wieder seine Rippen. Der Schmerz war so unerträglich, dass Charlie Sterne sah.

»Das ist die Wahrheit«, schrie er. »Nimm diese Affen weg von mir.«

Dimitrov sagte etwas auf Russisch, und die Hammerwerfer traten zurück.

»Weiter«, befahl Dimitrov. »Sie nahm Taxi. Allein?«

»Nein«, sagte Charlie und versuchte Luft zu holen. »Mit einem Mann. Einem dunkelhaarigen Mann. Das ist alles, was Gary gesehen hat. Sie sah glücklich aus. Es muss jemand gewesen sein, den sie kannte. Sie ist freiwillig mitgegangen.«

Dimitrov bückte sich wieder. Charlie hörte das vertraute Geräusch einer Sicherung, die gelöst wurde, und plötzlich spürte er den kalten Stahl einer Waffe an seiner linken Schläfe. Er hatte das mit anderen gemacht, aber er hatte das noch nie selbst erlebt. Das Blut wich aus seinem Gesicht, und sein Herz schlug ihm bis zum Hals. War es das? War das jetzt sein Ende?

»Sagst du die Wahrheit, Charlie Palmer?«, fragte Dimitrov. Seine Hand hielt die Waffe absolut ruhig. Den Russen beunruhigte die Situation nicht. Das war das, was er tagtäglich machte.

»Es ist die Wahrheit. Ich schwöre«, erwiderte Charlie, wobei er versuchte, stark zu klingen, obwohl er sich innerlich unglaublich schwach fühlte.

»Okay«, sagte Dimitrov. »Ich glaube dir.«

Langsam, sehr langsam entfernte der Russe die Waffe von seiner Schläfe, stand auf und ging zur Tür. Es sah so aus, als würde er hinausgehen, als er sich plötzlich umdrehte.

»Aber ist trotzdem dein Fehler, Charlie«, sagte er. »Nadia war bei dir. Du hast sie verlassen. Du bist verantwortlich, für das, was passiert ist, und du musst dafür bezahlen. Jetzt es ist deine Aufgabe, sie zu finden. Du hast bis Ende des Monats Zeit. Ich melde mich wieder.«

Er murmelte noch etwas auf Russisch und ließ Charlie dann mit den Tieren allein. Als sie ihn gegen die Urinale warfen, wackelte die ganze Wand.

26 Jasmine hatte Carlos überredet, am Ende der Nacht einige seiner berühmten Liebeslieder zu singen. Lila musste etwas widerwillig zugeben, dass er, auch wenn seine schmalzigen Balladen nicht ihr Geschmack waren, richtig gut war. Er widmete seinen ersten Song Maxine, die neben ihm oben auf der Bühne stand und sich zu seiner samtweichen Stimme langsam hin und her bewegte. Lila sah sich nach Brett um. Sie hatte den ganzen Abend nicht getanzt. Wenn sie ehrlich war, lag das daran, dass sie niemals so tanzen könnte wie Maxine, sie würde niemals so aus sich herausgehen. Sie fühlte sich immer unsicher und ein bisschen albern, wenn sie tanzte. Aber ein langsamer Tanz wie dieser könnte ganz nett, ja sogar romantisch sein. Wenn sie Brett nur finden würde. Sie lief im Festsaal herum, aber er war nirgends zu sehen.

Jetzt sang Carlos sein zweites Lied. Die Hochzeit neigte sich langsam dem Ende zu. Die meisten der großen Namen hatten die Party bereits in ihren Limousinen oder ihren Hubschraubern verlassen. Die Braut und der Bräutigam waren in einem abgedunkelten Mercedes in die Flitterwochen aufgebrochen, und über den Festsaal legte sich eine Aufbruchstimmung. Die Eisskulpturen waren so weit zusammengeschmolzen, dass es unmöglich war, Boadicea von Adonis zu unterscheiden; die Blumen ließen die Köpfe hängen, und der Champagner perlte nicht mehr. Einer von Jasmines Brüdern war bewusstlos auf dem Boden zusammengebrochen. Lila machte einen großen Schritt über ihn und suchte weiter.

»Entschuldigen Sie, Sie haben nicht zufällig meinen Mann gesehen, oder?«, fragte sie einen attraktiven jungen Mann, der mit einem Whiskey in der Hand und einem verträumten Blick in den Augen allein an einem Tisch saß. Sie war ihm zu Beginn des Abends vorgestellt worden, aber sie konnte sich nicht an seinen Namen erinnern. Er war Fußballer. Portugiese.

Der Fußballer schüttelte traurig den Kopf. »Nein«, antwortete er. »Tut mir leid.«

Gott, es gab nichts Deprimierenderes als das Ende einer Hochzeit. Es war okay für die verliebten Pärchen, aber jeder, der am Ende einer Hochzeit allein war, fühlte sich miserabel. Und jetzt war Lila auch allein. Sie war allein und wollte nach Hause. Wo zum Teufel war Brett? Sie ging aus dem Saal und in den Garten hinaus. Tagsüber war es warm gewesen, aber die Nacht war klar und kühl. Lila fröstelte, als sie hinaustrat. Sie entdeckte eine Person, die am Fuß der Treppe saß. Es war ein Mann. Ein großer Mann. Als sie näher kam, erkannte sie ihn als den netten Typen aus dem Flugzeug heute Morgen. Es war Jasmines Patenonkel, Charlie.

»Charlie?«, sagte sie. »Hi, ich bin's. Lila.«

Charlie lächelte sie an, aber seine Augen sahen seltsam aus.

Sie setzte sich neben ihn, aber als ihr Ellbogen seinen Arm streifte, zuckte er zusammen.

»Sind Sie okay?«, fragte sie. Der Mann sah krank aus.

»Um ehrlich zu sein, habe ich schreckliche Bauchschmerzen«, sagte Charlie. »Ich fühle mich nicht besonders.«

Lila inspizierte sein blasses Gesicht. »Sie sehen auch nicht besonders gut aus. Wir bringen Sie besser zum Flugzeug.«

Sie schaute sich um.

»Ich nehme nicht an, dass Sie meinen Mann gesehen haben, oder?«, fragte sie. »Ich kann ihn nirgends finden, und es ist wirklich Zeit, zu gehen.«

Charlie stand mit schmerzverzerrtem Gesicht langsam auf.

Er fasste sich an die Seite und atmete tief ein. Es sah ernst aus. Lila hoffte, dass sie nicht alle von einer Lebensmittelvergiftung erwischt worden waren.

»Ich suche ihn«, bot Charlie an. »Es wird mir guttun, wenn ich mir ein wenig die Beine vertrete. Gehen Sie hinein und warten mit Carlos und Maxine. Hat Carlos aufgehört?«

Lila lauschte einen Moment. »Ja, ich glaube schon«, sagte sie. »Sind Sie sicher, dass sie laufen können?«

Charlie nickte, aber er sah grauenvoll aus.

Etwas in Charlie sagte ihm, dass Brett nichts Gutes im Schilde führte, und auch wenn seine gebrochenen Rippen ihn fast umbrachten, konnte er es nicht zulassen, dass Lila Rose ihren Mann suchte. Sein Job hatte ihn zu einem guten Zuhörer gemacht. Früher musste er Männern in endlosen dunklen Gassen auflauern, und einmal musste er seine Beute in Londons stillgelegten unterirdischen Tunneln aufspüren. Er hatte eine Nase für solche Dinge, und als er weiter in die Schlossgärten hineinging, hörte er bald Geräusche, die aus einer abgelegenen Gartenlaube kamen. Eine weibliche Stimme stieß Oohs und Aahs aus und eine tiefe männliche Stimme brummte. Charlie schlich zu der Laube und hockte sich, so gut es ging, hinter einen Busch. Es war eine sternenklare Nacht, und seine Augen hatten sich an die Dunkelheit gewöhnt. Er konnte die Formen eines männlichen nackten Hinterns, der sich im Mondschein auf und ab bewegte, ganz klar erkennen. Der Mann hatte sich nicht die Mühe gemacht, sich auszuziehen. Er trug noch sein weißes Hemd, und seine Boxershorts und die schwarze Hose hingen auf seinen Knöcheln. Es war Brett, ganz klar, Charlie erkannte ihn an seinen Klamotten. Und er wusste auch, wer das Mädchen war. Sie hatte ihre braunen Beine um Bretts Taille gelegt, und ihr Brautjungfernkleid hing um ihre Taille. Charlie kannte Alisha seit ihrer Geburt. Er hatte sie und Jasmine aufwachsen sehen. Aber sie hatte nichts von Jasmines Charme. Charlie hätte sich denken können, dass sie hier enden und auf der Hochzeit ihrer Schwester von einem Wichser gefickt und benutzt werden würde.

Jasmine würde sich in Grund und Boden schämen, wenn sie das wüsste. Charlie würde dafür sorgen, dass sie es niemals erfuhr. Und er würde auch dafür sorgen, dass Lila der Anblick dieser schäbigen Szene erspart bliebe. Und es gab keinen Grund, Alisha und Brett irgendetwas zu sagen. Das würde nur eine Szene geben, und Charlie hasste Szenen. Trotzdem musste er diese Information erst einmal sacken lassen, bevor er entscheiden konnte, wie er damit umgehen sollte. Charlie dachte über Dinge nach, bevor er handelte. Er war kein Freund von überstürzten Handlungen. Er zog sich leise zurück und ging zum Festsaal, wo Lila an der Tür auf ihn wartete.

»Irgendeine Spur von ihm?«, fragte sie.

Sie sah Charlie mit ihren großen blauen Augen hoffnungsvoll an, während sie sich auf ihre zitternde Unterlippe biss. Gott, sie war so unglaublich schön, dass Charlie kaum glauben konnte, was er gerade gesehen hatte. Wie konnte ein Mann einer Frau wie ihr untreu sein? Und dann auch noch mit einem Mädchen wie Alisha. Das war verrückt. Wenn Charlie eine Frau wie Lila hätte, würde er nicht von ihrer Seite weichen. Aber Charlie würde niemals eine Frau wie Lila bekommen. Sie war einige Nummern zu groß für ihn. Allein dieselbe Luft zu atmen, war schon ein Vergnügen.

Er schüttelte den Kopf. Charlie würde nicht derjenige sein, der Lilas Herz brach. Nicht hier. Nicht jetzt. Vielleicht würde er Brett später sagen, dass er ihn mit Alisha gesehen hatte. Er würde dem Scheißkerl sagen, dass er seiner Frau gegenüber zugeben sollte, was er getan hatte, oder Charlie würde es selber tun. Aber vorläufig würde er Bretts Geheimnis bewahren.

Charlies ganzer Körper bebte, aber sein Geist war immer noch hellwach. »Ich kann ihn nirgends finden«, log er. »Aber da drüben ist ein Hotel, wo die meisten Fußballer übernachten. Vielleicht ist Brett auf einen Drink mit ihnen dorthin gegangen.«

Lila nickte. Sie schien überzeugt. »Wahrscheinlich. Das passt zu Brett. Und er war so beeindruckt von all den ›Fußball‹-Spielern.« Sie ahmte den amerikanischen Akzent ihres Mannes nach. »Nun, wir werden nicht auf ihn warten«, erklärte sie. »Er kann alleine zum Flughafen kommen, und wenn er nicht pünktlich am Flughafen ist, dann soll er verdammt nochmal sehen, wie er nach Spanien kommt.«

Sie lächelte, aber Charlie merkte, dass sie verletzt war. Trotzdem, die Frau hatte vielleicht Nerven. Trotz ihrer zerbrechlichen Schönheit war sie offensichtlich kein Feigling. Charlie war beeindruckter von Lila Rose als jemals zuvor.

Blaine hatte nichts verpasst. Er hatte gehofft, dass es auf dieser Hochzeit den einen oder anderen Skandal geben würde, aber die Realität hatte selbst Blaines wildeste Träume übertroffen. Er hatte die Bedenken der Braut mitbekommen, und den Streit über die Handtasche. Er hatte gesehen, wie Jasmines Mutter im Vollrausch bewusstlos zusammengebrochen war und wie ihre Söhne ihrem Beispiel kurze Zeit später folgten. Er hatte von Dimitrovs Übernahme des Fußballclubs gehört, und er wusste auch, dass ein Typ auf der Toilette von den russischen Schwergewichtlern zusammengeschlagen worden war (auch wenn er nicht wusste, wer und warum, und klug genug war, nicht danach zu fragen).

Aber das … wow! Diese Promi-Sauerei war Gold wert. Er hielt seine Kamera in die Luft, drückte mehrfach ab und checkte dann, ob er die Fotos hatte. O ja, da war er – Brett Rose fickte Jasmine Jones' kleine Schwester. Es war definitiv sein fester weißer Hollywood-Hintern, der über der kleinen Brautjungfer auf und ab hüpfte. Was für ein Wahnsinnsknaller! Das war der Knüller, auf den er gewartet hatte. Diese Fotos waren unbezahlbar. Absolut unbezahlbar. Blaine schlich davon, während Brett sich die Hose hochzog und Alisha immer noch ihren Slip suchte. Sie hatten nicht die geringste Ahnung, dass sie erwischt worden waren. Aber sie würden es schnell genug erfahren. Wenn es an der Zeit war. Das könnte der Durchbruch für Alisha sein, vermutete Blaine. Mit dieser Publicity könnte sie ein Riesengeschäft machen, und Blaine wäre genau der richtige Mann, ihr dabei zu helfen. Ja, es war ein sehr guter Tag für Blaine Edwards gewesen.

Brett Rose stolperte in letzter Minute mit einer halbvollen Flasche Champagner in der Hand und wie Charlie bitter feststellte, mit noch offenem Hosenschlitz ins Flugzeug. Er grinste und rief: »Na, wie geht's euch allen? Lasst uns Party machen!!!«

Lila schüttelte den Kopf und schaute aus dem Fenster. Maxine schlief mit dem Kopf an Carlos' Schulter gelehnt weiter, während ihr Liebhaber ihr zärtlich übers Haar streichelte. Der Spanier nickte Brett höflich zu, drehte sich dann auch um und schaute mit einem Ausdruck von leichter Verachtung auf seinem Gesicht aus dem Fenster.

Charlie zuckte zusammen. Das Letzte, was er jetzt gebrauchen konnte, war, dass dieser betrunkene, flirtende Ami ihn bis auf die Knochen reizte. Er fühlte sich, als wenn er von einem Zug überrollt worden wäre und nicht von zwei russischen Hammerwerfern. Sein Kopf dröhnte, und seine Rippen schmerzten. Die Schmerztabletten, die Lila ihm gegeben hatte, hatten kein bisschen geholfen. Bretts Augen waren groß, seine Pupillen erweitert. *Kokain-Gesicht*, dachte Charlie vernichtend. Er hasste Drogensüchtige. Sie sahen alle gleich aus, egal ob sie Prostituierte zusammenschlugen oder in ihren eigenen Privatjets flogen. Sie machten alle Schwierigkeiten. Und Charlie hatte heute schon genug Schwierigkeiten gehabt.

Brett hob seine Flasche in Charlies Richtung und rief: »Trink einen mit mir, guter Mann!«

Charlies blieb das Herz stehen. Er konnte Brett Rose nicht sagen, dass er sich verpissen sollte, so sehr ihn das auch gereizt hätte. Aber der Gedanke, neben diesem Mann zu sitzen und höfliche Konversation mit ihm zu machen, widerte Charlie an. Charlie wusste, was Brett getan hatte und wo er gewesen war. Brett torkelte nach vorne. Charlie sah keinen Hollywood-Star mehr vor sich, sondern bloß brutalen, dreckigen Abschaum. Und Charlie hatte so viel davon gesehen, dass es für sein ganzes Leben reichte.

Ein aufgesetztes Lächeln gefror Charlie auf dem Gesicht, als er sich damit abfand, ein paar Stunden in Bretts Gesellschaft verbringen zu müssen. Bitte, mach dass er aufhört, betete Charlie in Gedanken zu welchem Gott auch immer. Und dann wurden Charlies Gebete plötzlich erhört. Brett stolperte über Maxines Handtasche, fiel auf Lilas Schoß und bekleckerte sie mit Champagner.

Brett kicherte. Charlie fuhr zusammen. Lila schüttelte emotionslos den Kopf und schob ihren derangierten Ehemann auf den Gang. Brett landete unsanft, hickste und schlief dann sofort ein.

»Er muss für den Start in einem Sitz angeschnallt sein«, sagte die Stewardess. »Er kann da nicht liegen bleiben.«

»Doch, das kann er«, erwiderte Lila eisig. Die Stewardess versuchte nicht einmal zu diskutieren.

Charlie lächelte trotz seiner Schmerzen in sich hinein. Zumindest würde er auf dem Weg zurück nach Spanien seine Ruhe haben.

27 *Das Mädchen sitzt wieder mit dem Rücken an der Wand in ihrer kalten, dunklen Zelle. Zurück bei den Ratten und der nassen Kälte. In der Stille ist jedes noch so winzige Geräusch tausendmal so laut. Das Kratzen der Rattenfüße, ihr Herzschlag, ihre Ohren, ihr Mund. Alles was sie schmeckt, ist Blut. Ihr ist so kalt, dass sie ihre Füße oder ihre Finger nicht mehr spürt. Sie versucht, ihre Zehen zu bewegen, aber sie rühren sich nicht.*

Der Rock, den er ihr zum Anziehen gegeben hat, ist so nass, dass er an ihren Schenkeln klebt, und sie weiß nicht, ob es Wasser, Schweiß oder Blut ist. Der Mann hat unaussprechliche Dinge mit ihr gemacht. Dinge, die so abscheulich sind, dass sie sie niemals in Worte wird fassen können. Andererseits, wird sie überhaupt jemals wieder etwas sagen können?

Wird sie jemals wieder hier herauskommen? Das Mädchen fängt an zu singen, auch wenn ihre Stimme nur ein schluchzendes Flüstern ist, gerade so laut, dass sie ihre eigenen Worte versteht. Sie glaubt, dass sie den Verstand verlieren könnte.

Er ist jetzt weg, aber wenn sie die Augen schließt, sieht sie sein Gesicht. Sie versucht, den Film in ihrem Kopf zu stoppen, aber er läuft weiter und weiter und zeigt ihr, was er getan hat und was er wieder und wieder tun wird. Er hat gesagt, dass er zurückkommt. Bitte, lass ihn nicht wiederkommen. Vielleicht sollte sie sich einfach hinlegen und nie wieder aufwachen. Manchmal ist es das Beste, mit dem Kämpfen aufzuhören. Ist sie schon so weit, aufzugeben?

Ihre Stimme verstummt. Sie hat nicht mehr die Kraft, weiterzusingen. Sie legt sich auf den harten Boden und wartet. Worauf? Auf

Charlie, dass er sie rettet? Auf den Tod? Oder auf ... nein! ... bitte
nicht ... Schritte. Ein Schloss. Die Tür öffnet sich. Raue Hände grei-
fen ihren Arm, schwielige Finger graben sich in ihr verletztes Fleisch,
zerren sie ins Licht und die Treppen hinauf. Und dann liegt sie wie-
der wie ein Stück Fleisch auf dem Rücken, und sie weiß, dass er sie
noch einmal vergewaltigen wird.

Er ist jetzt auf ihr und reißt mit seinen großen Händen an ihren
Klamotten. Sie kriegt kaum Luft, und dann sieht sie sie. Die Waffe.
Nur ein kurzer Anblick von Metall, das im Licht schimmert. Er hält
sie in der rechten Hand. Das Mädchen versucht, sich zu wehren. Sie
versucht, ihn von sich hinunterzustoßen, aber er ist zu stark. Und
dann ist die Waffe plötzlich über ihrem Kopf, kommt auf sie zu und
donnert gegen ihren Kopf. Dann ist alles aus. Es wird dunkel. Al-
les ist aus.

28 »Charlie, bist du das?«

Gary hörte sich unruhig und ängstlich an.

»Ja, ich bin's, Kumpel. Gibt's bei dir was Neues?«

Charlie stützte sich auf den Hotelbalkon und schaute mit verengten Augen auf das Meer. Was für ein schöner Blick. Was für eine beschissene Welt.

»Nichts«, sagte Gary. »Aber um ehrlich zu sein, habe ich nicht viel unternommen. Ich bin immer noch bei meiner Mutter.«

»Dann geh zurück in die Stadt und sieh zu, dass du etwas herausbekommst«, brüllte Charlie. »Pronto.«

»Aber … aber du hast gesagt, ich soll mich bedeckt halten«, stammelte Gary. »Es ist dort nicht sicher.«

»Vergiss, was ich gesagt habe, und finde verdammt nochmal heraus, was mit Nadia passiert ist.«

Charlie wusste, dass er zu schroff zu dem Jungen war. Nichts von alldem war Garys Schuld, und was er von dem Jungen verlangte, war gefährlich. Aber Charlie hatte keine Wahl. Er selbst konnte nicht nach London zurück, und er brauchte dort jemanden, der für ihn herausfand, was los war. Gary war der Einzige, dem er trauen konnte. Es wurde Zeit, dass aus dem Jungen ein Mann wurde.

»In Ordnung, Boss.« Gary klang unsicher. »Wenn ich muss …«

»Ja, du musst«, erwiderte Charlie entschlossen.

»Was ist mit Nadias Vater? Er glaubt, dass wir sie haben.«

»Nicht mehr. Ich hab mit ihm gesprochen«, sagte Charlie. »Aber er hat mich noch im Visier. Er sagt, dass es passiert ist, als sie bei mir war, also ist es meine Schuld. Du weißt, wie so etwas läuft, Gary. Bis sie wieder auftaucht, liegt mein Kopf auf Dimitrovs Teller. Wir haben bis Ende des Monats Zeit. Das Problem ist, dass ich nicht zurückkommen kann, also musst du Nadia finden, Kleiner. Ich verlasse mich auf dich.«

»Mach ich«, versprach Gary. »Wo soll ich anfangen?«

Charlie seufzte. Gary war so ein großes Kind. Und loyal. So verdammt loyal. Aber was Charlie jetzt von ihm verlangte, könnte ihn umbringen.

»Sprich mit Nadias Freunden«, sagte er dem Jungen. »Sprich mit ihren Feinden. Sprich mit Dimitrovs Feinden. Sprich mit den verdammten Bullen, wenn es sein muss. McGregor ist mir etwas schuldig, und du weißt, wo du ihn findest.«

»Der Säufer?«

»Richtig.«

»Okay, Boss.«

»Und stell die Wohnung auf den Kopf. Vielleicht hat sie etwas dort gelassen – ein Tagebuch, ein Ticket, ich weiß nicht, irgendwas.«

»Okay«, sagte Gary, der jetzt richtig angestachelt klang. »Ich lass dich nicht hängen.«

»Ich weiß. Und Gary …«

»Ja, Boss?«

»Wenn das alles vorbei ist, habe ich hier etwas für dich organisiert. Mit mir.«

Das war natürlich eine Lüge. Charlie hatte in Spanien gar nichts organisiert – keine Wohnung, keinen Job, keine Pläne für die Zukunft. Aber irgendetwas würde passieren. Es passierte immer etwas. Das war die einzige Gewissheit in Charlies Welt – so etwas wie ein ruhiges Leben gab es nicht.

»Danke, Charlie.« Gary hörte sich erfreut an. »Wo bist du denn eigentlich?«

Charlie beobachtete ein paar Miezen, die am Strand oben ohne Beachball spielten. Ihre gebräunten Brüste hüpften in der Morgensonne auf und ab.

»Im Paradies, Kumpel«, versprach Charlie. »Wenn Nadia wieder aufgetaucht ist, dann treffen wir uns im Paradies.«

Nach dem Telefongespräch spülte Charlie eine Handvoll Schmerztabletten mit einem Jack Daniels herunter und legte sich vorsichtig ins Bett. Seine Rippen waren gebrochen. Einer seiner Hoden war zu der Größe einer Grapefruit angeschwollen. Er hatte einen riesigen Bluterguss auf dem Rücken. Er wollte diese Woche eigentlich auf Haussuche gehen, aber stattdessen lag er in seinem Hotelzimmer und war kaum in der Lage, zum Balkon und zurück zu gehen. Er war noch nicht einmal braun geworden. »Von wegen Paradies«, dachte er und stöhnte vor Schmerzen. »Wohl eher das verlorene Paradies.«

Maxi schielte auf den Schwangerschaftstest. Es war einer von diesen neuen, die einem schon sehr früh sagen konnten, ob man schwanger war. Sie würde ihre Periode erst morgen bekommen, aber sie konnte keine Minute länger warten, zu erfahren, ob sie Carlos' Baby in sich trug. Sie drückte die Daumen und wartete. Sie hatte das Gefühl, dass er positiv sein würde. Sie war schon seit Tagen so fröhlich, und sie war wesentlich emotionaler als sonst – sie hatte gestern Abend sogar bei Isabels Seifenoper geweint, obwohl sie so gut wie gar nichts verstanden hatte, weil sie so schnell gesprochen hatten. Ihre Brüste waren empfindlich, und ihr Bauch war runder als noch vor einer Woche. Außerdem hatte sie diesen tiefen dumpfen Schmerz im Unterleib. Jawohl, sie hatte alle Symptome. Sie *musste* schwanger sein!

Eine klare blaue Linie erschien in einem der Röhrchen.

So, und was hieß das? Maxine nahm die Anleitung aus der Packung. Ach Mist! Alles auf Spanisch. Sie verstand mittlerweile das meiste von dem, was Carlos sagte, aber ihre Kenntnisse der geschriebenen Sprache waren ziemlich dürftig. Sie versuchte, die Bilder zu verstehen. Okay, wenn da ein Kreuz ist ... nein, sie hatte kein Kreuz, sie hatte nur eine Linie ... tss ... war das kompliziert.

Sie hörte Isabel vor der Badezimmertür staubsaugen. Das ging ihr auf die Nerven. Maxine konnte sich überhaupt nicht konzentrieren. Sie war frustriert und schrie »Was heißt *no embarazada* überhaupt, verdammt nochmal!?«, genau in dem Augenblick, in dem der Staubsauger ausging.

Für einen Moment herrschte Ruhe.

»Es heißt ›nicht schwanger‹, Miss Maxine«, sagte Isabel dann auf der anderen Seite der Tür.

Der Staubsauger ging wieder an, während Maxine auf dem Wannenrand saß, zu Tode beschämt und tief enttäuscht war.

Sie lag eine Stunde auf ihrem Bett, bevor sie zum Telefon griff.

»Lila? Bist du da? Geh bitte dran, wenn du da bist. Ich habe einen *schlechten* Tag ...«

Maxine seufzte. Wo war Lila? Sie hatte die ganze Woche nichts von ihr gehört. Seit der Hochzeit nicht. Jetzt konnte sie sich nichts Besseres vorstellen, als sich mit ihrer Freundin die Kante zu geben, um ihre mangelhafte Fruchtbarkeit zu bedauern. Sie versuchte es auf ihrem Handy. Es klingelte und klingelte, bis endlich jemand dranging und eine männliche Stimme in der Leitung sprach.

»Maxine? Hi Süße, hier ist Peter«, sagte Peter atemlos. »Entschuldige, ich war oben. Lila ist schwimmen. Alles in Ordnung?«

»Mir geht es diese Woche richtig beschissen, und ich habe

Lust, mich mit Lila zu betrinken. Wie sieht es denn für heute Nachmittag in ihrem Terminkalender aus?«

»Maxine, wir sind in London.«

»Aber du hast doch gesagt, dass Lila schwimmen ist.« Maxi war irritiert. Warum sollte Lila abreisen, ohne ihr Bescheid zu sagen?

»Sie schwimmt in ihrem Pool hier. In London.«

»Ach«, antwortete Maxi völlig ernüchtert. »Sie hätte mir sagen können, dass sie fährt.«

»Entschuldige, Max, aber Brett ist wieder in L. A., und die Kinder müssen wieder zur Schule. Lila wird vor Mitte Oktober nicht mehr nach Spanien kommen.«

»Gut, sag ihr, dass sie mich später anrufen soll«, bat Maxi und war nicht in der Lage, ihre Enttäuschung zu verbergen.

Die Schmerzen in ihrem Unterleib hatten sich in die bekannten Krämpfe der Regelschmerzen verwandelt. Als Carlos aus dem Golfclub kam, lag Maxine mit ihrem Hund Britney und einer pinkfarbenen flauschigen Wärmflasche zusammengerollt auf dem Sofa und tat sich selber leid.

Carlos küsste sie auf die Stirn und warf eine Handvoll Post auf den Tisch.

»Alles okay, Chica?«

Maxi nickte elend. Carlos runzelte die Stirn.

»Du siehst nicht gut aus, Liebling.«

»Ich habe nur meine Tage, mein Schatz«, antwortete sie. »Nichts Ernstes.«

Zumindest war es nichts, was sie Carlos erzählen konnte. Er streichelte ihr liebevoll den Kopf und fing an, seine Post durchzusehen.

»Was ist das?«, fragte Maxine.

Sie hatte eine hellrote Karte mit schwarzen Buchstaben entdeckt. Es sah aus wie eine ziemlich protzige Einladung, und Maxine konnte eine Party auf mehrere hundert Kilometer

Entfernung riechen. Und es gab nichts Besseres als eine gute Party, um ein Mädchen aufzumuntern.

»Ach, es ist nur etwas von Juan«, sagte Carlos herablassend und warf die Einladung auf seinen Altpapierstapel.

Maxine beugte sich nach vorne und hob die Einladung auf. Juan war Carlos' ältester Sohn. Er war fünfundzwanzig und ein verdammt heißer Latino-Sänger. Maxine hatte ihn im letzten Jahr nur einmal ganz kurz getroffen. Juan sah fast genauso aus wie Carlos in seiner Blütezeit – nur mit Piercings und Tattoos statt mit beigefarbenen Hosen und geschmacklosen Siebziger-Jahre-T-Shirts. Juan war auch auf der anderen Seite des großen Teiches richtig angesagt. Für sein erstes Album hatte er mit den hippsten Produzenten, Rappern und R&B-Stars zusammengearbeitet und einen MTV-Award gewonnen.

Carlos und Juan hatten ein schwieriges Verhältnis. Carlos sagte, dass Juan immer mehr wie seine Mutter wurde und sie nichts gemeinsam hätten, aber Maxine war anderer Meinung. Sie glaubte, dass Juan ganz der Vater war und die zwei sich viel zu ähnlich waren, um miteinander auszukommen. Sie vermutete, dass Juans Erfolg, sein gutes Aussehen und seine berüchtigte Haltung Frauen gegenüber (nach dem, was der *National Enquirer* schrieb, hatte er schon die meisten der hübschen jungen Dinger in Hollywood gehabt), Carlos nicht nur nicht gefiel, sondern sogar ein wenig neidisch machte. Es musste für einen Mann in Carlos' Alter schwer zu ertragen sein, vom eigenen Sohn aus dem Rampenlicht verdrängt zu werden.

»Das hört sich großartig an«, sagte Maxine begeistert. »Das ist eine Party, auf der das Erscheinen seines zweiten Albums gefeiert wird.«

»Ja«, sagte Carlos geduldig. »In Los Angeles.«

»Cool!«, fuhr Maxine fort. »Ich bin seit Monaten nicht in L. A. gewesen. Das wird bestimmt lustig. Wir können daraus einen Urlaub machen.«

»Ich fliege nicht nach L. A.«, sagte Carlos bestimmt. »Außerdem ist die Party nächstes Wochenende, und da habe ich ein Promi-Golfturnier.«

»Ach, Carlos …« Maxine hörte den jammernden Unterton in ihrer Stimme. »Bitte, Liebling. Was ist wichtiger? Die Karriere deines Sohnes zu unterstützen oder ein *weiteres* Golfturnier zu spielen, hm?«

Carlos starrte Maxine an. Er sah wütend aus. Carlos verlor selten die Fassung. Sie wusste, dass sie einen wunden Punkt getroffen hatte.

»Vergiss es, Maxine«, gab Carlos zurück. »Ich habe keine Lust, nach Los Angeles zu fahren. Mich interessiert die Art von Musik, die Juan macht, nicht und ebenso wenig seine Party.«

»Ach, das ist gemein«, fuhr Maxine fort, auch wenn sie wusste, dass es ihr mehr um ihr eigenes Vergnügen ging. »Juan würde sich freuen, wenn du kommen würdest.«

Was sie wirklich meinte, war, dass sie sich freuen würde, hinzugehen, so gut kannte sie Juan gar nicht, um zu wissen, was er dachte.

»Juan ist es völlig egal, ob ich komme oder nicht«, blaffte Carlos. »Er hat die Einladung aus reiner Höflichkeit geschickt!«

Er riss Maxine die Einladung aus der Hand und warf sie zurück aufs Altpapier.

»Na ja, vielleicht fliege ich ja alleine …« Sie beugte sich nach vorne und nahm die Einladung ein zweites Mal. Maxi wusste nicht einmal, warum sie das sagte. Sie würde dort niemanden kennen, und es war Carlos' Einladung und nicht ihre. Aber sie langweilte sich. Sie langweilte sich und war nicht schwanger. Sie brauchte etwas, auf das sie sich freuen konnte. Irgendetwas Aufregendes in ihrem Leben.

Carlos runzelte die Stirn. »Du wirst nicht hingehen, Maxine. Ich verbiete dir, auf diese Party zu gehen.«

O Mann. Jetzt hatte er es vermasselt. Das war nicht die Reaktion, die Maxi von Carlos erwartet hatte. Er war normalerweise sehr vernünftig und leicht zu überreden. Sie hatte gedacht, dass Carlos mit ihr auf diese Party gehen würde, wenn sie nur lange genug quengelte, und es ihr nicht verbieten würde wie ein viktorianischer Vater.

Das Problem war, dass sich hinter Maxines makellosem Äußeren der jugendliche Rebell verbarg. Wenn jemand sagte: »Nein, das darfst du nicht«, war ihre automatische Reaktion: »Na, das wirst du schon sehen«. Carlos verbot ihr zu gehen. Nun, jetzt musste sie, verdammt nochmal, hin. Nur um ihm zu zeigen, dass er sie so nicht behandeln konnte. Es sah ganz so aus, als hätte sie sich in einen Solo-Trip nach L. A. hineingeritten. Jetzt gab es kein Zurück mehr.

29 Jasmine schloss die Augen und gab sich dem Moment der Glückseligkeit hin. Sie lag im weißen Sand auf dem Rücken, und sanfte Wellen umspielten ihre Zehen. Sie spürte die heiße Nachmittagssonne auf ihrer nackten Haut und hörte die exotischen Vögel in den Palmen zwitschern. In ihrem ganzen Leben war sie noch nie so entspannt gewesen. Am Morgen hatte sie sich eine Aromatherapie-Massage im Spa-Ressort genehmigt, das oben auf den Klippen lag und einen Blick auf den türkisen Indischen Ozean bot. Dann hatten Jimmy und sie beim Mittagessen in einem kreolischen Sternerestaurant köstlich frischen Fisch gegessen, bevor sie wieder in ihre private Villa aus Holz am Strand zurückgekehrt waren, um langsamen Sex zu haben (für alles andere war es zu heiß) und anschließend in ihrem Himmelbett unter der leichten Brise des Deckenventilators eine Stunde lang Siesta zu halten.

Auf den Seychellen war es absolut idyllisch, und Jasmine hätte sich kein perfekteres Ziel für ihre Flitterwochen vorstellen können. Paradise Island war eine private Insel mit nur zwölf Villen, von denen jede einen eigenen Garten, einen Pool mit Whirlpool und natürlich ein privates Stück weißen Strand vor der Tür hatte. Die Villa hatte ein Strohdach und war mit Teak- und Mahagonimöbeln im Kolonialstil eingerichtet, und über dem riesigen Bett hing ein durchscheinendes weißes Tuch. Das Personal sorgte dafür, dass das Haus immer voller exotischer Blüten und riesiger Körbe mit frischen Früchten war. Wären nicht der Sechzig-Zoll-Fernseher und die mit Champagner gefüllte Minibar gewesen, hätte Jasmine sich hundert Jahre zurückversetzt und wie die Tochter eines Plantagenbesitzers gefühlt.

Jimmy war in das Fitnessstudio des Hotels gegangen, aber Jasmine wollte einfach nur faul am Meer liegen. Ab und zu kam ein Kellner in Weiß den Strand hinunter und stellte einen Melonen-Daiquri auf den Tisch neben ihrem Liegestuhl. Abgesehen davon war Jasmine völlig allein.

Genau diese Ruhe brauchte sie nach dem ganzen Hochzeitsstress und der Aufregung über die Erpressung. Jetzt schob Jasmine diese Dinge ganz weit von sich weg und tauchte in die Ruhe des Hier und Jetzt ein. Ahhhh! Welche Wonne!

Nach einer Weile entschied sie sich, schwimmen zu gehen. Sie würde nicht weit rausschwimmen. Sie hatte schließlich schon ein paar Cocktails getrunken. Aber sie hatte Lust, zu den Felsen dort drüben zu schwimmen, um zu schauen, was dahinter lag. Jasmine tauchte in das kalte Wasser ein und spürte ein Prickeln auf ihrer heißen Haut, als sie zu den Felsen schwamm, die aus dem Meer herausragten. Als sie dort ankam, zog sie sich aus dem Wasser und schüttelte ihr Haar. Was lag wohl hinter ihrem privaten Strand? Jasmine stand auf und ging vorsichtig über die Felsen, bis sie in die nächste Bucht hineinschauen konnte. Was sie sah, schockierte sie so sehr, dass sie beinahe rückwärts ins Wasser gefallen wäre. Ungefähr fünfhundert Meter entfernt schwamm ein kleines Fischerboot mit Fotografen, die ihre riesigen Objektive genau auf sie richteten. Jasmine schnappte nach Luft und verschränkte ihre Arme schützend vor ihrer nackten Brust. Sie erkannte einige von ihnen aus London und Marbella.

»Was, zum Teufel, macht ihr hier?«, rief sie ihnen zu. »Wie habt ihr uns gefunden?«

»Frag Blaine Edwards«, antwortete einer der Fotografen. »Und jetzt bitte lächeln, Jasmine!«

»Zeig uns ein bisschen Haut für die Typen zu Hause!«

»Ach, verpisst euch!«, schimpfte sie und zog sich so schnell sie konnte von den rauen Felsen zurück. »Autsch!« Jasmine hatte sich den Zeh gestoßen. »Mistkerle«, murmelte sie vor sich hin.

Für gewöhnlich tolerierte sie die Presse. Himmel, sie war nett zu ihnen. Sie schenkte ihnen immer ein Lächeln und lieferte ihnen ein wenig Klatsch und Tratsch. In einer besonders kalten Londoner Nacht hatte sie ihnen sogar einmal Tee und Kekse hinausgebracht. Ihr war klar, dass sie das Spiel mitspielen musste. Aber hier? In den Flitterwochen? War eigentlich nichts mehr heilig? Sie würde Blaine umbringen, wenn sie nach Hause käme. Sie würde ihm seinen fetten Hals umdrehen.

In London regnete es. Es regnete, und es war viel zu kalt für Juni. »Tss Tss«, murmelte Grace vor sich hin, als der Regen gegen die Fenster ihres Hauses peitschte. Ihre Katze ging zu der Katzenklappe, streckte eine Pfote hinaus und tingelte dann zurück zu ihrem gemütlichen Korb. Jetzt warf sie Grace vorwurfsvolle Blicke zu, so als wäre sie für das schreckliche Wetter verantwortlich.

Grace arbeitete heute zu Hause. Sie hatte es irgendwie geschafft, Miles davon zu überzeugen, dass sie ein wenig Ruhe brauchte, um über die Jones-Hochzeit zu schreiben, aber die Wahrheit war, dass sie noch nicht mehr als den Titel ›Ein schöner Tag für *die* Promi-Hochzeit‹ hatte. Die Wahrheit war, dass sie sich schrecklich fühlte. Die Wahrheit war, dass sie auf die uneleganteste und verletzendste Art abserviert worden war – schriftlich!

Die Alarmglocken hatten gestern Morgen im Büro angefangen zu läuten, als Gerald, der Theaterkritiker, ihr den neusten Klatsch und Tratsch erzählt hatte. Gerald war ein alternder Schwuler mit gewelltem silbernem Haar, einem erstaunlichen Aufgebot an Seville-Row-Anzügen und einer so spitzen Zunge, dass man Glas damit schneiden könnte.

»Nu-un«, hatte er ihr anvertraut. »Du rätst nie, wen ich gestern Abend im Adelphi gesehen habe.«

»Wen?«, fragte Grace nicht uninteressiert. Geralds Tratsch war normalerweise ziemlich lustig.

»Munroe höchstpersönlich, er saß neben Paige Richardson.« Gerald hatte vor Stolz gestrahlt.

»Munroe? Welchen Munroe?«

»Unseren hochgeschätzten Firmeninhaber McKenzie Munroe, du lahme Schnecke.« Gerald hatte die Augen verdreht. »Unseren extrem *verheirateten*, hochgeschätzten Firmeninhaber mit einem zweiundzwanzigjährigen Wetter-Mädchen.«

Grace merkte, wie sich in ihrem Hals ein Kloß bildete und sie kaum ein Wort herausbekam. Ihr McKenzie mit der verdammten Paige Richardson? Das machte keinen Sinn. McKenzie mochte intelligente Frauen. Er sagte, dass es in erster Linie das war, was ihn zu Grace hingezogen hatte. Paige Richardson war ein oberflächliches Häschen, das vor der Wetterkarte in irgendeiner billigen Vormittags-TV-Show wild herumgestikulierte. Das musste ein Versehen sein.

»Ich kann mir nicht vorstellen, dass zwischen den beiden was läuft«, hatte Grace zu Gerald gesagt, während sie sich bemühte, Haltung zu bewahren. »Es gibt sicher eine Erklärung. Er ist verheiratet.«

»O ja, und wir alle wissen natürlich, dass verheiratete Männer immun sind gegen süße kleine Wetter-Mädchen, nicht wahr?« Gerald hatte spöttisch gegrinst. »Nein, nein, nein. Da läuft ganz sicher was. In der Pause habe ich seine Hand auf ihrem Hintern gesehen.«

Gerald hatte mit großen Augen genickt, um seinen Klatsch zu unterstreichen. Grace hatte schwer geschluckt und sich zwingen müssen, nicht loszuheulen. McKenzie hatte sie noch nie mit ins Theater genommen. Er hatte sie in der Öffentlichkeit noch nie irgendwohin mitgenommen. Sogar letzte Woche bei Jasmines Hochzeit hatte er sie ›für alle Fälle‹ ignoriert, damit niemand Verdacht schöpfen konnte. Und Paige Richardson war auch ein Gast auf dieser Hochzeit gewesen. Grace erinnerte sich, sie in einem scheußlichen weißen Kleid gesehen zu haben. Jeder weiß, dass man auf einer Hochzeit kein Weiß trägt. Außer wenn man die Braut ist. Das war Grace im Gedächtnis geblieben, weil das so ein Schulmädchen-Fehler war, selbst für ein einfaches Wetter-Mädchen.

»Was zum Teufel sieht er in ihr?«, hörte Grace sich sagen.

»Entschuldige mal!« Gerald hatte ihr einen Blick zugeworfen, der sagte: »Bist du verrückt?«

»Was sieht *er* in *ihr*?«, sprudelte es aus ihm heraus. »Meinst du nicht, was sieht *sie* in *ihm*? Kannst du dir was Unangenehmeres vorstellen, als mit McKenzie Munroe ins Bett zu gehen?«

Gerald tat so, als müsse er sich übergeben, während Grace mit glühenden Wangen auf ihre Schuhe starrte.

»Der Mann ist eine abscheuliche kleine Ratte mit Mundgeruch. Glaub mir«, fuhr Gerald fort. »Ich musste im letzten Jahr bei den Press Association Awards neben ihm sitzen. Ich würde eher mit *ihr* als mit *ihm* schlafen, und ich habe seit 1967 keine Frau mehr angefasst. Und das war eine Rothaarige mit dem Namen Janet Evans, falls es dich interessiert, sie hat mich hinter einer Wurfbude auf einem Dorffest förmlich vergewaltigt. Ich war vierzehn. Ich glaube, dass das der Moment war, in dem ich mich umorientiert habe ... Wie auch immer, Schätzchen, du wirst mich, was diese ganze Munroe-Sache angeht, auf keinen Fall zitieren. Das ist eine Geschichte, die nicht in den Medien erscheinen wird. Das ist die Macht, die man hat, wenn man ein Medienunternehmen besitzt. Man kann machen, was man will, ohne die Konsequenzen zu ziehen. Tada!«

Und mit diesen Worten tänzelte Gerald in Richtung Aufzug und ließ Grace mit gebrochenem Herzen und ruiniertem Leben zurück. Welche Sorte Mann betrog seine Geliebte? Natürlich die Sorte, die zuerst seine Frau betrog! Gott, das hatte sie nicht kommen sehen. Was für ein Idiot. Was für ein dummer, naiver, engstirniger Idiot.

Als sie zu ihrem Schreibtisch zurückkam, hatte Grace gemerkt, dass sie eine Nachricht auf ihrem BlackBerry übersehen hatte. Sie war von McKenzie.

»Es geht nicht mehr. Wir sollten Schluss machen. Danke für alles. M.«

Er hatte es noch nicht einmal für nötig gehalten, anzurufen. Grace fragte sich, ob er seine Sekretärin gebeten hatte, diese verdammte Nachricht zu schicken.

Also arbeitete sie heute zu Hause. Weit weg von Geralds Getratsche und Miles' unangemessenen Fragen und weit weg von ihrem Job und der Zeitung und dem Gebäude, das McKenzie Munroe gehörte. Sie spielte mit dem Gedanken, zu kündigen. Sie könnte ihr Haus verkaufen. Highgate war eine beliebte Wohngegend. Die Immobilienpreise hatten sich, seit sie das Haus vor zehn Jahren gekauft hatte, vervierfacht. Sie könnte ein Vermögen verdienen, wenn sie das Haus jetzt zum Kauf anbot. Sie könnte sich ein nettes kleines Häuschen irgendwo auf dem Land kaufen. Dorset war doch nett. Sie mochte die Strände dort, und London war nicht allzu weit entfernt, falls sie mal Großstadtluft brauchte. Mit dem Gewinn, den sie machen würde, könnte sie ein ziemlich gutes Leben führen. Sie könnte sich noch ein paar Katzen anschaffen. Das Buch schreiben, das sie geplant hatte, und alle Männer vergessen. Sie hatte vor ein paar Wochen auf einem Bücherfest eine Literaturagentin kennengelernt. Sie hatten ihre Telefonnummern ausgetauscht. Die könnte sie jetzt anrufen ...

Das Telefon klingelte. Grace kehrte in die Realität zurück und schaute auf die Anruferkennung. Blaine Edwards. Was zum Teufel wollte die fette Kröte?

Widerwillig nahm sie den Hörer ab: »Hallo Blaine«. Sie konnte es nicht ignorieren. Blaine hat wahrscheinlich eine Story, und zumindest im Moment musste sie ihren Job noch machen.

»Grace, mein großartiges Mädchen«, brummte Blaine durch die Leitung. »Ich habe einen echten Knüller für dich! Ich denke an deine Karriere!«

Grace stöhnte innerlich. Blaine machte immer solche Versprechungen. Sie war heute wirklich nicht in der Stimmung für so etwas. Heute machte sie sich über ihre Karriere keine besonderen Gedanken.

»Was denn?«, fragte sie ohne große Begeisterung.

»Ach, versuch doch wenigstens ein wenig gespannt zu klingen, Grace. Das wird dich umhauen. Aber ich sage es dir nur, wenn du mir versprichst, deinem Onkel Blaine dankbar zu sein.«

Grace seufzte. »Ich bin unendlich dankbar für all die Knüller, die du mir besorgt hast, Onkel Blaine. Also, schieß los!«

»Es geht nicht nur um die Story.« Blaines Stimme zitterte vor Aufregung. »Ich habe auch exklusive Fotos.«

Bei den Worten ›exklusiv‹ und ›Fotos‹ wurde Grace hellhörig. Fotos waren gute Nachrichten. Fotos bedeuteten Beweise, und Beweise bedeuteten, dass man keinen Prozess riskierte.

»Woher weißt du, dass sie exklusiv sind?«

»Weil ich sie eigenhändig geschossen habe, liebe Grace«, antwortete Blaine selbstgefällig. »Außer mir weiß niemand auf der Welt etwas von dieser Story.«

»Okay, du hast mich neugierig gemacht«, erwiderte Grace. »Lass hören.«

Blaine quiekte begeistert. Er hörte sich an wie ein Ferkel, das gerade ein paar Abfälle bekam. »Ich weiß gar nicht, wo ich anfangen soll.«

»Na gut, dann versuch es. Ich habe nicht den ganzen Tag Zeit.«

»Gut. Also ich war auf der JimJazz-Hochzeit …«

»Blaine, die halbe Welt war auf dieser Hochzeit. *Ich* war auf dieser Hochzeit. Was kannst du schon aufgetan haben, das der Rest von uns verpasst hat …«

»Ich habe das größte Stück vergoldeter Fünf-Sterne-Sauerei aufgestöbert, seit Hugh Grant in Unterhosen auf dem Sunset Strip geschnappt worden ist. Glaub mir. Das ist *so* gut.«

»Okay, schieß los!«

»Also, ich habe am Ende des Abends in den Gärten einen Spaziergang im Mondschein gemacht, und ich bin über ein Paar gestolpert, das es in der Gartenlaube heftig getrieben hat …«

»Huh …«

»Er hatte seine Hose an den Knöcheln hängen, und sie hatte ihr Kleid bis zur Taille hochgezogen, und er hat es ihr wie verrückt besorgt und …«

»Ich habe es vor Augen«, sagte Grace. »Wer war es, Blaine?«

»Bist du bereit?«, stichelte Blaine.

»Ich bin so was von bereit.«

»Es war … Gott, ich bin so aufgeregt, dir das zu erzählen …«

»Jetzt sag's endlich, verdammt nochmal, Blaine!«

»Es waren Brett Rose und Jasmines kleine Schwester. Das kleine Mulitkulti-Mädchen. Die Brautjungfer.«

»O mein Gott!« Grace war sprachlos.

»Ist das nicht großartig?«, kicherte Blaine.

Grace war für einen Moment still, während sie sich bewusst wurde, was das für eine Story war. Irgendwie musste sie sofort an Brett Roses arme Frau denken.

»Es ist natürlich nicht so toll, wenn man Lila Rose ist«, antwortete Grace.

Gott, das war wirklich eine riesige Story. Sie hatte schon einmal Gerüchte über Brett Rose gehört, aber nichts davon war an die Öffentlichkeit gedrungen. Keine seiner vermeintlichen Eroberungen war bekannt geworden, und seine Anwälte waren die besten in L. A. Keine Zeitung hatte es jemals gewagt, auch nur die Andeutung einer Vermutung über seine Untreue zu veröffentlichen. Sie dachte an das Interview, das sie mit Lila Rose geführt hatte. Sie erinnerte sich daran, wie zerbrechlich die Schauspielerin gewirkt hatte. Sie dachte daran, wie sie sich gestern gefühlt hatte, als Gerald ihr von McKenzies Affäre erzählt hatte, und sie wagte nicht, sich vorzustellen, wie viel Kummer diese Geschichte für Lila Rose bedeutete. Die Frau war seit zehn Jahren verheiratet. Sie hatten Kinder. Diese Geschichte würde ihre heile Welt zerstören.

»Ich kann darüber nicht schreiben«, sagte Grace nach einem Moment der Stille zögernd.

»Wa-as?«, schrie Blaine ungläubig. »Aber das ist die ultimative Titelstory, Grace. So eine Chance kriegst du nie wieder. Ich biete dir eine Exklusivstory mit Fotos. Fotos von der ganzen Aktion. Bist du verrückt? Hast du journalistische Todessehnsucht oder so was? Ich hätte das *jedem anderen* anbieten können, aber ich dachte, du freust dich. Ich dachte, du wärst die Beste.«

Grace biss sich auf die Lippe und starrte in den Regen draußen. Jede Faser ihres beruflichen Ichs sehnte sich nach dieser Story, aber etwas in ihrem Inneren, etwas Reales, Leidenschaftliches und Gutes, das jahrelang verschüttet gewesen war, riet ihr, nein zu sagen. Es war wie ein Licht, das in ihrem Kopf aufging. Ein Moment der Klarheit. Oder sogar der Erleuchtung.

»Nein, Blaine«, wiederholte sie, dieses Mal bestimmt. »Ich kann das nicht machen.«

»Warum, verdammt nochmal, nicht?«, schrie Blaine. »Ich habe alle Beweise, die du brauchst.«

»Es liegt nicht daran, dass ich dir nicht glaube«, versuchte Grace ihm zu erklären. »Aber ich habe auf der Hochzeit Lila Rose kennengelernt, und ich möchte nicht diejenige sein, die ihr Leben zerstört. Damit könnte ich nicht leben, Blaine.«

»Mein Gott, Mädchen, du hast deinen Biss verloren. Du bist am Ende zahm geworden.«

»Und ich war auf der Hochzeit als Jasmines Gast«, fuhr Grace fort. »Kannst du dir vorstellen, wie sehr sie das mitnehmen würde, wenn das rauskäme? Sie kennt Lila. Und es ist ihre kleine Schwester, über die wir hier sprechen.«

»Genau!«, schrie Blaine völlig außer sich. »Das ist es ja, was daraus eine so gute Story macht. Das ist so herrlich inzestuös, *und* es geht um Promis aus allen Gesellschaftsschichten. Es ist eine transatlantische Geschichte von Hollywood, Kalifornien, bis Hollywood Nitspot, Essex. Es ist Liebe – oder zumindest Sex – über die großen sozialen Schranken hinweg. Das ist der perfekte Knüller.«

Grace rieb sich mit der Hand die Stirn. Was sollte sie machen? Das war der ganz große Hit. Darauf hatte sie schon immer gewartet. Mit dieser Geschichte würde sie sich sowohl hier als auch in den Staaten einen Namen machen. Sie würde zu Talkshows eingeladen. Sie würde Auszeichnungen bekommen. Damit hätte sie auch eine Beförderung in der Tasche. Warum kniff sie? Aber etwas in ihr war stärker als ihr Ehrgeiz.

»Ich kann das nicht«, sagte sie entschieden.

»Grace, diese Leute sind nicht deine Freunde«, warnte Blaine sie. »Es ist nicht dein Job, sich über ihre Gefühle Gedanken zu machen. Es ist dein Job, den Lesern zu erzählen, was die Promis so treiben.«

»Und ich dachte, es wäre dein Job, dich um Jasmine zu kümmern«, fügte Grace bissig hinzu. »Das sind für sie wohl kaum gute Nachrichten, oder?«

»Ach, Grace, Grace, Grace …« Blaine hörte sich bitter enttäuscht an. »Ich dachte, du wüsstest es. Es ist nicht mein Job, mich um Jasmine zu kümmern. Es ist mein Job, die *Presse* für Jasmine zu machen. Das ist ein großer Unterschied. Der Einzige, um den ich mich kümmern muss, ist Blaine Edwards höchstpersönlich. Und das, meine Liebe, ist genau das, was ich jetzt tun werde.«

»Ich verstehe. Du machst nur deinen Job. Aber ich sage immer noch nein.«

»Miles bringt dich um.« Blaine hatte jetzt ein böses Lachen in der Stimme. »Wenn ich das einem deiner Konkurrenten anbiete, wirst du gefeuert.«

»Ich weiß«, sagte sie schwach.

»Was ist los mit dir, Grace? Hast du so was wie einen Nervenzusammenbruch oder so?«

Grace lächelte in sich hinein. »Nein, Blaine«, antwortete sie ruhig. »Vielleicht bin ich endlich vernünftig geworden.«

»Na gut, dein Problem.« Blaine versuchte nicht länger, sie zu überzeugen. »Aber du kannst sicher sein, dass du diese fabelhafte Geschichte über Prominiedertracht am Sonntagmorgen zum Frühstück verschlingen wirst. Niemand sonst wird das ablehnen.«

»Ich weiß«, sagte Grace. »Wir sehen uns.«

»Das bezweifle ich«, antwortete er. »Du befindest dich auf dem absteigenden Ast, Mädchen. Deine Karriere ist am Ende. E…N…D…E!«

Grace legte auf und starrte lange auf den leeren Bildschirm ihres Computers. Dann warf sie den Promihochzeit-Ordner in den Papierkorb und öffnete ein neues Dokument. Speichern unter …

»Kündigung«, tippte sie.

Es war an der Zeit, ein neues Leben zu beginnen. Grace spürte, wie ihr eine Last von den Schultern fiel, während sie tippte. Gott, sie hatte es nicht kommen sehen, aber hier war es, das Ende ihrer Karriere. Es fühlte sich irgendwie verrückt an, aber auch gut, wenn nicht sogar befreiend. Sie war frei von Miles und McKenzie und solchen Typen wie Blaine Edwards und frei von den Schuldgefühlen, die sie die ganzen Jahre mit sich herumgeschleppt hatte. Jetzt wurde ihr klar, dass sie im Unterbewusstsein immer da gewesen waren, auch wenn sie sich eingeredet hatte, dass es okay ist, sein Geld mit der schmutzigen Wäsche anderer Leute zu verdienen. Aber jetzt sah sie die Dinge ganz klar. Das war ganz und gar nicht okay. Von jetzt an würde Grace alles anders machen.

Sie begann damit, dass sie versuchte, Jasmine Jones zu erreichen, um sie vorzuwarnen. Vielleicht konnte Jasmine dann mit Lila sprechen. Mit Sicherheit wäre es besser, wenn die arme Frau die Nachricht über die Affäre ihres Mannes nicht mit dem Sonntagsei verdauen müsste. Es würde nicht einfach sein, Jasmine zu erreichen, schließlich war Blaine ihr Manager. Aber Grace hatte Kontakte. Heute Morgen waren Fotos von den Flitterwochen des Glamourmodels auf den Seychellen veröffentlicht worden. Grace kannte einen der Fotografen, die die Bilder geschossen hatten. Sie hatten früher zusammen an Storys gearbeitet. Sie rief ihn auf dem Handy an.

»Jeff? Hier spricht Grace Melrose. Kannst du mir einen Gefallen tun? Du kannst mir nicht zufällig sagen, in welchem Hotel Jasmine und Jimmy Jones sich aufhalten, oder doch?«

»Natürlich kann ich das«, antwortete er grinsend. »Ich

schaue im Moment sogar genau drauf. Jimmy und Jasmine haben gerade Sex im Whirlpool … Warte eine Sekunde, ich will nur schnell ein Foto machen … Bist du noch dran, Grace? Sicher. Ich simse dir die Telefonnummer sofort. Bye.«

Grace rief im Paradise Island Resort und Spa an und hinterließ eine Nachricht für Jasmine, sie anzurufen, aber sie war sicher, dass sie keine Antwort bekommen würde. Warum sollte das Mädchen eine Boulevardjournalistin zurückrufen?

Als Nächstes versuchte Grace, Kontakt zu Maxine de la Fallaise aufzunehmen. Sie und Lila waren befreundet. Carlos Russos lebte extrem zurückgezogen, und es stellte sich heraus, dass es unmöglich war, seine private Telefonnummer herauszubekommen, aber Grace hatte die Nummer vom Cruise – Maxines schwimmendem Club in Marbella.

»Ola! Cruise«, sagte eine Frau auf Spanisch.

»Oh, hallo. Ich weiß nicht, ob sie mir helfen können«, fing Grace an. »Ich bin eine gute Freundin von Maxine und frage mich, ob sie vielleicht zufällig da ist. Sie geht nämlich nicht an ihr Handy.«

Lügen kamen ihr mittlerweile leicht über die Lippen.

»Ihr Handy ist ausgeschaltet, weil sie im Flugzeug sitzt und auf dem Weg nach Amerika ist.«

Mist! Noch eine Sackgasse. Maxine war in die Staaten unterwegs, und Grace hatte keine Chance, an ihre Handynummer zu kommen. Es gab nur noch eine Nummer, bei der sie es versuchen konnte.

»Hallo, spreche ich mit Peter?«, fragte sie so höflich wie möglich.

»Ja«, kam die Antwort. »Und mit wem spreche ich?«

Grace hatte die Nummer von Lilas Assistenten auf ihrem BlackBerry gespeichert. Er hatte sie an dem Tag, an dem sie das Interview mit Lila Rose geführt hatte, angerufen und vergessen, seine Nummer zu unterdrücken. Auf diese Weise hatte

Grace schon viele Assistenten und selbst die kauzigsten Promis überrumpelt. Ihre Kontaktliste quoll über vor Nummern der A-Liste. Grace wusste, dass Peter mehr war als der übliche Promi-Assistent. Er und Lila standen sich richtig nah. Wenn jemand ihr eine Nachricht wie diese unterbreiten konnte, dann war er es.

»Peter, hier ist Grace Melrose …« fing sie an.

»Grace Melrose«, sagte Peter. Er zog den Namen unbehaglich in die Länge, so als wäre er ein Schimpfwort, das man besser nicht wiederholte. »Was um Himmels willen wollen Sie? Wissen Sie eigentlich, was Sie der armen Lila mit Ihrem Artikel angetan haben? Sie können sich Ihr dreckiges Diktiergerät sonst wohin schieben, Madam!«

»Warten Sie«, bat Grace. »Ich muss Ihnen etwas sagen. Ich will Ihnen helfen …«

Aber die Leitung war tot. Als sie es noch einmal versuchte, war Peters Handy ausgeschaltet. Grace hatte keine Nummern mehr. Das Leben anderer Leute zu zerstören, war immer einfach gewesen. Ihnen zu helfen, war wesentlich schwieriger.

30 Jasmine und Jimmy tranken im Whirlpool Champagner, während sie sich den Sonnenuntergang über dem Indischen Ozean anschauten. Jimmys Arm lag lässig auf Jasmines Schulter, und er kitzelte ihre Brustwarzen, während sie unter Wasser füßelten. Jasmine war ziemlich erregt.

»Jimmy!«, quietschte Jasmine. »Das kitzelt. Hör auf!«

Jimmy fing an, ihren Nacken zu küssen. »Sorry, Mrs Jones«, flüsterte er.

»Schon okay, Mr Jones«, kicherte sie. Es hörte sich immer noch komisch an – Mrs Jones. Mrs Jasmine Jones. Es würde noch eine Weile dauern, bis sie sich daran gewöhnt hatte.

In ihrem Zimmer klingelte das Telefon, und sie hörten eine Stimme, die eine Nachricht auf dem Anrufbeantworter hinterließ.

»Hier ist die Hotelrezeption. Wir haben eine Nachricht für Mrs Jones. Eine Grace Melrose hat versucht, Sie zu erreichen. Sie bittet Sie, zurückzurufen, da es sich um eine dringende Angelegenheit handelt. Ihre Nummer ist …«

»Verdammte unverschämte kleine Ziege!«, sagte Jimmy. »Was fällt ihr ein, dich hier anzurufen, verdammt?«

Jasmine zuckte mit den Schultern.

»Vielleicht sollte ich sie zurückrufen. Es könnte etwas Wichtiges sein.«

Jasmine wollte aufstehen, aber Jimmy schüttelte den Kopf und zog sie ins Wasser zurück.

»Wann lernst du das endlich, Süße?«, sagte er. »Wahrscheinlich will sie nur ein Zitat, das sie zusammen mit den verdammten Fotos veröffentlichen kann. Blaine hat sie wahrscheinlich darauf angesetzt. Widerlicher Wichs …«

»Jimmy!« Jasmine hasste das W-Wort. Sie benutzte es nie und hasste es, wenn Jimmy das tat.

»Sorry, Baby, aber Blaine ist ein totaler Wichser. Warum bezahlen wir beide das Hotelpersonal, damit sie den Mund halten, wenn unser Manager uns die Presse auf den Hals hetzt? Denk noch nicht einmal dran, diese blöde kleine Journalistenkuh anzurufen. Hast du mich verstanden?«

Jasmine nickte. Jimmy hatte recht. Sie brauchte niemanden anzurufen. Alles was sie brauchte, war diese herrliche, sternenklare Nacht, das warme sprudelnde Wasser und ihren großartigen neuen Ehemann. Endlich hatte sie ein bisschen Frieden und Ruhe, weit weg von der Presse. Hier im Whirlpool konnten die Fotografen sie nicht sehen.

»Also, wo war ich stehengeblieben?«, fragte Jimmy und fing wieder an, ihren Nacken zu küssen.

Er legte seine Hand auf ihre Brust, während sie ihr Bein um seins schlang, ihre Lippen sich trafen und sie sich ganz in der Umarmung verloren. Er zog an den Bändern ihres Bikinihöschens, es trieb an die Oberfläche und ließ sie unter Wasser nackt zurück. Jasmine zog sich hoch, um ihrem neuen Ehemann ins Gesicht zu sehen, und setzte sich auf seinen Schoß. Genau in diesem Moment klingelte sein Handy.

»Lass doch«, flüsterte sie atemlos in sein Ohr.

Jimmy hielt sie für einen Augenblick auf Armeslänge, als er das Telefon aufhob, das neben dem Whirlpool lag. Er blickte auf die Nummer.

»Da muss ich dran, Baby«, murmelte er.

Jimmy schob sie weg und stand auf. Er schüttelte sich das Wasser aus den Haaren und stieg aus dem Whirlpool.

»Hallo«, sagte er leise ins Telefon. »Was gibt's?«

Und dann ging er barfuß in die Villa und war außer Hörweite.

Jasmine lehnte sich im Pool zurück und seufzte frustriert. Sie griff nach ihrem Bikinihöschen und zog es wieder an. Was war los mit ihm? Warum musste er diesen Anruf entgegennehmen? Worum ging es bei diesen heimlichen Gesprächen? Mit wem sprach er überhaupt? Sie starrte in die dunkle Nacht. Die Sterne hatten ihren Glanz verloren.

Es verging fast eine Stunde, bevor Jimmy wiederkam, in den Pool stieg und da weitermachen wollte, wo er aufgehört hatte.

»Komm her, Baby«, säuselte er, küsste sie hinter den Ohren und streichelte ihre Brüste.

Sie schlug seine Hand weg.

»Verpiss dich, Jimmy. Ich bin keine Maschine, die du ein- und ausschalten kannst, wenn dir danach ist.«

»Ach, sei nicht so empfindlich. Das war nur was Geschäftliches, das ist alles. Das konnte nicht warten.«

»Aber ich?«, fragte sie.

»Mann, geh doch nicht gleich auf die Palme, Mrs Jones«, stichelte Jimmy und versuchte, ihr das Bikinihöschen wieder auszuziehen.

»Ich meine es ernst, Jimmy. Fass mich nicht an. Ich bin nicht in Stimmung. Sag mir, was es mit diesen Anrufen auf sich hat. Ich bin jetzt deine Frau. Ich habe ein Recht darauf, zu erfahren, ob du in Schwierigkeiten bist?«

»Jazz, das sind nur Fußballangelegenheiten. Das hat nichts mit dir zu tun.«

»Sag mir, mit wem du gesprochen hast!«

»Nein!«, schnauzte Jimmy. »Das geht dich verdammt nochmal nichts an, verstanden? Jetzt komm her. Ich dachte, wir waren gerade mit etwas beschäftigt.«

»Ja, Jimmy. Aber das ist eine Stunde her. Vor deinem wichtigen Telefongespräch. Ich bin nicht mehr in Stimmung, okay?«

»Ach, das schon wieder«, sagte Jimmy und verdrehte die Augen. »Erst machst du mich heiß, und dann machst du einen Rückzieher ...«

Jasmine traute ihren Ohren nicht. Das war ein Déjà-vu. Praktisch genau derselbe Streit, den sie in Marbella eine Woche vor der Hochzeit hatten.

»Jimmy, wir haben darüber gesprochen«, fing sie an, aber er war schon aus dem Whirlpool gestiegen und ging wieder ins Haus.

Jasmine sprang raus und folgte ihm, ihre Füße rutschten über den nassen Boden. Jimmy trocknete sich mit einem Handtuch ab, zog seine Shorts und sein T-Shirt an und schmierte sich Gel in die Haare.

»Was machst du?«, fragte sie. »Wo gehst du hin?«

»Raus«, fauchte er. »Ich gehe einen trinken. Allein. Weg von dir, du nervige kleine Ziege.«

Als die Tür zufiel, warf Jasmine sich mit einem dicken Schluchzer aufs Bett. Warum tat er das? Wie konnte er sich im Bruchteil einer Sekunde von ihrem süßen zärtlichen Jimmy in dieses Monster verwandeln? Sie verbrachte den Abend allein im Bett, schaute sich Soaps im TV an und weinte in ihr Kopfkissen. So hatte sie sich ihre Flitterwochen nicht vorgestellt.

Viel später, als Jimmy zurückkam, tat Jasmine so, als würde sie schlafen. Er torkelte betrunken herum, fiel hin, als er versuchte, aus seiner Shorts herauszukommen, und stieß sich den Zeh am Bett, als er versuchte, sich hineinzulegen. Er fluchte laut, aber Jasmine hielt die Augen fest geschlossen. Der ganze Raum stank nach Alkohol. Jimmy war bereits eingeschlafen, als sein Kopf das Kopfkissen berührte, aber Jasmine lag noch lange wach, lauschte den Grillen und fragte sich, ob sie einen schrecklichen Fehler gemacht hatte.

Maxine wusste, dass sie nicht so aufgeregt sein sollte wegen ihres Trips nach Los Angeles. Carlos war sichtlich sauer, dass sie flog. Er hatte nicht wirklich geglaubt, dass sie ihre Koffer packen, ein Taxi nehmen und zum Flughafen fahren würde. Er hatte nicht einmal von seinem Buch aufgeschaut, als sie sich von ihm verabschiedet hatte. Aber sie war gegangen, und jetzt war sie auf dem Weg nach Hollywood. Als sie sich auf ihrem Erste-Klasse-Platz zurücklehnte, auf ihrem iPod die Red Hot Chili Peppers hörte und auf den Atlantik unter ihr schaute, empfand sie ein Gefühl von Freiheit.

Sie hatte dieses Gefühl früher schon einmal gehabt, als sie aus dem Internat weggelaufen war. Sie erinnerte sich daran, dass sie in ihrer Schuluniform allein in einem altmodischen Abteil gesessen, Kaugummi gekaut und auf ihrem Sony-Walkman Duran Duran gehört hatte, als der Zug sich langsam in Richtung London in Bewegung gesetzt und in jedem noch so kleinen Dorf angehalten hatte. Ihr war damals klar gewesen, was ihr auch jetzt klar war, dass die Zeit kommen würde, in der sie dafür geradestehen musste. Aber jetzt noch nicht.

Die Reise war immer das Beste. Nichts konnte den herrlichen Geschmack der Vorfreude schlagen. Wer wusste schon, was für Abenteuer vor ihm lagen? Sie ging, wohin sie nicht gehen sollte. Sie machte etwas, was man ihr verboten hatte. Sie brach die Regeln. Wann würde sie erwachsen werden? ›Californication‹ schallte aus den Kopfhörern. Maxi nahm einen Schluck von ihrem kühlen Weißwein und lächelte. Jetzt noch nicht. Vielleicht nie.

Es war der letzte Abend ihrer Flitterwochen, und Jasmine und Jimmy schaukelten zusammen langsam in einer Hängematte, die zwischen zwei Palmen am Strand hing. Sie lagen eng umschlungen nebeneinander. Jasmines Kopf lag auf Jimmys Brust, und er streichelte ihr übers Haar. Der ganze Streit war vergessen. Die letzten paar Tage waren sehr idyllisch gewesen. Die Paparazzi waren wegen irgendeiner großen Hollywood-Story alle weg, und das junge Paar hatte lange faule Tage am Strand verbracht und von der gemeinsamen Zukunft geträumt.

»Als Mädchennamen finde ich Destiny gut«, sagte Jimmy jetzt.

Jasmine rümpfte die Nase. »Nein, ich kannte einmal eine Stripperin, die hieß Destiny. Außerdem finde ich altmodischere Namen schöner – Olivia, Amelia, Sophia oder so ähnlich.«

»Ein bisschen vornehm«, grübelte Jimmy. »Aber dann werden unsere Kinder wahrscheinlich auch vornehm, was meinst du? Wir können ihnen eine gewisse Erziehung kaufen. Wir können sie auf die besten Schulen schicken und die besten Kindermädchen bezahlen. Sie können reiten. Und Klavier spielen! Gott, es ist verrückt, oder? Man verdient ein bisschen Geld, und schon kann man die Zukunft verändern. Ich hätte nie im Leben damit gerechnet, dass ich in der Lage wäre, meinen Kindern ein solches Leben zu ermöglichen.«

»Ich auch nicht«, stimmte Jasmine ihm zu. »Das ist wirklich eine ziemliche Verantwortung. Wir haben die Chance, ihnen den besten Start ins Leben zu ermöglichen, aber wir können trotzdem Fehler machen. Die Tatsache, dass man Geld hat, bewahrt einen nicht davor, es zu vermasseln.«

»Nein, aber es macht die Sache einfacher.«

»Aber es ist ja nicht nur die Armut, die man bekämpfen muss«, fuhr Jasmine fort. »Es sind die Lügen, die Gewalt und der Hass.«

Jimmy nickte ernst. »Das kenne ich alles. Ich werde niemals wie mein Vater sein«, versprach er.

»Ich weiß noch nicht mal, ob ich irgendwas von meinem *richtigen* Dad habe«, überlegte Jasmine. »Oder von meiner Mum …«

»Möchtest du sie gerne finden?«, fragte Jimmy. »Ich meine, ich engagiere einen privaten Ermittler, wenn du willst …«

Jasmine zitterte, obwohl es ein heißer, milder Abend war. »Ich weiß es nicht, Baby«, sagte sie. »Darüber denke ich die ganze Zeit nach, aber was ist, wenn sie nicht das sind, was ich erwarte?«

»Was erwartest du denn?«

Jasmine zuckte mit den Schultern. »Nichts Besonderes. Nur etwas Besseres als die Hillmans, nehme ich an.«

Jimmy lachte. »Glaub mir, Jazz. Jeder ist besser als die Hillmans.«

Sie lächelte. »Ja, da hast du wahrscheinlich recht.«

»Also?«

»Also was?«

»Machst du es? Wirst du nach deiner Familie forschen, wenn wir wieder zu Hause sind?«

»Vielleicht«, sagte Jasmine ruhig. »Das möchte ich auf jeden Fall machen, bevor ich Kinder bekomme. Ich möchte, dass meine Kinder wissen, wer ihre Großeltern sind. Ich möchte ihnen nicht nur eine Zukunft, sondern auch eine Vergangenheit geben.«

Jimmy drückte sie noch ein bisschen fester an sich, und sie kuschelte sich an seine warme weiche Brust. Er küsste sie auf den Kopf, und sie seufzte erfüllt. Sie war so glücklich, mit diesem Mann hier im Paradies zu sein. Alles, was man hörte, war das Plätschern der Wellen, das Zirpen der Grillen und Jimmys Atem auf ihrer Wange … und ein Handy, das irgendwo weit entfernt klingelte.

Jimmy saß plötzlich kerzengerade.

»Das ist meins, Scheiße, ich hab es in der Villa liegen lassen. Ich muss es holen.«

Jasmine setzte sich auch gerade hin. Sie traute ihren Ohren nicht.

»Wag es nicht, verdammt«, warnte sie ihn. »Das ist der letzte Abend unserer Flitterwochen, Jimmy. Ich habe keine Lust, dass du ihn am Telefon verbringst.«

»Es tut mir leid, Baby«, sagte Jimmy und kletterte schnell aus der Hängematte. »Aber ich habe keine Wahl, ich muss drangehen.«

Und dann rannte er die Holztreppe vom Strand hinauf, wobei er zwei Stufen auf einmal nahm, und verschwand in der Dunkelheit.

Dieses Mal weinte Jasmine nicht. Sie hatte keine Tränen mehr. Sie war einfach nur wütend. Sie rannte hinter ihrem Ehemann her die Treppe hinauf. Er saß auf dem Bett und hörte jemandem an seinem iPhone aufmerksam zu.

»Gib mir das Telefon.«

Jimmy schüttelte den Kopf, stand auf und ging hinaus in den Garten.

Jasmine folgte ihm wieder. »Jimmy Jones«, sagte sie mit lauter Stimme. »Gib mir jetzt dieses verdammte Telefon oder ich schiebe es dir ...«

Jimmy drehte sich zu ihr um, und sie sah sofort, dass das Monster in ihm zurückgekehrt war.

»Verpiss dich«, flüsterte er wütend.

»Nein, nein, nicht du, Kumpel«, stammelte er in den Hörer. »Ich versuche nur gerade Mrs Jones loszuwerden.«

Jasmine kochte vor Wut. Wie konnte er es wagen, so über sie zu reden? Er war zu weit gegangen, und sie hatte die Nase voll. Mit aller Kraft stürzte sie sich auf Jimmy und riss ihm das Handy aus der Hand. Er versuchte, es zurückzubekommen, und für einen Moment hatten sich ihre Arme ineinander verschränkt, und dann war das Handy irgendwie frei. Es flog im Zeitlupentempo durch die Luft, während beide versuchten, es zu fangen. Jimmy berührte es mit den Fingern. Das Telefon prallte ab und war wieder in der Luft. Jasmine schnappte danach, verpasste es aber. Jimmys Mund stand vor Entsetzen weit offen, als er die Flugbahn des Handys beobachtete. Er warf sich in seine Richtung wie ein Torwart, und er erreichte es auch fast wieder, aber nein, es war zu spät. Platsch! Sein geliebtes iPhone landete im Whirlpool.

Für eine Minute herrschte Schweigen, als das Paar in das sprudelnde Wasser starrte. Jasmine kicherte leicht nervös. Das war lustig, oder? Mit Sicherheit würde Jimmy es auch so sehen.

Langsam, ganz langsam drehte er sich zu ihr um, und Jasmine sah sofort, dass sie einen schrecklichen Fehler gemacht hatte. Jimmys Augen funkelten vor Wut.

»Was hast du da getan, du kleines Miststück?«, fauchte er und kam einen Schritt auf sie zu.

»Jimmy, es ist nur ein Handy.« Sie kicherte wieder. Warum lachte sie? Das war nicht lustig. Er machte ihr Angst.

»Es geht nicht um das Handy«, sagte er kalt. »Es geht um die Person, mit der ich gesprochen habe. Jetzt glaubt derjenige, dass ich einfach aufgelegt habe. Das ist kein Mann, bei dem man einfach auflegt! Gott, Jasmine, was hast du bloß getan?«

»Aber Jimmy, du wolltest mir nicht sagen, mit wem du gesprochen hast. Woher sollte ich denn wissen, dass es *so* wichtig war?«

Jimmys Nase berührte Jasmines fast, als er drohend antwortete: »Es geht dich einfach nichts an. Das musst du nicht wissen. Du bist meine Frau und nicht mein beschissener Aufseher.«

Für einen Augenblick standen sie wie angewurzelt voreinander, ihre Augen funkelten, und beide spürten den heißen Atem des anderen auf dem Gesicht. Dann drehte Jimmy sich um und ging.

»Ich geh rein, um vom Festnetz aus zu telefonieren. Wenn

du klug bist, bleibst du hier draußen und lässt mich meine Geschäfte machen«, ermahnte er sie.

Jasmine setzte sich auf den Rand des Whirlpools und dachte angestrengt nach. Ihr Herz raste, und das Blut pulsierte in ihren Adern. Sie fühlte sich verloren, aber sie weinte immer noch nicht. Dafür war sie viel zu wütend. Was sollte sie jetzt machen? Draußen bleiben, wie er befohlen hatte? Warum? Warum sollte sie? Er hatte nicht das Recht, sie so zu behandeln. Sie war kein Feigling. Sie war nicht irgendein Hündchen, das sich tot stellte, wenn er es verlangte. Das war ihre Ehe, ihre Flitterwochen, ihr Leben. Jasmine entschied, dass es Zeit wurde, sich zu wehren. Wenn sie sich das jetzt gefallen ließe, würde er das ein Leben lang mit ihr machen. Nein, Jimmy, so einfach ist das nicht.

Jasmine ging zielstrebig in die Villa. Jimmy blickte auf und hielt die Hand schützend über das Telefon. Seine Augen verengten sich.

»Geh wieder raus, Jasmine.« Seine Stimme klang fremd. Tief und angespannt. Überhaupt nicht wie Jimmys Stimme.

Aber Jasmine blieb hart.

»Nein«, sagte sie so mutig sie nur konnte. »Dein Anruf kann warten. Das ist der letzte Abend unserer Flitterwochen, und ich möchte ihn mit dir verbringen. Schön. Romantisch.«

Jetzt lachte Jimmy. Aber in seinem Lachen lag keine Freude. Er klang wie der Bösewicht aus einem Horrorfilm.

»Du möchtest Romantik, was? Meinst du nicht, dafür ist es jetzt ein bisschen spät, Süße?« An der Art, wie er ›Süße‹ sagte, war nichts Liebevolles.

»Okay, es tut mir leid, dass dein Handy kaputt ist, aber können wir das nicht einfach vergessen? Lass uns an die Bar gehen, einen Cocktail trinken und unsere letzte Nacht im Paradies feiern …«

Jimmy stand auf. »Jasmine, ich sage das jetzt zum letzten

Mal … geh raus. Geh, verdammt nochmal, raus! Hörst du mich? Lass mich allein, du nervige, kleine Kuh!«

»Nein«, sagte Jasmine herausfordernd und blieb im Türrahmen stehen. »Und wag es nicht, so mit mir zu sprechen, Jimmy Jones. Ich erwarte eine Entschuldigung.«

»*Ich erwarte eine Entschuldigung!*«, äffte Jimmy sie bedrohend nach. »Sie erwartet eine verdammte Entschuldigung!«

Und dann schien sich ein Schalter umzulegen.

»Hier hast du deine Entschuldigung«, versprach er, rannte auf sie zu und packte sie am Genick. Sie hörte, wie der dünne Stoff ihres Sommerkleides zerriss, als er sie hochhob und aufs Bett warf.

Sein Gesicht war hochrot geworden, und die Adern pulsierten auf seiner Stirn und am Hals. Dann hob er die Hand, und sie wusste genau, was jetzt kommen würde. Plötzlich wusste sie, was für einen schrecklichen Fehler sie gemacht hatte. Aber es war viel zu spät.

Den ersten Schlag bekam sie auf die rechte Wange. Der zweite traf sie an der linken Augenbraue. Der dritte landete in ihrem Bauch, und dann spürte sie nichts mehr. Sie ließ ihre Gedanken an den Ort treiben, an den sie immer als kleines Kind geflüchtet war, als ihre Mutter sie verprügelt hatte. Oder wenn Terry betrunken nach Hause gekommen war und Cynthia nicht finden konnte, um seinen Frust abzulassen. Dann musste Jasmine immer herhalten. Sie war jahrelang der Punchingball der Familie gewesen. Selbst ihre Brüder hatten sie manchmal benutzt. Und natürlich hatte es auch andere gegeben …

Sie hatte schon vor langer Zeit gelernt, sich vor den Schmerzen zu schützen. Es war, als würde sie aus sicherer Entfernung zuschauen, wie sie geschlagen wurde. Nur dieses Mal war es ihr geliebter Jimmy, der auf sie einschlug, und das sah so unglaublich falsch aus.

In physischer Hinsicht gab es nichts, das andere ihr nicht auch schon angetan hätten. Aber psychisch? Emotional? Das waren Wunden, die niemals heilen würden. Er war ihre Hoffnung für die Zukunft gewesen. Ihre große Chance, herauszukommen. Ihr Ritter in einer glänzenden Rüstung, der sie aus ihrem Kerker herausholte und sie in ein besseres Leben mitnahm.

Als Jimmy mit Fäusten auf sie einschlug, lösten Jasmines Träume sich plötzlich in der heißen tropischen Nachtluft auf. Sie versuchte noch, sie festzuhalten, aber sie flatterten davon und verschwanden. Als sie jetzt in ihre Zukunft blickte, sah sie nichts als Spiegelbilder ihrer Vergangenheit. Heute Abend hatte sich alles verändert. Oder vielleicht hatte sich auch überhaupt nichts geändert.

Blut tropfte auf ihr weißes Chloe-Kleid, lief ihr die Beine hinunter und tropfte auf ihre Jimmy-Choe-Schuhe. Ihr Tiffany-Diamant-Verlobungsring glänzte in dem schwachen Licht des Schlafzimmers und verspottete sie mit Versprechungen, die bereits gebrochen waren. Sie besaß so viele schöne Dinge. Sie hatte Juwelen und Kleider und Designer-Handtaschen, um die Schmach ihrer Herkunft zu überspielen. Aber Jasmine machte niemandem etwas vor – und am wenigsten sich selbst. Jimmy schlug ihr noch einmal kräftig ins Gesicht, bevor er aus der Villa stürmte. Als sie so auf ihrem blutbespritzten weißen Laken lag, fühlte Jasmine sich wie ein billiges Stück Fleisch.

31 Maxine hatte Stunden damit zugebracht, sich zu überlegen, was sie anziehen wollte. Jetzt lagen zwei Kleider
vor ihr auf dem Bett. Sie hatte sich eine Suite im Bel-Air oben
auf den Hügeln von Hollywood genommen. Ein Wagen wartete jetzt schon seit einer Stunde, um Maxine zu Juans Party
im Chateau-Marmont-Hotel in West Hollywood zu bringen,
aber sie konnte sich immer noch nicht entscheiden. Auf dieser
Party würde es vor großartigen, stylischen, jungen Typen nur
so wimmeln. Die anderen Mädchen ließen sich wahrscheinlich gerade von Rachel Zoe letzte Stylingtipps am Telefon
geben. Maxi hatte sich viel zu sehr daran gewöhnt, mit den
mittelalten Frauen von Carlos' Kumpeln auszugehen. Heute
Abend würde sie ernsthafte Konkurrenz haben, deshalb war
es besonders wichtig, perfekt gestylt zu sein. Es musste heute
ein wenig hipper sein als sonst.

Es war schwierig, den Los-Angeles-Look hinzukriegen – es
war ein Verbrechen, wenn man dir ansah, dass du dich zu sehr
bemüht hast, und gleichzeitig war es wichtig, absolut makellos
auszusehen. Das minimalistische Make-up, das Vortäuschen,
sich nicht bemüht zu haben, nahm Stunden in Anspruch. Maxines übliches Outfit mit kurzem Rock, tiefem Ausschnitt
und hohen Hacken ging für heute Abend nicht. Juan hatte
auf seinem letzten Album mit den heißesten Hip-Hop- und
R&B-Stars zusammengearbeitet. Sie kamen wahrscheinlich
alle in ihren Track Pants mit ihren goldenen Zähnen und ihren Kapuzen-Shirts. Juan selbst stand auf schlabberige Desig-

nerjeans, Goldschmuck und Sneakers. Maxi wollte nicht zu alt aussehen – oder altmodisch!

Sie hatte die Auswahl auf ein orangefarbenes Versace-Kleid und ein schwarzes figurbetontes Modell reduziert. Sie probierte das schwarze Kleid zum siebten Mal an. Es brachte die meisten ihrer Kurven zur Geltung und passte in die Achtziger-Jahre-Retro-Atmosphäre, aber war es nicht zu brav? Zu schwarz? Und sollte sie dazu besser Sandalen tragen oder Turnschuhe? Sie wusste es nicht. Außerdem hatte sie die Achtziger beim ersten Mal mitgemacht. Sollte sie das besser nicht wiederholen?

Maxine entschied sich für den wallenden Hauch von orangem Versace. Ja, das war schon besser. Das Kleid war frisch, jugendlich, sexy, und es sah zu ihren goldenen Sandalen super aus. Es war natürlich kurz, aber ausnahmsweise zeigte es einmal nicht ihre Brüste, denn der Ausschnitt war ziemlich hoch. Der Rücken hingegen war so weit ausgeschnitten, dass man stattdessen den Ansatz ihres Hinterns sehen konnte. Selbst ihr Tanga guckte heraus, und sie konnte auf gar keinen Fall einen BH darunter anziehen. Das war ein Kleid, unter dem man keine Wäsche tragen konnte. Aber traute Maxi sich ohne Unterwäsche auf eine Party mit einem Haufen fremder Leute? Sie schaute sich noch einmal im Spiegel an. Das Kleid war der absolute Knaller, und sie hatte gerade ein Brazilian Waxing hinter sich. Zumindest würde ihr Intimbereich gepflegt aussehen, wenn zufällig mal etwas zu sehen wäre. Maxine zog ihr La-Perla-Höschen und ihren BH aus und ließ sie auf den Boden fallen. Sie plusterte ihre Haare auf, zog ihren Lipgloss ein letztes Mal nach, nahm ihre goldene Tasche und war fertig.

Die Schlange vor dem Chateau Marmont erstreckte sich fast über den halben Block, und einige Muskelprotze hielten die Menge unter Kontrolle. Ein unglaublich schönes Mädchen mit kurzen blonden Haaren und einer gepiercten Augenbraue hatte die Gästeliste. Maxine machte sich normalerweise keinen Kopf, wenn es darum ging, auf Partys zu kommen. Gott, für gewöhnlich war sie diejenige, die entschied, wer hineinkam. Aber sie fühlte sich ein wenig verloren, als sie vorsichtig hinter den anderen her auf die Tür zuging. Warum hatte sie Brett nicht angerufen? Er war wahrscheinlich sowieso hier. Es wäre so viel cooler gewesen, an seinem Arm zu erscheinen, anstatt hier alleine zu stehen.

»Hey, wer zum Teufel ist sie?«, hörte man eine jammernde Stimme vom vorderen Ende der Schlange. »Wie kann es sein, dass sie hereinkommt? Sie ist ein Niemand.«

Das blonde Mädchen kaute auf seinem Kaugummi herum und schaute Maxi von oben bis unten gelangweilt an. »Ja?«, sagte sie gedehnt. »Sie sind?«

»Maxine de la Fallaise«, antwortete Maxi, fuhr sich mit der Hand durchs Haar und richtete sich zu ihrer vollen Größe auf. Sie war hohe Hacken gewöhnt. Auch wenn sie 1,82 m groß war, fühlte sie sich klein in ihren flachen Sandalen.

»Hab Sie«, sagte das Mädchen endlich und strich Maxis Namen von der Liste. »Sie können jetzt reingehen.«

Puh! An der Modepolizei an der Tür war sie vorbei, jetzt musste sie nur noch hineingehen. Sie wurde durch die Hotellobby geführt und einen Gang entlang, und jetzt stand sie vor einem weißen Seidenvorhang. Hinter dem Vorhang waren Musik und Stimmen zu hören. Es war ein berauschendes Geräusch in Maxis Ohren. Ohne einen weiteren Gedanken zu verschwenden, ging sie durch den Vorhang auf die Party und ihrer spirituellen Heimat entgegen.

Die Party war in vollem Gange. Schauspielerinnen mit funkelnden Augen tanzten aufreizend, während junge Rockstars sie von ihren Plätzen aus mit hungrigen Blicken anstarrten. Auf den Tischen standen Jouet-Belle-Epoque-Flaschen (Maxine wusste, dass eine Flasche 1000 Dollar kostete). Sie entdeckte viele bekannte Gesichter. Einige kannte sie persönlich, andere aus Magazinen oder aus dem Fernsehen.

Maxine bestellte sich einen Martini und schaute sich um. Juan konnte sie nicht entdecken, aber dafür sah sie Brett. Er saß in einer Ecke mit einer jungen Schauspielerin an jeder Seite. Maxine erkannte die Schauspielerinnen als die Houston Sisters – Kinderstars, die erst kürzlich in die Erwachsenenfilmbranche aufgestiegen waren. Er hatte seine Arme lässig um die Schultern der beiden gelegt und lachte herzlich über das, was sie erzählten. Zunächst hatte sich Maxine nichts bei seinem Verhalten gedacht. Das war Brett, verdammt nochmal. Der Mann lebte fürs Flirten. Und Maxine ging auf ihn zu, um ihn zu begrüßen, als sie plötzlich wie angewurzelt stehen blieb.

Brett küsste die Frau zu seiner Rechten auf eine ganz und gar nicht platonische Weise. Seine Zunge befand sich in ihrem Mund, und seine Hand war eindeutig unter ihrem Kleid. Was noch schlimmer war, gleichzeitig befummelte er ihre Schwester mit der anderen Hand. Dann drehte er sich von der einen Houston Sister zur anderen um und fing an, mit ihr zu knutschen. Nach wie vor blieben seine Hände unter den Kleidern der Mädchen. Maxi stand wie festgefroren auf der Tanzfläche und beobachtete die Szene. Jetzt kletterte die jüngere Houston auf Bretts Schoß, während die ältere an seinem Ohr herumknabberte. Diese Mädchen teilten offensichtlich alles! Die jüngere Houston glitt an Bretts Bein herunter und verschwand unter dem Tisch. Ihre ältere Schwester lachte und ließ ihre Zunge wieder in Bretts Mund gleiten. Brett hatte die Augen geschlossen, und ein Ausdruck reinster Glückseligkeit lag auf seinem Gesicht. Maxine brauchte nicht viel Phantasie, um sich vorzustellen, was unter der Tischdecke passierte. Sie hatte große Lust, hinzugehen und ihm die Zähne auszuschlagen. Wie verflixt nochmal sollte sie das Lila erklären? Und sie müsste es Lila erklären. Sie hatte gar keine andere Wahl. Sie war ihre älteste Freundin.

Maxine wurde schlecht. Sie konnte nicht einfach hierbleiben und nichts unternehmen. Sie konnte aber auch keine Szene machen. Maxi trank ihren Martini aus, drehte sich um und ging zur Tür. Sie war sich nicht sicher, ob Brett sie überhaupt gesehen hatte. Sicher, das war ein weiter Weg hierher gewesen, um nur für fünf Minuten zu bleiben, aber sie konnte sich auch nicht im selben Raum aufhalten wie Brett Rose, wenn er sich so benahm. Sie konnte nicht dafür garantieren, ihm nicht an die Gurgel zu gehen!

Maxi war schon fast an dem weißen Vorhang, als eine starke Hand sie am Arm packte. Sie fuhr herum und erwartete, Brett zu sehen, stand aber Juan gegenüber. Auf seinem schönen Gesicht breitete sich ein Grinsen aus, und seine großen braunen Augen (die Augen seines Vaters) strahlten vor Freude.

»Maxine! Das ist aber schön!«, rief er, während er sie herzlich umarmte und sie auf die Wangen küsste.

Maxine freute sich wahnsinnig über seine herzliche Begrüßung. Es schien ihn echt umzuhauen, dass sie gekommen war. Vielleicht sollte sie doch bleiben. Nur für fünf Minuten. Juan schaute über Maxines Schulter.

»Wo ist Dad?«, fragte er irritiert.

Plötzlich verstand Maxine, warum Juan sich so gefreut hatte, sie zu sehen. Er ging davon aus, dass sie mit seinem Vater gekommen war. Natürlich! Wie dumm von ihr.

»Juan, es tut mir leid, aber er konnte es nicht einrichten«, entschuldigte sie sich.

Juan zuckte lässig mit den Schultern, aber Jasmine merkte, dass er enttäuscht war. Sie wusste, wie es war, von seinem Vater im Stich gelassen zu werden. Das war ihr auch schon oft genug passiert.

»Er hatte schon eine Verabredung und hat versucht, sie zu verschieben, aber du weißt ja, wie das ist; er musste in Spanien bleiben«, log Maxi. »Also hat er mich gebeten, ihn zu vertreten. Ich weiß, ich bin nicht so gut wie dein Vater selbst, aber, hey, stell dir mich in Golfhosen vor ...«

Maxine lächelte Juan verlegen an.

»Meinst du, ich bin willkommen?«, fragte sie hoffnungsvoll.

Juan musste grinsen. »Maxine, natürlich, du bist mehr als willkommen. Komm. Ich stelle dich ein paar Leuten vor.«

Sie war erleichtert, als er ihre Hand nahm und sie in die gegenüberliegende Ecke von Bretts Tisch führte.

Ein paar Martinis später hatte Maxine Brett völlig verdrängt. Dieser Wurm konnte warten. Jetzt wollte sie erst einmal Spaß haben. Sie hatte so viele neue Leute kennengelernt, jede Menge neue Musik gehört und ganz nebenbei ein paar neue Tanzbewegungen gelernt. Juans Bekanntenkreis war wild. Sie tranken viel, feierten viel und tanzten viel. Und das war genau nach Maxis Geschmack. Jetzt lief gerade Juans neuer Track, und es ging ein kollektives Freudengeschrei durch den Raum, als die ganze Gruppe auf die Tanzfläche strömte und anfing, die Hüften zu bewegen.

Maxine spürte, wie sich eine Hand auf ihre Taille legte.

»Tanz mit mir«, sagte Juan. Es hörte sich mehr nach einer Aufforderung an als nach einer Einladung.

Seine Augen bohrten sich direkt in ihre Seele, genau wie die seines Vaters. Maxine spürte ein Kribbeln im Bauch.

»Ja klar«, sagte sie und nahm seine Hand.

»Du tanzt gut«, sagte Juan, während er sie mit diesen Augen von oben bis unten anschaute.

»Du auch.«

Sie war durcheinander. Sie fühlte sich beim Tanzen mit Juan sofort superwohl (sie schienen den gleichen Rhythmus zu haben) und zugleich sehr unbehaglich (war es ein Fehler mit dem Sohn des Freundes zu tanzen und zu flirten?).

Jetzt war er hinter ihr und hielt ihre Hüften. Sie spürte fast, wie seine Augen auf ihrem Hintern ruhten.

»Mein alter Herr ist ein verdammt glücklicher Kerl«, flüsterte er in Maxis Ohr.

»Jetzt auch?«, lachte sie.

Juan flirtete mit ihr, was das Zeug hielt. Es tat gut, dass ein so toller junger Typ mit ihr flirtete, aber gleichzeitig war sie skeptisch. Sie hoffte, dass er nicht zu weit gehen würde.

»Du bist viel zu jung für ihn«, fügte er hinzu und drehte sie um, um ihr ins Gesicht zu sehen.

Sein Kopf war auf eine Seite geneigt, und seine Augen funkelten übermütig.

»Sagt wer?«

»Sage ich«, antwortete Juan. »Abgesehen davon wird er Mom niemals verlassen. Du verschwendest nur deine Zeit.«

Maxine gefror das Lächeln auf dem Gesicht. Das war es also, worauf er hinauswollte. Vielleicht war er ja immer noch Mamas Liebling, wie Carlos gesagt hatte.

»Lass uns nicht davon anfangen«, warnte Maxi. »Du liebst deine Mutter. Das ist schön. Aber du brauchst sie nicht auch noch zu verteidigen, okay?«

Sie drehte sich von Juan weg und verließ die Tanzfläche. Er rannte hinter ihr her.

»Maxine! Maxine! Warte!«

»Du hast mich total falsch verstanden«, sagte er und setzte sich neben sie in eine freie Nische. »Es ist mir scheißegal, ob meine Eltern sich scheiden lassen. Ich bin erwachsen. Ich stehe auf eigenen Füßen. In meinen Augen sind meine Eltern sowieso schon seit Jahren nicht mehr verheiratet. Ich sage nicht, dass du zu jung für meinen Dad bist, weil ich möchte, dass er zu meiner Mom zurückgeht.«

»Warum dann?«

»Weil es stimmt.« Juan grinste. »Du bist viel zu scharf, um deine Zeit mit einem Oldtimer wie meinem Dad zu vergeuden. Das ist so eine Verschwendung!« Er zuckte mit den Schultern. »Ich wollte dir ein Kompliment machen, das ist alles.«

Maxi spürte, wie sie rot wurde. Ein Kompliment von dem attraktivsten, heißesten Fünfundzwanzigjährigen im Raum. Nun, wie konnte sie das ignorieren?

»Entschuldige«, sagte sie. »Und danke. Also für das Kompliment.«

»Bitte. Gott, das war wohl unser erster Familienstreit. Ach, was soll's, küssen wir uns, und vertragen wir uns wieder, Stiefmama.«

Seine Augen funkelten wieder, und als er sich vorbeugte, um Maxine einen Kuss zu geben, musste sie den Kopf wegdrehen, damit seine Lippen nicht auf ihren landeten. Gott, der Junge war ganz schön frech! Sie fühlte sich gut mit ihm. Sie war sich nicht ganz sicher, ob er ernsthaft mit ihr flirtete oder sie nur auf den Arm nahm. Was auch immer, er hatte ihren Blutdruck erhöht, das war schon mal klar.

»Du brauchst noch einen Drink«, verkündete er.

»Ja?« Maxine war sich nicht so sicher. Sie wusste nicht mehr, wie viel sie schon getrunken hatte, und sie fühlte sich schon ganz schön beschwipst.

Sie beobachtete, wie Juan wie ein Messias durch die Menge glitt. Es war seine Party, und jeder wollte etwas von ihm. Die Typen begrüßten ihn mit High-five, die Mädchen kicherten, wackelten mit den Brüsten und leckten die Lippen. Er schenkte jedem einen Moment seiner Zeit, aber niemandem seine ungeteilte Aufmerksamkeit.

An der Bar tauchte eine Schauspielerin, die Maxine erkannte, an seiner Seite auf und flüsterte ihm etwas ins Ohr.

Juan warf den Kopf zurück und lachte. Dann fing sie an, mit den Fingern über seinen Arm zu streicheln. Maxi konnte Juans Gesicht nicht sehen, aber sie beobachtete das Mädchen aufmerksam. Sie redete immer noch, sah Juan dabei hin und wieder an und streichelte ihn weiter. Maxine fragte sich, ob die Schauspielerin seine Freundin war. Sie machten einen vertrauten Eindruck. Jetzt stand das Mädchen hinter Juan, während er die Drinks bestellte. Sie legte die Arme um seine Taille und lehnte ihren Kopf an seinen Rücken. Maxine war ernüchtert. Die Schauspielerin war offensichtlich Juans Freundin. Sie war schön, jung und berühmt. Sie war der passende Typ. Die beiden würden sich auf dem Cover des *Rolling-Stones*-Magazins gut machen.

Plötzlich fühlte sie sich sehr alt und dumm. Sie hatte es sich erlaubt, sich zu Carlos' Sohn hingezogen zu fühlen. Das war falsch, und sie fühlte sich schuldig. Es war Zeit zu gehen. Sie nahm ihre Handtasche vom Tisch, ging zur Tür und warf Brett noch einen Blick zu, als sie an ihm vorbeiging. Er war immer noch mit den Houston-Schwestern zu Gange, aber dieses Mal blickte er auf, als sie vorbeiging. Er traute seinen Augen nicht. Maxine konnte förmlich hören, wie es in seinem Kopf ratterte, um herauszubekommen, warum sie hier war und was sie möglicherweise gesehen hatte. Sie glaubte, dass sie ihn ihren Namen rufen hörte, aber sie ging an ihm vorbei und auf die Tür zu.

»Maxine!«, rief jemand, dieses Mal lauter.

Das war nicht Brett. Sie zögerte einen Moment. Juan war ihr gefolgt. Was hatte das zu bedeuten? Sie blieb stehen, obwohl sie wusste, dass sie einfach weitergehen sollte.

»Wo gehst du hin?«, fragte er. »Ich habe dir an der Bar einen Drink besorgt.«

»Ich bin müde«, log Maxi. »Und ich dachte, du wärst mit deiner Freundin hier.«

»Meine Freundin?« Juan sah verwirrt aus. »Welche Freundin? Ich habe keine Freundin.«

»Aber das Mädchen an der Bar …« Maxi kam sich albern vor, das zu sagen. So als würde sie ihm damit sagen, dass sie … Ja was? Eifersüchtig war? Gott, die ganze Situation war absurd. Sie musste betrunken sein.

»Sie ist nur eine alte Freundin«, sagte Juan. »Komm her.«

Seine Arme waren ausgestreckt.

»Ich weiß nicht, Juan. Ich sollte besser gehen. Ich denke, wir …«

Was? Was machten sie eigentlich?

»Tanz doch einfach wieder mit mir. Bitte, Maxine.«

Schon beim Anblick seines Gesichts wurde ihr schwindelig. Wie konnte sie widerstehen?

Und dann waren sie wieder auf der Tanzfläche, er hatte seine Arme um sie gelegt, und sie spürte seinen starken, jungen, muskulösen Körper an ihrem. Heftiges Verlangen regte sich in ihr: Sie war eine Löwin, die aus einem langen Schlaf aufwachte. Maxi drückte ihren Körper gegen Juans, atmete seinen berauschenden Duft ein und verlor sich in seinen tiefen, schokoladenbraunen Augen. Bei all den Männern, mit denen sie jemals getanzt hatte, hatte sie noch niemals ein solches Verlangen empfunden. Seine Hand strich über ihren nackten Rücken und stieß auf ihre Pospalte.

»Gott, du trägst ja gar keine Unterwäsche«, stöhnte er ihr ins Ohr.

Maxine hielt die Luft an und wusste jetzt, dass Juan genauso empfand wie sie. Sie waren scharf aufeinander. Gott, sie waren Feuer und Flamme. Die Musik dröhnte in ihren Ohren, ihre Hüften bewegten sich im Einklang, ihre Lippen streiften sich, berührten sich aber nicht ganz.

»Wir müssen hier raus«, sagte Juan eindringlich.

»Ich weiß.«

Sie wussten beide, was zu tun war. Dann waren sie auf dem Rücksitz einer Limousine, und Juan nahm sie in den Arm, und sie küsste den Jungen, der der Sohn ihres Freundes war. Sie wusste, dass das falsch war, aber es fühlte sich so verdammt richtig an. Und dann waren sie in seinem Malibu-Penthouse, küssten sich im Aufzug und rissen sich im Flur die Klamotten vom Leibe. Sie lehnten jetzt nackt an der Wand und waren so scharf aufeinander, dass sie nicht länger warten konnten. Er drang sanft in sie ein, und sie seufzte vor Verlangen, als sie sich daran erinnerte, wie sich wahre Lust anfühlte. Dann liebten sie sich so rhythmisch, wie sie getanzt hatten, perfekte Partner, völlig synchron. Und dann kamen sie auch noch zu exakt demselben Zeitpunkt, und Maxine hatte das Gefühl, als würde sie vor Erleichterung platzen. Das war der Fick ihres Lebens.

»Du bist so schön, Maxine«, sagte Juan atemlos. »Von dem Moment, an dem ich dich zum ersten Mal gesehen habe, bist du für mich die attraktivste Frau, die ich jemals gesehen habe.«

»Ja?«

»Gott, ja. Ich kann gar nicht glauben, dass ich hier bin …«

Er starrte sie ehrfürchtig an, und Maxines Herz schmolz nur so dahin. Er war so ein schöner Junge. Wie hatte sie ihm jemals widerstehen können?

Später liebten sie sich wieder, dieses Mal langsam. Sie erforschten ihre Körper in einer herrlich sanften Art und Weise. Das war so viel besser, als es jemals mit Carlos war. So viel besser, als es je mit einem anderen Mann gewesen war. Maxine fragte sich, wie sie jemals wieder Sex mit Carlos haben konnte. Aber darüber würde sie morgen nachdenken. Heute Nacht gehörte sie Juan.

32 Jasmine wimmerte, als das Sonnenlicht auf ihre geschwollenen Augen fiel. Sie hatte fast die ganze Nacht wach gelegen und sich gefragt, wie es so weit kommen konnte und ob und wann Jimmy wohl nach Hause kommen würde. Endlich war sie in einen unruhigen Schlaf voller Albträume gefallen. Jetzt war Morgen. Jimmys Seite des Flitterwochenbettes war leer, und in der Villa war es ruhig. Er war nicht nach Hause gekommen.

Sie tapste steif ins Badezimmer. An der Stelle, wo er auf sie eingeschlagen hatte, tat ihr der Bauch weh. Sie hatte Blutergüsse an den Armen, am Schlüsselbein und an den Oberschenkeln. Sie starrte auf ihr Spiegelbild. Ein ramponiertes Gesicht schaute sie an. Jasmine sah trotz ihrer Bräune blass aus. Ihre rechte Wange war geschwollen, und durch ihre linke Augenbraue ging ein Riss. Unter beiden Augen hatte sie dunkle Ringe, und ihre Oberlippe war aufgeplatzt. Sah so die Ehe aus? Das war ein hässlicher Anblick.

Jasmine war nichts als müde. Sie hatte all die Jahre dafür gekämpft, bei all dem Mist, der ihr widerfahren war, ihren Optimismus zu bewahren. Aber letzte Nacht hatte Jimmy diesen Optimismus aus ihr herausgeprügelt. Da hatte sie es. Das war ihr Los.

Sie hörte Schritte. Ein leises Klopfen an der Tür.

»Jasmine?«

»Jasmine, Baby?«

»Kann ich reinkommen?«

Es war Jimmy. Sie ignorierte ihn. Er konnte hereinkommen, wenn er wollte. Oder nicht. Es war ihr egal.

Sie hörte, wie die Tür aufging und seine Schritte auf dem Holzboden. Die Badezimmertür war angelehnt. Sie hörte ihn draußen herumlaufen und für einen Moment stehen bleiben. Er wusste offensichtlich nicht, was er machen sollte. Was konnte er tun? Er konnte die letzte Nacht nicht ungeschehen machen.

»Bist du hier?«, fragte er und machte vorsichtig die Badezimmertür auf. Jasmine schaute ihn durch den Spiegel an, als er ins Badezimmer kam. Sie beobachtete, wie er bei ihrem Anblick zusammenzuckte.

»O mein Gott, hab ich dir das angetan?«, fragte er, sichtlich schockiert über den Zustand ihres Gesichts.

»Nein, das verdammte Monster war es«, erwiderte Jasmine kalt.

Es kam ihr so vor, als würde Jimmy sie minutenlang mit offenem Mund anstarren. Es war ganz klar, dass er nicht glauben konnte, was er ihr angetan hatte.

»Ich habe dich wirklich verletzt, nicht wahr?«

Jasmine nickte und entzog sich dann seinem Blick. Sie bespritzte ihr Gesicht mit kaltem Wasser.

»Scheiße! Das brennt!«, schrie sie laut.

Jimmy brach zusammen. Er fiel vor ihr auf den Boden und brach in Tränen aus. Er legte seine Arme um ihre Knöchel und schluchzte vor ihren nackten Füßen.

»Das tut mir so leid, Jasmine. Ich weiß nicht, was in mich gefahren ist. Ich werde so was nie, nie, nie wieder tun, Baby. Bitte glaub mir. Ich liebe dich, Jasmine. Du bist das Beste, was mir jemals passieren konnte ...«

»Hast du ein Buch voller Klischees verschluckt?«, fragte Jasmine, befreite sich aus seinem Griff und ließ ihn schluchzend im Badezimmer zurück.

Jimmy kroch hinter ihr her, während ihm die Tränen das Gesicht hinunterliefen.

»Was kann ich tun, um das wiedergutzumachen?«, jammerte er.

»Das kannst du nicht«, schnauzte Jasmine.

Sie nahm ihre Klamotten aus dem Schrank, faltete sie ordentlich zusammen und packte sie in ihren Koffer. Jimmy lag teilnahmslos auf dem Boden.

»Wirst du mich verlassen?«, fragte er mit einem verzweifelten Gesichtsausdruck.

Jasmine zuckte mit den Schultern.

Jimmy wimmerte: »Bitte sag nicht, dass du mich verlassen wirst, Jasmine!«

Er stand auf, fiel vor ihr auf die Knie, schlang die Arme um ihre Taille und weinte untröstlich in ihren Bauch hinein.

Jasmine seufzte. Sie schaute hinunter auf seinen Kopf und seine bebenden Schultern. Er sah wirklich todunglücklich aus. Aber trotzdem empfand sie gar nichts.

Würde sie ihn verlassen? Wahrscheinlich nicht. Jasmine wusste, dass sie nicht stark genug war. Und außerdem, was war Jasmine ohne Jimmy? Nichts als eine billige Stripperin aus Dagenham. Sie brauchte ihn mehr als er sie. In ihren Augen war ihre Beziehung noch nie ausgeglichen gewesen.

Er blickte mit seinen türkisfarbenen Augen reumütig zu ihr hinauf.

»Es tut mir so leid, Prinzessin«, sagte er. »Wenn ich so was noch einmal mache, kannst du mich erschießen. Ich mein das ernst. Ich sterbe lieber, als dass ich dir noch mal so weh tue, Baby.«

Etwas rührte sich in Jasmines gebrochenem Herzen. Liebe? Vergebung? Mitleid? Sie war sich nicht ganz sicher, aber da war etwas. Nicht viel, aber es reichte. Sie legte die Arme um seine Schultern und streichelte ihm über sein feuchtes Haar.

»Sch …«, flüsterte sie. »Sch, Jimmy. Hör auf zu weinen. Es wird alles wieder gut.«

Maxine beobachtete Juan, als er schlief. Draußen war es schon hell, und sie wusste, dass sie ihn jetzt verlassen musste. Aber sie musste ihn noch einen Moment ansehen. Er hatte unglaublich lange Wimpern und unerhört volle Lippen. Seine glatte braune Brust hob und senkte sich gleichmäßig, als er im Schlaf ein- und ausatmete. Auf seinen Lippen lag ein leichtes Lächeln. Sie fragte sich, ob er von ihr träumte. Sie hoffte es. Von jetzt an waren Träume das Einzige, was ihnen blieb. Maxine seufzte. Jede Faser ihres Körpers sehnte sich danach, hierzubleiben, unter der frischen weißen Decke mit Juan, aber sie wusste, dass das nicht ging. Sie sah die leere Kondomschachtel auf dem Boden und war erleichtert. Letzte Nacht war sie von dem Augenblick so überwältigt gewesen, und, wenn sie ehrlich war, ziemlich betrunken, dass sie sich wunderte, dass sie überhaupt verhütet hatten. Sie schlüpfte leise in ihr Kleid und ihre Sandalen, nahm ihre Handtasche und gab Juan einen Kuss auf seine leicht geöffneten Lippen. Und dann verschwand sie leise aus dem Zimmer. Im Lift hing ein Spiegel, also wurde sie mit ihrem Spiegelbild konfrontiert. Die Frau im Spiegel wischte sich eine Träne von der Wange.

Sie wusste, dass es ihr schlechtgehen würde. Eigentlich müsste sie voller Schuldgefühle und Reue sein. Was sie Carlos angetan hatte, war unverzeihlich. Aber stattdessen fühlte sie sich beraubt. Das war verrückt. Sie kannte Juan kaum. Sie hatten eine berauschende Nacht zusammen verbracht. Was sie empfand, war nicht echt. Das konnte nicht sein. Sie nahm die Sonnenbrille aus ihrer Tasche und verdeckte ihre feuchten Augen.

Maxine kannte sich in Malibu nicht besonders gut aus. Es war noch nicht einmal sieben Uhr an einem Samstagmorgen, und der Boulevard war menschenleer. Taxis waren auch keine zu sehen. Juans Penthouse lag direkt am Meer, also ging Maxine den Fußweg am Strand entlang. Eine sehr gepflegte Frau in Maxis Alter joggte mit ihrem genauso gepflegten Hund an ihr vorbei und demonstrierte ihr sauberes, gesundes Leben. Maxine sah an ihrem verknitterten Partykleid hinunter und kam sich im Vergleich zu ihr schäbig vor. Sie setzte sich auf eine Bank und schaute hinaus auf das ruhige Meer. Der Strand war, abgesehen von einem einsamen Typen, der am frühen Morgen Tai Chi machte, leer.

»Gute Nacht?«, fragte eine barsche Stimme.

»Verzeihung?«, Maxine schaute auf und sah einen obdachlosen Penner auf sich zukommen, der ein altes Fahrrad schob.

Er sah aus wie der Geist eines Hippies aus dem Sommer der Liebe. Er hatte einen langen grauen Bart voller Krümel, ein verblichenes rotes Tuch auf dem Kopf und trug eine runde verspiegelte Sonnenbrille. Seine Klamotten waren dreckig und lumpig, sahen aber so aus, als wären sie einmal sauber und strahlend gewesen. Er hatte einen bodenlangen Patchworkmantel an. Er trug all sein Hab und Gut in zwei Tragetaschen, die am Lenker des Fahrrads hingen, mit sich. Und trotzdem hatte seine Erscheinung etwas beinahe Biblisches an sich – der Bart, der freundliche Gesichtsausdruck, die theatralischen Klamotten.

Der Penner lächelte sie wohlwollend an, lehnte sein Fahrrad vorsichtig gegen die Bank und setzte sich neben sie.

»Darf ich mich zu Ihnen setzen?«, fragte er, obwohl er es schon getan hatte.

»Sicher«, antwortete Maxi. Aus irgendeinem Grund empfand Maxine den abgerissenen Mann nicht als Belästigung.

»Ich habe gefragt, ob Sie eine gute Nacht gehabt haben«, erinnerte er sie. »Es ist ja nicht zu übersehen, dass Sie Ihre Partyklamotten noch anhaben.«

Seine Worte wurden unterstrichen von einem übel klingenden Husten, und in seiner Brust war ein Pfeifen zu hören. Ab und zu hielt er sich ein dreckiges Taschentuch vor den Mund.

»Ich hatte eine *interessante* Nacht.« Maxine versuchte zu lächeln.

»Interessant gut? Oder interessant schlecht?«, bohrte der bärtige Fremde.

Er starrte sie eindringlich an, so als wollte er es wirklich wissen.

Maxi zuckte mit den Schultern. »Ich bin nicht ganz sicher«, sagte sie ehrlich.

»Ich schätze, Sie haben die Nacht mit jemandem verbracht, mit dem sie es nicht hätten tun sollen, oder?«

Maxine nickte und fing an zu weinen. Sie hatte keine Ahnung, warum sie sich einem Penner am Strand von Malibu anvertraute.

»Ach, Schätzchen, das ist hart«, seufzte der Penner und klang, als wüsste er, wovon er sprach.

»Gott, Sie haben ja keine Ahnung. Ich bin so eine Schlampe«, schluchzte Maxine.

»Sie sind keine Schlampe, Schätzchen. Eine Schlampe würde nicht hier sitzen und bedauern, was sie gemacht hat.«

»Nein, das stimmt nicht. Was ich getan habe ist ... ist ... ist das Schlimmste, das Sie sich vorstellen können.«

»Warum? Haben Sie jemanden umgebracht?« Er lehnte sich zurück, griff in seine Jackentaschen und fing an, sich einen Joint zu drehen. »Haben Sie was dagegen?«, fragte er.

Maxine schüttelte den Kopf. Wie konnte sie sich anmaßen, das Verhalten von jemand anderem zu beurteilen?

»Nun, haben Sie jemanden umgebracht?«

»Nein! Natürlich nicht.«

»Dann kann es ja nicht so schlimm sein, oder?«

»Ich war untreu«, erklärte sie verlegen.

»Ja? Sie und die halbe Bevölkerung, Schätzchen.« Der Penner nahm einen tiefen Zug aus seinem Joint und hustete dann in sein Taschentuch.

»Aber das ist schlimmer. Was wir getan haben ist … Gott! Das ist so chaotisch.«

Der Penner zuckte mit den Achseln und zog stärker an seinem Joint. »So was ist immer chaotisch«, sagte er. »Das Leben ist eben chaotisch.«

Der abgerissene Mann bot Maxine seinen Joint an, und sie nahm ihn. Es war Jahre her, dass sie Drogen angerührt hatte, aber irgendwie schien es unter diesen Umständen genau das Richtige zu sein. Konnte ihr Leben eigentlich noch surrealer werden? Sie inhalierte tief und spürte, wie ihr das Marihuana in den Kopf stieg. Sie fühlte sich leicht schwindelig.

»Das wird schon wieder«, fuhr er fort.

Maxine schüttelte den Kopf und nahm noch einen Zug. Wie sollte das wieder in Ordnung kommen? Sie rieb sich die Augen und seufzte tief.

»Was soll ich machen?«, fragte Maxine. »Ich fliege heute nach Hause. Wie kann ich meinem Freund gegenübertreten?«

Der Penner nahm seine verspiegelte Sonnenbrille ab und steckte sie in die Brusttasche seines bunten Traummantels. Er hatte klare hellblaue Augen. Es waren die weisesten Augen, die Maxine jemals gesehen hatte.

»L. A. ist die seltsamste Stadt auf dem Planeten«, sagte er, während er auf das Meer hinausblickte. »Es ist die Stadt der Träume. Alles ist möglich. Hier kommen die Leute her, um sich zu finden, und wenn das nicht klappt, können sie sich hier stattdessen verlieren. Glauben Sie mir. Ich sollte das wissen.«

Der Mann war für eine Weile still, in seinen eigenen Gedanken versunken. Er hustete in sein Taschentuch, und Maxine sah, dass es mit Blut befleckt war. Sie gab ihm schnell den Joint zurück. Ihn mit ihm zu teilen, war wahrscheinlich keine so gute Idee.

Er fuhr fort: »Sehen Sie, Schätzchen, nichts hier ist real. Nicht, wenn Sie das nicht wollen. Wenn Sie aus diesem Flugzeug aussteigen, fahren Sie nach Hause und benehmen sich, als wenn nichts passiert wäre, dann fangen Sie mit der Zeit an zu glauben, dass nichts passiert ist. Was in L. A. geschehen ist, bleibt in L. A.«

»Glauben Sie?«, fragte Maxine hoffnungsvoll.

Der Mann seufzte ein wenig traurig. »Wenn Sie das wollen, Baby ...«

»Ich weiß nicht, was ich will«, sagte Maxine wehmütig. »Ich dachte, ich wüsste es, aber jetzt bin ich mir nicht mehr so sicher.«

Maxine stellte sich Carlos' Gesicht vor. Sie dachte an ihr sicheres, komfortables Leben in Spanien. Ihr fielen Viagra, der Vibrator und der erzwungene Sex ein. Es ließ sie schaudern. Dann wanderten ihre Gedanken zu den Ereignissen der letzten Nacht – wie sie und Juan getanzt und sich geliebt hatten und wie es ihr vorgekommen war, als wäre es die natürlichste Sache der Welt. Tränen liefen ihr übers Gesicht.

»Was habe ich bloß getan?«, schluchzte sie. »Ich habe alles kaputtgemacht.«

»Na, na, Schätzchen.« Der Penner tätschelte ihr sanft das Knie. »Sch ... Mit der Zeit wird alles wieder gut.«

»Wie? Wie soll ich das in Ordnung bringen?«

»Das können Sie gar nicht«, sagte ihr neuer Freund. »Nur die Zeit kann das. Sie müssen nur abwarten.«

Maxine sah, wie das weise Gesicht sie anlächelte, und sie nickte. Er hatte sicher recht.

»Nichts ist vorbei, und es ist niemand gestorben«, beruhigte er.

»Das stimmt.« Maxine wischte sich mit einem Zipfel ihres Versace-Kleids über ihr tränenverschmiertes Gesicht. »Es könnte schlimmer sein, was?«

Der Penner nickte lächelnd und fing wieder an zu husten.

»Ich sollte jetzt wohl besser gehen«, sagte Maxine und stand ein wenig wackelig auf. »Danke, dass Sie sich Zeit genommen haben. Fürs Reden und Zuhören. Ich habe das gebraucht.«

»Gern geschehen«, antwortete er mit dem Anflug eines Lächelns. »Ich habe alle Zeit der Welt.«

Juan wachte auf und stellte fest, dass Maxine weg war. Er war nicht überrascht. Warum sollte sie hier herumhängen? Er schaute auf die Uhr. Es war kurz vor acht. Ihre Seite des Bettes war noch warm, und auf dem Kopfkissen zeichneten sich die Umrisse ihres Kopfes ab. Juan konnte ihr Parfüm auf seiner nackten Haut riechen. Junge, das war vielleicht eine heiße Lady. Maxine hatte ihn umgehauen. Sie war wie eine Droge für ihn. Niemals hätte er ihr widerstehen können. Was würde nur sein Vater dazu sagen, wenn er es jemals erfahren sollte? Herrgott! Am besten, nicht drüber nachdenken. Tatsache war, dass Juan schon seit Monaten an Maxine dachte. Und jetzt hatte er dieses perfekte Fleisch tatsächlich probieren dürfen. Er bereute die letzte Nacht nicht einen Augenblick.

Schon als er sie das erste Mal gesehen hatte, war er hin und weg gewesen. Diese lange Mähne, die Form ihrer Lippen, der Bogen ihres Rückens und ihre Nasenspitze, die ein wenig nach oben zeigte. Bei ihr wurde er schwach vor Verlangen. Juan hatte noch nie ein Problem damit gehabt, Mädchen anzulocken – blonde Mädchen, dunkle Mädchen, berühmte Mädchen, Models –, bei denen war es einfach. Bei Maxine war es etwas schwieriger. Sie war eine ganze Frau.

Warum zum Teufel musste sie die Freundin seines Vaters sein? Das war eine schwierige, verfahrene Situation. Juan stand auf und warf sich ein paar alte Joggingklamotten über. Er musste einen klaren Kopf bekommen. Es gab keinen Grund, hier noch länger rumzuliegen, jetzt, wo Maxine weg war.

Es war ein perfekter Morgen – klar und noch nicht zu heiß. Juans Füße berührten den Sand im Rhythmus seines Herzschlags. Er musste ununterbrochen an Maxine denken und daran, was sie letzte Nacht getan hatten. Normalerweise verschwand bei Juan das Verlangen, sobald er erst einmal mit einem Mädchen geschlafen hatte. Es war so, als gäbe es nichts mehr zu tun, wenn die Jagd vorüber war. Aber dieses Mal wollte er mehr …

In seiner Brust machte sich ein leichtes Gefühl der Panik breit. Was, wenn sein Vater es herausbekommen würde? Der alte Mann würde ihn umbringen! Adrenalin schoss ihm durch die Adern. Was er getan hatte, war entsetzlich, aber Junge, war das aufregend. Vielleicht machte das den Reiz aus: Maxine war so absolut tabu, dass es sie unglaublich begehrenswert machte. Aber es war nicht zu leugnen, dass die Chemie zwischen ihnen stimmte. Scheiße! Was hatten sie bloß getan?

Er joggte am Strand entlang, bis die ersten Sonnenanbeter kamen, ging dann auf den Bürgersteig und lief nach Hause. Auf halbem Wege sah Juan einen Penner auf einer Bank. Aus der Entfernung sah es so aus, als würde der Typ schlafen, aber als Juan näher kam, fiel ihm auf, dass etwas nicht stimmte. Die Leute gingen einfach vorbei und nahmen keine Notiz von ihm, so als wäre er ein Niemand. Aber Juan konnte seinen Blick nicht von dem bärtigen Alten in seinem seltsamen bunten Mantel abwenden. Der Penner war absolut ruhig, seine Augen waren weit aufgerissen, und er starrte auf das Meer. Juan rannte zu dem alten Mann und blieb stehen. Der Penner war mit einem Lächeln auf dem Gesicht gestorben.

»Ach du Scheiße!«, sagte Juan und bekreuzigte sich. Er war

kein sehr gläubiger Katholik, aber manche Gewohnheiten wurde man einfach nicht los.

»Na ja, wenigstens hast du dir einen schönen Morgen ausgesucht, um abzutreten«, sagte er zu dem toten Typen. Seltsam! Der Alte lächelte definitiv. »Und du bist glücklich gestorben, mein Freund. Das ist doch gut.«

Juan rief die Polizei an und meldete den Toten. Als er auf die Polizisten wartete, nahm er dem Penner den Joint aus der Hand und vergrub ihn im Sand. Das schien ihm angebracht. Der arme Mann war wahrscheinlich sein ganzes Leben lang verurteilt worden.

Es hatte sich jetzt eine Menschenmenge gebildet, aber sie standen alle weit von dem Toten entfernt, so als könnten sie sich etwas einfangen, wenn sie zu nahe kämen. Eine Gruppe junger Mädchen rief: »Hi Juan, wir stehen auf deine Musik!« Er lächelte höflich, blieb aber auf Distanz. Das war nicht der richtige Ort, um Autogramme zu geben.

Juan setzte sich direkt neben die Leiche auf die Bank und wartete. Der arme tote Kerl sollte in dieser Situation nicht alleine sein, oder? Juan sah auf das Meer hinaus und würdigte den letzten Blick des alten Typen. Das musste eine gute Art sein, zu sterben – ein fetter Joint mit Meerblick. Wie nichts sonst konnte das Meer die Dinge in die richtige Perspektive rücken und einem das Gefühl geben, dass man einem größeren Ganzen angehörte. Das Wasser plätscherte leise an den Strand, es kam und ging, wie schon seit mehreren Millionen Jahren. Das Meer war heute ruhig und schien Juans aufgewühlten Geist zu beruhigen.

Er drehte sich um und schaute seinen Begleiter an. Er war tot, aber Juan hatte das Gefühl, als wäre seine Seele noch da und schwebte irgendwo über der Bank. Juan war sich sicher, dass der Typ ein aufrichtiger alter Mann gewesen war, und bedauerte es, dass er nicht die Chance gehabt hatte, hier mit ihm zu sitzen, als er noch lebte. Er fragte sich, ob er früher einfach vorbeigelaufen war, ohne ihn wahrzunehmen.

Der Alte starrte immer noch lächelnd auf das Meer und sah weiser aus als jeder Lebende, den Juan jemals getroffen hatte. Juan war niemals wirklich gläubig gewesen. Seine Mom hatte ihn früher jeden Sonntag schreiend und um sich tretend in die Sonntagsmesse zerren müssen. Aber an diesem Morgen war er sicher, dass er einem Engel begegnet war. Einem Engel in der Stadt der Engel.

33 Maxine fühlte sich sterbenskrank, als sie in London ankam. Sie hatte die ganze Zeit an letzte Nacht denken müssen, so dass sie kaum geschlafen hatte, und jetzt litt sie. Nachdem sie ins Bel Air zurückgegangen war, um zu duschen, sich umzuziehen, ihre Sachen zu holen und ein Taxi zum Flughafen zu nehmen, war es bereits Vormittag gewesen. Sie hatte wirklich beten (und ihr Dekolleté zeigen) müssen, um noch mit dem Flug um 11 Uhr wegzukommen, denn das Gate war bereits geschlossen gewesen. Sie hatte es einem ziemlich süßen Typen am Schalter zu verdanken, dass sie das Flugzeug gerade noch rechtzeitig erreicht hatte. Aber so erschöpft sie auch war, Maxi konnte nicht schlafen.

Stattdessen schaute sie sich drei Filme an (zwei davon hatte sie schon bei den Premieren in London gesehen) und versuchte, so gut sie konnte, nicht über Juan und Carlos nachzudenken und darüber, was sie verdammt nochmal als Nächstes tun sollte. Während des ganzen Fluges schoss so viel Adrenalin durch ihre Adern, dass sie kaum durchatmen konnte. Außerdem war die Zeitverschiebung tödlich. In ihrem Kopf war es Zeit, ins Bett zu gehen, aber die Uhr an der Wand in der Ankunftshalle zeigte, dass es in Heathrow erst halb zwei nachmittags war. Das würde wohl der längste Tag, den sie jemals erlebt hatte.

Maxi blieb stehen, um sich einen Kaffee zu holen und zu überlegen, was sie als Nächstes tun sollte. Sie *sollte* den nächsten Flug nach Marbella nehmen, aber dann müsste sie Carlos gegenübertreten, und sie war sich nicht sicher, ob sie dazu schon bereit war. Die Tatsache, dass sie ihm in absehbarer Zeit gegenübertreten musste, beängstigte sie schon genug. Oder sie *konnte* Lila besuchen und ihrer Freundin die schlechte Nachricht überbringen, dass ihr Mann ein dreckiger flirtender Mistkerl war, aber das war auch keine sehr reizvolle Alternative. Scheiße! Sie hatte Kopfschmerzen. Die Leute schauten sie an und erkannten sie. Normalerweise genoss Maxi es, im Mittelpunkt zu stehen, aber jetzt wollte sie sich nur verstecken.

Jemand hatte eine Zeitung auf dem Nachbartisch liegen lassen. Maxi nahm sie und benutzte sie, um sich vor neugierigen Blicken zu schützen. Ein grobkörniges Farbfoto von einem nackten Mann verschwamm vor ihren Augen. Maxine schielte darauf. »Brett fickt Brautjungfer« stand da in riesigen Buchstaben. Was?! Sie setzte sich kerzengerade hin und sah sich das Foto genauer an. O mein Gott! Das war Bretts Hintern auf der Titelseite und unter ihm Jasmines kleine Schwester. Der Magen drehte sich ihr um, als sie den Artikel überflog. Es stellte sich heraus, dass das, was sie in L. A. gesehen hatte, nichts war, im Vergleich zu dem, was er da auf Jasmines Hochzeit vor aller Augen getrieben hatte.

»Ach, Lila. Du armes, armes Ding.«

Nun, jetzt hatte sie keine Wahl, nicht wahr? Sie musste zu Lila – und zwar schnell! Minuten später saß sie in einem Taxi und fuhr nach Kensington zu Lilas Haus.

Peter war kein gewalttätiger Mann. Er hatte sich immer eher einen Liebhaber als einen Kämpfer genannt. Aber wenn Brett Rose in diesem Augenblick das Haus betreten hätte, hätte Peter den Schürhaken vom Kamin genommen und dem Schauspieler damit den Kopf eingeschlagen. Wie konnte er es wagen, Lila so etwas anzutun? Wie konnte er … Wie konnte er … Peters Schultern fingen wieder an zu beben, seine Lippen zitterten, und er fing an zu weinen wie ein Kind. Er verschränkte die Arme schützend vor seiner bebenden Brust und starrte aus dem Salonfenster im ersten Stock auf das Meer von Paparazzi, die sich draußen versammelt hatten. Mistkerle! Sie strömten vom Kensington Square herüber, kletterten übers Tor und über die Hecken, warfen die Töpfe mit den Lorbeerbäumen um, die er Lila zu Weihnachten geschenkt hatte. Einige standen sogar unten auf der Fensterbank und versuchten, die Vorderseite des Hauses zu erklimmen. Alle paar Sekunden klingelte es. Peter hatte der Haushälterin gesagt, dass sie es ignorieren sollte, aber jedes Klingeln zehrte noch mehr an seinen Nerven.

Peter schluckte die Tränen hinunter und begrüßte die Pressemeute mit seinem Mittelfinger. »Verpisst euch!«, flüsterte er. Sie waren in Lilas heiliges Territorium eingedrungen. Das war alles Bretts Schuld. Der Krieg der Roses war in vollem Gange.

Peter liebte Lila wie eine Schwester. Ihr Kummer war sein Kummer. Er war derjenige, der ihr die Nachricht heute Morgen überbracht hatte. Oh, es gab andere Mitglieder des Personals, die scharf darauf gewesen waren, es ihr zu erzählen – sie hätten eine diebische Freude daran gehabt, sie zusammenbrechen zu sehen –, aber Peter hatte darauf bestanden, dass er das machte.

Er wartete, bis die Nanny die Kinder zu ihrer Reitstunde brachte. Die armen Kleinen würden noch früh genug verletzt werden. Es kam gar nicht in Frage, dass sie den Zusammenbruch ihrer Mutter mitbekamen.

Lila nahm die Nachricht erstaunlich gefasst auf, war aber sichtlich schockiert.

»Zeig mir die Zeitung, Peter«, sagte sie ruhig.

Peter hielt sie hinter seinem Rücken und weigerte sich, sie ihr zu zeigen.

»Gib sie mir«, verlangte sie.

Sie las die Zeitung mit offenem Mund und weit aufgerissenen Augen. Zuerst weinte sie nicht, es herrschte einfach Schweigen, ein schmerzvolles, betäubendes Schweigen, das Peter gerne mit mitfühlenden Worten gefüllt hätte. Aber dann kamen die Tränen, sie liefen ihr die Wangen hinunter, tropften auf die aufgeschlagene Zeitung und verwischten die Worte, die ihr das Herz gebrochen hatten.

»Das Schlimme ist, dass ich es gewusst habe«, schluchzte sie und blickte mit einem gespenstischen Gesichtsausdruck zu Peter auf. »In meinem Innersten wusste ich, dass Brett so was macht. Nicht unbedingt mit ihr …«

Lila zeigte auf das Glamourfoto von Alisha Hillman auf Seite zwei.

»… aber mit irgendjemandem.«

»Ich weiß nicht, wie er so tief sinken konnte«, sagte Peter wütend. »Ich meine, sieh sie dir doch an. Warum sollte er *das* anfassen?«

Lila schüttelte traurig den Kopf. »Warum nicht? Sie ist jung. Sie ist schön.«

»Aber sie hat wohl kaum deine Klasse«, schrie Peter. »Er ist ein Idiot!«

»Nein, ich bin der verdammte Idiot!« Lila warf die Zeitung durch den Raum. »Ich hab's kommen sehen und habe nichts gemacht.«

»Was hättest du denn machen können? Das ist alles nicht deine Schuld.«

»Ich bin alt geworden!«, schrie Lila. »Ich bin alt und hässlich, und jetzt habe ich ihn verloren. Ich habe Brett verloren … Ich will Brett!«

»Nein, das willst du nicht«, sagte Peter entschlossen. »Er ist ein kompletter, verdammter Idiot, und du bist ohne ihn besser dran.«

»Und die Kinder«, jammerte Lila. »Wie soll ich das den Kindern erklären?«

»Das musst du nicht. Nicht jetzt. Nicht heute. Wir kümmern uns alle um Luisa und Seb. Wir werden sie schützen.«

Aber Lila hörte gar nicht mehr zu. Sie war gefangen in ihrer eigenen privaten Hölle, schaukelte auf dem Boden vor und zurück und wimmerte wie ein verletztes Tier. Dieser Zustand hielt so lange an, dass Peter einen Arzt gerufen hatte. Inzwischen war sie ruhiggestellt und schlief, während die Presse in ihrem Vorgarten herumtrampelte.

Peter schaute mit verengten Augen auf die Journalisten und Fotografen. TV-Crews waren dazugekommen, und alle kämpften auf dem Gartenweg, auf der Wiese und auf der Straße um die besten Plätze … Jetzt kam Unruhe in die Menge. Eine große blonde Frau schien entschlossener zu sein, nach vorne zu kommen, als die anderen. Sie schlug den Leuten mit ihrer Handtasche auf den Kopf, schubste sie von hinten, so dass sie über Kabel und Stative stolperten, und stieß den Reportern ihren Ellbogen in die Nieren. Peter sah, wie die Blondine sich ihren Weg durch die Menge bahnte. Er war heute Morgen nicht dazu gekommen, seine Kontaktlinsen einzusetzen, und konnte sie auf die Entfernung nicht erkennen. Jetzt kletterte sie förmlich über ihre Konkurrenten. Das war schon ein Kunststück, denn es sah so aus, als würde sie hohe Absätze und einen Koffer tragen! Schließlich schaffte sie es bis zur Eingangstür, stellte sich aufrecht hin und schüttelte herausfordernd ihre wilde blonde Mähne.

»Maxine«, flüsterte Peter vor sich hin. »Gott sei Dank, es ist Maxine!«

Als es an der Tür klingelte, rannte er zum hundertsten Mal an diesem Tag nach unten. »Es ist Maxine! Lasst sie rein! Lasst sie rein!«

Endlich, dachte Peter, war eine Verbündete gekommen.

»Alisha, was hast du verdammt nochmal getan?« Jasmines Stimme bebte vor Zorn, als sie ihrer Schwester auf die Mailbox sprach.

»Das werde ich dir niemals verzeihen«, fauchte sie. »Hast du gehört, Alisha? Niemals.« Und dann legte sie auf.

»Ich kann nicht glauben, dass sie das getan hat«, sagte Jasmine und starrte auf den Stapel Zeitungen, die die Haushälterin auf dem Küchentisch für sie gesammelt hatte. »Und dann auch noch auf unserer Hochzeit.«

Jimmy nickte zustimmend, aber er war schon in den Sportteil vertieft und aß dabei einen Toast. Er war ganz offensichtlich nicht so aufgebracht über Alishas und Bretts – jetzt sehr öffentliche – Fickerei wie Jasmine.

»Alisha ist eine Schlampe«, sagte er halbherzig. »Was hast du erwartet? Ich hätte Brett Rose einen besseren Geschmack zugetraut.«

»Hmm, ja. Lila ist so eine tolle Frau, nicht wahr? Gott, sie muss am Boden zerstört sein …«

»Och, er macht das wahrscheinlich andauernd. Ich wette, er führt eine dieser Hollywood-Vernunftsehen. Sie ist sicher eine Lesbe.« Bei dem Gedanken daran sah Jimmy ziemlich begeistert aus.

Jasmine schüttelte den Kopf und ging in den offenen Wohnbereich ihres Londoner Appartements. Sie schob ihre übergroße Sonnenbrille zurück und untersuchte ihr Gesicht im Spiegel. Die blauen Flecken waren gelb geworden, und der Riss in ihrer Lippe war verkrustet, aber ihr Gesicht sah immer noch schlimm aus. Sie hatten nicht darüber gesprochen, was passiert war. Jimmy war auf der Rückreise besonders nett und aufmerksam gewesen, hatte an ihrem Arm gehangen und sie wie eine Prinzessin behandelt, indem er ihre Tüten mit Designer-Duty-free getragen hatte. Sie hatten auf dem Nachhauseweg noch für ein paar Tage Zwischenstopp in Paris gemacht, und er hatte sie mit zu Cartier genommen, wo sie sich einen Eternity-Ring hatte aussuchen dürfen. Jasmine hatte sich einen wunderschönen mit Diamanten und Saphiren in Herzform eingefassten Platinring ausgesucht, aber sie wusste, dass das nichts bedeutete. Der Shopping-Trip war nur Jimmys Art, mit seinen Schuldgefühlen fertig zu werden. Was hätte er unter diesen Umständen sonst tun können? Im Zweifelsfall wird das Problem mit Geld gelöst, das war Jimmys Motto. Aber Jasmine hatte schnell gelernt, dass es schwierig war, eine finanzielle Geste zu ernst zu nehmen, wenn ein Mann 80 000 Pfund die Woche verdiente.

Jasmine seufzte und setzte die Sonnenbrille wieder auf. Es würde noch einige Tage dauern, bis sie sich ohne Sonnenbrille der Öffentlichkeit zeigen konnte. Sie hatte in Paris ihr Gesicht mit einem Pucci-Seidenschal verhüllt, und als sie am Flughafen ankamen, hatte sie eins von Jimmys Sweatshirts mit der Kapuze auf dem Kopf. Das muss lächerlich ausgesehen haben, aber zumindest hatte niemand die blauen Flecken bemerkt.

»Hast du die Post schon durchgesehen?«, rief Jasmine Jimmy zu.

Er hatte den Plasmafernseher in der Küche angestellt und schaute sich die Sportnachrichten an. Er schüttelte den Kopf.

Jasmine ordnete die Briefe in drei Stapel – seine, ihre und Müll. Sie hatten auch drei Päckchen bekommen. Das größte enthielt Abzüge der Hochzeitsfotos. Jasmine sah sie sich kurz an und schob sie dann zur Seite. Sie war nicht in der Stimmung für romantische Erinnerungen. Noch nicht. Vielleicht eines Tages, aber jetzt ganz sicher nicht. Das zweite Päckchen war an Jimmy adressiert. Sie warf es auf seinen Stapel. Das dritte war für sie. Sie öffnete es halbherzig, wobei sie aus dem Fenster schaute. London sah von hier oben grau und trostlos aus. Jasmine vermisste die Sonne. Eine DVD fiel aus dem Päckchen auf den Boden. Sie hob sie desinteressiert auf. Das

Cover war leer – kein Titel, kein Bild, keine Erklärung. Wohl eine Hochzeits-DVD von einem unserer Freunde, dachte sie. Das konnte nicht die offizielle DVD sein. Sie hatten ein Vermögen dafür ausgegeben, aus ihrer Hochzeit einen Hollywood-Film zu machen, mit Soundtrack und Rollenverteilung. Nein, das sah nicht professionell aus. Sie fuhr mit der Hand in den gefütterten Briefumschlag und fand eine kurze gedruckte Nachricht.

»Huch, hab mich grad an diese Kopie erinnert. Weitere 100 000 Euro werden mir helfen, sie zu vergessen. Damentoilette, Erdgeschoss, Natural-History-Museum, dritte Kabine von rechts, Mittwoch um 11.00 Uhr.«

Jasmine ließ den Brief und die DVD auf den Boden fallen. Ihre Hände zitterten. Sie starrte auf den Zettel und zwang sich, ruhig zu bleiben. Sie spürte, wie die Farbe aus ihrem Gesicht wich. Also hörte er nicht auf. Sie biss sich so stark auf die Lippe, dass sie den Geschmack von Blut im Mund spürte. Jasmine hatte Angst. Herrgott, sie hatte entsetzliche Angst. Er hatte sie in Spanien aufgespürt, und jetzt war er ihr nach London gefolgt. Jasmines Kopf drehte sich, und der Boden schien unter ihren Füßen nachzugeben. Das war das Letzte, das sie gebrauchen konnte. Erst Jimmy, dann Alisha und jetzt das. Jasmine hatte geglaubt, dass dieser Sommer perfekt werden würde. Jetzt lag ihre ganze Welt in Trümmern.

34 Charlie Palmer dachte, dass sein letztes Stündchen endgültig geschlagen hatte. Er wurde von riesigen Hunden mit messerscharfen Zähnen und Schaum vor dem Mund gejagt. Es war eine dunkle, heiße Nacht. Er schnappte nach Luft. Schweiß lief von seiner Stirn und brannte in den Augen. Er versuchte, über einen hohen Stacheldrahtzaun zu klettern, aber die Hunde schnappten nach seinen Fersen, und die Spitzen des Zaunes stachen ihm ins Fleisch. Sie kamen jetzt näher. Gleich würden sie ihn haben. Charlie hatte keine Ahnung, wo er war oder was er hier machte. Er wusste nur, dass er hier wegkommen musste …

Irgendwo in seinem Hinterkopf hörte er ein Telefon klingeln. Die Hunde hörten auf zu bellen, die Stimmen verstummten, der Zaun verschwand unter seinen Füßen, und Charlie öffnete die Augen. Er schnappte immer noch nach Luft, es blieb dunkel und heiß, der Schweiß lief ihm weiter übers Gesicht, aber ihm wurde jetzt klar, dass er in seinem Hotelbett lag. Die Laken waren durchnässt. Es war nur ein Albtraum. Zu viele Schmerztabletten, dachte er. Zeit, damit aufzuhören. Die brachten ihn nur durcheinander.

Er blickte auf die Uhr – zwei Uhr morgens. Was für ein übler Scherz! Es passierte jetzt die dritte Nacht in Folge. Sein Telefon hatte genau um zwei Uhr morgens geklingelt. Beim ersten Mal war er völlig verschlafen drangegangen, weil er dachte, es wäre Gary mit Neuigkeiten. Aber da war nichts. Nun ja, nicht ganz *nichts*. Es hatte jemand schwer geatmet, und im Hintergrund waren Industriemaschinen zu hören gewesen, aber es hatte niemand etwas gesagt. Letzte Nacht war er wieder drangegangen, weil er davon überzeugt war, dass der Zeitpunkt ein verrückter Zufall war. Wieder dasselbe – das kranke schwere Atmen, das Geräusch von Metall auf Metall. Charlie hatte jetzt die Nase voll. Er ging dran.

»Wer verdammt nochmal ist da?«, fragte er wütend. »Rede, verdammt. Rede oder verpiss dich.«

Das Atmen hielt an, tief und heiser mit einem leichten Schnaufen.

»Was bist du bloß für ein Feigling?«, brüllte Charlie. »Das ist kindisch. Sei ein Mann, und sag mir, was du willst.«

Der Typ am anderen Ende atmete tiefer und brach dann in ein heiseres, kehliges Lachen aus, das in Charlies Ohr nachhallte. Aber der Anrufer sagte noch immer nichts. Charlie lauschte den klappernden Geräuschen im Hintergrund und versuchte herauszubekommen, was das sein könnte. Dann hörte er Stimmen, die sich weit entfernt vom Anrufer etwas zuriefen. Charlie lauschte aufmerksam und versuchte, etwas zu verstehen. Langsam dämmerte es ihm, dass sie Russisch sprachen.

»Ach, dann verpiss dich eben!«, schrie Charlie.

Er warf das Telefon quer durchs Zimmer. Es flog gegen die gegenüberliegende Wand, fiel dann auf den gekachelten Boden, und die Batterie sprang heraus. Verdammt! Was lief da ab? War das Dimitrov, der ihm Angst einjagen wollte? Das ergab keinen Sinn. Warum sollte er ihn belästigen? Dimitrov hatte sich doch klipp und klar ausgedrückt. Als Beweis dafür waren Charlies Rippen gebrochen. Waren das Nadias Entführer? Wenn sie entführt worden war, dann machte es Sinn, dass sie Kontakt aufnahmen. Aber warum sagten sie dann nichts? Warum stellten sie dann keine Forderungen? Und warum riefen sie Charlie an und nicht Nadias alten Herrn? Okay, Charlie hatte ein bisschen was zur Seite gelegt, aber das war nichts im Vergleich zu Dimitrovs Milliarden. Abgesehen davon war Charlie nicht in Nadia verliebt. Er hatte sie gern, aber seine Gefühle konnten nicht mit der Liebe eines Vaters zu seinem Kind verglichen werden. Nein, ein Erpresser wäre verrückt, sich anstatt mit ihm mit Dimitrov in Verbindung zu setzen. Also, wer zum Teufel war das?

Charlie hievte seinen schmerzenden Körper aus dem Bett und sammelte die einzelnen Teile seines Telefons auf. Das Display hatte einen Sprung, aber erstaunlicherweise funktionierte es noch. Er schenkte sich einen Jack Daniels aus der Minibar ein und ging hinaus auf den Balkon. Er brauchte ein wenig Luft und Raum zum Nachdenken. Aber es war eine drückende, schwüle Nacht, und die Sterne waren von Wolken bedeckt. In Marbella wehte heute Nacht keine Brise.

Es war jetzt zehn Tage her, seit Dimitrov ihn eingeschüchtert hatte, und Charlie war, was Nadia betraf, keinen Schritt weiter. Gary hatte es mit seinem Herumschnüffeln zwar geschafft, ein paar wichtigen Leuten in London auf die Nerven zu gehen, hatte allerdings nichts herausbekommen – nur Prügel in einer dunklen Seitenstraße in Soho kassiert. Niemand hatte Nadia gesehen. Niemand wusste, wo und mit wem sie zusammen war. Er hatte nicht mehr viel Zeit, und Charlie wurde langsam nervös. Es war mitten in der Nacht, aber trotzdem wählte er McGregors Nummer. Es klingelte und klingelte eine Ewigkeit, und dann war die Leitung tot.

»Mistkerl«, murmelte Charlie. »Du bist mir was schuldig. Du bist mir verdammt nochmal was schuldig.«

Als Charlie zum Meer blickte, sah er ein Licht am Strand. Es sah so aus, als wäre dort jemand mit einer Taschenlampe. Er versuchte, in der Dunkelheit etwas zu erkennen. Ein Schatten tauchte auf, ungefähr 50 Meter entfernt. Charlie konnte nicht sagen, wer oder was es war. Plötzlich wurde das Licht genau auf ihn gerichtet, blendete ihn und schmerzte in seinen Augen. Wer auch immer da draußen die Taschenlampe hielt, musste die Angst in Charlies Augen deutlich gesehen haben, aber Charlie hatte keine Ahnung, wer ihn beobachtete.

Er eilte wieder hinein, schloss die Glastür und zog die Vorhänge zu. Er schnappte nach Luft. Schweiß lief ihm über das Gesicht und brannte in seinen Augen. Der Albtraum ging weiter, aber dieses Mal war Charlie wach.

Frank Angelis war sich sicher, dass er kurz davor war, Charlie kleinzukriegen. Die Anrufe waren genial, auch wenn er sich damit selbst lobte. Er rief von den Lagerhallen an den Docks an und hielt das Telefon hoch, damit Palmer die russischen Stimmen im Hintergrund hören konnte. Es waren nur seine Laufjungen, die sich etwas zuriefen, während sie ihre menschliche Fracht abluden, aber woher sollte Charlie das wissen? Eigentlich waren sie noch nicht einmal Russen – sie kamen aus der Ukraine. Aber der verdammte Charlie Palmer würde den Unterschied nicht erkennen. Er glaubte bestimmt, das hätte etwas mit Dimitrovs Mädchen zu tun. Und das war genau der Punkt. Er musste Charlie eine solche Angst einjagen, dass er alles tun würde, um seine Haut zu retten – auch wenn das bedeutete, Dimitrov zu erschießen. Und Frankie musste diesen Russen loswerden. Das war die einzige Lösung für seine finanziellen Probleme.

Frankie war am Dock gewesen, um die Lieferung von neuen Mädchen aus Osteuropa zu überwachen. Er tauschte einige aus seinem Bestand aus. Wenn sie fünfundzwanzig wurden, verkaufte er seine Mädchen an einen alten Kumpel in London, der sie in seine Bordelle steckte. Frankie bevorzugte die jungen Mädchen. Das Problem war, er konnte sich seine Mädchen kaum noch leisten. Nicht mit Dimitrov im Nacken. Und hier kam Charlie ins Spiel.

Es klopfte an der Tür. Yana kam herein, sie trug Männerkleidung.

»Alles in Ordnung?«, fragte Frankie.

Yana zog die Kapuze ihres Sweatshirts vom Kopf und enthüllte ihr schönes slawisches Gesicht. Sie nickte und grinste, bevor sie die Taschenlampe in die Schublade zurücklegte.

»Er hatte Angst. Wie ein Kaninchen. Er ist in sein Zimmer gerannt und hat die Türen zugemacht!«

»Gutes Mädchen«, sagte Frankie, während er seine Hose öffnete. »Jetzt komm her, du bekommst deine Belohnung.«

Das Geld von der Bank in London zu bekommen, war ein bisschen schwieriger als in Spanien – aber nicht unmöglich. Jasmine wurde nach oben in ein privates Büro geführt und nahm an einem polierten Holzschreibtisch Platz. Ein junges Mädchen in einem Nadelstreifenanzug brachte ein Tablett mit frischem Kaffee und Plätzchen herein, während der Kundenbetreuer – ein Typ in den Fünfzigern, der auch einen Nadelstreifenanzug trug – am Bildschirm Jasmines Konten überprüfte.

Jasmine ließ ihre größte Sonnenbrille auf, um die blauen Flecken in ihrem Gesicht zu verdecken.

»Normalerweise habe ich mit Ihrem Steuerberater zu tun, oder?« Er schien misstrauisch zu sein. Aber vielleicht war Jasmine auch nur paranoid.

»Und das ist eine Menge Geld für eine Barauszahlung, Mrs Jones«, fuhr er fort und schaute sie über seine randlose Brille hinweg an. »Und Sie wollen die Summe in Euro ...«

Jasmine nickte und versuchte, vertrauenswürdig und optimistisch auszusehen. Das war ihr Geld. Sie hatte genug auf dem Konto. Ihre Hälfte des Hochzeitsgeldes von der Zeitschrift war jetzt darauf. Es war ihr gutes Recht, das abzuheben.

»Sie wissen, dass das Pfund im Vergleich zum Euro im Moment schwach ist, Mrs Jones«, fuhr der Bankberater fort. »Ich würde Ihnen momentan davon abraten, eine solche Summe in dieser Währung abzuheben.«

»Ich kaufe meinem Mann ein Schnellboot«, log Jasmine. Vor Jahren hatte sie sich mal diese Geschichte zurechtgelegt, jetzt konnte sie sie endlich jemandem auftischen, und sie fand, dass sie ziemlich gut war. »Es ist eine Überraschung. Ein verspätetes Hochzeitsgeschenk. Ich habe es bei einem Spanier gekauft. Dort will man Euros. Ich denke, ich hab ein ganz gutes Geschäft gemacht. Das ist doch okay, oder?«

Der Bankberater seufzte tief und runzelte die Stirn. »Nun gut, es ist ziemlich ungewöhnlich, aber ich nehme an, dass Sie wissen, was Sie tun …«

»Ja, das weiß ich«, fiel Jasmine ihm ins Wort. »Und es ist *mein* Geld.«

Der Bankberater seufzte noch einmal und nickte. »Es ist Ihr Geld«, stimmte er ihr ernst zu. »Aber bei diesem Tempo wird es nicht lange halten. Ihr jungen Mädchen geht gerne shoppen, oder?«

Jasmine warf ihm ihr bestes Lächeln zu. »Schuhe, Taschen, Schnellboote …«, kicherte sie, tätschelte ihre Chanel-Tasche und ließ ihre pinkfarbenen Jimmy-Choo-Schuhe wippen. »Wenn ich erst mal angefangen habe, kann ich gar nicht mehr aufhören!«

»Ich mache mir wirklich Sorgen, dass Sie mit einer so großen Summe Bargeld hier rausgehen.«

»Ach, das ist schon okay. Draußen wartet mein Bodyguard, und mein Fahrer steht außerdem direkt vor der Tür – im absoluten Halteverbot.« Die Lügen kamen ihr jetzt ganz locker über die Lippen. »Es wäre also schön, wenn wir das hier jetzt ein wenig beschleunigen könnten, ich möchte nicht, dass er ein Knöllchen bekommt. Die Politessen sind hier in der Gegend ziemlich brutal, nicht wahr?«

Fünf Minuten später ging Jasmine mit 100 000 Euro, die sie sorgfältig in einen braunen Briefumschlag gesteckt, in eine Tüte eingewickelt und in ihrer Chanel-Tasche verstaut hatte, die Threadneedle Street hinunter. Sie hielt das erste Taxi an, das sie sah, und bat den Fahrer, sie so schnell wie möglich zum Natural-History-Museum zu bringen.

Das Museum war voller Kinder auf Schulausflügen, italienischer Austauschstudenten und Japaner, die Fotos von ihren lächelnden Frauen vor dem Dinosaurier in der Eingangshalle schossen. Jasmines Absätze klackerten auf dem Boden. Sie würdigte den Tyrannosaurus Rex keines Blickes (obwohl sie das gerne getan hätte) und sah den Kindern, die sie erkannt hatten, auch nicht in die Augen. Sie schaute auf ihre Füße und ging in das Gebäude. Sie hörte, wie ihr Name geflüstert wurde, während sie vorbeiging.

Im Erdgeschoss gab es zwei Schilder für Damentoiletten. Jasmine biss sich auf die Lippe und überlegte, was sie tun sollte. Sollte sie nach links oder rechts gehen? Sie konnte nicht 100 000 Euro auf dem falschen Klo liegen lassen. Die Damentoilette auf der linken Seite war näher. Das schien Sinn zu machen. Dort stand eine lange Schlange bis vor die Tür. Jasmine stellte sich geduldig in die Schlange hinter eine Gruppe pubertierender Mädchen in kurzen Schulröcken und mit pinkfarbenem Lippenstift. Sie hielt den Blick gesenkt, versteckte sich immer noch hinter ihrer Sonnenbrille, bekam aber mit, wie die Mädchen sich gegenseitig anstießen, und spürte ihre Blicke. Selbst die riesige Sonnenbrille konnte ihre Identität nicht verbergen. Manchmal sehnte sie sich danach, wieder anonym zu sein.

Endlich war sie am vorderen Ende der Schlange angekommen und wartete, bis die richtige Kabine frei wurde. Sie schloss die Tür ab, zog die Tüte heraus und steckte sie ordentlich zwischen Toilette und Abfalleimer. Sie zögerte einen Moment, bevor sie hinausging. Was, wenn jemand anderes die Tüte mitnahm? Was, wenn das die falsche Toilette war? Woher sollte sie wissen, ob das Geld in die richtigen Hände gelangt war? Was, wenn das Geld verlorenging und sie mehr haben wollten? Es war nicht mehr viel übrig.

Herrgott! Vielleicht sollte sie die ganze Sache vergessen. Vielleicht sollte sie das Geld wieder in ihre Tasche stecken und zusehen, dass sie hier rauskam. Sie könnte es wieder auf die Bank bringen und erzählen, dass der Boot-Deal geplatzt war. Aber was dann? Würde der Erpresser mit dem Terror weitermachen? Sie hatte jetzt schon das Gefühl, ihr Leben würde aus den Fugen geraten. Wenn *diese* Neuigkeit ans Licht käme, dann wäre wirklich alles aus.

Sie schaute noch ein letztes Mal auf ihr hart verdientes Geld (Himmel, sie hatte ihre verdammte Hochzeit dafür verkauft) und ging aus der Kabine. Die Schlange war auf wundersame Weise verschwunden. Nur ein blondes Mädchen wartete noch. War sie das? Das Mädchen aus dem Aquarium in Spanien? Sie sah nicht so aus. Ihre Haare waren länger, und sie sah jünger aus, nicht so elegant. Dieses Mädchen trug Jeans und Turnschuhe, und sie hatte einen abgewetzten Rucksack über der Schulter. Sie war nicht geschminkt. Sie sah aus wie jeder andere ausländische Austauschschüler. Aber irgendwie kam sie Jasmine bekannt vor. Jasmine konnte nicht anders, als sie am Arm zu packen.

»Kennen wir uns?«, fragte sie.

Das Mädchen schmollte und zog ihren Arm weg.

»Ich kenne Sie, nicht wahr?« Jasmines Herz schlug bis zum Hals.

»Entschuldigung?« Das Mädchen zuckte unschuldig mit den Schultern und schüttelte den Kopf. »Ich nicht sprechen Englisch.«

Sie schlängelte sich an ihr vorbei und verschwand in der Kabine, in der Jasmine gerade gewesen war. War sie es? Jasmine wusste nicht, was sie als Nächstes tun sollte. Sollte sie hier warten, um zu sehen, was passieren würde? Um dann was genau zu tun? Jasmine bespritzte ihr Gesicht mit kaltem Wasser, aber plötzlich hörte sie ein Kreischen und Schritte, die sich näherten. Die Mädchengruppe, die vor ihr in der Schlange gestanden hatte, tauchte wieder auf. Ihre Gesichter waren rot vor Aufregung. Sie brachten eine Gruppe Jungen mit in die Damentoilette.

»Da!«, schrie eines der Mädchen. »Ich hab doch gesagt, dass sie es ist. Jasmine Jones!«

Jasmine lächelte sie höflich an und versuchte, an ihnen vorbeizukommen.

»Kriegen wir ein Autogramm, Jasmine?«, fragte eines der Mädchen.

»Kann ich ein Autogramm auf meinen Hintern haben?«, schrie einer der Jungen.

»Kann ich deine Titten sehen?«, fragte ein anderer laut lachend.

Jasmine murmelte, dass sie in Eile sei, und schob sich an den grölenden Kids vorbei. Aber ihr Gebrüll war von anderen Gruppen gehört worden, und ruck, zuck wurde Jasmine auf ihrem Weg zur Tür verfolgt wie der Rattenfänger von Hameln. Ihre Schuhe klackerten schneller und schneller, bis sie durch die Drehtüren, die großen Stufen hinunter und auf die Straße hinausrannte. Tränen liefen ihr die Wangen hinunter und mischten sich mit dem kalten Regen, der jetzt vom Himmel peitschte. Sie verlor ihre Sonnenbrille auf halbem Wege, blieb aber nicht stehen, um sie aufzuheben. Ihre Füße trommelten auf den Bürgersteig, und schmutziges Regenwasser bespritzte ihre Klamotten, als sie durch die Pfützen lief und nicht einen Gedanken an ihre Jimmy Choos verschwendete.

In Jasmines Kopf ratterte es genauso schnell, wie ihre Füße

liefen. Wer konnte ihr das nur antun? Aber tief in ihrem Inneren kannte sie die Antwort. Immer wieder kam ihr ein Name in den Sinn. Niemand konnte davon wissen, außer *ihm*. Das konnte nur er sein. Dieses Mädchen, das andere Mädchen, oder waren sie doch ein und dasselbe Mädchen? Jasmine wusste es nicht. Aber sie arbeitete … arbeiteten bestimmt für ihn. Warum tat er es ausgerechnet jetzt? Nach all den Jahren? Es gab so viele Fragen und niemanden, der sie beantworten konnte. Jasmine wusste nicht mehr weiter.

Sie rannte, bis sie im Hyde Park war und das Ufer des Serpentine Sees erreichte. Hier stand sie mit klopfendem Herzen und beobachtete, wie der Regen auf das Wasser prasselte und sich perfekte Kreise bildeten, die sich trafen, verbanden, auseinanderbrachen und sich wieder neu bildeten. In der Nähe zog ein Schwan elegant seine Kreise. Jasmine öffnete den Mund und stieß aus lauter Wut und Frust einen ohrenbetäubenden Schrei aus. Der Schwan fuhr zusammen und erhob sich mit ausgebreiteten Flügeln aus dem Wasser. Die Farbe von Jasmines Schuhen hatte sich von Blassrosa in Dunkelbraun verwandelt. Ihre Chanel-Tasche war durchnässt und mit Matsch bespritzt. Sie hob ihre Hand und spürte den Schorf an ihrer Lippe. Alles war ruiniert. Nichts war mehr schön.

35 »Charlie?«, sagte eine bekannte Stimme. »Ich bin's, Frankie.«

Das war der erste Kontakt, den Charlie seit ihrer Auseinandersetzung am Strand mit ihm hatte.

»Frank«, sagte Charlie misstrauisch. »Wie geht's?«

»Gut, mein Junge, gut«, sagte Frankie. »Und dir? Du lässt es dir an der Costa del Sol gutgehen, oder?«

Charlie seufzte. Sein Leben war große Scheiße, und er hatte das Hotel seit Tagen kaum verlassen, aber das würde er Frankie Angelis ganz sicher nicht erzählen. »Ja, genau«, sagte er und blieb wachsam.

»Tatsächlich?«, sagte Frank. Charlie konnte die Heiterkeit in der Stimme des alten Mannes hören. »Da ist mir etwas anderes zu Ohren gekommen, mein Junge. Ich habe gehört, dass du Ärger mit einem gewissen russischen Gentleman hattest, den wir beide kennen.«

Charlie ballte die Fäuste. Woher wusste der Engel bloß immer, was andere Leute so trieben?

»Damit werde ich schon alleine fertig, Frank«, antwortete Charlie ausdruckslos. »Aber mach dir keine Sorgen.«

»Ach, ich mache mir keine Sorgen«, sagte Frankie mit einem leisen Lachen. »Ich dachte einfach, du wolltest vielleicht noch einmal über den Vorschlag nachdenken, den ich dir gemacht habe.«

»Nein, vielen Dank. Wie schon gesagt. Ich bin nicht interessiert.«

»Nun, ich glaube doch, mein Junge. Ich glaube sogar, dass du sehr interessiert bist. Ich mache dir einen Vorschlag. Ich gebe dir bis morgen Zeit, darüber nachzudenken. Ich melde mich wieder.«

»Frankie, keine Chance. Ich habe mich entschieden. Ich bin —«

»Ich verstehe, Charlie. Ich verstehe. Aber weißt du was? Ich glaube dir nicht. Ich rufe dich morgen an.«

Die Leitung war tot. Das Dumme war, dass Frankie recht hatte. Wenn Dimitrov verschwände, würden sich auch Charlies Probleme in Luft auflösen. Und wenn irgendjemand dafür sorgen könnte, dass jemand verschwände, dann war das Charlie Palmer …

Später wurde Charlie wieder von dem vertrauten Geräusch seines klingelnden Telefons geweckt. Es war zwei Uhr morgens. Charlie hatte seit Tagen nicht durchgeschlafen, und plötzlich wurde ihm klar, dass er jetzt endgültig genug hatte. Er nahm das Handy mit dem gesprungenen Display, warf es auf den Boden und trampelte mit seinen nackten Füßen so lange drauf herum, bis nichts mehr übrig war als Plastikscherben auf dem kalten Fliesenboden. Er zog sich ein paar Scherben aus der Fußsohle. Jetzt konnte ihn niemand mehr anrufen. Weder Angelis noch Dimitrov, niemand. Charlie brauchte seine Ruhe, um einen klaren Gedanken zu fassen. Das und ein wenig Schlaf. Er sammelte die Teile seines kaputten Handys auf, warf sie in den Papierkorb, ging wieder ins Bett und wartete darauf, dass er wieder einschlief. Er musste lange warten.

»Was meinst du damit, du gehst zurück nach Spanien?«, fragte Jimmy, während er an der Tür stand und zusah, wie Jasmine packte. »Wir sind doch gerade erst nach London gekommen. Ich dachte, wir würden für eine Weile zu Hause bleiben.«

Zu Hause? Wo war zu Hause? Jasmine war absolut nicht sicher.

Sie besaßen drei Immobilien – diese hier in der Stadt, die für den Fußballverein und ihre Lieblingsclubs und -geschäfte günstig lag, die Villa in Spanien und das riesige Herrenhaus, von dem ihre Freunde so beeindruckt waren, welches in der Nähe des Flughafens lag. Jasmine vermutete, dass es das war, was Jimmy mit zu Hause meinte – den Landsitz. Der war am teuersten gewesen und hatte die meisten Zimmer. Fünfzehn herrliche Schlafzimmer! Jasmine fand das immer schon absurd – sie brauchte nur eins. Sie hatte keine Lust, dorthin zu fahren. Das war kein Zuhause; das war ein Statement. Eine leere, hohle Zurschaustellung von Besitz, die auf den Doppelseiten der Illustrierten super rüberkam.

»Ich möchte zurück nach Spanien«, wiederholte Jasmine, während sie ruhig einen Sarong zusammenfaltete. »Mir geht es da besser.«

Eigentlich war Jasmine von ihrem Wunsch, nach Marbella zurückzukehren, genauso überrascht wie Jimmy. Nach dem ersten Erpressungsversuch war sie erleichtert gewesen, Marbella für die Hochzeit und die Flitterwochen zu verlassen. Aber jetzt hatte er sie auch in London gefunden, und ihr wurde klar, dass sie nirgendwo sicher war. Abgesehen davon, wer sollte sie hier schon beschützen? Jimmy? Blaine? Von wegen! Aber Charlie war in Marbella, und in seiner Nähe fühlte sie sich immer sicher.

»Aber du kannst nicht gehen.«

»Wie bitte?«, antwortete Jasmine. Sie war nicht in der Stimmung, Jimmys Forderungen nachzugeben. Er hatte immer noch eine ganze Menge gutzumachen.

»Du wirst mir fehlen.« Jimmy jammerte jetzt.

»Na, dann komm mit«, sagte sie.

»Kann ich nicht. Ich habe hier was zu erledigen.«

»Diese mysteriösen Geschäfte.« Jasmine blickte zu ihrem neuen Ehemann auf. »Nichts, worüber du mit mir sprechen kannst, nehme ich an.«

Jimmy schüttelte den Kopf. »Nichts worüber du dir Sorgen machen müsstest.«

Jasmine zuckte mit den Schultern und packte weiter. »Wer macht sich Sorgen? Komm mit, komm nicht mit. Das ist mir egal.«

»Jasmine, warum bist du so grässlich zu mir?« Jimmy schmollte und schaute sie unter seinem Pony hervor verzweifelt an. Jasmine zeigte ihr zerbeultes Gesicht. »Was glaubst du?«

»Och, ich dachte, wir wollten das vergessen.«

Jasmine fauchte ihn an. »Ich denke, es gehört mehr dazu als ein paar Tage in Paris und ein dicker Ring, um zu vergessen, dass du mich grün und blau geschlagen hast.«

Es war das erste Mal, dass sie erwähnte, was in ihren Flitterwochen passiert war, und Jimmy schien ganz wild darauf zu sein, das Thema zu wechseln.

»Okay«, murmelte er. »Du gehst zurück nach Spanien. Ich bleibe noch ein paar Tage hier, mache meine Geschäfte und komme dann nach.«

»Schön«, sagte sie und schloss den Koffer. »Was immer dich glücklich macht.«

»Du machst mich glücklich«, sagte er, ging auf sie zu und versuchte, sie auf den Nacken zu küssen.

Jasmine schüttelte ihn ab. »Okay, ich muss jetzt gehen. Unten wartet ein Taxi auf mich.«

»Was? Du fährst jetzt? Sofort?«

»Ja«, antwortete sie, stellte ihren Koffer auf den Boden und zog ihn zur Tür.

»Bekomme ich wenigstens einen Abschiedskuss?«, fragte Jimmy traurig.

Jasmine blieb stehen, als sie an ihm vorbeiging, und hielt ihm ihre Wange hin.

»Das ist alles?«, fragte er. »Eine Wange? Das ist alles, was meine Frau mir zu bieten hat?«

»Im Moment, Jimmy«, sagte Jasmine ruhig, »solltest du dankbar sein, dass du das überhaupt bekommst.«

Jimmy seufzte und küsste sie zärtlich auf die Wange. »Ich liebe dich, Jazz«, sagte er zärtlich, als sie zur Tür ging.

»Ich weiß«, sagte Jasmine ein wenig traurig. Aber reicht das?, fragte sie sich.

Als sie die Tür öffnete, stand sie der grotesken Figur von Blaine Edwards gegenüber, der gerade im Begriff war, aufzuschließen.

»Blaine!«, sagte sie wütend. »Hast du eigentlich für alle unsere Häuser die Schlüssel?«

»Sicher, Baby«, grinste er.

»Aber warum?«, fragte sie. Der Typ war eher ein Hausbesetzer als ein Manager.

»Das gehört alles zu meinem Job, Werteste. Nichts, worüber du dir dein hübsches kleines Köpfchen zerbrechen müsstest.«

»Ich bin eher genervt als besorgt«, gab Jasmine zurück. »Wie auch immer. Und dass du auch noch den Nerv hast, hier aufzutauchen, nachdem du uns in unseren Flitterwochen die Presse auf den Hals gehetzt hast. Was hast du dir eigentlich dabei gedacht?«

Blaine zuckte mit vorgespielter Unschuld die Schultern. »Ich wollte nur dafür sorgen, dass du in den Schlagzeilen bleibst, Süße«, sagte er. »Übrigens, du siehst super aus, auf diesen Oben-ohne-Fotos.«

Jasmine starrte ihn an. »Du bist so ein Riesenarschloch, Blaine. Wenn du in deinem Job nicht so gut wärst, würde ich –«

»Ach, sei nicht so gemein zu mir, Jazz-Baby«, sagte Blaine und quetschte sich an ihr vorbei in das Appartement. »Alles, was ich mache, geschieht nur zu deinem Besten.«

Jasmine schimpfte verärgert. »Du bist so ein Scheißkerl. Was ist mit meiner Privatsphäre?«

»Pah! Privatsphäre wird total überbewertet. Es ist die Publicity, die zählt, Baby.«

»Es waren unsere Flitterwochen.«

»Jazz, Süße«, sagte Blaine ruhig. »Diese Leute haben dich geschaffen. Ohne die Presse bist du ein Nichts. Vergiss das nicht. Wenn dein hübsches Gesicht nicht auf den Titelseiten wäre, würdest du gar nicht existieren. Du hast mich damals gebeten, dich in die Presse zu bringen, als ich dir zum ersten Mal begegnet bin, also rede jetzt nicht so herablassend darüber.«

Jasmine seufzte. In gewisser Weise hatte er ja recht. Sie wusste das.

So unwohl sie sich dabei auch fühlte, sie brauchte Blaine, und sie brauchte die Aufmerksamkeit der Presse, die er für sie erreicht hatte. Es gab also keinen Grund, böse auf ihn zu sein. Er machte nur, wofür sie ihn bezahlte.

»Vergiss es!«, sagte sie. »Übrigens ist es gut, dass du kommst. Du kannst Jimmy Gesellschaft leisten, während ich weg bin.«

»Weg?« Blaine sah verwirrt aus. Sein Blick fiel auf den Koffer. »Wo fährst du hin? Du musst erst noch ein paar Dinge mit mir klären.«

»Nein«, sagte sie schnell. »Ich gehe nach Spanien zurück.«

»Du bleibst hier, junge Dame«, warnte Blaine. »Ich habe Interviews für dich arrangiert. Du bist den Leuten eine Reaktion schuldig auf das skandalöse Benehmen deiner kleinen Schwester auf deiner Hochzeit.«

»Die Leute können mich mal!«, sagte Jasmine zuckersüß. »Bye-Bye!« Sie schob sich an Blaines fettem Bauch vorbei und ging zum Aufzug.

»Was ist denn mit der los?«, hörte sie Blaine Jimmy fragen.
»Wahrscheinlich kriegt sie ihre Tage.«

Männer! Wer brauchte sie schon?

Die Aufzugtüren öffneten sich.

»Trotzdem, du musst diese Interviews machen!«, rief Blaine
ihr hinterher. »Das geht auch am Telefon!«

Jasmine ignorierte ihn und betrat den Aufzug.

»Wir treffen uns in ein paar Tagen in der Villa«, rief er.

Die Türen schlossen sich hinter ihr, und plötzlich herrschte
eine himmlische Ruhe. Jasmine brauchte Abstand, um wieder zu sich selbst zu finden. Es war an der Zeit, in die Zukunft zu schauen, aber erst musste sie sich mit ihrer Vergangenheit auseinandersetzen. Durch die Ereignisse der letzten
Zeit fühlte sie sich verletzlich und allein auf der Welt. Sie war
getrieben von dem Bedürfnis, zu erfahren, wer sie wirklich
war, und entschied sich deshalb, ihre wirklichen Eltern ausfindig zu machen. Das war ein großer Schritt, aber sie spürte einfach, dass es an der Zeit war. Die Hillmans waren unbrauch-
bar – alles, womit Cynthia sich beschäftigte, war, Geld mit
ihren Töchtern zu verdienen (sie hatte ihren großen Tag mit
Alishas neu entdecktem schlechtem Ruf). Sie war niemals
eine richtige Mutter für Jasmine gewesen. Und Jimmy? War er
auch nur einen Deut besser als die Drecksäcke, mit denen sie
früher zu tun hatte? Wahrscheinlich nicht. Nein, was Jasmine
brauchte, war *wahre* Liebe. Vielleicht konnten ihre leiblichen
Eltern ihr das geben. Das war natürlich nur eine Vermutung,
aber tief in ihrem Inneren glaubte Jasmine immer noch an das
ganz große Glück.

Lila sagte nicht viel, aber Maxine wusste, dass sie innerlich
tot war. Sie hatte sich nicht die Mühe gemacht, für die Reise
Make-up aufzulegen und trug eine schwarze Jogginghose und
einen bequemen alten Kaschmir-Kapuzenpullover. Und das

bei einer Frau, die ihre Kinder in Chanel zur Schule brachte! Lilas Haut – für deren strahlende Alabaster-Perfektion sie so oft Komplimente bekommen hatte – hatte einen Graustich, und unter ihren Augen waren tiefe dunkle Ringe. Und auch wenn Peter und Maxi versucht hatten, sie zu ermutigen, hatte sie sich regelrecht geweigert, zu duschen oder sich die Haare zu waschen. Zum ersten Mal in ihrem Leben sah Lila Rose richtig ungepflegt aus! Es brach Maxi das Herz, sie so zu sehen.

Jetzt saß sie zusammengekauert auf einem Sessel in der VIP-Abflugs-Lounge. Sie hatte die Knie vor die Brust gezogen, die Arme darauf gekreuzt und ihr Kinn auf ihre Handrücken gelegt. Sie hatte die Kapuze auf dem Kopf und bedeckte damit zumindest ihr fettiges Haar, ihre Augen waren starr nach unten gerichtet.

Die anderen Erste-Klasse-Passagiere hatten sicher die Zeitungen vom Wochenende gelesen, aber sie hatten den Anstand, Distanz zu wahren. Niemand tuschelte. Niemand starrte. Maxi beobachtete, wie Peter vor seinem Schützling auf und ab ging, und ihr wurde klar, dass es gut war, dass alle einen großen Bogen um sie machten. Peter hätte jeden niedergeschlagen, der Lila näher als einen Meter gekommen wäre. Maxine hatte ihn noch nie so wütend gesehen.

»O Gott! Das glaube ich nicht! Was zum Teufel macht *sie* hier?«, murmelte er, blieb plötzlich stehen und starrte zur Tür.

Maxine folgte seinem Blick und entdeckte Jasmine, die gerade die Lounge betrat. Sie sah unglaublich sexy aus in ihrer Designerjeans, einem roten Seidentop und der riesigen Sonnenbrille. Sie war brauner als sonst, und ihr volles schwarzes Haar schwang bei jedem Schritt, als sie auf mörderisch hohen Absätzen durch den Raum stöckelte. Jeder Kopf in der Lounge drehte sich in ihre Richtung. Jeder, außer Lilas. Lila schien in ihre eigene Welt versunken zu sein.

Maxi seufzte. Klar, Jasmine war jetzt nicht gerade die richtige Reisebegleitung. Schließlich war es *ihre* Schwester, die in flagranti mit Brett erwischt worden war, und *ihre* Hochzeit hatte dieses unglückliche Ereignis erst möglich gemacht. Aber war das Jasmines Schuld? Maxine glaubte nicht. Nicht auch nur einen Augenblick.

Peter starrte Jasmine durch den Raum hindurch zornig an, seine Augen funkelten hasserfüllt. Maxine legte vorsichtig die Hand auf seinen Arm.

»Nein, Peter«, sagte sie sanft. »Ich weiß, du bist wütend, aber das alles ist nicht Jasmines Schuld. Lass deine Wut nicht an ihr aus.«

Jasmine hatte sie nicht bemerkt. Sie hatte sich auf der anderen Seite der Lounge hingesetzt und einen spanischen Reiseführer aus der Tasche gezogen.

»Ich gehe hin und sage Hallo«, sagte Maxine.

»Wag es nicht«, zischelte Peter. »Okay, vielleicht kann man sie für diese Schweinerei nicht verantwortlich machen, aber sie ist die letzte Person, die Lila im Augenblick sehen sollte.«

Sie schauten beide auf Lilas nach vorn gebeugten Kopf. Sie schien nicht mitzubekommen, was um sie herum passierte.

»Peter, sie ist die Nachbarin von Lilas Eltern. Du kannst sie nicht ignorieren.«

»Doch, das kann ich sehr gut«, antwortete er kindisch.

»Nein, kannst du nicht!«

»Kann ich wohl!«

»Bitte hört auf, euch zu streiten«, kam eine schwache Stimme von hinten.

Maxine und Peter drehten sich um und blickten in Lilas gespenstisches Gesicht. Sie sah mit einem gequälten Gesichtsausdruck zu ihnen auf.

»Das ist Bretts Fehler, nicht Jasmines«, sagte Lila ruhig. »Ich bin ihr nicht böse. Warum sollte ich?«

»Ach …«, stotterte Peter.

»Gut«, sagte Maxine und warf Peter einen ›Das habe ich dir doch gesagt‹-Blick zu.

»Wie auch immer, sie hat uns jetzt gesehen«, fügte Lila hinzu. Sie klang völlig fertig.

»Ihr solltet hingehen und Hallo sagen.« Und mit diesen Worten verschwand sie wieder unter ihrer Kapuze und in ihrer privaten Hölle.

Maxine nahm Blickkontakt mit Jasmine auf, lächelte und winkte. Jasmine winkte zaghaft zurück. Armes Kind, dachte Maxine, als sie zu ihr hinüberging. Wir sind wahrscheinlich auch die Letzten, denen sie hier über den Weg laufen wollte.

»Hi Jasmine!«, sagte Maxine mit ihrer freundlichsten Stimme und küsste sie auf beide Wangen. »Du siehst super aus. Das müssen ja tolle Flitterwochen gewesen sein.«

»Ja, ja, es war schön. Wie geht es Lila?« Jasmine biss sich auf die Lippe und schaute hinüber zu Lila, die zusammengekauert auf ihrem Sessel saß.

»Nicht so gut«, musste Maxine zugeben. »Sie ist verständlicherweise völlig am Ende.«

»Alishas Benehmen tut mir so leid«, sagte Jasmine. »Ich hatte ja keine Ahnung, dass sie so etwas tun würde. Ich meine, ich habe mich noch niemals im Leben so geschämt. O Gott … das ist so schrecklich. Was kann ich nur tun? Lila muss mich hassen. Meine Schwester hat ihre Ehe zerstört!«

»Nein, natürlich hasst sie dich nicht. Ich bin sicher, dass sie noch nicht einmal deine Schwester hasst. Sie hasst ausschließlich Brett.«

Jasmine nickte, schien aber nicht überzeugt.

»Wenn du dich damit weniger schuldig fühlst«, Maxine senkte die Stimme und flüsterte in Jasmines Ohr, »deine Schwester ist nur die Letzte in einer langen Reihe von Eroberungen.«

Jasmine riss die Augen auf, und ihre vollen Lippen formten ein perfektes ›O‹.

»Jemand hat es Peter gesteckt. Am Wochenende werden noch andere Geschichten herauskommen – Schauspielerinnen, Models, Maskenbildnerinnen; Brett hat sie alle gehabt!«

»Das ist ja schrecklich.« Jasmine schnappte nach Luft. »Wie hat Lila es aufgenommen?«

»Peter hat es ihr noch nicht erzählt. Er sagt, er wartet noch auf den richtigen Zeitpunkt. Aber es ist wahrscheinlich niemals der richtige Zeitpunkt, oder?«

»Nein, ich schätze nicht.«

»Das lässt meine Probleme völlig unbedeutend erscheinen, das ist schon mal klar«, sagte Maxine, während sie versuchte, Juans wunderschönes Gesicht aus ihrem Kopf zu kriegen.

»Meine auch«, stimmte Jasmine ihr zu.

Maxine lächelte. Himmel nochmal! Welche Probleme konnte Jasmine schon haben? Frisch verheiratet mit diesem jungen sexy Fußballstar und außerdem das angesagteste Pin-up-Girl. Es konnte gar nicht sein, dass Jasmine Sorgen hatte, ganz und gar nicht.

36 Grace hielt vor dem Sicherheitstor von Cynthia Watts' neuem Zuhause in Chigwell an. Würg! Selbst in einer Tütensuppe hätte sie mehr Geschmack erwartet. Der Neubau war eine exakte Kopie all der Nachbarhäuser, abgesehen davon, dass es das einzige Haus im ganzen Block war, das einen Springbrunnen im Vorgarten und gemeißelte Steinlöwen auf beiden Seiten der Veranda hatte. Ein unterernährter Dobermann lief mit einem gelangweilten und doch wütenden Gesichtsausdruck, den Grace vorher nur bei Tigern im Zoo gesehen hatte, ungeduldig in der Auffahrt herum. Das weiße BMW-Cabrio in der Auffahrt hatte ein Nummernschild mit der Aufschrift *Sünde 1*. Wie nobel.

Jasmine hatte Grace am Vortag überraschend angerufen und sie gefragt, ob sie Interesse daran hätte, ihre leiblichen Eltern ausfindig zu machen – selbstverständlich gegen eine gute Bezahlung. Der Anruf war für Grace gerade zum richtigen Zeitpunkt gekommen. Sie hatte sich bei der Zeitung umgehend bezahlten Urlaub genommen und vorgehabt, ihr Haus zu renovieren, um es so schnell wie möglich zum Verkauf anzubieten. Aber tatsächlich war sie nicht viel weiter gekommen, als über die Seiten in *Homes and Gardens* in Verzückung zu geraten und die merkwürdige Farrow-and-Ball-Farbkarte durchzugehen, wobei sie gemütlich auf dem Sofa saß und sich das Tagesprogramm im Fernsehen ansah. Nein, die Wahrheit war, dass Jasmines Anruf Grace von der ultimativen Langeweile befreit hatte.

Jetzt war sie also hier, bei Cynthia.

»Ja? Was wollen Sie?«, brüllte eine Stimme durch die Gegensprechanlage.

»Sind Sie Mrs Watts?«, fragte Grace höflich.

»Das kommt drauf an, wer fragt ...«

»Grace. Grace Melrose. Ich bin Journalistin. Ich möchte Ihnen ein paar Fragen über ihre Tochter stellen. Ich zahle auch dafür.«

Jasmine hatte Grace erzählt, dass sie damit wohl am meisten erreichen würde. ›Tun Sie einfach so, als wollten Sie irgendeinen Dreck über mich ans Tageslicht bringen. Sie ist der Familie gegenüber nicht besonders loyal. Zahlen Sie der gierigen Ziege genug, und sie singt wie ein Kanarienvogel‹, hatte sie ihr versprochen. ›Das hat sie schon oft genug gemacht.‹

»Wie viel?«, fragte die Stimme

»Genug«, antwortete Grace.

»Und sie wollen nur, dass ich Ihnen etwas über Alisha erzähle, ja?«

»Nein. Nicht über Alisha. Ich möchte Ihnen ein paar Fragen über Jasmine stellen.«

»Ach?« Pause. »Ich dachte, meine Jüngste wäre im Moment der große Star der Familie.« Cynthia stieß ein kehliges Lachen aus. »Brett Rose übertrumpft Jimmy Jones, oder nicht?«

»Nun ja, sie sind beide sehr talentierte Mädchen«, fuhr Grace geduldig fort. »Aber ich bin an Jasmine interessiert.«

»Dann kommen Sie besser rein. Aber nur bis in den Garten. Ich lasse keine Journalisten in mein Haus, haben Sie verstanden?«

Die Tore öffneten sich, und Grace parkte neben ›Sünde 1‹. Der Dobermann leckte sich hungrig die Lippen.

»Komm her, Saddam, du blödes Arschloch«, brüllte Cynthia, die in einem Jeans-Minirock und einem pinkfarbenen Playboyhäschen-Shirt aus dem Haus trat. Grace fiel auf, dass die Frau noch spröder aussah als auf der Hochzeit. Cynthia packte den Hund am Halsband, trat ihm mit einer ihrer hohen Hacken in den Hintern, so dass er aufheulte, und warf ihn in einen Zwinger im Vorgarten. Grace zuckte zusammen. Sie würde später anonym beim Tierschutz anrufen.

»Ich bin Cynthia, für meine Kumpels *Sünde*, aber Sie können mich Mrs Watts nennen ...« Sie lachte über ihren eigenen schlechten Witz. »Nun, was wollen Sie denn über unsere Jazz wissen?«

»Ich möchte wissen, wer ihre leiblichen Eltern sind«, erwiderte Grace mutig.

Cynthia schwieg, und Grace merkte, wie sich ein Schatten auf ihr Gesicht legte.

»Nun ja«, sagte sie langsam, »ich bin nicht ganz sicher, ob Sie sich diese Information leisten können.«

Zunächst versuchte Maxine ihren Seitensprung dadurch zu kompensieren, dass sie Carlos permanent umschmeichelte. Sie fühlte sich so verdammt schuldig, mit Juan geschlafen zu haben, dass sie glaubte, wenn sie ihn wie einen König behandelte, würde das ihre Schuld mildern. Kein Wunder, dass Carlos anfing, misstrauisch zu werden. Normalerweise war es Maxine, die erwartete, wie eine Königin behandelt zu werden.

»Das ist total lieb von dir, Maxine. Aber ich brauche nicht noch eine Rolex!«, hatte er zu dem Geschenk gesagt, das Maxine ihm aus London mitgebracht hatte. »Chica, Chica! Ich möchte diesen Film sehen!« Er schüttelte sie ab, als sie am nächsten Abend versuchte, ihm eine Aromatherapie-Schultermassage zu verpassen.

»Frühstück im Bett!« Er war sichtlich schockiert, als sie ihm am nächsten Morgen ein Tablett mit frischen Croissants und Kaffee ans Bett brachte. »Aber ich habe doch gar nicht Geburtstag!«

»Nein, nein, nein, Maxine! Ich bin zu müde, um schon wieder Liebe zu machen!«, protestierte er, als sie aus dem Badezimmer trat und nichts weiter trug als einen schwarzen Stringtanga und eine rosa Federboa. »Und überhaupt, wir waren so aktiv, dass ich jetzt kein Viagra mehr habe.«

»Ach.« Maxine blieb stehen. »Bist du sicher?«

Carlos warf ihr über den Goldrand seiner Lesebrille hinweg einen Blick zu und nickte bestimmt. »Ganz sicher. Ich bin an einer sehr spannenden Stelle in meinem Buch«, bekräftigte er.

Eigentlich war Maxine erleichtert, dass sie nicht wieder mit Carlos schlafen musste. Sie hatte es nur aus ihren Schuldgefühlen heraus getan. Sie dachte, dass, wenn sie ihm großes Verlangen vorspielte, Carlos niemals auf die Idee kommen würde, dass sie fremdgegangen war. Aber als er sie berührte, fühlte sich das völlig falsch an. Seine Haut war zu trocken, zu rau, zu alt. Seine Hände waren kalt, seine Berührungen unbeholfen, sein Atem roch falsch, und sie brachte es nicht über sich, ihn auf den Mund zu küssen oder in seine Augen zu schauen. Sie fühlte sich wie eine Prostituierte. Um es erträglich zu machen, konnte sie nur die Augen schließen und sich an die herrliche Nacht mit Juan erinnern. Gott, das war alles so ein Mist!

Alles, was sie wollte, war auf dem Bett liegen und von Juan träumen, aber was hatte das für einen Sinn? Sie durfte es sich nicht erlauben, sich in dieser abartigen Situation zu suhlen. Sie musste diesen Jungen umgehend aus ihrem Kopf verbannen. Ihn vergessen. Aber wie, wo sie doch mit seinem Vater zusammenlebte? Auf ihrem Kamin stand ein Foto von Juan, verdammt nochmal!

Maxine strengte sich mächtig an, diese Erinnerung auszublenden, indem sie sich in zahllose Aktivitäten stürzte. Sie war durch die ganze Stadt gelaufen und hatte völlig überflüssige Besorgungen gemacht, war bei zahllosen Schönheitsbehandlungen gewesen und hatte im Fitnessstudio Hunderte von Kilometern auf dem Laufband zurückgelegt. Alles nur, um nicht an Juan zu denken. Das funktionierte natürlich nicht. Sie versuchte ihn aus ihrem Kopf zu verbannen, aber er schwirrte weiter darin herum wie eine Fliege. Er war das Erste woran sie dachte, wenn sie morgens die Augen aufschlug, sein Gesicht war das Letzte, das sie sah, wenn sie abends die Augen schloss, und in ihren Träumen lag sein Name auf ihren Lippen.

Maxine spürte, wie die Kluft zwischen ihr und Carlos immer größer wurde. Sie stand auf der einen Seite, er auf der anderen, und so sehr sie sich auch bemühte, sie konnte es nicht ändern. Empfand er diese Distanz auch? Sie war nicht sicher. War es möglich, dass er die Schuld, die ihr ins Gesicht geschrieben stand, nicht sah? Ihn zu umschmeicheln, hatte nicht wirklich dazu geführt, dass sie sich besser fühlte, also ging sie ihm jetzt lieber aus dem Weg. Ihr wurde klar, dass es erstaunlich einfach war, ein Haus mit jemandem zu teilen, ihn aber eigentlich nie zu sehen. Er hatte seine Gewohnheiten – Golf, das Clubhaus, die Pokerabende mit seinen alten Freunden –, und es war leicht, nicht da zu sein, wenn er nach Hause kam. Himmel, es war besser, einfach weg zu sein, Punkt.

Natürlich musste sie einen Verbündeten finden. Die arme Lila hatte sich in der Villa ihrer Eltern eingeschlossen und wollte niemanden sehen – selbst Maxi nicht. Es war nicht so, dass Maxi nicht versucht hätte, ihre Freundin zu treffen. Sie rief mindestens einmal am Tag an und sprach mit Peter, aber Lila war nie erreichbar – entweder schlief sie oder war schwimmen.

Gott sei Dank hatte Maxine in Jasmine Jones eine neue Freundin gefunden. Jimmy war durch Geschäfte oder so was in London aufgehalten worden, und Jasmine war auch allein in Marbella. Ein herrlicher Sommertag folgte dem anderen, und die beiden Frauen hatten sich angewöhnt, am Strand gemeinsam Mittag zu essen, ein wenig shoppen zu gehen oder sich abends auf einen Cocktail im Cruise zu treffen. Jasmine war ein Schatz. Sie lenkte sie von Juan ab (natürlich hatte Maxi ihrer neuen Freundin nichts davon erzählt). Und sie wohnte neben Lila. Also konnte Maxine sie über Lila ausquetschen.

»Hast du sie schon gesehen?«, fragte sie Jasmine, als sie sich zum Mittagessen auf den Seidenkissen bei ihrem Lieblings-Marokkaner in der Altstadt niederließen.

Jasmine biss sich auf die Lippe und nickte. Sie sah besorgt aus. »Ja, ich habe sie gestern Nachmittag und heute Morgen gesehen. Ich meine, ich habe nicht spioniert oder so etwas, aber von meinem Schlafzimmer habe ich einen ganz guten Blick auf ihr Grundstück …«

»Nein, das ist natürlich kein Spionieren. Wir müssen uns um sie kümmern, nicht wahr? Sie ist unsere Freundin. Also, was hat sie gemacht?«

»Geschwommen«, erwiderte Jasmine. »Einfach nur geschwommen, geschwommen, geschwommen. Das ist richtig beängstigend. Sie schwimmt so weit raus.«

»Sie ist eine gute Schwimmerin«, sagte Maxine, um sich selbst genauso zu beruhigen wie Jasmine. »Wie sah sie aus?«

»Schwer zu sagen auf die Entfernung. Sie hat auf jeden Fall abgenommen. Und sie ist braun geworden. Ich habe sie bis jetzt noch nie braun gesehen.«

Maxine runzelte die Stirn. »Nein, normalerweise benutzt Lila immer Lichtschutzfaktor fünfzig. Das kann kein gutes Zeichen sein. Gott, ich verstehe nicht, warum sie mich nicht sehen will!«

»Ich nehme an, sie will sich einfach vor allen verstecken. Die Presse ist schließlich überall. Sie kann sich nicht vor ihnen verstecken. Ich höre sie sogar mitten in der Nacht; es kreisen mindestens zwei Hubschrauber über dem Grundstück herum.

Wir hatten ein paar Fotografen in unserem Garten, die versucht haben, über die Mauer zu klettern.«

»Das ist ja schrecklich. Arme Lila. Und du Arme. Hast du keine Angst, sie in deinem Garten zu haben, während Jimmy nicht da ist?«

Jasmine schüttelte den Kopf. »Blaine ist wieder da«, erklärte sie. »Ich meine, normalerweise habe ich den fetten Wichser nicht gerne um mich, aber er hat so seine Vorzüge. Er kennt die meisten Fotografen, und sie hören auf ihn, wenn er sagt, dass sie abhauen sollen.«

»Peter sagt, dass sie kaum spricht. Nicht, seitdem die ganzen jungen Mädchen aufgetaucht sind und erzählt haben, dass sie auch mit Brett im Bett waren. Ich habe vergessen, wie viele es waren! Alisha, die Maskenbildnerin in New York, drei Hollywood-Schauspielerinnen, ein Showgirl in Vegas …«

»Und das Au-pair-Mädchen«, seufzte Jasmine. »Das muss am schlimmsten gewesen sein. Ich meine, Lila hat sie ins Haus geholt. Sie hat sich um die Kinder gekümmert!«

Maxine nickte ernst. »Und der ganze Sexsucht-Blödsinn. Er sagt, er kann nichts dagegen machen, dass er ein Problem hat und Hilfe braucht. Das ist erbärmlich, nicht wahr?«

Jasmine verzog das Gesicht. »Absolut. Was für ein Drecksack. Er übernimmt noch nicht einmal die Verantwortung für das, was er getan hat. Er muss behaupten, dass es ein medizinisches Problem ist, das er nicht im Griff hat. Was für ein Haufen Scheiße. Das Problem ist nicht in seinem Kopf, sondern in seinen Boxershorts!«

»Nun ja, das ist Hollywood«, sagte Maxine. »Die arme Lila braucht Hilfe, nicht Brett. Ich bin nicht sicher, ob sie stark genug ist, damit fertig zu werden. Auf jeden Fall nicht alleine.«

37 Lila schob den Teller weg. Sie hatte nur ein winziges Stück von ihrem Sandwich gegessen, aber sie war nicht hungrig. Sie fühlte überhaupt nichts mehr. Ihr schwirrte permanent der Kopf, und sie hörte nicht mehr richtig. Alles war gedämpft – das Telefon, die Gegensprechanlage, die Hubschrauber über ihr. Wenn Peter oder ihre Eltern mit ihr sprachen, dann war es so, als würde sie sie durch ein Goldfischglas hören. Sie hörten nicht auf, ihr zu sagen, dass sie essen müsse. Immer wieder versuchte ihre Mutter, sie mit alten Lieblingsgerichten zu locken – sie hielt ihr Champagnertrüffel, Mangostückchen oder Farmhouse-Cheddar (von zu Hause eingeflogen) unter die Nase und flehte sie fast an, etwas davon zu probieren –, aber nichts reizte sie. Peter sagte, sie wäre zu dünn geworden, hätte zu viel abgenommen, aber warum fühlten ihre Glieder sich dann so schwer an?

Sie stand vom Küchentisch auf, langsam, qualvoll. Drei Paar besorgte Augen folgten ihr. Gott, es war, als stünde sie unter Hausarrest. Lila zuckte zusammen. Sie hatte tierische Kopfschmerzen. Sie fühlte sich, als hätte ihr jemand genau zwischen die Augen geschossen. Gott sei Dank sahen die Kinder sie nicht in diesem Zustand. Ihre Nanny hatte sie mit auf den Milchbauernhof ihrer Eltern in Cheshire genommen, während sich die erste Aufregung legte. Lila fühlte sich schuldig, weil sie sie abschob, aber es schien ihnen gutzugehen, sie fütterten die Kälber mit der Flasche, aßen Eis und spielten am Strand. Was noch wichtiger war, sie schienen den Skandal, der ihre Familie zerstört hatte, zum Glück nicht mitbekommen zu haben.

»Bist du okay, mein Schatz?«, fragte ihre Mutter.

Lila nickte, auch wenn sie alles andere als okay war.

»Setz dich, Liebes«, drängte ihr Vater sanft.

Lila ignorierte ihre Eltern und ging vorsichtig auf die Glastüren und das Sonnenlicht zu. Sie wollten sie lieber drinnen halten, wo sie sie schützen konnten, und auch wenn Lila das einsah, war das ausgesprochen nervig. Sie wollten, dass sie nicht länger verletzt wurde, und sie dachten, wenn sie sie im Haus hielten, konnte ihr niemand mehr etwas antun. Das war ein guter Plan, aber er funktionierte nicht. Lila musste unbedingt an die frische Luft.

»Wo gehst du hin?«, fragte Peter, sprang auf und schob sich zwischen Lila und die Tür.

Sie wusste, dass er sich schreckliche Sorgen um sie machte. Seine Anteilnahme stand ihm förmlich ins Gesicht geschrieben. Sie wollte ihn nicht aufregen. Aber was sollte sie machen? Sie wusste, dass es nur einen Weg gab, diese Hölle zu überleben.

»Schwimmen«, murmelte sie und eilte an ihm vorbei zur Tür. Sie hatte jetzt einfach keine Lust mehr, zu diskutieren.

»Aber Lila, die Hubschrauber fliegen da draußen herum. Bitte bleib hier.«

»Peter hat recht, mein Schatz.« Die Stimme ihrer Mutter brach vor lauter Anteilnahme.

Sie ignorierte sie. Es war ihr egal, was sie sagten. Das würde nicht das Geringste ändern. Warum sollte sie sich über die Presse Gedanken machen? Sollten sie sie doch fotografieren. Welchen Schaden konnte das, verglichen mit dem, was bereits geschehen war, noch anrichten? Was machte es schon, wenn sie Fotos veröffentlichten, auf denen sie schrecklich aussah? Was kümmerte es sie, was Fremde über sie dachten? Wie konnte ihr das noch weh tun? Ihr Ehemann wollte sie nicht mehr. Und jetzt war klar, dass er sie schon seit einer sehr langen Zeit nicht mehr hatte haben wollen. Das tat weh. Das Leid war ihr schon viel früher zugefügt worden. Brett hatte sich gegen sie entschieden, und der Rest war nur die Konsequenz davon.

Sie hörte, wie Peter ihr folgte, die Treppen hinunter bis auf den Sand. Er rief ihr zu, dass sie lieber im Pool schwimmen solle, aber sie ließ seine Stimme gar nicht an sich heran, sondern lauschte stattdessen den Wellen, die sie riefen. Peter folgte ihr nicht ins Wasser. Er war kein guter Schwimmer. Nein, in dem kalten Wasser konnte sie allein sein. Das Salz brannte auf ihrer Haut, und das fühlte sich gut an. Es tat ihr gut, Schmerz woanders zu spüren als in ihrem Herzen. Ihre schweren Glieder wurden ganz leicht, während sie schwamm. Das Wasser war eine solche Befreiung. Alles, was sie hören konnte, war das Rauschen des Meeres. Alles, was sie spüren konnte, war der Zug der Strömung, die ihr half, weit, weit, weit hinaus ins Meer zu kommen. Lila drehte sich nicht um, also wusste sie nicht, wie weit sie schon vom Strand entfernt war. Mit kräftigen Zügen glitt sie durch das Wasser, bis ihre Tränen sich mit dem Salzwasser mischten und sie zu müde war, sich Bretts Gesicht vorzustellen. Dann, als sie schließlich zu erschöpft war, sich Gedanken darüber zu machen, ob sie es schaffen würde, zurückzuschwimmen, drehte sie um, und irgendwann wurde sie langsam an den Strand gespült.

Sie lag da, flach auf dem Rücken auf dem Sand, und ließ sich die Mittagssonne auf den Körper scheinen. Peter stand über ihr und warf einen Schatten auf ihr Gesicht. Er sprach mit ihr, sie konnte sehen, wie sich seine Lippen bewegten, verstand aber nicht, was er sagte. Dann gab er auf und setzte sich neben sie in den Sand. Er streckte seine Hand aus und drückte die ihre. Lila tat diese Geste gut. Sie wusste Peters Loyalität zu schätzen. Eines Tages, so hoffte sie, wäre sie in der

Lage, ihm das zu sagen. Aber im Augenblick war ihr Kopf so voller Bilder, dass sie nicht über Worte nachdenken konnte. Sie hatte stundenlang auf die Bilder in den Zeitungen gestarrt – Bretts Eroberungen. Die Gesichter der Mädchen verfolgten sie. So unverbraucht, so schön, so jung, so verdammt jung. Sie schaute direkt in die Sonne, bis sie so sehr geblendet war, dass die schönen jungen Gesichter verschwanden.

Blaine beobachtete Lila durch sein langes Objektiv und drückte mehrmals ab. Das war unbezahlbar. Lila Rose, die berühmte britische Schönheit, war Vergangenheit. Die Frau, die er beobachtete, war ein ausgezehrtes Etwas, das dort im Sand lag und keine andere Gesellschaft hatte als ihren verweichlichten Assistenten. Sie sah erbärmlich, schwach und krank aus. In den letzten paar Tagen hatte er mitbekommen, wie ihre Haut verbrannte, krebsrot wurde, sich pellte und Bläschen bekam. Jetzt war sie braun und ledrig. Durch sein mächtiges Objektiv konnte er Lilas eingefallene Wangen und ihren dürren Körper deutlich erkennen. In den letzten zwei Wochen war sie um zehn Jahre gealtert. Oder vielleicht hatte sie unter ihrem Make-up schon immer so ausgesehen. Da konnte man bei Frauen nie sicher sein. Sie konnten dich auf diese Art und Weise reinlegen. Blaine hatte aufgehört zu zählen, wie oft er mit einer Beauty ins Bett gegangen und am nächsten Morgen neben einem Biest wieder aufgewacht war. Hmmm … nun, Lila Rose war heute mit Sicherheit keine Schönheit. War es da ein Wunder, dass Brett Rose all diese Affären gehabt hatte? Kein Mann, der normal tickte, würde ihm daraus einen Vorwurf machen, wenn seine Frau so aussah.

Im Cruise brummte heute Abend der Bär. Maxine hatte eine heiße junge Band mit strubbeligen Jungs aus New York überredet, noch einen Extra-Auftritt am Ende ihrer Europatournee einzuschieben, und jeder, der an der Costa del Sol etwas auf sich hielt, war gekommen, um sie spielen zu sehen. Jasmine war eher sauer als enttäuscht, dass Jimmy es nicht geschafft hatte, pünktlich zum Auftritt zurückzukommen. Was machte er? Was zum Teufel ging da in London vor sich, das ihn so lange aufhielt? Und es war eine Schande, dass Charlie heute Abend nicht in der Stimmung war, zu kommen. Sie hatte ihn in der letzten Zeit kaum gesehen. Er schien noch abgelenkter zu sein als Jimmy. Na ja, wenigstens hatte sie Maxine als Begleitung. Und was für eine Begleitung. Jasmine bewunderte ihre neue Freundin.

Maxi war so ein Wirbelwind an Energie und Enthusiasmus. Kein Wunder, dass das Cruise ein solcher Erfolg geworden war. Alles, was man mit ihr machte, machte einfach Spaß. Und Jasmine brauchte genau jetzt Spaß in ihrem Leben. Sie war schon ein paarmal drauf und dran, Maxine von den Erpressungen zu erzählen, als sie ein paar Cocktails zu viel getrunken hatte. Es wäre für sie eine große Erleichterung gewesen, diese Last mit jemandem zu teilen, und sie war sich sicher, dass sie Maxine vertrauen konnte. Aber wie sollte sie die ganze Geschichte erklären? Sie vermutete, dass selbst jemand, der so warmherzig war wie Maxine, von der Wahrheit ziemlich schockiert wäre. Sie hatte auch noch nicht erwähnt, dass Jimmy sie geschlagen hatte. Maxi war so eine starke, unabhängige Frau; Jasmine konnte sich nicht vorstellen, dass sie es sich gefallen lassen würde, von einem Mann misshandelt zu werden. Jasmine war es peinlich, zuzugeben, dass Jimmy ihr das angetan hatte – und was noch schlimmer war, dass sie ihn ungestraft hatte davonkommen lassen. Also behielt sie ihr kleines Geheimnis für sich.

Nachdem die Band zu Ende gespielt hatte, trafen Jasmine und Maxine die Jungs in der VIP-Lounge auf einen Drink. Der Leadsänger – ein Typ, der Jamie hieß, lockige schwarze

Haare und einen gefährlichen Schlafzimmer-Blick hatte – schien ein Auge auf Jasmine geworfen zu haben. Er legte ihr den Arm locker um die Schultern und versuchte, sie anzubaggern.

»Du bist also verheiratet?«, fragte er enttäuscht. »Das ist echt eine Schande. Es bricht mir das Herz, zu hören, dass ein Mädchen wie du nicht mehr zu haben ist.« Er streichelte ihr mit seinen Fingern über den nackten Arm. Das kitzelte. Er war wirklich süß, aber Jasmine war kein bisschen in Versuchung. Sie lachte und schob seinen Arm weg.

»Stimmt. Ich bin so was von tabu, es hat also überhaupt keinen Zweck, deine Zeit mit mir zu vergeuden. Mensch, hier sind jede Menge tolle Mädchen, und ich wette, die meisten von ihnen sind Singles. Warum gehst du nicht hin und baggerst die an?«

Jamie schüttelte den Kopf und sagte: »Nein, ich suche die Herausforderung.«

»Ich bin keine Herausforderung. Ich bin gar nicht am Start. Nee wirklich, du verschwendest deine Zeit.«

Sie lächelte ihn höflich an und entschuldigte sich dann, um auf die Toilette zu gehen. Hier traf sie Maxine, die ihr Make-up nachbesserte.

»Der ist sooo verknallt in dich«, kicherte Maxi. »Das ist ja süß.«

Jasmine verzog das Gesicht. »Das ist ja nervig«, gab sie zurück. »Gott, welchen Teil von *verheiratet* versteht er nicht?«

»Trotzdem schmeichelhaft«, erwiderte Maxine, während sie Lipgloss auftrug. »Von einem so hübschen, jungen Kerl angebaggert zu werden.«

»Ja, du hast recht, aber ich bin eine One-Man-Frau. Ich bin noch nie untreu gewesen. Das ist das Schlimmste, was man machen kann, findest du nicht? Ich meine, sieh nur, was es aus Lila gemacht hat.«

Maxine steckte ihren Lipgloss wieder in die Tasche, langsam und bedächtig, aber sie sagte nichts.

Jasmine fuhr fort. »Nein, für Untreue gibt es keine Entschuldigung. Man sollte die Beziehung immer erst beenden, bevor man etwas Neues anfängt.«

Maxine fuhr sich durch die Haare. »In einer idealen Welt wären alle treu, niemand würde jemals verletzt, und wir alle würden glücklich leben bis an unser Lebensende«, sagte sie.

»Genau!«

»Aber leider leben wir nicht in einer idealen Welt.« Maxi stellte durch den Spiegel Blickkontakt mit ihr her. Die ältere Frau sah sehr erfahren aus, und plötzlich kam Jasmine sich dumm und ein wenig albern vor.

»Manchmal ist das Leben kompliziert und ungerecht ...« Maxine verstummte und schaute weg.

Jasmine fragte sich für einen Moment, ob Maxine aus eigener Erfahrung sprach. Vielleicht sollte sie sie fragen. Aber, nein, etwas in Maxis entschlossenem Gesichtsausdruck sagte ihr, dass sie das Thema besser fallenlassen sollte.

»Sollen wir dann gleich hier verschwinden?«, fragte Maxine plötzlich. »Ich fände einen Szenenwechsel auch ganz gut. In der letzten Zeit habe ich mein halbes Leben hier verbracht. Und du kannst dich vor Jamies Anmache in Sicherheit bringen!«

»Ja, klar. Wo sollen wir hingehen?«

»Ach, nur auf einen schnellen Drink irgendwohin.«

Sie schlichen sich hinaus, ohne sich von der Band zu verabschieden, und stiegen in Maxines Wagen. Der Fahrer brachte sie in die Altstadt und ließ sie vor einem Boutique-Hotel heraus, in dem Jasmine schon ein paarmal gewesen war. Es hatte eine tolle Bar auf der Dachterrasse, und das Personal überlegte sehr genau, wen es reinließ.

»Hier kriegen wir sicher ein ruhiges Plätzchen«, versprach

Maxine. »Keine nervigen kleinen Rockstars, die dich anbaggern!«

Die Bar war angesagt, aber nicht überfüllt, und es herrschte eine intime Atmosphäre. Pärchen und kleine Gruppen unterhielten sich leise unter dem Sternenhimmel. Das Geräusch von klirrendem Glas und gedämpftem Lachen mischte sich mit leiser spanischer Gitarrenmusik. Jasmine schaute sich um, um zu sehen, ob sie vielleicht irgendjemanden kannte. Sie winkte ein paar Models zu, die sie von zu Hause kannte, und dann fielen ihre Augen auf einen einsamen Mann in der Ecke. Er saß schief und zusammengesackt auf seinem Stuhl und starrte in eine Bierflasche. Jasmine konnte sein Gesicht nicht erkennen, aber er war ganz offensichtlich betrunken. Sie fand, dass er hier völlig fehl am Platz war. Das war keine Bar, in der die Leute nach zu viel San Miguel vom Stuhl fielen. Dafür war es hier viel zu nobel.

Der Kellner wies ihnen einen Platz zwei Tische von dem einsamen Mann entfernt zu. Maxi bestellte eine Flasche Champagner und fing an, darüber zu reden, welche Bands sie für das Cruise für den Rest des Sommers noch engagiert hatte, aber Jasmine konnte ihren Blick nicht von dem Betrunkenen abwenden. Mit seinen schwarzen Haaren und seiner großen dünnen Statur kam er ihr irgendwie bekannt vor. Seine Klamotten waren gut geschnitten und ganz offensichtlich teuer, aber sein Shirt war zerknittert, und er hatte sich Bier über die Hose geschüttet. Eine unangezündete Zigarette hing in seinem Mundwinkel. Erst als er eine Brille vom Tisch nahm und sie sich schief auf die Nase setzte, erkannte Jasmine ihn.

»Ist das nicht Peter? Lilas Peter?«

»Wo?«, Maxi folgte Jasmines Blick. »O mein Gott, ja! Ich habe ihn noch nie ohne Lila gesehen. Ich dachte schon, sie wären an den Hüften zusammengewachsen. Gott, er ist ein bisschen von der Rolle, nicht wahr? Komm. Lass uns hingehen und sehen, ob alles okay ist.«

Jasmine nickte, aber ihr Herzschlag stockte. Sie wusste, dass Peter sie nicht akzeptieren würde. Sie hatte am Flughafen gemerkt, dass er sie für Alishas Verhalten verantwortlich machte. Und er war betrunken. Jasmine hatte immer Angst vor betrunkenen Männern. Sie wusste, wozu sie fähig waren. Zögernd folgte sie Maxine an Peters Tisch. Er schaute zu ihnen auf, aber es schien eine Weile zu dauern, bis er sie erkannte.

»Maxine!«, sagte er fast fröhlich, als er sie endlich erkannte. Dann fiel sein Blick auf Jasmine. »Oh«, sagte er weniger begeistert. »Und die Fußballerbraut.«

»Nun, du bist ja voll wie sonst was«, sagte Maxine und setzte sich neben Peter. »Was ist los? Ich habe gar nicht gewusst, dass du ein alter Säufer bist.«

Peter zuckte mit den Schultern und trank noch mehr Bier. Das meiste davon landete allerdings auf seinem weißen Shirt. »Was sein muss, muss sein«, erklärte er laut.

»Ober! Noch ein Bier!«

Jasmine setzte sich auf einen Platz mit dem Rücken zur Bar. Peter war laut genug, dass alle anfingen, zu ihnen herüberzustarren, und es war ihr peinlich, mit Peter in diesem Zustand gesehen zu werden.

»Also das ist deine neue Busenfreundin, Maxine?«, lallte er, während er den Finger anklagend auf Jasmine richtete. »Hast die arme Lila schon völlig vergessen, oder? Viel zu sehr damit beschäftigt, mit dem Feind zu trinken.«

»Ach, rede nicht so einen Unsinn«, sagte Maxine in ihrem gewohnt freundlichen Ton, während sie sanft auf Peters Finger schlug. »Jasmine ist nicht der Feind, und du weißt sehr gut, dass Lila mich nicht sehen will. Wie geht es ihr überhaupt?«

Jasmines Wangen brannten vor lauter Verlegenheit. Sie

wünschte, der Boden unter ihren Füßen würde sich öffnen und sie verschlucken.

»Was glaubst du, wie es ihr geht?«, fragte Peter laut. »Sie ist von deiner kleinen Schwester zerstört worden!«

Er richtete den Finger wieder auf Jasmine, und jetzt hatten sich alle auf der Dachterrasse umgedreht, um zu sehen, was los war.

»Du hörst mir jetzt zu«, sagte Maxine ernst. »Dieser Auftritt hilft Lila nicht im Geringsten. Du entschuldigst dich jetzt bei Jasmine, und dann erzählst du uns genau, wie es Lila geht, und wir werden versuchen, ihr zu helfen. Hast du verstanden?«

Peter nickte wie ein zurechtgewiesener Schuljunge und rülpste. Die unangezündete Zigarette fiel ihm aus dem Mund und landete auf dem Tisch.

»Wo kommt die denn her?«, fragte er abwesend.

»Peter«, warnte Maxine. »Ich finde, du schuldest Jasmine eine Entschuldigung.«

»Tschuldigung, Jasmine«, lallte er. »Ich weiß, es ist nicht deine Schuld, dass deine Schwester eine Nutte ist.«

»Ist schon okay«, sagte Jasmine ruhig.

Sie hatte das Gefühl, dass sie störte. Sie kannte Lila kaum und dachte, dass sie Peter und Maxine besser alleine lassen sollte, damit sie reden konnten. Sie stand halb auf und begann: »Ich sollte besser nach Hause …« Aber Maxine warf ihr einen warnenden Blick zu und flüsterte: »Wage es nicht, mich mit ihm in diesem Zustand alleine zu lassen!«

Jasmine setzte sich langsam wieder hin.

»Lila stirbt!«, erklärte Peter dramatisch und fegte mit seinen Armen die Bierflasche vom Tisch, die auf dem Fliesenboden zersprang. »Ich glaube echt nicht, dass sie das überlebt.« Sein Kopf fiel mit einem lauten Knall auf den Tisch.

Jasmine sah Maxine an. Meinte er das ernst? Oder war es nur das Gerede eines Betrunkenen? Maxine runzelte die Stirn und kaute auf ihrer Unterlippe. Sie bat den Kellner, der herbeigeeilt war, um die Scherben der zerbrochenen Bierflasche aufzukehren, Peter einen starken Kaffee zu bringen.

»Okay, Peter, du musst dich jetzt zusammenreißen und leise ...«, Maxine schaute sich um. »Man weiß ja nie, wer einem zuhört. Erklär uns *leise*, was mit Lila los ist.«

Maxine überredete Peter, von dem schwarzen Kaffee zu trinken, und zündete die Zigarette für ihn an. Er inhalierte tief, und dann fing er endlich an zu reden.

»Sie will nicht essen«, erklärte er jetzt ruhiger. »Sie schläft nicht. Ich meine, sie liegt stundenlang im Bett, aber ich höre sie durch ihr Zimmer gehen, selbst mitten in der Nacht. Sie weint auch gar nicht mehr. Sie ist wie ein Zombie. Sie spricht kaum. Das Einzige, was sie macht, ist stundenlang im Meer schwimmen. Dann liegt sie am Strand wie in Trance und starrt in die Luft. Ich kann sie nicht dazu bewegen, Sonnencreme zu benutzen, also ist ihre Haut völlig verbrannt. Sie hat ihre Haare seit zwei Wochen nicht mehr gewaschen, und ihr Gesicht sieht aus wie ...«

Peter saugte seine Wangen ein, bis er wie ein Skelett aussah.

»Ich weiß nicht, was ich machen soll«, flüsterte er. »Ich habe wirklich Angst um sie. Ich weiß nicht, wie ich ihr helfen kann.«

Jasmine hörte zu, und ihr wurde das Herz schwer. Das war so traurig. Sie war von Lila Rose richtig beeindruckt gewesen, als sie sich kennengelernt hatten. Sie hatte so elegant und ausgeglichen gewirkt. Sie war so kultiviert, und Jasmine wusste, dass sie selbst nie so werden würde. Es brach ihr das Herz, zu hören, dass es einer so tollen Frau so schlechtging.

»Du musst sie davon überzeugen, dass sie mich treffen muss, Peter«, bat Maxine inständig. »Ich kann ihr helfen. Ich kenne Leute, mit denen sie reden kann. Ich hatte so eine tolle Ratgeberin, als ich mich, nun, von all meinen Ex-Männern getrennt habe, und es hilft. Aber sie muss mich an sich heranlassen. Ich kann nichts machen, wenn ich nicht zu ihr kann.«

Peter trank seinen Kaffee und schaute über die Dächer. »Aber sie hört mir gar nicht zu. Es ist, als ob jemand sie ausgeschaltet hätte. Und was mir am meisten Sorgen macht, ich glaube nicht, dass sie schon am absoluten Tiefpunkt angekommen ist. Ich glaube wirklich, dass es noch schlimmer wird, bevor es wieder aufwärtsgeht.«

»Ich wünschte, ich könnte irgendetwas tun, um ihr zu helfen«, sagte Jasmine.

»Ich will dir nichts, Jasmine«, sagte Peter schwach. »Aber was zum Teufel könntest du schon tun, um Lila Rose zu helfen?«

38 Charlie wachte mit klarem Kopf auf. Er hatte zum ersten Mal seit langer Zeit mal wieder eine Nacht durchgeschlafen, und als er aufstand und sich streckte, merkte er,
dass sein Körper sich wieder stark anfühlte. Das wurde auch
Zeit! Es wurde Zeit, aus diesem gottverlassenen Hotel herauszukommen und ein neues Leben anzufangen. War er nicht
genau aus diesem Grund hierhergekommen? Neu anzufangen
und die Dämonen hinter sich zu lassen? Okay, Nadia wurde
immer noch vermisst. Was konnte er tun? Er war nicht Gott,
verdammt nochmal. Er war nur ein Mann, der sein Bestes gab,
um das Richtige zu tun.

Heute würde er anfangen, sich ein Appartement zu suchen.
Er würde anfangen, Wurzeln zu schlagen. Er hatte Tausende
von Euros für dieses verdammte Hotelzimmer ausgegeben,
und das hatte ein ziemliches Loch in seine Bargeldreserve ge-
rissen. Vielleicht sollte er über einen Job nachdenken. Nein,
Charlie hatte genug davon, zu tun, was andere Leute von ihm
verlangten. Er konnte mit dem Geld, das McGregor ihm gegeben hatte, sein eigenes Geschäft aufziehen. Vielleicht könnte
er eine kleine nette Bar irgendwo am Strand kaufen. In London kannte er sich mit gut laufenden Clubs und Pubs aus. So
schwierig konnte es in Spanien auch nicht sein. Charlie stellte
sich vor, wie er am Strand für die schönen Mädchen in Bikinis
Cocktails machte, mit den Kumpels aus der Heimat, die hier
ihre Ferien verbrachten, plauderte und mit den einheimischen
Kunden scherzte. Ja, das konnte er sich vorstellen. Toller Job.

Aber zuerst würde er Jasmine besuchen. Er hatte seinen kleinen Schatz kaum gesehen, seit sie aus London zurück war, und jetzt, wo Jimmy nicht da war, fühlte sie sich vielleicht ein wenig allein. Er war so sehr damit beschäftigt, sich über Nadia Sorgen zu machen, dass er seine Nummer eins vernachlässigte.

Es war ein schöner klarer Morgen. Der Nebel hatte sich verzogen, eine leichte Brise kam vom Meer, und die Temperatur war um einige Grad gefallen, so dass es nicht mehr so drückend heiß, sondern angenehm warm war. Als Charlie die Küstenstraße zu Jasmines Haus entlangfuhr, den Wind im Gesicht und die Sonne auf seiner Haut spürte, ließ ihn das zum ersten Mal seit Ewigkeiten wieder lächeln. Seine Probleme waren nicht unüberwindlich, entschied er. Nadia wird schon okay sein. Wenn sie jemand retten konnte, dann war es Dimitrov. Sie hatte eine mächtige Familie im Rücken. Und wenn sie nicht wieder auftauchte? Oder schlimmer, wenn sie tot auftauchte? Nein! Charlie verbannte diesen Gedanken aus seinem Kopf. Dimitrov würde nicht zulassen, dass seiner geliebten Tochter etwas passierte. Welcher Vater würde das? Alles würde wieder gut. Charlie hatte sich vorgenommen, positiv zu denken. Nichts würde ihm diesen schönen Tag versauen.

»Ich habe Maxine gestern Abend getroffen«, sagte Peter und legte Lila einen Toast vor die Nase, obwohl er bereits wusste, dass sie ihn nicht essen würde.

Sie nickte desinteressiert.

»Sie war mit Jasmine Jones unterwegs.«

Immer noch keine Reaktion. Peter seufzte und schob den Teller noch ein wenig näher zu ihr heran.

»Iss«, drängte er.

Lila starrte aus dem Fenster auf den Strand unter ihr.

»Maxi macht sich große Sorgen um dich. Sie möchte dich unbedingt sehen. Meinst du nicht, du könntest ihren Besuch heute vertragen?«

Lila schüttelte den Kopf und schaute weiter aufs Meer.

»Komm schon, Lila. Maxine ist deine Freundin. Es würde dir sicher guttun, sie zu sehen.«

Sie antwortete nicht. Peter war verzweifelt. Er hatte alles getan, um sie vor dem Abgrund zu retten, aber nichts half. Ihre Eltern waren ganz krank vor Sorge. Die Kinder riefen jeden Abend an, aber Lila sprach nicht mit ihnen. Er wusste, dass sie das tat, um ihre Kinder zu schützen, aber dafür war es zu spät. Louisa schrie Peter an, dass sie ihre Mummy haben wollte, und auch wenn Seb versuchte, die ganze Situation wie ein Erwachsener zu nehmen, war Peter schockiert über den Hass in der Stimme des kleinen Jungen, als er sagte, dass er Daddy töten wollte. Peter legte seine Hand vorsichtig auf Lilas Wange und drehte ihr Gesicht zu seinem. Ihr Blick ging über seinen Kopf hinweg. Ihre Augen waren glasig und kalt.

»Lila«, sagte er eindringlich, in dem Versuch, zu ihr vorzudringen. »Lila, du musst endlich anfangen, dir helfen zu lassen. Lass es nicht zu, dass Brett dich zerstört. Er ist es nicht wert.«

Sie drehte den Kopf weg und stand auf. Der kalte Toast lag unberührt auf ihrem Teller.

»Ich gehe schwimmen«, murmelte sie fast unhörbar.

Peter war es leid, ihr hinunter zum Strand zu folgen. Dieses Mal ließ er sie aus dem Zimmer gehen, ohne sie zurückzurufen. Er hatte keine Kraft mehr, diese schwarze Wolke noch länger zu bekämpfen. Er hatte Kopfschmerzen von dem vielen Bier gestern Abend. Er war nicht Supermann. Heute würde er sie ohne Widerrede schwimmen lassen.

Jasmine war froh, Charlie ganz für sich alleine zu haben. Es war so ein herrlicher Morgen, dass sie ihr Frühstück mit hinunter zum Strand genommen hatten. Das Dienstmädchen hatte einen köstlichen Obstsalat zubereitet, Sandwiches, Käse, Schinken, frisch gepressten Orangensaft, und Jasmine hatte gerade alles auf einer Decke auf dem Sand ausgebreitet.

»Du kannst so froh sein, dass du diesen Strand für dich alleine hast«, sagte Charlie und lehnte sich auf seinem Liegestuhl zurück. »Wenn nur diese verdammten Hubschrauber nicht wären, wäre es richtig idyllisch.«

Sie sahen beide hinauf zum Himmel, wo die Hubschrauber über ihnen herumkreisten.

»Ich weiß«, sagte Jasmine. »Ich wünschte, sie würden alle abhauen und die arme Lila in Ruhe lassen. Der reinste Zirkus hier. Orangensaft?«

»Ja, bitte«, Charlie nickte, schloss die Augen und tauchte in die Sonnenstrahlen ein. Das war ein Leben.

»Sieh mal. Lila schwimmt wieder.«

»Hmm?« Charlie öffnete die Augen und folgte Jasmines Blick. »Himmel! Schwimmt sie immer so weit raus?«

Er setzte sich auf, beschirmte seine Augen mit der Hand, damit er Lila besser sehen konnte. Sie war nur noch ein kleiner Fleck. Sie schien viel zu weit draußen zu sein.

»Sie schwimmt meilenweit raus«, sagte Jasmine. »Jeden Tag.«

Charlie wandte seinen Blick von der Sonne ab. Lila würde schon wissen, was sie tat, und schließlich war es ja nicht seine Sache, oder?

Er beugte sich hinunter und nahm sich ein Käse-Sandwich.

»Das ist herrlich, Jazz«, sagte er.

Aber Jasmine hörte nicht zu. Sie starrte immer noch hinaus aufs Wasser. Ihr Mund ging auf, und der Saft, den sie gerade einschenkte, lief auf den Sand.

»O mein Gott, Charlie. Ich glaube, sie ist in Schwierigkeiten! Charlie! Tu was!«

Lila hatte nicht die Kraft zu kämpfen. Sie hielt die ständige Belagerung der Presse, die Schlagzeilen, die Hubschrauber über ihr, das Summen der Gegensprechanlage und das Läuten des Telefons nicht mehr aus. Sie konnte das Mitleid ihrer Freunde, die Anteilnahme ihrer Eltern und die Tränen ihrer Kinder nicht mehr ertragen. Und als sie auf dem Rücken lag und das Wasser um ihre Wangen herum plätscherte, entschied sie, dass sie für gar nichts mehr die Kraft hatte. Noch nicht einmal mehr die Kraft, zum Strand zurückzuschwimmen. Oder zu strampeln. Dieses Mal nicht. Dieses Mal ließ sie die Wellen über ihre Nase und dann über ihre Augen plätschern.

Und dann trieb sie langsam unter die Wellen, aber es war nicht beängstigend. Es fühlte sich an wie die natürlichste Sache der Welt, denn Wasser war schon immer Lilas Element gewesen. Wasser konnte Schmerzen wegspülen. Und als die Wellen sie verschlangen, empfand sie eine enorme Erleichterung. Der Schmerz ließ nach, und sie ließ alles hinter sich. Es war nicht so, dass ihr Leben vor ihren Augen ablief. Und sie hatte auch keine plötzliche Erscheinung. Da war gar nichts, außer diesem herrlichen, ruhigen Gefühl, dass jetzt alles gut werden würde …

Dann packten starke Hände ihre Handgelenke und zogen sie ans Licht. Sie hörte eine Stimme »nein!« schreien, aber sie war sich nicht sicher, ob es ihre eigene war oder die von jemand anderem. Und dann sah sie sein Gesicht, und sie erkannte ihn aus ihren Träumen. Er rettete sie. Aber wohin brachte er sie? Zurück in die wirkliche Welt mit all ihren Schmerzen? Oder für immer in ihre Traumwelt, wo nichts und niemand ihr mehr weh tun konnte?

39 Grace saß im Wartezimmer und las den Brief immer
wieder. Vielleicht hätte sie Jasmine direkt anrufen sollen, um ihr davon zu erzählen. Es schien ihr nicht richtig,
diese Art von Information zu haben, ohne sie ihr mitzuteilen.
Aber Grace traute Cynthia Watts nicht eine Sekunde über den
Weg. Der Brief konnte eine Fälschung sein, und sie wollte Jasmine keine Hoffnungen machen, ohne einen weiteren Beweis zu haben. Und außerdem stand darin ja eigentlich gar
nicht, wer Jasmines Mutter war. Zumindest nicht ausdrück-
lich, aber … nun ja, Grace hatte da so ein Gefühl. Nein, sie
musste zuerst mit Jasmines Tante Julie sprechen. Sie war sich
sicher, dass Julie den Schlüssel zu diesem Geheimnis in Händen hielt.

Die Rezeption der Klinik sah aus wie die Lobby eines vornehmen Hotels – mit Ledersofas und stapelweise unberühr-
ten Illustrierten –, und trotzdem fiel Grace auf, dass die Lili-
ensträuße den Geruch von Bleichmitteln nicht übertünchen
konnten. Es herrschte eine gedämpfte und ruhige Stimmung.
Schwestern in weißen Uniformen gingen auf ihren Gum-
misohlen leise vorbei. Ab und zu hörte Grace einen dumpfen Schrei aus Richtung der Stationen, aber im Großen und
Ganzen war es still. Sie fingerte nervös am Brief herum. Sie
wusste, dass das eine der teuersten privaten Nervenkliniken
des Landes war, und sie war sicher, dass die Betreuung hier
hervorragend war, aber dennoch fühlte sie sich unbehaglich.
Sie hoffte, dass Julie nicht allzu verwirrt war. Cynthia hatte et-

was von einem größeren Zusammenbruch auf Jasmines Hochzeit erzählt. Nun, ganz so hatte sie es nicht ausgedrückt.

»Die blöde dumme Kuh ist total ausgeflippt«, hatte Cynthia gesagt. »Sie war immer schon weich in der Birne, aber in der Kirche ging es ihr gut, ehrlich. Und dann haben wir sie zum Essen an den Tisch gesetzt, und sie fing sofort an zu zittern wie eine Natter. Dann begann sie zu weinen und zu hyperventilieren. Das war tierisch peinlich! Wir waren auf einer vornehmen Hochzeit, verdammt nochmal! Sie hat uns ganz schön blamiert. Ich glaube, Charlie Palmer hat sie hinausgebracht. Ich weiß nicht. Das Nächste, was ich von ihr gehört habe, ist, dass Jasmine diese Klapsmühle für sie bezahlt, wo die reichen Irren hingeschickt werden. Die war noch nie richtig im Kopf. Seit sie ein kleines Mädchen war.«

Für Grace war es verhältnismäßig einfach gewesen, Cynthia zu überreden, ihr zu helfen. Sie hatte den Brief ganz schnell gefunden, nachdem Grace ihr eine fünfstellige Summe geboten hatte.

»Warum haben Sie den Jasmine nicht gegeben, als sie zum ersten Mal nach ihren leiblichen Eltern gefragt hat?«, fragte Grace erstaunt.

»Ich habe dieses verdammte Ding erst letztes Jahr gefunden. Als ich umgezogen bin. Er war auf dem Dachboden in dem alten Haus in einer Kiste, die voll war mit Kennys Zeug. Ich hatte ihn noch nie im Leben gesehen. Gott sei Dank ist der Mann schon vor Jahren gestorben.«

»Aber warum haben Sie ihn Jasmine dann nicht gegeben, als sie ihn gefunden haben?«, fragte Grace, entsetzt über das fehlende Mitgefühl der Frau.

Cynthia zuckte mit den Schultern. »Na ja, so viel steht ja nicht drin, oder?«

»Aber genug …«, gab Grace zurück. Sie sah die ältere Frau mit zusammengekniffenen Augen an und wusste ganz genau, dass sie den Brief behalten hatte, um genau auf diesen Moment zu warten, den Moment, in dem ihr jemand Geld für diese Information bot. »Das könnte einiges erklären.«

Cynthia lachte herzlos. »Ich weiß, was Sie denken, meine Liebe, aber bleiben Sie auf dem Teppich. Nur weil Juju ein Baby hatte, heißt das noch lange nicht, dass es Jasmine ist, oder?«

»Na ja, Sie wissen es doch mit Sicherheit. Sie müssen doch gewusst haben, wo sie herkommt, als Sie sie adoptiert haben.«

Cynthia zuckte gleichgültig mit den Schultern. »Nein, eigentlich nicht. Es war alles Kennys Idee. Ich war nie so scharf auf Kinder. Ich wollte nur eine größere Wohnung von der Stadt. Er hat das mit dem Baby alles erledigt.«

»Aber hat denn niemand mit Ihnen gesprochen?«, fragte Grace verwundert. Selbst vor fünfundzwanzig Jahren hatte es doch schon strenge Auflagen bei Adoptionen gegeben.

»Mussten Sie nicht einen ganz offiziellen Weg gehen, um Jasmine zu adoptieren?«

»Nein«, sagte Cynthia belustigt. »Das Sozialamt hätte es niemals zugelassen, dass ich ein Baby bekomme. Und wenn, dann hätte es Jahre gedauert, nicht wahr? Soweit ich mich erinnere, ist Kenny eines Tages mit der Kleinen nach Hause gekommen. So einfach war das. Wie auch immer, das ist jetzt schon so lange her. Das spielt jetzt überhaupt keine Rolle mehr, oder?«

Grace roch, dass da etwas faul war. Ganz offensichtlich stimmte hier etwas nicht. Sie starrte auf den Brief. Das Papier war über die Jahre verblichen, und an den Stellen, wo es gefaltet gewesen war, war es eingerissen. Julie Watts hatte 1984 ein Baby zur Welt gebracht, und es war ein Mädchen gewesen.

»Ich habe nicht einmal gewusst, dass Juju ein Baby hatte«, fuhr Cynthia fort. »Sie ist weggegangen, als sie noch jung war.

Jagte irgendwelchen beknackten Träumen hinterher. Ich habe sie auf jeden Fall niemals schwanger gesehen oder mit einem Baby auf dem Arm.«

»Und was ist dann mit ihrem Baby passiert?«

»Das weiß ich nicht, verdammt nochmal!«, blaffte Cynthia, die von der Unterhaltung jetzt offensichtlich genug hatte. »Es ist wahrscheinlich gestorben. Juju konnte sich noch nicht einmal um einen verdammten Wellensittich kümmern, geschweige denn um ein Baby.«

Grace war frustriert. Mit Cynthia Watts zu sprechen, war wie gegen eine Wand zu reden. Jetzt, wo sie ihren Scheck hatte, hatte sie nicht mehr das geringste Interesse, irgendetwas preiszugeben.

»Und Sie schwören, dass Sie nicht wissen, woher Kenny das Baby hatte?«, fragte Grace noch einmal. »Ihr Mann kam eines Tages einfach mit einem Baby nach Hause, und Sie haben es nicht für nötig gehalten, ihn zu fragen, wo das Kind herkommt?«

»Ich habe nicht die geringste Ahnung, wo er das Kind herhatte«, sagte Cynthia. Cynthia ging langsam wieder zum Haus zurück, wobei sie ihren Scheck gut festhielt. »Ein Baby ist ein Baby. Es gibt sie wie Sand am Meer. Junkies und Nutten haben ihre Kinder für ein paar hundert Pfund verkauft, als ich auf den Strich gegangen bin. Wissen Sie eigentlich, wie viele Crack-Babys im Moment bei irgendwelchen Edeladressen zu Hause sind? Glauben Sie etwa, dass diese Kinder ›offiziell‹ adoptiert worden sind? Sie haben keine Ahnung, wie die armen Leute leben, was, meine Liebe?« Und mit einem zynischen Lachen war sie wieder in ihrem hässlichen Haus verschwunden.

War Jasmine Julies Kind? Grace hoffte, dass sie nun auf dem besten Weg war, das herauszufinden.

Eine junge Krankenschwester kam auf leisen Sohlen und

wies sie an, ihr zu folgen. Sie gingen schweigend einen langen Korridor entlang, bis sie schließlich bei Zimmer 108 ankamen. Die Schwester klopfte an die Tür.

»Herein«, sagte eine schwache Stimme.

Die Schwester deutete an, dass Grace hineingehen sollte. Grace seufzte tief und trat ein.

Ihr erster Gedanke war, dass Julie Watts in ihrer Jugend toll ausgesehen haben musste. Sie war der Inbegriff der verblassten Schönheit, mit langen blonden Haaren, die langsam anfingen, grau zu werden, und mit den feinsten Gesichtszügen, die Grace jemals gesehen hatte. Sie hatte hohe Wangenknochen, eine perfekte Stupsnase, volle Lippen und wahnsinnig klare blaue Augen. Julie saß in einem Lehnstuhl am Fenster und trug einen weißen Krankenhauskittel. Sie wurde vom Sonnenlicht, das durchs Fenster hereinschien, eingerahmt, was ihr einen engelhaften Glanz verlieh.

»Hallo«, sagte sie mit einem gequälten Lächeln. »Sie müssen Grace sein.«

Julie sah freundlich, aber traurig aus. Sie hatte die Ausstrahlung von jemandem, den das Leben gebrochen hatte. Grace hatte nachgerechnet und wusste, dass Julie erst dreiundvierzig war, auch wenn das schwer zu glauben war. Sie sah so zerbrechlich und blass aus, dass sie sie eher auf Anfang sechzig geschätzt hätte.

»Hallo Julie«, sagte Grace. »Ich hoffe, Sie haben nichts dagegen, dass ich Sie besuche.«

»Jasmine sagte, dass Sie nett sind«, meinte Julie und klopfte auf einen Stuhl neben sich am Fenster. »Und ich bekomme nicht viel Besuch, also ist es zur Abwechslung mal schön, Gesellschaft zu haben – auch wenn ich mir absolut nicht vorstellen kann, worüber Sie mit mir reden wollen.«

Es gab keinen Grund, um den heißen Brei herumzuschleichen. Grace gab Julie den Brief und setzte sich. Ihr Herz klopfte bis zum Hals. Sie hatte keine Ahnung, wie sich das hier entwickeln würde.

»Was ist das?«, fragte Julie und drehte den Brief nervös in den Händen.

»Den hat Cynthia Watts mir gegeben. Sie sagte, dass sie ihn in den Sachen Ihres Bruders gefunden hat.«

Julie versuchte, ihn Grace zurückzugeben, ohne ihn auseinanderzufalten. »Ich will ihn nicht«, sagte sie bestimmt. »Cynthia ist keine nette Frau. Ich will nichts von ihr.«

Grace seufzte einmal tief, nahm den Brief aber nicht zurück. Diese Sache würde schwieriger werden als gedacht. Julie Watts hatte etwas unglaublich Kindliches an sich, und Grace wollte sie nicht erschrecken. Die arme Frau sah nicht nur zerbrechlich aus, sie war es auch. Man hatte Grace gesagt, dass sie unter starken Medikamenten stand, und sie ermahnt, Julie nicht aufzuregen.

»Das hat überhaupt nichts mit Cynthia Watts zu tun, Julie. Es geht um Sie«, sagte Grace ganz ruhig. »Kenny hat es für Sie aufgehoben. Sie sollten es lesen.«

Julie starrte Grace mit ihren riesigen blauen Augen an. Sie blinzelte nicht. »Warum?«

»Für Jasmine«, sagte Grace und pokerte.

Julies Gesichtszüge entspannten sich. »Jasmine ist so ein liebes Mädchen. Sie ist sehr beschäftigt, aber sie besucht mich, wann immer sie kann, und bringt mir Schokolade mit – Trüffel, die mag ich am liebsten.«

»Bitte lesen Sie den Brief«, drängte Grace.

Julie drehte den Brief in ihren zitternden Händen. Es schien Grace so, als wüsste Julie tief in ihrem Inneren, welche Bedeutung der Brief hatte. Es war so, als würde sie überlegen, ob sie bereit war, eine Tür zu einer längst vergangenen Zeit zu öffnen. Endlich faltete sie das Blatt auseinander und starrte auf die Worte darauf. Zunächst konnte man auf ihrem Gesicht keine Emotionen erkennen, und Grace fragte sich, ob sie überhaupt verstand, was dort geschrieben stand. Dann bildete sich eine einzelne Träne in ihrem Augenwinkel. Grace sah, wie sie ihr die Wange hinunterlief, an ihrem Kinn hängenblieb und dann auf ihren Kittel tropfte. Sie spürte, wie sich ein Kloß in ihrem Hals bildete. Das hier war schwieriger als jedes Interview, das sie jemals geführt hatte.

»Sie hatten ein Baby«, sagte Grace sanft.

Julie nickte und starrte auf den Brief. »Es ist schon so lange her, dass ich manchmal glaube, es ist überhaupt nicht wahr«, flüsterte sie. »Ich lasse die Erinnerung daran nicht gerne zu. Mir geht es nicht besonders gut, wie Sie sehen. Solche Dinge nehmen mich immer fürchterlich mit.«

»Ich weiß«, stimmte Grace Julie zu und legte ihre Hand auf Julies Knie. »Aber vielleicht ist es jetzt an der Zeit, darüber nachzudenken. Wir könnten darüber reden. Vielleicht hilft Ihnen das.«

Julie schaute auf, und Grace sah ihren besorgten Blick. Sie sah aus wie ein Reh, gefangen im Scheinwerferlicht, und Grace fühlte sich auf der Stelle schuldig, weil sie das alles ins Rollen gebracht hatte.

»Ich kann nicht darüber reden«, sagte Julie sehr langsam, aber bestimmt. »Es tut mir leid, aber ich denke, Sie sollten jetzt besser gehen.«

Grace seufzte. Sie wollte nicht gehen. Sie wollte tiefer graben und die Wahrheit ans Licht bringen. Aber sie konnte es nicht riskieren, Julie zu sehr aufzuregen. Sie war ihre einzige Hoffnung – Jasmines einzige Hoffnung. Sie stand auf und legte eine Visitenkarte auf die Fensterbank.

»Nur für den Fall, dass Sie doch noch darüber reden wollen.« Dann atmete Grace einmal tief ein und stellte eine letzte Frage. »Julie, ist Jasmine Ihre Tochter?«

Julie stand mit zitternden Knien auf. Ein Schatten legte sich auf ihr Gesicht, und plötzlich glich sie mehr einer Hexe als einem Engel. Sie warf Grace den Brief vor die Brust und schrie. »Nehmen Sie ihn wieder mit! Sie wissen gar nichts über mich! Gehen Sie! Raus hier! Raus hier!«

Grace nahm den wertvollen Brief und versuchte rückwärts zur Tür zu gehen, aber Julie folgte ihr, trommelte mit ihren Fäusten auf ihren Oberkörper und schrie immer noch. »Raus hier! Raus hier! Raus hier!« Julie war viel stärker, als sie aussah.

Zwei Krankenschwestern eilten in den Raum, und Grace sah hilflos zu, wie sie versuchten, sie zu bändigen. Je mehr sie versuchten, sie aufs Bett zu zwingen, umso mehr regte sie sich auf. Sie heulte wie ein wildes Tier und schlug wie verrückt um sich.

Grace stand im Türrahmen und fröstelte, während sie sich die Horrorvorstellung anschaute, wie Julie am Bett festgeschnallt wurde. Sie fühlte sich schuldig.

»Sie gehen jetzt besser«, rief eine der Schwestern. »Julie braucht ihre Medizin.«

Grace nickte und bemühte sich, die Tränen der Scham zurückzuhalten. Sie rannte förmlich den Gang entlang und ließ das Zimmer hinter sich, aber selbst als sie an der Rezeption ankam, konnte sie Julies Schreie noch hören. »Raus hier! Raus hier! Lassen Sie mich in Ruhe! Gehen Sie!«

Grace saß lange in ihrem Wagen auf dem Parkplatz und versuchte, sich einen Reim aus dem zu machen, was gerade passiert war. Es gab keinen Zweifel, dass sie nicht die geringste Erfahrung hatte. Sie war Journalistin und kein Psychologe. Alles was sie wollte, war, Jasmine zu helfen, aber stattdessen hatte sie das Gefühl, sie hätte die Büchse der Pandora geöffnet. Sie hatte keine Antworten bekommen, sondern nur noch mehr Fragen aufgeworfen. Was sollte sie jetzt tun?

40 Sie flog durch die Wolken und fühlte sich schwerelos und sorgenfrei. Sie machte sich über nichts mehr Gedanken. Er hielt ihre Hand, führte sie, und sie wusste, dass sie in Sicherheit war.

»Lila«, rief jemand von ganz weit entfernt. »Lila.«

Sie konnte sich nicht aufraffen, zu antworten. Ihr gefiel es so gut, einfach nur durch den Himmel zu fliegen. Seit einer sehr langen Zeit hatte sie sich nicht so friedlich und ruhig gefühlt, und sie wollte niemanden an sich heranlassen. Sie drückte seine Hand, und er drückte zurück. Lila lächelte. Sie konnte sein Gesicht nicht sehen, aber in ihren Träumen war er immer bei ihr.

»Sie hat meine Hand gedrückt«, sagte jemand mit aufgeregter Stimme. »Bestimmt! Und sieh nur! Sie lächelt!«

Lila seufzte. Die Stimme störte sie. Es schien ihr, als zöge sie sie vom Himmel herunter. Sie spürte, wie sie in Richtung Erde fiel, schneller und schneller, bis der Wind in ihren Ohren heulte, und plötzlich landete sie mit einem gewaltigen dumpfen Schlag.

»Mein Gott! Sie hat sich bewegt!«, rief die Stimme. »Hast du das gesehen?«

Lila öffnete die Augen. Das Zimmer war sehr hell. Vor ihren Augen erschien ein verschwommenes Gesicht, das auf sie hinunterschaute. Es hatte schwarze Haare, eine Brille und grinste albern.

»Peter«, flüsterte sie mit heiserer Stimme.

»O Lila! Du lebst!«, rief er und drückte sie so fest, dass sie dachte, sie würde ersticken.

»Lass sie atmen«, befahl eine feste weibliche Stimme. Dann erschien ein lächelndes Gesicht. Es war perfekt geschminkt und von einer Mähne blonder Locken eingerahmt.

»Maxine«, flüsterte Lila.

»Das ist wirklich wie im Film«, grinste Maxi. »Nein. Versuch nicht zu sprechen. Bevor du fragst, du bist in einem Krankenhaus in Malaga. Du wärst beinahe ertrunken – du verrückte Frau –, aber Gott sei Dank hat dich Jasmine Jones gesehen, die zufällig ihren attraktiven Patenonkel zu Besuch hatte, der ins Meer gesprungen ist und dich gerettet hat.« Sie machte eine kurze Pause, um Luft zu holen. »O mein Gott, Lila, ich bin so froh, dass du am Leben bist!«

»Wovon redest du da, Maxine?« Lila war ziemlich irritiert. Ertrunken? Froh, dass ich am Leben bin? Sie konnte sich nicht daran erinnern, ertrunken zu sein, und sie konnte sich ganz sicher nicht daran erinnern, etwas anderes als am Leben zu sein. Sie erinnerte sich daran, schwimmen gegangen zu sein, und dann … nichts. Und Jasmine Jones? Und ihr Patenonkel? Was hatten sie mit all dem zu tun?

Peters Gesicht tauchte wieder auf, er grinste immer noch. »Jetzt hast du deinen eigenen Schutzengel, Lila. Charlie Palmer ist der heißblütigste, muskulöseste Adonis von einem Helden, den ich jemals gesehen habe, und wäre er nicht so unerhört heterosexuell, würde ich mich leidenschaftlich in ihn verlieben.«

»Ich sollte mich bei ihm bedanken«, sagte Lila mit schwacher Stimme.

Charlie Palmer. Er war der nette Mann, der ihr auf der Hochzeit geholfen hatte, Brett zu finden. Brett, o Gott. Lilas Kopf war plötzlich voll von Erinnerungen an Zeitungsschlagzeilen und Fotos von schönen jungen Frauen. Was für ein

Scheißkerl. Lila spürte, wie sich ihr vor lauter Wut der Magen umdrehte. Von Natur aus war sie kein wütender Mensch, und das Gefühl war ihr absolut fremd, aber irgendwie fühlte es sich gut an. Es machte sie stark.

»Nun, du wirst noch eine Menge von Charlie zu sehen bekommen«, erklärte Maxine fröhlich. »Weil Peter ihn als deinen Bodyguard engagiert hat.«

»Meinen was?« Lila versuchte, sich aufzusetzen, aber genau in diesem Augenblick kam ein Arzt herein und verscheuchte Peter und Maxine.

»Mrs Rose braucht jetzt ein wenig Ruhe«, ordnete der Arzt an.

Lila schloss wieder die Augen. Ein Lächeln lag auf ihren Lippen. Sie war überrascht, wie glücklich sie darüber war, dass sie lebte.

Grace hatte es hinausgezögert, Jasmine anzurufen, um ihr zu erzählen, was passiert war. Wie sollte sie erklären, was los war, wenn sie es selber kaum verstand? Nun ja, sie war sich ziemlich sicher, dass an Jasmines Adoption irgendetwas faul war – sie konnte nirgendwo offizielle Unterlagen finden. Und dann hatte Jasmines Tante Julie genau zu dem Zeitpunkt, als Jasmine geboren und zur Adoption freigegeben worden war, ein uneheliches Kind zur Welt gebracht. Zufall? Grace glaubte nicht daran. Und dann war da noch die Sache, dass Grace Julie völlig aus der Fassung gebracht hatte. Sie war sich nicht ganz sicher, wie Jasmine diese Nachricht aufnehmen würde. Es schien so eine gute Idee gewesen zu sein, Jasmine dabei zu helfen, ihre leiblichen Eltern zu finden. Ein bisschen Privatdetektiv spielen, das hatte Grace gefallen. Sie hatte gedacht, das wäre genau das Richtige für sie. Aber plötzlich erschien ihr Journalismus im Grunde genommen gar kein so schlechter Job mehr zu sein. In was hatte sie sich da nur hineinmanövriert?

Sie schlief schlecht, war also sofort hellwach, als mitten in der Nacht das Telefon klingelte, und ging direkt dran.

»Hallo?«, sagte Grace.

Nichts.

»Hallo? Ist da jemand?«, fragte Grace.

Stille.

»Hallo? Wer ist denn da?«

»Ich bin's, Julie«, kam die leise Antwort. »Julie Watts. Ich wollte mich entschuldigen.«

Grace saß kerzengerade. »Julie!«

»Ja, ich bin's. Jasmines, ähm, Tante«, flüsterte Julie ängstlich. »Ich habe mich neulich unmöglich benommen. Mir geht es nicht gut, müssen Sie wissen.«

»Ist schon okay«, sagte Grace, in ihrem Kopf drehte sich alles. »Fühlen Sie sich jetzt besser?«

»Viel besser, danke. Aber ich schlafe schlecht. Das sind die Tabletten. Sie machen mich nervös. Ich hoffe, ich habe Sie nicht geweckt?«

Grace schaute auf ihren Wecker. Es war halb zwei morgens. »Nein, nein. Es ist okay. Ich war sowieso wach.«

»Ich möchte mit Ihnen über den Brief sprechen, den Sie mir gezeigt haben. Also dachte ich, Sie würden nächstes Wochenende vielleicht gerne zum Tee vorbeikommen«, sagte Julie so leise, dass Grace sich konzentrieren musste, um etwas zu verstehen.

»Das wäre großartig. An welchem Tag? Und um wie viel Uhr?«

»Sonntag. 15 Uhr. Es gibt etwas, dass Sie über Jasmine wissen sollten.« Und dann war die Leitung tot.

Lila saß im Bett, aß eine Languste mit Rucolasalat und hörte ihren Kindern aufmerksam zu, die lebhaft davon erzählten, was sie alles auf dem Bauernhof erlebt hatten. Peter wuselte im Zimmer herum, füllte Lilas Wasserglas, hob die Illustrierten vom Boden auf, streichelte Louisa über den Kopf und zog das Laken an der Stelle wieder glatt, wo die Kinder aufs Bett geklettert waren. Er war immer noch nicht in der Lage, mit dem albernen Grinsen aufzuhören.

Charlie beobachtete alles von seinem Platz an der Tür aus. Er musste innerlich grinsen. Was war das für ein sauberer Job! Der persönliche Bodyguard von Lila Rose. Okay, auch wenn er nicht vorgehabt hatte, wieder in den Personenschutz zu gehen, aber, Herrgott, das hier war etwas völlig anderes als die Geschichten, in die er zu Hause in London verwickelt gewesen war. Dieses Mal beschützte er die schönste Frau der Welt – und für dieses Privileg wurde er auch noch fürstlich entlohnt. Was für ein bequemer kleiner Job. Und dieses Mal musste er auch niemanden erschießen. Alles, was er tun musste, war, ihr die Presse vom Hals zu halten. Das war einfach. Nach all dem Abschaum, mit dem er früher zu tun gehabt hatte, waren die Paparazzi leichte Kost für ihn. Er freute sich richtig darauf. Drecksäcke!

Der Medienrummel war noch schlimmer geworden, seit Lila Rose beinahe ertrunken wäre. Natürlich hatte die Presse die ganze Sache veröffentlicht, und jetzt wartete die ganze Welt mit angehaltenem Atem darauf, zu erfahren, was mit der ›armen‹ Lila als Nächstes passieren würde. Sie campierten draußen auf dem Krankenhausparkplatz, Hunderte von ihnen. Auch Fernsehteams. Charlie wusste nicht, wie sie das aushielt. Ein paar Journalisten hatten versucht, ihm einen Kommentar zu entlocken, weil er der Retter von Lila war, aber Charlie hatte schnell klargemacht, dass er keine Lust hatte, mit ihnen zu kooperieren. Sie hatten ihr Bild bekommen und waren zurückgewichen. Das Letzte, was er gebrauchen konnte, war ein Haufen Schreiberlinge, die in seiner Vergangenheit herumschnüffelten. Er würde die Kamera sicher bezahlen müssen, die er kaputtgeschlagen hatte, aber, hey, jemand musste diese Parasiten doch in ihre Schranken weisen.

Sie waren wie Ameisen, wie sie so herumkrabbelten, durch winzige Löcher krochen und allen in die Quere kamen. Charlie hatte schon ein paar Reporter gesehen, die sich heimlich an dem krankenhauseigenen Sicherheitspersonal vorbeigeschlichen hatten. Ein junger Typ von der *News of the World* hatte versucht, als Blumenlieferant reinzukommen, und ein Mädchen von einem der Hochglanzmagazine hatte sich als Assistenzärztin ausgegeben. Idioten! Charlie hatte sie schon von weitem entdeckt. Mit solchen Tricks würden sie es nicht noch einmal versuchen, das war klar. Aber das war in Ordnung. Es gab Charlie das Gefühl, seinen Lebensunterhalt zu verdienen, und Peter schien mit seiner Arbeit zufrieden zu sein. Und Lila? Nun, Charlie war sich ziemlich sicher, dass es ihr bald bessergehen würde. Er kannte sie natürlich nicht gut, aber er hatte mitbekommen, wie in den letzten zwei Tagen der Glanz in ihre Augen zurückgekehrt war.

In der letzten Zeit waren die Illustrierten voll von Geschichten darüber, dass Lila ihr berühmtes gutes Aussehen verloren hatte, aber Charlies fand sie so großartig wie immer. Sie war ein wenig dünner geworden, ja, aber sie war ganz klar auf dem Weg der Besserung. Sie aß regelmäßig, unterhielt sich mit ihrer Familie und ihren Kindern (die an den Wochenenden eingeflogen wurden), und die Ärzte sagten, dass sie möglicherweise morgen schon nach Hause gehen könnte. Peter hatte dafür gesorgt, dass Charlie in ein separates Appartement in der Villa ihrer Eltern einziehen konnte, also musste er sich vorläufig noch nicht einmal eine Bleibe suchen. Die Dinge entwickelten sich zweifellos zum Guten.

»Kommt Maxine heute?«, fragte Lila Peter.

»Nein, die Arme fühlt sich nicht besonders gut. Sie ist zum Arzt gegangen«, erklärte Peter. »Sie hat aber gesagt, dass sie hofft, morgen vorbeikommen zu können. Wenn es ihr bessergeht.«

»Schade. Ich wollte mich bei ihr für die Blumen bedanken.«

Das Einzelzimmer war voll von ausgefallenen Gestecken mit exotischen Blumen. Charlie konnte einem schnellen Blick auf die hinzugefügten Karten nicht widerstehen. Es gab Blumen von Brad Pitt und Angelina Jolie, Catherine Zeta-Jones und Michael Douglas. Himmel, selbst Madonna hatte welche geschickt!

Charlie hatte das Gefühl, dass dieser Job nicht sehr lange dauern würde. Lila ging es von Tag zu Tag besser, und schließlich würde die Presse es wahrscheinlich leid sein, sie zu verfolgen. Sie würden weiterziehen zu irgendeinem anderen Promi, der gerade eine schwere Zeit durchmachte, und Lilas Leben würde wieder zu so einer Art Normalität zurückkehren. Sie würde nach London zurückgehen, und Charlie könnte sie nicht begleiten. Nein, es würde nicht lange dauern, aber im Moment würde er jede Minute genießen, in der er sie beschützte. Das war ganz klar um Längen besser, als die Drecksarbeit für so Typen wie McGregor und Angelis zu machen.

Maxine beobachtete, wie die Ärztin mit einem Clipboard ins Zimmer zurückkam und versuchte in dem Gesicht der Frau zu lesen. Sie hatte Angst, dass sie sich in L.A. irgendetwas Schlimmes eingefangen hatte. Wie zum Teufel war sie nur auf die Idee gekommen, mit diesem Penner einen Joint zu rauchen? Sie erinnerte sich an das Blut auf seinem Taschentuch und zuckte innerlich zusammen. Tuberkulose? HIV? Maxine war davon überzeugt, dass es etwas Ernstes war. Sie hatte letzte Nacht hohes Fieber gehabt, und dieser trockene Husten war so schmerzhaft, dass sie würgen musste. Jetzt saß sie in einem blassgrünen Kittel zitternd in einem Untersuchungsraum, und ihr Schicksal lag in der Hand dieser jungen Ärztin.

Maxi war nie krank. *Nie.* Sie hatte die Konstitution eines Ochsen. Auch wenn die Stimmung zwischen ihr und Carlos in der letzten Zeit ein wenig frostig war, war Carlos über ihre plötzliche Krankheit beunruhigt und hatte sie heute Morgen direkt in diese Privatklinik geschickt, wo man sie komplett auf den Kopf gestellt, um mindestens einen halben Liter Blut erleichtert und ihr angeordnet hatte, in einen Plastikbecher zu pinkeln. Jetzt hatte die Ärztin einige Ergebnisse, und Maxine war nicht gerade scharf darauf, sie zu hören. Sie wusste einfach, dass sie etwas Schlimmes hatte. Ihr ging es überhaupt nicht gut.

»Sie haben eine böse Infektion«, sagte die Ärztin sachlich und sah Maxine durch ihre Brille an. »Ich werde Ihnen also ein Antibiotikum geben müssen. Normalerweise verschreibe ich Frauen in Ihrem Zustand kein Antibiotikum, aber das ist eine schlimme Infektion, und ich denke, dass es nötig ist.«

Maxine runzelte die Stirn. Ihr Zustand? Was für ein Zustand? O mein Gott, sie wusste, dass es etwas Schlimmes war …

Die Ärztin gab ihr ein Röhrchen Tabletten. »Die dürften eigentlich nicht schaden. In der wievielten Woche sind sie?«

Maxine kratzte sich am Kopf. »Woche?«, fragte sie perplex.

»Schwangerschaftswoche«, antwortete die Ärztin ein wenig ungeduldig. Sie sprach mit Maxine, als wäre sie schwer von Begriff und nicht einfach nur eine Ausländerin. »Sie wissen doch, dass Sie schwanger sind, oder nicht?«

Maxine spürte, wie ihr die Kinnlade hinunterfiel. Schwanger. Das Wort drang langsam zu ihrem Gehirn vor.

»Ich bin schwanger?«, hörte sie sich selbst fragen. »Sind Sie sicher?«

»Ganz sicher«, antwortete die Ärztin. »Entschuldigen Sie, aber ich dachte, Sie wüssten das.«

»Nein«, sagte Maxine völlig verstört. »Nein, ich hatte absolut keine Ahnung.«

»Na ja, dann lassen Sie mich als Erste gratulieren«, sagte die Ärztin in derselben emotionslosen Art wie zuvor. »Ich hoffe, Señor Russo wird sich auch freuen. Sie können sich jetzt wieder anziehen.« Und mit diesen Worten war sie gegangen.

Maxine zog ihr Kleid wie in Trance wieder an. Schwanger? Sie war schwanger! Ihre Hand legte sich automatisch auf ihren Bauch. Er war so flach und durchtrainiert wie immer. Bis jetzt gab es noch keine Anzeichen für einen Bauch. Wie hätte sie es merken sollen? Sie und Carlos hatten sich in der letzten Zeit kaum gesehen, geschweige denn miteinander geschlafen. Für einen schrecklichen Moment dachte sie an ihre leidenschaftliche Nacht mit Juan, aber dann erinnerte sie sich ganz klar daran, eine Kondomhülle auf dem Boden gesehen zu haben, und seufzte erleichtert. Sie hatten definitiv verhütet. Von Juan konnte es jedenfalls nicht sein. Also musste es kurz nachdem sie aus L. A. wiedergekommen war, passiert sein. Maxi rechnete schnell nach. Ja, das machte Sinn. Es muss vor etwa drei Wochen passiert sein. Ihre Periode war diese Woche ausgeblieben, aber das hatte sie gar nicht so richtig mitbekommen. Sie hatte sich so große Sorgen um Lila gemacht, dass sie gar keine Zeit hatte, an sich selbst zu denken. Auf Maxines Gesicht machte sich ein Lächeln breit, und trotz des schrecklichen Hustens und des hohen Fiebers überkam sie ein Glücksgefühl.

Ich werde Mutter, dachte sie. Ein winziger Mensch wuchs in ihr heran. Das war wunderbar.

Als der Chauffeur sie nach Hause fuhr, starrte Maxine aus dem Fenster und erlaubte sich, von der Zukunft zu träumen. Ein Baby war genau das, was sie und Carlos brauchten, um wieder zueinanderzufinden. Wie dumm sie doch gewesen war, sich von Juan den Kopf verdrehen zu lassen. Natürlich hatte er nicht versucht, Kontakt mit ihr aufzunehmen, seit es passiert war. Sie war wahrscheinlich nichts weiter als eine seiner zahlreichen Eroberungen. Supermodel. Abgehakt. Filmstar. Abgehakt. Die Freundin des Vaters. Abgehakt. Ja, er war verdammt attraktiv, ja, sie war wahnsinnig auf ihn abgefahren, und ja, vielleicht hatte sie auch für eine Weile dort gedacht, er würde ihr etwas bedeuten, aber nein, das war nicht real. Das konnte es gar nicht sein. Nein, wie der Penner schon gesagt hatte, was in L. A. passiert, kann in L. A. bleiben. Es war nur ein Traum, und mit der Zeit würde er sich in Luft auflösen.

Jetzt war es an der Zeit, in die Zukunft zu schauen. Und die Zukunft gehörte Maxine, Carlos und ihrem Baby. Wie sollte sie es ihm sagen, dem zukünftigen Vater? Sollte sie einfach damit herausplatzen, wenn sie nach Hause kam, oder sollte sie einen passenden Rahmen für diese Ankündigung schaffen? Ja, das wäre gut. Sie würde für ihn kochen, und dieses Mal würde sie es richtig machen. Sie würde ihm beweisen, was für eine großartige Ehefrau sie sein konnte, und dann würde sie ihm von dem wunderbaren Baby erzählen. Sie konnte sich sein Gesicht jetzt vorstellen. Carlos liebte Kinder. Er wäre glücklich. Glücklich genug, sich von Esther scheiden zu lassen und Maxine zur rechtmäßigen Ehefrau zu nehmen? Maxi glaubte es. Sie konnte sich nicht helfen, aber sie stellte sich Esthers Blick vor, wenn sie von dem Baby erführe. Sie streichelte ihren Bauch beschützend, und im Stillen dankte sie diesem kleinen Wunder, das da in ihr heranwuchs: Durch dieses Baby würden all ihre Träume wahr werden.

41 Jimmy war wieder da. Er kam zehn Tage später, aber nun war er zu Hause. Jasmine fragte ihn nicht nach seinen ›Geschäften‹. Sie hatte auf den Seychellen ihre Lektion gelernt, und das würde sie nicht noch einmal riskieren. Oberflächlich gesehen war zwischen den Frischvermählten alles in Ordnung. Jimmy war sehr süß und aufmerksam. Vielleicht *zu* aufmerksam. Er war heute Morgen mit ihr einkaufen gegangen und hatte sie ermuntert, bei Gucci, Lanvin und Jimmy Choo vorbeizuschauen, auch wenn sie darauf beharrte, dass sie nichts brauchte. Geld, mit dem er sein schlechtes Gewissen beruhigen wollte, dachte sie. Sie waren von Paparazzi in Sinatras Bar fotografiert worden, als sie gerade eine Flasche Champagner zusammen tranken, und für die ganze Welt gaben sie ein unglaublich romantisches Bild ab. Und trotzdem stimmte etwas nicht. Jasmine fühlte sich unwohl in der Gegenwart ihres Mannes. Er war ein Schatz, aber sie konnte ihm nicht vertrauen. Jedes Mal, wenn sie in sein attraktives Gesicht blickte, konnte sie auch das Monster sehen, das dahinter lauerte.

Jimmy schien ihr Misstrauen mitzubekommen und überschüttete sie daraufhin mit seiner Zuneigung. Er ließ ihre Hand gar nicht mehr los, küsste sie in einer Tour, und er sagte ihr ungefähr einmal die Minute, dass er sie liebte. Das war ganz schön anstrengend. Jasmine konnte sich noch nicht einmal hinunterbeugen, um etwas aus ihrer Handtasche zu nehmen, ohne dass er sich an ihrem Hintern rieb. Würg! Es drehte sich ihr langsam der Magen um. Es war schön, begehrt zu

werden, aber an diesem Grad der Verzweiflung war nichts An-
ziehendes mehr. Je mehr er sie hofierte, umso weniger genoss
sie seine Berührungen. Körperliche Anziehung hatte in ihrer
Beziehung immer so eine große Rolle gespielt, und wenn das
verlorenginge … Gott, wenn das verlorenginge, was würde
dann übrigbleiben?

Jimmy wäre dann nicht viel mehr als ein Hilfsmittel, ihrer
Vergangenheit zu entkommen. Sie hatte ihn nicht geheiratet,
weil er ihr ein besseres Leben ermöglichte, aber … aber …
wenn sie ihn nicht mehr wollte, wenn sie aufhörte, ihn zu
begehren, was bliebe dann noch? Letzte Nacht, als sie miteinander geschlafen hatten, fehlte ihr etwas. Jasmines Körper
hatte sich geweigert, auf Jimmys Berührungen zu reagieren,
und sie hatte sich gewünscht, dass es vorbeiginge. Sie hatte
mit ihm geschlafen, um ihn bei Laune zu halten, denn das war
es ja, was von einer Ehefrau erwartet wurde. Sie hatte ihm
gegeben, was er wollte, und jetzt kaufte er ihr Schuhe. Und
was machte das aus Jasmine? Im besten Fall eine Goldgräbe-
rin und im schlimmsten Fall? Jasmine fühlte sich erbärmlich.
Im schlimmsten Fall war sie nicht besser als Cynthia: eine ganz
gewöhnliche Hure.

Jetzt waren sie auf dem Weg, sich Luke Parks neue Yacht
anzuschauen.

»Die hat über eine Million Euro gekostet«, erzählte Jimmy
Jasmine aufgeregt, als sie Hand in Hand zum Yachthafen gingen. »Das wird phantastisch, Baby.« Er freute sich ganz offensichtlich auf die Party. Jasmine nicht. Sie hatte Madeleine seit
der Hochzeit nicht mehr gesehen. Die Frau war immer so gemein zu ihr.

Die Yacht lag in Puerto Banus, und die Paparazzi waren zu
diesem Ereignis schon aufgetaucht. Jasmine lächelte höflich,
als sie ihren Namen riefen, aber sie zog nicht ihre gewöhnliche Show ab. Sie war nicht in Stimmung. In der letzten Zeit

nagte das Gefühl an ihr, dass das Leben mehr zu bieten hatte als Shoppen, Clubs, Shootings und Paparazzi. Was sollte das alles? Wer war Jasmine Jones? Aus welchem Grund war sie eigentlich berühmt? Wegen ihrer Brüste? Der Wahl ihres Ehemanns? Das war alles so leer. Sie musste sich um ihre Karriere als Sängerin kümmern.

Vielleicht war sie nur deshalb so aufgewühlt, weil sie versuchte, ihre leiblichen Eltern zu finden. Sie hatte von Grace noch nichts gehört, und sie wurde langsam nervös. Das war eine so wichtige Angelegenheit. Es könnte ja auch sein, dass Grace nichts herausgefunden hatte, aber Jasmine hatte einen winzigen Hoffnungsschimmer, dass sie schon bald erfahren würde, wer sie wirklich war. Allein bei dem Gedanken daran hatte sie Schmetterlinge im Bauch.

Jasmine ging an Bord der Yacht und nahm sich ein Glas Champagner von der Kellnerin, die sie begrüßte. Jimmy sog die Luft ein. »Was würde ich für eine solche Ausstattung geben?«, sagte er. »Ehrlich, Jazz, ich werde uns so etwas noch vor Ende des Sommers kaufen.«

»Können wir uns das leisten?« Jimmy verdiente ein Vermögen, aber sie hatten dieses Jahr schon die Villa gekauft, und eine Million Euro war eine Menge Geld, selbst für die Jones'.

»Jetzt noch nicht, Liebling, aber ich arbeite daran.« Jimmy zwinkerte ihr zu. »Ich habe Pläne, Baby, große Pläne.«

Wieder machte Jasmine sich Gedanken über die Geschäfte, in die Jimmy verwickelt war. Sie hoffte, dass es nichts Zwielichtiges war. Sie hatte es in ihrem Leben mit genug zwielichtigen Geschäften zu tun gehabt – ihre Familie kannte schließlich gar keine andere Art, Geld zu verdienen. Das Letzte, was sie gebrauchen konnte, war, dass Jimmy bis zum Hals in etwas drinsteckte. Aber sie würde einen Teufel tun, dieses Thema anzusprechen. Jetzt war sowieso nicht der richtige Zeitpunkt.

»Jimmy! Jasmine! Schön, euch zu sehen«, rief Luke Parks.

Er trug einen weißen Leinenanzug und grinste selbstgefällig. »Ist sie nicht herrlich? Sie heißt natürlich Madeleine. Die Frau hätte mich umgebracht, wenn ich ihr einen anderen Namen gegeben hätte.«

Er deutete mit der Hand auf die opulente Yacht. Sie war, das musste Jasmine zugeben, großartig, wie bei James Bond. Und sie war riesig.

»Ich führe euch herum«, bot Luke an. »Das ist natürlich das Deck. Massives Mahagoni. Mit dem Bereich zum Sonnenbaden, dem Whirlpool, der Bar und den ganzen Ausrüstungsgegenständen, die die Crew so braucht. Hier geht's rein …«

Sie folgten ihm ins Innere. »Die Lounge. Heimkino, Surround-Lautsprecher, Kamin. Alles mit einer Fernbedienung zu steuern.«

Jasmine fielen die stinkvornehmen cremefarbenen Ledersofas, der Plasmafernseher und die Schaffell-Läufer auf.

»… und die Küche. Wir haben einen Küchenchef.«

Strahlende Hochglanzschränke, Geräte auf dem neuesten Stand der Technik und Corian-Arbeitsflächen.

»Hier unten sind die Schlafzimmer«, fuhr Luke fort und führte sie eine Wendeltreppe hinunter. »In der Hauptsuite haben wir ein Wasserbett, einen Plasmafernseher, Surround-Lautsprecher und natürlich ein eigenes Badezimmer. Dann haben wir noch ein zweites Schlafzimmer, das ist ein bisschen kleiner, aber immer noch stinkvornehm, und dann hier drüben, ein wenig abseits, liegen die Zimmer der Crew. Sie haben Etagenbetten, aber das scheint sie nicht zu stören.«

»Der Hammer, Kumpel.« Jimmy war absolut begeistert. »Du hast Geschmack, Mann. Sehr guten Geschmack.«

»Ich weiß«, Luke strahlte vor Stolz.

Jasmine hasste es, wie all die Jungs Luke Parks hofierten, so als wäre er ein Superheld. Sie hielt ihn für einen Idioten.

Sie gingen wieder nach oben an Deck, wo ihre Freunde

inzwischen eingetroffen waren. Jasmine küsste Crystal herzlich und streichelte zärtlich über Cookies wachsenden Bauch. Dann schien die Temperatur um ein paar Grad zu fallen, als Madeleine Parks auftauchte und nichts weiter trug als ein durchsichtiges Hängerchen über ihrem Bikini. Sie trat Jasmine mit ihren Sandalen auf den Fuß, tat aber so, als würde sie es nicht bemerken.

»Mädels«, lächelte sie spöttisch. »Schön, dass ihr kommen konntet. Ist sie nicht wunderschön, unsere Madeleine?«

»Es ist ein sehr schönes Boot«, sagte Cookie ängstlich. »Du hast wirklich Glück.«

»Das ist kein Boot, Cookie«, wies Madeleine sie zurecht. »Das ist eine Yacht. Und mit Glück hat das nichts zu tun. Luke und ich arbeiten wirklich hart, um uns unseren Lebensstil leisten zu können. Ihr könnt viel von mir lernen, Mädels. Wirklich.«

Madeleine hielt inne und schaute Jasmine komisch an. »Bist du auch schwanger, Jasmine?«, fragte sie mit gespielter Unschuld.

»Nein«, erwiderte Jasmine und lief rot an. »Wie kommst du darauf?«

»Ach, keine Ahnung. Du siehst einfach pummeliger aus als sonst. Na ja, mein Fehler. Du hast wahrscheinlich nur ein bisschen zugenommen. Jetzt muss ich leider gehen. Wir haben hier heute eine paar sehr *wichtige* Gäste.« Und in einem Hauch von türkisem Pucci war sie verschwunden.

»Kotz! Die macht mich so wütend!«, sagte Crystal. »Warum macht sie so etwas immer?«

Chrissie wandte sich an Jasmine. »Du siehst so perfekt aus wie immer, Jazz. Du hast nicht ein Gramm zugenommen, die alte Ziege ist nur neidisch.«

Jasmine grinste. »Ich weiß, Chrissie. Ehrlich, ich gewöhne mich langsam dran. Ich würde mir ernsthaft Sorgen machen, wenn sie nicht mehr das Bedürfnis hätte, mich zu beleidigen. Ach, seht mal, da kommen Maxi und Carlos. Ich sage mal Hallo.«

»Klar«, sagte Crystal trocken. »Du gehst und begrüßt die *wichtigen* Gäste. Wir wissen, wo wir hingehören, nicht wahr, Cookie?«

Cookie nickte und schmunzelte.

»Ach, so habe ich das doch nicht gemeint! Ich bin in einer Minute wieder da.«

»Ja, ja«, erwiderte Crystal sarkastisch. »Wir wissen, dass du uns für Maxine de la Fallaise fallengelassen hast. Wir haben gehört, dass du neuerdings ganz dick mit ihr bist.«

Jasmine spürte, wie sie schon wieder rot wurde. Waren ihre Freunde wirklich beleidigt wegen ihrer neuen Freundschaft? »Tut mir leid, Mädels, ich wollte euch nicht —«

Chrissie unterbrach sie. »Jazz, ich habe dich auf den Arm genommen, du doofe Kuh. Geh und sage ihnen Hallo. Wir werden uns nicht vom Fleck bewegen.«

Maxine war passend angezogen. Sie trug dunkelblaue Shorts mit goldenen Knöpfen, ein rot-weiß gestreiftes Top und eine schwere Goldkette. Sehr nautisch, aber nett. Sie war immer so perfekt gestylt. Maxine sprach mit Luke Parks (oder zumindest redete er auf sie ein), während Carlos seine Hand zärtlich auf ihren Rücken legte. Sie nippte an etwas, das aussah wie frisch gepresster Orangensaft. Sie macht wohl eine Entgiftungskur, dachte Jasmine. Sie hatte es noch nie erlebt, dass Maxine ein Glas Champagner abgelehnt hatte.

Maxine sah ihre Freundin auf sie zukommen, wich von Luke Parks zurück und ließ den armen Carlos mit ihm allein.

»Hi Babe«, sagte Maxine und küsste sie herzlich. »Gott, dieser Mann ist ein Langeweiler, was? Er hat mir gerade in allen Einzelheiten von seiner Leistenoperation erzählt. Echt, jetzt habe ich Bilder im Kopf, die mich mein Leben lang verfolgen werden!«

Jasmine kicherte. »Trinkst du nicht?«, fragte sie und deutete mit dem Kopf auf den Orangensaft.

»Nein, ich bin auf dem Gesundheitstrip. Es ist Zeit, meiner Leber mal eine kleine Pause zu gönnen.«

Und dann hielt sie plötzlich inne und lächelte. »Ach, was soll's! Ich platze noch, wenn ich es nicht bald jemandem erzähle.« Sie beugte sich zu Jasmine hinüber und flüsterte ihr ins Ohr: »Ich bin schwanger.«

Jasmine hätte beinahe ihr Glas fallen gelassen. »Das ist ja wunderbar! Glückwunsch!«

»Schhhhh! Leise. Das ist ein Riesengeheimnis. Das weiß noch niemand. Selbst Carlos nicht.«

»Du hast es Carlos noch nicht erzählt?«, flüsterte Jasmine. »Warum nicht?«

»Ich werde es ihm morgen beim Abendessen sagen. Ich kann es gar nicht erwarten. Er wird soooo glücklich sein.«

Es wurde langsam dunkel. Die Sonne ging am Horizont unter, es gab Canapés, es wurde ohne Ende Champagner getrunken, und eine spanische Band spielte Flamenco unter den Sternen. Dann irgendwann zerschlugen Madeleine und Luke eine Flasche Champagner an der Seite der Yacht und verkündeten feierlich: »Wir taufen dieses Schiff *Lady Madeleine*!« Alle klatschten höflich, und Crystal murmelte ein wenig zu laut: »Lady Möchtegern würde besser passen.« Das löste ein gedämpftes Lachen an Deck aus, woraufhin Madeleine fragte: »Was ist so lustig?«

»Du, meine Liebe!«, flüsterte Chrissie.

»Sch, Chrissie, sie wird dich über Bord werfen, wenn sie das hört«, warnte Jasmine. Aber Chrissie war zu betrunken, um sich darüber Gedanken zu machen.

Jasmine bemerkte, dass die höfliche und kultivierte Stimmung gekippt war, es herrschte jetzt eine feucht-fröhliche Ausgelassenheit. Kaum hatte die Band zu Ende gespielt, schnappten sich die Jungs – Jimmy, Calvin, Paul und Luke – das Mikrophon und gaben eine fürchterliche Vorstellung von ›Born to be wild‹ zum Besten. Das fanden Maxi und Jasmine so lustig, dass sie sich vor Lachen krümmten. »Gott sei Dank können sie Fußball spielen«, lachte Maxi. »Denn als Rockstars würden sie ganz sicher keine Karriere machen.«

Und dann nahm Crystal plötzlich das Mikro und grölte: »Kommt schon, Mädels! Erhebt euren Arsch und kommt rauf! Cookie! Jasmine! Und du, Maxine! Komm und mach mit!«

»Ja, klasse«, rief Maxi. »Karaoke finde ich super!«

Und bevor Jasmine sie aufhalten konnte, ging sie zu Chrissie hinauf auf die Bühne. Und sie hatte keinen Tropfen getrunken! Jetzt schleifte Chrissie die arme Cookie, die laut protestierte, auch noch auf die Bühne.

»Jasmine Jones, bewege sofort deinen Arsch hier herauf!«, befahl Crystal. Sie sprach eh schon laut, aber mit dem Mikro in der Hand war das tödlich. Die ganze Gesellschaft verstummte und starrte Jasmine an.

»Geh schon, Baby! Zeig ihnen, was du kannst!«, rief Jimmy ermutigend.

Jasmine spürte, wie ihre Wangen vor lauter Verlegenheit brannten. Sie sang total gerne. Sie konnte es gut. Aber bis jetzt war es ihr Geheimnis gewesen. Sie hatte noch niemals in der Öffentlichkeit gesungen. Was, wenn sie sich lächerlich machte? Was, wenn alle über sie lachten?

»Also, ich werde mich nicht zum Affen machen«, schnaubte Madeleine.

»Es hat dich auch keiner darum gebeten«, konterte Chrissie, die ganz vergessen hatte, dass sie ein Mikrophon in der Hand hatte.

»Dumme kleine Flittchen«, hörte Jasmine Madeleine brummeln.

Die Leute starrten Jasmine immer noch erwartungsvoll an. Also hatte sie keine andere Wahl. Sie stellte ihr Champagnerglas ab und stieg nervös auf die Bühne. »Was singen wir denn?«, flüsterte sie Chrissie zu, die offensichtlich das Sagen hatte.

»Natürlich Spice Girls«, hickste Crystal. »Ich war ein absoluter Fan von denen, als ich noch klein war.«

Jasmine rollte mit den Augen. Das war nicht ganz ihr Musikgeschmack. »Okay, welches Lied?«

»Wannabe!«, sagte Chrissie durch das Mikrophon an.

»Wie passend!«, rief Madeleine dazwischen.

Zuerst war es ein Desaster. Keine der anderen drei konnte den Ton halten, und Jasmine hatte Schwierigkeiten, sich an den Text zu erinnern (sie war dreizehn gewesen, als sie sich das letzte Mal einen Spice-Girls-Song angehört hatte). Während Chrissie schrie, bewegte Cookie nur ganz leise die Lippen wie ein Erstklässler in der letzten Reihe einer Schulversammlung. Maxi war so sehr damit beschäftigt, wie Geri Halliwell herumzuhüpfen, dass sie dem Text oder der Melodie keine Beachtung schenkte. Aber als sie in die lachenden Gesichter unter ihr blickte, begann Jasmine, diesen Moment zu genießen. Die Band nahm ihre Gitarren und fing an zu spielen. Jasmine entspannte sich und fing an zu singen. Es dauerte eine Weile, bis sie gemerkt hatte, dass die anderen aufgehört hatten zu singen und sie mit offenem Mund anstarrten. Crystal gab ihr das Mikrophon. Die Leute klatschten jetzt, und auch wenn ihre Wangen immer noch vor Verlegenheit glühten, machte sie weiter. Sie spürte, wie ihre Hüften anfingen, sich zu bewegen, und jetzt war sie in der Mitte der Bühne und sang und tanzte vor dem Publikum. Das fühlte sich verdammt gut an! Das war ihre Welt.

»I really, really, wanna zig-a-zig-ah …«

Jasmine beendete den Song mit einem kessen Hüftschwung. Die Leute wurden ganz wild. Und dann fielen Chrissie, Cookie und Maxi über sie her.

»Ich hatte ja keine Ahnung, dass du so gut singen kannst, Jazz.« Crystal war begeistert.

»Das war super«, stimmte Cookie ihr zu.

»Ich engagiere dich fürs Cruise«, fügte Maxi hinzu.

Als sie von der Bühne kam und wieder an ihren Tisch ging, gratulierten ihr alle; sie klopften ihr auf den Rücken und sagten ihr, wie großartig sie gewesen war. Und als Carlos Russo ihr sagte, was für eine wunderschöne Stimme sie hatte, wäre Jasmine beinahe vor Stolz geplatzt. »Wir sollten uns mal unterhalten«, schlug er vor. »Ich kenne eine Menge Leute, die dir helfen können. Ich glaube, dass du richtig gut bist.« Vielleicht würden ihre Träume, eine Sängerin zu werden, ja doch wahr werden.

»Du warst verdammt gut, Prinzessin«, lallte Jimmy betrunken. Er setzte ihr einen feuchten Kuss auf die Lippen, drückte ihre rechte Brust und fiel dann vor ihr auf den Boden. Sie stieg über ihn und nahm einen Schluck von ihrem Champagner. Nichts konnte diesen Augenblick zerstören, noch nicht einmal Jimmy.

Sie hob ihre Tasche auf und checkte ihr Handy, um zu sehen, ob Grace angerufen hatte. Sie war in der Stimmung für gute Neuigkeiten. Sie hatte keine Nachricht von Grace, aber eine SMS von einer unterdrückten Nummer.

Sie sagte schlicht und einfach: *Eine halbe Million Euro am Montag. Oder die Sache fliegt auf. Keine Ausreden. Details folgen.*

Jasmines Hände begannen zu zittern. Sie spürte, wie die Farbe aus ihrem Gesicht wich und sie in der milden spanischen Luft zu zittern anfing. Er war also wieder da. Sie hatte irgendwie gewusst, dass es wieder losging. Sie hatte darauf gewartet. Sie wusste, dass das Spiel alles andere als vorüber war.

Und jetzt verlangte er eine halbe Million Euro! Wie zum Teufel sollte sie an so viel Geld kommen?

Jimmy rappelte sich hinter ihr wieder auf.

»Alles in Ordnung, Baby?«, lallte er.

»Ich möchte nach Hause, Jimmy«, sagte sie bestimmt. »Ich bin nicht mehr in Partystimmung.«

»Schmeckt's dir?«, fragte Maxi hoffnungsvoll, während sie zusah, wie Carlos sich ein Stück Steak in den Mund steckte.

Er schien Schwierigkeiten beim Schlucken zu haben und musste einen großen Schluck Wasser nehmen, bevor er antwortete.

»Wunderbar, Chica«, sagte er. »Ein bisschen zu gut durchgebraten, aber sehr lecker.«

Sie beobachtete, wie er mit dem Messer versuchte, das Steak zu schneiden. Hmm. Ja, vielleicht waren die Steaks ein wenig zu durchgebraten. Na und? Aber einen Salat konnte selbst Maxine nicht anbrennen lassen, und das Entscheidende war schließlich, dass sie sich Mühe gegeben hatte. Zumindest die Ofenkartoffeln waren ein voller Erfolg.

»Was soll das alles?«, fragte Carlos, als er es geschafft hatte, seinen nächsten Bissen hinunterzuschlucken. »Ich dachte, wir hätten uns darauf geeinigt, dass du nicht mehr kochst.«

Maxine atmete tief ein. Sie war ganz aufgeregt, ihm die Neuigkeit zu erzählen, aber auch ein bisschen nervös. Das war eine so große Sache – einem Mann zu erzählen, dass er Vater werden würde. Auch wenn der betreffende Mann schon viermal Vater geworden war. Ach, was soll's. Jetzt oder nie.

»Ich habe aufregende Neuigkeiten«, verkündete sie.

Carlos blickte zu ihr auf und wartete geduldig.

»Wir bekommen ein Baby! Ist das nicht das Größte überhaupt?«

Sie sah ihn erwartungsvoll an. Zuerst stotterte Carlos, dann fing er an zu würgen und griff mit einem schockierten und irritierten Ausdruck auf dem Gesicht nach seinem Wasserglas.

»Das muss ein Irrtum sein«, brüllte er, als er endlich aufgehört hatte, zu würgen.

Maxine war ernüchtert. Das war nicht die Reaktion, die sie erwartet hatte.

»Nein, Liebling, das ist kein Irrtum«, antwortete sie. »Ich war beim Arzt.«

Carlos wurde sehr blass und sehr ruhig. Er starrte lange nur auf seinen Teller.

»Jetzt sag schon was, Carlos«, bat Maxine. »Sag, dass du dich freust.«

Sie sah, wie sein blasses Gesicht knallrot wurde. Er brüllte wie ein wildes Tier, stand plötzlich auf und schmiss die vollen Teller vom Tisch, so dass sie auf dem Boden zersprangen und die Wände vollgespritzt wurden. »Du bist eine Hure!«, brüllte er. »Nichts als eine billige Hure!«

Maxine war durcheinander. Warum schrie er sie so an? Warum war er so wütend? Sie streckte die Hand aus, um seinen Arm zu berühren, aber er schlug sie weg. Er sah ihr nicht in die Augen.

»Mit wem warst du im Bett?«, fragte er. »Mit wem hast du dich hinter meinem Rücken getroffen?«

»Ich weiß nicht, wovon du sprichst, Carlos«, sagte Maxi. Tränen brannten ihr in den Augen und liefen die Wangen hinunter. Sie hatte Angst. Sie hatte Carlos noch nie so erlebt. »Liebling, es ist dein Baby. Unser Baby«, sagte sie ihm unter Tränen.

»Dieser Bastard ist nicht mein Kind«, schrie Carlos. »Ich habe mich sterilisieren lassen. Vor fünfzehn Jahren. Nachdem mein Federico geboren war. Ich kann keine Kinder mehr bekommen, du dumme Kuh.«

Jetzt richtete er die Augen auf sie, und sie hatte noch nie in ihrem Leben einen so hasserfüllten Blick gesehen. »Ich habe dich geliebt, Maxine«, schrie er. »Ich habe dich wie eine Prinzessin behandelt. Ich habe dich bei mir aufgenommen. Und das ist der Dank, was? Du schläfst hinter meinem Rücken mit einem anderen Mann. Du bist mit seinem Kind schwanger. Wer ist es? Na? Sag es mir. Wer ist der Kerl?«

Maxine konnte nichts sagen. Sie verstand ja kaum, was hier vor sich ging. Carlos war sterilisiert. Warum hatte er ihr das nie gesagt? Und wie konnte sie von jemand anderem schwanger sein? Ein Bild von Juans Gesicht tauchte vor ihren Augen auf, aber nein, sie hatten aufgepasst. Sie hatte die Kondomhülle doch gesehen.

»Carlos, ich verstehe nicht, wie das passieren konnte ...« Sie versuchte, das Richtige zu sagen, aber wie konnte sie? Was war in einer solchen Situation das Richtige?

»Ach, dann war es wohl unbefleckte Empfängnis?« Carlos grinste spöttisch.

»Nein, es ist ... o Gott ... Ich kann das nicht erklären ... Es tut mir leid, ich –«

Maxine konnte sehen, wie Carlos' Schultern hinuntersanken, die Farbe verschwand wieder aus seinem Gesicht, und er ließ sich auf seinen Stuhl plumpsen. Er sah plötzlich alt aus und müde.

»Es spielt keine Rolle, wer der Mann war«, sagte er. »Es ist aus, Maxine. Du musst gehen.«

»Aber Carlos, vielleicht gibt es da so eine Art Fehler. Vielleicht ist bei der Sterilisation etwas schiefgelaufen. Man hört doch immer wieder von solchen Dingen.«

»Es hat jetzt fünfzehn Jahre funktioniert. Geh einfach. Ich ertrage es nicht mehr, dich zu sehen.«

»Bitte. Lass uns darüber reden.«

»Es gibt nichts mehr zu reden. Du hast mich betrogen, Mädchen. Das ist es. Es ist aus. Vorbei.« Er zuckte mit den

Schultern und schüttelte den Kopf. »Es ist eine Schande, Maxine. Ich dachte, du hättest Stil. Aber nein. Du bist genauso eine Hure wie die anderen.« Er stand auf und ging zur Tür, ohne sich noch einmal umzudrehen. »Ich gehe jetzt ins Bett«, sagte er, als er hinausging. »Wenn ich morgen früh aufstehe, bist du weg. Verstanden? Weg.«

Er schloss die Tür, und Maxine saß zusammengekauert auf dem Boden und weinte. Was zum Teufel war da gerade passiert? Wie konnte es sein, dass das Baby nicht von ihm war? Sie dachte an Juan und ihre gemeinsame Nacht, aber es machte alles keinen Sinn. Sie war ziemlich betrunken gewesen, und ihre Erinnerungen waren sehr verschwommen. Sie versuchte krampfhaft, sich zu erinnern. Sie hatten sich auf dem Weg zu seinem Appartement im Auto geküsst und im Lift, und dann, jetzt erinnerte sie sich, hatten sie sich im Flur an die Wand gelehnt und sich geliebt. Dann später, viel später war sie mit Juan im Bett, und sie liebten sich wieder, viel langsamer dieses Mal ... O Gott. Sie hatte zweimal Sex gehabt. Erst jetzt bemerkte sie ihren schrecklichen Irrtum. Sie hatten zweimal miteinander geschlafen, aber es lag nur eine Kondomhülle auf dem Boden. Ach du Scheiße! Sie trug nicht Carlos' Kind in sich, sondern sein Enkelkind!

42 »Also, Miss Jasmine, ich habe großartige Neuigkeiten für dich!«, verkündete Blaine, als er ins Wohnzimmer trat und sich fröhlich die Lippen leckte.

Jasmine lag seit dem Abendessen zusammengerollt auf dem Sofa und versuchte, ein Buch zu lesen, um sich von ihren Problemen abzulenken. Blaine warf sich mit seinem fetten Körper neben sie auf das Sofa und nahm ihr das Buch aus der Hand.

»Blaine, ich habe gerade gelesen«, beschwerte sie sich, auch wenn das nicht ganz stimmte. Sie war heute Abend überhaupt nicht in der Lage, sich auf irgendetwas zu konzentrieren. Ihre Gedanken kreisten immer wieder darum, wie sie bis Montag eine halbe Million Euro auftreiben sollte.

»Hör zu, Jazz, das ist wirklich gut. Wir haben ein Angebot vom Playboy. Ein *gutes* Angebot. Sie möchten Nacktfotos!«

Jasmine blickte interessiert auf. *Playboy?* Das hatte sie noch nie gemacht. Da wurde gut gezahlt. Richtig gut. Ihre Gedanken rasten.

»Sie macht es nicht«, antwortete Jimmy für sie, der vor dem Fernseher saß und sich einen Film mit Clint Eastwood anschaute.

»Jim, ich spreche gerade mit deiner Frau«, sagte Blaine. »Über *ihre* Karriere. Hat sie Einfluss darauf, bei welchem Club du unterschreibst? Ich glaube nicht. Also, halt dich raus.«

»Du verschwendest hier nur deine Zeit, denn sie wird es verdammt nochmal nicht tun, alles klar? Oder, Jazz?«

Das war mehr eine Drohung als eine Frage. Jasmine dachte

angestrengt nach. Sie hatte sich schon so gut wie entschieden, ihren Glamour-Job an den Nagel zu hängen. Sie wollte lieber an ihrer Karriere als Sängerin arbeiten. Das wollte Jimmy auch. Das hatte er ihr sehr klargemacht. Aber die Umstände hatten sich verändert. Sie brauchte Geld, und sie brauchte es schnell.

»Wie viel zahlen sie denn?«, fragte sie vorsichtig.

»Es spielt keine Rolle, wie viel sie verdammt nochmal zahlen«, schrie Jimmy und stand auf. »Du machst es nicht.«

»Sie haben eine halbe Million geboten, aber ich nehme an, dass ich noch mehr rausholen kann. Das war nur ein Einstiegsangebot«, sagte Blaine und ignorierte Jimmys Wutanfall.

»Pfund?«, fragte Jasmine, deren Interesse erwacht war.

»Ja, Pfund. Ich hole da locker siebenhundertfünfzigtausend heraus.«

Jimmy stand mit den Händen in den Hüften da und starrte sie an.

»Diese Unterhaltung ist die reinste Zeitverschwendung. Meine Frau lässt keine Nacktfotos machen, verstanden?«

Jasmine sah, wie seine Adern wieder zu pulsieren begannen, aber mit Blaine in ihrer Nähe fühlte sie sich sicher. Jimmy würde vor ihrem Mananger nicht die Kontrolle verlieren.

»Was, wenn ich es nicht völlig nackt mache?«, fragte sie. »Was, wenn es mehr künstlerische Aufnahmen werden?«

Blaine nickte. »Das ist eine Möglichkeit. Da müssten wir noch drüber reden. Das Einzige, was ich weiß, ist, dass sie dich hier in Spanien am Strand haben wollen.«

»Hört mir eigentlich keiner zu?«, fragte Jimmy und stampfte mit dem Fuß auf den Boden. »Sie macht es nicht, Schluss aus.«

»Jimmy«, sagte Jasmine ruhig. »Eine Menge großer Stars hat sich für den Playboy ausgezogen. Sie machen wirklich geschmackvolle Sachen. Nicht wahr, Blaine?«

»Ja.«

Aber Jimmy wollte davon nichts wissen. »Du ziehst dich für den Playboy nur über meine Leiche aus, hast du verstanden? Nur über meine Leiche.«

»Das können wir ja einrichten«, grinste Blaine.

Jimmy stürmte aus dem Zimmer und schlug die Tür hinter sich zu.

»Kater«, sagte Blaine. »Der Junge verträgt einfach nichts.«

»Gib mir eine Minute«, sagte Jasmine. »Lass mich mit ihm reden.«

Jimmy war in der Küche, schmollte und öffnete sich gerade ein Bier. »Konterbier«, murmelte er.

Sie atmete tief ein. Sie hatte sich entschlossen, Jimmy um Geld zu bitten. Das war die einzige Möglichkeit, den Erpresser loszuwerden. Ja, das Playboy-Angebot war gut, aber sie brauchte das Geld bis Montag. Sie hatte nur noch ein paar Tage Zeit.

»Jimmy«, sagte sie ein wenig nervös. »Ich möchte das Playboy-Shooting eigentlich auch nicht machen, aber die Sache ist die ...«

O Gott, wie sollte sie es ihm erklären? Die Wahrheit konnte sie ihm nicht sagen, und im Lügen war sie nicht besonders gut.

»Die Sache ist die, ich brauche das Geld.«

Da. Jetzt war es raus.

»Wie meinst du das, du brauchst das Geld? Du hast doch deinen Anteil von der Hochzeitskohle bekommen, oder nicht? Und ich habe dir gestern Kleider und Schuhe gekauft. Das müsste doch für den Rest des Jahres reichen.«

»Ich weiß, Baby, aber ich möchte wirklich versuchen, einen Plattenvertrag zu bekommen, und ich brauche einen Gesangslehrer und einen Produzenten, ich muss ein Studio mieten, und das ist alles nicht billig.«

Jimmy runzelte die Stirn. »So teuer kann das doch wohl nicht sein, oder?«

Jasmine zuckte mit den Schultern. »Doch, wenn man es vernünftig angeht. Ich möchte die besten Leute um mich herum haben, Baby. Wenn ich Sängerin werde, möchte ich eine erstklassige Sängerin werden, und Klasse kostet eben Geld, Jim, das weißt du doch.«

»Also, wie viel willst du?«, fragte er. Bis jetzt hatte sie ganz überzeugend geklungen. Jimmy würde alles tun, damit sie mit dem Modeln aufhörte.

»Fünfhunderttausend Euro«, antwortete sie so locker wie sie nur konnte.

»Was?«, Jimmy schaute sie an, als hätte sie den Verstand verloren. »Ich kann dir keine halbe Million Euro geben.«

»Ach, bitte. Wenn nicht, muss ich das Playboy-Shooting machen.«

»Willst du mich erpressen?«, fragte Jimmy und war ganz offensichtlich schockiert. Er lächelte und runzelte gleichzeitig die Stirn, so als wüsste er nicht, wie er reagieren sollte.

»Nein, Baby, sei nicht albern. Ich brauche einfach deine Hilfe, das ist alles.«

Jimmy schüttelte den Kopf. »Ich kann dir das Geld nicht geben, weil ich es nicht habe«, erklärte er.

»Was heißt das, du hast es nicht?« Jasmine glaubte ihm kein Wort. Jimmy war stinkreich.

»Es ist alles festgelegt«, sagte er. »In Investmentfonds.«

»Investmentfonds?« Jetzt wusste Jasmine, dass er log. Jimmy wusste mehr über Astrophysik als über Aktien und Anteile.

»Es ist mein Geld. Ich habe es verdient. Es ist meine Sache, was ich damit mache«, sagte er zu seiner Verteidigung. »Und ich kann über das Geld im Moment nicht frei verfügen, okay? Wenn ich es hätte, würde ich es dir geben, aber ich hab's nicht.«

»Und das ist dein letztes Wort, ja?«, fragte Jasmine und war immer noch überzeugt, dass er sie anlog. »Wenn es so ist, muss ich das Shooting für den Playboy machen.«

Sie kämpfte mit harten Bandagen. Das musste sie. Wenn Jimmy ihr das Geld nicht gab, kam sie in ernsthafte Schwierigkeiten.

Jimmy schaute sie an. »Nein«, sagte er. »Und das ist mein letztes Wort: Wenn du dieses Shooting für den Playboy machst, wirst du das büßen.«

Jasmine wurde klar, dass der Waffenstillstand zwischen ihnen aufgehoben war. Er trat einen Schritt auf sie zu und drückte ihr die Bierflasche gegen den Hals. Das tat nicht weh, aber diese Geste reichte, sie daran zu erinnern, wozu ihr Ehemann fähig war.

»Hast du verstanden, Jasmine? Wenn du dich noch einmal ausziehst, dann wirst du dir wünschen, niemals geboren worden zu sein.«

Er ging weg und nahm einen Schluck von seinem Bier. Jasmine beobachtete ihn mit zusammengekniffenen Augen. Gott, manchmal hasste sie ihn wirklich.

»Ich habe dich gehört«, antwortete sie. »Laut und deutlich.«

Sie drehte sich auf dem Absatz um und ging aus dem Zimmer.

»Ist das alles, was du von mir willst?«, rief er ihr hinterher. »Mein Geld, he? Es gibt einen Ausdruck dafür.«

Sie ignorierte ihn. Sie war allein. Jimmy würde ihr nicht helfen, also wusste sie, was sie machen musste. Als sie zurückkam, lümmelte Blaine auf dem Sofa herum, zappte sich durch die Kanäle und teilte sich mit dem Hund eine Tüte Chips.

»Alles in Ordnung zwischen euch Turteltauben?«, fragte er fröhlich. Er hatte wahrscheinlich wieder einmal gelauscht.

»Ja«, blaffte Jasmine. Sie war nicht in der Stimmung für

Blaines schrägen Humor. Sie musste über Geschäftliches reden. »Gut, diese Playboy-Sache. Wann können sie es machen? Diese Woche?«

Blaine sprang auf und verteilte Chips über den ganzen Boden. »Also machst du es? Selbst nach dem, was Jimmy gesagt hat?«

Jasmine nickte. »Ich mache es unter der Bedingung, dass es diese Woche stattfindet, und ich möchte die Hälfte des Geldes, sobald ich den Vertrag unterschrieben habe. Ach, und ich möchte den Vertrag morgen unterschreiben.«

Blaine hielt die Luft an. »Himmel, Jasmine, das musst du dir von mir abgeguckt haben. Du hast dich in eine quirlige kleine Geschäftsfrau verwandelt.«

»Na ja, man gewöhnt sich dran«, antwortete sie. Und in der Tat genoss sie das. Es gab ihr ein Gefühl von Macht, das sie vorher nicht gehabt hatte.

»Verstehe mich nicht falsch, Jazz. Ich mag das. Das turnt mich an«, grinste Blaine.

»Halt die Klappe, Blaine«, fuhr sie ihn an. »Und ich habe noch eine Bedingung – wenn du Jimmy erzählst, dass ich das Shooting mache, dann werde ich dich auf der Stelle feuern, klar?«

»Laut und deutlich, starker Tobak, laut und deutlich.« Er rieb sich vor Aufregung die Hände.

»Ach, und dann werde ich auch Lila Rose erzählen, dass du die Fotos von Alisha und Brett geschossen hast. Ihr PR-Team wird dann schon dafür sorgen, dass du nie wieder arbeitest.«

Blaine tat schockiert. »Wer? Ich?«, sagte er. »So etwas würde ich niemals tun.«

»Hör mit diesem Schwachsinn auf«, sagte Jasmine. »Ich weiß, dass du es warst. Niemand sonst schleicht auf Hochzeiten herum und versucht, Promis mit heruntergelassenen Hosen zu fotografieren.«

Blaine öffnete den Mund, um sich zu verteidigen, wurde aber von dem Summen der Gegensprechanlage unterbrochen.

Jasmine schaute auf ihre Uhr. Es war kurz vor Mitternacht. »Wer zum Teufel ist das?«, fragte sie.

Blaine tappte zum Fenster und schaute hinaus. »Sieht aus wie eine weiße Limousine«, sagte er.

Das Dienstmädchen klopfte an die Tür. »Miss Maxine«, sagte sie. »Soll ich sie hereinlassen?«

»Ja, ja, natürlich«, erwiderte Jasmine irritiert. Was machte Maxine hier um diese Zeit?

Sie ging die Auffahrt hinunter zu Maxines Wagen. Als der Fahrer die Tür öffnete, sah sie ihre tränenüberströmte Freundin, die von diversen Louis-Vuitton-Koffern umgeben war. Ihr Hund Britney saß auf ihrem Schoß und zitterte.

»Maxi, was ist los?«

»Ach, Jasmine. Ich habe alles kaputtgemacht. Ich bin schwanger und obdachlos, und alles ist fürchterlich schiefgelaufen!«

Der Fahrer lud die Koffer aus und half Maxi aus dem Wagen. Er neigte den Kopf und sagte: »Sie werden mir fehlen, Señorita. Ohne Sie ist es nicht mehr dasselbe.«

Jasmine sah, wie Maxine die Hand des Fahrers drückte und ihn traurig anlächelte. Dann stieg er wieder ein und fuhr davon. Maxine stand mit Britney im Arm und umgeben von ihren Koffern in Jasmines Auffahrt.

»Carlos hat mich rausgeschmissen, und ich wusste nicht, wo ich hingehen sollte«, sagte sie und wischte sich eine einzelne Träne weg. »Kann ich heute Nacht hierbleiben?«

»Na klar. Du bist hier immer willkommen. Aber ich verstehe das nicht. Was ist denn passiert? Warum hat Carlos dich rausgeschmissen?«

»Das ist eine lange Geschichte«, sagte Maxine. »Hilf mir

bitte mit meinem Gepäck, mach mir eine schöne Tasse Tee, und ich erzähle dir alles.«

Lila sah zu, wie Charlie ihrer Mutter in der Küche ›half‹. Das war ein unvergesslicher Anblick – dieser Brocken von einem Mann wurde von ihrer zierlichen kleinen Mutter herumkommandiert. Sie hatte ihn dazu gebracht, eine Schürze zu tragen und Zwiebeln zu schneiden. Das war lustig. Lila war sich sicher, dass Kochen nicht in seinem Arbeitsvertrag stand, aber er hatte keine Wahl. Ihre Mutter hatte einen Narren an ihm gefressen, und ob es ihm gefiel oder nicht, er war jetzt ein Teil der Familie. Charlie liefen vom Zwiebelnschneiden Tränen über die Wangen, aber er tat alles, worum Lilas Mutter ihn bat, bereitwillig und gutgelaunt. Es war ganz offensichtlich, dass ihre Mutter ihn anbetete, und sogar ihr Vater fand, dass Charlie ein ›verdammt netter Kerl‹ war.

»Er ist eine richtig gute Entdeckung«, sagte Lila zu Peter, der mit ihr am Küchentisch saß und ein Glas Rotwein trank. »Danke, dass du das angeleiert hast. Ich fühle mich wesentlich sicherer, seit er in der Nähe ist.«

Peter grinste verschwörerisch. »Ich finde es auch gut, dass er hier ist. Hast du diese Muskeln gesehen? Und als ich ihn vorhin in seiner Badehose gesehen habe … Gütiger Himmel, ich wusste gar nicht, wo ich hinschauen sollte!«

»Peter, du bist so ein Schwuli.« Sie schlug ihm spielerisch auf den Arm.

»Schön, dich lächeln zu sehen. Dir geht es viel besser, oder?«

Lila dachte einen Augenblick darüber nach. Na ja, sie fühlte sich sicher schon viel besser als vor ein paar Tagen, das stimmte. Aber sie war weit davon entfernt, glücklich zu sein. Brett hatte ein riesiges Loch in ihrem Herzen hinterlassen. Morgens wachte sie auf, und für den Bruchteil einer Sekunde fühlte sie sich normal, und dann erinnerte sie sich daran, was geschehen war, und dann holte sie der Verlust wieder ein – so als wäre sie zum ersten Mal damit konfrontiert worden.

Brett hatte ihr einen Brief geschrieben, voller Entschuldigungen und Versprechungen für eine nicht existierende Zukunft, die er geplant hatte. Er sagte, dass er sich wegen seiner Sexsucht behandeln lassen würde und dass sie ihn bedauern sollte wie einen Drogen- oder Alkoholabhängigen. Aber Lila bedauerte Brett nicht. Sie verachtete ihn. Er hatte sogar gewagt zu fragen, ob sie ihn zurücknähme, wenn er wieder ›gesund‹ wäre. Was bildete er sich nur ein? So eine Unverschämtheit! Es hatte ihr großen Spaß gemacht, den Brief zu verbrennen. Das war richtig befreiend. Sie hatte sich gefühlt, als würde sie sich von einem schlechten Einfluss reinwaschen. Allerdings, fühlte sie sich dadurch auch besser?

»Ich schaffe das schon, Peter«, antwortete sie ehrlich. »Ich bin ganz sicher auf dem richtigen Weg.«

»Hast du schon von der armen Maxi gehört?«, fragte Peter und zog eine Augenbraue hoch.

Lila nickte. »Sie hat mich vorhin angerufen und mir alles erzählt. Die Arme. Da hat sie sich ganz schön in Schwierigkeiten gebracht …«

»Das kannst du laut sagen! Hat sie dir erzählt, wer der Vater ist?«

Lila schüttelte den Kopf. »Aber es muss jemand sein, den sie wirklich gemocht hat. Maxi ist noch nie untreu gewesen. Sie ist so eine treue Person; das passt gar nicht zu ihr.«

»Schwierige Angelegenheit, Untreue.«

»Das kannst du laut sagen.« Lila lächelte kläglich.

»Ein Moment der Begierde, ein Leben lang beim Anwalt«, fuhr Peter fort. »Wo wir gerade beim Thema sind, ich hoffe doch, dass du Brett, diesen Scheißkerl, so richtig bluten lässt.«

»Ja sicher«, sagte Lila mit zuckersüßer Stimme. »Ich werde ihm das Leben zur Hölle machen.«

»Ich sterbe vor Neugier, mit wem Maxine eine Affäre hatte. Meinst du, sie erzählt es uns?«

»Das geht uns nichts an, oder? Und versuch ja nicht, sie auszuquetschen. Sie kommt morgen vorbei, also benimm dich.«

Peter tat so, als wäre er beleidigt. »Ich werde sie mit Samthandschuhen anfassen, Lila«, sagte er und hob seine Hände. »Mit Samthandschuhen.«

»Und Jasmine kommt auch, also sei nett. Ich weiß, dass du sie nicht besonders magst.«

»Oh, da irrst du dich«, sagte Peter lässig. »Ich habe meine Meinung geändert. Ich bin jetzt wieder total in sie verliebt. Ich meine, sie hat geholfen, dir das Leben zu retten. Wie kann ich ihr da noch böse sein?«

»Du bist so wankelmütig.«

»Und außerdem ist sie Charlies Patentochter, und mit ihm kann ich es mir ja wohl nicht verscherzen.« Peter schüttelte sich vor gespieltem Entsetzen. »Das Tier würde mir alle Glieder einzeln ausreißen.«

»Davon träumst du wohl«, lachte Lila.

Sie lehnte sich auf ihrem Stuhl zurück und betrachtete die Szene, die sich ihr bot. Peter öffnete eine weitere Flasche Wein. Ihr Vater schnitt ein Stück Fleisch, und ihre Mutter holte ein Blech mit perfektem Yorkshire-Pudding aus dem Ofen. Aber Charlie beobachtete sie am längsten. Er machte nichts Besonderes – er schüttete nur Bratensauce in eine Sauciere, wischte sich die Hände an seiner Schürze ab, nahm ihrer Mum das Blech ab und suchte für ihren Vater ein schärferes Messer. Sie mochte es, ihn um sich zu haben. In seiner Anwesenheit fühlte sie sich so sicher. Und es war nicht nur seine Größe und seine Stärke, durch die sie sich geborgen fühlte; da war noch etwas anderes. Sie wusste selbst nicht so genau, was es war. Charlie blickte auf, und ihre Blicke trafen sich. Er lächelte freundlich. Sein Lächeln hatte etwas seltsam Vertrautes, und Lila fragte sich, ob sie ihm vor vielen Jahren schon einmal irgendwo begegnet war. Für einen Augenblick hatte sie das Gefühl, dass sie kurz davor war, sich an etwas zu erinnern – dasselbe Gefühl hatte sie oft morgens beim Aufwachen, wenn sie versuchte, sich an den Traum der letzten Nacht zu erinnern –, aber dann entglitt ihr der Gedanke wieder und verschwand.

43 Maxine fühlte sich beschissen, und als sie in den Spiegel schaute, stellte sie fest, dass sie auch so aussah. Sie hatte zwei Tage kräftig durchgeheult, also war es kein Wunder, dass sie jetzt geschwollene Augen und Flecken im Gesicht hatte. Und die morgendliche Übelkeit trug ihren Teil dazu bei. Von dem ganzen Würgen waren ihre Wangen von geplatzten Äderchen übersät. Das ging gar nicht. Absolut nicht.

»Reiß dich zusammen, Mädchen!«, befahl sie ihrem Spiegelbild.

Carlos hatte sie verlassen. Es hatte gar keinen Sinn zu versuchen, ihn wiederzubekommen. Er war älter und in seiner ganzen Art entschlossener als sie, außerdem war er stur. Maxi kannte ihn gut genug, um zu wissen, dass es kein Zurück gab, wenn er sich erst einmal entschieden hatte. Sie war eine Kämpfernatur, und sie ging keiner Auseinandersetzung aus dem Weg, aber es hatte überhaupt keinen Zweck, Carlos umstimmen zu wollen. Das wäre ein Kampf, den sie mit Sicherheit verlieren würde.

Wollte sie ihn überhaupt wiederhaben? Tief in ihrem Inneren war sie sogar ein wenig erleichtert, dass die Beziehung zu Ende war. Sie hatte geglaubt, dass sie glücklich war, aber wenn das stimmte, warum war sie dann so auf Juan abgefahren? Seit dieser Nacht in L. A. hatte es Zweifel gegeben. Nein, es war besser so. Maxine würde jetzt eben einfach alleine leben.

Sie legte vorsichtig die Hand auf ihren Bauch. Sie hätte dieses Baby gerne bekommen, aber sie hatte entschieden, dass es

-436-

unmöglich war. Es war alles viel zu kompliziert. Juan von der Schwangerschaft zu erzählen, hatte überhaupt keinen Sinn. Wie würde er das aufnehmen? Er war noch ein Kind, und sie kannten sich kaum. Vielleicht würde er ihr versprechen, bei ihr zu bleiben, aber sie fand das nicht fair. Wenn Juan ein ernsthaftes Interesse an ihr gehabt hätte, hätte er sich schon vor zwei Wochen gemeldet. Ihm von dem Baby zu erzählen, wäre einfach grausam. Sie würde ihn damit unter Druck setzen, und das wäre nicht richtig.

Aber das Baby zu behalten und es ihm *nicht* zu erzählen, wäre noch schlimmer. Das wäre echt übel. Was würde achtzehn Jahre später passieren, wenn der Junior wissen wollte, wer sein Vater ist? Dann würde die Wahrheit schließlich ans Licht kommen und die Leben von allen durcheinanderbringen. Und wie würde Carlos sich fühlen, wenn herauskäme, dass sie von seinem Sohn schwanger geworden war?

Es gab nur eine Lösung. Das war Maxines Problem, und sie würde damit alleine fertig werden. Sie hatte schon alles arrangiert.

Maxi duschte ausgiebig und heiß und verwöhnte sich mit Schönheitsprodukten. Sie trocknete und stylte ihr Haar und legte dann noch sorgfältiger Make-up auf als sonst. Sie zog ihren Lieblingsbikini mit Tigerdruck von Roberto Cavalli, ein passendes Hängerchen und ihre höchsten Plateau-Pantoletten an. So, Maxine war zurück und bereit, die Welt zu erobern – koste es, was es wolle.

»O la la!«, rief Blaine, als sie auf der Terrasse erschien. »Du siehst heute verdammt gut aus, Maxine.«

Sie lächelte freundlich, obwohl er der schlimmste Mann war, den sie jemals gesehen hatte. Jimmy ignorierte sie. So war er, das hatte sie in den letzten paar Tagen gelernt. Ein kleines, ungehobeltes Arschloch. Außerdem mochte sie die Art nicht, in der er mit Jasmine sprach.

»Du siehst super aus«, bestätigte Jasmine. »Geht es dir heute besser?«

»Oh, ich bin absolut gut drauf, Süße«, verkündete Maxi lässig. »Sollen wir jetzt zu Lila gehen?«

»Ja, ich bin fertig«, sagte Jasmine und nahm ihre Tasche.

»Vergiss nicht, dass du nachher dieses, ähm, Meeting hast, Jazz«, sagte Blaine. »Komm nicht zu spät. Wir fahren um eins.«

»Welches Meeting?« Jimmy blickte von seiner Zeitung auf und machte ein grimmiges Gesicht.

»Ich habe für heute Nachmittag ein Interview für sie organisiert«, erwiderte Blaine. »Schmalziges Zeug für irgendein Frauenmagazin. ›Warum ich meinen Jimmy liebe, von Jasmine Jones‹, oder so ein Schwachsinn.«

»Ach so«, sagte Jimmy und wandte sich wieder dem Sportteil zu. »Das ist okay.«

Maxine sah, dass Blaine und Jasmine sich einen verschwörerischen Blick zuwarfen und die beiden offensichtlich irgendetwas hinter Jimmys Rücken planten. Es war interessant zu sehen, dass sie nicht die Einzige war, die Geheimnisse hatte.

»Das ist lächerlich«, sagte Maxine, als sie in Jimmys Sportwagen stiegen. »Wir gehen nur nach nebenan.«

»Ich weiß«, stimmte Jasmine ihr zu. »Aber kannst du dir vorstellen, was passiert, wenn wir an diesen Menschenmassen vorbeigehen?«

Sie fuhr durch die Tore und musste mehrmals auf die Hupe drücken, damit die Paparazzi, die immer noch vor Lilas Haus campierten, ihr Platz machten.

»Man sollte meinen, dass es für sie langsam langweilig wird«, sagte Maxi. »Haben die eigentlich nichts Besseres zu tun?«

»Wenn Lila Glück hat, dann gibt es nächste Woche irgendeine neue Sensation.« Jasmine fuhr die zwanzig Meter zwischen den beiden Grundstücken sehr langsam.

»Fahr ihnen ruhig über die Zehen«, sagte Maxine verächtlich. »Es würde ihnen recht geschehen.«

»Das würde mich schon reizen. Aber ich habe kein Geld für die Gerichtsverhandlung«, lachte Jasmine.

Charlie wartete am Tor. Er winkte den Wagen hinein und hielt die Presse vom Eingang fern, während sich die elektrischen Tore schlossen. Er blickte die Paparazzi böse an.

Maxine ließ Jasmine ihren Patenonkel zuerst umarmen und gab ihm dann auch einen Begrüßungskuss.

Gott, war der gut gebaut. Sie konnte sehen, wie sich seine Muskeln unter dem dünnen T-Shirt abzeichneten. Mit diesem Typen als Bodyguard fühlte Lila sich bestimmt wesentlich sicherer. Das musste ungefähr so sein, als hätte man Russell Crowe als Gladiator engagiert.

»Lila ist am Pool«, sagte er ihnen. »Ich komme in einer Minute, aber erst muss ich den Leuten hier mal ein paar Takte sagen. Ich habe vorhin einen erwischt, der versucht hat, über die Mauer zu klettern, also muss ich sie mal wieder daran erinnern, was passiert, wenn ich noch einen solchen Stunt sehe.« Er ließ seine Fingergelenke knacken und ging zielstrebig auf das Tor zu.

Lila lag in einem schwarzen Bikini unter einem Sonnenschirm.

Maxine erwischte sich bei dem Gedanken, dass ihre Freundin, nach allem, was sie durchgemacht hatte, gut aussah. Es ging doch nichts über eine Herzschmerz-Diät, um ein paar Pfunde loszuwerden. Und durch die ganze Schwimmerei war sie richtig braun geworden. Das stand ihr auch gut.

»Guten Morgen, Ladys«, Lila lächelte sie an. »Schön, dass ihr vorbeigekommen seid.«

»Mensch, du siehst so viel besser aus als letztes Mal«, sagte Maxine und warf sich auf die Liege neben Lila.

»Als du mich das letzte Mal gesehen hast, war ich gerade

aus dem Koma aufgewacht«, erinnerte Lila sie trocken. »Wie auch immer, genug über mich. Wie geht es dir denn, Maxine?«

»Mir?« Maxi zuckte so gleichgültig sie nur konnte die Schultern. »Mir geht es prima. Carlos war sowieso nicht der richtige Mann für mich. Es ist also besser so.«

»Will sie mich verarschen?«, fragte Lila Jasmine, so als wäre Maxine gar nicht da.

Jasmine zuckte mit den Schultern. »Sie ist heute Morgen schon mit dieser guten Laune aufgewacht.«

»Ich sage euch beiden, mir geht es gut, okay?«, sagte Maxine mit Nachdruck. Je öfter sie es laut sagte, umso eher stimmte es auch.

»Und was ist mit dem Baby?« Lila sah sie besorgt an.

Bitte kein Mitleid, dachte Maxine. Sie konnte die ganze Situation nur dann einigermaßen ertragen, wenn ihre Freundinnen kein Mitleid hatten. In dem Moment, in dem sie Anteilnahme in ihren Augen sah, hätte sie am liebsten losgeheult. Auch Jasmine sah sie eindringlich an und wartete auf eine Antwort.

»Es ist alles geregelt«, sagte Maxine.

Sie wusste, dass sie total scharf darauf waren, die pikanten Details ihrer Affäre zu erfahren, aber Maxine würde auf keinen Fall darüber reden. Niemand würde jemals etwas von Juan erfahren. Und damit wechselte sie das Thema.

»Also, Lila, ich dachte, es wäre ganz gut, wenn du mal zu meiner Therapeutin gehst und mit ihr über die ganze Sache mit Brett sprichst. Die Frau ist genial. Du solltest sie für ein paar Sitzungen von London herüberfliegen lassen.«

»Ja, vielleicht«, sagte Lila. »Und dir würde es wahrscheinlich auch guttun, mal mit ihr zu reden.«

Maxine war erleichtert, als Peter mit einem Tablett voller Drinks aus dem Haus kam. Sie hatte keine Lust, über ihre

Probleme zu sprechen. Es war so viel einfacher, sich mit den Sorgen der anderen zu beschäftigen.

»Oh, hallo, ihr tollen Mädchen!«, begrüßte Peter sie und stellte das Tablett mit einer schwungvollen Geste auf den Tisch.

Er gab Maxi und Jasmine ein Luftküsschen, blieb stehen, neigte den Kopf auf eine Seite und starrte Maxine an.

»Was ist?«, fragte sie.

»Nichts«, sagte er.

»Was?«, fragte sie.

»Ach, ich weiß nicht. Es ist nur, du strahlst so. Das muss wohl an deiner Schwangerschaft liegen. Ach, Maxine, bitte erzähle uns, wer der Vater ist. Wir platzen alle vor Neugier, aber Lila und Jasmine sind einfach zu höflich, zu fragen.«

»Es ist niemand, den ihr kennt«, sagte Maxi entschlossen. »Können wir jetzt davon aufhören?«

Sie saßen für einen Augenblick in unangenehmem Schweigen zusammen, bis Maxine noch einmal versuchte, das Thema zu wechseln.

»Ich habe morgen ein paar Behandlungen, hat jemand Lust mitzukommen?«, fragte sie fröhlich.

»Was denn für Behandlungen?«, wollte Lila wissen.

»Ach, nur ein bisschen Botox und ein paar Füller«, sagte sie.

Maxine dankte dem Gott der plastischen Chirurgie jeden Tag für die Erfindung von Botox. Sie war sicher, dass sie ihre Lüge über ihr Alter ohne Botox niemals so lange hätte aufrechterhalten können. Seit einiger Zeit dachte sie jetzt schon darüber nach, dass Lila das mit ein bisschen ›Hilfe‹ auch machen könnte, und hoffte, dass sie auf ihr Angebot einginge, einen Frauentag in einer Schönheitsklinik einzulegen.

»Meinst du, ich muss was machen lassen?«, fragte Jasmine mit großen Augen.

Maxine schaute in Jasmines perfektes, faltenfreies Gesicht und fing an, laut zu lachen.

»Nein!«, sagten alle im Chor.

»Nun, ich bin nicht sicher, ob ich das gut finden soll«, sagte Lila. »Das ist wie Betrügen.«

»Betrügen? Sei nicht albern!«, spottete Maxi. »Man unterstützt die Natur nur ein bisschen. Wie auch immer, du hast dir ein Verwöhnprogramm verdient, nach allem, was du durchgemacht hast.«

»Na ja, ich werde mir auf jeden Fall kein Botox spritzen lassen, aber vielleicht lasse ich mich zu einer Anti-Aging-Gesichtsbehandlung überreden.« Es sah so aus, als würde Lila sich mit dem Gedanken anfreunden. »Diese Fotos in den Zeitschriften haben nicht gerade dazu beigetragen, dass ich mich besser fühle.«

Maxine war Feuer und Flamme für diese Idee. Hier bot sich ein Projekt, das sie von ihren eigenen Problemen ablenken würde. Ja, sie würde Lila helfen, sich zu verwandeln, wie Phönix aus der Asche. Lila könnte eine neue Frisur, neue Klamotten und vielleicht sogar ein neues Gesicht bekommen. Sie war sicher, dass sie Lila überreden konnte, sich ein oder zwei kleine Spritzen geben zu lassen. Und dann, wenn die Verwandlung abgeschlossen wäre, würde sie eine riesige ›Verpiss-dich-Brett-Rose-Party‹ im Cruise schmeißen. Das war eine geniale Idee. Sie hatte die fünfseitige Reportage in der Marie Claire schon vor Augen − ›Lila Roses verblüffender neuer Look‹.

»Meinst du, bei mir könnte man auch noch was machen?«, fragte Peter und zog seine Haut nach hinten, so dass er aussah wie Jocelyn Wildenstein. »Sei ehrlich, habe ich mich gehen lassen? Finde ich deshalb keinen Mann?«

»Du findest keinen Mann, weil du schon verheiratet bist.« Maxine lachte. »Du bist seit Jahren so was wie eine Ehefrau für Lila.«

»Das stimmt«, seufzte Peter. »Ach, Lila, Liebling, meinst du, du könntest den Arzt während deiner Botoxbehandlung fragen, ob er nicht eine kleine Geschlechtsumwandlung einschieben kann? Dann wären wir beide glücklich.«

Lila schlug ihm mit einem zusammengerollten Handtuch auf den Kopf. »Ich werde mir kein Botox spritzen lassen«, versicherte sie. »Oder irgendeine OP machen lassen!«

Charlie überzeugte sich davon, dass die Frauen und Peter am Pool sicher miteinander plauderten und drehte weiter seine Runden. Er winkte Eve und Brian zu, die auf der Terrasse saßen, und ging hinunter zu dem privaten Strand. Es war gut, wieder eine Aufgabe zu haben. Dieser Job machte ihn stolz. Er verdiente gutes Geld und tat etwas Ehrenwertes, indem er Lila Rose beschützte. Gott, sie war schon eine tolle Frau. Sie war klug, witzig und freundlich. Wenn er ehrlich war, schwärmte er für sie wie ein Schuljunge. Er träumte nachts von ihr, und selbst am Tag erwischte er sich dabei, dass er Phantasien über sie hatte. Er sah sie in der Sonne liegen und stellte sich vor, wie es sich wohl anfühlte, ihre gebräunte Haut zu streicheln, mit den Fingern durch ihr dunkles Haar zu fahren, oder diese vollen Lippen zu küssen. Das musste aufhören. Was, wenn sie mitbekam, wie er sie anstarrte? Sie würde ausflippen und ihn feuern. Und er wollte diesen Job nicht verlieren. Eigentlich brauchte er sie mehr als Lila ihn.

Charlie versuchte, nicht darüber nachzudenken, was wohl zu Hause in London los war. Seit er sein Handy zertrümmert hatte, hatte er Gary ein paarmal aus einer Telefonzelle angerufen, aber es hatte keine Neuigkeiten über Nadias Verschwinden gegeben. Wenigstens konnte Frankie Angelis ihm keinen Ärger mehr machen. Er wäre beinahe weich geworden. Er war versucht gewesen, den Job für diesen alten Mann zu machen. Nein, es war gut, dass er weggekommen war. Das Witzige war, dass Lila Charlie genauso beschützte wie er sie. Dieser Ort war ein sicherer Unterschlupf für ihn. Er hatte noch sieben Tage, bis die russische Frist ablief, aber hier konnte selbst Dimitrov ihm nichts anhaben. Er ging den einsamen Strand entlang und checkte das Meer nach Schwimmern ab. Manchmal versuchten die Fotografen auch, an den Strand zu schwimmen, manchmal auch Touristen; neulich erst hatte er eine Gruppe von japanischen Kindern weggescheucht.

Heute war das Meer ruhig, und es gab keine Hinweise auf irgendwelche Eindringlinge. Charlie stieg die Stufen zum Haus hinauf und genoss die Strahlen der Mittagssonne auf seinem Nacken. Jetzt untersuchte er die andere Seite des Grundstücks jenseits von Pool und Terrasse. Eine hohe, efeuberankte Mauer trennte das Grundstück von den nächsten Nachbarn. Sträucher und Palmen standen davor, um die Privatsphäre zu wahren. Als er daran entlangging, hörte Charlie das Knacken eines Astes. Wenn das wieder einer dieser verdammten Fotografen war …

Wumm! Charlie spürte, wie ihn ein starker Arm am Hals packte und ins Gebüsch hineinzog. Er schlug mit den Armen um sich und versuchte, den Kopf zu drehen, um zu sehen, wer ihn festhielt, aber der Mann war größer und stärker als er. Und er hatte Charlies Kopf fest im Griff. Plötzlich spürte Charlie das kalte Metall einer Waffe am Hinterkopf. Was ging hier verdammt nochmal vor sich? Wie konnte das nur passieren? Er spürte, wie das Blut aus seinem Gesicht wich.

»Nachrichten vom Boss«, fauchte der Mann mit dem breiten russischen Akzent ihm ins Ohr. »Du hast noch genau eine Woche, um Nadia zu finden. Oder niemand ist mehr sicher, verstanden? Du nicht, nicht deine teure Jasmine und auch nicht Lila Rose. Auge um Auge, Mädchen um Mädchen …«

Der Mann drückte noch fester zu, so dass Charlie kaum mehr Luft bekam. Er konnte hören, wie gurgelnde Laute aus

seinem Mund kamen, und sah Sterne vor seinen Augen. Die
Waffe drückte fest auf seinen Hinterkopf.

»Eine Woche, Charlie Palmer«, knurrte der Russe. »Eine
Woche und dann ...«

Charlie hörte das Klicken der Entsicherung.

»Ist es aus.«

Er hatte sich völlig klar und deutlich ausgedrückt. Der riesige Mann warf Charlie auf den Boden wie eine Stoffpuppe
und trat ihm in die Nieren. Charlie landete auf allen vieren,
und um ihn herum drehte sich alles. Als es ihm gelang, wieder
Luft zu holen und auf die Beine zu kommen, war der Mann
verschwunden.

44 Juan küsste seine Mutter auf beide Wangen und gab ihr die Blumen, die er ihr mitgebracht hatte.

»Orientalische Lilien, meine Lieblingsblumen! Wie schön, dass du dich daran erinnerst, Juan«, sagte sie, so als wäre es eine Überraschung.

Tatsächlich brachte er ihr jede Woche denselben Strauß, von demselben Floristen, und jede Woche spielte sich dasselbe Ritual ab. Seine Mutter hatte eine Macke. L. A. hatte nach all den Jahren Spuren hinterlassen. Sein Vater sagte, dass sie heimisch geworden wäre. Ganz anders als sein Vater, der immer noch einen breiten spanischen Akzent hatte, hatte Esther alle Spuren ihrer Vergangenheit verloren. Sie war jetzt Amerikanerin und stolz darauf. Esther Russo konnte eine Dinnerparty geben, lunchen und mit den besten Hollywood-Gattinnen plaudern und lästern. Und entsprechend sah sie auch aus mit ihrer cremefarbenen Hose, ihrer beigefarbenen Seidenbluse und den teuren Diamanten. Ihr dickes schwarzes Haar war hinten zu einem Knoten zusammengesteckt. Sie sah gut aus. Juan fragte sich, ob sie einen weiteren kleinen Eingriff hatte vornehmen lassen, ohne es ihm zu sagen.

»Um Himmels willen, Juan, was hast du denn da an?« Seine Mutter schüttelte den Kopf und versuchte, ihm das schwarze T-Shirt in die herunterhängende Jeans zu stopfen. »Zu meiner Zeit trugen die Männer Anzüge, und sie haben ihre Schuhe poliert.« Sie schaute auf seine abgewetzten Turnschuhe, so als wären sie ein Affront gegen ihren glänzenden Marmorboden.

»Und das da, ist das ein neues Tattoo?« Sie schnappte nach Luft, als sie seinen Ärmel hochschob, um den wohlgeformten Körper einer nackten Frau zu enthüllen.

Das Tattoo war eine Hommage an die großartige Maxine. Er hatte es als Erinnerung an ihre gemeinsame Nacht machen lassen.

»Wirklich, Juan, wenn ich bedenke, dass du mal ein Messdiener warst. Was würde Pater Gonzales wohl sagen? Er würde sich im Grab umdrehen!«

Juan grinste sie schelmisch an und küsste sie auf die Wange. »Wie gut, dass ich dich habe, Mom, du sorgst dafür, dass ich nicht vom rechten Weg abkomme.«

Juan merkte, dass seine Mutter gegen ihren Willen lächelte. Mit einem Kuss und einem Kompliment wickelte er seine Mutter jedes Mal um den Finger.

»Komm mit«, sagte sie. »Ich habe ein wenig im Garten gearbeitet. Sieh es dir an.«

Juan nahm den Arm seiner Mutter und führte sie hinaus in den Garten. Sie gingen Arm in Arm durch den grünen tropischen Garten, an dem riesigen Pool vorbei und die Treppen hinauf zu einem kleinen Pavillon. Das Dienstmädchen hatte ihnen schon Eistee auf einen Tisch gestellt, der mit einem frischen weißen Leinentuch bedeckt war. Juan musste lächeln. So war das immer bei seiner Mutter. Sie verbrachte ihr ganzes Leben damit, der Außenwelt zu beweisen, dass ihre Kleidung, ihr Haus und ihr Lebensstil absolut makellos waren. Es musste sie doch wahnsinnig machen, dass sie ihre Kinder nicht so ordentlich und sauber halten konnte, dachte Juan.

»Also, ich nehme an, dass du die Neuigkeiten deines Vaters schon gehört hast?«, fragte Esther und hob eine perfekt gezupfte Augenbraue.

Juan schüttelte den Kopf. »Ich habe seit Wochen nicht mehr

mit Dad gesprochen«, sagte er. »Er ist im Stress. Ich bin im Stress. Du weißt doch, wie das ist.«

Die Wahrheit war, dass Juan auf die Anrufe seines Vaters nicht reagiert hatte. Wie sollte er? Was sollte er dem Mann sagen, jetzt, wo er mit Maxine geschlafen hatte?

»Tss!«, sagte Esther. »Ein Mann sollte nie so beschäftigt sein, dass er nicht mit seinem Sohn sprechen kann. Na ja, das ist ja kein Wunder. Er hat eben keinen Familiensinn.«

»Also, was gibt es Neues?«, fragte Juan, bestrebt, das Thema zu wechseln. Er hatte es über Jahre ertragen, zuzuhören, wie seine Mutter auf seinen Vater schimpfte, und es langweilte ihn jetzt. Auf ihre Art waren sie beide liebe Menschen.

»Nun.« Esthers Gesicht hellte sich auf, und Juan war klar, dass es seiner Mutter Vergnügen bereitete, das, was jetzt kam, zu erzählen. »Du kennst doch dieses kleine Flittchen von ihm?«

Juan zuckte zusammen. Es gefiel ihm nicht, dass seine Mom so über Maxine sprach.

»Maxine«, sagte er ruhig. »Ihr Name ist Maxine.«

»Wie auch immer.« Esther winkte mit der Hand, so als wäre das unbedeutend. »Sie ist schwanger! Kannst du dir das vorstellen?«

»Schwanger!?« Juan hoffte, dass seine Mutter den Ausdruck blanken Entsetzens auf seinem Gesicht nicht mitbekommen hatte. Maxine war schwanger. Sie würde das Kind seines Vaters bekommen. Das waren furchtbare Neuigkeiten. Juan hatte das Gefühl, als hätte ihm jemand in den Magen geschlagen.

»Das ist vielleicht ein Ding, nicht?« Esthers Augen funkelten. »Denn dein Vater hat sich vor fünfzehn Jahren sterilisieren lassen, verstehst du? Ich bestand darauf, nachdem Federico auf die Welt gekommen war. Also ist es nicht von ihm. Diese kostbare Maxine ist also nichts weiter als ein billiges Flittchen! Carlos hat sie natürlich hinausgeworfen. Ich nehme also an, dass wir nichts mehr von ihr hören werden. Ein Glück, dass wir die los sind.«

Sie wartete auf eine Reaktion. Juan öffnete den Mund, brachte aber keinen Ton heraus. Seine Gedanken rasten.

»Also, Juan, lass dir das eine Lehre sein. Sicher, du sollst deinen Spaß haben und dir die Hörner abstoßen, aber wenn die Zeit kommt, dir eine Frau zu suchen, wähle mit Verstand, mein Junge. Such dir ein nettes katholisches Mädchen mit hohen moralischen Grundsätzen. Das ist es, was dein Vater falsch gemacht hat; er wusste eine gute Sache nicht zu schätzen, als er sie hatte. Wenn er mit mir zusammengeblieben wäre …«

Esther sprach immer noch, aber Juan hörte ihr nicht mehr zu. Er war meilenweit weg.

»Und, wie sehe ich aus?«, fragte Lila und schaute Maxine nervös an.

»Ein bisschen rot, aber ansonsten gut«, antwortete Maxine. »Es dauert zwar ein paar Tage, aber dann hat man die Haut einer Zehnjährigen. Das schafft man nur mit einem chemischen Peeling. Ich verstehe nicht, dass du so gegen Botox bist. Nächstes Mal überrede ich dich, das verspreche ich dir. Aber so ein Peeling wirkt auch schon Wunder, und die Röte wird sich bis zu deiner Party gelegt haben.«

»Welche Party?«, fragte Lila. Sie wusste nichts von einer Party.

»Die Party, die ich für dich im Cruise organisiert habe, Dienstagabend«, antwortete Maxine unschuldig.

»Maxine, ich habe heute zum ersten Mal seit Wochen das Haus verlassen. Ich bin gerade erst aus dem Krankenhaus gekommen. Ich schaffe es gerade mal, mich morgens anzuziehen. Ich bin noch nicht so weit, auf eine Party zu gehen«, erwiderte Lila. Ihre Freundin war verrückt.

»Unsinn. Das ist genau das, was du brauchst. Und es ist das, was auch Brett braucht – dich strahlend, glücklich und großartig in der Zeitung zu sehen. Du musst ihm zeigen, was er verloren hat. So läuft das. Vielleicht solltest du zusätzlich zu den Fotos noch ein Interview geben …«

»Aber Maxi …«

»Kein Aber; es ist alles organisiert. Die Einladungen sind heute Morgen rausgegangen. Alle, die Rang und Namen haben, kommen, und du bist der Ehrengast.«

Lila war nicht sicher, ob sie zu all dem bereit war. Es war rührend, dass Maxi sich so sehr um sie kümmerte, besonders jetzt, da sie ihre eigenen Probleme hatte, aber das ging Lila alles ein bisschen zu schnell. So richtig wohl fühlte sie sich nur in der Villa ihrer Eltern. Sie war nicht sicher, ob sie bereit war, in die Öffentlichkeit zu treten. Allein hierher in diese Schönheitsklinik zu kommen, war schon ein großer Schritt gewesen.

Die Frauen warteten, dass der Nagellack nach ihrer Pediküre trocknete, aber ansonsten waren sie fertig. Ihre Körper waren massiert und eingeölt, ihre Gesichter waren gespritzt oder gepeelt und ihre Nägel gefeilt und lackiert worden.

»Endlich, meine Nägel sind trocken. Deine sind es dann bestimmt auch. Wir sollten besser einen Zahn zulegen, sonst kommen wir noch zu spät zum Friseur«, verkündete Maxine.

»Friseur?«, fragte Lila. »Willst du dir die Haare schneiden lassen?«

»Nicht ich, Lila. Du.«

Lila strich mit der Hand automatisch über ihr schulterlanges Haar. Sie war nicht sicher, ob sie es schneiden lassen wollte.

»Aber ich trage meine Haare schon seit Jahren so«, protestierte sie.

»Eben. Zeit für Veränderungen.«

Lila wusste nicht, ob sie noch mehr Veränderungen ertragen konnte. Himmel, noch vor einem Monat war sie eine seit zehn Jahren verheiratete Frau. Jetzt war sie Single, hatte ein chemisches Peeling hinter sich und war kurz davor, sich die Haare abschneiden zu lassen.

»Am Sonntagabend steigt auch eine Party im Cruise. Du kannst gerne kommen, wenn du magst«, sagte Maxine, als sie zu Lilas Chauffeur in den Wagen stiegen. »Jasmine kommt auch.«

»Nein, ich denke, ich spare mir meine Energie lieber für Dienstagabend. Also, erlaubt Carlos dir, den Club zu behalten.«

Lila hatte sich schon Gedanken darüber gemacht, dass Maxine mit Carlos möglicherweise auch das Cruise verlieren würde. Das wäre eine Schande gewesen, sie hatte diesen Sommer einen solchen Erfolg damit gehabt.

»Ja. Sein Anwalt hat mich angerufen und gesagt, dass er es mir überschrieben hat. Das ist wirklich reizend, wenn man bedenkt, was ich ihm angetan habe. Er hat alles bezahlt, und es wäre sein gutes Recht, es mir wegzunehmen. Er ist wirklich ein anständiger Mann«, sagte Maxine.

»Vermisst du ihn?« Lila beobachtete ihre Freundin aufmerksam. Es hatte den Anschein, dass es Maxine nicht viel ausmachte, aber Lila war sicher, dass sie ziemlich verletzt war.

Maxine zuckte mit den Schultern und drehte sich weg, um aus dem Autofenster zu schauen. »Wir waren eben nicht füreinander geschaffen. Sonst wäre mir das wohl nicht passiert ...«

Lila sah, wie Maxine ihre Hand auf ihren Bauch legte.

»Und hast du keine Chance, die Sache mit dem Vater des Babys hinzubiegen?«, fragte Lila vorsichtig.

Sie hätte nur zu gern gewusst, wer der Vater war, aber Maxine hatte unmissverständlich klargemacht, dass sie darüber nicht reden wollte. Maxi schüttelte traurig den Kopf. Für eine Weile saßen sie schweigend nebeneinander, jede in ihre eigenen Gedanken versunken, und dann drehte Maxine sich zu Lila um und lächelte.

»Also wird es jetzt wieder wie in alten Zeiten sein, oder? Du und ich werden uns als Singles in der Stadt herumtreiben!«

Lila lächelte. »Ja, sieht so aus. Aber dieses Mal sind wir nicht mehr so jung. Wir haben jetzt Falten.«

»Ich nicht«, sagte Maxine grinsend, »hab sie mir ja gerade wegspritzen lassen.«

45 Jasmine zählte das Geld, wobei sie immer wieder zur Schlafzimmertür schaute, um sicherzugehen, dass niemand reinkam. Sie hatte alles bekommen, die ganzen fünfhunderttausend Euro. Sie packte die Geldscheine zusammen, verstaute sie ordentlich in einem Schuhkarton und schloss sie in dem Safe ein, der sich hinter ihren Kleidern im begehbaren Kleiderschrank befand. Sie war auf Montag vorbereitet. Der Erpresser hatte sich noch nicht gemeldet, aber er würde sie bestimmt bald wissen lassen, was sie zu tun hatte. Dessen war sie sich sicher.

Das Wichtigste war, dass sie einen Weg gefunden hatte, an das Geld zu kommen. Niemand wusste, was Jimmy tun würde, wenn er herausbekäme, dass sie sich für den Playboy ausgezogen hatte, aber mit diesem Problem konnte sie sich im Moment nicht beschäftigen. Die Fotos waren an einem Strand einige hundert Kilometer entfernt gemacht worden, und bis jetzt hatte Jimmy keinen Schimmer. Jetzt war sie nur erleichtert, dass das Geld in ihrem Safe lag. Das war sicher das letzte Mal, dass sie von dem Erpresser hörte. Eine halbe Million Euro waren ja wohl genug, sie in Zukunft in Ruhe zu lassen! Und sie versprach sich selbst, dass das ihre letzten Nackt-Fotos gewesen waren. Von jetzt an konzentrierte sie sich auf ihre wahre Leidenschaft – das Singen. Ja, von jetzt an würde alles besser.

Jimmy saß im Wohnzimmer und starrte mit großen Augen auf den Fernseher.

»Alles klar, Baby?«, fragte sie.

Er schien sie nicht zu hören. Er war gefesselt. Jasmine blickte auf den Fernseher. Er schaute sich die Sportnachrichten an. Der Kommentator sagte etwas von Spekulationen über einen Verkauf von Jimmys Fußballclub, und sie zeigten ein Foto von dem grauhaarigen Russen, mit dem Jimmy auf ihrer Hochzeit gesprochen hatte.

»Kauft dieser Mann den Club?«, fragte Jasmine.

»Ich hoffe verdammt nochmal nicht«, brummte Jimmy und schob sich an ihr vorbei.

»Wo musst du denn jetzt schon wieder hin?«

»Einen wichtigen Anruf erledigen«, rief Jimmy. »Allein!«

Die Tür fiel hinter ihm zu. Herrgott! Sie hatte das Gefühl, als lebte sie mit einem übergroßen Teenager zusammen.

Charlie konnte nicht schlafen. Er fühlte sich wie eine Katze auf einem heißen Blechdach. Sein Herz schlug ihm bis zum Hals, Schweiß lief ihm über das Gesicht, und albtraumartige Szenen von Folter und Mord liefen wie Horrorfilme in seinem Kopf ab. Jedes Blatt, das sich im Wind bewegte, ließ ihn aufschrecken. Was hatte er getan? Er hatte angenommen, dass er Lila beschützte, aber stattdessen war sie durch ihn genau in die Schusslinie geraten. Und Jasmine auch. Er hatte noch vier Tage Zeit, Nadia zu finden, und dann war alles aus.

Wie zum Teufel konnte er nur glauben, dass er sein altes Leben hinter sich lassen konnte? Er war mitten in ein kriminelles Leben hineingeboren worden. Er konnte nicht einfach in ein Flugzeug steigen und alles hinter sich lassen. Charlie Palmer war einmal brillant darin gewesen, aufzuräumen, jetzt war das ein verdammter Witz. Aus seinem eigenen Schlamassel kam er nicht hinaus … Er wusste noch nicht einmal, wo er anfangen sollte.

Er konnte nicht einfach hier liegen bleiben und nachdenken. Er musste etwas *tun*. Charlie stand auf und griff zu seinem neuen Handy, das er heute gekauft hatte. Er rief Gary an.

»Sag mir, dass du Nadia gefunden hast«, brüllte er.

»Kann ich nicht, Boss.« Gary hörte sich niedergeschlagen an. »Sie hat sich in Luft aufgelöst.«

Es hatte keinen Sinn, wieder ins Bett zu gehen, an die Decke zu starren und Blut und Wasser zu schwitzen. Charlie nahm eine Taschenlampe, verließ leise sein Appartement und ging hinaus in den Garten. Er kontrollierte die Tore. Sie waren fest verschlossen, und die meisten der Paparazzi hatten sich in ihre Hotels zurückgezogen. Er leuchtete die Straße hinunter und stellte fest, dass die ganz hartnäckigen in ihren Autos schliefen. Es war stockdunkel. Er dachte an Lila, die friedlich in ihrem Bett schlief, und erschauderte bei dem Gedanken daran, in welche Gefahr er sie gebracht hatte. Himmel, wenn er Schuld wäre, dass dieser Frau etwas passierte – der Gedanke ließ ihm das Blut in den Adern gefrieren.

Er ging hinunter zum Strand und starrte in die Dunkelheit. Das Meer war heute Nacht unruhig, und die Wellen schlugen heftig an den Strand. Er leuchtete mit der Taschenlampe den Strand von links nach rechts ab. Aus dem Augenwinkel nahm er eine Bewegung wahr, die von Jasmines Grundstück kam. Er glaubte, einen Schatten gesehen zu haben, der schnell hinter dem Zaun verschwand, der deren privaten Strand vom nächsten trennte. Charlie war immer stolz darauf gewesen, Nerven wie Drahtseile zu haben, aber heute Abend war er total unruhig. Der Besuch des russischen Hünen hatte ihn zu Tode erschreckt. Er hatte wirklich eine Scheißangst.

Bei dem Geräusch der Wellen war es unmöglich, etwas zu hören, aber Charlie war überzeugt davon, dass er nicht allein war. Er knipste die Taschenlampe aus und ließ sich auf die Knie fallen. Da war ganz sicher jemand am Strand, das spürte er. Charlie kroch durch den Sand auf den Zaun zu und lauschte aufmerksam. Nein, das brachte nichts, das Meer war heute Nacht zu aufgewühlt. Der Himmel war schwarz, es war stürmisch, und die Sterne versteckten sich hinter dicken Wolken. Charlie konnte seine Hand vor Augen kaum sehen. Gott, er wünschte, er hätte seine Waffe bei sich.

Jetzt erreichte er die Grundstücksgrenze und hob seinen Kopf über den Zaun. Er kniff die Augen zusammen und versuchte, etwas in der Dunkelheit zu erkennen. Und dann sah er es: eine ganz leichte Bewegung ungefähr fünf Meter vom Zaun entfernt. Verdammte Scheiße, er hatte recht gehabt. Da war ganz sicher jemand. Charlie vergaß seine Angst, als ihm das Adrenalin durch die Adern schoss. Kampf oder Flucht? Charlie war schon immer ein Kämpfer gewesen. Jemand, der sich hier mitten in der Nacht herumtrieb, konnte keine guten Absichten haben. Wer war in Gefahr? Jasmine oder Lila? Wer auch immer es von den beiden war, Charlie musste sie beschützen. Er liebte Jasmine, so als wäre sie seine eigene Tochter. Er würde jeden, der ihr auch nur ein Haar krümmte, mit Vergnügen umbringen. Und Lila? Nun, er liebte sie auch – nur auf eine völlig andere Art und Weise.

Der Zaun war zu hoch, um leise darüberzuklettern, aber Charlie kannte jeden Zentimeter des Grundstücks. Er hatte bei einem seiner Rundgänge eine angeknackste Latte im Zaun entdeckt und sich vorgenommen, sie zu reparieren. Jetzt war er froh, dass er das noch nicht erledigt hatte. Er schlich am Zaun entlang und suchte die betreffende Stelle. Als er dort ankam, blieb er stehen, atmete tief ein und stieß einmal kräftig mit der Schulter dagegen. Das Holz krachte, und Charlie konnte sich durch das Loch quetschen. Er kroch auf allen vieren hinunter zum Strand und auf den Eindringling zu. Jetzt war er den tosenden Wellen dankbar. So konnte er diesen Scheißkerl überraschen. Er erkannte die Umrisse eines Mannes. Er saß im Sand und blickte hinaus aufs Meer. Wartete er?

Worauf? Charlie war erstaunt. Einen Partner? Waren da noch mehr? Charlie lag eine Weile ganz still und beobachtete seine Beute. Und dann, als er sicher war, dass der Mann allein war, fiel er von hinten über ihn her. Mit einem Arm packte er den Mann am Hals und mit dem anderen drehte er ihm den Arm nach hinten auf den Rücken.

»Was zum Teufel machst du hier?«, zischte er dem Eindringling ins Ohr.

»W-w-was ver … verdammt!«, stotterte der Mann. »W-was ist hier los?«

Der Mann war schmächtiger, als Charlie angenommen hatte, und er roch nach Aftershave.

»Lass mich los!«, jammerte der Mann und versuchte, sich aus Charlies Griff zu befreien.

Der Eindringling war kein Russe, wie Charlie angenommen hatte. Nein, dieser Kerl hatte einen ausgeprägten schottischen Akzent. Charlie spürte, wie sein Adrenalinspiegel sank, und ließ den Mann los. Das war Jimmy. Nur Jimmy.

»Jimmy, was verdammt nochmal, machst du denn um diese Uhrzeit hier?«, stotterte er. »Ich dachte, du wärst ein …«

»Ein was, Charlie?«, fragte Jimmy und rieb sich den Nacken. »Was hast du gedacht, wäre ich?«

»Ein Einbrecher oder so was«, sagte Charlie und war erleichtert, kam sich aber auch ein bisschen dumm vor, so überreagiert zu haben.

»Du bist verdammt paranoid, Mann«, sagte Jimmy wütend. »Und auf meinem Grundstück hast du überhaupt nichts verloren. Du arbeitest für Lila.«

»Ich versuche einfach, alle zu beschützen. Was machst du hier eigentlich?«

»Nachdenken«, sagte Jimmy. »Zumindest bis du mich beinahe umgebracht hättest, du Arsch.«

»Entschuldige, Kumpel«, sagte Charlie. »Bist du okay?«

Jimmy rieb sich immer noch den Nacken. »Nein, ich bin verdammt nochmal nicht okay. Du bist ein Irrer, Charlie. Du hättest mir fast den Hals gebrochen. Herrgott! Mein Tag war eh schon beschissen genug.«

Charlie klopfte Jimmy besänftigend auf den Rücken. Er mochte den Jungen nicht besonders, aber er wollte ihm auch nicht weh tun.

»Probleme?«, wollte Charlie wissen und fragte sich, weshalb Jimmy mitten in der Nacht am Strand saß.

»Ja, nein, ach, ich weiß nicht …«, murmelte Jimmy. Er schien nicht in der Stimmung zu sein, darüber zu reden.

»Kann ich dir irgendwie helfen?«, bot Charlie an. Er war Jimmy nach dem, was er gerade getan hatte, etwas schuldig. Und außerdem, wenn Jimmy Probleme hatte, dann hatte Jasmine auch welche, und das konnte Charlie nicht ertragen.

»Nein«, antwortete Jimmy ruhig. »Das ist meine Sache.«

Aber er klang nicht so überzeugt. Charlie spürte, dass Jimmy irgendetwas ernsthaft beschäftigte.

Plötzlich grollte über ihnen ein Donner. Jimmy sprang fast aus der Haut und packte Charlies Arm wie ein junges Mädchen, das sich einen gruseligen Film ansah.

»Du bist ziemlich schreckhaft«, sagte Charlie. »Vielleicht solltest du mir doch sagen, was los ist. Du hast ja vor irgendwas eine Scheißangst.«

Dicke Regentropfen fielen auf ihre Köpfe, und es donnerte immer noch. Ein Blitz erhellte den Himmel, und Charlie konnte zum ersten Mal Jimmys Gesicht deutlich sehen. Der Junge sah aus, als hätte er geweint.

»Es ist nichts«, murmelte er vor sich hin.

»Quatsch. Komm schon, raus damit.«

Jimmy seufzte und ließ seinen Kopf in die Hände fallen. Der Regen wurde jetzt stärker, und die Klamotten der Männer klebten auf ihrer Haut.

»Ich habe Schulden«, sagte Jimmy. »Und zwar eine ganze Menge.«

»Was?«, fragte Charlie irritiert. Jimmy war ein erstklassiger Fußballspieler. Er verdiente in einer Woche mehr Geld als andere Leute im ganzen Jahr.

»Ich habe angefangen zu zocken«, sagte er. »Wir alle – ich und die Jungs. Es hat ganz harmlos angefangen. Wir sind nach einem gewonnenen Spiel in dieses Casino in Mayfair gegangen und haben ein paar Riesen verwettet. Aber dann wurde es ernst. Ich habe angefangen, allein hinzugehen, auch wenn wir verloren hatten. Ich konnte nicht aufhören, Charlie. Jetzt bin ich am Arsch.«

»Wie viele Schulden hast du denn? Tausende? Zehntausende? Hunderttausende?«

»Schon eher eine Million«, murmelte Jimmy.

»Gott! Wie zum Teufel bist du denn da hineingeraten?«

»Je mehr ich verloren habe, umso mehr habe ich riskiert. Ich dachte, ich könnte alles zurückgewinnen und vielleicht sogar Gewinn machen.«

»Ich habe dich immer schon für dumm gehalten, Jimmy, aber das ist verrückt. Jeder weiß, dass Zocken total schwachsinnig ist. Und du gibst immer noch Geld aus. Neulich ist Jasmine mit einem Haufen neuer Klamotten nach Hause gekommen. Sie sagte, dass du ihr alles gekauft hast. Und dieser Ring, den du ihr geschenkt hast, ist der dickste Klunker, den ich jemals gesehen habe …«

»Ich weiß, ich weiß«, jammerte Jimmy. »Aber ich kann Jasmine doch nicht sagen, was los ist, oder? Ich habe alles verspielt.«

Charlie seufzte. »*Sie* ist nicht dumm, Jimmy. Sie *merkt* doch, dass etwas nicht stimmt. Sie hat mir erzählt, dass du in letzter Zeit ein launischer kleiner Mistkerl bist.«

»Echt?«, fragte Jimmy. Er klang verletzt.

»Na ja, nicht mit diesen Worten, aber so hat sie das wohl gemeint.«

Eine Weile saßen sie schweigend nebeneinander und waren mittlerweile völlig durchnässt. Dann murmelte Jimmy leise: »Es wird schlimmer.«

»Was? Will das Casino etwa, dass du das Geld herausrückst?«, fragte Charlie mit einem zynischen Lachen.

Jimmy nickte.

»Das ist doch klar, du Idiot. Das ist kein Wohltätigkeitsverein für überforderte Fußballer, oder?« Wie konnte Jimmy nur so blöd sein?

»Der Typ, dem der Laden gehört, ist ein ziemlich harter Brocken«, sagte Jimmy. »Er hat mich angerufen und will sein Geld zurück. Sogar in den Flitterwochen hat er mich nicht in Ruhe gelassen, und dann war Jasmine sauer auf mich, und wir haben uns schlimm gestritten und … Mensch, Charlie, das macht mich total fertig.«

Charlie wusste, wie es in Casinos abging, und kannte die Typen, die sie betrieben. Mit denen konnte man nicht reden. Himmel, er hatte in der Vergangenheit sogar für einige von ihnen getötet. Er war sich im Klaren darüber, wie weit sie gehen würden, um ihr Geld zurückzubekommen.

»Wer ist es?«, fragte Charlie und dachte, dass er Jimmy vielleicht helfen konnte – nicht Jimmy zuliebe, natürlich, aber Jasmine wollte er helfen.

»Du kennst ihn«, gab Jimmy nervös zu. »Es ist Dimitrov.«

Charlie schloss die Augen und spürte, wie ihm das Herz in die Hose rutschte. Von allen Menschen auf der Welt hatte Jimmy sich ausgerechnet den Mann ausgesucht, der Charlie bedrohte. Der Regen prasselte auf sie herunter, Donner grollten, und ab und zu zuckten Blitze über der Bucht.

»Du verdammter Idiot«, sagte Charlie kalt. »Du verdammter, dummer, ignoranter, kleiner Idiot.«

»Ich weiß, ich weiß«, sagte Jimmy. »Der Typ kann meine Karriere ruinieren. Ich hab es vorhin im Fernsehen gesehen. Der kauft meinen verdammten Fußballverein. Der wird mich an den Arsch der Welt verkaufen.«

Charlie schüttelte den Kopf. Jimmy war noch naiver, als er gedacht hatte.

»Vergiss deine verdammte Karriere, Jimmy«, warnte er düster. »Er wird dir etwas antun, wenn du ihm das Geld nicht zurückzahlst. Etwas Ernsthaftes antun. Oder, noch schlimmer, jemandem, der dir nahesteht – wie Jasmine. So ticken Typen wie Dimitrov.«

Jimmy brach in Tränen aus. »Ich habe nicht geglaubt, dass er es ernst meint«, jammerte er. »Ich dachte, so etwas passiert nur in Gangsterfilmen. Ich dachte, das wäre ein Scherz.«

»*Was* sei nur ein Scherz?«

»Der Brief«, flüsterte Jimmy.

»Welcher Brief?« Charlie packte Jimmy am T-Shirt und zog den kleineren Mann zu sich heran. »Was für ein verfluchter Brief?«

»Den ich heute Morgen bekommen habe und in dem steht, dass etwas Schreckliches passieren würde, wenn ich nicht zahle«, schluchzte Jimmy herzzerreißend.

Charlie ließ Jimmys T-Shirt los und warf ihn auf den Sand. Der Junge ekelte ihn an. Er hatte eine Drohung von Dimitrov erhalten und nichts Besseres zu tun, als sich über seine beschissene Karriere Gedanken zu machen. Kapierte er nicht, was Briefe wie diese bedeuteten? Als wenn Charlie nicht auch ohne Jimmys Geschichte genug am Hals hätte. Es kam ihm so vor, als würde sich das Leben um ihn herum schließen, und er hatte keinen Raum zum Atmen. Egal, wohin er sich wendete, Dimitrov schien schon da zu sein, ihn höhnisch anzugrinsen.

»Zahl es ihm zurück. Egal, woher du das Geld bekommst.

Geh betteln, stiehl es, leih es dir von deinen Kumpels. Aber zahl es zurück.«

»Ich will nicht, dass meine Kumpel mitbekommen, dass ich pleite bin«, schluchzte Jimmy. »Ich schäme mich so!«

»Das ist nicht der richtige Zeitpunkt, stolz zu sein!«, schrie Charlie, stand auf und beugte sich über Jimmy. »Es wird Zeit, dass du deine verdammte Haut rettest, Junge. Deine und Jasmines!«

46 Für Jimmy brach die Welt zusammen. Oder zumindest fühlte er sich so, als er auf dem Weg zum Cruise war, um auf eine von Maxines Partys zu gehen. Alle würden heute Abend da sein, die ganze Clique, aber Jimmy war nicht in Partystimmung. Sein Leben war die reinste Scheiße. Er hatte nicht nur den Russen im Nacken, der Geld von ihm verlangte, das er einfach nicht hatte, sondern jetzt bedrohte ihn auch noch Charlie Palmer. Wo zum Teufel sollte er nur das Geld herbekommen? Herrgott! Er hatte keine Ahnung. Jimmy brauchte einen Drink. Heute Nacht würde er seine Sorgen herunterspülen. Mit seinen Problemen würde er sich morgen beschäftigen. Oder zumindest mit einigen davon. Die Sache war die, dass Dimitrov nicht Jimmys größtes Problem war. Was ihn wirklich schwer beschäftigte, war das nagende Gefühl, dass er das Einzige, was ihm wirklich wichtig war, verlieren würde – Jasmine.

Jimmy war immer ein guter Spieler gewesen, also wusste er auch, wann ein Spiel verloren war. Er spürte, dass der Schlusspfiff in der Luft lag und er nicht mehr genug Reserven hatte, den entscheidenden Treffer zu erzielen. Aber vielleicht war es ja gar nicht so schlimm. Sie hatte doch bloß seine Hand losgelassen, aber Jimmy hatte es einen Stich ins Herz versetzt. Ihre Finger glitten aus seinem Griff, sie rannte davon und ließ ihn einfach stehen. Er hatte das Gefühl, er würde sie für immer verlieren. Sie sah heute Abend aus wie ein Engel in ihrem schönen weißen Kleid und mit ihren Locken, die auf ihrem Rücken auf- und abhüpften. Er beobachtete, wie sie sich weiter von ihm entfernte und ins Cruise ging. Er musste sich ganz schön den Nacken verrenken, um sie im Blick zu behalten. Sie gab all ihren Freunden ein Begrüßungsküsschen und lachte über irgendeinen Insiderwitz, den Jimmy nicht mitbekommen hatte, lächelte über was auch immer sie sagten … Wenn Jasmine auftauchte, erstrahlte der Raum. Jeder wollte ein Stück von ihr, aber Jimmy hatte keine Lust zu teilen.

Er kippte ein Glas Champagner hinunter, ohne seine Frau aus den Augen zu lassen. Und dann noch eins und noch eins. O Gott, jetzt scharwenzelte dieser Louis schon wieder um sie herum. Dieses blöde Portugiesen-Arschloch belästigte sie andauernd und erzählte ihr etwas über Geschichte und Kultur und so langweiliges Zeug. Sie sagte zwar, dass es ihr nichts ausmachte, aber es langweilte sie sicherlich zu Tode.

Jimmy bestellte an der Bar ein Bier und einen Whiskey. Er setzte sich auf einen Barhocker, trank und beobachtete. Seine Frau war so sehr in eine Unterhaltung mit Louis vertieft, dass ihre Köpfe sich fast berührten. Jimmy verengte die Augen und starrte seinen Teamkollegen an. Als er sie so zusammen sah, fuhr ihm ein schrecklicher Gedanke durch den Kopf. Was, wenn Louis gar nicht schwul war? Was, wenn sie alle das völlig falsch einschätzten? Er hatte eigentlich nie zugegeben, dass er eine Schwuchtel war, und es war auch niemals ein Freund aufgetaucht. Panik stieg in ihm auf. Was, wenn all dieses mädchenhafte Zeug, das Taschentragen, das intellektuelle Zeug nur eine Masche war, um den Mädchen an die Wäsche zu kommen? Was, wenn er Jasmine an die Wäsche wollte?

Jimmy leerte sein Glas und nahm sich noch einen Champagner von einer vorbeikommenden Kellnerin. Heute Abend würde er sich volllaufen lassen. Sein Leben lag in Trümmern, und er wollte sich so verdammt betrinken, dass er die ganze Scheiße vergessen konnte. Er hatte überhaupt kein Geld, einen wahnsinnigen Russen im Nacken, und Charlie Palmer machte ihm das Leben schwer. Und jetzt liebte Jasmine ihn nicht mehr. Sie hatte seine Hand losgelassen. Er bemerkte solche Dinge. Wenn er nicht aufpasste, würde sie mit diesem portugiesischen Wichser ins Bett gehen.

Jimmy rutschte vom Barhocker und ging auf seine Frau zu. Louis blickte auf, sah ihn kommen, dann flüsterte das feige Arschloch Jasmine etwas ins Ohr und verschwand in der Menge.

»Hat Louis dich belästigt, meine Süße?«, wollte Jimmy wissen und stellte sich zu der Clique.

»Nein, wie kommst du denn darauf?«, fragte Jasmine mit großen unschuldigen Augen. »Er ist nur zur Bar gegangen, um mir einen Mojito zu holen. Wusstest du übrigens, dass er bald heiratet?«

Jimmy runzelte die Stirn. »Wer?«

»Louis natürlich. Er heiratet seine Freundin. Er kennt sie, seit er dreizehn ist. Süß, oder?«

Das brachte ihn aus der Fassung. Scheiße, damit hatte er nicht gerechnet.

»Da hast du's«, kicherte Jasmine. »Ich habe dir doch erzählt, dass er nicht schwul ist. Ich habe immer gewusst, dass er hetero ist. Eine Frau merkt so was, wenn du verstehst, was ich meine.«

Diese kleine flirtende … Verdammt! Also fuhr sie auf ihn ab! Wie hätte sie sonst herausfinden sollen, dass er nicht schwul war? Jimmy spürte, wie sich seine Nägel in die Handfläche gruben. Er war wütend. Wütend auf alle. Sie hatten alle so einen Spaß – Calvin, Cookie, Crystal, Paul, Blaine und Maxine, die Schlampe. Jimmy wusste, dass sie ihn nicht mochte. Die blöde Kuh hatte die Frechheit besessen, eine ganze Woche bei ihnen zu wohnen. Na ja, sie war sowieso nichts weiter als ein billiges Flittchen, das sich von irgendeinem Typen hatte schwängern lassen, der nicht ihr alter Kerl war. Er mochte es nicht, dass Jazz sich mit ihr abgab. Sie hatte einen schlechten Einfluss. Wie sollte er Jasmine nur halten können, wenn ihre Freunde sich wie Nutten benahmen?

Jetzt lachten sie alle und machten Witze. Blaine erzählte seine Geschichten über all die Promis, die er ›geschaffen‹ hatte, und prahlte damit, wie dick er mit einigen Leuten von der A-Liste war. Der war so scheiße. Er hielt sich für Gott, aber eigentlich mochte ihn niemand, merkte er das denn gar nicht?

»Also sagte ich zu ihr, ›Kylie Baby, wenn du einen Mann brauchst, musst du nicht länger suchen. Hier steht ein netter australischer Typ, der dich nachts wärmt!‹ Sie war ganz schön angeturnt vom Blainemeister, das kann ich euch sagen …«

Der fette Scheißkerl hatte sich genau in die Mitte der Gruppe geschmissen und hatte die Arme um Cookie und Crystal gelegt. Er trug sein schrillstes grünes Hawaihemd, das ihm nur knapp über seinen fetten Bauch ging. Würg! Jimmy kippte noch ein Glas Champagner hinunter.

»Aber Kylie sollte sich besser in Acht nehmen, was, Jazz?« Blaine flirtete immer noch. »Wenn wir deine Gesangskarriere starten, hat niemand mehr eine Chance.«

»Ja, du warst neulich wirklich klasse, Jazz«, sagte Cookie.

Jimmy musste zugeben, dass seine Frau singen konnte. Und alles war besser, als dass sie für Geld ihre Titten zeigte.

»Also wirst du dich nicht mehr ausziehen?«, fragte Paul.

Jimmy starrte seinen Kumpel an. Er klang fast ein wenig enttäuscht. Drecksack. Bloß weil seine Kuh ein Kind erwartete, durfte er noch lange nicht seine Frau anbaggern.

»Nee, aber wenigstens haben wir den Playboy noch unter Dach und Fach gebracht, bevor du den Stringtanga an den Nagel hängst, was Jazz?«, übertönte Blaine die Musik.

»Blaine! Halt die Klappe!«, schrie Jasmine.

»Oh, oh, o ... ja ... richtig ... ich sollte ja nichts sagen, oder?«, stammelte Blaine und sah nervös zu Jimmy hinüber.

Jimmy starrte ungläubig von Jasmine zu Blaine. Alle waren jetzt still. Es war klar, dass etwas nicht stimmte. Blaine zuckte mit den Schultern, so als wollte er sagen: »Keine große Sache«, aber es war eine große Sache. Das war der Hammer. Jasmine hatte ihn angelogen. Ihn hintergangen. Sich heimlich davongeschlichen. Jimmy spürte, wie die Wut in ihm hochstieg. Er sah seine Frau an und wünschte sich, dass sie sagte, es sei nicht wahr, aber sie schaute ihm nicht in die Augen. Stattdessen stand sie auf und rannte davon.

»Wo geht Jasmine denn hin?«, fragte Louis, der wieder zum Tisch zurückkam. »Ich habe ihr einen Cocktail geholt.«

Jimmy explodierte.

»Niemand außer mir kauft meiner Frau Drinks!«, fauchte er Louis durch zusammengepresste Zähne an. »Hast du verstanden, du verdammter Drecksack?«

Und dann nahm er Louis das Glas aus der Hand, schüttete ihm den Inhalt über den Kopf und rannte hinter Jasmine her.

Jasmine rannte mit wild klopfendem Herzen in Richtung Damentoilette. Die Zeit war stehengeblieben, als die Worte aus Blaines dickem fettem überheblichem Mund gequollen waren. Als er den Satz angefangen hatte, hatte sie gewusst, dass er sie verraten würde, aber sie hatte nichts tun können, um ihn aufzuhalten. Es war das gleiche Gefühl, als wenn man beim Zufallen der Tür feststellt, dass man den Schlüssel liegen gelassen hat. Zu spät. Und dann war ihr einziger Gedanke, dass Jimmy sie dieses Mal umbringen würde. Also war sie geflohen. Jetzt torkelte sie in die Toilette, schloss sich in der hintersten Kabine ein und versuchte, Luft zu bekommen. Als die Tür aufgeschlagen wurde, wusste sie sofort, dass es Jimmy war.

»Jasmine!«, schrie er. Seine Stimme klang fremd. Sie hörte

sich verkrampft an und sehr sehr wütend. Sie zitterte vor Angst. »Wo bist du?«, fragte er eiskalt.

Sie hörte, wie er jede einzelne Kabinentür aufriss und immer näher und näher kam.

»Du kannst mir nicht entkommen, Jazz. Ich weiß, dass du hier drin bist.«

Sie drückte sich an die Wand, zitterte vor Angst und betete, dass er wieder ging. Sie weinte hemmungslos; sie zitterte am ganzen Körper. Und dann versuchte er, die Tür zu öffnen.

»Mach auf!«, befahl er. »Zeig dich, du verlogene kleine Schlampe.«

Er trat gegen die Tür. Das Holz splitterte ab, aber sie ging nicht auf. Jasmine erschreckte sich fast zu Tode. Dann trat er noch einmal, fester dieses Mal, und das Schloss sprang auf. Für einen Moment starrten sie sich an, Mann und Frau.

»Es tut mir leid, Jimmy«, schluchzte sie.

Aber es war zu spät. Er packte sie an den Haaren und zog sie aus der Kabine. Er schlug ihren Kopf gegen die gekachelte Wand, warf sie auf den Boden, und trat ihr in den Bauch, die Rippen, den Rücken. Dann zog er sie an den Haaren wieder hoch auf die Füße und fing an, ihr mit den Fäusten ins Gesicht zu schlagen. Sein Gesicht war wutverzerrt. Sie spürte, wie ihr Jochbein brach. Blut lief ihr die Stirn hinunter und in die Augen, so dass sie sein hässliches, wütendes und hasserfülltes Gesicht kaum erkennen konnte.

Sie hörte, wie eine Frauenstimme rief: »Jimmy, um Himmels willen, hör auf!« Es war Maxine.

Und dann war auf einmal die Hölle los. Die Damentoilette war voller Menschen. Frauen schrien, Männer riefen, Hände versuchten, Jimmy wegzuziehen. Aber er schlug sie immer noch und immer wieder.

»Lass sie in Ruhe, du Bestie!«, hörte sie Louis brüllen.

Und dann wurde Jimmy von starken Händen weggezogen – von Louis' Händen. Sie sah, dass Jimmy sich zu Louis umdrehte und jetzt auf ihn einschlug. Jasmine konnte nicht anders, als zu flüchten.

Sie schob sich an den Leuten im Club vorbei und verschüttete deren Drinks, während sie an ihnen vorbeilief. Sie sah die entsetzten Blicke, als sie ihr zerschundenes Gesicht und ihre blutüberströmten Klamotten sahen. Sie rannte aus dem Club, an den Paparazzi mit ihren aufblitzenden Kameras vorbei, und sprang in ein wartendes Taxi. Der spanische Fahrer sah sie entsetzt an, stellte aber keine Fragen. Als das Taxi losfuhr, schaute sie sich um und sah, dass Louis hinter dem Wagen herlief. Für den Bruchteil einer Sekunde spielte sie mit dem Gedanken, den Fahrer zu bitten anzuhalten, aber etwas hielt sie zurück. Nein, er musste nicht in ihren Schlamassel hineingezogen werden. Er war so ein netter Kerl, und abgesehen davon, war er im Begriff zu heiraten. Das Letzte, was er gebrauchen konnte, war, sich mit Jasmine einzulassen. Nein, Jasmine wusste, was sie machen musste, und das musste sie alleine tun.

Als Jasmine das Haus betrat, lief sie schnell ins Schlafzimmer. Sie fühlte sich hundeelend. Sie hatte schreckliche Kopfschmerzen, und an der Stelle, an der Jimmy ihr den Knochen gebrochen hatte, pochte es heftig in ihrer Wange. Aber etwas in ihr ließ sie weitermachen. Sie wusste, was sie zu tun hatte.

Sie musste etwas holen, und sie musste schnell sein; denn sonst riskierte sie, dass Jimmy sie hier finden würde. Sie wollte diese Bestie nie wiedersehen. Verzweifelt zog sie ihre Designerklamotten von den Bügeln, aus dem Schrank und warf sie auf den Boden, bis sie fand, wonach sie suchte. Ihre Hände zitterten so sehr, dass sie Schwierigkeiten hatte, den Safe aufzuschließen. Sie legte den Schuhkarton mit dem Geld vorsichtig in eine von Jimmys Sporttaschen, legte ihr elegantes weißes Kleid aufs Bett, zog ihre Pumps aus und schlüpfte stattdessen in Jeans, T-Shirt und Flip-Flops. Sie ging ins Badezimmer, band ihre Haare zu einem Zopf zusammen, wusch sich das Blut und das Make-up ab und zuckte beim Anblick ihres geschwollenen Gesichts zusammen. Es sah so aus, als wäre ihre Nase gebrochen, aber wenigstens hatte sie noch alle Zähne. Schließlich zog sie noch ihren Ehering, den Verlobungsring und den Eternity-Ring aus und legte sie auf den Küchentisch, so dass Jimmy sie finden konnte. Sie waren jetzt seit kaum mehr als einem Monat verheiratet. Aber es tat ihr kein bisschen leid. Eigentlich fühlte es sich richtig befreiend an, ihn zu verlassen.

Jasmine nahm Jimmys Autoschlüssel, die Sporttasche und ihre geliebte Chanel-Tasche (sie ließ alles andere da, aber ohne die würde sie nicht gehen) und rief Annie. Ihr Hündchen lief fröhlich neben ihr her aus dem Haus und sprang auf den Beifahrersitz von Jimmys rotem Wagen. Als Jasmine die Auffahrt hinunter- und durch das Tor hinausfuhr, warf sie nicht einen einzigen Blick zurück.

47 »Wo ist er?«, brüllte Charlie Palmer.

Er stand in Boxershorts in Lilas Garten. Er war schon im Bett gewesen, als Maxine gekommen war, um ihm zu erzählen, was im Cruise passiert war.

»Er ist nebenan«, erklärte Maxine. »Blaine und Louis haben ihn nach Hause gebracht und versucht, ihn zu beruhigen und ihn auszunüchtern und … Gott, keine Ahnung. Louis sah so aus, als hätte er ihn am liebsten umgebracht.«

»Und Jasmine? Wo ist Jasmine?«

Maxine zuckte traurig die Schultern. Sie war sich nicht sicher. Sie folgte Charlie in sein Appartement und wartete, bis er sich eine Hose und ein Hemd angezogen hatte.

»Ist sie schwer verletzt?«, fragte er mit sorgenvollem Gesicht.

»Ihr Gesicht war ziemlich übel zugerichtet. Ihre Augen waren ganz geschwollen, sie blutete aus der Nase und hatte eine riesige Prellung auf der Wange.«

Bei der Erinnerung daran zuckte Maxine wieder zusammen. So etwas Abscheuliches mitangesehen zu haben, machte sie ganz krank. Jimmy Jones war ein Monster. Sie sah, wie sich ein dunkler Schatten auf Charlies Gesicht legte.

»Aber sie ist ziemlich schnell aus dem Club herausgerannt, also muss sie wohl einigermaßen okay gewesen sein«, fügte Maxi hinzu, um Jasmines Patenonkel zu beruhigen.

»Was ist los?«, fragte Lila, die im Morgenmantel hinter ihnen auftauchte. »Ich habe Licht gesehen. Ist was passiert?«

»Jimmy hat Jasmine heute Nacht im Club verprügelt«, erklärte Maxine, ziemlich kleinlaut. Sie schämte sich, dass es im Cruise passiert war – sie fühlte sich irgendwie verantwortlich. Ihre Sicherheitsleute hätten so etwas eigentlich verhindern müssen, aber sie hatte angeordnet, dass sie draußen bleiben und die Tür im Auge behalten sollten. Sie hätte sich keine Gedanken über irgendwelche Eindringlinge machen müssen, die ihre Party ruinierten, sie hatte diesen Abschaum höchstpersönlich eingeladen.

Lila war schockiert. »Ist sie okay? Ist sie hier? Kann ich irgendwas tun?«

»Wir wissen nicht, wo sie ist«, sagte Charlie finster. »Am besten geht ihr rein, schließt die Tür ab und rührt euch nicht von der Stelle. Wenn es klingelt, ignoriert ihr es.«

»Wo gehst du hin?«, fragte Lila. Sie sah sehr besorgt aus.

»Ich kläre einige Dinge«, antwortete er.

»Ich möchte jetzt nicht in Jimmys Haut stecken«, sagte Maxine zu Lila, als sie Charlie zielstrebig auf das Tor zugehen sah.

Grace schwirrte der Kopf, als sie aus der Klinik kam. Sie hatte gerade mehrere Stunden bei Julie Watts verbracht, und was die Frau ihr erzählt hatte, war einfach unglaublich – doch sie *musste* es wohl glauben, denn es stimmte. Es war alles so verdammt wahr. Julie hatte Grace alte Fotos gezeigt, die die ganze Geschichte bestätigten. Puh, die Realität konnte so viel seltsamer sein als die Fiktion!

Jetzt war Grace dankbar für den langen Nachhauseweg, denn so hatte sie Zeit, das, was sie erfahren hatte, zu verarbeiten. Immer noch schüttelte sie den Kopf. Die Wahrheit über Jasmines leibliche Eltern war der Wahnsinn.

»Warum erzählen Sie mir das?«, hatte Grace Julie in dankbarem Unglauben gefragt. »Warum mir? Warum jetzt?«

»Ich habe mich entschieden«, hatte Julie erklärt. »Eine einfache Entscheidung. Nachdem Sie letztens gegangen waren, bin ich ruhiggestellt worden. Ich habe stundenlang im Bett gelegen, kam zu Bewusstsein und verlor es wieder, und mir schwirrten all die Gedanken und Erinnerungen durch den Kopf. Ich wusste, wenn ich in diesem Moment hätte loslassen und einfach sterben wollen, dort und zu diesem Zeitpunkt, dann wäre es auch passiert. Es war so, als hätte ich es selbst in der Hand gehabt, zu leben oder zu sterben.«

»Und Sie haben sich fürs Leben entschieden?«, fragte Grace sanft.

Julie hatte genickt und gelächelt. »Ich habe das Leben gewählt, aber unter einer Bedingung. Keine Lügen mehr. Keine Geheimnisse mehr. Ich habe viel zu viele Jahre damit verbracht, vor der Vergangenheit davonzulaufen. Es wird Zeit, ein paar Geister zu vertreiben und dann der Zukunft ins Auge zu blicken, egal, was sie bringt.«

Es war dunkel und spät, und auf der M25 war nicht viel los. Grace kam kurz vor Mitternacht nach Highgate zurück. War es schon zu spät, Jasmine anzurufen? Grace wählte ihre Nummer, aber die Leitung war tot. Seltsam, dachte sie. Na gut, sie war müde. Sie würde ins Bett gehen, eine Runde schlafen und morgen noch mal versuchen, Jasmine zu erreichen.

Charlie ging zielstrebig an den Fotografen vorbei, schob sie wie Kegel auseinander und drückte auf den Knopf der Gegensprechanlage nebenan. Blaine Edwards ließ ihn herein.

»Wo ist er?«, brüllte er, während er die Auffahrt hinaufrannte. »Wo ist der kleine Drecksack?«

Blaine sagte nichts und deutete mit dem Kopf in Richtung Terrasse.

Charlie rannte um das Haus herum, bis er Jimmys erbärmliche Gestalt entdeckte, zusammengekauert, mit dem Rücken zur Wand. Louis Ricardo ging auf der Terrasse auf und ab und warf vernichtende Blicke in Jimmys Richtung. Charlie gab Louis die Hand. Ihm fiel auf, dass der Fußballer ein blaues Auge hatte.

»Er ist der reinste Abschaum«, rief Louis und deutete mit dem Kopf in Jimmys Richtung. »Was er Jasmine angetan hat, ist einfach widerlich.«

Charlie nickte, sagte aber nichts. Sein Unterbewusstsein wollte Jimmy den Hals umdrehen, aber sein Kopf hielt ihn davon ab. Er konnte es nicht riskieren, wegen Mordes verhaftet zu werden und den Rest seines Lebens in einem spanischen Gefängnis zu verbringen. Wenn er im Gefängnis säße, wäre er Jasmine keine große Hilfe.

Als Jimmy Charlie kommen sah, hob er die Hände schützend über den Kopf und drückte sich noch ein wenig näher an die Wand.

»Tu mir nichts«, bettelte er. »Es tut mir leid. Ich hatte einen absoluten Aussetzer. Das lag an den Drinks. Es war …«

Charlie beugte sich hinunter und packte Jimmy am Kragen. Er zog den kleineren Mann hoch, bis seine Augen auf derselben Höhe waren wie Charlies.

»Wo ist Jasmine?«, fragte er langsam.

»Ich w-w-w … weiß es nicht«, stammelte Jimmy. »Sie ist weg. Sie hat mich verlassen.«

»Natürlich hat sie dich verlassen, du stinkendes Stück Dreck«, fauchte Charlie, während er Jimmys Hemd noch fester packte. »Ich will wissen, wohin sie gegangen ist.«

»Ich sch-sch-schwöre, dass ich es nicht weiß.«

Jimmys Atem roch nach Alkohol. Charlie spürte, wie der Junge sich in seinem Griff wand, und dachte, wie leicht es doch wäre, sein Leben auf der Stelle auszulöschen. Er war sicher, dass er schon anständigere Leute umgebracht hatte. Für einen Augenblick war er so von Hass erfüllt, dass er sich kaum noch unter Kontrolle hatte. Sein Griff wurde fester, und Jimmys Gesicht wurde erst weiß und dann blau. Die ganze Zeit blickte Charlie Jimmy in die Augen. Der Junge hatte ganz offensichtlich eine Riesenangst. Er dachte wahrscheinlich, dass er jetzt sterben würde. Er hielt ihn gerade lange genug, um ihm so richtig Angst einzujagen, dann ließ er los und warf ihn auf den Boden.

Jimmy schlug wild um sich und schnappte nach Luft.

»Ich dachte, du bringst ihn um«, sagte Louis zu Charlie.

»Er ist es nicht wert.«

Louis schüttelte den Kopf. »Nein, da hast du recht.«

Charlie klopfte Louis auf die Schulter. Er war ein feiner Kerl. Er kümmerte sich ganz offensichtlich um Jasmine. Der Schock über das, was er mit angesehen hatte, stand Louis noch in den Augen.

»Also, war Jasmine noch einmal im Haus?«, fragte Charlie.

Louis nickte.

»Hat sie eine Nachricht hinterlassen?«

Louis schüttelte den Kopf. »Aber sie hat sich umgezogen, den Hund mitgenommen und ihren Ehering dagelassen ...«

Charlie nickte gedankenverloren. Jasmine hatte offensichtlich gewusst, was sie tat, als sie gegangen war. Trotzdem war sie nicht sicher da draußen so ganz allein. Warum musste das ausgerechnet heute passieren. Er schaute auf die Uhr. Es war nach Mitternacht. Sein Ultimatum war abgelaufen.

»Und sie hat auch noch Jimmys Auto genommen«, fügte Louis hinzu. Der Anflug eines Lächelns huschte über seine Lippen.

»Das ist mein Mädchen«, sagte Charlie. »Er wird sein Auto wahrscheinlich mehr vermissen als seine Frau. Gut, ich gehe und suche Jasmine. Du rufst die Polizei. Zeig ihn wegen Misshandlung in der Ehe an. Das ist das Mindeste, was er verdient hat.«

Charlie holte seinen Wagen aus der Einfahrt nebenan und fuhr die Straßen von Puerto Banus ab. Er wusste gar nicht, wo er anfangen sollte. Wo konnte Jasmine hingegangen sein? Sie war nicht bei Maxine, also ist sie vielleicht zu Crystal gegangen. Er fuhr vor die Villa von Crystal und Calvin und klopfte an die Tür. Calvin öffnete. Er konnte sehen, dass Chrissie mit dem Handy, eingeklemmt zwischen Schultern und Ohr, im Flur stand. Sie sah Charlie an und zuckte mit den Schultern.

»Sie versucht jetzt schon seit einer Stunde, Jazz anzurufen, aber die Leitung ist tot«, erklärte Calvin.

Charlie nickte nur und sprang wieder in seinen Jeep. Jetzt war nicht die richtige Zeit für höfliches Geplauder. Im Hotel von Cookie und Paul hörte er das Gleiche, sie versuchten es unter Jasmines Nummer, aber kamen nicht durch. Charlie fuhr stundenlang, kroch durch endlose leere Straßen, suchte verzweifelt nach Jimmys knallrotem Wagen und hoffte, Jasmines langes dunkles Haar zu entdecken.

Es war Sonntag – na ja, inzwischen Montag – die frühen Morgenstunden. Die Bars und Clubs hatten mittlerweile alle geschlossen. Abgesehen von ein paar seltsamen, betrunkenen Gestalten, die auf dem Weg zu ihren Hotels waren, waren die Straßen von Puerto Banus menschenleer.

Charlie hatte alle Hotels der Stadt abgeklappert, aber Jasmine hatte in keinem von ihnen eingecheckt. Dann fuhr er ins Zentrum von Marbella. Er suchte die Straßen der Altstadt nach ihr ab, aber auch hier war sie in keinem Hotel; ihre Lieblingsbars waren alle geschlossen, und sie war nirgends zu sehen.

Zu dem Zeitpunkt, an dem Charlie seine Suche einstellte, war es schon seit ein paar Stunden hell, und die ersten deutschen Touristen gingen zum Strand. Lila und Maxine saßen am Küchentisch, und Charlie sah an ihren blutunterlaufenen Augen, dass sie die ganze Nacht auf gewesen waren.

»Keine Spur?«, fragte Lila.

Ihre großen blauen Augen baten ihn zu sagen, dass er Jasmine gefunden hatte, aber Charlie konnte sie leider nicht beruhigen. Er schüttelte traurig den Kopf und ließ sich auf einen Stuhl fallen. Maxine kochte ihm einen starken Kaffee und zwang sich zu einem Lächeln.

»Sie wird schon okay sein«, sagte sie. »Jasmine ist hart im Nehmen.«

Charlie massierte seine Augenbrauen. Ihm schwirrte der Kopf. Der Gedanke, dass Jasmine irgendwo da draußen alleine war, machte ihn fast wahnsinnig. Er musste sie in Sicherheit wissen. Er musste sie hier bei sich haben, um auf sie aufzupassen und sie zu beschützen. Besonders heute.

»Wir haben bei allen Krankenhäusern angerufen, für den Fall, dass sie dorthin gegangen ist, um sich behandeln zu lassen, aber …« Lila schüttelte den Kopf, um zu zeigen, dass sie dort auch kein Glück gehabt hatten.

»Und Blaine hat die Presse eingeweiht«, fügte Maxi hinzu. »Er hat ihnen den Hinweis gegeben, dass Jasmine verschwunden ist, also sind sie alle unterwegs, um sie zu suchen. Sie machen es natürlich aus rein egoistischen Gründen. Aber wenn jemand einen vermissten Promi aufspüren kann, dann sind es diese Aasgeier. Ich hätte nie gedacht, dass einmal der Tag kommen würde, an dem wir sie um Hilfe bitten würden.«

»Ich habe schon gemerkt, dass es ziemlich ruhig ist da draußen«, sagte Charlie. Erst jetzt ging ihm auf, dass so gut wie keine Fotografen auf der Straße waren.

»Du solltest versuchen, ein wenig zu schlafen«, schlug Lila sanft vor. »Du siehst völlig fertig aus.« Sie stand auf und fing an, Charlies angespannte Schultern zu massieren. Es war das erste Mal, dass sie ihn berührte, und auch unter diesen schrecklichen Umständen spürte Charlie, wie er unter ihrer Berührung dahinschmolz.

»Sie ist bestimmt nur irgendwohin gegangen, um einen klaren Kopf zu bekommen«, fügte Maxi hinzu. »Sie wird schon wieder auftauchen, wenn sie so weit ist. Ich meine, morgen Abend ist doch Lilas Party, und die wird Jasmine ganz bestimmt nicht sausen lassen!«

Charlie musste fast laut auflachen. Ach, sie meinten es gut, das wusste er. Aber Lila und Maxine hatten keine Ahnung, was sich genau vor ihren Nasen unter dem klaren, blauen spanischen Himmel abspielte. Woher sollten sie auch wissen, in was Charlie verwickelt war? Sie hatten keinen Schimmer von Charlies Vergangenheit oder Dimitrovs Drohungen und Jimmys Schulden. Sie konnten sich nicht vorstellen, in was für eine Welt er und Jasmine hineingeboren worden waren. Gut, sie wussten wahrscheinlich, dass Jasmine einmal arm gewesen war, und er war sicher, dass sie versucht hatten, sich vorzustellen, wie ihr Leben als Kind gewesen war. Aber alles, was sie sahen war, was der Rest der Welt sah – eine strahlende, glamouröse Sexbombe, mit unzähligen Designerklamotten, die ihr Schicksal in die Hand genommen und es geschafft hatte. Aber Charlie wusste, dass Jasmine ihrer Vergangenheit nicht so einfach davonlaufen konnte. Die alten Geister hatten die Angewohnheit, hinter einem herzuschleichen und genau dann aufzutauchen, wenn man es am wenigsten erwartete. Er wusste das besser als jeder andere. Wie sollte er Maxine und Lila erklären, dass das, was er getan hatte, Jasmine in höchste Gefahr bringen konnte? In ihrer Welt bedeutete Rache, jemandem einen Cocktail über den Kopf zu kippen oder ein verletzendes Interview zu geben, aber in Charlies Welt konnte man aus Rache getötet werden.

Jedenfalls war es jetzt Montagmorgen. Dimitrovs Frist war abgelaufen, und er hatte noch immer nicht die leiseste Ahnung, wo Nadia steckte. Es war also der denkbar schlechteste Tag für Jasmine wegzulaufen, verletzt, aufgewühlt und völlig allein. Der Russe hatte es angekündigt: ›ein Mädchen für ein Mädchen‹. Lila war hier, auf sie konnte er aufpassen. Aber Jasmine? Wo auch immer sie sich aufhielt, sie war leichte Beute. Für einen Augenblick spielte er mit dem Gedanken, Dimitrov anzurufen, aber dann ließ er es sein. Das war wahrscheinlich das Schlimmste, was er tun konnte. Jasmine leckte wahrscheinlich irgendwo ihre Wunden. Wenn er den Russen anriefe, würde dieser erfahren, dass Jasmine ganz auf sich gestellt war, und das war gefährlich. Nein, es gab nichts, was Charlie noch tun konnte. Ihm waren die Hände gebunden.

48 »Tut mir leid, Maxi, aber das ist nicht richtig«, sagte Lila. »Nicht ohne Jasmine.«

Die Stylistin, die Maxine engagiert hatte, durchforstete gerade einen Ständer voller Kleider und zog eine Auswahl heraus, aus der Lila sich eins für ihre Party heute Abend heraussuchen sollte.

»Entspann dich«, erwiderte Maxine und gab ihrer Freundin ein Glas Champagner. »Jasmine wird pünktlich zu deiner Party zurück sein. Da bin ich sicher.«

Lila sah nicht sehr überzeugt aus, und um ehrlich zu sein, war Maxine das auch nicht. Eigentlich war sie ganz krank vor Sorge um Jasmine, aber sie konnte diese Party jetzt nicht mehr absagen. Die Gästeliste war voll, die Presse war informiert, und Lilas neues Ich war perfekt. Lila hatte diese Party verdient. Jasmine wusste, dass sie wichtig war, sie würde sicher versuchen, zu kommen oder zumindest anzurufen, um ihnen zu sagen, dass sie okay war.

»Glaubst du, dass sie nach London zurückgegangen ist?«, fragte Lila.

»Nein, das glaube ich nicht«, sagte Maxine. »Charlie hat mit der Familie gesprochen – sie stehen sich nicht so nah, also gibt es keinen Grund, dorthin zu gehen.«

»Es gibt aber eine Tante, zu der sie einen ganz guten Draht hat, oder nicht?«, fragte Lila hoffnungsvoll.

»Sie ist in einer Klinik. Charlie hat auch schon versucht, sie zu erreichen.«

»Oh …«, Lilas Stimme verhallte. »Ich wünschte, wir könnten etwas tun. Ich meine, ich bin sicher, dass du recht hast – Jasmine geht es wahrscheinlich gut –, aber der arme Charlie ist zu Tode beunruhigt. Er hat jetzt schon zwei Nächte nicht geschlafen.«

Maxine sah, wie Lilas Gesichtszüge sich entspannten, als sie über Charlie Palmer sprach.

»Du magst ihn, oder?«, zog Maxine sie auf.

Lila runzelte die Stirn. »Der Mann hat mir das Leben gerettet; er passt jetzt auf mich auf, natürlich *mag* ich ihn«, sagte sie verächtlich. »Aber nicht so, wie du denkst. Ich habe ja noch nicht mal richtig verarbeitet, was mit Brett passiert ist. Ich werde mich jetzt nicht in die Arme meines Bodyguards werfen. Wirklich, Maxine, da geht aber deine Phantasie mit dir durch! Du hast wohl zu viele billige Liebesromane gelesen. Außerdem ist er überhaupt nicht mein Typ.«

»Mir scheint, die Lady protestiert zu sehr«, grinste Maxine und wich Lila aus, die versuchte, mit der Haarbürste nach ihr zu schlagen. »Wie auch immer, Charlie ist ein toller Kerl. Ich bin sicher, dass er auf sich selbst aufpassen kann, ohne dass du dir Gedanken darüber machst, ob er genug geschlafen hat. Ehrlich, Lila, du musst diese Mutterrolle ablegen und deine innere Sexsirene aktivieren. Die Rolle ist dir auf den Leib geschrieben, also fang auch an, sie zu spielen!«

Das stimmte. Lila sah bezaubernd aus. Maxine hatte ganze Arbeit geleistet. Sie sah immer noch aus wie Lila Rose, aber wie die Lila Rose von vor fünf Jahren und nicht wie die, die vor ein paar Wochen fast zerbrochen wäre. Maxine war sehr stolz auf ihre Verschönerungsfähigkeiten. Ihre Freundin war vielleicht eine heiße Mama, und wenn die Paparazzi sie heute Abend sähen, würden sie durchdrehen. Lila Rose war wieder da – wieder Single und noch großartiger als jemals zuvor.

»Ich weiß noch nicht, wie ich die Haare tragen soll«, meinte

Lila und fuhr mit den Fingern durch ihren flotten kinnlangen Bob. »Diese Frisur ist ein bisschen streng, findest du nicht?«

Maxine schüttelte entschlossen den Kopf. »Nein, du siehst verdammt gut aus, Süße. Wie Louis Brooks in den Zwanzigern. Gott ja, das hat mich inspiriert. Einfach perfekt!«

Maxine drehte sich um und packte die Stylistin am Ellbogen. »Habe ich dich da gerade mit einem zwanziger-Jahre-Kleid gesehen, Daisy?«, fragte sie aufgeregt. »Ja, ja, das ist es. Perfekt! Findest du nicht, dass es super zu ihrer Frisur passen würde?«

Daisy hielt ein rosa, zart perlenbesetztes Kleid hoch und nickte begeistert. Es war von Dior und ein Vermögen wert. Das Kleid war kurz. Es hatte eine tiefe Taille, einen tiefen Rückenausschnitt, dünne Spaghettiträger, und es glitzerte wie rosa Champagner in der Nachmittagssonne.

»Zwanzigtausend rosa Swarovskisteine«, verkündete Daisy stolz.

»Es ist umwerfend«, sagte Lila. »Aber meint ihr nicht, es ist ein bisschen zu freizügig für eine Frau in meinem Alter?«

Maxine und Daisy schüttelten einvernehmlich den Kopf. Und eigentlich war Lilas Kleid verglichen mit dem, was Maxine vorhatte zu tragen, ziemlich konservativ.

49 *Alles ist zum Stillstand gekommen. Die Zeit scheint sich im Universum aufzulösen, und die junge Frau fühlt sich, als würde sie sich selbst in einem Film sehen. Es ist eine Todesszene. Im Moment atmet sie noch, ihre Brust hebt und senkt sich so schnell, dass sie sich hecheln hören kann wie einen Hund. Ist das das Ende? Ist sein ranziger Atem das Letzte, was sie riechen wird? Das durfte nicht sein.*

Er ist jetzt fertig mit ihr, und seine Waffe ist auf ihren Kopf gerichtet. Sie blickt dem Tod ins Gesicht. Es ist ein abstoßendes Gesicht. Das Mädchen weiß, dass es nichts zu verlieren hat. Sie möchte ihm sagen, dass er sie nicht zerstört hat – dass ihm das niemals gelingen würde. Sie spuckt ihm ins Gesicht, genau in diese bösen grauen Augen.

Der Mann wischt sich über das Gesicht und grinst. Die Waffe macht ein lautes, klickendes Geräusch, und dann hält er das kalte Metall an ihre Schläfe. Er ekelt sie an. Sie ist besser als er. Irgendwo tief in ihrem Inneren ist der Wille zu kämpfen wach und ungebrochen. Sie wird nicht leise gehen.

Die Frau ist viel kleiner als der Kidnapper und schwach von den Schlägen, die sie ertragen musste. Sie hatte nichts gegessen seit … nun, sie hatte keine Ahnung, aber seit einer langen Zeit. Sie kann ihn nicht überwältigen, aber sie ist wach und klüger als er. Er hält einen Moment inne, abgelenkt von irgendetwas in der Ferne. Sie sieht, wie er die Stirn runzelt. Er scheint irritiert zu sein. Das Mädchen ergreift seine einzige Chance. Während er über ihren Kopf hinweg blickt, bringt sie irgendwie die Kraft auf, die Waffe von ihrem Kopf wegzuschieben. Sie wirft sich gegen den Mann und versucht, ihm die Waffe aus der Hand zu schlagen. Jetzt liegen sie auf dem Boden, kämpfen und schlagen wild um sich wie ein paar raufende Hunde. Seine grauen Augen bohren sich in ihre, und sie hasst ihn, wie sie noch nie im Leben jemanden gehasst hat, und dann, plötzlich, irgendwie ertönt aus dem Nichts ein mächtiger Knall.

Das Mädchen steht schwankend auf. Die Waffe zittert in ihrer Hand. Sie starrt verständnislos darauf und dann auf den Körper des Mannes. Seine Augen sind immer noch offen und starren sie an, aber das Leben ist aus ihnen verschwunden. Auf seiner Stirn befindet sich ein perfektes, rundes Loch. Sie sieht, wie das Blut die Stirn hinunterläuft, durch seine Haare und in eine immer größer werdende Pfütze auf den Boden tropft. Und dann, ein Krach in der Ferne. Ein scheppperndes Geräusch, schwere Schritte, die näher und näher kommen. Sie ist wie erstarrt. Die Tür öffnet sich langsam. Das Mädchen blickt auf. Der Tote liegt zu ihren Füßen. Sie hält die Waffe in der Hand. Sie hat jemanden umgebracht, und jetzt ist sie nicht allein.

50 Charlie ging im Flur auf und ab wie ein gefangener Tiger. Er hatte das Gefühl, er würde den Verstand verlieren. Er war es nicht gewohnt, sich so machtlos zu fühlen, und er konnte nicht damit umgehen. Überhaupt nicht. Die Stretch-Limousine, die Maxine gemietet hatte, um sie alle zur Party zu bringen, wartete bereits in der Auffahrt. Charlie trug seinen besten Anzug, aber er fühlte sich wie ein Betrüger. Er gehörte nicht in die Welt von Champagner und Kaviar, und er war überhaupt nicht in der Stimmung, mit den Leuten der A-Liste zu feiern.

Peter und Lilas Eltern standen erwartungsvoll in der Tür. Immer wieder schauten sie die Treppe hinauf, um zu sehen, ob Lila und Maxine fertig waren. Sie waren schon eine halbe Stunde zu spät. Aber Charlie war es völlig egal, ob sie pünktlich zur Party kamen oder nicht, alles, was ihn beschäftigte, war die Tatsache, dass Jasmine immer noch nicht aufgetaucht war.

Er hatte Gary gestern angerufen und ihn gebeten, herauszufinden, was Dimitrov so trieb. Wenn Charlie wüsste, was Dimitrov machte, könnte er vielleicht vorhersagen, was als Nächstes passierte. Der Junge hatte den Russen bis in sein Kasino verfolgt. Offensichtlich war Dimitrov bester Laune gewesen. Charlie wusste nicht, ob das ein gutes oder ein schlechtes Zeichen war. Er hatte noch nichts von dem Russen gehört, auch wenn die Frist, Nadia zu finden, abgelaufen war. Zumindest hatte er den Besuch von ein paar russischen Schlägern erwartet.

Und dann, vor einer Stunde, hatte Gary angerufen und ihm schreckliche Neuigkeiten mitgeteilt: Diesen Nachmittag war Dimitrov mit seinem privaten Jet zum Flughafen von Marbella geflogen. Er war hier, in Spanien, und Charlie konnte nur mutmaßen, was die Gründe für diesen Trip waren. Hatten seine Männer Jasmine? War Dimitrov herübergeflogen, um den Job höchstpersönlich zu Ende zu bringen? Oder war Jasmine ganz woanders, in Sicherheit, wie Maxine gesagt hatte? Vielleicht kam der Russe auch wegen Charlie. Oder schlimmer, wegen Lila. Vielleicht hatte er von der Party erfahren …

Verdammte Scheiße, das war ein einziger Albtraum! Charlie steckte ziemlich in der Klemme. Er machte sich tierische Sorgen um Jasmine, aber er konnte nicht gehen, um sie zu suchen, denn dann wäre Lila völlig schutzlos. Er schwitzte jetzt in seinem blöden Anzug, und Millionen von furchtbaren Gedanken schwirrten ihm durch seinen wirren, unter Schlafentzug leidenden Kopf. Er hatte ein ganz schlechtes Gefühl wegen heute Abend. Es fühlte sich nicht richtig an. Überhaupt nicht richtig.

Charlie hörte ein kollektives Einatmen von Peter, Eve und Brian. Das Geräusch jagte ihm einen gehörigen Schrecken ein, und er wäre beinahe gestolpert, während er sich auf eine böse Überraschung einstellte. Seine Hand ging automatisch zu seiner Waffentasche, aber natürlich war da keine Waffe drin. Er folgte ihren Blicken zum Ende der Treppe, und plötzlich war er beruhigt. Da stand Lila. Charlie blieb bei ihrem Anblick der Mund offen stehen. Die Sonne schien durch das Fenster hinter ihr, umrahmte ihr Gesicht und umgab sie mit einem himmlischen Glanz. Charlie hatte in seinem ganzen Leben noch nie etwas so Schönes gesehen. Lila war ein Engel inmitten seiner wahrhaftigen Hölle.

Charlie musste sich nicht verstellen, als er Lila sagte, wie bezaubernd sie heute Abend aussah, alles andere wäre Heuchelei. Er tat so, als würde er die Fahrt in der Limousine genießen, aber als die anderen aufgeregt über die bevorstehende Party sprachen, starrte er aus dem Fenster und hoffte vergeblich, Jasmine zu entdecken.

Als sie ankamen, kämpfte die Limousine sich durch die Horden von Fotografen und hielt vor dem Eingang des Clubs an. Als Lila aus dem Wagen stieg, flippte die Presse total aus und rief immer wieder ihren Namen. Charlie stand neben ihr, starrte in die Menge und versuchte, in dem Meer von Gesichtern irgendetwas Verdächtiges zu entdecken. Aber die Blitze der Kameras blendeten ihn, so dass er überhaupt nichts erkennen konnte. Die Fotografen schoben sich nach vorne, kamen Lila immer näher, und die Blitze machten es Charlie immer noch unmöglich zu erkennen, was sich direkt vor seiner Nase abspielte. Das war nicht sicher. Lila war nicht sicher. Charlie schob sich zwischen Lila und die Paparazzi und fing an, sie zurückzutreiben, um ihr ein wenig Raum zu verschaffen.

»Schnell«, befahl er ihr. »Geh hinein.«

Er blickte noch einmal zu den Paparazzi und folgte Lila dann hinein.

»Das war aber ganz schön machomäßig«, Lila musste lachen. »Aber du darfst doch nicht so unbarmherzig sein, Charlie. Sie machen doch nur ihren Job. Das gehört doch dazu.«

»Entschuldige«, sagte Charlie. »Ich wollte dich einfach nur beschützen.«

»Ich weiß.« Sie drückte seinen Arm. »Und ich weiß das zu schätzen. Wirklich.«

Aber wie konnte Lila es schätzen, was Charlie hier tat? Er spielte ihr gegenüber ein falsches Spiel.

Lila musste den gequälten Ausdruck auf seinem Gesicht gesehen haben. »Jasmine geht es sicher gut«, flüsterte sie ihm ins Ohr. »Bestimmt.«

Charlie wünschte, er könnte sich so sicher sein.

»Sie hat eine Menge durchgemacht«, fuhr Lila fort. »Vielleicht braucht sie einfach Raum, um durchzuatmen. Ich bin sicher, dass sie wiederkommt, wenn sie so weit ist.«

Er wollte ihr gerne glauben, aber womit hatte Dimitrov gedroht? Ein Mädchen für ein Mädchen. Nadia für Jasmine. Das war ein direkter Tausch.

Der Club füllte sich schnell mit schönen Leuten. Wo er auch hinsah, tanzten Mädchen in stylischen Kleidern mit Männern, die nach Geld stanken. Der Champagner floss, und eine angesagte Band, von der Charlie noch nie etwas gehört hatte, spielte Livemusik. Er trieb sich auf der Tanzfläche herum, an den Bars, auf den Decks und hielt Ausschau nach Gefahr, aber alles, was er sah, waren Pärchen, die sich im Mondschein küssten. Die Menge schien die laute Musik zu genießen, aber der dröhnende Bass donnerte Charlie durch den Kopf und verstärkte seine dunkle Stimmung.

Ab und zu erhaschte er einen Blick auf Lila, die in ihrem funkelnden pinkfarbenen Kleid strahlte, während sie mit Peter und Maxine auf der Tanzfläche herumwirbelte. Ihre Wangen waren gerötet, und ihre Augen strahlten. Sie sah lebendiger aus als jemals zuvor. Charlie betete zu Gott, dass er dazu beitragen konnte, dass das so blieb. Jetzt schaute sie auf, und ihre Blicke trafen sich. Sie lächelte ihn an, während sie Maxine etwas ins Ohr flüsterte, und kam dann zu ihm herüber. Charlie konnte seinen Blick nicht von ihr abwenden. Das hautenge Kleid betonte ihre Figur und überließ nichts der Phantasie. Ihre Hüften schwangen sexy von einer Seite zur anderen, ihre Brüste hüpften, und Herrgott! Charlie schüttelte seinen Kopf, um die schmutzigen Gedanken zu vertreiben, die in ihm hochkamen. Das war nicht der richtige Zeitpunkt, sich erotischen Gedanken über seine Chefin hinzugeben.

Sie packte ihn am Arm und zog ihn zu sich. Charlie spürte ihren warmen Atem auf seiner Wange.

»Geh!«, flüsterte sie ihm ins Ohr. »Du bist hier nicht glücklich. Wenn es dir damit bessergeht, dann geh und such Jasmine. Das ist es doch, was du willst.«

»Ich kann nicht«, sagte Charlie entschlossen. »Ich muss hier bleiben und auf dich aufpassen.«

Lila schüttelte den Kopf. »Nein. Maxine hat zusätzliche Sicherheitsleute engagiert. Hier wird mir nichts passieren. Ich meine, ich könnte fallen und mir in diesen lächerlich hohen Pumps den Fuß brechen, aber abgesehen davon bin ich sicher, versprochen. Du gehst jetzt und suchst Jasmine. Du wirst keine Ruhe finden, bevor du sie nicht gefunden hast.«

»Na ja, vielleicht hast du recht«, lenkte Charlie ein. »Ich gehe nach draußen und telefoniere noch ein bisschen. Hier drin habe ich keinen Empfang. Es könnte ja sein, dass sie eine Nachricht hinterlassen hat oder dass sie inzwischen jemand gesehen hat. Aber ich bin in ein paar Minuten zurück.«

Lila nickte und schob ihn zur Tür.

»Ich möchte dich einfach wieder lächeln sehen«, rief sie ihm hinterher, und dann verschwand sie wieder in dem Gewimmel tanzender Körper.

Charlie sprach kurz mit den Sicherheitstypen an der Tür und ging dann hinaus. Eine schwarze Limousine war gerade vorgefahren, und ein großer, grauhaariger Mann in einem schwarzen Anzug stieg aus dem Fond. Sein Haar war nach hinten gekämmt, und er trug eine dunkle Sonnenbrille, auch wenn es bereits zehn Uhr abends war. Charlie hielt die Luft an. Sein Herz schlug ihm bis zum Hals, und er erstarrte vor Angst. Dimitrov war hier. Charlie sah sich verzweifelt um. Er hatte keine Chance, zu entkommen. Der Eingang zum Club war eng, mit Teppich ausgelegt und mit Seilen vor der Presse abgesperrt. Die einzige Möglichkeit war, wieder hineinzugehen, aber dann wäre er mit dem Russen drinnen gefangen. Er könnte über Bord springen und zum Strand schwimmen, aber dann wäre Lila mit dem Verrückten allein.

Wie auch immer, es war zu spät. Dimitrov schob die Sonnenbrille auf den Kopf und richtete seinen eiskalten Blick direkt auf Charlie. Und dann passierte das Seltsamste überhaupt. Dimitrov lächelte. Nicht finster und bedrohlich, sondern in einer warmen, vertraulichen Art, so als würde er einen verlorenen Sohn begrüßen. Jetzt kam er mit ausgestreckten Armen auf Charlie zu, mit geöffneten Handflächen und einem freundlichen Grinsen auf dem Gesicht.

Charlie wusste nicht, wohin er schauen sollte. Was zum Teufel war denn hier los?

Dimitrov packte ihn und umarmte ihn ungestüm.

»Charlie! Charlie, mein Junge!«, dröhnte er in einem Englisch mit schwerem Akzent. »Ich muss mich wohl für das Verhalten meiner Nadia entschuldigen.«

Hinter Dimitrovs Schulter tauchte ein blonder Kopf auf und dann ein vertrautes freches Lächeln. »Hallo Charlie«, kicherte Nadia. »Schön, dich zu sehen, Baby. Ich 'abe dich auf meinen Reisen vermisst.«

Charlie blickte verständnislos von Vater zu Tochter. Er hatte das Gefühl, als würde der Boden unter seinen Füßen nachgeben. Das machte alles keinen Sinn. Eines war allerdings klar – Nadia war in Sicherheit. Sie war hier, stand genau vor ihm, so blond und großartig wie immer, und war absolut am Leben.

»Das verstehe ich nicht«, sagte er und schüttelte den Kopf. »Sie wollten mich umbringen.«

Dimitrov warf den Kopf zurück und lachte herzlich. »Ach, das ist einfach mein Sinn für Humor, Charlie. Du darfst mich nicht allzu ernst nehmen.«

»Er denkt, ich tot sein.« Nadia grinste schelmisch. »Aber ich bin mit bulgarischem Freund um griechische Inseln gesegelt. Und eigentlich ist jetzt gar nicht mein Freund mehr …«

»Der Sohn eines Barons!«, dröhnte Dimitrov. »Ein nichtsnütziger Junkie mit zu viel Geld und zu wenig Verstand.«

Nadia winkte Charlie zu und verschwand dann im Club. Dimitrov verdrehte die Augen und zuckte mit seinen breiten Schultern.

»Junge Mädchen, was? So ein Ärger, Charlie.« Und dann klatschte er Charlie so fest auf den Rücken, dass er beinahe nach vorne gefallen wäre. »Es tut mir leid, dass ich sauer auf dich war. Meine Jungs haben es ein wenig übertrieben. Ich bin dir etwas schuldig. Wenn du Hilfe brauchst, dann frag einfach mich, okay?«

Charlie nickte immer noch unter Schock.

»Komm schon, Charlie Palmer. Ich besorge dir einen Drink«, entschied Dimitrov und ging voraus.

Charlie folgte dem Russen zur Bar. Was machte er? War das in Ordnung? Bedeutete das, dass Jasmine in Sicherheit war? Langsam entspannten sich seine Schultern. Dimitrov hatte Jasmine nicht. Niemand hatte Jasmine. Er erinnerte sich daran, was Lila gesagt hatte. Vielleicht brauchte sie ja wirklich nur ein wenig Raum, um durchzuatmen. Gott, er war ganz schön paranoid gewesen! Es gab keinen Grund, sich Sorgen zu machen. Jasmine würde schon wiederkommen, wenn sie bereit dazu wäre.

»Wo ist Jimmy Jones?«, fragte Dimitrov, kippte seinen Wodka pur hinunter und schaute sich mit verengten Augen im Club um.

»Er ist nicht hier. Jimmy ist im Augenblick nicht sehr beliebt.«

»Schade«, murmelte Dimitrov. »Das kleine Arschloch schuldet mir Geld. Ich muss mit ihm reden.« Und dann lachte er herzlich und sagte: »Aber kein Problem. Ich habe gerade seinen Fußballclub gekauft; er wird einfach so lange kein Gehalt bekommen, bis er mir jeden einzelnen Penny zurückgezahlt hat. Das ist eh nur Kleingeld.«

Er klang nicht wie jemand, der Jimmys Frau umbringen wollte. Was waren schon eine Million Pfund für Vladimir Dimitrov? Und überhaupt, so ungern Charlie es auch zugab, Jimmy war ein talentierter kleiner Fußballer. Der Russe wäre schön blöd, wenn er den Jungen nicht bei Laune halten würde. Okay, er hatte Jimmy einen Drohbrief geschrieben. Aber das war nur seine Art, Geschäfte zu machen, oder? Nein, je länger er darüber nachdachte, umso sicherer war er, dass es Jasmine gutging. Er lachte über sich selbst. Was für ein paranoider Idiot er doch gewesen war.

Charlie spürte, wie ihm eine schwere Last von den Schultern fiel. Wer sonst hätte ein Interesse daran, ihr etwas anzutun? Himmel, Charlie war sich so sicher gewesen, dass der Russe Jasmine in seiner Gewalt hatte, dass er gar nicht ernsthaft über andere Möglichkeiten nachgedacht hatte. Ja, er hatte Cynthia angerufen, die blöde alte Ziege, die nicht sehr beunruhigt zu sein schien, was die Sicherheit ihrer Tochter anging. Aber Jasmine hatte eine Menge Freunde, und Charlie hatte es noch nicht bei allen versucht. Da waren die Mädchen, mit denen sie im Exotica gearbeitet hatte; vielleicht war sie bei einer von ihnen. Vielleicht hatte sie sogar einen heimlichen Liebhaber. Oder vielleicht war sie bei Juju. Er hatte Jasmines Tante noch nicht erreicht. Er hatte in der psychiatrischen Klinik angerufen, aber die hatten ihm gesagt, dass sie entlassen sei. Zu Hause war sie allerdings auch nicht ans Telefon gegangen. Vielleicht verbrachten Jasmine und Juju Zeit miteinander, um sich von ihren Torturen zu erholen. Alles war möglich. Das Gefühl der Erleichterung war berauschend.

Was für eine Nacht zum Feiern! Jasmine war okay. Alles würde gut werden! Nadia tauchte neben Charlie auf und schmiegte sich an seine Brust.

»Ist aus mit bulgarischen Jungen.« Sie lächelte ihn an. »Ich bin frei wie ein Vogel, wenn du mich noch willst, Baby.«

Charlie wuschelte ihr liebevoll durchs Haar. »Ich denke, wir sollten einfach Freunde bleiben, Süße«, antwortete er ihr.

Gott, er war froh, sie heil zu sehen, aber nach dem ganzen Ärger, den sie ausgelöst hatte ... keine Chance! Nadia Dimitrova war die letzte Frau, mit der er zusammen sein wollte. Abgesehen davon gehörte Charlies Herz einer anderen. Er schaute über Nadias blonden Schopf hinweg und beobachtete, wie Lila tanzte. Nein, er würde sich nie wieder im Leben für eine Frau wie Nadia interessieren.

51 Maxine beobachtete, wie sich der Club mit glamourösen Leuten füllte. Sie alle küssten sie auf die Wangen, sagten ihr, wie toll sie aussah, schauten sich bewundernd in ihrem Club um und waren überrascht, zu welchem Erfolg sie dieses Projekt geführt hatte. Sie hatte ihr bestes Partygirl-Gesicht aufgelegt und zu dieser Gelegenheit ein winziges Minikleid angezogen. Sie lächelte und lachte wie auf Kommando mit ihren Gästen, aber unter der Oberfläche fühlte Maxine sich ganz und gar nicht erfolgreich. Die Wahrheit war, dass sie sich noch niemals im Leben so schlecht gefühlt hatte. Die morgendliche Übelkeit war schlimmer geworden und schien sich zu einer Nachmittags- und Abendübelkeit auszuwachsen. Allein bei dem Gedanken an Champagner musste sie würgen. Sie hielt ein Sektglas in der Hand, um den Schein zu wahren, aber sie konnte nicht einen einzigen Schluck davon trinken.

Wahrscheinlich waren es die Hormone, die ihre Gefühle verrückt spielen ließen, aber Maxi war den Tränen nahe. Ihr Lächeln gefror ihr im Gesicht. In zwei Tagen hatte sie einen Termin in einer privaten Klinik, um ihr kleines Problem loszuwerden. Aber dieser Termin lag ihr schwer im Magen. Sie hatte das Gefühl, als würde sie den größten Fehler ihres Lebens machen, doch was blieb ihr anderes übrig? Sie zitterte. Wie hatte sie sich nur in solch schreckliche Schwierigkeiten bringen können?

Sie schaute sich im Club um. Lila sah großartig aus, und

sie amüsierte sich ganz offensichtlich bestens. Sie tanzte mit Peter und Charlie, die sie anbeteten. Sie schienen um ihre Aufmerksamkeit zu buhlen, wirbelten sie abwechselnd herum und versuchten, sie mit ihren besten Bewegungen zu beeindrucken. Charlie bewegte sich erstaunlich leichtfüßig für einen so kräftigen Mann. Im Leben ihrer Freundin hatte es in der letzten Zeit so viel Kummer gegeben, dass sie Lila nicht auch nur einen Augenblick beneidete. Und Charlie schien plötzlich auch wesentlich lockerer zu sein. Vielleicht hatte er etwas von Jasmine gehört.

Aber Maxine konnte die Lebensfreude ihrer Freunde nicht teilen. Sie fühlte sich ausgelaugt und erschöpft. Das aufgesetzte Lächeln verschwand aus ihrem Gesicht, und sie wusste, dass sie die Fassade nicht länger aufrechterhalten konnte. Sie brauchte Luft.

An Deck war es menschenleer. Sie lehnte sich an die Reling und schaute hinaus auf die Bucht. Die Lichter von Marbella funkelten wie die Sterne am Himmel über ihr. Es war eine perfekte, ruhige Nacht, aber irgendwie ließ die Schönheit der Nacht ihren Schmerz nur noch schlimmer werden. Wie hatte es dazu kommen können? Warum zerfielen ihre Träume immer zu Staub?

Maxi ließ ihre Gedanken all die Jahre zurückschweifen – das arme kleine reiche Mädchen, dessen Eltern es ignoriert hatten, ihre jugendlichen Liebesbeziehungen mit unpassenden Männern, die Hochzeiten, die Enttäuschungen, die gebrochenen Herzen, die Scheidungen. Sie hatte es immer wieder geschafft, sich davon zu erholen, gute Miene zum bösen Spiel zu machen und mit dem blinden Optimismus der Jugend daran zu glauben, dass es irgendwann einmal besser werden und ihre Zeit kommen würde. Aber diese Jahre waren vorbeigezogen, sie war jetzt älter, aber was hatte sie gelernt? Sie war in größeren Schwierigkeiten als jemals zuvor. Alles, was sie vom Leben erwartete, war Glück, aber abgesehen von ihrem Erfolg schien das einen großen Bogen um sie zu machen.

Hier stand sie also, jenseits der dreißig, schwanger und ungeliebt, immer noch ungeliebt, so wie als Kind. Maxi war normalerweise nicht der Typ, der in Selbstmitleid badete, aber jetzt liefen ihr die Tränen über das Gesicht, sie konnte nicht anders, als Mitleid mit dem kleinen Mädchen zu haben, das von einer besseren Welt geträumt und tatsächlich geglaubt hatte, dass sie sie finden würde.

»Maxine?«

Die Stimme kam ihr bekannt vor, aber Maxine konnte sie nicht einordnen. Sie hielt die Tränen zurück und wischte sich mit dem Handrücken über das Gesicht. Sie konnte nicht zulassen, dass jemand sie in diesem Zustand sah.

»Maxine? Bist du in Ordnung?«

Es war eine tiefe, samtweiche Stimme mit amerikanischem Akzent. Maxine schlug das Herz bis zum Hals, als sie sich umdrehte. Und da war er, stand einen halben Meter vor ihrem Gesicht, wie eine Vision, die aus dem Schatten auftauchte.

»Juan«, sagte sie mit zittriger Stimme. »Wa ... was machst du denn hier? Wie? Warum?«

»Ich bin gekommen, um eine ehrenwerte Frau aus dir zu machen«, sagte er mit demselben Strahlen in den Augen, das sie so in Schwierigkeiten gebracht hatte.

Der Funke zwischen ihren beiden Körpern sprang über, und dann war sie in seinen starken Armen, ihre Lippen suchten hungrig nach den seinen, sie verlor sich in seinem Duft, und ihre Träume waren wieder lebendig.

Charlie war betrunken. Normalerweise behielt er die Kontrolle, aber dieser Abend war so was von verrückt gewesen, dass er nicht anders konnte. Nadia lebte! Dimitrov war sein Freund! Jasmine war sicher! Was für eine Nacht zum Feiern!

Die Kellnerinnen gaben ihm Gläser voller Champagner, und er hatte vergessen zu zählen, wie viele er getrunken hatte. Jetzt, als die Limousine durch die Straßen raste und die Paparazzi, die ihnen folgten, immer weiter hinter sich ließ, drehte sich sein Kopf, und sein Herz klopfte, weil er es in seinem betrunkenen Zustand irgendwie geschafft hatte, seinen Arm um Lilas nackte Schultern zu legen. Er spürte, wie seine Finger an der Seite ihrer Brüste entlangstreiften, und das Allerbeste war, dass Lila sich nicht beschwerte. Sie hatte ihn nicht weggeschoben, und als er sie jetzt anlächelte, lächelte sie zurück. Sein Verstand raste. Mochte sie ihn auch? Auf *diese* Art und Weise? Nein! Sei kein Depp, Charlie. Wie konnte sie? Warum sollte sie? Aber dann wiederum … vielleicht …

Charlie hatte noch nie irgendwelche Probleme mit Frauen gehabt. Er konnte sich nicht daran erinnern, dass ein Mädchen, das er haben wollte, ihn jemals hatte abblitzen lassen. Aber das hier war nicht irgendein blondes Püppchen aus einem Nachtclub im East End, sondern das hier war Lila Rose, ein internationales Sexsymbol. Himmel, er fühlte sich wieder wie ein fünfzehnjähriger, unerfahrener Junge, der in der letzten Reihe im Kino von Canning Town saß und sich fragte, ob Jackie Enfield, das Mädchen, das neben ihm saß, wohl etwas dagegen hätte, wenn er seine Zunge in ihren Mund stecken würde. Es hatte sich herausgestellt, dass Jackie nichts dagegen gehabt hatte und dass er am Ende des Abends keine Jungfrau mehr war. Charlie würde sich immer liebevoll an Jackie erinnern – du lieber Himmel, dieses Mädchen hatte ihn zum Mann gemacht, aber sie spielte wohl kaum in Lilas Liga. Dass Jackie Enfield ihn gewollt hatte, bedeutete nicht, dass Lila Rose ihn auch wollte. Diese Frauen kamen aus unterschiedlichen Welten. Das Letzte, was er von Jackie gehört hatte, war, dass sie als alleinerziehende Mutter in Leytonstone einen Waschsalon betrieb.

Charlie hatte jegliches Zeitgefühl verloren und war überrascht, als er feststellte, dass sie durch das Tor fuhren und in der Auffahrt anhielten. Lila entschlüpfte seinem Arm.

»Hat noch jemand Lust auf einen Absacker?«, fragte sie.

Ihre Augen strahlten so, wie Charlie es bei ihr noch nie gesehen hatte. Es erregte ihn, sie so zu sehen. Er hatte den Geschmack der Vorfreude im Mund, der umso köstlicher schmeckte, weil er so außergewöhnlich war. Sie rannte fast die Auffahrt hinauf, und ihr Kleid funkelte im Mondschein. Charlie folgte ihr.

»Charlie!«, rief eine Stimme hinter ihm.

Er zögerte.

»Komm schon«, rief Lila.

»Charlie!« Die Stimme klang verzweifelt.

Charlie seufzte. Was zum Teufel war es dieses Mal? Er drehte sich um und sah Jimmys verzweifeltes Gesicht, das an das Tor gequetscht war. Er winkte Charlie verzweifelt zu.

»Charlie! Komm her! Bitte!«, rief er.

Die Paparazzi waren angekommen und hielten auf der Straße. Sie stürmten aus ihren Wagen und fingen an, Jimmy zu fotografieren, aber es schien so, als würde er sie nicht sehen. Er rief weiter nach Charlie.

Charlie hatte Jimmy seit der Nacht, in der er Jasmine verprügelt hatte, nicht gesehen. Und tatsächlich hatte er gehofft, dass er dem kleinen Stück Scheiße nie wieder begegnen würde. Doch hier stand er und bat Charlie um Hilfe. Jimmy war so ziemlich der Letzte auf der Welt, dem er helfen wollte, aber etwas in seiner Stimme sagte ihm, dass es ernst war. Er sah Lila in der Villa verschwinden und spürte, wie seine Phantasien sich in der heißen dunklen Nacht in Wohlgefallen auflösten. Plötzlich war er stocknüchtern. Charlie ging durch das Tor hinaus. »Wir reden, wenn wir drinnen sind«, fauchte er Jimmy ins Ohr.

Er gab dem Jungen einen Schubs, drehte sein Gesicht von den Kameras weg und folgte ihm ins Haus. Erst in dem grellen Licht im Wohnzimmer konnte Charlie erkennen, in welcher Verfassung Jimmy war. Er sah aus, als hätte er seit Tagen nicht geschlafen. Sein Gesicht war aschfahl, und er hatte tiefe schwarze Ringe unter den Augen. Seine Haare, die normalerweise perfekt gestylt waren, sahen ungewaschen und ungekämmt aus. Seine Klamotten waren dreckig und zerknittert.

»Du bist verdammt erbärmlich, Jimmy«, fauchte Charlie. »Du weißt, dass Jasmine verschwunden ist, seit du sie als lebendigen Punchingball benutzt hast, oder?«

Jimmy nickte ernst. Charlie sah, dass seine Hände zitterten.

»Du hast vielleicht Nerven, ausgerechnet mich um Hilfe zu bitten. Du kannst froh sein, dass ich ein vernünftiger Mann bin, sonst würde ich dir nämlich auf der Stelle deinen dürren kleinen Kopf abreißen.«

Jimmy schien ihm gar nicht zuzuhören. Er nahm ein Päckchen und hielt es Charlie mit seinen zitternden Händen hin.

»Was ist das?«, fragte Charlie.

»Mach es auf«, drängte Jimmy. Er sah seltsam aus. Gespenstisch.

Charlie nahm Jimmy das Päckchen aus der Hand und steckte seine Hand hinein. Seine Finger fühlten etwas Weiches und Seidiges. Es fühlte sich an wie eine Perücke. Irritiert zog er den Inhalt aus dem Päckchen und starrte verständnislos auf fünfzig Zentimeter glänzendes dunkelbraunes Haar, das ihm aus der Hand und auf den Boden fiel. Vor lauter Entsetzen blieb ihm der Mund offen stehen.

»Verfluchte Scheiße!«

»Ich habe es auf dem Küchentisch gefunden«, sagte Jimmy mit aufgerissenen Augen. »Sie waren im Haus! Sie sind in mein verdammtes Haus eingedrungen, Charlie!«

Charlie drehte sich der Magen um. Er fiel auf die Knie und begann verzweifelt, die Haare aufzusammeln. Er vergrub sein Gesicht darin und atmete den Duft von Jasmines Parfüm ein. Er konnte kaum atmen, geschweige denn Worte finden, um Jimmy zu fragen, was zum Teufel hier vor sich ging. Alles, was er mit schwacher Stimme herausbrachte war immer wieder: »Jasmine«.

»Da war noch etwas in dem Päckchen«, sagte Jimmy finster. »Eine DVD. Ich zeige sie dir.«

Charlie sah zu, wie Jimmy zu seiner Heimkino-Anlage ging. Endlich hatte er wieder die Kraft, zu sprechen.

»Aber ich habe Dimitrov heute Abend getroffen. Er war freundlich. Ich verstehe das nicht.«

»Ich glaube nicht, dass das hier irgendwas mit dem Russen zu tun hat«, antwortete Jimmy. »Sieh selbst.«

Charlie starrte auf den riesigen Plasma-Bildschirm, wobei er Jasmines Haare immer noch in der Hand hielt. Der Film war körnig und schwarz-weiß, und es gab keinen Ton, aber Charlie erkannte Jasmine sofort. Es war ein alter Film. Jasmine war noch ein Kind. Sie trug eine Schuluniform und da war ein Mann, der ihr die Hände zusammenband, sie knebelte und ihr mit einer Leine die Füße zusammenschnürte. Das arme Mädchen sah völlig verängstigt aus. Zunächst konnte Charlie das Gesicht des Mannes nicht erkennen, aber dann blickte er auf und sah einen Geist. Sean Hillman. Terrys Bruder. Jasmines ›Onkel‹. Der Mann war jetzt schon seit sieben Jahren tot. Charlie hatte diesen Mistkerl sein ganzes Leben lang gekannt, und er hatte ihn nie gemocht, aber das machte alles keinen Sinn. Was machte er mit Jasmine?

Jetzt lag Jasmine auf so einer Art Tisch, festgebunden, Sean kletterte auf sie und befummelte ihr junges Fleisch mit seinen dreckigen Händen. Auf dem riesigen Bildschirm konnte Charlie die Verzweiflung in ihren Augen deutlich erkennen.

Charlie spürte, wie ihm die Galle hochkam. Er konnte sich das nicht länger ansehen. Er rannte ins Badezimmer und übergab sich. Ihm war in seinem ganzen Leben noch niemals so schlecht gewesen. Es ekelte ihn an, dass er es zugelassen hatte, dass man ihr so etwas Schreckliches antat. Wie konnte es sein, dass er nichts davon gewusst hatte? Warum hatte er dem kein Ende gesetzt?

52 *Das Mädchen steht mit der Waffe in der Hand zitternd da und starrt immer noch auf ihren Onkel, der tot vor ihren Füßen liegt. Sie berührt den Körper vorsichtig mit ihrem Zeh, aber er bewegt sich nicht. Dann läßt sie die Waffe fallen, fällt auf die Knie und fängt an, bitterlich zu weinen.*

»Was hast du getan, Jasmine?«, ertönt eine Stimme vom Eingang her. »Was hast du verdammt nochmal getan?«

53 »Da ist noch mehr«, sagte Jimmy finster, als Charlie aus dem Badezimmer zurückkam.

»Ich habe genug gesehen«, sagte Charlie und sammelte vorsichtig die Haare ein, die er fallen gelassen hatte.

»Nein. Du musst dir ansehen, was als Nächstes passiert. Das ist es nämlich, worum es bei der ganzen Sache geht.«

»Welche ganze Sache?«

Charlie verstand überhaupt nichts. Schließlich hatte er heute Nacht zu glauben gewagt, dass Jasmine okay ist, und jetzt? Jetzt hielt er ihre Haare in den Händen und hatte keine Ahnung, wie groß die Gefahr war, in der sie schwebte.

»Was zum Teufel geht hier vor sich, Jimmy?«, schrie er verzweifelt.

»Sieh hin«, sagte Jimmy mit zittriger Stimme. »Du wirst schon sehen.«

Er spulte die DVD vor. Die beiden Männer konnten es nicht ertragen, sich anzusehen, wie Sean Hillman seine Nichte vergewaltigte. Dann lief der Film weiter. Charlie sah, wie Sean wieder auf dem Bildschirm erschien und Jasmine eine Waffe an den Kopf hielt. Es war schwierig, genau auszumachen, was passierte, aber plötzlich blickte Sean auf und starrte direkt in die Kamera.

»Mensch, er hat jetzt erst bemerkt, dass er gefilmt wird«, sagte Jimmy.

Charlie beobachtete, wie Jasmine ihre einzige Chance ergriff, zu überleben. Sie schob die Waffe von ihrem Kopf weg, während Sean abgelenkt war, und dann kämpften die beiden und fielen zu Boden. Im Gegensatz zu Sean Hillman war die kleine Jasmine zart gebaut und winzig, aber sie kämpfte wie ein wildes Tier um ihr Leben. Sie schlug und trat wild um sich, und für einen Augenblick verlor Charlie die Waffe aus den Augen. Plötzlich waren die zwei Körper absolut ruhig. Langsam stand Jasmine auf, hielt die Waffe in der Hand und starrte auf den Körper am Boden. Sie trat ihn vorsichtig mit dem Fuß, aber er bewegte sich nicht. Und dann ließ sie die Waffe fallen und fiel auf die Knie. Charlie bemerkte, dass Jasmine den Kopf in Richtung der offenen Tür drehte, und dann wurde der Film unscharf und war schließlich zu Ende.

»Sie hat jemanden umgebracht«, sagte Jimmy, als wenn er immer noch nicht verstünde, was er da gerade gesehen hatte. »Jasmine hat einen Mann getötet.«

Charlie nickte finster. »Sean Hillman«, erwiderte er. »Terrys Bruder. Aber das ist nicht das Problem. Sie musste das verdammt nochmal tun, um nicht selbst umgebracht zu werden. Nein, das Problem ist, dass sie jemand erwischt hat. Dass jemand die ganze verdammte Sache gefilmt hat. Hast du gesehen, wie die Tür aufging? Da war noch jemand anderes.«

Jimmy nickte. »Lies«, bat Jimmy und hielt Charlie einen getippten Brief hin. »Ich werde erpresst. Ich glaube, dass Jasmine dem Typen schon mehrfach Geld gegeben hat. Ich habe einen Kontoauszug von ihr gefunden. Sie hat in den letzten paar Wochen um die achthunderttausend Euro abgehoben.«

Charlie überfolg den Brief schnell. Wer auch immer Jasmine in seiner Gewalt hatte, war ein widerlicher Drecksack. Er wollte, dass Jimmy für ihre Freilassung eine Million Euro herausrückte. Und er wollte das Geld heute Nacht, sonst würde er das Filmmaterial ins Internet stellen.

»Du hast es besorgt, richtig?«, fragte Charlie Jimmy und erwartete, dass er ja sagte.

Aber Jimmy schüttelte traurig den Kopf und fing an zu weinen. »Ich habe dir doch erzählt, dass ich kein Geld mehr habe«, schluchzte er. »Ich habe alles verspielt.«

»Aber deine Kumpels …« Charlie hörte den Ärger in seiner Stimme. »Du kriegst es doch sicher von deinen Kumpels.«

Jimmy schaute auf die Uhr. »Was? Jetzt? Um Mitternacht? Meinst du, die haben solche Summen einfach so zu Hause rumliegen? Meinst du, sie müssen in diese ganze Sache hineingezogen werden?«

Charlie hatte das Gefühl, dass er jeden Moment explodieren würde. Er packte Jimmys Schultern und schüttelte ihn heftig. Ein Teil von ihm hatte große Lust, den kleinen Mistkerl umzubringen, weil er so ein Schwächling war. Jimmy hätte in der Lage sein müssen, Jasmine zu helfen, aber er hatte sein ganzes Geld weggeworfen. Als wenn es nicht schon genug gewesen wäre, das Mädchen ohne Grund zu verprügeln, jetzt ließ er es auch noch beinahe zu, dass man sie umbrachte. Aber mehr als alles andere war Charlie sauer auf sich selbst. Warum hatte er nicht verhindert, dass Sean Hillman Jasmine wieder und wieder vergewaltigte? Nachdem Kenny gestorben war, war es seine Aufgabe gewesen, sich um das Mädchen zu kümmern. Aber er hatte es einfach nicht gemerkt.

»Lila«, sagte Jimmy plötzlich. »Sie kann helfen.«

Charlie dachte an Lila, wie sehr sie heute Abend gestrahlt hatte, und schüttelte den Kopf. Es gab keinen Grund, sie damit zu belästigen. Charlie hatte eine viel bessere Idee. Es gab jemanden, der ihm einen Gefallen schuldig war.

»Bist du sicher?«, fragte Jimmy nervös, als Charlie die Nummer wählte. »Dass der helfen kann?«

Charlie nickte überzeugt mit dem Kopf. Noch nie im Leben war er sich einer Sache so sicher gewesen.

54 Dimitrov rauschte mit der Ausstrahlung eines Mannes, der jedes Problem lösen kann, in die Casa Amoura. Er kam mit seinem Speedboot am Strand an, wahrscheinlich, um der Presse aus dem Weg gehen. Er ließ an jeder Tür zwei schwergewichtige Typen Wache stehen. Allein durch seine Anwesenheit wurde Charlie ruhiger. Dimitrov ignorierte Jimmy, klopfte Charlie aber kräftig auf den Rücken.

»Wir haben sie gefunden, Charlie«, donnerte er. Er zeigte mit dem Finger auf Jimmy. »Du hast Video, wie Päckchen geliefert worden ist, Junge?«

Jimmy nickte. »Im Überwachungsraum über der Garage«, sagte er.

Die drei Männer starrten auf den Computerbildschirm im Überwachungsraum und sahen sich das Filmmaterial von diesem Abend an. Die Überwachungskameras überblickten jeden Winkel des gesamten Anwesens. Um zweiundzwanzig Uhr, als Jimmy alleine ferngesehen hatte, war eine große blonde Frau in einem weißen Bikini an Jimmys privaten Strand geschwommen. Sie hatte eine versiegelte Plastiktüte in der Hand.

Charlie, Jimmy und Dimitrov beobachteten, wie die Frau anmutig die Stufen zur Villa emporstieg, gelassen durch die Terrassentür ging und das Päckchen ganz beiläufig auf den Küchentisch legte. Sie nahm einen Pfirsich aus der Obstschale, drehte sich um, schlenderte wieder zum Strand zurück und aß ihren Snack. Sie warf den Pfirsichstein auf den Strand, fuhr sich mit den Fingern durch die nassen Haare, tauchte dann wieder in die Wellen und verschwand außer Sichtweite.

»Ich kenne das Mädchen irgendwoher«, sagte Charlie und kratzte sich am Kopf. Wo hatte er sie schon einmal gesehen?

Dimitrov nickte. »Ja. Es ist Yana!«, erklärte er.

»Yana?«, fragte Charlie.

»Yana! Frankies Flittchen! Ich kenne sie sehr gut. Sie hat mal für mich gearbeitet. Angelis hat deine Jasmine, Charlie.«

Jasmine saß, mit Annie auf dem Schoß, auf der Kante des plüschigen Samtsofas und starrte den verrückten alten Mann an, der ihr gegenübersaß.

»Trink deinen Tee, Süße«, drängte er. »Nimm eins von diesen köstlichen kleinen Törtchen, die Ekaterina für dich gebacken hat, oder ein Gurkensandwich.«

Jasmine schüttelte den Kopf. Die ganze Situation hätte sehr lustig sein können, wenn sie nicht so unheimlich gewesen wäre. Frankie Angelis war ein erbärmlicher, perverser alter Mann, der hier in seinem albernen Haus saß, einen lächerlichen Seidenmorgenmantel trug und von osteuropäischen Prostituierten umgeben war, die, davon war er überzeugt, alle in ihn verliebt waren.

Angelis behandelte Jasmine wie eine Verwandte, die bei ihm zu Besuch war. Er genoss es, die Rolle des wohlwollenden Onkels zu spielen. Das hatte er schon immer getan, seit sie ein kleines Mädchen war. Er tat so, als würde er sich um sie kümmern, so als läge ihm ihr Wohlergehen am Herzen. Von wegen! Sie schlief in einem Himmelbett in seinem besten Gästezimmer, und es gab Roastbeef und Yorkshire Pudding zum Abendessen. Eines der Mädchen, das, wie Charlie erklärt hatte, eine Krankenschwester aus Slowenien war, hatte Jasmines Wunden versorgt und ihr Schmerzmittel gegeben. Sogar der Hund wurde gut behandelt und bekam Steak zum

Abendessen. Aber das alles war eine Täuschung. Frankie hatte sie fester im Griff als jemals zuvor. Sie wusste, dass sie nicht einfach wegkonnte. Alle Türen waren abgeschlossen, Frankies Mädchen folgten ihr durch das ganze Haus und überwachten jeden ihrer Schritte. Sie durfte noch nicht einmal hinaus an den Pool gehen.

Jetzt war sie geweckt worden, und man hatte ihr aufgetragen, im Salon mit Frankie Tee zu trinken. Das war verrückt. Es war mitten in der Nacht, und das Letzte, worauf Jasmine jetzt Lust hatte, waren Törtchen oder Gurkensandwiches, selbst wenn die Kruste abgeschnitten war. Frankie lächelte sie an.

»Du siehst süß aus mit den kurzen Haaren«, sagte er. »Wie eine freche kleine Elfe. Aber wir wissen auch, was für ein freches kleines Luder du sein kannst, nicht wahr, Jasmine?«

Sie ignorierte ihn. Yana – Frankies Liebling und das Mädchen, das sie im Aquarium und im Museum gesehen hatte – hatte es eine große Freude bereitet, Jasmines ganze Pracht mit einer Küchenschere abzuschneiden. Jasmine musste sich noch an das nackte Gefühl im Nacken gewöhnen. Sie fühlte sich entblößt. Sie war es gewohnt, lange Haare zu haben. Ihre Finger berührten die stumpfen Spitzen ihrer kurzen Haare. Sie fühlten sich fremd an, so als würden sie nicht zu ihr gehören. Doch das waren nur Haare. Das spielte keine Rolle. Nicht, wenn man das große Ganze betrachtete.

»Wie lange willst du mich eigentlich hier festhalten?«, fragte sie Frankie.

»Bis Jimmy mit dem Geld auftaucht«, erwiderte Frankie lächelnd. Er hielt immer noch die Fassade vom netten Teetrinken aufrecht.

»Er wird nicht kommen«, antwortete Jasmine bestimmt. »Er hat das Geld nicht.«

»Sei nicht albern, Jasmine. Natürlich hat er das Geld. Er hat dir vielleicht erzählt, dass er kein Geld hat, weil er nicht will, dass du alles für schöne Kleider ausgibst, aber er ist ein Fußballer. Er hat Geld.«

Jasmine zuckte mit den Schultern. Sie konnte Frankie nicht überzeugen, aber was war mit all ihren Blutergüssen? Die konnte er mit eigenen Augen sehen.

»Er liebt mich nicht«, erzählte sie ihm und zeigte auf ihr zerschundenes Gesicht. »Er hat mich verprügelt.«

Frankie nickte. »Jimmy hat seine Prinzessin ganz schön übel zugerichtet, nicht? Aber das bedeutet, dass er dich wirklich liebt. Ein Mann muss seine Frau anbeten, um so wütend auf sie zu werden.«

»Du bist verrückt«, sagte Jasmine kategorisch. »Er liebt mich nicht, und er wird nicht kommen. Das hier ist reine Zeitverschwendung.«

»Sicher kommt er. Hier, nimm ein frisches Brötchen.«

Sie war direkt zu Frankie gefahren, nachdem Jimmy sie verprügelt hatte, um ihm die fünfhundert Riesen zu geben. Sie hatte gedacht, dass der alte Fiesling damit für immer aus ihrem Leben verschwinden würde. Kein Herumschleichen mehr mit Tüten voller Geld. Sie wollte dieses Theater von Angesicht zu Angesicht beenden. Jimmy hatte sie grün und blau geschlagen, aber der Schock hatte ihr auch die Augen geöffnet. Plötzlich fühlte sie sich stark. Das Schlimmste war bereits passiert. Wovor sollte sie jetzt noch Angst haben? Jimmy hatte alles kaputtgemacht, und ihre Ehe war am Ende. Alles, was sie wollte, war, die Kontrolle wiederzubekommen. Aber die Dinge waren nicht ganz nach Plan gelaufen.

Sie hatte von Anfang an gewusst, dass es Frankie war, der sie erpresste – wer sonst? Er war der Einzige, der wusste, was mit Sean Hillman geschehen war. Er war hereingekommen, hatte sie mit der Leiche gesehen, und hatte sie seitdem in der Hand.

»Was hast du getan, Jasmine?« Seine Worte klangen ihr noch in den Ohren. »Du hast ihn umgebracht.«

Sie hatte versucht, Frankie davon zu überzeugen, dass die Waffe zufällig losgegangen war, dass sie Sean nicht hatte umbringen wollen, aber er hatte ihr gar nicht zugehört.

»Nein, Jasmine, du hast ihn getötet, so einfach ist das, und jetzt ist es meine Aufgabe, das für dich in Ordnung zu bringen.«

Und nach einer Weile hatte sie angefangen, ihm zu glauben, dass sie Sean möglicherweise doch kaltblütig umgebracht hatte. Sie war jung gewesen, verängstigt und leicht zu beeinflussen. Die Angst, entdeckt zu werden, hatte sie über die Jahre zu Frankies Marionette gemacht. Sie hatte ihm sogar für seine Hilfe gedankt. Er sagte immer, dass sie irgendwann einmal in der Lage sein würde, ihm das zurückzuzahlen. Mann, und wie sie jetzt zahlte!

Sean und Terry Hillman hatten für Frankie gearbeitet. Herrgott, jeder, den Jasmine seit ihrer Kindheit kannte, schien für diesen Typen zu arbeiten. Er war in ihrer Welt der große Boss. Alle hatten Angst vor ihm. Als Sean sie entführt hatte, hatte er sie in eins von Frankies Gebäuden gebracht – eine alte Fleischfabrik, wo Frankie sein schmutziges Geld lagerte und mit seinen Feinden in Frieden ›verhandelte‹. Sean konnte von der Überwachungskamera, die Frank installiert hatte, nichts wissen – sonst hätte er seine Nichte niemals vergewaltigt. Jasmine hatte ganz sicher nicht von der Kamera gewusst. Andererseits hatte sie damals sowieso nicht viel gewusst. Sie war gerade erst siebzehn geworden.

Frankie hatte alles für sie in Ordnung gebracht. Er hatte sie saubergemacht und sie nach Hause gebracht, bevor sie überhaupt jemand vermisst hatte. Es war ja nicht gerade so, als hätte ihre Mum ständig ein Auge auf sie gehabt. Vielleicht hätte Charlie gemerkt, dass etwas nicht stimmte, wenn er in der Nähe gewesen wäre, aber Sean war clever gewesen. Er hatte zugeschlagen, als Charlie geschäftlich unterwegs gewesen war. Als Charlie zurückgekommen war, war der ganze Schlamassel schon geklärt worden, und Jasmine hatte sich viel zu sehr geschämt, ihrem geliebten Patenonkel zu erzählen, was passiert war.

Seans Leiche war ein paar Tage später in Epping Forest gefunden worden, und niemand hatte Verdacht geschöpft. Ein Verbrecher mit einem einzigen Kopfschuss – alle hatten angenommen, dass er schlicht und einfach das bekommen hatte, was er verdient hatte – eine Kugel von einem Auftragskiller. Sogar die Polizei war froh gewesen, dass sie ihn losgeworden war, und sie hatten sich nicht besonders bemüht, seinen Tod aufzuklären. Frankie hatte gewusst, dass es so laufen würde. Nur Terry Hillman war außer sich gewesen. Jasmine erinnerte sich, dass sie sich in ihrem Zimmer versteckt hatte, während Terry getobt und gedroht hatte, was er mit dem Drecksack machen würde, der seinen Bruder umgebracht hatte, wenn er ihn jemals in die Finger bekäme.

Aber natürlich hatte Frankie Jasmine nicht aus reiner Gutmütigkeit aus dem ganzen Schlamassel herausgeholfen. Von Anfang an hatte er deutlich gemacht, dass sie ihm eine Menge schuldig war. Er sagte ihr, wenn sie jemals aus der Reihe tanzen würde, würde er ihrem Stiefvater erzählen, was mit seinem Bruder geschehen war. Als Terry also eines Abends nach Hause kam und sagte, dass Frankie wollte, dass sie in einem seiner Clubs zu strippen anfing, blieb ihr gar nichts anderes übrig, als dem zuzustimmen. Sie wäre gerne auf der Schule geblieben und aufs College gegangen … aber Mädchen wie Jasmine hatten eben keine Wahl. Besonders dann nicht, wenn solche Typen wie Frank Angelis die Fäden in der Hand hielten.

Auf gewisse Weise hatte Frankie Jasmines Karriere angekurbelt. Jetzt, wo sie reich und berühmt war, wollte er seinen Anteil. Er glaubte, dass sie sein Besitz war, genau wie die armen Nutten, die hier in seinem Haus eingesperrt waren, und dass er einen Anspruch auf einen Teil ihrer Einkünfte hatte. Aber das Geld vom Playboy war nicht genug gewesen. Frankie war ein habgieriger Mann, und er wollte immer mehr. Viel mehr. Also hatte er das Päckchen an Jimmy geschickt.

Was würde Jimmy zu dem Band sagen? Jasmine erschauderte bei dem Gedanken. Er war kein starker Mann. Er würde wahrscheinlich zusammenbrechen. Sie fragte sich, was er jetzt wohl gerade machte. Ob er wohl zur Polizei gegangen war? Sie war sich sicher, dass er nicht kommen würde. Dazu war er viel zu feige.

Also war sie hier, nach all den Jahren, immer noch Frankie Angelis' Gefangene. Jasmine trank ihren Tee und wartete. Worauf? Sie wusste es nicht. Und trotzdem hatte sie das Gefühl, dass jetzt alles anders war. Sie war älter, stärker und hatte nichts mehr zu verlieren. In der letzten Zeit waren ihre Albträume klarer, und wenn sie schlief, erlebte sie all die schrecklichen Ereignisse noch einmal. Jasmine erinnerte sich an alles, so als wäre es gestern erst geschehen. Sie hatte Sean nicht absichtlich erschossen. Die Waffe war losgegangen, als sie versucht hatte, sich zu befreien. Sie kannte die Wahrheit jetzt, und was immer Frankie sagte, Jasmine würde niemals die Schuld auf sich nehmen. Er mochte sie in seinem Haus gefangen halten, aber ihr Geist hatte sich von ihm befreit. Er hatte seine Macht über sie verloren. Sie glaubte nicht mehr, was der alte Mann behauptete. Irgendwie hatte das ganze Chaos sie stark gemacht. Jasmine wusste jetzt, was sie wollte.

Yana kam ins Zimmer und flüsterte Frankie etwas ins Ohr. Jasmine beobachtete, wie sich ein breites Grinsen auf das Gesicht des alten Mannes legte.

»Jimmy ist hier«, sagte er fröhlich zu Jasmine. »Na siehst

du, du solltest ein bisschen mehr Vertrauen zu deinem Ehemann haben.«

Jasmine wunderte sich. Warum sollte Jimmy kommen?

»Und er hat einen Freund mitgebracht, der ihm die Hand hält. Wie süß.«

»Einen Freund?« Jasmine war irritiert. Sie konnte sich nicht vorstellen, dass Paul oder Calvin an einen Ort wie diesen kommen würden.

»Ja«, antwortete Frankie. »Charlie Palmer. Wie lustig!«

55 Charlie kannte den Plan. Sie hatten im Auto auf dem Weg hierher darüber gesprochen, und wenn Jimmy nicht den Mut verlor, würde alles gutgehen. Das Adrenalin schoss ihm durch den Körper, und er fühlte sich fast übermenschlich. Wenn jemand Jasmine retten konnte, dann war er es. Na ja, mit ein wenig Hilfe von seinem russischen Freund natürlich. Als die Tore aufgingen, duckte Dimitrov sich hinter Charlie und Jimmy und flitzte dann hinter einen Strauch außer Sichtweite. Er war ein kräftiger, großer Mann, aber er bewegte sich wie ein sibirischer Tiger. Der Russe würde schon irgendwie ins Haus kommen. Angelis hatte keine Ahnung, dass er hier war.

Charlie war derjenige, der die Tasche mit dem eingerollten Zeitungspapier trug. Jimmy brauchte nichts machen. Trotzdem konnte er es noch vermasseln. Er war schon die ganze Zeit blass gewesen, aber jetzt sah er gespenstisch weiß aus.

»Du musst dich zusammenreißen«, warnte Charlie ihn. »Sei stark.«

»Hat er eine Waffe?«

»Natürlich hat er eine verdammte Waffe, du Idiot. Er ist kein verfluchter Pfadfinder, er ist ein Verbrecher. Ein wenig in die Jahre gekommen, aber immer noch ein gefährlicher Mann.«

Ihre Schritte knirschten auf dem Schotter der Auffahrt, bis sie den Haupteingang erreichten.

»Ich glaube nicht, dass ich das kann«, flüsterte Jimmy und blieb plötzlich stehen.

Charlie drückte seine Fingerknöchel fest in Jimmys Rücken und sagte: »Wenn du das nicht machst, werde ich dich verdammt nochmal umbringen, das verspreche ich dir.«

Jimmy ging zögernd weiter die Treppe hinauf, wo ein blondes junges Mädchen an der Tür stand und auf sie wartete. Sie sah Charlie und Jimmy finster an und schob sie schnell in die Eingangshalle.

»Hier rein«, knurrte sie und deutete auf eine Tür, von der Charlie noch wusste, dass sie in eine Art Lounge führte.

Charlie nahm all seine Kräfte zusammen. Er hatte Jasmine nicht gesehen, seit Jimmy sie verprügelt oder Frankie ihr wunderschönes Haar abgeschnitten hatte. Er wollte nicht, dass sie ihn schockiert sah. Er wollte einfach nur, dass sie sich sicher fühlte. Er machte die Tür langsam auf und betrat den riesigen Raum. Er ließ seine Augen schweifen. Frankie Angelis stand in seinem roten Zuhälter-Morgenmantel vor seinem großen Kamin, paffte mit stolzgeschwellter Brust eine Zigarre und grinste überheblich. Charlie musste beinahe lächeln. Dimitrov würde dieses Grinsen bald aus seinem Gesicht vertreiben. Der alte Mann hatte keine Ahnung, was ihn erwartete, aber es war genau das, was er verdiente.

Zuerst konnte Charlie Jasmine in dem riesigen Raum nicht sehen, aber dann entdeckte er sie. Sie saß ängstlich auf einem antiken Holzstuhl in der Ecke. Der kleine Hund, den Jasmine adoptiert hatte, saß unter dem Stuhl, ängstlich, aber loyal bis zum bitteren Ende. Jasmines Haare sahen aus, als wären sie von einem Schimpansen mit Messer und Gabel abgeschnitten worden. Große Büschel waren herausgeschnitten worden, aber einige waren noch lang, und stellenweise konnte man die nackte Kopfhaut sehen. Ihr Gesicht war geschwollen, zerschrammt und aufgedunsen. Charlie konnte nicht fassen, dass Jimmy ihr so etwas angetan hatte. Er warf dem kleinen Stück Scheiße einen drohenden Blick zu, nur um ihm zu zeigen, dass er das nicht vergessen hatte, aber Jimmy drehte sich weg. Verfluchter Feigling – er schämte sich zu sehr, um Jasmine und Charlie in die Augen zu blicken, und er hatte zu große Angst, um Frankie Angelis anzuschauen. Jimmy verkroch sich hinter Charlie und schaute stattdessen auf seine Füße.

Charlie winkte Jasmine zu, um ihr zu signalisieren, dass alles gut werden würde. Sie war zerschrammt und zerbeult, aber ihre Augen strahlten ihn an, und er wusste, dass ihre Seele von keinem der Drecksäcke, die sie benutzt und vergewaltigt hatten, gebrochen worden war. Sean Hillman hatte es nicht geschafft, Jimmy auch nicht, und jetzt hatte Frankie Angelis auch versagt. Sie war schon ein tolles Mädchen.

»Guten Abend, meine Herren«, sagte Frankie, der immer noch grinste. »Ich glaube, ihr habt etwas für mich.« Sein Blick fiel habgierig auf die Tasche, die Charlie in den Händen hielt.

Charlie ging einen Schritt nach vorne. »Lass erst Jasmine gehen«, sagte er entschlossen.

Angelis lachte. »Nein, das werde ich nicht, Charlie, mein Junge. Schön der Reihe nach. Wir müssen alle Beweise vernichten. Hast du deine Kopie von dem Film mitgebracht?«

Charlie warf die DVD auf den orientalischen Läufer. Frankie warf ein altes Video daneben.

»Verbrenne sie«, befahl er Ekaterina. Das junge blonde Mädchen hob sie auf und rannte aus dem Raum. »Jetzt gibst du mir, was ich will, und ich gebe dir, was du willst.«

»Keine Spielchen«, sagte Charlie. »Binde sie los, du seniler alter Penner. Oder du bekommst nicht einen Penny.«

»Es gibt keinen Grund, so unhöflich zu sein, Charlie. Ich bin sicher, dass dein alter Herr dich besser erzogen hat.«

Charlie zuckte zusammen. Wie konnte Angelis es wagen, seinen Vater hier mit reinzuziehen. Er dachte an all die Jahre, die sein alter Herr für Frankie im Gefängnis gesessen hatte, und wurde richtig wütend. Er atmete tief ein. Jetzt war nicht der richtige Zeitpunkt, um auszurasten. Er musste seine Wut in den Griff kriegen und sie vernünftig einsetzen. Er musste ruhig bleiben und auf Zeit spielen, bis Dimitrov auftauchte. Er hatte kein Geld und keine Waffe. Er konnte sich einzig und allein auf seinen Verstand verlassen – und das Gleiche galt für Jasmine.

»Lass sie gehen, und ich werfe dir die Tasche hinüber«, sagte Charlie.

Frankie zuckte die Schultern. »Okay, das erscheint mir fair.«

Charlie wusste, dass Frankie ein raffgieriger alter Schwachkopf war; alles, woran er dachte, war das Geld, von dem er glaubte, dass es sich in dieser Tasche befand. Was, wenn ihm klarwurde, dass er hintergangen worden war? In dem Moment, in dem Yana sie losband, lief Jasmine quer durch den Raum in Charlies Arme. Er umarmte sie fest und strich ihr über das kurze Haar.

»Charlie ist hier. Jetzt wird alles wieder gut, Süße«, flüsterte er ihr ins Ohr.

Er erinnerte sich daran, dass er dasselbe gesagt hatte, als ihr Vater gestorben war. Er hatte herzlich wenig für sie getan. Er hatte sie im Stich gelassen. Aber dieses Mal würde Charlie zu seinem Wort stehen.

»Ach wie rührend!«, sagte Frankie. »Jetzt gib mir das Geld.«

Charlie warf Frankie die Tasche vor die Füße und fing an, in Richtung Tür zurückzugehen, wobei er Jasmine immer noch festhielt. Er nickte Jimmy zu, um ihm zu sagen, dass er dasselbe tun sollte. Charlies Augen huschten von der Tür zu Frankie. Es war, als würde alles in Zeitlupe ablaufen. Der alte Mann hob die Tasche auf, und sein Finger befand sich am Reißverschluss. Charlie erreichte die Tür, und seine Hand griff nach der Klinke. Jetzt zog Frankie den Reißverschluss auf und runzelte die Stirn, während er die zusammengerollten Zeitungsteile aus der Tasche zog und sie auf den Boden warf. Charlie drückte die Klinke hinunter und öffnete die Tür Zentimeter für Zentimeter. Die Tasche war jetzt leer, und Frankies Gesicht war knallrot geworden.

»Wo ist das verdammte Geld, Charlie?«, schrie er.

Und dann griff Frankie mit der Hand in seine Hosentasche, und Charlie wusste ganz genau, was als Nächstes passieren würde. Er hatte gerade genug Zeit, die Tür zu öffnen und zu rufen: »Lauf, Jasmine!«, bevor Frankie die Waffe auf sie richtete. Jasmine schaffte es zwar, ein paar Schritte in Richtung Tür zu laufen, weg von Charlie, aber sie hatte nicht genug Zeit, zu fliehen. Sie stand wie angewurzelt im Türrahmen, und Frankies Waffe war auf ihren Kopf gerichtet.

»Einen Schritt weiter, und ich erschieße sie«, drohte er. Dann wandte er sich an Jimmy. »Hau ab und hol mir mein Geld, Jimmy. Oder ich erschieße deine hübsche kleine Frau.«

Charlie beobachtete Jimmy genau. Der Junge konnte weder sprechen noch sich bewegen. Seine Jeans war in der Leistengegend dunkelblau geworden und eine Urinpfütze bildete sich vor seinen Füßen.

»Er hat kein Geld, Frankie«, sagte Charlie. »Das ist reine Zeitverschwendung.«

»Und was machen wir jetzt?«, fragte Frankie, seine Augen funkelten vor Wut. »Wir haben uns mit unserem Gast ganz wohl gefühlt, nicht wahr, Yana?«

Yana nickte zustimmend.

»Aber ich glaube nicht, dass wir drei von euch gebrauchen können.«

Er ging einen Schritt auf Jasmine zu.

»Ihr müsst verstehen, dass selbst ein so großes Haus wie dieses für zu viele Gäste zu klein ist. Also muss ich euch wahrscheinlich loswerden«, drohte er. »Einen nach dem anderen.«

Frankie entsicherte seine Waffe mit einem lauten Klick. Charlie sah, wie Jasmine aufsprang. Er bemerkte die Angst in ihren Augen und ertrug es nicht länger. Das Mädchen hatte genug durchgemacht, jetzt war es an der Zeit, dieser Tortur ein Ende zu setzen. Mit einem Satz warf er sich zwischen Jasmine und die Waffe. Das war riskant, aber Charlie hatte sich immer schon auf seinen Instinkt verlassen, und der sagte ihm jetzt, dass seine Reaktionen schneller waren als die des alten Mannes.

»Okay, okay, wenn du drauf bestehst, kannst du auch zuerst sterben, Charlie«, sagte Frankie und fing wieder an zu grinsen. »Aber trotzdem werde ich deine süße kleine Jasmine erschießen. Dann muss sie eben zusehen, wie du vor ihr stirbst.«

Frankie konnte im Gegensatz zu Charlie nicht sehen, dass sich die Glastüren hinter ihm öffneten und dass sich der korpulente Russe in einem teuren Anzug in den Salon schlich. Charlie bemerkte, dass Yana Dimitrov auch gesehen hatte. Sie erkannte ihn und sah entsetzt aus. Charlie stellte mit großem Interesse fest, dass sie ihrem Boss keinen Hinweis gab. Er kam gerade zum richtigen Zeitpunkt. Frankie hatte seinen Finger am Abzug, als Dimitrov sich leise hinter ihn stellte und dem alten Mann die Pistole an den Kopf hielt.

»Zdravstvuj, Frankie«, sagte Dimitrov mit so tiefer Stimme, dass der ganze Raum davon erfüllt war. »Es ist schon ziemlich lange her, was?«

Charlie beobachtete, wie das Grinsen auf Frankies Lippen gefror und ihm alle Farbe aus dem Gesicht wich. Jetzt musste Charlie lächeln.

»Du solltest besser deine Pistole fallen lassen, Frankie«, empfahl Dimitrov ihm.

Die Waffe fiel mit einem lauten Knall auf den Boden. Charlie trat sie außer Reichweite.

»Du gehst, Charlie«, brummte Dimitrov. »Mr Angelis und ich haben noch etwas Geschäftliches zu regeln.«

»Bist du sicher, Kumpel?«, fragte Charlie.

»Ganz sicher«, antwortete er. »Und Jasmine, sie bekommt ihr Geld auf dem Weg nach draußen. Ich bin sicher, dass Yana weiß, wo es ist.«

Yana nickte Dimitrov unterwürfig zu.

»Mach's gut, Frankie«, rief Charlie ihm über die Schulter zu. »Ich würde ja sagen, dass es schön war, dich zu kennen, aber wir beide wissen, dass das eine Lüge ist.«

Er legte seinen Arm beschützend um Jasmines Schulter und führte sie durch den Flur. Er war sicher, dass Frankie Angelis sie nie wieder belästigen würde.

»So einfach wirst du mich nicht los, Charlie Palmer«, schrie Frankie ihnen hinterher. »Ich habe dieses Band bereits an Terry Hillman geschickt. Natürlich nicht das ganze. Nur die Stelle, an der Jasmine seinen Bruder erschießt. Nenn es meinen Versicherungsschein. Er wird von der Vergewaltigung nichts sehen und er wird niemals glauben, dass Sean ein Perverser war. Ihr bekommt, was ihr verdient, beide!«

»Mieser Drecksack«, murmelte Charlie. »Musste das sein? Mach dir keine Sorgen, Süße. Ich werde Terry alles erklären.«

»Nicht nötig«, sagte sie. »Ich möchte zur Polizei gehen.«

Charlie war schockiert. »Was willst du?«

Jasmine nickte. »Ich gehe zur Polizei. Ich erzähle ihnen alles. Ich habe den kompletten Film auf meinem Computer. Frankie hat ihn mir gemailt. Und in unserem Appartement in London ist auch noch eine Kopie versteckt. Es war Notwehr. Ich habe alle Beweise, die ich brauche.«

Der entschlossene Blick auf ihrem Gesicht zeigte Charlie, dass sie sich entschieden hatte.

»Ich habe nichts Unrechtes getan«, sagte sie. »Ich war doch

noch ein Kind. Ich möchte es an die Öffentlichkeit bringen. Keine Geheimnisse mehr.«

Yana erschien mit Charlies Tasche. Der Reißverschluss war offen, und sie zeigte ihnen den Inhalt. »800 000 Euro Bargeld«, sagte sie. »Es ist deins.«

Sie gab Jasmine die Tasche.

»Und es tut mir leid«, rief sie ihnen hinterher, als Charlie gerade die Tür öffnete, »dass ich dein tolles Haar abgeschnitten habe.«

Draußen wurde es hell. Die Sonne ging über den Bergen auf und tauchte die schlafende Stadt in einen orangefarbenen Glanz.

»Was machen wir jetzt?«, fragte Jimmy leise.

Charlie fuhr herum und starrte ihn an. »Machst du Witze?«, fragte er und drehte sich dann kopfschüttelnd zu Jasmine um.

Jasmine schaute ihren Ehemann verwundert an. »Jimmy«, sagte sie leise, aber bestimmt. »Es gibt kein ›wir‹ mehr. Du kannst machen, was du willst, aber du kommst nicht mit uns.«

»Jasmine, Baby, verlass mich nicht«, flehte Jimmy. Er sah mitleiderregend und schmuddelig aus in seiner durchnässten Jeans.

Charlie half Jasmine in den Jeep, rief den Hund und stieg dann selbst ein. Als er losfuhr, blickte er in den Rückspiegel und sah Jimmy. Er kniete auf dem Bürgersteig, weinte wie ein Baby und war mit seinen schmutzigen Klamotten und seinem wirren Haar auf diesem eleganten Boulevard völlig fehl am Platze. Ohne den Glanz seines Reichtums war Jimmy Jones ein Nichts. Nur ein kleiner Junge mit einer schwierigen Vergangenheit und bösem Temperament, der seinem Ärger über die Welt Luft machen wollte. Er hatte absolut nichts Besonderes an sich. Diese Typen gab es wie Sand am Meer. Für einen kurzen Augenblick tat der Kerl ihm fast ein bisschen leid. Aber das war nur ein flüchtiger Gedanke. Jimmy Jones war da, wo er hingehörte – im Dreck.

56 Als Lila aufwachte, war Charlie nirgends zu finden. Sein Appartement im Garten war leer, das Bett war gemacht, und seine Sachen waren verschwunden. Es sah so aus, als wäre er niemals dort gewesen. In der letzten Nacht war ihr von dem Champagner und der Aufregung ganz schwindelig gewesen. Sie war glücklich gewesen – ja, wirklich richtig glücklich – zum ersten Mal seit, Gott, seit wann? Wochen? Monaten? Jahren? Als Charlie auf dem Nachhauseweg in der Limousine den Arm um sie gelegt hatte, hatte sie ein Kribbeln im Bauch gespürt. Lag es einfach an der Berührung nackter Haut? War das ein Gefühl der Lust? Verlangen? Die Sehnsucht, festgehalten und begehrt zu werden? Lila wusste es nicht. Im grellen Tageslicht erschien das wie ein verrückter, falscher Traum.

Charlie war verschwunden. Er hatte noch hinter ihr in der Auffahrt gestanden, und eine Minute später hatte er sich in Luft aufgelöst. Sie hatte ihm einen Whiskey eingeschenkt und gewartet. Und gewartet. Und gewartet. Aber er war nicht wieder aufgetaucht. Sie lief in dem Appartement herum und suchte nach Zeichen für eine Erklärung. Und dann entdeckte sie etwas: Einen Briefumschlag mit ihrem Namen auf der Fensterbank. Sie setzte sich auf die Bettkante und las den ordentlich handgeschriebenen Brief, der darin steckte. Und dann las sie ihn noch einmal und noch einmal und noch einmal …

Liebe Lila,

*entschuldige, dass ich mich auf diese Art und Weise von dir ver-
abschiede. Ich kann nicht erklären, was los ist, aber mit der Zeit
wird es dir, denke ich, klar werden. Die gute Nachricht ist, dass
Jasmine in Sicherheit ist. Sie ist bei mir, und wir sind nach England zurückgegangen. Es könnte sein, dass die Polizei mich sucht.
Aber keine Sorge. Nichts von alldem hat etwas mit dir zu tun,
du bist also nicht in Gefahr. Möglicherweise hörst du einige Dinge
über mich, die dich schockieren werden, aber bitte denke nicht zu
schlecht über mich. Der Charlie, den du kennst, ist der Mann, der
ich wirklich bin.*

*Ich werde wohl nicht die Chance haben, noch mal mit dir zu spre-
chen, deshalb möchte ich dir auf diesem Wege sagen, dass du die
tollste Frau bist, die ich jemals getroffen habe. Du bist schön, intelligent, einfühlsam und mutig. So, jetzt ist es raus! Ich weiß, dass
eine Frau wie du niemals Gefühle für einen Mann wie mich haben kann, aber ich musste es dir sagen, vielleicht habe ich nie wieder die Chance dazu. Bitte lache nicht!*

*Dich zu beschützen, war ein Privileg und eine Ehre. Bitte pass auf
dich auf! Du wirst mir fehlen.*

Charlie

Lila schwirrte der Kopf. Egal, wie oft sie den Brief auch lesen
würde, es machte alles keinen Sinn. Was meinte er mit ›Dinge,
die dich vielleicht schockieren werden‹? Warum waren er und
Jasmine mitten in der Nacht nach England zurückgeflogen?
Warum war die Polizei beteiligt? Und warum könnte sie niemals Gefühle für einen Mann wie Charlie entwickeln? Dafür
war es zu spät. Sie hatte das nämlich bereits getan.

»Lila!« Sie hörte Peters Stimme draußen nach ihr rufen.
»Lila, die Polizei ist hier! Sie fragen nach Charlie.«

Lila faltete den Brief ganz klein zusammen und steckte ihn in ihren BH. Ihr war klar, dass sie ihn der Polizei nicht zeigen würde. Sie hatte keine Ahnung, in was Charlie da verwickelt war, aber eines wusste sie ganz sicher: Charlie Palmer war ein guter Mann.

Als sie hinausging und in die helle Morgensonne blinzelte, sah sie, dass Peter von Polizisten umgeben war. Er wirkte sowohl eingeschüchtert als auch aufgeregt – wahrscheinlich, weil es gutaussehende junge Männer in Uniformen waren. Es war jedoch nicht die freundliche lokale Polizei, die durch Marbella lief und Touristen dabei half, ihre Hotels zu finden, oder die Guardia Civil in den grünen Uniformen, der man auf der Straße begegnete; diese Typen waren mindestens eine Nummer größer. In was auch immer Charlie verwickelt war, es musste ziemlich schlimm sein.

Ein älterer Mann in Zivil schien die Verantwortung zu haben. Er sprach mit Peter in einem dringlichen, fast einschüchternden Ton.

»Was sagt er?«, fragte Lila, deren Spanisch nicht annähernd so gut war wie Peters.

»Sie suchen Charlie«, erklärte Peter. »Sie wollen mit ihm über den mysteriösen Tod eines Engländers mit dem Namen Frank Angelis reden.«

»Den Namen habe ich noch nie gehört«, sagte Lila zu dem Polizisten. »Und Charlie Palmer ist ein guter Mann. Ein ehrenhafter Mann. Das muss ein Missverständnis sein.«

»Wissen Sie, wo er ist?«, fragte der Polizist in einem Englisch mit breitem spanischem Akzent.

Lila schüttelte entschlossen den Kopf. »Ich habe nicht die geringste Ahnung«, log sie.

Das war wie eine Szene aus einem von Bretts Actionfilmen. Zwei Polizeiwagen parkten in der Einfahrt vor dem Haus ihrer Eltern. Jimmy Jones saß mit nach vorne gebeugtem Kopf auf dem Rücksitz des einen Wagens. Es sah so aus, als hätten sie ihn festgenommen. Die Paparazzi an den Toren waren noch aufgeregter als sonst. Hunderte von ihnen waren da, hielten die Kameras über ihre Köpfe, und alle versuchten, nach vorne durchzukommen. Lila war sicher, dass sie, wenn die Polizei sie nicht zurückgehalten hätte, die Tore niedergerissen hätten.

Der Polizist wurde jetzt auch unruhig. Er bombadierte Peter mit Fragen.

»Er möchte wissen, ob Charlie irgendwas hinterlassen hat. Eine Nachricht oder so was?«

Lila zuckte unschuldig mit den Schultern und schüttelte den Kopf. Der Polizist beobachtete ihre Reaktion genau, lächelte dann höflich, nickte und ging. Das war das beste Schauspiel, das Lila seit Jahren zustande gebracht hatte.

Inspektor Joaquin Garcia hatte einen schlechten Tag. Schlimm genug, dass alternde, britische Gangster in seine schöne Stadt übersiedelten. Jetzt überschwemmten auch noch überbezahlte, schlecht erzogene Fußballer den Ort. Und sie machten Ärger. Joaquin Garcia hatte schnell durchschaut, dass Jimmy ein Idiot war. Selbst mit einem Übersetzer schaffte er es nicht, irgendeinen Sinn in das zu bringen, was der Junge zu sagen hatte. Und Garcia fand, dass er auch kein besonders guter Stürmer war.

So viel zu den Fakten: Jasmine Jones (verschwunden) war von Frank Angelis entführt und als Geisel gehalten worden. Charlie Palmer (auch verschwunden) und Jimmy Jones (der im Moment in seiner Zelle weinte) hatten sie in den frühen Morgenstunden befreit, auch wenn nicht ganz klar war, wie sie das geschafft hatten. Nach dem, was Jimmy gesagt hatte, lebte Mr Angelis noch, als sie gingen. Er behauptete auch, dass Angelis einen ganzen Harem von blonden Sexsklavinnen in seinem Haus hielt. Lächerlich.

Um sechs Uhr morgens war ein anonymer Anruf bei der Polizei eingegangen, mit dem Hinweis, dass Mr Angelis tot war. Die Anruferin hatte ihren Namen nicht gesagt, hatte aber ganz offensichtlich einen osteuropäischen Akzent. Als die Polizei bei Angelis' Haus ankam, war er tatsächlich tot, aber er war alleine auf dem Grundstück, und es befanden sich dort keine Frauen, Sexsklavinnen oder sonstwer. Es gab an dem Körper keine Anzeichen von Gewaltanwendung.

Joaquin Garcia konnte das heute nicht gebrauchen. Diese Leute sollten nicht sein Problem sein. Sein Telefon klingelte. Es war der Gerichtsmediziner mit den Ergebnissen der Angelis-Autopsie.

»Sind Sie sicher?«, fragte Garcia erstaunt.

Aber der Gerichtsmediziner war überzeugt – Frank Angelis war eines natürlichen Todes gestorben. Herzversagen, um genau zu sein. Er war sein ganzes Leben lang ein starker Raucher gewesen, und sein Herz war schwer geschädigt, die Herzklappen schwach und die Arterien verkalkt. Der Gerichtsmediziner hatte auch Krebsgeschwüre in der Lunge gefunden. Frank Angelis war eine wandelnde Leiche gewesen. Niemand hatte ihn umgebracht. Im Laufe der Zeit hatte er das schon selbst erledigt.

Garcia legte seinen Papierkram zu einem ordentlichen Stapel zusammen und gab ihn seiner Sekretärin zur Ablage. Er sagte dem diensthabenden Beamten, dass er Jimmy Jones aus der Zelle herauslassen sollte. Der Idiot war frei. Natürlich war Garcia nicht dumm, und er wusste, dass hinter diesem Fall noch mehr steckte als ein alter kranker Mann. Warum war Jasmine Jones überhaupt entführt worden? Wo war Charlie Palmer jetzt? Und wie konnte ein Harem von schönen blonden Frauen spurlos verschwinden? Garcia seufzte. Es hatte keinen Sinn, sich über diese Leute Gedanken zu machen. Er hatte so viele andere Fälle zu lösen, mit Opfern, die seine volle Auf-

merksamkeit verlangten. Er hatte keine Zeit für diese Zuge-
zogenen.

Ohne Frank Angelis war Marbella ein besserer Ort. Ein britischer Gangster weniger, um den Garcia sich Gedanken machen musste.

Vladimir Dimitrov lehnte sich in dem bequemen Ledersitz seines privaten Jets zurück und lächelte zufrieden in sich
hinein. Das Leben war schön. Nadia war wohlbehalten zurück. Er hatte in London einen Club mit dem Namen Exotica gekauft, und der Fußballclub würde ihm noch in dieser
Woche überschrieben. Seine Anwälte waren gerade dabei, die
Verträge fertigzustellen. Und noch besser, Angelis, der Drecksack, war endgültig aus seinem Leben verschwunden. Die Polizei nahm an, dass der alte Mann einen Herzanfall hatte. Ha!
Idioten! Dimitrov verfügte über Mittel, seine Probleme aus
dem Weg zu räumen, von denen selbst das FBI keine Ahnung hatte.

Auch wenn Dimitrov es nicht geschafft hatte, das Geld wie-
derzuholen, das Angelis ihm schuldete, hatte er einige gestoh-
lene wertvolle Dinge wieder an sich genommen. Die Mädchen waren in bester Stimmung, kicherten und plauderten
hinter ihm im Flugzeug. Nur Yana war unglücklich. Hah!
Wahrscheinlich hatte das dumme Mädchen tatsächlich geglaubt, dass Angelis ihr Fahrschein in die Freiheit war. Aber
sie mussten sich doch zu Tode gelangweilt haben, so sinnlos in
dem Haus eingesperrt zu sein. Zumindest waren sie jetzt frei,
frei, um in seinem neuen Club zu tanzen. Na ja, nicht wirklich frei …

Dimitrov machte sich wegen der Polizei keine Sorgen.
Niemand würde es wagen, seinen Namen da hineinzubrin-
gen. Charlie Palmer würde nicht reden – er war ein kluger
Mann. Und auch wenn Jimmy dumm war, er hatte viel zu viel

Angst, um irgendetwas zu sagen. Er hatte den Blick im Gesicht des Jungen bemerkt, als er in der letzten Nacht die Waffe gesehen hatte. Und überhaupt, er schuldete ihm immer noch eine ganze Menge Geld. Ha ha! Er freute sich schon darauf, den Idioten im Fußballclub zu terrorisieren!

Charlie war froh, dass McGregor behutsam mit Jasmine umging. Der Kriminalbeamte hatte sie am Morgen vom Flugzeug abgeholt. Er stand im strömenden Regen auf der Landebahn, mit einem Schirm, um sie zu schützen, als sie auf das wartende Zivilfahrzeug zurannten. Auf dem Rücksitz des Wagens hatte er Jasmine sofort festgenommen. Er erklärte ihr freundlich, dass er keine andere Wahl hatte – Terry Hillman hatte das Band bereits an einen Journalisten weitergegeben, der umgehend die Polizei informiert hatte. Aber McGregor legte ihr keine Handschellen an und behandelte sie auch nicht wie eine Kriminelle.

Sie waren direkt zum Polizeirevier gefahren. Jetzt war Jasmine in einem Befragungsraum mit McGregor, einem jüngeren Kriminalbeamten und einer ziemlich glamourösen Anwältin Mitte fünfzig. Die Anwältin war nur fünf Minuten später auf der Polizeiwache angekommen als Charlie und Jasmine. Sie trug ein Armani-Kostüm und war von einer Wolke Chanel No. 5 umhüllt. Zuerst war Charlie irritiert. Wer war das? Wer hatte sie informiert? Und warum war sie so scharf darauf, Jasmine zu vertreten? Sie stellte sich als Judith Smythe-Williams vor, von der Kanzlei Williams, Wardour and White, was Charlie nichts sagte. McGregor schien sie zu kennen, denn er verneigte sich förmlich vor ihr, als sie durch die Tür schritt. Aber dann hatte Ms Smythe-Williams ›Vladimir lässt Sie grüßen‹ in Charlies Ohr geflüstert, und alles war klar. Wenn Dimitrov sie geschickt hatte, war sie die Beste. Und Jasmine verdiente das Beste.

Jetzt wurde das arme Mädchen über den Mord an Sean Hillman vor sieben Jahren befragt. Charlie war ganz sicher, dass das ein klarer Fall von Notwehr war. Wahrscheinlich würden die Cops das gar nicht vor Gericht bringen, nicht mit dem Video-Beweis der Vergewaltigung. Und McGregor würde nicht wollen, dass Charlie verschwand, oder? Bei allem, was Charlie über die Jahre für ihn getan hatte. Aber trotzdem war es für Jazz wahrscheinlich hart, diese schrecklichen Ereignisse noch einmal zu durchleben, nachdem sie sie so viele Jahre in sich hineingefressen hatte.

Auf Polizeirevieren fühlte Charlie sich nicht gerade wohl. Und tatsächlich hätte er sich, als er an der Rezeption unter den wachsamen Augen des Beamten am Schreibtisch wartete, nicht unwohler fühlen können, wenn er in ein Piranhabecken geworfen worden wäre. Es dauerte drei Stunden, bis Ms Smythe-Williams wieder auftauchte.

»Gehen wir einen Kaffee trinken«, schlug sie vor, als sie durch die Drehtüren verschwand.

Charlie sprang auf und folgte ihr, jagte ihr hinterher, als sie in ihren hohen Pumps und mit einer glänzend schwarzen Aktentasche unter dem Arm die Straße entlangstöckelte.

»Aber, Ms Smythe-Williams, was ist mit Jasmine?«, fragte er atemlos, als er sie eingeholt hatte.

»Es geht ihr gut«, antwortete sie entschlossen. »Und bitte, nennen Sie mich Judith.«

Judith ging in den nächstgelegenen Coffee Shop und bestellte Latte Macchiato.

»Und Sie?«, fragte sie ungeduldig.

»Tee, bitte.«

Sie bellte die Bestellung dem armen jungen Typen hinter der Theke förmlich zu und sagte ihm, dass er ›sich beeilen sollte, Herrgott‹, als er versuchte, die Milch aufzuschäumen. Die Frau war beängstigend. Charlie stellte sich vor, sie vor

Gericht gegen sich zu haben, und verstand sofort, warum Dimitrov sie schätzte. Er folgte ihr zu einem Tisch in der Ecke. Sie nahm einen Schluck von ihrem Kaffee und schauderte.

»Ihh! Die Milch ist sauer«, beschwerte sie sich.

»Sind sie bei Jasmine mit der Befragung fertig?«, fragte Charlie.

Judith schüttelte den Kopf und schaute auf die Uhr. »Nein. Sie machen nur eine kurze Pause. Sie haben ihr etwas zu essen und zu trinken gegeben, was wahrscheinlich besser schmeckt als das hier.« Sie schob ihren Kaffee zur Seite und sah Charlie an. »Sie werden diesen Fall vor Gericht bringen«, erklärte sie.

Charlie verschluckte sich an seinem Tee. »Was? Aber es war Notwehr. Ich habe das Band gesehen. Er hat sie entführt, vergewaltigt und dann versucht, sie umzubringen. Jasmine hat doch gesagt, dass sie ihn noch nicht einmal erschießen wollte. Die Waffe ist in ihrer Hand einfach losgegangen.«

Judith nickte. »Ja«, sagte sie. »Jasmine hat mir erzählt, was passiert ist, und ich glaube ihr, aber Tatsache ist, dass wir keine vollständige Kopie des Videos haben. Alles, was wir haben, ist das, was Terry Hillman an die Presse weitergegeben hat, und darauf ist nur zu sehen, wie Jasmine Sean Hillman erschießt.«

»Aber Jasmine hat die ganze Sache auf ihrem Computer und eine weitere Kopie in ihrer Wohnung ...«, meinte Charlie, doch Judith hob die Hand, um ihn zum Schweigen zu bringen.

»Das ist weg. Es ist keine einzige E-Mail von Frank Angelis auf ihrem Laptop, und die DVD befindet sich auch nicht mehr in ihrem Appartement.«

»Aber ... das verstehe ich nicht. Jemand muss auf ihrem Computer herumgeschnüffelt haben und in ihre Wohnung eingebrochen sein. Yana! Ich wette, das war Yana.«

Judith zuckte mit den Schultern. »Tatsache ist, dass wir keinen Beweis für eine Vergewaltigung haben. Alles, was wir haben, ist Jasmines Aussage. Und um ehrlich zu sein, sieht es nicht gut aus. Jasmine hat die Sache nicht bei der Polizei gemeldet. Und sie hat auch nicht versucht, einen Notarzt zu rufen oder dem Opfer in irgendeiner Weise zu helfen.«

»Sean Hillman war *kein* Opfer«, sagte Charlie wütend. Was war mit dieser Frau los? Er dachte, sie würde auf ihrer Seite sein!

Judith Smythe-Williams ignorierte ihn. »Der Mord ist vertuscht und die Leiche im Epping Forest versteckt worden. Jasmine sagt, dass dieser Mann, Frank Angelis, ihr geholfen hat, aber er ist tot und kann diese Geschichte nicht bestätigen.«

»Angelis ist tot?« Charlie kratzte sich am Kopf. »Aber ich habe ihn letzte Nacht noch gesehen.«

»Er hatte einen Herzinfarkt. McGregor hat heute Morgen einen Anruf von der spanischen Polizei bekommen.«

Einen Herzinfarkt? Charlie glaubte das nicht auch nur eine Minute. Was hatte Dimitrov getan, nachdem sie gegangen waren? Trotzdem war es gut zu wissen, dass Angelis ihm nicht länger auf die Nerven gehen konnte.

»Also wird man sie wegen Mordes anklagen, Vorenthaltung von Beweisen, Verdrehung von Fakten, Beseitigen der Leiche und so weiter und so fort …«, fuhr Judith fort, während Charlie bei dem Versuch, der Darlegung der Fakten zu folgen, der Kopf schwirrte.

»Aber alles, was sie getan hat, war, sich vor dem Monster zu schützen. Angelis hat den Rest in die Hand genommen«, protestierte er.

»Sie versuchen, einen Deal mit uns zu machen. Wenn Jasmine alles zugibt, dann wird sie nur wegen Totschlags verurteilt«, sagte Judith. »Dann kriegt sie höchstens sechs Jahre.«

»Aber sie hat nichts Unrechtes getan!«, schrie Charlie.

»Beruhigen Sie sich, Mr Palmer«, sagte Judith. »Ich gebe Ihnen recht. Deshalb lassen wir sie ja vor Gericht gehen. Kein

Gericht der Welt wird Jasmine schuldig sprechen. Sie sagt doch ganz offensichtlich die Wahrheit. Ihre Familie ist Abschaum. Ihr Onkel war ein bekannter Krimineller. Sie war noch ein Kind. Sie wird auf freiem Fuß bleiben. Das verspreche ich Ihnen.«

»Und warum macht die Polizei sich dann die Mühe, das zu verfolgen?«

»Der Mord an Sean Hillman ist ein berühmter unaufgeklärter Mordfall. Jasmine Jones ist eine Prominente. Sie möchten sich nicht vorwerfen lassen, sie würden Jasmine nachsichtig behandeln, nur weil sie in der Öffentlichkeit steht. Abgesehen davon ist es gut für ihre Statistiken, ein Ergebnis zu haben.«

»Die arme Jasmine …« Charlie schüttelte verzweifelt den Kopf. »Das ist das Letzte, was sie gebrauchen kann.«

»Jasmine schien bereit zu sein, die Sache vor Gericht zu bringen. Sie weiß, dass sie nichts zu verbergen hat. Und als ich ihr das so erzählt habe, waren ihre genauen Worte: ›Dann muss es wohl so sein.‹ Sie wird nicht in Untersuchungshaft müssen; sie wird eine Bürgschaft bekommen, und ich werde darauf bestehen, dass sie Polizeischutz bekommt und einen sicheren Aufenthaltsort, während wir auf die Gerichtsverhandlung warten. Und ich werde darauf bestehen, dass die Verhandlung so schnell wie möglich stattfindet. Also, gehen wir zurück.«

Sie stand auf und eilte aus dem Coffee Shop, so dass Charlie Schwierigkeiten hatte, mitzukommen. Er hatte nur einen Schluck von seinem Tee getrunken.

Später wartete er auf der Rückseite des Polizeireviers auf McGregor. In dem Moment, in dem der Mistkerl durch die Tür kam, packte Charlie ihn am Genick.

»Wie kannst du das vor Gericht bringen?«, fragte er. »Das hat sie nicht verdient.«

»Lass mich los, Charlie«, ermahnte McGregor ihn ruhig. »Genau über deinem Kopf befindet sich eine Videokamera, und wenn du mich *jetzt* nicht loslässt, wird einer meiner Kollegen herauskommen und dich festnehmen.«

Charlie schob McGregor weg. Das Letzte, was er gebrauchen konnte, war, selbst verhaftet zu werden. Aber das war Scheiße. Das war erstklassige Scheiße.

»Du bist mir etwas schuldig, McGregor.« Charlie kochte. »Ich weiß gewisse Dinge über dich ...«

»Du kannst mir nicht drohen. Vergiss nicht, dass ich auch gewisse Dinge über dich weiß. Jetzt hör mir zu. Es wird zum Prozess kommen. Mir sind in diesem Fall die Hände gebunden. Ich habe mich dafür eingesetzt, dass der Fall fallengelassen wird, aber die Anweisungen kommen von ganz oben. Der Hauptkommissar will eine Gerichtsverhandlung, und was der Hauptkommissar will, das bekommt er, okay?«

»Aber es war Notwehr«, beharrte Charlie. »Und sie war ein Kind.«

»Sie war siebzehn«, warf McGregor ein. »Das ist alt genug, um wie eine Erwachsene behandelt zu werden.«

McGregor zündete sich eine Zigarette an und lehnte sich an die Wand. Er seufzte und schüttelte den Kopf.

»Weißt du, Charlie, ich habe das alles so satt«, sagte er. »Glaubst du vielleicht, ich will, dass Jasmine vor Gericht kommt, und dass ihr Privatleben die Titelseiten füllt? Ich möchte wirkliche Verbrechen bekämpfen und keine Schlagzeilen liefern.«

»Darum geht es also?«, fragte Charlie. »Alles nur, weil Jasmine berühmt ist?«

McGregor nickte. »Die Großen geifern wahrscheinlich schon bei dem Gedanken an die Headlines, die sie bekommen werden, wenn das vor Gericht kommt. Offen gesagt, habe ich es schon vor Augen. Meinen Boss, der nach einem Tag im Gerichtssaal Schlange steht, um für seinen Sohn ein Autogramm von Luke Parks zu bekommen.«

McGregor lachte und schüttelte den Kopf.

»Ich habe genug von diesen Spielchen«, sagte er. »Ich spiele mit dem Gedanken, mich zur Ruhe zu setzen. Ich denke an Spanien. Wir könnten zusammen Geschäfte machen. Du und ich. Ein unschlagbares Team. Was meinst du, Charlie?«

Charlie beobachtete, wie McGregor seine Zigarette an der Wand ausdrückte. »Nein, danke«, sagte er. »Aber ich fühle mich geschmeichelt.« Er klopfte dem Polizisten auf den Rücken und wollte gehen.

»Charlie«, rief McGregor hinter ihm her. »Du weißt, dass dein Name in dem Prozess fallen wird, oder?«

Charlie nickte, aber er schaute sich nicht um.

»Ich werde das Schlimmste heraushalten. Das verspreche ich dir.«

Charlie hob die Hand und winkte zum Abschied. Was war McGregors Versprechen schon wert? Nun, vermutete Charlie, er würde es herausfinden.

57 Jasmine hatte dieses Fleckchen Erde mit seinen schroffen Bergen und seiner zerklüfteten Küste lieben gelernt. Sie konnte meilenweit alleine am Strand entlangspazieren, und ihre Fußspuren blieben die einzigen im weißen Sand. Annie liebte es, in der Gischt zu spielen, und tobte ausgelassen. Der Sommer hier war kühl und windig gewesen, aber Jasmine hatte die Hitze Spaniens nicht vermisst. Es war wichtig gewesen, dass sie da weggekommen war. In der Einsamkeit hier hatte sie Zeit gehabt, sich zu erholen.

Die Blutergüsse und Schnittwunden von Jimmys Schlägen waren lange verheilt, und abgesehen von einer kleinen Beule auf dem Nasenrücken gab es kein Anzeichen mehr dafür, dass er sie jemals verprügelt hatte. Ihre Haare waren wieder gewachsen, und nach einem Besuch bei einem Friseur in Inverness war Jasmine mit ihrem Kurzhaarschnitt ganz zufrieden. Auch ihr Herz erholte sich wieder. Jimmy zu heiraten, war ein Fehler gewesen, dass sah sie jetzt deutlich. Sie war sich noch nicht einmal mehr sicher, ob sie ihn jemals geliebt hatte. Sie war mehr in die Vorstellung verliebt gewesen, Mrs Jimmy Jones zu sein, als in den Mann selbst. Sie hatte in der Hochzeit eine Chance gesehen, ihrer Vergangenheit zu entkommen. Aber in den letzten Monaten hatte sie viel nachgedacht, und ihr war klargeworden, dass sie vor der Vergangenheit nicht fliehen konnte. Gute Erinnerungen, schlechte Erinnerungen, Fehler und Erfolge, sie alle waren ein Teil von ihr und würden immer zu ihr gehören.

Es war jetzt Oktober, und in den Highlands war es früh kalt geworden. In Marbella lagen jetzt noch alle an den Stränden, aber Jasmine war glücklich, hier in Murray Firth den kalten Wind auf ihrem Gesicht zu spüren. Dadurch fühlte sie sich lebendig. Immerhin war sie in Charlies altem Anorak gegen das Wetter gut geschützt, und sie hatte ihre High Heels schon lange gegen ein Paar grüne Gummistiefel eingetauscht.

Dieser Ort war ihr Versteck vor der ›realen‹ Welt. Aber je länger sie sich hier aufhielt, umso mehr empfand sie die Highlands als real, und der Rest wurde immer bedeutungsloser. Was konnte realer sein als Berge und Flüsse, Wasserfälle und freilebende Tiere? Und was war eigentlich an ihrer alten Welt so real gewesen? Tatsache war, dass Jasmine sich befreit fühlte – keine Paparazzi, keine Fotoshootings, keine Partys, kein Druck –, und jetzt, wo der bevorstehende Prozess immer näherrückte, graute ihr bei dem Gedanken daran, diesen wunderschönen Landstrich verlassen zu müssen. In ihrem alten Leben waren ihr kleine alberne Dinge so wichtig gewesen – welches Kleid sie auf einer Party trug oder neben welchem Promi sie auf einem Foto stand. Jetzt konnte sie unterhalb der Berge stehen und sich so winzig und unbedeutend fühlen wie eine Ameise. Es war ein großartiges Gefühl, zu wissen, dass nichts, was sie tat, von Bedeutung war.

Es wurde langsam dunkel. Charlie würde anfangen, sich Sorgen zu machen, wenn sie jetzt nicht zurückgehen würde. Sie rief Annie und machte sich auf den Weg zurück nach Hause, über den Strand, durch die Dünen und den sandigen Weg entlang, der zu ihrem abgeschiedenen Fischerhäuschen führte. Ein unbekanntes Auto parkte neben Charlies Range Rover. Der knallrote Mini sah hier draußen in der Wildnis völlig fehl am Platze aus. Er war zu sportlich, zu städtisch, zu sauber!

Sie blieb ein paar Meter von der Tür entfernt stehen.

McGregor kam manchmal in seinem dunkelblauen Saab vorbei, und Judith Smythe-Williams war letzte Woche mit ihrem silbernen Audi TT hier gewesen, um über die Gerichtsverhandlung zu reden. Aber meistens wurden Charlie und Jasmine hier in Ruhe gelassen. Charlie fuhr einmal in der Woche nach Inverness, um Besorgungen zu machen, aber Jasmine war nur selten in der Stadt gewesen. Sie hatten natürlich Fernsehen und Internet, und unweigerlich drang die wirkliche Welt manchmal zu ihnen vor. Jasmine wusste, dass die Presse sich auf die bevorstehende Gerichtsverhandlung gut vorbereitet hatte. Sie war für nächste Woche gewappnet, aber sie wollte diese letzten Tage der Abgeschiedenheit alleine genießen. Nur Jasmine, Charlie und Annie. Also, wer störte sie dabei?

Sie atmete einmal tief durch, bevor sie die Eingangstür öffnete, ihre Gummistiefel auszog und den Hund mit einem Handtuch trockenrubbelte. Sie hörte Stimmen aus dem vorderen Zimmer. Charlie lachte. Wer auch immer es war, es musste ein Freund sein. Jasmine machte langsam die Tür auf und schaute um die Ecke. Zuerst sah sie Grace Melrose – perfekt gestylt saß sie mit einer Teetasse in der Hand auf der Kante des Sofas. Und dann bemerkte sie, dass Tante Juju neben ihr saß.

»Tante Juju!«, quietschte sie, rannte ins Zimmer und umarmte sie. »Es ist so schön, dich zu sehen. Geht es dir besser? Bist du endgültig aus der Klinik raus?«

»Viel besser, ja, Schätzchen«, sagte Julie. »Und jetzt, wo ich sehe, wie gut du aussiehst, noch besser.«

Jasmine grinste ihre Tante an. Gott, sie liebte diese Frau. Der Rest der Familie hatte sie als verrückt abgeschrieben, aber Julie Watts war die einzige Frau gewesen, die Jasmine als Kind bedingungslos geliebt hatte, und sie würde sich von niemandem ein böses Wort über sie anhören. Sie hatte sie seit der Hochzeit nicht mehr gesehen und sie wahnsinnig vermisst.

Wie schön von Grace, sie hierherzubringen. Dann hielt Jasmine inne. Warum *hatte* Grace sie hierhergebracht? Das war seltsam. Hatte es etwas mit ihren leiblichen Eltern zu tun? Es war so viel passiert, seit Jasmine Grace gebeten hatte, Nachforschungen über ihre Herkunft anzustellen, dass sie das Thema völlig verdrängt hatte.

»Hi Grace«, sagte Jasmine und beugte sich nach vorn, um Grace auf die Wange zu küssen. »Was für eine schöne Überraschung.«

Grace lächelte, sah aber ein bisschen nervös aus. »Du siehst richtig gesund aus. Die frische Luft bekommt dir gut«, sagte sie, konnte Jasmine aber nicht in die Augen sehen.

»Was ist los?«, fragte Jasmine. »Ist was passiert?«

Sie sah, wie Grace und Julie sich nervös anschauten. Woher kannten sie sich überhaupt?

»Jasmine«, begann Grace vorsichtig. »Du hast mich doch gebeten, Nachforschungen über deine Herkunft anzustellen.«

Jasmine nickte.

»Und ich weiß jetzt, wer deine leiblichen Eltern sind.«

Jasmine blieb der Mund offen stehen.

»Verdammte Scheiße«, sagte Charlie. »Diesen Tag müssen wir rot im Kalender anstreichen.«

»Lass mich erklären«, sagte Grace. »Ich habe schon vor einiger Zeit herausgefunden, wer deine Mutter ist, aber Julie wollte es dir selbst sagen, also haben wir gewartet, bis sie sich stark genug fühlte.«

»Du weißt es?«, fragte Jasmine ihre Tante ungläubig. »Du wusstest die ganze Zeit, wer meine Mutter ist, und hast es mir nicht gesagt?«

Jasmine fing an, zu zittern. Darauf hatte sie ihr ganzes Leben lang gewartet, aber jetzt, wo es endlich so weit war, war sie nicht sicher, ob sie bereit war. Sie hatte das Gefühl, dass ihre Beine unter ihr nachgaben.

»Setz dich, mein Kind«, sagte Charlie. »Lass sie es erklären.«

»Ich wollte es dir schon so oft erzählen, aber ich konnte nicht«, sagte Julie mit gebrochener Stimme. »Ich konnte einfach nicht.«

Sie weinte jetzt, und beim Anblick ihrer Tränen musste Jasmine auch weinen.

»Wer ist es? Jemand, den ich kenne?«

Julie nickte, aber sie schluchzte jetzt so laut, dass sie kaum sprechen konnte. »Ich«, flüsterte sie schließlich. »Jasmine, ich bin es. Ich bin deine Mutter.«

Jasmine hatte das Gefühl, dass die Welt für einen Augenblick aufhörte, sich zu drehen, als die Worte in ihr Bewusstsein vordrangen. Sie schaute die Frau an, von der sie immer dachte, sie sei ihre Tante, und versuchte zu verstehen, was sie gerade gehört hatte.

»Du bist meine Mum?«, wiederholte sie.

Julie nickte. Grace nickte. Charlie schüttelte den Kopf.

»Das ist verrückt«, sagte er. »Juju, wie kann es sein, dass du Jasmines Mutter bist?«

»Ich war noch sehr jung«, sagte sie. »Ledig. Ich hatte Angst. Kenny wollte ein Baby, und er konnte keins bekommen, also habe ich ihm meins gegeben.«

»Du hast mich an Cynthia abgegeben!«, sagte Jasmine, ihr schwirrte der Kopf vor lauter unbeantworteten Fragen. Nichts fühlte sich real an. Es war, als würde sie sich eine Szene aus einer Seifenoper anschauen.

»Nein, ich habe dich Kenny gegeben«, schrie Julie plötzlich. »Er hat dich genauso sehr geliebt wie ich. Ich wusste, dass du in guten Händen bist.«

Jasmine spürte, wie heiße Tränen ihr über die Wangen liefen, als ihre Kindheit vor ihren Augen aufblitzte.

»Aber das war ich nicht, Juju«, schluchzte sie. »Cynthia hat mich geschlagen. Kenny war krank. Und dann ist er gestorben, und ich hatte niemanden mehr.«

»Außer Charlie«, sagte Julie ruhig. »Und mich. Ich war immer da für dich.«

»Und warum hast du es mir nicht gesagt? Warum hast du mich dann nicht zu dir zurückgeholt?«, fragte Jasmine verzweifelt. »Weißt du eigentlich, wie sehr ich mir immer eine Mutter wie dich gewünscht habe?«

»Jasmine, Liebes, ich wollte dich. Ich wollte dich so sehr, dass es mich verrückt gemacht hat. Ich habe zugesehen, wie Cynthia dich behandelt hat – *mein* Baby, mein süßes Baby –, und es hat mir das Herz zerrissen!« Julie stand auf und ging auf sie zu und nahm Jasmines Hand.

»Es gab nichts, was ich tun konnte. Nachdem Kenny gestorben war, bin ich zu Cynthia gegangen und habe ihr gesagt, dass ich dir die Wahrheit sagen würde«, erklärte Julie verzweifelt. »Das musst du mir glauben, Jasmine. Aber Terry und Sean Hillman haben mich total eingeschüchtert. Sie haben gesagt, dass sie dich eher umbringen würden, als dass du die Wahrheit erfahren würdest, und das konnte ich nicht riskieren. Du weißt doch, wozu diese Männer fähig sind. Ich konnte doch nicht zulassen, dass sie dir etwas antun.«

»Aber das haben sie doch trotzdem getan!«, schrie Jasmine. »Du hättest mich behalten müssen. Du hättest mich niemals weggeben dürfen.«

Julie nickte und drückte Jasmines Hand noch fester. »Jetzt weiß ich das, mein Liebes. Aber ich war fast noch ein Kind. Ich hatte nichts. Keinen Job. Kein Geld. Keine eigene Wohnung. Ich dachte, Kenny könnte dir ein besseres Leben geben als ich. Er war ein guter Mann. Er hat dich geliebt, als wärst du sein eigenes Kind.«

Jasmine biss sich auf die Unterlippe und versuchte, die Tränen zurückzuhalten. Was für ein Chaos. Was für ein verdammtes, gotterbärmliches Chaos. All die verschwendeten Jahre, in denen sie sich ungeliebt und unwillkommen gefühlt hatte, und ihre leibliche Mutter war die ganze Zeit genau vor ihrer Nase gewesen.

»Es wäre uns gutgegangen«, sagte Jasmine, immer noch unfähig, ihrer Tante, ihrer Mutter oder wer auch immer diese Frau war, in die Augen zu schauen. »Wenn du mich behalten hättest, hätten wir uns schon durchgeschlagen, weil wir uns geliebt hätten, und das wäre doch das Wichtigste gewesen.«

Julie nickte wieder. »Du hast recht. Du hast absolut recht. Jetzt sehe ich das ein, und eigentlich weiß ich es schon lange, aber ich kann meinen Fehler nicht rückgängig machen, oder? Ich kann die Uhr nicht zurückdrehen, um alles noch einmal richtig zu machen. Ich wünschte, ich könnte, Jasmine. Von ganzem Herzen wünsche ich mir, ich könnte die Zeit zurückdrehen, aber das kann ich nicht, Liebes. Das kann ich nicht. Alles, was ich kann, ist, dich zu bitten, mir diesen schrecklichen Fehler zu verzeihen.«

Die Worte drangen in Jasmines Bewusstsein vor und berührten ihr Herz. Wer war sie, darüber zu urteilen? Hatte sie nie Fehler gemacht? Was hätte sie getan, wenn sie in Julies Situation gewesen wäre? Sie schaute Julie jetzt zum ersten Mal in die Augen. Diese blassblauen Augen waren so voller Liebe, Schmerz und Kummer, dass es Jasmine das Herz erweichte, und sie fiel in Julies Arme.

»Es ist okay«, flüsterte sie ihrer Mutter ins Ohr. »Ich verstehe.«

Für eine ganze Weile standen sie engumschlungen da.

»Ich kann das immer noch nicht glauben«, sagte Jasmine schließlich und brach das Schweigen. »Hast du das gewusst, Charlie?«

Charlie schüttelte den Kopf. Jetzt sah Jasmine, dass auch er geweint hatte.

Grace machte auf dem Sofa Platz, und Jasmine und Julie setzten sich nebeneinander. Alle paar Sekunden erwischte Jasmine sich dabei, dass sie Julie ansah, um die Wahrheit zu verdauen. Tante Juju war ihre Mum!

»Und wer ist mein Vater?«, fragte sie schließlich mutig.

Jasmine sah Julie nicht sehr ähnlich. Julie war blond, hatte eine helle Haut und blaue Augen. Jasmine hatte dunkle Haare, braune Augen und war selbst im Winter schön braun.

Julie blickte zu Grace, wie um sich rückzuversichern und Grace nickte ihr ermutigend zu.

Julie griff in ihre Tasche und holte ein altes rotes Fotoalbum heraus. Sie schlug es auf ihren Knien auf und zeigte auf das erste Foto.

»Ich war Tänzerin«, erzählte sie. »Eine ziemlich gute sogar. Mit sechzehn habe ich angefangen, professionell zu tanzen.«

Jasmine schaute auf das Foto von Julie – ein achtziger-Jahre-Mädchen durch und durch in ihrem blassblauen Lycra-Catsuit und blondgefärbter Dauerwelle. Sie stand mit mehreren anderen glamourösen jungen Frauen auf der Bühne. Julie blätterte um.

»Ich habe Angebote bekommen, auf Tournee zu gehen und mit einigen großen Stars zusammen zu tanzen«, erklärte sie.

Ein anderes Foto von Julie, dieses Mal in einem rot-weißen Cheerleaderoutfit mit Pompons.

»Ich habe im Wembley Stadion, der Royal Albert Hall und in Amerika …« Sie zögerte.

»War mein Vater auch ein Tänzer?«

»Nein, Schätzchen. Er war ein Sänger.«

»Ach so! Deshalb singe ich so gerne«, sagte Jasmine und begann, nervös zu werden.

»Und war er gut?«

»Er war ein Star«, erklärte Julie, die das Fotoalbum immer noch festhielt.

»Was? Etwa berühmt?«

Julie nickte und blätterte dann langsam um. Das nächste Foto war ziemlich verblichen. Es zeigte einen attraktiven jungen Mann in Schlaghosen und einem aufgeknöpften Hemd, mit dunklem Haar und einer Goldkette. Hinter ihm war Julie und tanzte in einem pinkfarbenen Chiffonkleid.

»Ist er das?«, fragte Jasmine, während sie auf das Foto blickte. Sie konnte ihn nicht richtig erkennen. »Ich erkenne ihn nicht.«

»Er war einer der größten Stars seiner Zeit«, sagte Julie. Sie klang fast ein wenig stolz. »Ein richtiger Megastar.«

»Was? Erzähl keinen Unsinn!«

Jasmine verstand die Welt nicht mehr. Ihr Vater konnte kein internationaler Superstar sein. Juju war eine arbeitslose Frau Anfang vierzig aus Dagenham, die die meiste Zeit ihres erwachsenen Lebens in der Psychiatrie verbracht hatte. Für einen kurzen Augenblick fragte sie sich, ob es Julie wirklich gutging. Ob irgendwas von dem hier wirklich stimmte, oder ob Julie einen ihrer berüchtigten Anfälle hatte. Aber Grace, eine Enthüllungsjournalistin, war hier, und sie nickte bei allem, was Julie erzählte, begeistert mit dem Kopf.

»Nein, das stimmt. Ich war Tänzerin auf seiner Europatour 1983. Er war ein ziemlicher Frauenheld, und ich habe ihm wohl gefallen. Ich weiß gar nicht, warum. Ich war nicht gerade die hübscheste Tänzerin oder das verführerischste Mädchen, ich war sogar richtig schüchtern und hatte bis dahin noch nicht einmal einen Freund gehabt. Aber trotzdem ist er nach der Show immer zu mir gekommen, hat mir Drinks bestellt und mir Komplimente gemacht. Ich wusste, dass er verheiratet war, aber er sagte, dass die Dinge nicht gut liefen und dass seine Frau ihn nicht mehr verstünde und ... Ach, ich war sehr, sehr jung. Gerade siebzehn. Er sagte mir, ich sei schön. Ich dachte, er hätte sich in mich verliebt.«

Jasmine rollte mit den Augen. »Himmel, was warst du naiv!«

»Ja, ich war sehr naiv. Er fragte mich, ob ich die Pille nehme, und ich sagte ja, weil ich glaubte, das würde mich irgendwie erwachsen und erfahren erscheinen lassen, aber tatsächlich war ich noch Jungfrau, also wozu hätte ich die Pille gebraucht?« Julie hatte die Augen jetzt weit aufgerissen, so als würde sie die Wahrheit genauso schockieren wie alle anderen.

»Und dieser Typ, dieser berühmte Mann, ist definitiv mein Vater, ja?«, fragte Jasmine, um sich zu versichern, dass sie alles richtig verstanden hatte.

Julie nickte. »Mein Liebes«, sagte sie. »Er ist der einzige Mann, mit dem ich jemals geschlafen habe. Dein Vater kann also niemand anderes sein.«

Jasmine musste schlucken. Was für eine Tragödie. Julie hätte es beinahe geschafft. Sie war eine gute Tänzerin gewesen, hatte einen guten Job gehabt, war in der Welt herumgekommen, und dann war ihr Leben in einer Nacht völlig auf den Kopf gestellt worden. Sie war schwanger geworden, hatte das Baby weggegeben und war dann verrückt geworden, weil sie mitansehen musste, wie ihr Kind von Cynthia Hillman großgezogen wurde.

»Also, wer ist es?«, fragte Jasmine. »Kenne ich ihn?«

»Warte, Liebes. Lass mich zuerst alles erklären.«

»Weiß er von mir?«

Julie schüttelte den Kopf. »Ich habe ihm noch nicht einmal erzählt, dass ich schwanger war. Nachdem wir, nun, du weißt schon, nach dieser einen Nacht hat er kaum mehr mit mir gesprochen, und ein paar Tage später habe ich gehört, wie er allen erzählt hat, dass seine Frau gerade ihr erstes Kind zur Welt gebracht hat. Da ist mir klargeworden, dass er mich angelogen hatte. Dann habe ich festgestellt, dass ich schwanger war, und wusste nicht, was ich tun sollte. Also bin ich einfach nach Hause gefahren.«

»Ach, Juju, du hättest es ihm sagen müssen«, sagte Jasmine traurig. »Er war doch auch dafür verantwortlich.«

Julie schüttelte den Kopf. »Nein, er dachte doch, ich würde die Pille nehmen. Ich habe ihn belogen. Wenn ich es ihm erzählt hätte, hätte er doch geglaubt, dass ich ihn absichtlich in die Falle gelockt habe.«

»Du hast ihn also nie wiedergesehen?«

»Nein, bis vor kurzem«, sagte Juju. »Und zwar auf deiner Hochzeit.«

Jasmine hatte das Gefühl, als würde die Luft aus dem Zimmer weichen. Sie rang nach Luft. Was hatte dieser Mann auf ihrer Hochzeit zu suchen gehabt?

»Deshalb bin ich auch ausgerastet. Ich sah ihn am Nachbartisch sitzen, und ich wäre fast gestorben vor Angst. Ich wusste nicht, was ich tun sollte, also bin ich einfach weggelaufen. Charlie musste das Taxi bezahlen, das mich den ganzen Weg zurück nach Essex gebracht hat. Mann, war das ein Schock gewesen.«

»Juju, wer ist mein Vater?«, fragte Jasmine verzweifelt. Das machte keinen Sinn. Wie konnte es sein, dass ihr leiblicher Vater ein Gast auf ihrer Hochzeit gewesen war?

Julie blätterte eine Seite in ihrem Fotoalbum um und ließ es aufgeschlagen auf ihrem Schoß liegen. Jasmine starrte lange auf das Foto. Das war ein scharfes Bild, und ihr Vater war sehr gut zu erkennen.

Plötzlich passten so viele Teile ihres Puzzles zusammen. Julies angeschlagener Geisteszustand. Cynthias Feindseligkeit ihr gegenüber. Kennys bedingungslose Liebe. Herrgott, selbst ihre braunen Augen und ihre Liebe fürs Singen ergaben jetzt einen Sinn. Sie hatte sie von ihrem Vater geerbt.

»Ich möchte es ihm erzählen«, sagte Jasmine entschlossen.

»Nach der Gerichtsverhandlung. Ich möchte, dass er weiß, dass er mein Vater ist.«

Julie nickte. »Das kann ich verstehen«, sagte sie.

»Gott, so viel verschwendete Zeit!« Jasmine fing an, zu weinen. »Alles hätte so anders sein können!«

»Es tut mir leid, dass ich dich so sehr im Stich gelassen habe. Ich verspreche dir, dass ich dich nie wieder enttäuschen werde. Ich werde stark sein, das schwöre ich dir, und ich komme zu deiner Gerichtsverhandlung, jeden Tag, und ich werde dich niemals mehr im Stich lassen, mein Liebes.«

Julie strich über Jasmines kurzes Haar, und dann wischte sie die Tränen ihrer Tochter weg. »Du musst wissen, dass ich dich immer sehr geliebt habe. Ich habe alles getan, um dich glücklich zu machen und dich zu beschützen. Ich weiß, dass das nicht genug war, aber du bist immer mein Baby gewesen. Ich habe dich Jasmine genannt. Ich habe dich neun Monate lang in mir getragen. Ich habe dich zur Welt gebracht. Ich habe miterlebt, wie du dich zu einem schönen, talentierten Mädchen entwickelst, und ich bin so stolz. Aber ich konnte es niemandem erzählen. Ich musste es für mich behalten.«

Jasmine legte die Arme um Julies schmale Taille und vergrub das Gesicht in ihren Haaren. Ihr wurde jetzt klar, wie glücklich sie war. Sie hatte eine Mutter, die sie liebte. Die sie immer geliebt hatte. Und diese Liebe würde sie stark machen. Mit dieser Liebe würde sie den Prozess durchstehen. Und dannach würde sie anfangen, Dinge zu klären – für sich selbst, ihre Mum. Und was ihren Vater anging? Der konnte warten. Vorläufig.

58 Peter hatte sie angefleht, sich von der Gerichtsverhandlung fernzuhalten, und drei Wochen lang hatte sie
auch getan, worum er sie gebeten hatte, aber den letzten Tag
durfte Lila nicht verpassen. Sie wollte für ihre Freundin da
sein, wenn das Urteil gefällt wurde. Jasmines Prozess wegen
Mordes war das skandalöseste, schockierendste und bis auf den
letzten Platz mit Promis besetzte Ereignis, das das Land jemals
gesehen hatte. Es schien, als gäbe es keine anderen Nachrichten. Die Klatschspalten waren gefüllt mit Fotos und Geschichten über den Prozess. Lila konnte den Fernseher nicht an-
schalten, ohne ein Bild von Jasmines schönem, entschlossenem
Gesicht auf der Anklagebank zu sehen. Sogar auf den Mode-
seiten wurde darüber berichtet – was die Angeklagte und die
Zeugen trugen, und Jasmines Haarschnitt (der ›Jop‹ – oder
Jasmine-Schnitt – wie die Presse ihn nannte) war jetzt in den
Friseursalons im ganzen Land der angesagteste Haarschnitt.

Bis jetzt war Lila nicht persönlich da gewesen; sie war in
L. A. gewesen und hatte für eine neue Rolle vorgesprochen,
aber sie hatte aus der Ferne jedes kleinste Detail mitverfolgt.
Es war der Prozess mit den meisten Stars in der Geschichte,
mit Fußballern, Models, Journalisten und Gangstern, die alle
als Zeugen aufgerufen wurden. Die Zuschauerränge waren
jeden Tag voller Leute der A-Liste, und Kamerateams hatten
sich draußen Platz auf den Stufen erkämpft. Natürlich waren
alle möglichen hässlichen Tatsachen ans Tageslicht gekommen.
Zuerst hatte es für Jasmine schlecht ausgesehen. Ihre Aussage

stand gegen den eindeutigen Beweis in dem Video, das zeigte, wie sie ihren Onkel erschossen hatte.

Lila hatte geschaudert, als sie Jasmines Aussage über Sean Hillmans krankhafte sexuelle Neigungen gelesen hatte, und sie weinte über die Details der Vergewaltigung. Selbstverständlich glaubte sie jedes Wort, das Jasmine gesagt hatte, und hoffte und betete, dass die Geschworenen es auch täten. Aber dafür hatte es keine Beweise gegeben. Zumindest nicht, bis Yana Urovski aufgetaucht war und die Situation gerettet hatte. Ende letzter Woche hatte sie Jasmines Anwältin das vollständige Band übergeben, und dann hatten alle gesehen, was vor all den Jahren wirklich geschehen war. Lila war nicht so weit gegangen, sich ›Jasmines Vergewaltigung‹ im Internet anzuschauen, aber Peter hatte gesagt, dass es das Widerlichste war, was er jemals gesehen hatte. Jetzt wussten wenigstens alle, dass es Notwehr gewesen war.

Und Lila wusste jetzt auch, wer Frank Angelis war. Er war ein kleiner, mieser Zuhälter, der Jasmine mit der Waffe in der Hand erwischt hatte und sie seitdem erpresste. Er war jetzt allerdings tot. Natürliche Todesursache. Charlie hatte damit überhaupt nichts zu tun.

Jimmy Jones war durch Jasmines Anwälte öffentlich erniedrigt worden. Lila wünschte, sie wäre an dem Tag im Gerichtssaal gewesen, um mitzubekommen, wie der kleine Dummkopf als der dreckige frauenschlagende Dreckskerl entlarvt wurde, der er tatsächlich war. Aber am schwersten zu verdauen waren für Lila die Enthüllungen über Charlie Palmer. Es stellte sich heraus, dass ihr Held – der Mann, der ihr das Leben gerettet hatte – in Wirklichkeit so eine Art kleiner Unterweltgangster war, der für Frank Angelis gearbeitet hatte. Er hatte zugegeben, dass er gewalttätig war, Waffen besaß und in Schutzgelderpressungen in Soho und East End verwickelt war. Lila fand es fast unmöglich, sich vorzustellen, dass ihr Charlie all die Dinge, die ihm vorgeworfen wurden, getan haben sollte. Aber er hatte es zugegeben, im Zeugenstand, unter Eid, also stimmte es wohl. Jetzt musste sie nur noch herausfinden, wie sie sich nach diesen Enthüllungen fühlte.

Peter half Lila, sich ihren Weg durch die tobende Meute außerhalb des Gerichts zu bahnen. Selbst mit ihrer dunklen Sonnenbrille brannten die Blitze der Kameras in ihren Augen.

»Lila!«, riefen sie. »Lila!«

Sie gab vor, es nicht zu hören, und bahnte sich weiter ihren Weg durch die Menge.

»Lila, sind Sie der Meinung, dass Jasmine Jones freigesprochen werden sollte?«, rief ein Journalist.

»Werden Sie sie im Gefängnis besuchen, wenn sie schuldig gesprochen wird?«, fragte ein anderer.

»Wie finden Sie ihre Haare?«, rief wieder ein anderer.

Lila hielt ihren Kopf nach unten und stellte sich in die Warteschlange der Zuschauer. Vor ihr standen Madeleine und Luke Parks; hinter ihr Juan Russo.

»Juan.« Sie lächelte, glücklich, ein freundliches Gesicht zu sehen. »Wie geht's Maxine?«

»Sie wird ganz schön rund«, grinste Juan und deutete mit der Hand ihren größer werdenden Bauch an. »Und hungrig. Mann, das Mädchen kann vielleicht essen! Sie hatte gestern Nacht einen riesigen Eisbecher als Mitternachtssnack verschlungen.« Er schüttelte den Kopf, aber an dem Lächeln auf seinem Gesicht, konnte man erkennen, dass allein die Tatsache, über Maxine zu sprechen, ihn glücklich machte.

»Sie hat hohen Blutdruck, und der Arzt hat ihr verboten, heute hierherzukommen«, erklärte er. »Sie hat mich geschickt, um Jasmine an ihrer Stelle zu unterstützen.«

Lila lächelte. Er war jung, aber er schien wirklich zu Maxine zu stehen. Vielleicht würde ihre Freundin dieses Mal das ›Glücklich bis ans Lebensende‹ bekommen, das sie verdiente.

»Und geht es deinem Vater wieder ein bisschen besser?«, fragte Lila. »Maxine hat mir erzählt, dass er dich enterbt hat.«

Juan zuckte mit den Schultern. »Er ist verletzt, aber er wird sich schon wieder beruhigen. Ich kenne meinen alten Herrn. Er ist ein ganz Braver, wirklich. Er kann gar nicht lange grollen. Meine Mutter dagegen, na ja, das ist eine ganz andere Geschichte. Sie war noch nie Maxines größter Fan, und jetzt machen wir sie auch noch zur Großmutter, bevor sie wirklich bereit dazu ist. Du kannst dir also ungefähr vorstellen, wie gut *diese* Beziehung läuft.«

»Nun ja, vielleicht wird es mit der Zeit besser …«, meinte Lila.

Die Schlange bewegte sich vorwärts, und Lila wurde hineingeschoben. Peter nahm ihre Hand und zog sie hinter sich die Treppe hinauf. Sie drängelten sich an Supermodels, Fußballern und Soapstars vorbei, und Lila stand sogar auf den Zehen eines Reality-TV-Stars (zufälligerweise absichtlich), bis sie sich Plätze in der ersten Reihe des Balkons sichern konnten.

»Das ist geil! Besser als damals, als ich einen Backstage-Ausweis für ein Justin-Timberlake-Konzert hatte«, hörte Lila ein bekanntes Mitglied einer Girlband zu einem anderen flüstern: »Sch, sieh mal, da kommt sie.«

Und dann wurde es ganz still im Gerichtssaal, als alle Augen sich auf Jasmine Jones richteten und beobachteten, wie sie den Raum betrat und sich neben ihre Anwältin setzte. Während Lila von ihrem Platz aus auf ihre Freundin hinunterschaute, dachte sie, dass Jasmine schrecklich schmal und verletzlich aussah. Sie war klassisch gekleidet und trug ein marineblaues Etuikleid mit passenden Ballerinas. Ihr kurzgeschnittenes Haar verlieh ihrem Gesicht einen elfenhaften Ausdruck, den Lila zuvor noch niemals wahrgenommen hatte. Jasmine war so schön wie immer, aber irgendetwas hatte sich verändert. Nichts mehr von dem sorgenfreien Mädchen, das Marbella mit ihren dunklen Locken und ihren Killerkurven im Sturm erobert hatte. An ihrer Stelle saß eine ziemlich ernste junge Frau, die eine große Last auf ihren Schultern trug. Bei diesem Anblick wäre Lila am liebsten von ihrem Platz aufgesprungen, um sich Jasmine zu schnappen und sie in die Sonne zurückzubringen, wo sie hingehörte.

Als die Anwälte ihre Plädoyers vortrugen, ließ Lila ihre Augen durch den Gerichtssaal schweifen. Sie entdeckte Louis Ricardo am Ende einer Reihe ziemlich weit vorne. Seine Krücken waren an das Ende seines Platzes gelehnt. Lila hatte gelesen, dass er sich bei einem Fußballspiel vor ein paar Wochen das Bein gebrochen hatte und dass seine Karriere wahrscheinlich am Ende war. Sein Liebesleben war auch ein einziges Chaos. Er hatte die Hochzeit mit seiner Jugendliebe nur Wochen vor dem großen Tag abgesagt, und die Zeitungen hatten ihn als Versager abgestempelt. Lila glaubte das nicht. Louis machte auf sie einen feinfühligen Eindruck. Und sie war sicher, dass er gute Gründe gehabt hatte, seine Hochzeit abzusagen. Ja, Louis hatte ganz sicher eigene Probleme. Und trotzdem war er jeden Tag hier gewesen und hatte Jasmine den ganzen Prozess hindurch zur Seite gestanden. Lila hatte ihn in seinem besten Anzug und mit einem ernsten Ausdruck im Gesicht in der Zeitung und in den Nachrichten gesehen. Heute hielt er einen Strauß Sonnenblumen in der Hand.

Jimmy Jones glänzte nur durch seine Abwesenheit. Aber Blaine Edwards war hier. In der Tat war er nicht zu übersehen, wie er mit seinem strahlend blauen Irokesenschnitt auf seinem Platz saß, Kaugummi kaute und an die Decke starrte. Er sah unglaublich gelangweilt aus. Einmal sah er sich um, seine und Lilas Blicke trafen sich, und er winkte ihr zu. Würg! Was für eine widerliche Kröte! Einige Plätze weiter rutschte Madeleine Parks in ihrem viel zu engen schwarzen Kleid auf ihrem

Platz herum. Die war noch schlimmer. Ihr Outfit passte eher auf eine Cocktailparty als in einen Gerichtssaal, und sie hatte sich entschieden, ihre Sonnenbrille aufzulassen. Lila beobachtete, wie Madeleine ihrem Ehemann immer mal wieder etwas ins Ohr flüsterte und an den unpassendsten Stellen kicherte. Es brachte Lila auf die Palme, zu sehen, wie wenig Respekt diese Leute Jasmine entgegenbrachten. Das Leben einer jungen Frau hing in der Schwebe, und sie benutzten dieses Ereignis als so eine Art Werbegag.

Lilas Blick ging durch alle Reihen, verzweifelt auf der Suche nach einem bestimmten Gesicht. Und dann sah sie ihn – Charlie, *ihren* Charlie –, er saß in der ersten Reihe ganz rechts im Gerichtssaal und trug einen wirklich eleganten Anzug. Er war noch attraktiver, als sie es in Erinnerung hatte. Sie war überrascht zu sehen, wie anders er aussah, jetzt wo seine Haare gewachsen waren. Er sah weicher, weniger aggressiv und mehr wie ein Teddybär aus. Seine Haare waren dunkler, als sie erwartet hatte – fast schwarz. Er war einen Kopf größer als die beiden Frauen, die auf beiden Seiten neben ihm saßen. Seine Schultern waren so unglaublich breit und stark wie immer, aber sie beugten sich leicht nach vorne, als der Anwalt der Anklage forderte, Jasmine für schuldig zu erklären. Lila beobachtete Charlies Profil ganz genau. Sie sah, wie sein Kiefer sich anspannte und wie sich seine Augenbrauen zu einem Runzeln über den strahlend blauen Augen zusammenzogen. Er hörte jedem Wort des Anwalts aufmerksam zu, und ab und zu flüsterte er ›nein!‹ oder fuhr sich mit den Fingern verzweifelt durch die Haare.

Rechts neben ihm saß eine zierliche mittelalte Frau mit grauwerdenden blonden Haaren. Sie klammerte sich an Charlies Unterarm wie ein ängstliches Kind, und Lila vermutete, dass das Jasmines geliebte Julie war. Links von ihm saß Grace Melrose. Zuerst dachte sie, das sei nur Zufall, aber dann bekam sie mit, wie Charlie sich zu ihr hinüberbeugte, ihr etwas ins Ohr flüsterte und dann nachdenklich nickte, als er ihre Antwort hörte. Lila fragte sich, in welchem Verhältnis sie zueinander standen. Grace war eine sehr attraktive Frau. Und außerdem klug. Lief zwischen den beiden etwas? Sie würden ein gutaussehendes Paar abgeben, das war klar. Aber bei dem Gedanken, dass Charlie in Grace verliebt sein könnte, hätte Lila heulen können.

Es ist lustig, wie die Bedrohung durch eine andere Frau zwiespältige Gefühle plötzlich ganz klar werden lässt. Als Lila Charlie mit Grace beobachtete, verschwanden plötzlich alle Zweifel über ihn. Ihr wurde klar, dass es für sie keine Rolle spielte, was er in der Vergangenheit gemacht hatte. Das war nicht wichtig. Lila wollte Charlie. Sie sehnte sich nach ihm. Sie hoffte nur, dass es nicht zu spät war.

Als die Plädoyers beendet waren, schickte der Richter die Geschworenen hinaus, damit sie sich über den Urteilsspruch beraten konnten. Die Menschen strömten aus dem Gerichtssaal, füllten die Korridore und Vorräume, redeten aufgeregt miteinander und spekulierten, was wohl als Nächstes passieren würde. Lila hörte, wie Madeleine Parks Luke über die Schulter zurief: »Ich geh kurz shoppen; schick mir eine SMS, wenn die Geschworenen zurückkommen!«, während sie von zwei Bodyguards flankiert Richtung Ausgang verschwand.

»Oberflächliche Zicke.« Peter grinste höhnisch. »Also, was jetzt?«

»Warte hier«, sagte Lila zu ihm. »Ich bin in einer Minute zurück.«

Peter öffnete den Mund, um zu widersprechen, aber Lila quetschte sich durch die Menge und war weg, bevor er sie aufhalten konnte. Es dauerte eine Weile, bis die Menge sich auflöste, und zuerst dachte sie, sie hätte ihn verpasst. Aber dann, als sie schon aufgeben und zu Peter zurückgehen wollte, entdeckte sie Charlie. Er hatte seinen Arm um Julies Schulter gelegt und war in eine Unterhaltung mit Grace versunken. Lila blieb wie angewurzelt stehen und starrte ihn für eine Weile nur an, während sie all ihren Mut zusammennahm und auf ihn zuging. Er hatte sie nicht gesehen, und wenn sie in diesem Moment auf dem Absatz kehrtgemacht hätte, hätte sie ihn möglicherweise niemals wiedergesehen. Das konnte sie nicht riskieren.

Sie ging mit zitternden Knien auf ihn zu, bis sie nur noch einen halben Meter von ihm entfernt war, und klopfte ihm vorsichtig auf den Arm. »Hallo Fremder«, sagte sie nervös.

Er drehte sich zu ihr um, und sie sah, wie er vor lauter Überraschung den Mund aufriss. »Lila!« Er wirkte schockiert, sie zu sehen. »Ich … ich … ich habe nicht erwartet, dich hier zu sehen.«

Charlie ließ seine Hand von Julies Schulter fallen und ging einen Schritt auf Lila zu, so als wollte er sie umarmen. Dann schien er es sich anders zu überlegen, trat einen Schritt zurück und steckte stattdessen seine Hände in die Hosentaschen. Er trat nervös von einem Fuß auf den anderen.

Grace schien sein Unbehagen zu bemerken. »Hallo Lila«, sagte sie höflich.

»Hallo«, sagte Lila.

»Ich gehe mal eben mit Julie zur Toilette«, sagte Grace und führte die ältere Frau davon. »Wir sind gleich wieder da.«

Und dann waren Charlie und Lila allein mit ihrem unangenehmen Schweigen.

»Das … das, was in Spanien passiert ist«, murmelte Charlie und starrte auf seine Füße. »So einfach abzuhauen. Das tut mir leid. Das war sehr unprofessionell.«

Lila nickte. »Ja, und du bist selbstverständlich gefeuert«, sagte sie.

Charlie war eindeutig verlegen und wusste nicht, wohin er

schauen sollte. Er wich Lilas Blick aus und beobachtete, wie Grace und Julie wieder zurückkamen.

»Ich wusste nicht, dass du Grace Melrose kennst«, sagte Lila, wobei sie versuchte, locker zu klingen und sich ihre Eifersucht nicht anmerken zu lassen.

»Ach, ich kenne sie eigentlich gar nicht«, antwortete er ein wenig zu schnell. »Ich meine, nicht gut, wie auch immer. Sie hat Jasmine bei gewissen ... Dingen geholfen.«

»Also seid ihr zwei ... ähm ... gar nicht zusammen oder so was?«

Charlie errötete und schüttelte den Kopf. »Nein, nein, nichts dergleichen. Ich bin im Moment mit niemandem zusammen. Ich meine, ich bin ein totaler Single und zu haben und ...« Er schwafelte und starrte jetzt auf einen Punkt über Lilas Kopf.

»Gut«, sagte Lila.

»Ja, das ist gut«, stimmte Charlie ihr zu.

Schweigen. Unangenehmes Schweigen.

»Und der Brief«, Charlie sprach sehr schnell. »Ich hätte dieses Zeug über dich nicht schreiben dürfen. Das war dumm, und ich weiß, dass ich mich zum Narren gemacht habe, und es tut mir leid, wenn ich dich in Verlegenheit gebracht habe.«

»Was? Dieser Brief?«, fragte Lila, wühlte in ihrer Handtasche herum und zog den ordentlich zusammengefalteten Brief heraus. »Dieser Brief, den ich seitdem jeden Tag bei mir trage?«

Schließlich trafen sich ihre Blicke. Lila spürte einen Stich in der Magengegend, als der Blick seiner stechend blauen Augen sich in ihre bohrte.

»Du hast ihn behalten«, sagte er ungläubig.

Lila nickte und lächelte. »Natürlich habe ich ihn behalten.«

»Du hast ihn nicht der Polizei gezeigt?« Er war ganz offensichtlich froh darüber.

»Natürlich nicht. Du bist nicht der Einzige mit einer zwielichtigen kriminellen Vergangenheit.« Sie grinste ihn an.

»O Gott, ich habe eine unehrliche Frau aus dir gemacht«, erwiderte er und grinste zurück.

»Und, was wirst du jetzt deswegen tun?«, fragte sie.

»Weiß nicht«, sagte er. »Mich entschuldigen?«

Lila schüttelte den Kopf.

»Zu Kreuze kriechen?«

Lila schüttelte den Kopf jetzt noch bestimmter.

»Na ja, was denn?«

Lila zeigte mit ihrem Zeigefinger auf ihre Lippen.

»Dich küssen?« Charlies Augen sprangen ihm fast aus dem Kopf. »Du möchtest mich küssen? Was, hier? Jetzt?«

Lila nickte entschlossen.

»Und das ist meine gerechte Strafe?«, fragte er mit funkelnden Augen.

»O ja«, bestätigte Lila.

»Was für eine Strafe«, murmelte Charlie und zog sie hinter eine Steinsäule außer Sichtweite.

Und dann trafen sich ihre Lippen, und er legte seine starken Arme um ihre Taille und hob sie ein wenig hoch. Charlie war ein großer, starker Mann, aber dieser Kuss war der süßeste und zärtlichste, den man sich vorstellen konnte. Als sie die Augen schloss und sich in seinem Duft, seinem Gefühl und seinem Geschmack verlor, wusste Lila, dass sie endlich ihr Zuhause gefunden hatte. Und als sie ihre Lippen widerwillig von seinen trennte und in diese strahlend blauen Augen blickte, wurde ihr plötzlich klar, woher sie ihn gekannt hatte. Charlie Palmer war derjenige, auf den sie gewartet hatte. Eine Erinnerung von starken Armen, die sie aus den Wellen zogen und einem schönen Gesicht, das auf sie hinunterblickte, tauchte vor ihren Augen auf. Bereits da hatte sie es gewusst, in dem Moment, in dem sie sich entschieden hatte, zu leben, dass Charlie zu ihr gehörte, aber irgendwie war diese Erinnerung bis jetzt nicht präsent gewesen. Lila hatte das große Los gezogen – sie hatte den Mann ihrer Träume gefunden.

Er stellte sie vorsichtig wieder auf den Boden und gab ihr einen Kuss auf den Kopf.

»Du hast ja keine Ahnung, wie lange ich auf diesen Augenblick gewartet habe«, flüsterte er.

Sie lächelte ihn an und streichelte seine breite Brust. »Na ja, du wirst auf das nächste Mal nicht so lange warten müssen«, versprach sie. »Heute Abend gehen wir mit Jasmine aus, um ihre Freiheit zu feiern, und dann kommst du mit mir nach Hause.«

»Echt?«, fragte Charlie und grinste.

»Ja. Weil ich einen neuen Job für dich habe.«

»Ja?«

»Ja. Eine neue Position, wenn du willst«, stichelte Lila.

»Eine neue Position? Nun, das klingt natürlich interessant.«

»Es wäre eine dauerhafte Festanstellung, falls du dir das vorstellen kannst«, fuhr sie fort.

»Klar kann ich mir das vorstellen.«

Grace und Julie kamen genau in dem Moment zurück, als Peter kam, um zu schauen, wo Lila war. Das Pärchen stolperte hinter der Säule hervor und sprang auseinander. Grace und Julie plauderten miteinander und schienen nichts mitzubekommen, aber Peter schaute sie misstrauisch an.

»Hallo Charlie«, sagte er mit verengten Augen. Peter sah sie argwöhnisch an. »Na, habt ihr zwei euer Wiedersehen genossen?«

»Ja, danke, Peter«, sagte Charlie höflich. »Jetzt gehen wir aber lieber und holen Julie eine Tasse Tee. Schön, euch wiedergesehen zu haben, Lila. Peter.«

Lila nickte und versuchte, das Lächeln zu unterdrücken.

»Ich rufe dich später an, wegen des Jobs, den ich gerade er-wähnt habe«, rief sie ihm hinterher.

»Mach das«, antwortete Charlie und winkte ihr über die Schulter hinweg zu. »Das hört sich nach einer wirklich inter-essanten Position an. Ich kann es gar nicht erwarten, anzufan-gen.«

Lila sah, wie er ging, und seufzte. Sie konnte es gar nicht erwarten, ihn wieder küssen zu können, seine Berührung auf ihrer nackten Haut zu spüren, jeden Zentimeter dieses wun-derschönen Körpers zu genießen … Herrgott, sie musste auf-hören, gerade jetzt daran zu denken. Das war nicht der rich-tige Ort.

»Lila, hast du etwa gerade einen bekannten Kriminellen ge-küsst?«, fragte Peter grinsend.

Lila grinste bloß.

»Mensch, ich hab recht, oder? Ich bin mir sicher, dass das gesetzeswidrig ist. Man wird dich wegen Missachtung des Ge-richts drankriegen.« Er schmollte. »Und außerdem ist Charlie mein Schwarm, und du hast ihn mir weggeschnappt.«

»Entschuldige«, sagte Lila fröhlich.

»Okay, ich verzeihe dir. Er steht ja sowieso nicht auf mich. Aber denkst du gar nicht an die arme Jasmine? Glaubst du vielleicht, das sei das richtige Verhalten, wo ihr Schicksal am seidenen Faden hängt?«, schimpfte Peter.

»Für Jasmine wird alles gut.«

»Woher weißt du das?«

»Nur so ein Gefühl«, sagte Lila. »Heute ist ein guter Tag.«

Jasmine war noch nie so nervös gewesen. Ms Smythe-Williams hatte ihr versichert, dass sie von Anfang an für nichtschuldig plädieren würde, und als Yana mit dem kompletten Video-band angekommen war, konnte sie auch selbst daran glauben. Aber jetzt, wo sie hier stand und auf die Urteilsverkündung wartete, schien alles möglich zu sein. In ihrem Kopf schwirrten Was-wenns herum. Was, wenn das Gericht sie für schuldig erklären würde? Was, wenn sie im Gefängnis landen würde? Was, wenn sie das nicht verarbeiten könnte? Was, wenn sie Julies Gene geerbt hatte? Was, wenn sie einen Nervenzusammenbruch erleiden würde? Was, wenn man sie für den Rest ihres Lebens einsperren würde?

Der Prozess war schlimmer gewesen, als sie ihn sich vorgestellt hatte. Sie war nicht darauf vorbereitet gewesen, dass der Staatsanwalt auf Mord plädierte. Er hatte sie als jugendliche Verführerin dargestellt, die alle Männer in ihrem Leben manipulierte. Selbst nachdem das vollständige Band vor Gericht gezeigt worden war, hatte er ihr unterstellt, dass sie ihn verführt hatte, angenommen, dass sie eine Affäre hatten und dass die Vergewaltigung so eine Art Sexspiel gewesen sei, bei dem etwas schiefgelaufen war. Er behauptete, dass sie ihn kaltblütig umgebracht und dann Frank Angelis gebeten hatte, ihr zu helfen, den Körper zu entsorgen.

In der ersten Woche waren Cynthia und Terry auf den Zuschauerrängen gewesen. Terry hatte ihr Obszönitäten an den Kopf geworfen, hatte sie eine mordende kleine Zicke genannt und geschrien, dass er sie für das, was sie seinem Bruder angetan hatte, umbringen würde, wenn sie herauskäme. Er war fluchend und um sich tretend aus dem Gerichtssaal entfernt worden, mit Cynthia im Schlepptau, die rief: »Du bist nicht meine Tochter!« Und das von einer Frau, die die einzige Mutter war, die sie in fast fünfundzwanzig Jahren gehabt hatte. Sie waren ein erbärmlicher Ersatz für eine Familie. Aber sie waren die einzige Familie gewesen, die sie jemals gehabt hatte, und von ihnen so öffentlich zurückgewiesen zu werden, tat weh.

Und dann noch Jimmy. Oder besser gesagt, *kein* Jimmy. Denn abgesehen von dem einen Tag, an dem er selber eine

Aussage machen musste, war der feige kleine Drecksack überhaupt nicht aufgetaucht. Ach, was hatte sie erwartet? Unterstützung? Ha! Das war ja wohl ein Witz. Auf dem Papier waren sie noch verheiratet, aber in ihrem Herzen war Jimmy Jones genauso tot wie Sean Hillman. Sollte er doch zum Teufel gehen.

Jetzt saß sie auf der Anklagebank und starrte auf das Meer von Gesichtern, die vor ihren Augen verschwammen. Die meisten erkannte sie, aber nur wenige kannte sie wirklich. Von einigen hätte sie sich gewünscht, dass sie zu Hause geblieben wären, bei anderen freute sie sich, sie zu sehen. Aber drei Gesichter sprangen ihr aus der ersten Reihe direkt ins Auge – Julie, Charlie und Louis Ricardo. Sie waren die Einzigen, die in den ganzen drei Wochen jeden Tag da gewesen waren. Sie hatten sie angelächelt, wenn sie sich unsicher gefühlt hatte, und mit ihr geweint, als sie das, was vor so vielen Jahren geschehen war, wieder aufleben ließ. Aber mehr als alles andere waren sie einfach nur wegen *ihr* da. Nicht wegen der Kameras oder wegen des Skandals oder um gesehen zu werden, sondern einfach, weil sie Anteil nahmen. Diese drei Leute hatten ihr mehr Kraft gegeben, als sie sich jemals vorstellen konnten. Von Julie hatte sie Loyalität erwartet – sie war ihre Mutter, Herrgott nochmal! Und Charlie? Na ja, Charlie hatte sie noch nie fallengelassen, und er würde es jetzt ganz sicher nicht tun. Aber Louis hatte sie überrascht. Ja, er war ein Freund, aber sie kannten sich noch nicht *so* lange und nicht *so* gut. Sie fing an zu glauben, dass er sie vielleicht mehr mögen könnte als nur ein Freund, und das Witzige war, dass ihr der Gedanke gefiel.

Er nahm jetzt durch seine Brille Blickkontakt mit ihr auf, nickte ihr in seiner ernsten, aber beruhigenden Art zu und versuchte ihr damit zu sagen, dass alles gut werden würde, dass dieser Albtraum endlich zu Ende ginge. Der Richter fragte den Sprecher der Geschworenen, ob sie zu einem Urteilsspruch gekommen wären, dem alle zugestimmt hätten. Er antwortete mit Ja. Jasmine hatte das Gefühl, als würden ihre Beine unter ihr nachgeben. Bum, Bum, Bum. Ihr Herz schlug so laut, dass sie sicher war, der ganze Gerichtssaal konnte es hören. Der Richter fragte nach dem Urteil. Der ganze Raum drehte sich. Jasmine heftete ihren Blick auf Louis und weigerte sich, loszulassen. Mit ihm würde sie das durchstehen. Er gab ihr Kraft.

»Nicht schuldig«, sagte der Vorsitzende der Geschworenen.

Jasmine fühlte sich, als hätte jemand auf den Pause-Knopf gedrückt. Nicht schuldig. Es dauerte ewig, bis die Worte in ihr Bewusstsein durchsickerten, und für einen Moment schien im Gerichtssaal die Zeit stillzustehen. Und dann kam von irgendwo auf den Zuschauerrängen plötzlich ein Freudenschrei, und dann noch einer und noch einer, die Leute standen auf. Eine Welle der Aufregung ging durch den Raum, aber Jasmines Blick war fest auf Louis gerichtet. Sie beobachtete, wie er aufstand und zu klatschen anfing. Er hielt einen Strauß Sonnenblumen in der Hand, und gelbe Blütenblätter gingen im Gerichtssaal hernieder wie Konfetti. Charlie stand auf und applaudierte. Und dann taten Lila und Peter oben auf dem Balkon dasselbe und Cookie und Crystal auch. Bald bekam sie von allen Standing Ovations.

Jasmine schaute begeistert zu. Tränen der Freude und der Erleichterung liefen ihr über die Wangen.

»Ruhe! Ruhe!«, rief der Richter, aber niemand hörte ihm zu.

Schließlich führte das Team von Jasmines Rechtsanwälten sie hinaus.

»Was passiert jetzt?«, fragte sie Ms Smythe-Williams.

»Jetzt packen Sie Ihre Sachen zusammen und gehen nach Hause«, sagte die Anwältin.

Nach Hause? Das war eine schöne Vorstellung. Aber wo genau war zu Hause? Jasmine war sich nicht sicher.

Die Sonne war untergegangen, während sie sich geliebt hatten, und jetzt war das Licht, das von draußen hereinkam, das einzige, von dem das Schlafzimmer beleuchtet wurde. Charlie konnte seinen Blick nicht von Lila abwenden, als sie im Dämmerlicht nackt neben ihm lag. Er hatte Angst, dass sie weg wäre, wenn er wegsah, einfach eine Phantasie, nur ein Traum. Er streichelte über ihre Wange. Sie war heiß, immer noch gerötet von ihrem Liebesspiel.

»Du bist perfekt«, sagte er zu ihr.

Sie schüttelte den Kopf. »Nein, bin ich nicht«, sagte sie. »Hier, Dehnungsstreifen.«

»Aber perfekt für mich«, antwortete er und strich über die winzigen weißen Linien auf ihrer Taille.

»Vielleicht«, flüsterte sie. »Ich hoffe.«

Sie kuschelte sich an seine Brust, und dann lagen sie eine Weile in angenehmem Schweigen. Sie streichelte ihm mit der Hand zärtlich über den Rücken. Irgendwo in einem anderen Zimmer des Hauses lief ein altes Jazzstück im Radio.

»Charlie, hast du jemals jemanden umgebracht?«, fragte sie.

Charlie schloss die Augen und verfluchte das Leben, das er geführt hatte. Was sollte er jetzt machen? Sollte er lügen, so wie Brett sie belogen hatte, und ihre Beziehung unter Vorspiegelung falscher Tatsachen beginnen? Oder sollte er ihr die Wahrheit sagen und riskieren, dass sie ihn wieder verlassen würde? Musste sie wirklich *alles* über ihn wissen? Musste man in einer Beziehung hundert Prozent ehrlich sein, damit sie funktionierte? Charlie fand, ja. Er brauchte das Gefühl, dass Lila ihn so liebte, wie er war, mit all seinen Fehlern. Das war ein Test. Der ultimative Test.

»Ja«, sagte er schlicht. »Ja, ich habe jemanden umgebracht.«

»Das habe ich mir gedacht«, sagte Lila. »Ich meine, sie haben es bei der Verhandlung nicht gesagt; zumindest nicht so direkt. Aber es wurde irgendwie angedeutet.«

Sie war für eine Weile wieder still, und dann fragte sie ihn: »Hast du jemals einen *guten* Menschen getötet?«

Für einen Moment hatte Charlie Donohues Gesicht vor Augen, bevor er gestorben war – verzogen und verzerrt durch eine Mischung aus Hass, Bitterkeit und Angst.

»Nein«, sagte er mit entschlossener Stimme. »Ich habe noch nie einen guten Mann getötet.«

»Da bin ich froh«, antwortete sie. »Das wollte ich hören.«

Sie schien nicht beunruhigt, ja noch nicht einmal überrascht zu sein. Sie stand nicht auf und ging. Sie umarmte ihn einfach, so wie sie es vorher schon getan hatte. Charlie spürte, wie ihm eine schwere Last von den Schultern fiel und durch das offene Fenster über die Dächer von London in den dunklen Himmel flog. Die Wahrheit war immer sein größter Feind gewesen. Sie hatte ihn belästigt, ihm im Schatten aufgelauert und gedroht, herauszuspringen und alles Gute in seinem Leben zu ruinieren. Aber jetzt gab es keine Geheimnisse mehr, und die Wahrheit konnte ihm nicht mehr weh tun. Der Geist war verschwunden. Alles, was vor ihm lag, war ein sauberes weißes Blatt. Die Zukunft musste noch geschrieben werden. Sie war perfekt. Makellos. Rein.

EPILOG

DER NÄCHSTE SOMMER …

Kein Zweifel, die Braut sah bezaubernd aus. Das duftige, weiße Flamencokleid wäre nicht Graces erste Wahl als Hochzeitskleid gewesen, aber an Maxine de la Fallaise sah es gut aus, *passend*, fand sie. Nur eine Frau mit Killerkurven, Beinen bis unter die Arme und einem Megawatt-Lächeln konnte so viele Volants tragen. Maxine würde niemals die Liste der bestbekleideten Frauen der *Vogue* anführen, aber als Grace sie Richtung Altar schreiten sah, dachte sie, dass sie noch nie eine so strahlende Braut gesehen hatte.

Juan Russo lächelte seine zukünftige Frau an. Er trug einen weißen Smoking und ein schwarzes Hemd ohne Krawatte. Seine Füße steckten in einem Paar neuer Chucks. Er schob seine goldene Aviator-Sonnenbrille auf den Kopf und stieß einen bewundernden Pfiff aus, als Maxi für die Menge einmal schnell herumwirbelte. Nichts an dieser Hochzeit war konventionell. Die süße kleine Tochter des Paares, Inez, trug ein winziges rotes Flamencokleid und gluckste glücklich auf dem Arm ihrer Tante Jasmine in der ersten Reihe. Der Vater der Braut – ein ehemaliger Rennfahrer und berüchtigter Frauenheld, der seine Haare immer noch wasserstoffblond färbte – winkte allen schönen Mädchen in der Kirchengemeinde zu, als er an ihnen vorbeiging. Statt zum ›Hochzeitsmarsch‹ durch die Kirche zu schreiten, tanzte die Braut fast zum Altar, während eine R&B-Band TLC's ›Crazysexycool‹ sang. Sogar der Priester war ein flippiger junger Kerl – Grace hatte noch niemals zuvor ein mit so vielen Klunkern besetztes Kreuz gesehen.

Die spanische Sonne hatte der Hochzeit einen glühend heißen Tag beschert, und die herrlichen Gärten der Alhambra in Granada waren die perfekte Kulisse für ein so glamouröses Ereignis. Alle großen Namen waren da: Jasmine Watts natürlich, die ihre Nichte knuddelte und sich an ihren Freund Louis Ricardo kuschelte, Lila Brown (sie hatte ihren Mädchennamen wieder angenommen, nachdem die Scheidung von Brett durch war) und ihr neuer Ehemann Charlie Palmer. Sie waren so verliebt, dass es fast ein wenig peinlich war, in ihrer Begleitung zu sein. Grace stellte fest, dass Lila besser aussah als jemals zuvor. Sie wirkte wie neugeboren – glücklich, gesund und erfolgreich, sie hatte gerade eine Rolle im neuen Bondfilm bekommen. Juans Mutter war der einzige Gast, dem es gelungen war, unglücklich auszusehen, aber es war ja auch kein Geheimnis, dass sie und Maxine nicht gerade die besten Freundinnen waren.

Juans Vater Carlos Russo (in den Grace *heftig* verliebt war, seit sie sieben Jahre alt war) war schließlich von Jasmine dazu überredet worden, zur Hochzeit zu kommen, auch wenn sein Sohn seine Ex-Freundin heiratete. Nein, an dieser Hochzeit war nichts konventionell. Überhaupt nichts. Aber sie lieferte gute Inspirationen für den Roman, an dem Grace arbeitete, jetzt, wo sie Jasmines Biografie fertiggeschrieben hatte. Die Wirklichkeit war definitiv seltsamer als alles, was sie sich hätte ausdenken können. Und abgesehen von dieser unkonventionellen Hochzeitsparty war das einer der schönsten Tage, die Grace je erlebt hatte, und als das Paar zu Mann und Frau erklärt wurde und die Braut den Bräutigam küsste, musste selbst die zynische Grace sich eine Träne von der Wange wischen.

An diesem Abend wurde am Strand in Charlies Bar, einem der angesagtesten Beachclubs an der Costa del Sol, ein großzügiger Empfang gegeben. Er gehörte Charlie Palmer und seinem Partner, einem fetten Expolizisten namens McGregor. Eine seltsame Partnerschaft – der Exbulle und der Exgangster –, aber trotzdem schien es zu funktionieren. Selbst der Barmanager Gary, ein schlacksiger, rothaariger Junge aus Essex, kam bei den Damen gut an.

Jetzt beobachtete Grace ehrfürchtig, wie Juan seiner frisch angetrauten Ehefrau sein aktuelles Latino-Liebeslied vorsang.

»Das habe ich für dich geschrieben, Baby«, sagte er ihr von der Bühne hinunter, und dann setzte er zu der schönsten, aufrichtigsten Liebeserklärung an, die Grace jemals gehört hatte.

Was für eine glückliche Frau Maxine Russo doch war. Grace konnte nur erahnen, wie man sich fühlen musste, wenn man einen Mann hatte, der einen so verzweifelt und so verrückt liebte. Wie immer, war sie auch auf dieser Hochzeit alleine. Jetzt war Carlos Russo auf der Bühne und sang eine Auswahl seiner größten Hits aus den Achtzigern. Grace hatte große Lust, aufzustehen und zu tanzen, aber es sah so aus, als wäre sie der einzige Single hier, und es stand kein Mann zum Tanzen zur Verfügung.

Als Carlos seinen Auftritt beendete, machte er eine Ankündigung. »Jetzt möchte ich meine wunderschöne Tochter Jasmine Russo auf die Bühne bitten. Sie wird ein großer Star werden! Größer als ihr Bruder!«

»Danke für die Unterstützung, Dad!«, rief Juan von der Tanzfläche. Aber er lachte, ganz offensichtlich stolz auf seine neuentdeckte Schwester.

Carlos zuckte mit den Schultern. »Es stimmt!«

Und dann nahm Jasmine das Mikro, und ihre kraftvolle,

samtweiche Stimme schmeichelte ihren Ohren, als sie das Lieblingslied der Braut sang – ›Somewhere Over the Rainbow‹. Grace beobachtete, wie Pärchen auf die Tanzfläche strömten und ihre Körper sich aneinanderschmiegten, während sie sich unter den Sternen wiegten. Lichterketten hingen überall. Grace seufzte. Das war alles so romantisch. Wo war ihr Partner?

Grace sah, wie Carlos Russo durch die Menge der tanzenden Pärchen schlenderte. Also, es gab hier einen wirklich attraktiven Mann. Was könnte sie nicht alles mit einem Mann wie ihm machen … Er schien mitzubekommen, dass sie ihn ansah. Er blieb stehen, schaute auf, und ihre Blicke trafen sich. Er lächelte, strich sich seine pechschwarzen Haare aus den schokoladenbraunen Augen und kam zielstrebig auf Graces Tisch zu. Sie spürte einen Stich in der Magengegend. Gott, dieser Mann war genau ihr Typ – reich, einflussreich, älter, *verheiratet* …

›If happy little bluebirds fly
Beyond the rainbow
Why, oh why can't I?‹, sang Jasmine.

»Darf ich um diesen Tanz bitten?«, fragte Carlos Russo. Seine Augen strahlten, als er Grace seine Hand hinhielt.

»Es ist mir ein Vergnügen«, lächelte Grace, nahm seine Hand und ließ sich von ihm auf die Tanzfläche führen.

Die Musik spielte bis tief in die Nacht. Grace spürte, wie ihr Körper mit dem ihres Partners eins wurde. Ihre Wangen glühten vor Freude, und ihr Herz schlug vor lauter süßer Vorfreude auf eine neue Liebesaffäre. Die Luft schien voller Liebe und Gelächter zu sein. Schwestern, Brüder, Ehemänner, Liebhaber, Ehefrauen und Freundinnen tanzten zusammen unter den Sternen des milden spanischen Himmels. Und zumindest für den Moment war die Welt in Ordnung.

DANKSAGUNG

O.k., mir gebührt also der ganze Ruhm, dennoch braucht es eine ganze Menge Leute, um ein Buch zu schreiben. Danken möchte ich meiner unglaublichen Agentin, Lizzy Kremer von David Higham Associates, für ihre unerschütterliche Unterstützung, ihren Rat und ihre Freundschaft all die Jahre hindurch. Dank gilt auch der reizenden Genevieve Pegg und dem ganzen Team von Orion, dafür, dass ihr an mich glaubt und dass ihr eine so großartige Arbeit leistet. Ich danke zudem meiner Familie, besonders John und den Kindern, dafür, dass ihr so geduldig gewesen seid und so viel Verständnis gezeigt habt, wenn ich wochenlang hinter meinem Computer verschwunden war. Und Dank an Bronwyn und Steve Obourne; dafür, dass ich in ihrem beschaulichen Cottage in Cornwall sein konnte, als ich ein Refugium zum Schreiben brauchte. Und schließlich ein großes Dankeschön an all meine Freunde für ihre Beiträge, ihren Rat, ihre Eingebungen und ihre Bereitschaft, eine Flasche Schampus (oder auch fünf) mit mir zu teilen, jetzt, da ich dieses verfluchte Ding endlich fertig habe! Auf euch, meine Freundinnen. Ihr wisst, wer ihr seid …

Paige Toon
Du bist mein Stern
Roman
Aus dem Englischen von Birgit Schmitz

Band 17936

Meg kann es nicht fassen – sie soll die neue persönliche Assistentin von Rockstar Johnny Jefferson werden! Und zwar sofort. Und bevor Meg auch nur begreifen kann, was da gerade mit ihr passiert, sitzt sie auch schon im Flugzeug nach Los Angeles und taucht ein in eine Welt voller Glamour und Promisternchen. Meg versucht ihren Job so professionell wie möglich zu machen, aber Johnny macht ihr die Sache nicht wirklich leicht. Er ist einfach viel zu sexy und seine Augen viel zu unverschämt schön! Zum Glück ist da noch Johnnys Freund Christian, der Meg mit seiner ruhigen Art dabei hilft, einen kühlen Kopf zu bewahren. Allerdings – wie lange noch?

»Du bist mein Stern« ist der zweite traumhaft schöne Liebesroman von Paige Toon!

Fischer Taschenbuch Verlag

Heleen van Royen
Testkörper
Roman
Aus dem Niederländischen
von Kristina Kreuzer

320 Seiten. Broschur

Zu Diensten: Victoria, 27, Männertesterin, ehrgeizig, mehrsprachig, erfolgreich. Professionell liefert sie Beweismaterial an eine internationale Elite-Klientel. Aber damit fängt ihre ganz private Mission erst an. Denn wer fremdgeht, muss bestraft werden ...

Provokant und berührend rechnet die holländische No. 1-Autorin Heleen van Royen ab mit dem, was uns unsere Hochleistungsgesellschaft beim Sex und anderswo zumutet.

»Die Königin der erotischen Ironie.«
De Telegraaf

Krüger Verlag

Nina Schmidt
Gegessen wird woanders
Roman
Band 18947

Mein Freund, mein kubanischer Seitensprung & ich – spritzige Comedy zwischen Köln und Karibik

Was machst du, wenn kurz nach dem romantischen Heiratsantrag deines Freundes dein Liebhaber der letzten Urlaubsnacht vor der Tür steht? Reinlassen? Beichten? Oder die Tür einfach wieder zuschlagen und deine beste Freundin anrufen?

Keine drei Tage nach dem ersten One-Night-Stand ihres Lebens steht Karla plötzlich zwischen zwei Männern, die unterschiedlicher nicht sein könnten, und damit vor der größten Herausforderung ihres Lebens.

»Auch ein Furz, den du unter Wasser loslässt,
kommt irgendwann mal an die Oberfläche!«
Kubanische Weisheit

»Nina Schmidt beherrscht das so schwere heitere Fach.«
Brigitte

Fischer Taschenbuch Verlag